Odisseia

Homero

Odisseia

Tradução em decassílabos duplos
e introdução de Leonardo Antunes

Apresentação de André Malta

CAPES
MNĒMA
UFRGS PPGLET
Programa de Pós-Graduação em Letras

Editor	Marcelo Azevedo
Produção e edição	Felipe Campos
Direção de arte	Jonas de Azevedo
Projeto gráfico e capa	Johnny Dotta
Preparação	Bruno Palavro
Revisão	Felipe Campos
Diagramação	Johnny Dotta

Dados Internacionais de Catalogação na Publicação (CIP)
(Câmara Brasileira do Livro, SP, Brasil)

Homero
Odisseia / Homero; tradução em decassílabos duplos e introdução de Leonardo Antunes; apresentação de André Malta. – Araçoiaba da Serra, SP: Editora Mnēma, 2025.

Tradução do original em grego
ISBN 978-65-85066-18-1

1. Poesia épica grega I. Antunes, Leonardo. II. Malta, André. III. Título.

25-253762 CDD-883.01

Índices para catálogo sistemático:

1. Poesia épica: literatura grega antiga 883.01

Eliane de Freitas Leite - Bibliotecária - CRB 8/8415

Editora Mnēma
Alameda Antares, 45
Condomínio Lago Azul – Bairro Barreiro
CEP 18190-000 – Araçoiaba da Serra – São Paulo
www.editoramnema.com.br

para meu pai

Sumário

A epopeia ética

André Malta (USP)

1. A construção dupla da *Odisseia*

No final do Capítulo XIII da sua *Poética*, Aristóteles critica as tragédias que terminam bem para os personagens bons e mal para os personagens maus, em vez de seguirem o formato que ele considera superior: quando a ação acaba mal para um personagem que é bom, e isso ocorre por causa de um erro seu. Na breve discussão que faz do esquema que reputa pior – e chama de "construção dupla" –, o filósofo reconhece que arcos dramáticos assim eram populares e que o gosto do público costumava ser atendido pelos poetas na hora de comporem suas obras (1453a30-35). O mais interessante, porém, é que nesse ponto do tratado ele não dá como exemplo uma peça, e sim a *Odisseia* de Homero.

De fato, a *Odisseia* é dotada de uma estrutura que poderíamos chamar de bipartida: narra uma história com final feliz para Odisseu e sua família, mas com desfecho infeliz para os pretendentes que ameaçavam matar seu filho e cobiçavam sua esposa. Uma outra passagem da *Poética* nos leva a essa mesma constatação. No Capítulo XVII, ao produzir a sinopse da *Odisseia*, Aristóteles volta a abordar, ainda que indiretamente, sua construção dupla:

> "Um homem se ausenta por muitos anos, é vigiado por Possêidon e encontra-se só; além disso, em casa as coisas estão de tal jeito que seus bens são consumidos por pretendentes e seu filho é vítima de uma conspiração; mas depois da tormenta ele retorna e, revelando-se a alguns, ataca, se salva e destrói seus inimigos". Isso é o que é próprio dela [isto é, da *Odisseia*], enquanto as demais coisas são episódios. (1455b18-23; tradução minha)

De um lado, o herói que sofre mas termina tendo sucesso. Do outro, homens que se colocam contra ele e sua família mas acabam destruídos. Dito assim, não há como negar que esse formato duplo, quer o vejamos com bons ou maus olhos, continua a ser imensamente popular entre nós. Se a centralidade do poema de Odisseu já é algo assente no âmbito da literatura erudita recente – basta citar duas obras igualmente monumentais e arrojadas mas muito diferentes entre si, *Ulisses* (1922), do irlandês James Joyce, e *Odisseia: uma sequência moderna* (1938), do grego Nikos Kazantzakis –, sua ressonância quando se pensa na criação de histórias ficcionais em geral o coloca como matriz incontornável.

Nesta apresentação, quero aprofundar esse ponto explorando algumas facetas do protagonista "vencedor" da *Odisseia*. Apesar de no mesmo Capítulo XIII da *Poética* Aristóteles afirmar preferir uma trama como a do *Édipo Rei* de Sófocles, em que o homem bom ao final sai de cena soterrado pela desgraça (1453a7-21), nosso paradigma dominante ainda deriva das características e das ações de Odisseu. Depois disso vou falar também das virtudes de Penélope, igualmente relevantes para a história da *Odisseia*, e da construção de outros personagens que ao longo do épico são tão variados quanto marcantes. Por fim, vou discorrer brevemente a respeito da organização do poema, uma organização que lhe confere um aspecto especial e é precursora das transposições temporais fartamente usadas hoje na ficção e no audiovisual.

2. O herói de muitíssima astúcia e de tantas lutas

Logo na abertura da *Odisseia*, Odisseu vem identificado como *ándra polútropon*, "guerreiro de muitos encontros":

> Sobre o guerreiro de muitos encontros,
> musa, me conta — que muitas e tantas
> voltas trilhou depois de ter pilhado
> a cidadela sagrada de Troia. (I.1-2)

Polútropos, "de muitos encontros", é o adjetivo que qualifica o herói apenas duas vezes no poema, neste verso inicial e no Canto X, quando Circe assim se dirige a ele (v. 330). Seu epíteto de fato, o termo que vem colado a "Odisseu" e forma com ele como que um bloco só, é *polúmetis*, "de muitíssima astúcia". Esse é o épico do homem esperto ou inteligente, do homem que, ao passar por muitos lugares e por variadas experiências, mostra-se detentor de uma polivalência incomparável. É isso que nos permite enxergar em Odisseu uma figura madura e racional, diametralmente oposta à de Aquiles, o protagonista jovem, forte e impulsivo da *Ilíada*. Um sobrevive aos dez longos anos da Guerra de Troia e, transcorridos mais dez, consegue finalmente voltar para sua ilha natal, Ítaca. O outro opta pela "bela morte" em combate. Odisseu é múltiplo, Aquiles é obstinado.

A astúcia de Odisseu se manifesta no poema através de dois recursos principais: o disfarce e a mentira. São ferramentas que praticamente não o vemos usar na *Ilíada*, à exceção talvez do Canto X, em que realiza uma espionagem noturna com Diomedes (não custa lembrar que o ardil do cavalo de madeira, responsável por decretar a queda de Troia e no qual o herói atua com destaque, não vem narrado na *Ilíada*). Já na *Odisseia*, onde ele tem que enfrentar uma série de adversidades, não só no acidentado percurso de volta para casa mas também depois de adentrar o próprio palácio, disfarce e mentira são essenciais para sua sobrevivência. É o elemento do disfarce em particular – o recurso à "identidade secreta" – que faz com que esse épico traga por tabela um punhado de cenas de reconhecimento e seja dito, na terminologia aristotélica, "complexo" (para uma análise detalhada dessas passagens, ver Duarte, 2012: 114-187).

A fim de se proteger de seres e lugares que não conhece ou que lhe são hostis, o herói precavido precisa a princípio ocultar sua verdadeira identidade e lançar mão de atos e palavras convenientes, até que a revelação possa finalmente ocorrer. Odisseu faz isso com maestria em diferentes momentos, seja ao aportar na desconhecida terra dos feácios, seja quando acorda numa Ítaca irreconhecível para ele, seja ainda em boa parte da segunda metade do poema, ao assumir a aparência física de um velho mendigo – algo que, curiosamente, Helena nos diz no Canto IV que ele já tinha feito durante a guerra, ao penetrar nos muros de Troia sem ser reconhecido por ninguém mais a não ser por ela.

Nesse sentido, a *Odisseia* pode ser lida como uma espécie de tutorial de ocultação, autotransformação e adaptação. É quando se "despersonaliza" que Odisseu abraça sua verdadeira identidade. O passo que encapsula isso como nenhum outro é o famoso relato que o próprio herói faz do seu encontro com o ciclope Polifemo, no Canto IX, quando consegue derrotar o gigante de um olho só ao dizer que se chamava "Ninguém" (*Oûtis*), um pronome cuja variante no grego antigo (*mé tis*) permite um jogo único com o substantivo "astúcia" (*mêtis*). Poder de desaparecimento, habilidade no uso da palavra, antevisão dos acontecimentos e um apurado senso de oportunidade: esses expedientes – quase "superpoderes", diríamos – são a marca de quem detém a *mêtis*, conforme mostra a mais importante obra sobre o tema (Vernant e Détienne, 2008). Não é mero acaso, portanto, serem recorrentes nas representações contemporâneas de (super-)heróis e heroínas.

Mas Odisseu não é apenas isso na *Odisseia*. Há uma outra qualidade fundamental sua, associada à longa jornada empreendida: a resiliência. Além de ser *polúmetis*, ele é *polútlas*, o "de tantas lutas", e *talasíphron*, o "de incansável coração". Sem uma boa dose de coragem e tenacidade, mesmo a figura mais versátil poderia sucumbir a tamanhos desafios, ainda mais quando se é vítima da perseguição do deus Possêidon. Mas o paciente Odisseu resiste, e não só ao rancoroso plano divino representado pela divindade dos mares: mesmo em casa, tem de engolir a seco os ultrajes cometidos pelos pretendentes de Penélope, enquanto testa a todos no palácio, da esposa aos servos.

3. Justiça, hospitalidade e família

A qualidade de fato superior de Odisseu, porém, talvez não seja nem a astúcia nem a resiliência, e sim uma terceira, que dá sentido ao seu comportamento esperto e firme: a justiça (*díke*, em grego). Seu percurso, desde Troia até o restabelecimento da ordem em Ítaca, é o de quem sabe se guiar pelos valores corretos, em repúdio à selvageria e à falta de hospitalidade. Num poema marcado pelas viagens a lugares desconhecidos e pela relação anfitrião-hóspede, a divisão entre civilização e barbárie é repetidas vezes enfatizada. Nesse contexto, o ato de receber bem o estranho que bate à porta torna-se índice claro de uma justiça associada à vontade do próprio Zeus: o bom hospedeiro acolhe e alimenta seu hóspede, como fazem os feácios com Odisseu, ao invés de se alimentarem dele, como Polifemo age com seis companheiros do herói.

Mas a *Odisseia* mostra que a selvageria existe também, e às vezes mais intensamente, dentro do próprio universo civilizado. É o que vemos nos primeiros cantos, que formam a chamada "Telemaqueia", e principalmente na segunda metade do poema, quando, com o auxílio de Atena, Odisseu leva a cabo o plano de matar os 108 pretendentes de Penélope. Estes também pervertem a instituição da hospitalidade, não porque não sabem receber corretamente um convidado, e sim porque são eles mesmos convidados indesejados, que invadem a casa do herói e passam a consumir bens que não são seus. Os cortejadores de Penélope, que a imaginam viúva depois da ausência prolongada de Odisseu, abandonam o que seria uma corte aceitável em favor da imposição e da força. É em tal circunstância que ele volta como figura impiedosa, decidida a não deixar nem um único oponente vivo.

Trata-se de fato de um ato de justiça ou de uma carnificina injustificável? No universo da *Odisseia*, ainda que a matança deflagre em Ítaca um princípio de guerra civil logo contido, Odisseu surge como justo vingador. É bom lembrar que, sendo um *basileús* (denominação aplicada aos principais heróis homéricos), ele parece habilitado a desempenhar tal papel. Costuma-se verter *basileús* por "rei", tradução/tradição seguida também aqui por Leonardo Antunes, mas na poesia homérica os "reis" seriam mais *big-men*, e não tanto monarcas que exercem o poder pelo princípio da hereditariedade, segundo explica Jonathan Hall em

A History of the Archaic Greek World (Hall, 2007: 120-127). Com base em fatores como carisma e riqueza, um desses "magnatas" ou "barões" locais coloca-se acima dos demais e torna-se "mais rei" (*basileúteros*), passando assim a controlar a comunidade. Sendo o braço justiceiro de Zeus na *Odisseia*, o "rei" Odisseu é ao mesmo tempo juiz e carrasco, e sua ação – apesar da revolta dos parentes dos pretendentes mortos – ao que tudo indica representa uma forma legítima de restabelecimento da normalidade (Martin, 2018: 47-49).

Inteligente, resiliente e, principalmente, justo vingador. Eis o trinômio clássico do heroísmo (ao qual falta, é verdade, a submissão a um interesse coletivo maior, algo encarnado por Heitor na *Ilíada* e ainda mais por Eneias na *Eneida*). Seria possível explorar, no entanto, alguns pontos adicionais que fazem de Odisseu uma referência incontornável. Há, negativamente, o componente sexista com que estamos familiarizados: o herói envolve-se com Calipso por sete anos e com Circe por um, despertando ainda o interesse de Nausícaa. Além disso, Odisseu caracteriza-se por certo isolamento: com a morte de todos os companheiros, emerge como ser autônomo, destinado a trilhar, mesmo depois de estabelecida a paz, novos caminhos no futuro.

Todos esses são atributos facilmente identificáveis, mas queria realçar um em particular: o fato de Odisseu ser um "homem de família". A *Odisseia* é um poema sedutor, entre outros motivos, porque explora a relação do herói com seus entes queridos. Os nomes que vêm logo à mente, claro, são os de Telêmaco e Penélope, filho e esposa. Mas é importante não esquecer que em sua descida ao Hades no Canto XI ele conversa com a mãe já falecida, Anticleia, e que no Canto XXIV reencontra o pai, Laertes, em duas das cenas mais comoventes do poema. São elementos que ajudam a construir o perfil desse grande indivíduo, visto sob diferentes ângulos: guerreiro, líder, viajante, pai, esposo e filho.

É a soma desses ingredientes principais que, voltando a Aristóteles, pode nos ajudar a entender a razão de ele afirmar no Capítulo XXIV da *Poética* que, diferentemente da *Ilíada*, um poema "patético", ou seja, "marcado pelo sofrimento", a *Odisseia* seria um poema "ético", um poema "marcado pelo caráter" (1459b8-16). A distinção se justificaria não pelo fato de a *Ilíada* ser desprovida de caráter: na construção elaborada de seus personagens, o poema da Guerra de Troia também está delineando um conjunto de caracteres, assim como a *Odisseia* igualmente explora o sofrimento. Ao lado do *mûthos* ("trama" ou "enredo"), o *êthos* (o "caráter") é parte essencial de qualquer boa tragédia e epopeia. A divisão esquemática do filósofo parece antes repousar sobre a ideia de que a *Odisseia* trabalha precisamente com a dupla construção de que falei acima, isto é, com personagens contrapostos, bons de um lado e maus do outro, cada um com o destino que merece.

Nesse sentido, é para Odisseu enquanto herói central que convergem as virtudes consideradas benéficas, em oposição ao comportamento tido por vicioso, um tipo de separação que não encontramos com a mesma clareza na "patética" *Ilíada*. No poema de Aquiles, gregos e troianos surgem aproximados e moralmente embaralhados. Dado mais importante: a ação destrutiva do grande herói, além de recair sobre um inimigo que desperta nossa simpatia (Heitor), atinge antes seu amigo querido (Pátroclo), operando neste caso com aquele vínculo afetivo entre os personagens que Aristóteles entende, no Capítulo XIV da *Poética*, como de fato apto a produzir o efeito trágico. Não há isso na *Odisseia*, justamente por causa do seu recorte característico, pelo qual as ações terríveis, em linhas gerais, movem-se do "lado bom" (Odisseu e sua família) em direção ao "lado ruim" (os pretendentes).

4. Heroísmo e sabedoria

Sendo detentor desse tipo de heroísmo, é possível postular que Odisseu apresenta uma condição em certa medida sobre-humana. Acredito que duas experiências em particular apontam para essa sua condição na *Odisseia*. A primeira aparece no já mencionado Canto XI, o célebre episódio da evocação dos mortos. Encontrando-se ainda vivo, Odisseu passa pela experiência não só de ver com seus próprios olhos o que é a existência depois que se morre, mas também de dialogar com os mortos. A morte, que ninguém sabe exatamente o que é, que nenhum dos seus companheiros a vagar no Hades teve a chance de experienciar antecipadamente, torna-se para o mortal Odisseu algo conhecido muito antes da chegada do seu dia final. Esse acesso ímpar o destaca.

Além dessa experiência, há outra muito humana pela qual nenhum ser é capaz de passar como Odisseu passou: a velhice. No Canto XIII, o herói é magicamente transformado num velho mendigo por Atena, e essa nova condição – junto, claro, com a própria mendicância – como que confere a ele uma consciência ampliada sobre nossa existência precária e transitória. Veja-se a bela reflexão que ele faz no Canto XVIII, ainda sob o disfarce de pedinte, dirigindo-se a um dos pretendentes:

> Não há nada mais débil, dentre tudo
> que a terra cria, do que o ser humano,
> dentre todas as coisas que respiram
> e que se movem sobre a terra negra,
> pois ele nunca pensa que haverá
> mal algum para ele no futuro
> enquanto os deuses lhe concedem força
> e seus joelhos podem carregá-lo.
> Mas, no momento em que os deuses ditosos
> fazem com que aconteça uma desgraça,
> só lhe resta vivê-la, a contragosto,
> mantendo resoluto o coração,
> pois é dessa maneira que funciona
> a mente dos humanos sobre a terra,
> a mesma desde o dia em que os criou
> o pai de todos os homens e deuses.
> Eu mesmo, no passado, poderia
> ter sido um homem próspero entre os outros,
> mas acabei cedendo à violência
> e à minha própria força, e cometi
> muitos erros, por pura petulância,
> confiado em meu pai e meus irmãos.
> Por isso, dou o aviso: que ninguém

se torne totalmente avesso à lei,
e sim aceite taciturno os dons
que os deuses porventura lhe cederem. (XVIII.130-142)

Delineei até aqui uma figura heroica positiva, mas é fundamental assinalar que entre os gregos antigos também se explorava um "lado B" de Odisseu, ardiloso e pragmático no pior sentido, que convivia com o grande retrato oriundo da *Odisseia.* É o personagem que pode aparecer em tragédias como o *Filoctetes,* de Sófocles, onde perde parte da sua grandeza e soa mais como político ou sofista, ou que vem ricamente investigado num diálogo platônico como o *Hípias Menor.* Variações dessa representação negativa vão perdurar no imaginário ocidental através de textos centrais, caminhando em paralelo à epopeia homérica e preservando assim a visão dual de Odisseu. Aqui não há como escapar da *Eneida* de Virgílio, cujo Eneias se apropria de vários elementos odisseicos ao mesmo tempo que se contrapõe a seus valores. É o que vemos na narrativa do ardil do cavalo de Troia (Livro II), onde o herói grego, sob o nome "Ulisses" (sua forma latina), mais de uma vez é chamado de "cruel" e "traiçoeiro", ou no Livro III, onde descobrimos que havia abandonado um dos companheiros na caverna do ciclope, informação que mancha sua reputação de líder. Outro marco é o *Inferno* de Dante Alighieri, que no Canto XXVI situa Ulisses entre os fraudulentos do oitavo círculo, narrando em seguida a derradeira viagem do herói, com destaque para seu impulso explorador.

Fechando porém esse breve parêntese e voltando ao protagonista da *Odisseia,* nada impede que ao fim avaliemos o percurso de Odisseu e as virtudes suas elencadas por Homero de outra perspectiva: suas experiências refletiriam alegoricamente – ou seja, através de uma extensa metáfora – o trajeto da alma humana rumo ao aperfeiçoamento moral. É o que viria ilustrado, por exemplo, pela maneira como resiste ao sedutor mas destrutivo canto das Sereias, no famoso passo do Canto XI. É o que aparece dentro da tradição filosófica no enfoque dado ao herói pelo "Mito de Er", presente no Livro X da *República* de Platão (620c-d). Se encarado assim, como foi na história da recepção da *Odisseia* (Rutherford, 1986), Odisseu volta a surgir como figura bem diversa do Aquiles da *Ilíada*. Enquanto este, conforme Aristóteles diz na conclusão do Capítulo XV da *Poética*, é retratado como homem "mais belo", sem que deixe de ser ao mesmo tempo "modelo de inflexibilidade" – defeito pelo qual acaba se assemelhando a nós (1454b8-13) –, o Odisseu da *Odisseia* estaria mais apartado do ser humano comum, servindo-lhe de inspiração ou como símbolo de uma trajetória ascendente.

5. O protagonismo de Penélope

A *Odisseia* não é apenas o poema de Odisseu. É ainda uma "Penelopeia", o poema de Penélope. Do começo ao fim da narrativa, a esposa de Odisseu é presença fundamental, e não exclusivamente por deter aquelas duas qualidades femininas exaltadas pelos gregos antigos: castidade e discrição. Penélope é sim discreta e casta (e por isso se contrapõe a Helena e Clitemnestra, que traíram seus maridos), mas é também esperta como Odisseu, sendo decisiva para a vitória sobre os pretendentes – superando, inclusive, o próprio marido no duelo final de astúcia que o casal trava.

Não custa assinalar que, a despeito de uma cultura ser dirigida pelo olhar masculino, sempre pode existir espaço para a construção de grandes personagens femininos, conforme as tragédias comprovam. No caso de Penélope, cujo epíteto é *períphron*, "de engenho cuidadoso", cabe dizer mais: avaliando-se o conjunto dos principais personagens homéricos, masculinos e femininos, ela talvez seja o mais complexo, assim como, para explorar um paralelo no interior do gênero épico, Medeia talvez seja também o mais complexo das *Argonáuticas* de Apolônio de Rodes, a narrativa do século III aec que possui várias conexões com a *Odisseia*.

Com seu cenário doméstico, a *Odisseia* naturalmente apresenta uma oportunidade maior de mergulho no universo feminino (se pensarmos na comparação com o ambiente bélico e masculino da *Ilíada*), o que ajuda a explicar o delineamento mais profundo de alguns perfis desse sexo, como mostra Suzanne Saïd no Capítulo 9 de seu livro (Saïd, 2011). Calipso, Circe, Nausícaa, Euricleia, Arete, Melanto – todas essas figuras trazem à tona discussões importantes sobre o papel da mulher, com estereótipos sendo ratificados ao mesmo tempo que são ultrapassados. No que diz respeito especificamente a Penélope, Homero leva a exploração dessa ambivalência a um grau máximo, forjando uma figura diáfana, que por debaixo da camada superficial palatável carrega consigo o mistério das grandes criações.

Logo de início, no Canto I, ela surge como a mãe aflita de Telêmaco e a mulher saudosa do marido desaparecido. No Canto II, contudo, o quadro se complica: além da esposa passiva, aparentemente frágil, existe a mulher que age e faz escolhas. São duas as intervenções decisivas dela apresentadas na *Odisseia*: uma anterior à ação do poema, relembrada mais de uma vez na narrativa, e outra já perto da sua conclusão. Ou seja, não é propriamente o caso de Penélope primeiro ser passiva e ir se tornando ativa ao longo da ação: os dois comportamentos convivem nela, simultaneamente reforçando e desfazendo o lugar-comum.

A primeira intervenção, ocorrida no passado mas absolutamente fundamental para delinear o caráter de Penélope para nós, é o estratagema da mortalha. Já pressionada pelos jovens pretendentes a escolher um deles como futuro marido – mesmo sem a confirmação oficial da morte de Odisseu, e com um filho ainda muito moço para assumir o papel de "homem da casa" –, Penélope resolveu recorrer a uma astúcia: prometeu fazer sua escolha assim que terminasse de bordar a mortalha de Laertes, o velho pai de Odisseu que vivia no campo, alheio ao que se passava no palácio. Durante o dia, os pretendentes viam o trabalho em curso, sem notar que à noite Penélope desfazia a trama. O plano durou até o ardil ser revelado por uma serva infiel. Quando o poema começa, portanto, a pressão sobre Penélope volta a crescer.

Vale notar que, por ser a tecelagem o símbolo maior da atividade feminina na Grécia Antiga, com a alusão a esse estratagema Homero consegue fundir aqueles dois movimentos contrários. Ao tecer a mortalha, Penélope está agindo como a típica "mulherzinha", mas com o mesmo gesto, por conta das suas intenções ocultas, ela sai da gaveta em que toda mulher era colocada: opera de um modo ativo e estratégico, afim à natureza do marido. O fato de esse feito ser rememorado não somente uma, mas três vezes no poema, nos Cantos II, XIX e XXIV (duas delas pelos pretendentes, e outra por ela própria), só reforça a capacidade da mulher.

Mas é sua segunda intervenção a mais impactante, não só porque ocorre no tempo presente da narrativa, mas também porque a encaminha para sua resolução. No Canto XIX, um dos mais ricos de toda a poesia homérica, Penélope trava um diálogo com o mendigo-Odisseu – isto é, com Odisseu ainda sob o disfarce de velho pedinte – em que ela não apenas ouve dele a notícia de que o marido estaria vivo e de regresso, como também relata a ele o sonho que teve, no qual Odisseu tinha aparecido como uma águia e matado vinte gansos. Os dois relatos trazem a esperança de uma reviravolta positiva na vida da esposa, mas Penélope, ainda assim, mostra-se surpreendentemente desanimada. A tal ponto que a conversa entre os dois termina com ela dizendo que vai propor aos pretendentes uma disputa: quem conseguir empunhar o arco de Odisseu, e fizer a flecha atravessar os orifícios de doze machados enfileirados, levará sua mão como prêmio. É o que acontece a seguir. O concurso é anunciado, os pretendentes são incapazes de performar na prova e a disputa dá a Odisseu a oportunidade que queria: ter em mãos um armamento e começar a liquidar seus inimigos, o que ocorre logo no início do Canto XXII.

É Odisseu quem mata os 108 pretendentes, com a ajuda de Telêmaco e seus servos leais, mas é Penélope quem cria, de fato, o contexto favorável para que isso aconteça (tal como Medeia faz com Jasão, em relação aos desafios que este tem de enfrentar na Cólquida para obter o velocino de ouro). Por que ela agiu da maneira como agiu no diálogo com o mendigo-Odisseu? Ela cogitava mesmo a possibilidade de se casar com um dos pretendentes? Ou sabia que aquele mendigo era seu marido (mal)disfarçado e preferiu não falar nada? Penélope estaria, na verdade, conscientemente ajudando-o? Ou de forma intuitiva? Não há indicações claras disso no texto. Tampouco uma resposta simples para as motivações dela, e é isso que reforça seu estofo enquanto personagem, algo que explorei no Capítulo 4 da minha obra sobre a *Odisseia* (Malta, 2018).

Além dessas duas intervenções, para corroborar o caráter complexo de Penélope é importante destacar sua manobra sinuosa no Canto XXIII, quando os pretendentes já estão mortos e ela busca se certificar de que aquele estrangeiro era seu marido. Mesmo com Odisseu tendo recuperado sua aparência original, a esposa mantém a desconfiança típica dos astutos e resiste em acolhê-lo, provocando a indignação de Telêmaco. Mas Penélope tinha mais um de seus planos em mente e finalmente joga a isca para o esposo morder: de modo imprevisto, pede à serva que traga o leito para fora do quarto do casal, ordem à qual o herói reage com veemência, já que ele mesmo tinha entalhado a cama em torno do tronco de uma árvore. Removê-la, portanto, era impossível. Bingo. Era essa a resposta esperada: ela não só comprova, para Penélope, que ele era Odisseu, o único homem ciente dessa particularidade arquitetônica, como comprova também para nós que nenhum outro homem teve acesso a essa informação e que, portanto, a mulher se mantivera casta. Com o teste do leito, a esperteza de Penélope afim (ou superior) à do marido volta a andar de mãos dadas com a defesa da figura da esposa fiel. Já às servas infiéis que dormiram com alguns dos pretendentes é reservada uma morte brutal.

6. A diversidade dos personagens

Uma das grandes diferenças da *Odisseia* em relação à *Ilíada* – do poema "ético" em relação ao poema "patético" – é a variedade de seus personagens. Como tentei mostrar, já seria possível notar isso pelo fato de uma mulher disputar o protagonismo da história, algo impensável no mundo masculino e guerreiro da *Ilíada*. Só que essa diversidade vai além do casal Odisseu-Penélope, passando, entre outros exemplos, pela transição da juventude para a idade adulta que testemunhamos nos casos de Telêmaco e Nausícaa; pela condição monstruosa do selvagem Polifemo; pela velhice digna de piedade de Laertes, que se dedica à terra; pela existência despojada do porqueiro Eumeu; pela presença de outro casal relevante, Alcínoo e Arete; ou mesmo pela caracterização dos pretendentes, que opera em camadas e os torna "vilões" com certas nuances. É sua pletora de perspectivas que faz dessa epopeia um verdadeiro caleidoscópio. O próprio Odisseu, ao jogar conscientemente com sua identidade, de certa forma comporta dentro de si mais de um personagem, notadamente quando se transforma em um mendigo pródigo em elaborar suas próprias ficções.

Para exemplificar a qualidade da caracterização presente na *Odisseia*, tome-se a dupla Nausícaa e Arete. A jovem Nausícaa e sua mãe Arete vivem na terra dos feácios, um lugar a princípio "fora do mapa", mas onde facilmente se reconhecem as instituições típicas da cultura grega antiga. Conforme Charles Segal defendeu na primeira parte do seu livro *Singers, Heroes, and Gods in the Odyssey* (Segal, 1994), trata-se de uma parada que serve de ponte na viagem de volta de Odisseu, interligando o mundo fantasioso/selvagem que o herói deixa para trás ao mundo real/civilizado (embora nunca livre de elementos selvagens) no qual vai reentrar. Ao lado de Alcínoo, Arete e Nausícaa formam esse núcleo familiar hospitaleiro e justo, desdobrando a perspectiva sobre a mulher que marca Penélope.

Nausícaa é a primeira a entrar em contato com o forasteiro Odisseu, depois de incitada em sonho por Atena a preparar seu enxoval de casamento, na abertura do Canto VI. É num local afastado, onde lava as roupas, que vê aquele náufrago nu e combalido, que resolve acolher e levar para o palácio. Todo o tato demonstrado pela jovem colabora para reforçar seu pudor e recato, ao mesmo tempo que destaca sua grande capacidade. De certa forma Nausícaa é uma figura que se conecta à do também jovem Telêmaco, presente com destaque nos quatro cantos iniciais. De Telêmaco espera-se que ingresse na idade adulta e consiga rechaçar os pretendentes, enquanto de Nausícaa espera-se tão somente que vire esposa: o recorte é sexista. Ainda assim, na sua breve participação a jovem mostra o despontar da mesma maturidade que Telêmaco vai adquirindo, e podemos entender como sinal de certa emancipação o fato de dizer a Odisseu, ao se despedir dele no Canto VIII, para não se esquecer dela, porque ele lhe devia a vida. Essa percepção não unidimensional é reforçada pela participação de sua mãe, Arete. É a Arete que Odisseu dirige sua súplica ao entrar no palácio feácio, no Canto VII, e é a rainha que o confronta a respeito das roupas que vestia (dadas a ele por Nausícaa). Em termos de poder, sua atuação é equiparável à de Alcínoo.

Por outro lado, no plano masculino podemos pensar em personagens tão diversos como Eumeu, o ciclope Polifemo e Laertes, o pai de Odisseu, cada um com sua caracterização específica, e sempre primorosa. Eumeu, o servo porqueiro, uma espécie de administrador dos bens de Odisseu, é uma das figuras homéricas mais cativantes. Leal ao senhor ausente, com o qual dialoga a partir do Canto XIV sem saber sua real identidade, o porqueiro se mostra desconfiado diante dos sinais dados pelo mendigo quanto à volta de Odisseu, e sobretudo desesperançoso diante da violência dos pretendentes. No Canto XV, descobrimos que sua origem era nobre e que ele mesmo conhecia bem as instabilidades e reviravoltas na vida humana. Com poucas pinceladas, Homero nos dá um homem de carne e osso, correto e fiel, ciente das ironias da vida e defensor do *status quo*.

A caracterização verossímil comparece igualmente na figura lamentável de Laertes, no momento em que Odisseu o encontra em seu sítio, com uma enxada e usando uma túnica suja, no Canto XXIV. Na interação entre pai e filho, que não resiste e joga inicialmente com mais mentiras sobre sua identidade, conseguimos captar o sofrimento desse velho viúvo, que imagina Odisseu morto, e nos comovemos com seu renascimento no momento em que descobre que o tem à sua frente. A emoção que a cena transmite não é menor do que a presente no diálogo de Odisseu com a mãe morta, no Canto XI, quando ela diz ter morrido, literalmente, de saudade do filho, e este tenta abraçá-la em vão.

Para concluir esse passeio por alguns personagens do poema, vale a pena explorar a figura do ciclope Polifemo, central no Canto IX. Trata-se de uma caracterização diferente das citadas antes, porque se inclui entre as que acessamos pelos olhos de Odisseu, no seu relato pessoal ao longo de quatro cantos. Chama a atenção, por exemplo, o fato de o herói dar detalhes desse universo ciclópico, selvagem e monstruoso, já na abertura da narrativa, oferecendo assim um enquadramento dos valores em jogo. O curioso, porém, é que à medida que essa aventura se desenrola no relato em primeira pessoa, Polifemo vai ganhando camadas que impedem que o vejamos simplesmente como brutamontes. Ele é efetivamente selvagem, sendo o sinal mais claro disso o fato de devorar carne humana, mas em certo sentido guarda também uma urbanidade desconcertante. Se o cuidado metódico com seus animais dá um tom civilizado – e macabro – a seu comportamento, é seu apreço por um bom vinho e o sarcasmo no trato com Odisseu, ou mesmo o apego a seu grande carneiro, que conferem ao monstrengo qualidades que a princípio não suspeitávamos. Na *Odisseia*, o poema "ético" do bem contra o mal, mesmo os perversos não são apresentados de forma plana. E até mesmo o "herói total" Odisseu pode ser de alguma maneira problematizado, como quando mostra certo descontrole ao revelar seu nome verdadeiro a Polifemo (Malta, 2018: 275-316).

7. A disposição da trama e seus efeitos

Não são apenas os muitos personagens da *Odisseia* e sua história de errância, astúcia e vingança que respondem pelo magnetismo que o poema tem exercido ao longo dos tempos. A disposição da trama possui também uma qualidade ímpar, e esta se mostra não apenas no conjunto dotado de unidade, isto é, com seus elementos narrativos organizados de forma concentrada e bem concatenada (a *Odisseia*, como diz Aristóteles no Capítulo VII da *Poética*, não é una por focar em um único herói, e sim por selecionar e articular bem os dados relativos a esse protagonista). Além de possuir uma ação principal elaborada com maestria, tal como a *Ilíada*, a *Odisseia* traz também a peculiaridade de abordar o tempo, na comparação com o épico maior, de uma maneira instigante, algo bem explorado por Irene de Jong no seu comentário narratológico, um marco na recepção moderna da poesia homérica (De Jong, 2001).

Fundamentalmente, a *Odisseia* é um poema tão linear quanto a *Ilíada*: o narrador onisciente em terceira pessoa começa o relato de determinado ponto e avança sem que se rompa, em momento algum, esse progresso. Ainda que certas situações narradas possam evocar eventos do passado, ou até mesmo apontar veladamente para ações futuras, não há em Homero quebras, não há colagens ousadas de diferentes estratos temporais. O que há, e há em profusão, é outra qualidade que não escapou ao olhar aristotélico: a inserção constante de discursos diretos, que ajudam a dar uma dimensão mais clara de quem são os agentes épicos, no plano divino e humano. É por essas falas que Homero permite que vislumbremos muitas das situações do passado, rememoradas pelos deuses e principalmente pelos heróis, como quando Odisseu, no Canto II da *Ilíada*, relembra o auspício ocorrido no momento da partida das naus gregas em Áulis. Nesse e em outros muitos exemplos da *Ilíada*, porém, as falas voltadas para o tempo pretérito não têm o poder de produzir a impressão de quebra no progresso da ação. Esse artifício fica reservado à *Odisseia*, o que lhe confere a qualidade estrutural ímpar que mencionei.

O deslocamento cronológico prolongado acontece, como se sabe, no momento em que Odisseu passa a contar aos feácios as aventuras que viveu, desde a partida de Troia, quando comandava seus homens distribuídos em doze naus, até o ponto em que todos morreram, o herói ficou completamente só e foi dar na ilha de Calipso. Essa espécie de flashback vai do início do Canto IX ao final do Canto XII, com um breve interlúdio no Canto XI, e insere-se desta maneira na organização dos distintos blocos da *Odisseia*:

1. Cantos I-IV: "Telemaqueia", isto é, os eventos envolvendo o filho do herói;
2. Cantos V-VIII: saída do herói da ilha de Calipso até sua recepção junto aos feácios;

3. Cantos IX-XII: relato em primeira pessoa de suas aventuras pregressas;
4. Cantos XIII-XXIV: volta a Ítaca e vingança, seguida de alguns desdobramentos.

A longa fala em primeira pessoa, portanto, não apenas quebra o padrão da narrativa em terceira pessoa (ainda que preserve sua fraseologia padrão e traia até certa onisciência), mas também traz fatos que são anteriores ao princípio da ação da *Odisseia*. Portanto, trata-se de um bloco – esse em que o herói vai de Troia à ilha de Calipso – que corresponde a uma posição inicial na organização temporal das experiências de Odisseu, mas que na organização concreta do poema ocupa posição posterior. É tal transposição que distingue esse épico e ajuda a lhe dar uma estampa que para nós parece moderna.

Aqui, contudo, é importante inserir pelo menos dois comentários. Primeiro, deve-se sublinhar que o que temos nesse flashback é uma *ilusão* de quebra da progressão temporal: por mais estendida que seja, trata-se de uma rememoração do protagonista, cuja história é contada seguindo-se a mesma lei básica presente na *Ilíada*, de curso progressivo da ação. A própria exploração de uma construção em camadas, aliás, pela qual um discurso expande-se dentro de outro, não era algo estranho aos gregos, aparecendo com sofisticação, por exemplo, na prosa dos diálogos de Platão. Ingressamos a tal ponto em um ou mais "subníveis" do texto, que podemos momentaneamente nos esquecer do nível primeiro. Em todos esses casos, contudo, somos eventualmente levados de volta ao discurso matriz, tal como na *Odisseia* voltamos, no Canto XIII, à narrativa em terceira pessoa e ao presente da ação, do qual, na realidade, nunca saímos.

Ainda assim, devemos nos perguntar – e esse seria o segundo comentário – que efeito se busca por meio dessa "confusão" (entre muitas aspas) de tempos no poema, entre o presente e o passado de Odisseu. Porque o recurso a essa primeira pessoa demorada e mnemônica, tão único no conjunto da poesia homérica, mais do que se apresentar como um esquema singular e atraente, traz consigo um efeito. Ou, melhor dizendo, traz alguns. Quero apontar dois, que são complementares.

O primeiro efeito é reforçar a qualidade de Odisseu enquanto herói "de muitíssima astúcia", uma vez que a construção de uma extensa e sedutora "narrativa", em sentido amplo, é um dos atributos da figura inteligente e hábil. Sabemos que ele vai voltar a exibir essa qualidade na segunda parte do poema, principalmente ao desfiar suas "mentiras cretenses", ocasiões em que reelabora perfis falsos para sua condição de mendigo. Outro efeito possível, associado ao primeiro, seria enxergarmos o herói como alguém que busca revisitar as dificuldades que viveu ao longo de suas aventuras. O relato teria assim o propósito de afirmar sua identidade e problematizar certos comportamentos, como se Odisseu se tornasse um intérprete de si mesmo.

Adicionalmente, como terceiro efeito, não seria descabido entender que, ao passar a limpo os obstáculos que enfrentou e o modo como foi perdendo, ao longo deles, seus companheiros, Odisseu faz uma espécie de preparação para o que está por vir, em sua volta a Ítaca. Parece que, da longa narrativa em primeira pessoa em que repassa suas experiências, ele sai maior e mais pronto, mais próximo da totalidade heroica que o caracteriza.

Na oficina do tradutor

Leonardo Antunes (UFRGS)

I

No capítulo introdutório de *Tradução: teoria e prática*, John Milton (1998) elenca uma série de imagens encontradas desde o renascimento para ilustrar o lugar e o status do tradutor dentro do imaginário de determinada época e local: por vezes, é equiparado a um esotérico semideus, à estrela da manhã, a um profeta, a alguém que abre a cortina a fim de que possamos olhar o lugar mais sagrado; outras vezes, é dito ser como um taxidermista, como um escravo que segue seu senhor, como um cego numa galeria de arte, como a luz de uma vela comparada à luz do sol. Essas imagens apontam para a instabilidade da condição do tradutor: ora seu trabalho é visto em chave positiva, ora negativa; ora recebe um status próximo ao do autor do texto de partida, ora é visto como alguém completamente secundário, senão nocivo.

II

É certo que esse debate é tão antigo quanto a própria tarefa tradutória, e mesmo hoje esses juízos mistos coexistem. Aliás, entre os próprios tradutores a questão não é pacífica, já que é comum os praticantes de uma vertente de tradução desconsiderarem o trabalho dos demais, e vice-versa. A partir de minha experiência pessoal, contudo, ousaria dizer que essa situação tem mudado ao longo das últimas décadas: parece-me que tem havido uma abertura cada vez maior para uma pluralidade de práticas tradutórias, e um entendimento mais frequente de que as traduções de uma mesma obra são complementares entre si.

Digo isso porque acredito que há mérito e utilidade em todas as abordagens tradutórias, desde as mais comportadas às mais ousadas. Cada proposta dialoga com diferentes características do texto de partida, e expande para novos horizontes suas possibilidades de interpretação e de fruição, visto que o trabalho tradutório se articula tanto no plano hermenêutico quanto no plano estético. A partir desse posicionamento, sempre defendi a ideia de que toda tradução deve ser julgada a partir daquilo que se propõe a fazer. Ou seja: não considero que exista, *a priori*, um projeto tradutório melhor que outro.

III

Dito isso, gostaria de retomar a questão inicial, ensejada pelo livro de John Milton, para elencar mais duas imagens, que desenvolvem suas comparações a partir do corpo humano: são elas a do tradutor como um cirurgião que realiza transplantes e a do tradutor como um médico que faz transfusão de sangue para o texto traduzido. Imagens vinculadas ao corpo me parece que tendem a ser sempre muito eloquentes, pois fazem com que vejamos a matéria da comparação como algo vivo. Pensar o tradutor como um cirurgião que realiza transplantes é tentador, mas um pouco fatalista: terá o texto de partida de morrer para que o texto traduzido receba seus órgãos e viva? Será que toda tradução mata um pouco o seu original? Por outro lado, a ideia do tradutor como um médico que faz transfusão de sangue para o texto traduzido talvez tenha semelhante força e menos problemas. Sigamos pela rota do sangue.

Entre as muitas imagens de que se valeu para teorizar a respeito de tradução, Haroldo de Campos (1981) comparou o tradutor a um vampiro: alguém que se alimenta do sangue alheio, num viés de leitura não muito distante da antropofagia oswaldiana. Essa imagem do vampiro me agrada bastante, por aquilo que tem de subversiva. A partir dela, tem-se um tradutor não servil ao autor do texto de partida, e sim como alguém que se vale da energia alheia para produzir sua "criação monstruosa", como bem aponta

Célia Magalhães (1998). Apesar do que há de positivo nessa imagem, pela valorização do ato criativo e subversivo da tradução, ela não deixa de pintar o tradutor como uma espécie de parasita.

Numa chave distinta, mas também lidando com a imagem do sangue, José Francisco Botelho (2021), em sua tese de doutorado, aponta a metáfora que considero ser a mais eloquente a respeito do trabalho do tradutor. Ela vem justamente de uma cena da *Odisseia*: quando Odisseu, no Canto XI, precisa oferecer um sacrifício de sangue para fazer com que os mortos ganhem novamente a capacidade de se comunicar com os vivos. De certo modo, essa imagem explora a tradição do tradutor como uma espécie de vate: alguém que opera como intermediário entre dois mundos apartados. Assim como o vate traz para o plano mortal as mensagens dos deuses, o tradutor traz para o presente as obras do passado. O que me agrada no desdobramento dessa imagem encontrada por Botelho é o sacrifício de sangue que precisa ser feito para que esse deslocamento se efetue. No caso da *Odisseia*, o sangue vertido é das reses que Odisseu sacrifica; por outro lado, no caso do tradutor, o sacrifício é de seu próprio sangue, tanto por meio do tempo e do esforço que são necessários para trazer à luz o seu trabalho, quanto pelo que de si (de sua própria sensibilidade estética e hermenêutica) ele doa à obra traduzida para que ela possa ter vida num novo idioma.

IV

Ao todo, levei seis anos e meio para completar a tradução da *Ilíada* e da *Odisseia*; três anos e meio para a primeira, três anos para a segunda. Esse, contudo, foi apenas o tempo transcorrido durante o confronto direto com os poemas. Antes disso, houve uma longa preparação até que estivesse pronto para enfrentar Homero. Desde o ingresso na graduação, em 2001, até a publicação do *Édipo Tirano*, em 2018, contei com o norteamento e o apoio de grandes professores e colegas. Faço a arqueologia desse percurso no texto introdutório à minha tradução da *Ilíada*, mas reitero aqui, em especial, a contribuição de André Malta e de

Christian Werner, homeristas maiores com quem tive o privilégio de aprender.

Nesse desejo de fazer com que os mortos voltem a se comunicar com os vivos, ainda que seja o sangue do tradutor a escorrer no altar da tradução, parece-me justo expandirmos a imagem odisseica de sacrifício, para que nela se incluam também aquelas figuras que ajudaram Odisseu a chegar ao Hades: a família que o criou, os amigos ao lado dos quais lutou, os anfitriões que conheceu em seu percurso, e os companheiros que perdeu pelo caminho. Nesse sentido, além de a meus professores, agradeço profundamente a meus pais por terem me criado com um código guerreiro tão estrito, incentivando-me sempre a fazer o meu melhor e a criar algo de bom. Também agradeço às agências de fomento brasileiras, que, em vários momentos de minha carreira, me deram os meios necessários para conduzir meu trabalho; em especial, sou grato ao CNPq pela bolsa de produtividade (PQ 2, 2023-2025) que possibilitou a tradução desta *Odisseia*. Entre os amigos, são muitos a quem devo gratidão pelas palavras de incentivo, pelas conversas nas horas de lazer, e pelo exemplo diário de conduta em todas as coisas. Para não incorrer na injustiça de mencionar alguns e deixar de lado outros tantos, agradeço nominalmente apenas a Bruno Palavro, cujo auxílio direto na revisão dos dois poemas foi mais que fundamental.

Faço essas ressalvas, apontando a dívida com tantos que me ajudaram, porque gostaria de falar de meu sacrifício pessoal não em tom autocongratulatório, e sim na forma de um relato para os tradutores de amanhã, que passarão pelos mesmos desafios que passei. Creio que são provações comuns a todos que decidem traduzir obras monumentais como a *Ilíada* e a *Odisseia*. Nesse sentido, julgo que seja proveitoso contar mais detalhadamente como foi esse processo, descrevendo as estratégias que desenvolvi para vencer os obstáculos do caminho.

De modo geral, diria que a motivação, a disciplina e o preparo necessários para traduzir uma grande obra sejam semelhantes à motivação, à disciplina e ao preparo necessários para toda grande tarefa que se queira empreender. Sobre a motivação e o preparo, como já apontei, fique dito o que já disse na introdução à *Ilíada*. Resta-me, portanto, falar da disciplina.

V

Quando decidi que estava pronto para traduzir a *Ilíada*, soube que precisaria adotar um ritmo de trabalho muito maior do que qualquer outro que já tivera antes. O motivo que me leva a relatar isso tudo é, em especial, o fato de que essa disciplina foi cultivada a duras penas.

Durante os meus vinte anos, eu estudava e trabalhava de forma muito irregular. Tinha aquelas certezas que frequentemente acompanham os jovens arrogantes: a de possuir algo de grande para dizer, e a de que o tempo de vida disponível para dizê-lo seria muito maior do que o necessário. O resultado foi que, excetuando-se a dissertação de mestrado e a tese de doutorado, pouco produzi, tanto do ponto de vista acadêmico quanto do ponto de vista autoral. O único aspecto positivo dessa morosidade foi não ter dado a lume os poemas que escrevi da adolescência até o final desse período, que eram demasiadamente verdes, e serviram apenas para o propósito de exercitar a prática poética.

Chegando aos trinta e ingressando na carreira docente, comecei a adotar uma disciplina maior, pois finalmente entendi que meu tempo de vida e minha energia não durariam para sempre. Se antes tinha a ilusão de que conseguiria cumprir todos os projetos que desejasse fazer, agora sabia que precisaria escolher melhor as minhas lutas. Apesar dessa mudança de perspectiva, ainda tinha dificuldade de me manter concentrado em um só projeto, tanto que trabalhei simultaneamente no Anacreonte, nos *Hinos Homéricos* e na tradução de uma antologia de poetas líricos, elegíacos e jâmbicos durante meus primeiros anos de magistério. O *Édipo Tirano* foi o primeiro projeto que consegui levar a cabo de forma focada e num lapso de tempo razoável: um ano para a traduzi-lo e comentá-lo. Claro, o *Édipo* era um projeto de tamanho sucinto, e não diferente daquele que eu havia empreendido em meu doutorado, traduzindo as *Odes Píticas* de Píndaro. Ainda assim, foi um passo importante para eu sentir que conseguiria manter o foco ao enfrentar algo maior.

Para efeitos de comparação, quando trabalhava nos *Hinos Homéricos*, eu me contentava em traduzir cinco versos por dia. Se transpusesse esse ritmo de trabalho para a *Ilíada*, teria levado cerca de catorze anos para terminar o poema. Logo de cara, percebi que teria de aumentar drasticamente a quantidade de versos traduzidos diariamente, para que pudesse completar a tradução dentro de um prazo mais razoável.

Essa pressa não era ditada apenas por um medo de não dispor de tempo de vida suficiente para traduzir os dois poemas, mas principalmente porque sei que vamos mudando de sensibilidade conforme o tempo passa. Receava que, demorando demais, chegaria ao final do poema com uma sensibilidade poética muito distante da que tinha no início. Por isso, achei que era fundamental fazer a tradução no menor tempo possível dentro das minhas capacidades, nem que depois precisasse passar o resto da vida ajustando e fazendo revisões (o que certamente será o caso).

VI

Com isso em mente e fazendo testes iniciais, cheguei à conclusão de que vinte versos de Homero eram o máximo que conseguia fazer com qualidade, naquela medida de esforço empenhado, mas não desmesurado, que pode ser mantido dia após dia, cinco vezes por semana, totalizando cem versos por semana e quatrocentos versos por mês. Deixando de lado um ou dois meses de descanso, resultava algo em torno de quatro mil, quatro mil e quatrocentos versos por ano. Mantendo esse ritmo, consegui fazer os quinze mil versos da *Ilíada* em três anos e meio e os doze mil versos da *Odisseia* em três anos.

Se não conseguia traduzir num dia, tentava tirar o atraso no fim de semana. De modo geral, contudo, fazia um esforço para manter a constância, nem que isso significasse traduzir dentro do ônibus, indo e voltando da universidade. Assim foi com a *Ilíada*. Com a *Odisseia*, abandonei a prática de traduzir fora de casa, tanto porque o transporte público de Porto Alegre se deteriorou rapidamente durante esses anos quanto porque sentia cada vez mais a necessidade de checar as soluções já adotadas anteriormente, o que era impraticável de fazer dentro do ônibus.

Em parte, contudo, também foi uma questão de desejo. A *Ilíada* é minha obra favorita de todos os tempos. A empolgação que tinha ao traduzi-la era incomparável. Com a *Odisseia*, além de disciplina, tive de desenvolver uma persistência ainda maior, pois o texto não me motivava da mesma forma. A motivação maior que tinha em traduzir a *Odisseia* era ver nela os ecos da *Ilíada*, as repetições de fórmulas e a intertextualidade presente entre os dois poemas. Nesse sentido, hoje fica claro para mim a razão de ter me parecido muito melhor traduzir direto ao computador, com pleno acesso ao texto da *Ilíada* logo ao lado.

Sabendo que meu desejo era menor com a *Odisseia*, temia que a tradução resultasse em um trabalho poético inferior à *Ilíada*. Para minha surpresa, aconteceu exatamente o oposto: chegando ao fim da *Odisseia*, durante a primeira revisão, pareceu-me que eu havia alcançado um todo mais coeso e bem-acabado do que na tradução da *Ilíada*. Nada mais natural: afinal de contas, cheguei à *Odisseia* com a experiência de já ter traduzido quinze mil versos de Homero; as soluções já estavam em grande parte encontradas; já havia convencionado todas as convenções possíveis, num trabalho dividido com Bruno Palavro, que passou cerca de seis meses me acompanhando no processo de revisão da *Ilíada*.

A bem da verdade, ouso dizer que esse trabalho de revisão é mais desgastante e pesado do que o de tradução. Mesmo coisas aparentemente banais, como a quantidade de vírgulas que serão usadas, geram desdobramentos e paradoxos imprevisíveis. Foram muitas as vezes em que mudei todas as ocasiões de um ou outro fenômeno ao longo do texto inteiro, só para depois ter de desfazer tudo, constatando que a mudança fora infeliz. Esse processo foi muito intenso na revisão da *Ilíada*, mas um pouco mais leve na revisão da *Odisseia*, justamente por conta das convenções que adotei para uma e apliquei também na outra.

Ainda que a revisão da *Odisseia* em si tenha sido mais tranquila, ela ensejou novas revisões da *Ilíada*, para a padronização de fórmulas comuns aos dois poemas e também para reconsiderações de certas convenções, que passaram a ser adotadas para os dois poemas. Darei alguns exemplos.

VII

Na primeira edição da *Ilíada*, eu estava particularmente preocupado com alguns encontros vocálicos que por vezes precisavam ser lidos com sinérese, por vezes com diérese. Os mais comuns desses encontros vocálicos envolviam as palavras "ouro" e "outro". Assim, marcava "douro" sempre que fosse necessário fazer a sinérese, e "de ouro" quando a diérese fosse esperada para a correta realização do decassílabo. Seguindo a mesma lógica, alternava entre "doutro" e "de outro". Porém, no caso de "outro", a contração acabava sendo usada tanto para casos em que se contraíam "de outro" quanto "do outro". Isso gerava uma ambiguidade indesejável no texto. Além disso, essas contrações também não me pareciam muito agradáveis do ponto de vista da apreciação visual do texto escrito.

Por conta disso, decidi desfazer essas marcas e confiar que o leitor encontrará por si próprio a prosódia adequada para a realização vocal dos versos. Essa decisão foi motivada ainda pela constatação de que muitos nomes próprios também caíam nesse mesmo problema e em outros semelhantes. Por exemplo, às vezes é necessário ler "do Hades", outras vezes "d'Hades", um fenômeno que, de toda forma, eu não estava apontando para o leitor. Como a anotação de mais dessas contrações faria o texto ficar desagradavelmente poluído, pareceu-me melhor desfazer as marcas que já tinha feito e confiar no ouvido dos leitores.

Outras vezes, durante a revisão, foi necessário padronizar as soluções para determinada fórmula. Por exemplo, consideremos o verso 439 do Canto III da *Ilíada*:

τὴν δὲ Πάρις μύθοισιν ἀμειβόμενος προσέειπε·

Na primeira versão que fiz, constava a seguinte tradução:

> Usando de palavras assertivas,
> Páris então proferiu a resposta:

Porém, ao revisar o texto, notei que a fórmula ocorria também no verso 794 do Canto XXIII do mesmo poema:

> τὸν δ' Ἀχιλεὺς μύθοισιν ἀμειβόμενος προσέειπεν·

> Aquiles em seguida lhe falou
> o seguinte em resposta a seu discurso:

Por isso, ajustei a tradução do verso referente a Páris, a fim de que usasse uma solução semelhante:

> Mas Páris em seguida lhe falou
> o seguinte em resposta a seu discurso:

Mudanças semelhantes aconteceram em inúmeras ocasiões durante o processo de revisão dos dois poemas, mas deixo esse único exemplo para ilustrar a questão, a fim de que não se torne enfadonha ao leitor.

Talvez pareça um capricho desnecessário, visto que as duas traduções dizem coisas semelhantes. Porém, a quem estiver acostumado com as repetições do texto de Homero, tenho certeza de que essa sistematização será prazerosa. Tanto é prazerosa que, ao revisar o poema, já acostumado com todas as soluções que adotara para os verbos *dicendi*, quando cheguei a essa tradução inicial para o verso de Páris, ela prontamente me soou ruidosa aos ouvidos, por ser diferente de tudo que usara no restante dos dois poemas. Isso, por si só, não seria um problema, já que também Homero por vezes usa expressões apenas uma vez (o que, no vocabulário técnico, se chama ἅπαξ λεγόμενον). Conferindo o texto grego, contudo, notei que não era o caso de ser um ponto especialmente elaborado, com alguma expressão única, e sim uma frase simples e formular. Por isso, cuidei de fazer a alteração mostrada acima.

Houve também muitas ocasiões em que precisei refazer a tradução de versos que não estavam orgânicos. Por orgânico, no contexto da poesia homérica, eu me refiro à unidade de sentido que o verso como um todo costuma ter. Também os hemistíquios costumam constituir sintagmas bem-definidos. Como resultado, minha dupla de decassílabos, cada um traduzindo um dos hemistíquios do verso grego, também deve apresentar semelhante organicidade.

Consideremos, por exemplo, os versos 3 e 4 do Canto XXI da *Odisseia*:

> τόξον μνηστήρεσσι | θέμεν πολιόν τε σίδηρον
> ἐν μεγάροις Ὀδυσῆος, | ἀέθλια καὶ φόνου ἀρχήν.

Como se pode notar pelas marcações de cesura, cada hemistíquio apresenta unidade de sentido, estando os cortes bem-colocados justamente nas articulações naturais do discurso.

Numa primeira tentativa de traduzir a passagem, pela dificuldade de achar uma solução para o trecho final, acabei embolando demasiadamente os três primeiros versos, como se pode ver abaixo:

> de apresentar o arco e o ferro cinza
> aos pretendentes no salão da casa
> de Odisseu, aparatos para o jogo –
> que dariam início ao morticínio.

Nessa tentativa, precisei de quase dois versos inteiros para dar conta do hemistíquio "ἀέθλια καὶ φόνου ἀρχήν" ("aparatos para o jogo" e "início ao morticínio"). Como resultado, o sintagma "ἐν μεγάροις Ὀδυσῆος" ("no salão da casa de Odisseu") acabou sendo separado nos versos. Esse corte acaba gerando uma ênfase em "de Odisseu", e essa ênfase dificulta a compreensão de que os próximos sintagmas são aposto de "o arco e o ferro cinza".

Ao encontrar uma solução mais econômica para convir esse sentido, fui capaz também de isolar os sintagmas de acordo com sua articulação natural, mantendo uma organização mais semelhante à do grego:

> de apresentar o arco e as machadinhas
> de ferro cinza para os pretendentes,
> no salão do palácio de Odisseu,
> para o jogo – e o início da chacina.

Às vezes, porém, o próprio poeta também separa os sintagmas com cortes menos naturais, gerando *enjambements* ou versos cujas unidades de sentido têm tamanhos distintos. Em geral, tento preservar esses efeitos, quando me parecem particularmente importantes para dar ênfase a algum nome ou a alguma ação. Como exemplo, posso citar os versos 190-1 do Canto XVII da *Odisseia*:

> ἀλλ' ἄγε νῦν ἴομεν· δὴ γὰρ μέμβλωκε μάλιστα
> ἦμαρ, ἀτὰρ τάχα τοι ποτὶ ἕσπερα ῥίγιον ἔσται.

Na tradução, tentei reproduzir o deslocamento de "ἦμαρ", isolado no início do segundo verso. Não pude deslocar a própria palavra "dia", que o traduz, mas ainda assim criei um *enjambement* que me parece ser intencional. Vejamos:

> Então vamos! Melhor partirmos logo,
> pois o dia já quase que se foi
> embora. Muito em breve será noite
> e ficará mais fresco para ti.

É certo que esse tipo de construção, com o sujeito deslocado para o verso seguinte, não é incomum em Homero. Porém, aqui, achei importante manter o *enjambement*, pela imagem de um dia quase se completando: ele ainda está incompleto, assim como a ideia do verso também está.

Outras vezes, achei mais importante manter o caráter geral de organicidade mesmo quando o próprio poeta, na passagem, é menos orgânico. A título de exemplo, vejamos os versos 232-3 do Canto XII da *Odisseia*, seguidos tanto de uma tentativa inicial de traduzi-los (1) quanto da versão final (2):

οὐδέ πῃ ἀθρῆσαι | δυνάμην, ἔκαμον δέ μοι ὄσσε
πάντῃ παπταίνοντι | πρὸς ἠεροειδέα πέτρην.

(1) Mas em lugar nenhum eu conseguia
avistá-la, por mais que já tivesse
cansado os olhos de tanto mirar
por toda parte da brumosa rocha.

(2) Mas não havia modo de avistá-la,
por mais que eu já cansasse a minha vista
de tanto olhar atento a toda parte
daquela rocha envolta por neblina.

Não considero ruim a primeira tradução. Ela tenta respeitar a divisão das palavras nos hemistíquios do verso grego, fazendo o corte entre "conseguia" e "avistá-la" para emular o corte entre "ἀθρῆσαι" e "δυνάμην", que no verso grego estão separados pela cesura mandatória do hexâmetro datílico, conforme aponto. Porém, para alcançar esse efeito, eu me vi obrigado a terminar o segundo verso também em *enjambement*, distanciando-me da construção do texto grego, e a usar uma formulação um pouco mais empolada para traduzir "ἠεροειδέα πέτρην" ("brumosa rocha"), além do verbo "mirar", que também me soa pouco natural para o contexto, ainda que, isoladamente, traduza bem a expressão em grego. Por isso, preferi a segunda versão: achei que era menos importante manter o corte entre "conseguia" e "avistá-la" do que preservar a organicidade geral do período e a naturalidade da expressão "rocha envolta por neblina" e do verbo "olhar". Além disso, essa segunda solução também conta com uma aliteração em /t/ no terceiro verso, reforçada pela proximidade sonora entre "tanto" e "atento", justamente num ponto da história que se beneficia desse tipo de efeito, que passa a intensificar retoricamente a dificuldade expressa pelo herói em seu relato.

VIII

Ao traduzir, nós nos vemos o tempo todo diante de dilemas desse tipo, em que é preciso abrir mão de algo para manter a coerência com algum critério que julguemos mais importante. Em ordem de importância, diria que estes foram meus critérios:

1. métrica dos versos;
2. clareza, elevação, naturalidade e musicalidade do discurso;
3. emulação de fórmulas e de outros recursos poéticos.

Evidentemente, a métrica aparece como o critério primeiro, pois nenhum verso, num poema metrificado, deve fugir à regra. Em segundo lugar, aparecem quatro critérios que possuem, a meu ver, o mesmo peso: clareza, elevação, naturalidade e musicalidade do discurso. Por terem o mesmo peso, são dosados caso a caso, dentro do que é mais importante em cada situação, mantendo um equilíbrio difícil entre si. Por fim, aponto a emulação de características próprias da poética de Homero, em especial a manutenção das fórmulas, mas também poderia apontar a emulação da ênfase que existe no texto grego às palavras em início e fim de verso, e também no fim e no início dos hemistíquios. Nem sempre é possível reproduzir essa ênfase da mesma forma, também colocando os mesmos termos no início e no fim dos versos traduzidos. Porém, às vezes é possível emular essa ênfase por outras lógicas posicionais.

Por exemplo, tomemos os versos 3 e 4 do proêmio da *Odisseia*:

> πολλῶν δ' ἀνθρώπων | ἴδεν ἄστεα καὶ νόον ἔγνω,
> πολλὰ δ' ὅ γ' ἐν πόντῳ | πάθεν ἄλγεα ὃν κατὰ θυμόν,

De muitos dos humanos, conheceu
tanto as cidades quanto os pensamentos.
Muitos foram também os sofrimentos
que no alto-mar seu coração sofreu,

Em grego, é possível ver a repetição de "πολλῶν" e "πολλὰ" ("de muitos", "muitas") no início dos dois versos. Além disso, também deve ser facilmente notada a aliteração em /p/ que se mantém durante quase todo o período, e da presença quase que constante de /n/. Em terceiro lugar, também é digna de nota a posição dos verbos finitos "ἴδεν" ("viu") e "πάθεν" ("sofreu") no mesmo ponto dos dois versos, logo após a cesura, no início do segundo hemistíquio.

Na tradução, tentei emular essa alta elaboração poética com alguns efeitos análogos: a aliteração em /m/ e as rimas interpoladas. No caso das rimas, ainda que sejam pobres do ponto de vista de nossa poética tradicional, por rimarem palavras da mesma classe gramatical, elas mantêm um paralelismo de construção que aponta para como o texto grego se organiza na passagem. A repetição organizacional, a meu ver, enfatiza, na passagem, o tom solene do proêmio. Por isso, julguei que era necessário emulá-la de alguma maneira.

Nem sempre foi possível um resultado tão feliz quanto esse que selecionei especificamente para convencer o leitor de que fiz um bom trabalho. Porém, acredito que, de modo geral, a atenção que tive com a clareza e com a sonoridade do texto traduzido, por si mesma, deva ter gerado bons efeitos em português, mesmo quando não havia uma dívida a ser paga com o texto grego. Espero que esses momentos de felicidade fortuita sirvam de crédito para os momentos em que tiver falhado em atingir uma solução mais bem-elaborada.

IX

Por estar logo no primeiro verso do poema, creio que seja conveniente comentar a respeito do epíteto "πολύτροπος", que se refere tanto à multitude de lugares visitados por Odisseu quanto à abundância de meios de que o herói dispõe para vencer os perigos que enfrenta. Para traduzir o termo, usei a locução "de muitos encontros", pois a palavra "encontro", a meu ver, também possui uma polissemia produtiva quando aplicada a Odisseu e à sua história. "Encontro" é algo que se diz tanto de tropas se enfrentando quanto de amantes se reunindo; em chave positiva, "encontrar" pode evocar a ideia de achar soluções para problemas; em chave negativa, talvez pudéssemos descrever algumas das desventuras de Odisseu como uma série de "encontrões" contra obstáculos em seu caminho.

X

É difícil encontrar os exemplos certos para convir todo o trabalho, toda a dificuldade e todos os dilemas que enfrentei nesses seis anos e meio de contato com o texto de Homero. Não houve dia em que não me deparasse com uma questão interessante, que não precisasse fazer uma escolha difícil, que não pensasse "isso daria uma ótima aula". Tentei anotar o maior número possível dessas passagens. Porém, passado o brilho do momento, olho para minhas anotações e já não sinto vontade de falar sobre o assunto. Enquanto traduzia, sabia que, se quisesse mesmo discutir a fundo cada problema, teria de fazer pausas para ir desenvolvendo as ideias que surgiam enquanto ainda estavam frescas e vivas na minha mente. Isso, contudo, teria impossibilitado que terminasse o projeto em tempo hábil. Como me parecia mais importante concluir a tradução, dei prioridade a essa tarefa. Que o leitor me perdoe se não aponto mais exemplos e não discuto a questão mais a fundo. O tempo é curto, e ainda há muito que gostaria de fazer.

Aproveito para concluir este texto reproduzindo as palavras de Odisseu a Eumeu nos versos 213-215 da *Odisseia*. Traduzi o trecho propositalmente de modo que pudesse ser tirado de contexto, porque esses versos me parecem quase como uma fala da própria Antiguidade nos interpelando a olhar com carinho e atenção para os vestígios de sua cultura, os papiros rotos, os monumentos parcialmente destruídos. A passagem também serve como uma espécie de antídoto para o que se perdeu do processo e no processo desta tradução:

> [...]
> Agora tudo isso está perdido.
> Mas mesmo assim, se olhares com cuidado
> essas minhas ruínas, acredito
> que entenderás. [...]

Odisseia

Canto I

Sobre o guerreiro de muitos encontros,
musa, me conta – que muitas e tantas
voltas trilhou depois de ter pilhado
a cidadela sagrada de Troia.
De muitos dos humanos, conheceu
tanto as cidades quanto os pensamentos;
muitos foram também os sofrimentos
que no alto-mar seu coração sofreu,
tentando resguardar a própria vida
e a volta à casa para os companheiros,
mas nem assim foi capaz de salvar
os companheiros, por mais que tentasse,
pois eles foram todos destruídos
por causa de sua própria petulância.
Tolos! Ousaram mesmo devorar
os bois sagrados do filho de Hipérion,
os bois do Sol, que por isso os privou
do dia do retorno para casa.
Sobre essas coisas, de algum ponto, deusa,
filha de Zeus, agora nos reconta!
Todos os outros líderes guerreiros
quantos fugiram do abismo da morte
já estavam de volta em suas casas,
resguardados do mar e das batalhas.
Apenas ele ainda carecia
da volta para o lar e para a esposa,
retido pela ninfa veneranda,
Calipso, diva mesmo entre as deidades,
que em sua côncava gruta o mantinha,
desejosa de tê-lo como esposo.

Depois de um ano ter se transcorrido
no revolver de estação a estação,
os deuses lhe teceram o destino
de retornar enfim à própria casa,
em Ítaca – porém nem mesmo assim
conseguiu se ver livre de trabalhos,
nem mesmo entre seus entes mais queridos.
Todos os deuses tinham pena dele,
com a exceção apenas de Possêidon,
que se mantinha em cólera constante
contra Odisseu, semelho aos próprios deuses,
até que retornasse à própria terra.
Porém o deus agora se encontrava
entre os etíopes que vivem longe
(os mais longínquos dos seres humanos,
os etíopes vivem em dois cantos:
uns onde o filho de Hipérion se põe;
outros, no ponto de onde ele ressurge)
a fim de receber uma hecatombe
feita toda de touros e carneiros.
Lá ele se aprazia no banquete,
sentado à mesa, mas os outros deuses
estavam reunidos no salão
do palácio de Zeus olimpiano.
Principiou a falar entre eles
o pai de todos os homens e deuses,
pois recordava desde o coração
o destino de Egisto irreprochável,
morto pelo nascido de Agamêmnon,
por Orestes, famoso mesmo ao longe.
Ao recordar-se dele, então falou
o seguinte entre os outros imortais:
"Mas que desgraça! Como esses mortais
colocam sempre a culpa em nós, os deuses,
por males que eles dizem que mandamos,
quando a verdade é que são eles mesmos

que sofrem para além do seu destino
por causa de sua própria petulância!
Há pouco tempo vimos como Egisto,
para além do destino, se casou
com a esposa legítima do Atrida
e depois o matou no seu retorno,
mesmo sabendo do abismo a seus pés,
pois antes disso fora prevenido.
Nós enviamos Hermes até ele,
excelente vigia, o Argicida,
com aviso de que ele não matasse
o Atrida nem lhe cortejasse a esposa,
pois haveria de ter a vingança
de Orestes, o nascido de Agamêmnon,
assim que ele atingisse a juventude
e quisesse voltar à própria terra.
Foi dessa forma que Hermes lhe falou,
mas mesmo com seus nobres pensamentos
não convenceu o coração de Egisto.
Agora ele pagou por tudo junto".
Disse-lhe então o seguinte em resposta
Atena, divindade de olhos glaucos:
"Pai de nós todos, nascido de Crono,
mais elevado de todos os mestres,
é verdade que aquele homem jaz
aniquilado como lhe convém.
Da mesma forma, que também pereça
todos que praticarem tais ações!
Porém meu coração se dilacera
por causa de Odisseu, tão aguerrido
e tão desfortunado: muito longe
dos seus entes queridos, sofre penas
em uma ilha isolada de tudo,
localizada no ônfalo do mar.
Nessa ilha, repleta de florestas,
uma deusa mantém sua morada,

a própria filha do titã Atlante,
o de mente funesta, que conhece
as profundezas de todos os mares,
o próprio que sustenta a colunata,
enorme, responsável por manter
terra e céu separados um do outro;
é a filha de Atlante que retém
esse infeliz repleto de lamentos.
Usando de palavras bem suaves
e de discursos sempre sedutores,
ela o enfeitiça para que ele esqueça
a sua Ítaca. Mas Odisseu,
de tão saudoso, só de perceber
a fumaça voando bem ao longe,
de sua terra, já deseja a morte.
E nem assim existe algum cuidado
por ele no teu caro coração,
Olímpio! Por acaso não gostaste
dos sacrifícios que ele te fazia
no acampamento, junto às naus argivas,
na vasta Troia? Qual é a razão
de um ódio assim tão poderoso, Zeus?".
Por sua vez, respondendo o seguinte,
disse-lhe Zeus que move a tempestade:
"Minha filhinha, que palavra é essa
que te escapou pelo encerro dos dentes?
De que maneira poderia haver
que eu me esquecesse de Odisseu divino,
primeiro em pensamento entre os mortais,
primeiro em sacrifícios ofertados
para nós, divindades imortais
que controlamos todo o vasto céu?
O fato é que Possêidon, que sustenta
a terra, se mantém constantemente
enfurecido graças ao ciclope
privado da visão por Odisseu,

Polifemo, semelho aos próprios deuses,
ele que tem a força sobranceira,
o mais forte de todos os ciclopes.
A ninfa Toossa foi quem o gerou,
aquela mesma que é filha de Fórcis,
o governante do infecundo mar:
numa côncava gruta ela o pariu,
onde havia se unido com Possêidon.
Por causa disso então é que Odisseu
sofre nas mãos do abalador do solo,
Possêidon, que, por mais que não o mate,
impede o seu retorno à terra pátria.
Então vamos! Pensemos todos juntos
nalguma forma de lhe garantir
o seu retorno, assim como deseja.
Possêidon deverá se desfazer
da própria raiva, pois não poderá
opor-se frontalmente à decisão
dos outros deuses imortais, sozinho,
e confrontar-nos todos com discórdia".
Disse-lhe então o seguinte em resposta
Atena, divindade de olhos glaucos:
"Pai de nós todos, nascido de Crono,
mais elevado de todos os mestres,
se de fato isso agora se provar
querido para os deuses venturosos –
que possa haver a volta de Odisseu
de múltiplos engenhos para casa –,
é preciso mandarmos na sequência
o mensageiro, matador de Argos,
Hermes, até a ínsula de Ogígia,
a fim de que do modo mais veloz
ele relate esse plano infalível
à ninfa de belíssimos cabelos,
garantindo que assim ocorra a volta
de Odisseu de incansável coração.

De minha parte, nesse meio tempo,
eu irei até Ítaca, de modo
que possa encorajar o filho dele
e pôr mais força no seu coração,
a fim de que convoque uma assembleia
dos acaios de longas cabeleiras
e diga tudo que tem a dizer
aos pretendentes todos, que persistem
em degolar seus rebanhos de ovelhas
e de vacas chifrudas e tardonhas.
Depois irei enviá-lo até Esparta
e até Pilo coberta por areias,
para buscar notícias do retorno
do pai querido — se souberam de algo —
e para que se crie um bom renome
para ele próprio entre os seres humanos".
Tendo falado assim, ela calçou
os seus pés com belíssimas sandálias,
de feitura ambrosina toda em ouro,
elas que a carregavam sobre as águas
e pela imensidão sem fim da terra,
tão veloz quanto a própria ventania.
Então tomou a valorosa lança,
que culminava em bronze pontiagudo,
grande, pesada e forte, com a qual
sói dominar as falanges guerreiras
de heróis que tenham ganhado o seu ódio,
filha de um pai poderoso como é.
Ela baixou dos píncaros do Olimpo,
veloz como o lampejo de um olhar.
Chegando a Ítaca, parou em frente
do pórtico da casa de Odisseu,
nos umbrais que levavam para o pátio.
Trazia em mãos uma lança de bronze,
sob a forma de um homem estrangeiro,
Mentes, o líder dos guerreiros táfios.

Ela logo encontrou os pretendentes,
homens soberbos, que nesse momento
deleitavam seus próprios corações
jogando jogos à porta de entrada,
todos sentados em couros de bois
que eles próprios haviam abatido.
Arautos e escudeiros se ocupavam
de atendê-los de forma prestimosa:
alguns estavam misturando vinho
com água para eles nas crateras;
outros tratavam de limpar as mesas,
usando esponjas bastante porosas,
e de arrumá-las para então servir
a refeição de carnes abundantes.
Bem antes dos demais, primeiro a viu
Telêmaco, semelho aos próprios deuses,
pois se sentara em meio aos pretendentes,
entristecido desde o coração.
Por dentro ele pensava se seu pai,
tão valente, algum dia voltaria
e então faria com que os pretendentes
corressem do palácio em debandada,
a fim de restaurar a própria honra
e retomar o mando no palácio.
Pensava assim, sentado ali no meio
dos pretendentes, quando viu Atena.
Foi de imediato em direção à entrada,
com coração repleto de revolta
que um estrangeiro ficasse esperando
em frente ao pórtico. Chegando perto,
cumprimentou-a com a mão direita
e recebeu a sua brônzea lança.
Dirigindo-se a ela desta forma,
disse as seguintes palavras aladas:
“Alegra-te, estrangeiro! Junto a nós
serás bem-recebido. Na sequência,

depois de teres feito a refeição,
tu poderás dizer do que careces”.
Tendo falado assim, guiou a entrada
e foi seguido por Palas Atena.
Quando em seguida tinham adentrado
o interior do palácio de alto teto,
ele primeiro foi guardar a lança
na direção de um pilar elevado,
onde havia um suporte de madeira,
bem-polido, repleto de armamentos
aninhados em pé — antigas lanças
de Odisseu de incansável coração.
Depois levou Atena para um trono,
que ele cobriu primeiro com um pano,
um belo trono de lavor dedáleo,
e lhe trouxe um banquinho para os pés.
Perto dela, sentou-se num divã
colorido, distante da algazarra
dos pretendentes, para que o barulho
não acabasse ainda incomodando
o estrangeiro durante a refeição,
na companhia de homens arrogantes,
e para que pudesse perguntar
se ele tinha notícias de seu pai.
Uma atendente veio carregando
uma jarra dourada, muito bela,
com água, que verteu numa vasilha
toda de prata, para que pudessem
lavar as mãos; em seguida, dispôs
uma mesa polida junto deles.
Depois pão foi trazido para eles
por uma governanta veneranda,
que lhes serviu comidas variadas,
de tudo que ela tinha na despensa.
O cortador depois chegou trazendo
muitas tábuas de carnes para eles,

de todas as espécies, e serviu
grandes taças douradas sobre a mesa.
E um arauto cuidava de passar
por toda parte lhes servindo vinho.
Entraram na sequência os pretendentes,
homens soberbos. Enquanto tratavam
de tomar seus lugares, em fileiras,
pelos divãs e tronos do salão,
arautos acorriam até eles
para verter-lhes água sobre as mãos,
as servas do palácio lhes serviam
pilhas de pão sobre cestos de vime,
e rapazes enchiam as crateras
com bebida até quase transbordarem.
Todos os braços então se esticavam
para provar da fartura servida.
Depois, quando já tinham saciado
a gana por comida e por bebida,
os pretendentes então se ocuparam
com outras coisas em seus corações:
com o deleite do canto e da dança,
coroação para qualquer banquete.
Um arauto tratou de colocar
uma lira belíssima nas mãos
de Fêmio, que por força costumava
cantar seus cantos para os pretendentes.
Tomando a lira, dedilhava as cordas
como prelúdio para o belo canto.
Então Telêmaco se dirigiu
para Atena, deidade de olhos glaucos,
inclinando a cabeça perto dela
para não ser ouvido pelos outros:
"Meu amigo estrangeiro, causará
indignação a ti o que direi?
Esses homens se ocupam dessas coisas,
de dar ouvido para lira e canto,

em bonança, pois comem livremente
os meios de sobrevivência alheios,
os de um guerreiro cujos brancos ossos
ou apodrecem sob a ação da chuva,
se estão tombados sobre terra firme,
ou são levados nas ondas do mar.
Se acaso fosse visto novamente
em Ítaca, se acaso retornasse,
todos esses então prefeririam
ter pernas rápidas e pés ligeiros
do que dispor de maior abundância
de riquezas em ouro e de comida.
Mas certamente já se encontra morto
em terrível destino, sem haver
nenhum conforto para nós, de alguém
dos humanos que vivem sobre a terra
trazer notícias mais esperançosas.
Já se foi o seu dia de retorno.
Agora vamos! Conta para mim
e me relata tudo com verdade.
Quem és e de que gente tu vieste?
De que cidade e de que genitores?
Chegaste com que tipo de navio?
Como foste tratado na viagem
para Ítaca pelos marinheiros?
Quem porventura professavam ser?
Certamente não creio que tu possas
ter vindo a pé até chegar aqui.
Anuncia a verdade dessas coisas
agora, a fim de que eu conheça bem
se vens pela primeira vez aqui
ou se és um hóspede ou anfitrião
paterno, pois de fato muitos homens
costumam vir até a nossa casa,
e ele próprio também já viajou
para as terras de muitos dos humanos”.

Por sua vez, dirigindo-se a ele,
disse-lhe Atena, deusa de olhos glaucos:
"Pois bem, vou relatar-te abertamente
e com verdade todas essas coisas.
Sou Mentes. Tenho orgulho de dizer
que sou filho de Anquíalo, guerreiro
aguerrido. Detenho o mando sobre
os homens táfios amantes do remo.
Eu vim até aqui com meu navio,
acompanhado pelos companheiros,
singrando o mar escuro como o vinho,
até seres humanos de outras línguas,
tendo ferro brilhante como fogo
para trocá-lo por bronze em Temese.
O meu navio está parado aqui,
mas no campo, afastado da cidade,
no porto conhecido como Reitro,
que fica abaixo da floresta Neia.
Eu tenho orgulho de dizer que somos
hóspedes uns dos outros no estrangeiro
desde tempos passados. Se quiseres,
tu podes ir e consultar o velho,
o herói Laertes, que segundo dizem
já não tem mais o costume de vir
para a cidade e mantém-se afastado
lá no campo, sofrendo provações
ao lado de uma velha cuidadora,
que lhe prepara comida e bebida
e põe a mesa depois que o cansaço
tomou conta dos membros do seu corpo
por arrastar-se com dificuldade
pelos barrancos lá do seu vinhedo.
De minha parte, vim até aqui
pois me disseram que eu encontraria
teu pai em casa, mas o caso agora
é que os deuses impedem seu caminho.

Não está morto de maneira alguma
em terra firme o divino Odisseu:
ele está vivo ainda nalgum canto,
mas é retido pelo vasto mar
em uma ilha isolada de tudo.
Homens cruéis o mantêm prisioneiro,
homens selvagens; eles o detêm
nalguma parte contra a sua vontade.
Agora eu te direi um vaticínio
conforme dentro do meu coração
foi enviado pelos imortais
e como creio que se irá cumprir,
mesmo não sendo nenhum adivinho
ou sabedor de pássaros de augúrio:
por muito tempo mais não ficará
afastado da amada terra pátria,
nem mesmo se grilhões de ferro agora
estiverem detendo seu avanço.
Pensará numa forma de voltar,
pois conhece engenhosos artifícios.
Agora vamos! Conta para mim
e me relata tudo com verdade.
Pelo porte que tens, eu imagino
que tu sejas o filho de Odisseu:
tu és terrivelmente parecido,
no semblante e também nos belos olhos,
com aquele guerreiro. Com frequência,
nós dois passávamos um tempo juntos,
antes daquele dia em que zarpou
para Troia, cidade a que os demais
guerreiros, os melhores dos argivos,
também foram nos côncavos navios.
Mas desde aquele dia nunca mais
vi Odisseu nem ele pôde ver-me".
Por sua vez, Telêmaco, sagaz,
lhe proferiu o seguinte em resposta:

"Relatarei abertamente a ti,
estrangeiro, essas coisas com verdade.
A minha mãe me diz que sou de fato
o filho dele, mas de minha parte
eu não tenho certeza, pois ninguém
conhece ao certo a própria geração.
Como eu queria, tanto, ter nascido
o filho venturoso de um varão
que, na posse de suas propriedades,
alcançasse seu fim pela velhice!
Mas foi dele, do mais desfortunado
dentre os seres humanos morituros,
dele, segundo dizem, que nasci,
já que tu me perguntas sobre isso".
Por sua vez, dirigindo-se a ele,
disse-lhe Atena, deusa de olhos glaucos:
"Os deuses não criaram tua estirpe
a fim de que ficasse sem renome
no futuro, pois foste concebido
por Penélope, um filho desse tipo.
Agora vamos! Conta para mim
e me relata tudo com verdade.
Qual o banquete, qual a multidão
presente? Qual razão te faz servi-la?
Celebras uma festa ou casamento,
já que provês sozinho a refeição?
Os convivas parecem se portar
de maneira excessiva e arrogante,
banqueteando-se pelo palácio.
Causariam revolta num guerreiro
que os visse perpetrar tantos ultrajes,
alguém prudente que chegasse aqui".
Por sua vez, Telêmaco, sagaz,
lhe proferiu o seguinte em resposta:
"Meu hóspede estrangeiro, eu te direi
aquilo que demandas e perguntas.

Certa vez, esta casa estava prestes
a se tornar muito rica e impecável,
quando aquele guerreiro se encontrava
ainda em meio a seus concidadãos.
Porém agora a vontade dos deuses
é bem diversa – planejam maldades.
Fizeram-no sumir de toda a vista,
de um modo que ninguém jamais sofreu,
de todos os humanos. Nem na morte
eu sofreria assim por causa dele,
se junto de seus próprios companheiros
tivesse sido morto por troianos
ou se nos braços dos próprios amigos
tivesse perecido ao fim da guerra:
pelo menos assim os panaqueus
teriam feito seu sepultamento,
e haveria uma glória sobranceira
também para o seu filho no futuro.
Em vez disso, de forma ingloriosa,
as harpias levaram-no consigo:
vai sem ser visto, sem deixar notícia,
legando apenas dor e sofrimento
para mim. Não é só por ele então
que eu me mantenho em luto e me condoo,
visto que os deuses também prepararam
sofrimentos diversos para mim,
pois quantos são os nobres bem-nascidos –
aqueles que governam sobre as ilhas,
a de Dulíquio bem como a de Samos
e a de Zacinto, coberta por bosques,
além de todos que detêm poder
pelo terreno de Ítaca rochosa –,
todos esses cortejam minha mãe
e consomem os bens de minha casa.
Por sua vez, ela não renuncia
as bodas odiosas nem consegue

achar um meio de acabar com isso.
Então comem e nisso me destroem
os bens da casa. Já não tardarão
em me fazer em pedaços também".
Indignada diante do que ouviu,
Palas Atena lhe disse o seguinte:
"Ai de mim! Falta muito para ti
te equiparares a Odisseu ausente.
Ele decerto desceria as mãos
naqueles pretendentes sem-vergonha
se acontecesse de chegar agora
e parasse na porta do palácio,
trazendo em mãos o seu elmo de guerra,
o escudo arredondado e as duas lanças,
tal como quando da primeira vez
que o percebi com os meus próprios olhos,
lá no palácio de minha família,
bebendo e se aprazendo num banquete,
quando da Éfira ele retornava,
lá do palácio de Ilo Mermerida.
Odisseu viajara para lá,
a bordo de seu rápido navio,
à procura de um fármaco letal,
matador de guerreiros, para usá-lo
em suas flechas de ponta de bronze.
Ilo, contudo, não lhe concedeu
o veneno, por medo de que os deuses
de eterna geração se revoltassem.
Mas meu pai concedeu-lhe de bom grado,
pois ele o tinha em altíssima estima.
Se um Odisseu armado dessa forma
chegasse à multidão dos pretendentes,
teriam todos um destino breve
e as bodas lhe seriam bem amargas.
Mas todas essas coisas certamente
estão dispostas no colo dos deuses —

se poderá voltar e executar
sua vingança ou se não poderá
vingar-se deles no salão de casa.
Quanto a ti, eu sugiro que planejes
alguma forma de mandar embora
do teu palácio os pretendentes todos.
Agora escuta bem o que te digo
e cuida de cumprir os meus comandos.
Amanhã, tu precisas convocar
os heróis dos acaios à assembleia
e dizer teu comando para todos.
Que os deuses sejam tuas testemunhas!
Ordena aos pretendentes que de pronto
às próprias casas eles se dispersem.
À tua mãe, se o coração lhe diz
que deve se casar, então dá ordem
para que volte de pronto ao salão
da casa de seu pai bem poderoso.
Lá poderão preparar para ela
um casamento com tantos presentes
quanto um dote de noiva deve ter
no caso de uma filha tão querida.
Agora eu te darei um bom conselho,
de forma perspicaz, se me escutares:
providencia um navio equipado
com vinte remadores, o melhor
que tu tiveres, e vai procurar
notícia do retorno de teu pai.
Talvez algum mortal saiba dizê-lo –
talvez tu mesmo escutes um rumor
vindo de Zeus, que mais do que ninguém
conduz a glória dos seres humanos.
Primeiramente deves ir a Pilo
e te informar com o divo Nestor.
De lá, tu deves seguir para Esparta,
para junto do louro Menelau,

pois ele foi último a voltar,
dos acaios de brônzeas armaduras.
Se tiveres notícia de que o pai
ainda vive e virá de retorno,
então por mais que estejas afligido,
poderás aguentar por mais um ano.
Por outro lado, se a notícia for
de morte, de que já não vive mais,
nesse caso tu deves retornar
de volta para a amada terra pátria,
erguer um grande monte funerário
em que possas honrá-lo com as honras
todas, inúmeras, quantas convêm,
e então dar um esposo à tua mãe.
Quando por fim tiveres já cumprido
essas coisas e feito o que é preciso,
nesse momento deves ponderar,
desde as entranhas até o coração,
uma maneira de lidar de vez,
no teu salão, com esses pretendentes:
deves matá-los, seja com enganos,
seja de modo aberto. Já não podes
pensar em brincadeiras de criança,
pois não tens mais idade para isso.
Não ficaste sabendo de que glória
conquistou para si o divo Orestes
em meio a todos os seres humanos
ao matar o assassino de seu pai,
Egisto, aquele artífice de enganos,
que matara seu pai, tão celebrado?
Quanto a ti, meu amigo, eu vejo bem
que és grande e belo – trata então de ser
valente assim também, para que alguém
dentre os vindouros fale bem de ti.
De minha parte, agora eu devo ir
de volta para o meu navio veloz

e para os companheiros, que decerto
aguardam ansiosos meu retorno.
Então lembra daquilo que eu te disse
e cuida de cumprir os meus comandos".
Por sua vez, Telêmaco, sagaz,
lhe proferiu o seguinte em resposta:
"Meu hóspede estrangeiro, tu falaste
essas coisas querendo o meu melhor,
como um pai que aconselha o próprio filho.
Jamais me esquecerei do que disseste.
Agora vamos! Fica mais um pouco,
por mais que queiras retomar a estrada,
para que seja com o coração
satisfeito e de corpo bem-banhado
que tu retornes para o teu navio,
alegre com a posse de um presente
de valor elevado, muito belo,
um tesouro que tu receberás
de mim, do tipo que os amigos dão
ao receber um hóspede estrangeiro".
Disse-lhe então o seguinte em resposta
Atena, divindade de olhos glaucos:
"Agora já não me detenhas mais,
pois eu desejo retomar a estrada.
Qualquer presente que teu coração
te comandar a concedê-lo a mim,
concede para que eu o leve embora
em minha travessia para casa.
Escolhe um bem bonito para mim.
Reberás em troca um dom à altura".
Depois de ter falado dessa forma,
Atena de olhos glaucos foi embora,
tal como um pássaro que sem ser visto
levanta voo. Para o coração,
ela lhe concedeu força e coragem,
e fez que se lembrasse de seu pai

de maneira mais forte do que nunca.
Ele então contemplou o que ocorrera
e estremeceu-se desde o coração,
crendo que o visitante fosse um deus.
De pronto retornou aos pretendentes
esse homem semelho aos próprios deuses.
Em meio a eles, o cantor cantava,
o aedo famosíssimo; calados
em seus assentos eles escutavam.
Cantava sobre a volta dos aqueus,
o retorno funesto, desde Troia,
imposto a eles por Palas Atena.
No andar de cima, de dentro do quarto,
escutou a canção de voz divina
então a moça nascida de Icário,
Penélope de engenho cuidadoso.
Ela logo desceu a escadaria
elevada de sua própria casa,
mas não sozinha, pois atrás de si
duas de suas aias vinham junto.
Quando chegou até os pretendentes,
essa mulher divina entre as mulheres
parou ao lado de uma das colunas
do telhado de fino acabamento,
segurando bem próximo do rosto
o véu de tecitura reluzente.
As suas duas aias bem zelosas
se puseram de um lado e de outro dela.
Vertendo lágrimas, então falou
desta maneira ao aedo divino:
“Fêmio, são tantas as outras canções
que sabes para deleitar mortais,
dos feitos de guerreiros e de deuses,
que os aedos celebram em seus cantos!
Sobre algum desses feitos canta agora
aí de onde te sentas, e calados

os outros te ouvirão bebendo vinho.
Já chega de cantares esse canto
infesto, que constantemente faz
meu caro coração se angustiar
no peito, já que sobretudo a mim
impõe um sofrimento inconsolável –
de tal maneira é querido o semblante
de que me lembro sempre com saudade,
o do guerreiro cuja vasta fama
se espraia pela Hélade e por Argos!".
Por sua vez, Telêmaco, sagaz,
lhe proferiu o seguinte em resposta:
"Minha mãe, qual inveja te motiva
a não deixar o aedo diligente
entreter-nos cantando o que lhe vem
à mente? Não são eles, os aedos,
os causadores disso: de algum modo,
é Zeus o causador, ele que dá
para os homens, fadados ao trabalho,
o que ele bem quiser a cada um.
O aedo não merece indignação
por cantar sobre os dânaos em desgraça.
O que acontece é que os seres humanos
sempre costumam aplaudir bem mais
a canção mais recente que lhes vem
flutuando ao alcance dos ouvidos.
É necessário que o teu coração
e teu íntimo aguentem escutá-lo,
até porque não foi só Odisseu
que perdeu o seu dia de retorno
nas planícies de Troia: muitos outros
guerreiros pereceram também lá.
Portanto vai de volta para casa
e trata de cuidar do teu trabalho,
tanto da roca quanto do tear,
e ordena para tuas atendentes

que conduzam também os seus trabalhos.
Aos homens cabe o uso do discurso,
a todos, mas especialmente a mim,
pois eu detenho o mando nesta casa”.
Espantada diante do que ouviu,
retornou para dentro do palácio,
pois o discurso sagaz de seu filho
conseguiu adentrar-lhe o coração.
Então ela subiu de volta ao quarto,
acompanhada pelas suas aias,
e chorou ao lembrar-se de Odisseu,
seu esposo querido, até o momento
que Atena de olhos glaucos derramou
em suas pálpebras o doce sono.
Pelo salão sombrio, os pretendentes
continuaram fazendo algazarra.
Todos eles juravam que inda iriam
deitar-se ao lado dela sobre a cama.
Entre eles, Telêmaco, sagaz,
principiou a tecer um discurso:
“Pretendentes à mão de minha mãe,
homens soberbos, cheios de insolência,
por ora apreciemos o banquete,
mas já basta de tanta gritaria,
pois sem dúvida é belo dar ouvido
às palavras que canta algum aedo
tão excelente como esse daqui,
equiparável aos deuses na voz.
Porém, raiando a aurora, nós devemos
seguir para a assembleia e nos sentarmos,
todos, que assim eu possa declarar
abertamente o meu comando a vós
para deixardes de vez meu palácio.
Ide buscar banquetes noutras partes,
consumindo dos vossos próprios bens,
em vossas casas, alternadamente.

Porém, se porventura parecer
mais proveitoso a vós, mais agradável,
arrasar os recursos de um só homem
sem ofertar nenhuma coisa em troca,
então fazei-o – pedirei socorro
para os deuses de eterna geração,
a fim de que de alguma forma Zeus
conceda haver trabalhos de vingança:
sem ofertar nenhuma coisa em troca,
então perecereis neste palácio".
Assim falou, e todos nesse instante
apertaram os lábios entre os dentes.
Telêmaco lograra impressioná-los
ao discursar de forma corajosa.
Por sua vez, Antínoo ao responder
então lhe disse, o nascido de Eupites:
"Telêmaco, decerto devem ser
os próprios deuses que estão te ensinando
a ser um orador de fala altiva
e discursar de forma corajosa.
Que o Cronida jamais te faça rei
em Ítaca cercada pelo mar!
Que ele te impeça de ser basileu
e exercer essa herança de teu pai!".
Por sua vez, Telêmaco, sagaz,
lhe proferiu o seguinte em resposta:
"Antínoo, mesmo que talvez tu possas
te revoltar com algo que direi,
ainda assim quisera recebê-lo
um dia caso Zeus me queira dá-lo!
Por acaso tu pensas que seria
o desastre pior entre os humanos?
Não há nada de mau em se tornar
um basileu: de pronto a sua casa
acumula abundância de riquezas,
e ele próprio se torna mais honrado.

De fato existem outros basileus,
outros reis dos guerreiros dos aqueus,
e muitos outros, jovens e anciãos,
em Ítaca cercada pelo mar.
Qualquer um deles pode ser o rei
quando o divino Odisseu perecer –
mas eu serei o mestre desta casa,
o soberano em meu próprio palácio,
senhor dos servos que Odisseu divino
espoliou na guerra para mim!”.
Eurímaco, de Políbo nascido,
lhe proferiu o seguinte em resposta:
“Telêmaco, essas coisas certamente
estão dispostas no colo dos deuses –
quem dos acaios há de ser o rei
em Ítaca cercada pelo mar.
Porém, que tu mantenhas os teus bens
e sejas soberano em teu palácio;
não aconteça de um guerreiro vir
privar-te a contragosto de teus bens,
valendo-se de força contra ti,
enquanto Ítaca for habitada.
Agora, excelentíssimo, desejo
interrogar-te acerca do estrangeiro.
De que lugar aquele homem veio?
De que tipo de terra se orgulhava
em dizer que provinha? Ficam onde
o seu clã e as lavouras de seus pais?
Trouxe alguma notícia, por acaso,
a respeito da volta de teu pai
ou terá vindo com a expectativa
de resolver um interesse próprio?
Foi tão rápido que ele levantou
e partiu! Nem ficou um pouco mais
para ser conhecido. Certamente
não dava vista de ser homem vil”.

Por sua vez, Telêmaco, sagaz,
lhe proferiu o seguinte em resposta:
"Eurímaco, decerto já se foi
a chance de retorno de meu pai.
Então não dou ouvidos a notícias,
seja lá de onde quer que tenham vindo.
Da mesma forma, não presto atenção
a vaticínios, os que minha mãe
vez ou outra resolve consultar,
convocando adivinhos ao palácio.
O estrangeiro que estava aqui provém
de Tafos. É meu hóspede paterno.
É Mentes. Tem orgulho de dizer
que é nascido de Anquíalo, guerreiro
aguerrido. Detém o mando sobre
os homens táfios amantes do remo".
Assim falou Telêmaco. Porém,
no coração, reconhecera a deusa.
Eles então voltaram a atenção
mais uma vez em fruir o deleite
próprio da dança e do canto adorável,
aguardando que a noite enfim chegasse.
Quando veio o crepúsculo noturno
em meio a eles, que se divertiam,
nesse momento foram se deitar,
cada um de retorno à própria casa.
Telêmaco, porém, voltou ao quarto
que havia sido feito para ele
acima do belíssimo quintal,
em uma torre com vista ao redor.
Lá ele foi deitar-se, preocupado
com muitas coisas em seu coração.
Trazendo tochas acesas consigo,
acompanhou-o com mente zelosa
Euricleia, anciã nascida de Ops,
ele próprio nascido de Pisênor.

(Laertes a comprara há muito tempo
em um negócio com recursos próprios,
quando ela ainda era muito jovem,
pagando um preço igual a vinte bois.
Era honrada por ele no palácio
à semelhança da zelosa esposa,
mas nunca se juntou ao leito dela,
pois não queria irritar a mulher.)
Foi ela então quem carregou as tochas
acesas para ele, pois de todas
as servas era quem o amava mais:
cuidara dele desde bebezinho.
Ele, por sua vez, abriu as portas
do seu quarto de sólida feitura.
Em seguida, sentou-se sobre o leito
e despiu-se da túnica macia,
que colocou nos braços da anciã,
mulher de cuidadosos pensamentos.
Ela, por sua vez, depois de ter
alisado e dobrado a vestimenta,
pendurou-a num gancho na parede
junto ao leito de estrado encordoado.
Logo em seguida, ela partiu do quarto.
Segurando na argola prateada,
fechou a porta, que depois trancou
pela correia amarrada ao ferrolho.
E ele, por toda noite, ali no quarto,
envolto em cobertor de lã de ovelha,
ficou pensando desde o coração
no caminho que Atena lhe apontara.

Canto II

Quando afinal surgiu a matutina
Éos, Aurora de dedos rosados,
o querido rebento de Odisseu
se levantou prontamente do leito.
Depois de ter vestido as suas roupas,
pôs a espada afiada junto aos ombros.
Nos pés, ungidos com óleo de oliva,
ele calçou belíssimas sandálias.
Então partiu de dentro de seu quarto,
um símile dos deuses na aparência.
De imediato tratou de comandar
que arautos de voz clara convocassem
rumo à ágora, para uma assembleia,
os acaios de longas cabeleiras.
Os arautos então os convocaram,
e eles juntaram-se com rapidez.
Quando já se encontravam reunidos
e organizados todos em conjunto,
ele se encaminhou para a assembleia
com uma lança de bronze na mão.
Porém não foi sozinho: junto dele,
vinham seguindo dois fúlgidos cães.
Atena derramara nos seus ombros
uma graça de origem sobre-humana,
para que todas as gentes ficassem
maravilhadas com sua chegada.
Tomou lugar no assento de seu pai.
Os mais velhos abriram-lhe caminho.
Entre eles então o herói Egíptio
foi quem principiou a discursar,

um homem encurvado pela idade
e de sabedoria imensurável.
O seu querido rebento partira
com Odisseu semelho aos próprios deuses
a bordo de seus côncavos navios
para Ílion de ótimos cavalos,
o seu rebento Ântifo, lanceiro
que o ciclope selvagem massacrou
dentro de sua côncava caverna
e fez dele o seu próximo repasto.
Ainda lhe restavam outros três
(um deles integrava os pretendentes,
Eurínomo; porém os outros dois
cuidavam das lavouras de seu pai),
mas mesmo assim não se esquecia dele,
padecendo com luto e sofrimento.
Vertendo lágrimas por causa disso,
conclamou entre eles e lhes disse:
"Dai-me ouvidos agora, cidadãos
itacenses, naquilo que direi!
Nunca mais nós havíamos juntado
nossa assembleia aqui, nem o conselho,
desde o momento em que Odisseu divino
partiu sobre o seu côncavo navio.
Quem foi que convocou a reunião?
Para quem veio tal necessidade?
Será que foi alguém dentre os mais jovens
ou um homem nascido em outros tempos?
Alguém ouviu alguma novidade
a respeito da volta dos guerreiros,
algo que possa nos dizer ao certo
por ter sabido de primeira mão?
Ou é caso que queira nos falar
sobre um assunto público diverso?
A mim parece ser um homem nobre
e prestativo. Rogo para Zeus

lhe permitir que um bem se realize,
aquele que seu coração deseje”.
Assim falou, e com isso alegrou-se
o querido rebento de Odisseu,
que já não mais permaneceu sentado,
pois sentia desejo de falar.
Ficou de pé no meio da assembleia,
e em suas mãos o cetro então foi posto
por um arauto chamado Pisênor,
conhecedor de desígnios prudentes.
Em primeiro lugar, considerando
o que o velho dissera, proferiu:
“Ancião, esse homem não está
distante, como logo saberás.
Quem convocou o povo aqui fui eu,
o mais tocado pelo sofrimento.
Eu não ouvi nenhuma novidade
a respeito da volta dos guerreiros
de que pudesse vos dizer ao certo
por ter sabido de primeira mão.
Tampouco é caso de querer falar
sobre um assunto público diverso,
e sim tratar de um interesse próprio:
o mal que se abateu na minha casa
em golpe dúplice. Primeiro o pai
valoroso perdeu-se, que entre vós
reinou outrora como basileu,
tratando todos como um pai gentil.
Agora ocorre um mal inda maior,
que em pouco tempo já terá levado
a minha casa para o descalabro
e destruído todo o meu sustento:
a minha mãe tem sido assediada
por pretendentes que ela não deseja.
São os filhos queridos desses homens,
os mais nobres que vivem nesta terra.

Eles não têm coragem para ir
ao palácio do pai de minha mãe,
Icário, que demandaria o preço
de noiva apropriado pela filha
e a daria a quem quer que ele quisesse,
àquele que alcançasse o seu favor.
Em vez disso, eles ficam indo e vindo
pelo nosso palácio todo dia.
Sacrificam os bois do meu rebanho,
meus bodes gordos e minhas ovelhas.
Ficam fazendo festa enquanto bebem
nosso vinho brilhante como fogo
descontroladamente. Muitas coisas
vão se perdendo por faltar um homem
daquele tipo, aos moldes de Odisseu,
para afastar o mal de nossa casa.
Nós não somos capazes de afastá-lo,
e mesmo que tentássemos decerto
acabaríamos em maus lençóis,
por não sermos treinados em bravura.
Eu mesmo trataria de afastá-lo
caso tivesse força para tanto,
pois não é tolerável que esses feitos
persistam dessa forma nem é justo
que minha casa esteja destruída.
Revoltai-vos agora vós também
e demonstrai respeito e reverência
aos humanos que são vossos vizinhos,
os que vivem no entorno desta terra.
Temei a ira provinda dos deuses!
Que contra vós eles jamais se virem
para punir-vos por feitos ruins.
Eu vos faço esta súplica, a vós todos,
por Zeus Olímpico e também por Têmis,
ela que junta e que também desfaz
as assembleias dos seres humanos:

parai-os, meus amigos, e deixai-me
para sofrer sozinho a triste dor
do luto – exceto se de alguma forma
o valoroso Odisseu, o meu pai,
tiver hostilizado e feito mal
aos acaios de cnêmides bem-feitas,
a ponto de quererdes, por vingança,
me hostilizar e me fazer um mal
incitando esses homens ao meu lar.
Seria preferível para mim
que vós mesmos comêsseis os meus bens,
os meus tesouros todos e os rebanhos:
se fôsseis vós aqueles a comê-los,
logo também haveria vingança,
pois nós iríamos acompanhar-vos
pela cidade inteira, reclamando
que as nossas posses fossem devolvidas
até que tudo fosse restaurado.
Mas são incontornáveis estas dores
que vós impondes ao meu coração!”.
Assim ele falou, enraivecido,
e arremessou o cetro contra o chão,
com lágrimas correndo de seu rosto.
O povo todo se compadeceu.
Mantiveram-se todos em silêncio,
e não houve ninguém que se atrevesse
a dizer a Telêmaco, em resposta,
algum discurso com palavras duras,
excetuando-se apenas Antínoo,
que, ao responder, lhe falou o seguinte:
“Telêmaco, orador exagerado,
excessivo na fúria, o que disseste
agora difamando a nossa honra?
Querias certamente repreender-nos.
Porém os pretendentes dos aqueus
não são os causadores de teus males:

a causadora é tua cara mãe,
que sabe muito bem ser ardilosa,
pois já chegamos ao terceiro ano,
e logo mais chegaremos ao quarto,
desde que começou a enganar
o coração no peito dos aqueus.
Ela dá esperanças para todos
e faz promessas para cada um
por meio de mensagens que nos manda,
mas suas intenções são diferentes –
eram outros os planos que ela tinha
no coração. Arquitetava um dolo –
preparou uma trama de novelos
bastante longa dentro do palácio
e começou então a tecitura,
proclamando o seguinte para nós:
'Meus moços pretendentes, como agora
o divino Odisseu se encontra morto,
deveis apenas aguardar um pouco,
mesmo estando ansiosos que eu me case,
até que esteja pronto este tecido
e não se perca à toa o que já fiz.
É a mortalha para o herói Laertes,
para quando chegar enfim a hora
de ser levado pela triste moira
da morte, com seu longo sofrimento.
Que nenhuma mulher da região
se revolte comigo entre as acaias
por ver jazendo sem o seu sudário
alguém que conquistou tamanhas posses'.
Assim falou, logrando convencer
com isso os nossos corações viris.
Então ela passava o dia todo
tecendo a grande trama no tear,
e à noite desfazia o seu trabalho,
iluminada pela luz das tochas.

Seguiu com esse engodo por três anos
e dessa forma enganava os aqueus.
Mas, quando enfim chegou o quarto ano
e as estações mudaram novamente,
uma das moças, que sabia bem
sobre esse engodo, relatou-nos tudo.
Foi assim que pudemos surpreendê-la
enquanto desfazia a bela trama.
Com isso, foi forçada a terminá-la
a contragosto, por obrigação.
Então os pretendentes te respondem
desta maneira, para que tu saibas,
tu próprio, dentro do teu coração,
e o saibam todos os homens aqueus:
podes mandar a tua mãe embora
e dar comando para que se case
com quem quer que o pai dela recomende
e que seja também do agrado dela.
Mas, se ela persistir contrariando
por muito tempo os filhos dos aqueus,
mesmo sabendo no seu coração
tudo aquilo que Atena lhe cedeu
(as artes de belíssimos trabalhos,
pensamentos de grande utilidade
e artimanhas do tipo que jamais
se ouviu falar, nem mesmo no passado,
das mulheres de tempos ancestrais,
as acaias de belas cabeleiras —
nem mesmo Tiro, tampouco Alcmena,
nem Micene de láureas muito belas:
nenhuma delas era comparável
a Penélope quanto à inteligência),
nesse ponto, contudo, não terá
sido afeito ao destino o seu juízo.
Nesse entrementes, eles comerão
o teu sustento e todos os teus bens,

enquanto ela insistir em conservar
o juízo que os deuses lhe puseram
no interior de seu peito. Dessa forma,
engendra enorme glória para si
enquanto para ti só traz carência
ao te fazer perder muito sustento.
De nossa parte, não retornaremos
aos nossos campos nem a qualquer parte
até que ela se case com alguém
dos aqueus, o que for do agrado dela".
Por sua vez, Telêmaco, sagaz,
lhe proferiu o seguinte em resposta:
"Antínoo, não há modo de mandá-la
embora do palácio a contragosto,
ela que me pariu e me criou.
Quanto a meu pai, nalguma terra alheia
talvez viva ou talvez esteja morto.
Penaria em pagar um grande preço
para Icário, se eu mesmo devolvesse
por conta própria a minha mãe a ele.
Além disso, padeceria males
por conta de seu pai e das desgraças
que os deuses me dariam, pois a mãe
invocaria Erínias odientas
ao ser mandada embora do palácio,
para a revolta ainda dos demais
seres humanos. É por isso então
que eu nunca lhe direi esse comando.
Se vosso coração puder sentir
revolta pelas coisas que fizestes,
abandonai de vez o meu palácio.
Ide buscar banquetes noutras partes,
consumindo dos vossos próprios bens,
em vossas casas, alternadamente.
Porém, se porventura parecer
mais proveitoso a vós, mais agradável,

arrasar os recursos de um só homem
sem ofertar nenhuma coisa em troca,
então fazei-o – pedirei socorro
para os deuses de eterna geração,
a fim de que de alguma forma Zeus
conceda haver trabalhos de vingança:
sem ofertar nenhuma coisa em troca,
então perecereis no meu palácio".
Dessa forma Telêmaco falou.
Duas águias surgiram nesse instante,
voando desde o cimo das montanhas,
enviadas por Zeus de ampla visão.
Elas sobrevoaram por um tempo,
acompanhando o fluxo das aragens
por sob as suas asas esticadas,
uma seguindo bem próxima à outra.
Porém, quando chegaram bem no meio
da assembleia de vozes variadas,
nesse momento as duas circularam,
movimentando as suas densas asas,
e olharam para todas as cabeças –
nos seus olhos, a morte se estampava.
Com suas garras, elas laceraram
os seus próprios pescoços e bochechas
e depois dispararam à direita,
atravessando as casas e a cidade.
Eles se apavoraram com as aves
no momento em que as viram com seus olhos
e no seu íntimo consideraram
as coisas que estariam por cumprir-se.
Em meio a eles, então conclamou
o venerando herói filho de Mástor,
Haliterses, pois ele tão somente
se distinguia entre seus coetâneos
no entendimento do voo das aves
e na tarefa de explicar presságios.

Com boas e prudentes intenções,
conclamou entre eles e lhes disse:
“Dai-me ouvidos agora, cidadãos
itacenses, naquilo que direi!
É para os pretendentes sobretudo
que eu faço agora esta declaração:
uma enorme desgraça vem rolando
em sua direção, pois Odisseu
não tardará distante dos seus entes
queridos muito tempo! Na verdade,
já se encontra bem próximo, plantando
Queres e morticínio para todos
os desta laia. Sobre muitos outros,
a desgraça também se abaterá,
para nós que vivemos nesta ilha
conspícua, aqui em Ítaca. Portanto,
pensemos de antemão numa maneira
de parar a desgraça – que eles próprios
parem com isso! Pois não há melhor
saída para eles no momento.
Não é jamais à toa que profiro
um vaticínio, e sim porque eu o sei.
Tudo aquilo que eu tinha dito a ele,
nesse momento encontra-se cumprido
exatamente como lhe previ
no dia em que zarparam para Ílion
os guerreiros argivos, e com eles
foi Odisseu de muitíssima astúcia.
Disse que, após sofrer muitas desgraças
e perder os seus companheiros todos,
sem ser reconhecido por ninguém,
no vigésimo ano finalmente
ele haveria de tornar à casa.
Em breve tudo isso vai cumprir-se”.
Eurímaco, de Pólibo nascido,
lhe proferiu o seguinte em resposta:

"Retorna para tua casa, velho,
e vai profetizar para os teus filhos!
Assim quem sabe podes evitar
que um mal lhes aconteça no futuro.
Eu certamente sou muito melhor
do que tu és fazendo vaticínios.
Há pássaros de todas as espécies
voando pela abóboda celeste
sob os raios do sol. Nem todos eles
são ominosos. Digo que Odisseu
pereceu em algum lugar distante.
Quem me dera se tu também tivesses
morrido junto dele! Dessa forma,
não falarias tantas profecias
nem farias Telêmaco se erguer
enfurecido contra todos nós.
Decerto estás querendo que te dê
algum presente para a tua casa.
Da maneira que te descreverei,
as coisas haverão de se cumprir.
Se tu, conhecedor de tantas coisas
sobre o passado, usares de palavras
a fim de aconselhar alguém mais jovem
para agir de maneira violenta,
em primeiro lugar isso trará
coisas desagradáveis para ele,
que além de tudo não será capaz
de alcançar coisa alguma desse jeito.
Quanto a ti, ancião, nós te imporemos
por castigo uma multa que fará
teu coração sofrer para pagá-la.
Será duro aturar o sofrimento.
Para Telêmaco eu direi agora
um conselho diante de vós todos.
Que ele dê um comando para a mãe
retornar ao palácio de seu pai.

Lá poderão preparar para ela
um casamento, com tantos presentes
quanto um dote de noiva deve ter
no caso de uma filha tão querida,
pois não creio que os filhos dos aqueus
concordarão em colocar um fim
no incômodo cortejo à sua mão,
já que não temos medo de ninguém,
nem mesmo de Telêmaco, por mais
que ele seja tão cheio de discursos.
Também não damos importância alguma
às profecias que tu, ancião,
disseres, sem sentido, tão somente
te tornando inda mais abominável.
As propriedades dele seguirão
sendo terrivelmente consumidas.
Nada será de novo como outrora
enquanto ela seguir procrastinando
em se casar com algum dos aqueus.
Nós seguiremos firmes na disputa
pela excelência dela, todo dia,
abrindo mão da escolha por seguir
atrás de outras mulheres, que seriam
adequadas a nossos casamentos".
Por sua vez, Telêmaco, sagaz,
lhe proferiu o seguinte em resposta:
"Eurímaco e vós outros, afamados
pretendentes à mão de minha mãe,
eu não vos pedirei nem falarei
dessas coisas convosco novamente,
pois já são conhecidas pelos deuses
e por todos os homens dos aqueus.
Cedei-me agora uma nave veloz
equipada com vinte companheiros,
que possa me levar numa viagem
de um lado ao outro e me trazer de volta,

pois eu planejo ir até Esparta
e também até Pilos arenosa,
para ver se consigo uma notícia
sobre o retorno de meu pai ausente.
Talvez algum mortal saiba dizê-lo –
talvez eu mesmo escute algum rumor
vindo de Zeus, que mais do que ninguém
conduz a glória dos seres humanos.
Caso eu tenha notícia de que o pai
ainda vive e virá de retorno,
então, por mais que me encontre afligido,
poderei aguentar por mais um ano.
Por outro lado, se a notícia for
de morte, de que já não vive mais,
nesse caso terei de retornar
de volta para a amada terra pátria,
erguer um grande monte funerário
em que se possa honrá-lo com as honras
todas, inúmeras, quantas convêm,
e então dar um esposo à minha mãe".
Depois de ter falado assim, sentou-se.
Ergueu-se então, no meio da assembleia,
Mentor, que havia sido um companheiro
de Odisseu impecável noutros tempos.
No dia em que partiu com suas naus,
confiou-lhe o controle do palácio,
para que o velho fosse obedecido
e mantivesse tudo bem-guardado.
Com boas e prudentes intenções,
conclamou entre eles e lhes disse:
"Dai-me ouvidos agora, cidadãos
itacenses, naquilo que direi!
Que nunca mais alguém se ponha à frente
com coração zeloso e benfazejo,
nenhum dos basileus que portam cetro,
nem saiba no seu íntimo o que é justo,

e sim que seja sempre muito duro,
agindo da maneira mais cruel,
já que ninguém parece se lembrar
do divino Odisseu, ninguém do povo
em que detinha o mando em outros tempos,
tratando todos como um pai gentil.
Mas na verdade já não guardo mais
rancor contra os soberbos pretendentes
por praticarem feitos violentos
com a maldade de seus intelectos,
pois estão arriscando as próprias vidas
ao devorarem violentamente
quanto existe na casa de Odisseu,
crendo que já não mais retornará.
Porém eu me revolto contra o resto
do povo, pelo modo com que todos
permaneceis sentados em silêncio,
sem atacar com as vossas palavras
e deter esses jovens pretendentes,
que são poucos ao passo que sois muitos".
Leócrito, o nascido de Evenor,
lhe proferiu o seguinte em resposta:
"Mentor arruaceiro, enlouquecido
das ideias, que coisa tu disseste,
encorajando que nos detenhamos!
Deverias saber que é bem difícil
para um homem sozinho combater
contra muitos por causa de um banquete.
Mesmo se acontecesse de Odisseu
itacense ele próprio retornar,
encontrando os ilustres pretendentes
jantando no salão de seu palácio,
se quisesse de todo coração
expulsá-los de casa enfurecido,
não haveria de alegrar a esposa,
por mais saudosa que pudesse estar,

com seu retorno, pois encontraria
ali mesmo um destino indecoroso
se lutasse sozinho contra muitos.
Não falaste de acordo com a moira.
Agora vamos, cidadãos! Devei
retornar cada um a seu trabalho.
Mentor, com Haliterses, cuidará
de pôr esse rapaz no seu caminho,
eles que desde tempos ancestrais
eram os companheiros de seu pai.
Porém eu creio que ele ficará
esperando notícias aqui mesmo,
sentado em Ítaca por muito tempo,
e não fará jamais essa viagem".
Tais foram as palavras que falou,
dissolvendo de súbito a assembleia.
Dispersaram-se todos pela praça,
cada um retornando à própria casa,
exceto os pretendentes, que voltaram
para o palácio do divo Odisseu.
Telêmaco, por sua vez, partiu
sozinho pelas dunas junto ao mar.
Depois de ter lavado as mãos nas águas
acinzentadas, orou para Atena:
"Escuta a prece que te faço, deusa!
Ontem vieste até a nossa casa
e me ordenaste viajar de barco
atravessando as brumas do alto-mar,
para talvez assim eu conseguir
notícia do retorno de meu pai.
Porém agora os homens dos aqueus
atrasam todos os preparativos,
mas mais do que ninguém os pretendentes,
com sua abominável arrogância".
Assim ele falou em sua prece.
Atena logo veio para perto,

tendo assumido a forma de Mentor,
tanto no corpo quanto em sua voz.
Dirigindo-se a ele desta forma,
disse as seguintes palavras aladas:
"Telêmaco, decerto não serás
covarde nem estulto doravante
se o ímpeto guerreiro de teu pai
tiver sido insuflado no teu peito:
era de tal maneira habilidoso
em pôr a termo feitos e palavras
que certamente não será em vão
o teu caminho nem sem resultado.
Entretanto, se tu não fores mesmo
o filho de Penélope e Odisseu,
nesse caso não tenho expectativa
de que possas cumprir teus objetivos,
pois poucos são os filhos que de fato
podem se equiparar com os seus pais –
a maioria tende a se pior;
poucos conseguem superar os pais.
Mas, como tu decerto não serás
covarde nem estulto doravante
e como a grande astúcia de Odisseu
não se perdeu completamente em ti,
ainda pode haver uma esperança
de tu cumprires todos esses feitos.
Então não te preocupes com os planos
e desígnios dos jovens pretendentes.
São insensatos. Nada que eles pensam
é bem-pensado ou digno de justiça.
Além disso, não sabem coisa alguma
de como a morte e suas Queres negras
já se encontram bem perto deles todos –
em um só dia todos morrerão.
De tua parte, já não tardarás
em partir na viagem que desejas.

Considerando como no passado
eu fui um companheiro de teu pai,
prepararei uma nave veloz
e seguirei contigo na viagem.
Agora vamos! Volta para casa
e te mistura com os pretendentes.
Prepara as provisões para a viagem
e guarda cada coisa em seu lugar:
dentro das ânforas, coloca vinho;
a cevada, sustento dos humanos,
põe em sacas de couro resistente.
De minha parte, irei ao povoado
a fim de reunir os companheiros
que desejarem viajar conosco.
Há muitas naus, antigas e recentes,
em Ítaca cercada pelo mar.
Farei questão de escolher para ti
a que for a melhor de todas elas.
Então depressa nós a equiparemos
e partiremos sobre o vasto mar".
Assim falou a donzela de Zeus,
a deusa Atena. Não por muito tempo
Telêmaco permaneceu ali
depois de ter ouvido a voz da deusa.
Ele partiu de volta para casa,
entristecido desde o coração.
Chegando de retorno, ele encontrou
os pretendentes dentro do palácio,
no pátio principal, tirando o couro
de bodes e de porcos já bem gordos.
Então Antínoo veio caminhando
na direção de Telêmaco, rindo.
Segurando-lhe a mão em sua mão,
chamou-o pelo nome e lhe falou:
"Telêmaco, orador exagerado,
excessivo na fúria, não permitas

que algum mal te perturbe o coração,
seja por feito, seja por palavra.
Em vez disso, dedica-te somente
a comer e beber, tal como outrora.
Podes deixar, que os acaios irão
cuidar de todo o resto para ti –
de equipar um navio com companheiros
a fim de que tu possas alcançar
a cidadela sagrada de Pilos
e ouvir notícias do teu nobre pai".
Por sua vez, Telêmaco, sagaz,
lhe proferiu o seguinte em resposta:
"Antínoo, com pessoas arrogantes,
convosco, não há mais maneira alguma
para que eu possa jantar em silêncio
e me entreter sem mais preocupações.
Já não foi o bastante tudo quanto
consumistes de minhas propriedades,
tantos bens de valor, ó pretendentes,
no tempo em que eu ainda era criança?
Pois bem, agora que já sou crescido
e consigo aprender por conta própria
ouvindo a fala alheia – e sobretudo
agora que meu ânimo se eleva –,
farei de tudo para despenhar
as mais terríveis Queres sobre vós,
seja partindo em direção de Pilos,
seja ficando aqui no povoado.
Viajarei, e não será em vão
essa viagem sobre a qual vos falo!
Irei de passageiro, pois não tenho
a meu dispor nem nau nem companheiros
que possa comandar. Assim decerto
vos pareceu ser mais conveniente".
Assim falou, e com facilidade
desvencilhou a sua própria mão

da mão de Antínoo. Ao longo do palácio,
os pretendentes cuidavam da janta.
Eles o provocavam ao passar
e o cutucavam com suas palavras.
Desta maneira então alguém dizia,
algum desses rapazes arrogantes:
“Telêmaco decerto está bolando
um plano para nos assassinar.
Talvez planeje vir com impecáveis
combatentes de Pilos arenosa
ou talvez ele os traga desde Esparta,
já que está tão afoito em visitá-la,
ou talvez na verdade queira ver
se em Éfira, de campos muito férteis,
ele consegue um fármaco capaz
de destruir o coração dos homens,
para jogá-lo dentro da cratera
e acabar com as vidas de nós todos!”.
Por sua vez, então alguém dizia,
algum outro dos jovens arrogantes:
“Quem sabe o resultado? Se de fato
viajar sobre um côncavo navio
para longe dos seus, é bem possível
que pereça à maneira de Odisseu!
Assim acabaria nos impondo
uma tarefa muito mais difícil,
pois nós teríamos de dividir
todas as suas posses e entregar
o palácio de volta à sua mãe
e a quem quer que a receba como esposa”.
Assim falou. Telêmaco, porém,
desceu ao alto quarto de seu pai,
um recinto bem amplo, onde se achavam
ouro e bronze empilhados sobre o chão;
também havia roupas em baús
e azeite bem-fragrante em abundância;

havia vinho bem envelhecido,
bebida doce, no interior de jarros,
que guardavam o líquido impermisto,
a bebida divina, no seu bojo,
organizados todos em fileiras
contra a parede, para caso um dia
Odisseu retornasse para casa
depois de ter sofrido tantas dores;
à frente do recinto, portas duplas
podiam ser fechadas e trancadas
num encaixe perfeito. Noite e dia,
uma ama cuidava de ficar
nesse quarto, guardando seus tesouros
com a mente repleta de saberes,
Euricleia, anciã nascida de Ops,
ele próprio nascido de Pisênor.
Foi ela quem Telêmaco chamou,
dirigindo-se à entrada do recinto:
"Vem cá, mãezinha! Tira para mim
um vinho em ânforas com asas duplas,
algum que seja doce, o mais gostoso
de todas as bebidas que tu guardas,
esperando que aquele malfadado
ainda possa retornar um dia,
o herói de estirpe divina, Odisseu,
escapando da morte e suas Queres.
Enche uma dúzia de jarras com vinho
e cobre todas elas com as tampas.
Também verte cevada para mim
em sacolas de couro resistentes.
Em cada uma, põe vinte medidas
de cevada moída no moinho.
Que tu somente saibas dessas coisas.
Faz com que tudo esteja preparado
para que eu possa vir buscar mais tarde,
depois que a noite já tiver baixado

e minha mãe tiver subido ao quarto
para cuidar do sono e seu repouso,
pois eu planejo ir até Esparta
e também até Pilos arenosa
para ver se consigo uma notícia
sobre o retorno de meu caro pai".
Assim falou. Gritou apavorada
a sua ama querida Euricleia.
Vertendo lágrimas de desespero,
disse as seguintes palavras aladas:
"Por que razão, meu filhinho querido,
tu tens um pensamento assim na mente?
Para onde pretendes viajar
ao longo dessa terra tão extensa,
sozinho e tão amável como és?
Ele morreu apartado da pátria,
o herói de estirpe divina, Odisseu,
em algum povoado bem distante.
Assim que tu partires, esses homens
vão planejar desgraças contra ti,
para matar-te com dolo mais tarde
e dividir estes bens entre eles.
Em vez disso, tu deves te assentar
aqui mesmo. Não há necessidade
de saíres vagando no alto-mar,
terreno infértil, padecendo males".
Por sua vez, Telêmaco, sagaz,
lhe proferiu o seguinte em resposta:
"Tem coragem, mãezinha! Não foi sem
ouvir os deuses que tracei meu plano.
Mas promete que tu não falarás
dessas coisas com minha mãe querida,
não antes de que uns onze ou doze dias
já tenham se passado em minha ausência
ou porventura até que sinta falta
e acabe descobrindo que parti —

que dessa forma possa se evitar
que o choro lhe macule a bela pele".
Assim falou. A velha então lhe fez
um grande juramento pelos deuses.
Depois que ela já tinha prometido
e proferido todo o juramento,
encheu-lhe a dúzia de jarras com vinho
e cobriu todas elas com as tampas.
Também verteu cevada para ele
em sacolas de couro resistentes.
Telêmaco voltou para o palácio
e se juntou aos jovens pretendentes.
Nesse momento, teve uma outra ideia
Atena, divindade de olhos glaucos.
Semelhante a Telêmaco na forma,
ela partiu por toda a cidadela,
e para cada homem que encontrava,
parando ao lado, dava-lhe um comando,
dizendo a todos para se juntarem
à noite perto do navio veloz.
Depois disso, pediu para Noêmon,
o próprio filho brilhante de Frônio,
que lhe cedesse o seu navio veloz,
e bem solícito ele o prometeu.
Então o sol se pôs. Por toda parte,
as sombras se espalharam nas estradas.
Nesse momento, ela arrastou ao mar
o seu navio veloz e dentro dele
depôs os instrumentos que navios
de belos bancos soem carregar.
Posicionou-o no final do porto.
Então os valorosos companheiros
se reuniram todos ao redor,
e a deusa concitava cada um deles.
Nesse momento, teve uma outra ideia
Atena, divindade de olhos glaucos.

Ela partiu em direção à casa
que pertencia ao divino Odisseu.
Chegando lá, verteu o doce sono
sobre os olhos dos jovens pretendentes.
Ficaram tontos enquanto bebiam,
deixando as taças caírem das mãos.
Então foram dormir pela cidade.
Nenhum ficou por muito tempo mais
sentado no palácio, pois o sono
fazia com que as pálpebras pesassem.
Dirigiu-se a Telêmaco em seguida
Atena, divindade de olhos glaucos,
depois de ter chamado por seu nome
no interior do salão bem-construído,
tendo assumido a forma de Mentor
tanto no corpo quanto em sua voz:
"Telêmaco, teus homens estão prontos,
teus companheiros de grevas bem-feitas.
Já se encontram sentados junto aos remos,
aguardando somente o teu sinal.
Então vamos! É hora de partirmos!
Comecemos de vez essa viagem!".
Depois de ter falado dessa forma,
Palas Atena foi guiando à frente
com rapidez, enquanto ele seguia
um pouco atrás as passadas da deusa.
Tão logo eles chegaram à baixada
onde estavam as naus à beira-mar,
encontraram na praia os companheiros
de longas cabeleiras na cabeça.
Em meio a eles, a força sagrada
de Telêmaco então lhes conclamou:
"Vinde, amigos! Levemos para o barco
as nossas provisões! Todas as coisas
já foram reunidas no salão.
A minha mãe não sabe da viagem

nem sabem nada as servas do palácio.
Apenas uma ouviu o meu comando".
Depois de ter falado dessa forma,
partiu na frente. Os outros o seguiram.
Carregaram os suprimentos todos
e os guardaram na nau de belos bancos,
conforme as ordens dadas para eles
pelo filho querido de Odisseu.
Então Telêmaco subiu a bordo
da embarcação. Atena liderava,
sentada sobre a popa do navio.
Telêmaco tratou de se sentar
bem perto dela. Logo os homens todos
soltaram as amarras de ancoragem.
Depois subiram sobre a embarcação
e assumiram seus postos junto aos remos.
Atena, divindade de olhos glaucos,
enviou-lhes um vento favorável,
o Zéfiro soprando intensamente
por sobre o mar escuro como o vinho.
Então Telêmaco se dirigiu
aos companheiros, concitando todos
a puxarem os cabos de equipagem.
Ouviram e atenderam seu pedido.
Primeiro ergueram o mastro de abeto
e o firmaram no encaixe do convés,
na abertura entalhada para tanto,
e então trataram de amarrá-lo à proa.
As brancas velas em seguida içaram
pelas cordas de couro bem-trançadas.
O vento logo fez que se enfunasse
o velame central. Em torno, as ondas
rompentes rebentaram-se na proa,
num estrondo, conforme a nau singrava,
mas ela persistiu no seu caminho,
atravessando as ondas, sempre em frente.

Quando já tinham amarrado os cabos
pela extensão da negra nau veloz,
prepararam crateras de mistura
coroadas com vinho até a boca
e derramaram libações aos deuses,
aos imortais de eterna geração,
mas entre todos eles sobretudo
à donzela de Zeus, a de olhos glaucos.
A noite toda a barca velejava,
singrando seu caminho rumo à Aurora.

Canto III

Hélios, o Sol, então se levantou
desde as belíssimas águas do mar
em direção ao céu de vasto bronze,
a fim de iluminar os imortais
e também os humanos morituros
na terra arada, que concede vida.
Nesse momento, chegaram a Pilos,
cidadela bem-feita de Neleu.
Junto à margem do mar, os cidadãos
se encontravam fazendo sacrifícios
de touros negros para o fremidor
da terra, deus de escura cabeleira.
Havia nove grupos assentados,
cada um com quinhentos cidadãos.
Em frente a cada um dos nove grupos,
nove touros jaziam degolados.
Enquanto degustavam as entranhas
e queimavam as coxas para o deus,
os viajantes chegaram ao porto,
recolheram a vela do navio
e amarraram os cabos de ancoragem.
Em seguida, trataram de ir à praia.
Então Telêmaco desceu da nau,
com Atena guiando logo à frente.
Em primeiro lugar, falou a ele
Atena, divindade de olhos glaucos:
"Telêmaco, não há necessidade
de tu teres vergonha, nem um pouco,
porque tu navegaste no alto-mar
até aqui, a fim de te informares

sobre o pai – onde a terra o recobriu
e que tipo de fado o vitimou.
Agora vai direto em direção
do domador de cavalos Nestor.
Assim nós saberemos qual astúcia
ele tem escondida no seu peito.
Tu mesmo deves dirigir-te a ele,
para que diga coisas verdadeiras.
Ele não te dirá uma mentira,
pois é um homem sagaz como poucos".
Por sua vez, Telêmaco, sagaz,
lhe proferiu o seguinte em resposta:
"Mentor, mas como devo aproximar-me?
De que maneira deverei saudá-lo?
Eu ainda não tenho experiência
com discursos de densa tessitura.
É vergonhoso para um homem jovem
dirigir a palavra a alguém mais velho".
Por sua vez, dirigindo-se a ele,
disse-lhe Atena, deusa de olhos glaucos:
"Telêmaco, tu próprio encontrarás
o pensamento certo em tua mente.
Terás decerto alguma divindade
para te aconselhar, pois eu não creio
que tu tenhas nascido e te criado
contrariando a vontade dos deuses".
Depois de ter falado dessa forma,
Palas Atena foi guiando à frente
com rapidez, enquanto ele seguia
um pouco atrás as passadas da deusa.
Chegaram ao local de agrupamento
dos cidadãos de Pilos e seus grupos,
onde Nestor havia se sentado
com seus filhos. Em torno, os companheiros
estavam preparando o seu banquete,
assando carnes e montando espetos.

Tão logo eles notaram a chegada
dos estrangeiros, foram todos juntos
saudá-los. Apertaram-lhes as mãos
e os convidaram para que sentassem.
Primeiro foi Pisístrato, nascido
de Nestor, quem chegando perto deles
tomou a mão dos dois em suas mãos
e os chamou para junto do banquete,
para sentarem sobre lãs macias
esticadas na areia pela praia
junto ao local em que estavam sentados
o seu irmão Trasímaco e seu pai.
Entregou-lhes depois uma porção
de miúdos e foi verter o vinho
em um cálice feito todo em ouro.
Fazendo um brinde então ele falou
estas palavras a Palas Atena,
a donzela de Zeus tempestuoso:
“Faz agora, estrangeiro, uma oração
endereçada para o rei Possêidon,
pois é em honra dele que fazemos
o banquete durante o qual chegaste.
Depois de teres feito a libação
e a tua prece, como é costumeiro,
passa adiante para aquele a taça
com o vinho tão doce quanto o mel
para que faça a própria libação,
pois creio que também dirija preces
aos imortais — entre os seres humanos,
deuses são sempre uma necessidade.
Porém ele parece ser mais novo.
Imagino que tenha a minha idade.
Por causa disso então entregarei
o cálice dourado a ti primeiro”.
Tendo falado assim, ele lhe deu
em mãos o cálice de doce vinho.

Atena se alegrou em ver o quanto
era sagaz e justo aquele homem,
porquanto concedera por primeiro
o cálice dourado para ela.
Prontamente falou as suas preces,
elaboradas, para o rei Possêidon:
"Escuta-me, Possêidon, tu que tens
e reténs toda a terra! Não desdenhes
de nós que te fazemos orações
e te cumprimos estes sacrifícios.
Em primeiro lugar, para Nestor
e seus filhos, concede grande glória.
Para os outros, depois, que possas dar
a recompensa própria da alegria
a cada um dos cidadãos de Pilos
por esta gloriosíssima hecatombe.
A Telêmaco e a mim, concede ainda
o retorno, depois de já cumprido
o motivo de nossa vinda aqui
no dorso de uma rápida nau negra".
Assim falava em prece e ao mesmo tempo
fazia com que tudo se cumprisse.
Em seguida, a Telêmaco entregou
o belo cálice com asas duplas.
Do mesmo modo então também orou
o querido rebento de Odisseu.
Depois de assarem as carnes externas
e as retirarem desde seus espetos,
dividiram as partes do banquete
de lauta fama e se banquetearam.
Depois, quando já tinham saciado
a gana por comida e por bebida,
principiou a falar entre eles
o cavaleiro gerênio Nestor:
"Agora sim é mais apropriado
fazer perguntas a vosso respeito,

estrangeiros, acerca de quem sois,
pois já vos deleitastes com comida.
Estrangeiros, quem sois? De onde viestes,
navegando por úmidos caminhos?
Tendes algum negócio a ser tratado
ou viestes vagando sem destino,
assim como é costume entre piratas,
que pelo mar vão navegando errantes,
expondo as próprias vidas à ruína
e levando desgraça para os outros?".
Por sua vez, Telêmaco, sagaz,
lhe proferiu o seguinte em resposta,
repleto de coragem, pois Atena
lhe pôs coragem no seu coração,
a fim de que pudesse perguntar
a respeito do pai, há tanto ausente,
e para que ganhasse um bom renome
para ele próprio entre os seres humanos:
"Caro Nestor, nascido de Neleu,
enorme glória dos homens aqueus,
tu nos perguntas de onde nós viemos.
Então eu te direi exatamente.
Foi de Ítaca, ao sopé do monte Neio,
que nós viemos navegando aqui.
O motivo da vinda é pessoal
e não público, como logo explico.
Acerca de meu pai de vasta glória,
eu vim buscar notícia, se possível,
do divino Odisseu, de coração
incansável, que dizem ter outrora
combatido a teu lado e saqueado
a cidadela dos homens troianos.
Do restante de todos os guerreiros,
de quantos combateram os troianos,
já tivemos notícia de onde foi
que pereceram por lúgubre morte,

mas quanto a ele o nascido de Crono
mantém secreta até mesmo a ruína.
Não há ninguém que saiba claramente
o lugar onde foi que pereceu –
se por acaso foi sobrepujado
em terra firme por homens hostis
ou se encontrou a morte em alto-mar,
no pélago, entre as ondas de Anfitrite.
Por conta disso, venho me prostrar
aos teus joelhos, para caso queiras
me relatar a lúgubre ruína
daquele homem, se por um acaso
tiveres visto com teus próprios olhos
ou ouvido relato de terceiros
sobre as suas errâncias – a mãe dele
o pariu para a máxima tristeza.
Não atenues as tuas palavras
nem por pena de mim nem por respeito,
e sim me conta tudo exatamente
da maneira que acaso tu souberes.
Eu te suplico: se meu nobre pai,
o valente Odisseu, alguma vez
te fez uma promessa e te cumpriu,
usando de palavras ou de ações,
na terra dos troianos, onde vós
acaios padecestes tantos males,
agora te recorda para mim
e me relata tudo com verdade".
Por sua vez, respondeu-lhe o seguinte
o cavaleiro gerênio Nestor:
"Querido amigo, agora tu me lembras
das atribulações que nós sofremos
naquele povoado, nós, os filhos
dos acaios, de força irresistível:
todas as coisas que nós suportamos
nos navios, pelas brumas do alto-mar,

ao vagarmos em busca de tesouros
aonde quer que Aquiles nos levasse,
e tudo aquilo que depois sofremos
na cidadela de Príamo rei,
ao lutarmos por ela — foram tantos
os homens excelentes que morreram!
É lá que jaz o mavórcio guerreiro
Ájax. É lá que jaz também Aquiles.
É lá que jaz também o conselheiro
Pátroclo, que valia como um deus.
É lá que jaz também meu próprio filho
amado, um homem forte e destemido,
Antíloco, guerreiro que ninguém
superava na rápida corrida.
Muitas outras desgraças além dessas
nós sofremos em Troia. Quem seria
capaz de relatá-las, todas elas,
entre os homens fadados a morrer?
Nem mesmo se ficasses por aqui
por mais cinco ou seis anos poderias
perguntar sobre todas as desgraças
que os divinos acaios padeceram.
Bem antes disso tu te cansarias
e voltarias para a terra pátria.
Nove foram os anos que penamos
ocupados com planos de maldade,
lançando mão de todo estratagema,
por cumprimento do filho de Crono.
Pois bem, naquele tempo, não havia
quem desejasse comparar-se a ele
em astúcia, pois nisso superava
todos os outros o divo Odisseu,
lançando mão de todo estratagema.
Assim era teu pai, se for verdade
que tu és realmente filho dele.
Fico assombrado quando te contemplo,

pois as tuas palavras pelo menos
são como as dele. Não se esperaria
que um homem de uma geração mais nova,
como a tua, falasse dessa forma.
Durante todo o tempo em que nós dois,
eu e o divino Odisseu, convivemos,
jamais tivemos uma desavença
na assembleia tampouco no conselho.
Pelo contrário, sempre fomos um
no coração e no conselho sábio,
ponderando qual fosse a alternativa
que trouxesse o melhor para os argivos.
Em seguida, depois que saqueamos
a cidade de Príamo, elevada,
e partimos no dorso dos navios,
um deus fez os acaios se espalharem.
Nesse momento, Zeus premeditou
um retorno funesto em sua mente
para os homens argivos, pois nem todos
poderiam de fato ser chamados
de justos e prudentes. Muitos deles
tiveram um destino desgraçado
pela fúria funesta da donzela
de olhos glaucos, de pai bem poderoso.
Foi ela quem causou a desavença,
instaurando discórdia, entre os Atridas.
Foi depois de eles terem convocado
para a assembleia todos os aqueus,
de maneira impensada e sem arranjo,
quando o sol já se punha em meio às ondas.
Foi então que chegaram, já pesados
de tanto vinho, os dois filhos de Atreu.
Disseram seu discurso, pelo qual
haviam reunido todo o povo.
Nesse momento, Menelau mandou
que todos os guerreiros dos aqueus

se recordassem do retorno à pátria
sobre o dorso vastíssimo do mar.
Entretanto, não foi de forma alguma
do agrado de Agamêmnon, que queria
manter o exército ali onde estava
para fazer sagradas hecatombes,
que assim talvez pudesse apaziguar
a pavorosa cólera de Atena.
Tolo! Não percebeu que não havia
nenhuma chance de que a convencesse,
pois os deuses de eterna geração
não mudam de sentido assim tão fácil.
Enquanto os dois estavam discutindo,
trocando termos duros um com o outro
ali de pé, ergueram-se de pronto
os acaios de cnêmides bem-feitas
num clamor sobre-humano, divididos
quanto ao plano que mais os agradava.
A noite toda então nós descansamos,
revirando na mente pensamentos
severos, uns em relação aos outros,
pois Zeus nos preparava uma desgraça.
Chegando a Aurora, alguns de nós levamos
as naus em direção ao mar divino
e as carregamos com nossos tesouros
e com mulheres de fundas cinturas.
Metade dos exércitos, de um lado,
se detiveram e permaneceram
junto do filho de Atreu, Agamêmnon,
pastor de exércitos e de varões,
e metade de nós então subimos
a bordo dos navios. Rapidamente
zarpamos, pois um deus facilitava
a passagem no abismo do alto-mar.
Tendo chegado em Tênedo em seguida,
fizemos sacrifícios para os deuses,

desejosos por ter um bom retorno.
Mas Zeus não planejava a nossa volta.
Deus cruel! Enviou a vil discórdia
em meio a nós pela segunda vez.
Alguns viraram seus navios recurvos
e deram meia volta para Troia.
Com eles, foi o experiente rei
Odisseu, de intrincadas artimanhas,
a fim de demonstrar o seu favor
para o nascido de Atreu, Agamêmnon.
Mas eu permaneci com meus navios,
que logo me seguiram, todos juntos,
em fuga, pois sabia que algum deus
planejava desgraças para nós.
Também fugiu o filho de Tideu,
aguerrido, e chamou seus companheiros.
O louro Menelau, por sua vez,
partiu depois de nós no nosso encalço
e conseguiu nos alcançar em Lesbos,
enquanto debatíamos qual rota
nós deveríamos tomar: ou indo
pelo norte de Quios escarpada,
passando junto à ínsula de Psíria,
mantendo nosso curso sempre à esquerda,
ou contornando, pelo sul de Quios,
o promontório ventoso, o Mimante.
Então pedimos um sinal ao deus,
que logo nos mostrou para onde ir
e nos mandou cruzar pelo alto-mar,
lá pelo meio, em direção à Eubeia,
a fim de que pudéssemos fugir
o quanto antes da calamidade.
Um vento cristalino então soprou
e conduziu depressa as nossas naus
por caminhos piscosos sobre o mar,
até que enfim chegamos em Geresto,

guiados até lá em meio à noite.
A Possêidon então nós ofertamos
muitas coxas de touro em sacrifício
porque cruzáramos o grande abismo.
Quatro dias depois, os companheiros
de Diomedes, filho de Tideu,
domador de cavalos, atracaram
os seus navios simétricos em Argos,
mas eu mantive o curso em direção
a Pilos. Nesse tempo todo, o vento
jamais cessou, depois que foi mandado
em nosso benefício pelo deus.
Foi assim que cheguei, filhinho amado:
sem notícias. Tampouco agora sei
dos outros, de quais homens dos aqueus
sobreviveram e de quais morreram,
mas todas as informações que ouvi
desde que retornei ao meu palácio
tu saberás, conforme é costumeiro,
pois não ocultarei nada de ti.
É dito que tiveram bom retorno
os exímios lanceiros mirmidões,
sob o comando do filho brilhante
de Aquiles, o de grande coração.
Assim também se deu com Filoctetes,
rebento glorioso de Poante.
Idomeneu, por sua vez, levou
a Creta todos os seus companheiros,
os que puderam escapar da guerra.
Não perdeu nenhum deles para o mar.
Mas sobre a volta do filho de Atreu
certamente escutates, mesmo longe:
sobre como chegou e como Egisto
lhe planejou uma morte funesta.
Mas ele já pagou o preço disso,
da mesma forma, na mesma moeda.

Por isso é bom que um homem, ao partir,
tenha deixado um filho para trás.
O filho conseguiu cobrar vingança
daquele que matou seu próprio pai,
de Egisto, estrategista traiçoeiro,
que assassinou seu glorioso pai.
Quanto a ti, meu amigo, eu vejo bem
que és grande e belo. Trata então de ser
valente assim também, para que alguém
dentre os vindouros fale bem de ti".
Por sua vez, Telêmaco, sagaz,
lhe proferiu o seguinte em resposta:
"Caro Nestor, nascido de Neleu,
enorme glória dos homens aqueus,
é bem verdade que ele conseguiu
vingar seu pai. Os homens dos aqueus
carregarão a sua vasta glória
em canção para os homens do futuro.
Só quisera que os deuses me tivessem
concedido uma força desse tipo!
Então eu cobraria a transgressão
dolorosa dos jovens pretendentes,
desmesurados, que planejam planos
de enorme petulância contra mim.
Porém não foi um fado tão feliz
o que os deuses teceram para mim –
para mim e também para meu pai.
Mesmo assim, é preciso suportar".
Por sua vez, respondeu-lhe o seguinte
o cavaleiro gerênio Nestor:
"Querido amigo, já que me falaste
e me lembraste dessas coisas todas,
muito já me disseram que por causa
da mão de tua mãe uns pretendentes,
dentro do teu palácio sem quereres,
estavam planejando umas maldades.

Então me diz: é por vontade própria
que tu concedes ou porque as pessoas
nutrem ódio por ti no povoado,
dando ouvidos à voz de algum dos deuses?
Quem sabe se ele um dia vai voltar
e se vingar por essa violência –
ou ele mesmo ao retornar sozinho
ou os outros guerreiros dos aqueus.
Quem me dera se Atena de olhos glaucos
também tivesse um grande amor por ti
com o mesmo cuidado que ela tinha
pelo ilustre Odisseu em outros tempos,
no povoado dos homens troianos,
onde sofremos tanto nós aqueus!
Nem antes nem depois eu vi os deuses
amarem tão abertamente alguém,
da mesma forma que Palas Atena
se colocava sempre ao lado dele.
Caso no coração da deusa houvesse
um amor e um cuidado assim por ti,
pelo menos algum dos pretendentes
se esqueceria desse casamento".
Por sua vez, Telêmaco, sagaz,
lhe proferiu o seguinte em resposta:
"Ancião, eu não creio que o teu dito
algum dia inda venha a se cumprir –
é algo muito grande o que disseste!
Estou perplexo. Nunca poderia
esperar que algo assim me acontecesse,
nem mesmo se os divinos o quisessem".
Disse-lhe então o seguinte em resposta
Atena, divindade de olhos glaucos:
"Telêmaco, mas que palavra é essa
que te escapou pelo encerro dos dentes?
Quando um deus o deseja, é muito fácil
salvar um homem, mesmo na distância.

De minha parte eu bem preferiria
padecer muitos males e depois
conseguir a viagem para casa
e contemplar o dia do retorno
do que voltar depressa e perecer
no próprio lar, ao modo de Agamêmnon,
morto numa armadilha concebida
por Egisto e por sua própria esposa.
Porém, quanto ao destino de morrer,
comum a todos, nem os próprios deuses
possuem meios para proteger
um homem que eles amem, no momento
em que lhe vem a moira destrutiva
de uma morte de longo sofrimento".
Por sua vez, Telêmaco, sagaz,
lhe proferiu o seguinte em resposta:
"Mentor, não mais falemos dessas coisas,
malgrado seja grande o nosso luto.
A volta dele já não pode mais
ser verdadeira. Para aquele homem,
os deuses imortais assinalaram
decerto apenas morte e Queres negras.
Porém agora eu quero perguntar
e ouvir Nestor falar sobre outra história,
pois ele é quem conhece de justiça
e de sabedoria mais que os outros.
De fato, dizem que ele já reinou
em três distintas gerações humanas,
de maneira que agora, ao contemplá-lo,
só posso compará-lo aos imortais.
Então, Nestor, nascido de Neleu,
que tu me contes tudo com verdade.
De que maneira pereceu o Atrida
Agamêmnon, senhor de vasto império?
Em que lugar estava Menelau?
Qual foi a morte que lhe planejou

Egisto, aquele artífice de enganos,
já que matou um homem bem melhor?
Acaso Menelau não se encontrava
em Argos, terra acaia, e sim alhures,
vagando pela terra de outros homens,
o que o encorajou a assassiná-lo?".
Por sua vez, respondeu-lhe o seguinte
o cavaleiro gerênio Nestor:
"Relatarei abertamente a ti,
meu filhinho, essas coisas com verdade.
Tu podes certamente imaginar
as coisas que teriam transcorrido
se tivesse calhado de encontrar
Egisto ainda vivo no palácio
o louro filho de Atreu, Menelau,
ao aportar de volta desde Troia.
Não o teriam nem sequer coberto
com um monte de terra sepulcral,
e sim deixado que fosse comido
por aves carniceiras e cachorros,
jazendo na planície, bem distante
da cidadela, nem teria alguém
das mulheres acaias que o chorasse,
pois foi grande demais o que ele fez!
Enquanto nós estávamos lá longe,
realizando inúmeros trabalhos,
ele ficou tranquilo no seu canto,
em Argos, terra nutriz de cavalos,
ocupado em tentar enfeitiçar
a esposa de Agamêmnon com palavras.
É bem verdade que ela, no começo,
menosprezou as suas tentativas,
a diva Clitemnestra, pois dispunha
de bom juízo no seu coração.
Ademais, junto dela havia sempre
um aedo que tinha recebido

muitas ordens do Atrida, ao ir a Troia,
para que protegesse a sua esposa.
Mas, no momento em que a moira dos deuses
atou-a ao fado de ser conquistada,
então Egisto conduziu o aedo
para uma ínsula deserta ao longe
para que se tornasse presa fácil,
espólio para as aves de rapina.
Repleto de desejo como estava,
ele logo a levou ao seu palácio.
Foram inúmeras então as coxas
que ele queimou aos deuses nos altares,
muitos também os ornamentos de ouro
e os tecidos que pôs pelas paredes,
pois foi grande demais o que ele fez,
maior do que sonhava o coração.
De nossa parte, navegamos juntos
desde o momento em que deixamos Troia,
eu e o filho de Atreu, mantendo sempre
um sentimento de amizade mútua.
Mas, no momento em que alcançamos Súnio,
o promontório sagrado de Atenas,
Febo Apolo atingiu o timoneiro
que guiava o navio de Menelau,
tendo atirado nele seus projéteis
mais delicados, de morte tranquila.
Pereceu ali mesmo, segurando
em mãos o leme do navio veloz,
Frôntis, guerreiro filho de Onetor,
que superava todos os humanos
na habilidade de guiar o barco
quando sopram os ventos de procela.
Menelau se deteve nesse instante,
mesmo ansioso por seguir em frente,
a fim de sepultar o companheiro
e lhe fazer seus ritos funerários.

Quando por fim já retomara o curso,
singrando o mar escuro como o vinho,
a bordo de seu côncavo navio,
e alcançava Maleia, monte abrupto,
navegando veloz, nesse momento
Zeus de ampla vista planejou um curso
abominável para Menelau,
vertendo ventos sibilantes nele
e levantando monstruosas ondas,
feito montanhas, pelo seu caminho –
foi assim que os navios se dividiram.
Alguns deles seguiram para Creta,
ao local onde, junto das correntes
do Járdano, demoram os cidônios.
Existe certa rocha que se vê,
íngreme e lisa, erguendo-se entre as ondas,
no ponto mais extremo da cidade
de Górtina, nas névoas do alto-mar.
Ali o vento sul, o Noto, empurra
um vagalhão enorme contra a encosta,
à esquerda, para Festo, e esse rochedo
diminuto detém a enorme onda –
foi ali que os navios foram levados.
Com muito esforço, os homens conseguiram
salvar-se da destruição. Porém
as ondas carregaram os navios
e os esmagaram contra os arrecifes.
Outros cinco navios de proas negras
acabaram rumando para o Egito
pela força dos ventos e das águas.
De lá, depois de ter angariado
provisões abundantes e tesouros,
Menelau viajou com seus navios
pelas terras de humanos estrangeiros
enquanto Egisto estava planejando
os seus atos funestos no palácio.

Por sete anos ele então reinou
sobre Micenas muito rica em ouro,
após matar o nascido de Atreu,
e o povo se rendeu ao seu domínio.
Porém, no oitavo, veio-lhe a desgraça
sob a pessoa do divino Orestes,
que nesse ponto retornou de Atenas
e matou o assassino de seu pai,
Egisto, aquele artífice de enganos,
que matara seu pai, tão celebrado.
Matou-o, sim, e então ofereceu
banquetes funerais para os argivos,
à sua própria mãe abominável
e para o pérfido e covarde Egisto.
Foi nesse mesmo dia que chegou
Menelau de bramido retumbante,
trazendo tantas posses e tesouros
quanto cabia dentro dos navios.
De tua parte, amigo, não demores
longe de tua casa muito mais,
tendo deixado todos os tesouros
do teu palácio para trás, com homens
tão soberbos, por medo que aconteça
de devorarem todos os teus bens,
depois de os dividirem entre si,
e assim tu teres viajado em vão.
Em vez disso, sugiro e recomendo
que tu faças visita a Menelau,
pois ele é quem chegou há menos tempo
das viagens que fez pelo estrangeiro,
entre humanos de quem não haveria
esperança no próprio coração
de retornar, quem quer que se perdesse,
em meio a ventania e tempestade,
num abismo marinho tão gigante
que nem sequer as aves de rapina

num ano são capazes de transpô-lo
inteiro, de tão grande e tão terrível.
Então agora vai com teu navio,
acompanhado de teus companheiros.
Porém, se preferires ir a pé,
podes dispor de carro e de cavalos.
Também meus filhos poderão seguir
contigo, para serem os teus guias
rumo à Lacedemônia, diva terra
onde demora o louro Menelau.
Tu mesmo deves dirigir-te a ele,
para que diga coisas verdadeiras.
Ele não te dirá uma mentira,
pois é um homem sagaz como poucos".
Assim falou. O sol então se pôs
e logo veio a escuridão da noite.
Em meio a eles, então conclamou
Atena, divindade de olhos glaucos:
"Todas as coisas, velho, tu falaste
exatamente como manda a moira.
Agora vamos! Corta fora as línguas
e manda que misturem logo o vinho,
para fazermos nossas libações
a Posseidon e aos outros imortais.
Depois disso, devemos planejar
o resto da viagem, pois é tempo.
A luz do sol já vai se dispersando
sob o jugo das trevas. Não convém
se demorar demais em um banquete
em honra aos deuses. É melhor ser breve".
Assim falou a donzela de Zeus,
e todos acataram o que disse.
Arautos acorriam até eles
para verter-lhes água sobre as mãos
e rapazes enchiam as crateras
com bebida até quase transbordarem.

Então distribuíram para todos
as taças com primeiras libações.
Atiraram as línguas na fogueira
e, de pé, derramaram libações.
Depois de terem feito libações
e contentado o coração com vinho,
nesse momento então a deusa Atena
e Telêmaco, belo feito um deus,
se levantaram para retornar
em direção ao côncavo navio.
Porém Nestor impediu que partissem,
detendo os dois com as suas palavras:
"Que Zeus e os outros deuses imortais
impeçam que isto possa acontecer:
que vós, estando aqui em minha casa,
volteis ao vosso rápido navio,
como se eu fosse um homem miserável,
que mal tem trapos para se cobrir,
alguém que não tem mantos e tapetes
em abundância dentro do palácio,
nem para sua própria serventia
nem para os hóspedes dormirem bem.
No meu palácio, posso vos dizer,
há muitos mantos e tapetes belos.
Não acontecerá de esse varão,
o querido rebento de Odisseu,
ter de dormir encostado no mastro
de um navio, pelo menos não enquanto
eu viva ou haja ainda filhos meus
vivendo no interior do meu palácio,
que tratem bem os hóspedes que temos,
todo aquele que chega à nossa casa!".
Disse-lhe então o seguinte em resposta
Atena, divindade de olhos glaucos:
"De fato tu falaste muito bem,
meu querido ancião. É adequado

que Telêmaco agora te obedeça,
pois é muito melhor que seja assim.
Da parte dele, é bom que te acompanhe,
a fim de que ele possa desfrutar
do sono no interior do teu palácio.
Porém eu voltarei à nau escura
a fim de encorajar os companheiros
e lhes falar das coisas que escutei,
pois tenho orgulho de dizer que sou
o mais velho na nossa companhia.
Quanto aos demais, os rapazes mais jovens,
podem seguir com ele em amizade,
todos esses que são os coetâneos
desse jovem de grande coração.
Ali mesmo depois eu deitarei,
junto do côncavo navio escuro,
por agora, pois logo cedo irei
aos caucônios de grande coração,
onde uma dívida é devida a mim,
um assunto de fato nada novo
nem pequeno. Tu podes enviá-lo,
uma vez que chegou ao teu palácio,
com uma biga junto de teu filho.
Oferece cavalos para ele,
os que forem mais ágeis na corrida
e tiverem a força superior".
Depois de ter falado dessa forma,
partiu então Atena de olhos glaucos,
tendo assumido a forma de um abutre —
e o temor tomou conta dos aqueus.
Mesmo o velho ficou maravilhado
com aquilo que os olhos tinham visto.
Tomou Telêmaco por sua mão,
chamou-o pelo nome e lhe falou:
"Meu amigo, não creio que serás
um homem pusilânime nem vil

se sendo assim tão novo tu já tens
os próprios deuses como acompanhantes.
Certamente não era algum dos outros
detentores de olímpicas moradas,
e sim a própria donzela de Zeus,
a Tritogênia de suprema glória,
ela mesma que tinha em alta estima
o teu pai entre todos os argivos!
Então estende o teu favor, senhora,
e me concede o dom da ilustre glória,
para mim e também para os meus filhos
e para minha esposa veneranda!
Depois eu te darei em sacrifício
uma novilha de semblante largo,
indômita, que nunca recebeu
de um camponês o jugo no pescoço.
Irei sacrificá-la para ti
tendo coberto seus chifres com ouro".
Assim ele falou em sua prece
e foi ouvido por Palas Atena.
Então seguiu à frente, como guia,
o cavaleiro gerênio Nestor,
acompanhado de filhos e genros,
em direção a seu belo palácio.
Quando por fim chegaram ao palácio
de ilustre fama desse soberano,
tomaram seus lugares, em fileiras,
pelos divãs e tronos do salão,
e o velho então tratou de preparar
a mistura de vinho na cratera,
uma safra bem doce de beber,
que passara dez anos maturando
antes que a dispenseira desfizesse
o laço em torno à tampa para abri-la.
Foi tal vinho que o velho misturou
na cratera, fazendo muitas preces

para Atena e libando em seu louvor,
à donzela de Zeus tempestuoso.
Depois de terem feito libações
e contentado o coração com vinho,
eles então partiram, cada qual
indo deitar em sua própria casa.
O cavaleiro gerênio Nestor
indicou que Telêmaco divino
se deitasse ali mesmo no salão,
o querido rebento de Odisseu,
sobre um leito de estrado encordoado
logo abaixo do pórtico ecoante.
Pisístrato deitou-se perto dele,
comandante de tropas, bom lanceiro,
que ainda não havia se casado
nem populado a casa com crianças.
Mas Nestor, ele próprio, foi dormir
no interior do palácio de alto teto.
Junto dele, a senhora, sua esposa,
foi preparar o leito e se deitar.
Quando afinal surgiu a matutina
Éos, Aurora de dedos rosados,
o cavaleiro gerênio Nestor
se levantou prontamente do leito
e, saindo de dentro do palácio,
tomou assento sobre as pedras lisas
que existiam dispostas lado a lado
em frente às grandes portas do palácio,
pedras brancas, brilhando como azeite,
as mesmas pedras em que, noutros tempos,
o próprio rei Neleu tomava assento,
um conselheiro semelhante aos deuses.
Entretanto, domado pelas Queres,
ele já tinha descendido ao Hades.
Então Nestor é quem sentava ali,
o guardião gerênio dos aqueus,

com o cetro seguro em suas mãos.
Em torno dele, os filhos se juntavam
à medida que vinham de seus quartos.
Então chegaram Equéfron e Estrácio;
depois, Perseu e Areto e, na sequência,
Trasímedes, semelho aos próprios deuses.
Como sexto, depois de todos eles,
chegou o herói Pisístrato por fim.
Junto deles, Telêmaco divino
recebeu um lugar e se sentou.
Principiou a falar entre eles
o cavaleiro gerênio Nestor:
“Rapidamente, filhinhos queridos,
tornai realidade este meu sonho,
a fim de que, primeiro, dentre os deuses,
eu seja agraciado por Atena,
ela que veio a mim em forma viva
em meio ao lauto banquete do deus!
Que alguém depressa busque uma novilha
lá no pasto e a conduza o quanto antes
aqui de volta. Tenha junto um homem
boiadeiro, que possa orientá-lo.
Ao navio de Telêmaco, alguém vá,
nau negra do de grande coração,
e traga todos os seus companheiros,
deixando para trás apenas dois.
Que algum outro se ocupe de dizer
para o ourives Laerces vir aqui,
a fim de que ele possa derramar
ouro puro nos chifres da novilha.
Mas os demais permanecei aqui,
agrupados. Dizei para as cativas
montarem um banquete glorioso
pelos salões de dentro do palácio,
com tronos e bancadas dos dois lados,
e para nos trazerem água limpa”.

Assim falou, e todos se ocuparam
das tarefas. Trouxeram a novilha
da planície, conforme foi pedido.
Da nau simétrica e veloz, buscaram
os sócios de Telêmaco de grande
coração. Em seguida, veio o ourives,
trazendo as ferramentas sobre os braços,
os instrumentos próprios à sua arte:
uma bigorna, também um martelo
e um par de fórcipes bem-construídos,
com os quais costumava trabalhar
em ouro. Logo Atena também veio
para participar desse banquete.
Então Nestor, o velho cavaleiro,
deu ouro para ele, que tratou
de prepará-lo para enfim vertê-lo
nos chifres da novilha, de maneira
que a deusa se alegrasse ao contemplá-la.
Depois Estrácio e o divino Equéfron
puxaram a novilha pelos chifres.
Areto então chegou trazendo água
numa bacia ornamentada em flores,
que ele buscara no seu próprio quarto,
e noutra mão trazia ainda um cesto
com flocos de cevada. Trasimedes,
valente na batalha, pôs-se ao lado,
com machado afiado pronto à mão
para com ele desferir o golpe.
Perseu mantinha abaixo uma bacia.
Então Nestor, o velho cavaleiro,
lavou as mãos e espargiu a cevada,
fazendo muitas preces para Atena.
Depois cortou os pelos da cabeça
do animal e lançou-os sobre o fogo.
Quando já tinha feito suas preces
e lançado cevada à sua frente,

nesse momento, o filho de Nestor,
Trasimedes de altivo coração,
pôs-se junto à novilha e a golpeou.
O machado entrou fundo no pescoço,
decepando tendões e dissolvendo
a força do animal. Lançaram gritos
as mulheres da casa, filhas, noras
e também a consorte veneranda
do rei Nestor, Eurídice, a mais velha
dentre as filhas que Clímeno tivera.
Depois os homens juntos levantaram
do chão de vastas vias o animal
e o seguraram. Pisístrato então
o degolou, o líder de guerreiros.
Quando verteu-se todo o sangue escuro
e a vida já partira de seus ossos,
abriram-lhe a barriga e o destriparam.
Desmembraram depois as suas coxas,
fazendo tudo como manda a moira,
e as recobriram então com gordura
perfazendo uma dúplice camada,
e em cima delas puseram mais cortes.
O velho assou as carnes sobre espetos
e espargiu vinho rútilo por cima.
Os jovens se juntaram perto dele,
tendo em mãos garfos de quíntuplas pontas.
Quando as coxas estavam bem-assadas
e as vísceras provadas já por todos,
eles cortaram o resto das carnes
e as espetaram então nos espetos.
Assaram tudo, segurando em mãos
os espetos de pontas afiadas.
Entrementes, a bela Policasta
banhou Telêmaco por sua vez,
a mais jovem das filhas de Nestor,
o guerreiro nascido de Neleu.

Depois que ela já tinha dado banho
e coberto seu corpo com azeite,
vestiu-o numa túnica bonita
e afivelou por cima dela o manto.
Voltando da banheira, parecia
uma imagem dos deuses imortais.
Veio e sentou-se junto de Nestor,
bem ao lado do rei, pastor de povos.
Depois de assarem as carnes externas
e as retirarem desde seus espetos,
trataram de sentar e de almoçar.
Rapazes valorosos os serviam,
cuidando sempre de verter o vinho
em suas taças feitas de ouro puro.
Depois, quando já tinham saciado
a gana por comida e por bebida,
principiou a falar entre eles
o cavaleiro gerênio Nestor:
“Trazei para Telêmaco, meus filhos,
uns cavalos de crinas bem bonitas
e tratai de jungi-los junto ao carro,
a fim de que ele siga o seu caminho”.
Assim falou. Os rapazes, de pronto,
ouviram e acataram seus comandos.
Logo puseram cavalos velozes
sob o jugo de um carro de batalha.
Dentro dele, depois, a dispenseira
tratou de colocar-lhe pão e vinho
além de carnes, alimento próprio
de basileus que são por Zeus nutridos.
Em seguida, Telêmaco subiu
no belíssimo carro de batalha
e, ao lado dele, o filho de Nestor,
Pisístrato, caudilho de guerreiros,
também subiu no carro de batalha.
Arrebatou as rédeas com as mãos

e tocou os cavalos com o relho.
Não foi a contragosto que voaram
em direção à planície, deixando
a cidadela elevada de Pilos.
O dia todo foram balançando
o jugo que levavam dos dois lados.
Então o sol se pôs. Por toda parte,
as sombras se espalharam nas estradas.
Nisso, chegaram finalmente em Feras
e alcançaram a casa de Diocles,
filho de Ortíloco, que o próprio Alfeio
havia concebido como filho.
Ali os dois puderam pernoitar,
por graça da hospitalidade dele.
Quando afinal surgiu a matutina
Éos, Aurora de dedos rosados,
jungiram os cavalos novamente
e subiram no carro ornamentado.
Então partiram pelas portas duplas,
atravessando o pórtico ecoante,
ao tocar os cavalos com o relho.
Não foi a contragosto que voaram.
Avançaram de novo para os plainos
carregados de trigo. Na sequência,
já tinham terminado o seu trajeto,
de tão velozes que eram os cavalos.
Então o sol se pôs. Por toda parte,
as sombras se espalharam nas estradas.

Canto IV

Quando chegaram à Lacedemônia,
região de convales e ravinas,
dirigiram-se à frente do palácio
de Menelau de excelente renome.
Estava num banquete de esponsais,
em meio a muitos dos concidadãos,
honrando a sua filha irreprochável
e seu filho querido no palácio.
Para o filho de Aquiles, rompedor
de falanges, mandava a própria filha,
pois em Troia ele havia inicialmente
jurado uma promessa e garantido
que a cederia em casamento. Agora
os deuses consumavam essas núpcias.
Estava prestes a mandá-la embora,
num séquito com carros e cavalos,
à cidadela muito celebrada
dos homens mirmidões, em que reinava.
Para seu filho, ele mandava vir
a donzela de Aléctor, desde Esparta,
para seu filho amado, seu caçula,
Megapentes, guerreiro muito forte,
nascido da união com uma escrava.
Para Helena, não houve mais a luz
da gravidez pela graça dos deuses
depois que por primeiro ela gerou
Hermíone, donzela muito amável,
que tinha a forma da áurea Afrodite.
Enquanto estavam se banqueteando
pelo palácio de teto elevado

os vizinhos e os homens da família
de Menelau de excelente renome
com deleite, no meio dos convivas
um aedo divino celebrava
canções e dedilhava a sua lira,
enquanto dois ginastas começavam
com a dança no centro do salão,
fazendo piruetas entre todos.
Foi nesse ponto que eles dois chegaram
com cavalos às portas do palácio,
Telêmaco e o herói que era nascido
de Nestor, seu esplêndido rebento.
Então o poderoso Eteoneu
foi checar quem chegava e viu os dois,
um escudeiro muito prestativo
de Menelau de excelente renome.
Depois entrou de volta no palácio
e anunciou-os ao pastor de povos.
Chegando perto de onde se encontrava,
disse as seguintes palavras aladas:
"Acabam de chegar dois estrangeiros,
rei nutrido por Zeus, ó Menelau,
dois varões que parecem descender
ao certo desde o grandioso Zeus.
Então diz se devemos desjungir
os rápidos cavalos de seus carros
ou mandar que procurem noutra parte
alguém disposto a dar-lhes amizade".
Muito irritado com isso, em resposta,
disse o seguinte o louro Menelau:
"Tu nunca te mostraste ser um tolo,
Eteoneu, nascido de Boétoo,
até agora. Porém, desta vez,
falaste feito uma criança tola!
Nós mesmos já comemos tantas vezes
por hospitalidade de outros homens,

de estrangeiros, até que retornamos,
mantendo uma esperança de que Zeus
pudesse pôr um fim no sofrimento.
Então vai e desjunge esses cavalos
dos nossos hóspedes e traz os dois
para fazerem parte do banquete".
Assim falou, e ele partiu com pressa,
chamando os outros fora do salão,
os demais escudeiros prestimosos,
para que então seguissem junto dele.
Então desatrelaram os cavalos
dos jugos, encharcados de suor,
e os amarraram depois com correias
à manjedoura própria aos animais.
Ali jogaram trigo para eles
e o misturaram com cevada branca;
inclinaram o carro de batalha
contra a fachada toda reluzente
e conduziram os dois para dentro
do divino palácio. Com espanto,
contemplavam as salas do palácio
do basileu nutrido por Zeus pai,
pois ali dentro se notava um brilho
à semelhança do sol ou da lua
pelo palácio de teto elevado
de Menelau de excelente renome.
Quando por fim já tinham satisfeito
os próprios olhos com aquela vista,
entraram em banheiras bem-polidas
e dentro delas então se lavaram.
Quando as escravas tinham terminado
de banhá-los e ungi-los em azeite,
elas trataram de vestir os dois
com túnicas e mantos bem felpudos.
Então os dois tomaram seus assentos
junto do filho de Atreu, Menelau.

Uma atendente veio carregando
uma jarra dourada, muito bela,
com água, que verteu numa vasilha
toda de prata, para que pudessem
lavar as mãos. Em seguida, dispôs
uma mesa polida junto deles.
Depois pão foi trazido para eles
por uma governanta veneranda,
que lhes serviu comidas variadas,
de tudo que ela tinha na despensa.
O cortador depois chegou trazendo
muitas tábuas de carnes para eles,
de todas as espécies, e serviu
grandes taças douradas sobre a mesa.
Ao dar as boas-vindas para os dois,
disse o seguinte o louro Menelau:
"Servi-vos desse pão, dessa comida,
e sede bem felizes. Na sequência,
depois que aproveitardes o banquete,
iremos perguntar quem é que sois
dos humanos, pois não está perdida
em vós a raça dos progenitores.
É fácil de notar que descendeis
de basileus nutridos por Zeus pai,
portadores de cetro. Não são vis
os que geraram filhos desse tipo".
Assim falou, e foi buscar no fogo
a costela bovina suculenta,
que trouxe em mãos e pôs à frente deles,
o prêmio que seria dele mesmo.
Todos os braços então se esticavam
para provar da fartura servida.
Depois, quando já tinham saciado
a gana por comida e por bebida,
nesse momento, Telêmaco disse
o seguinte ao nascido de Nestor,

inclinando a cabeça perto dele
a fim de que ninguém os escutasse:
"Tu reparaste, filho de Nestor,
meu amigo bem caro ao coração,
em como brilha lampejante o bronze
nos salões ecoantes do palácio?
Tu viste quanto ouro e quanto âmbar?
Quanta prata também! Quanto marfim!
Imagino que deva ser assim
o palácio de Zeus Olimpiano,
com tantas coisas tão indescritíveis!
Fico assombrado só de contemplar!".
O que ele disse calhou de escutar
nesse momento o louro Menelau.
Dirigindo-se a eles desta forma,
disse as seguintes palavras aladas:
"Meus filhinhos queridos, não existe
mortal que possa competir com Zeus,
pois o palácio dele, as suas posses,
os seus tesouros, são todos eternos.
Entre os homens, talvez exista alguém
que possa competir comigo – ou não –
em riqueza. Porém, foi só depois
de ter sofrido e viajado muito
que consegui trazer os meus navios
de volta para casa, após oito anos.
Nessas errâncias, eu passei por Chipre,
pela Fenícia e depois pelo Egito;
e entre os etíopes também estive,
entre os homens sidônios e os erembos,
e finalmente estive em meio aos líbios,
onde os carneiros logo criam chifres,
pois as ovelhas dão cria três vezes
durante o curso de um único ano.
Naquela terra, nem rei nem pastor
alguma vez conhecem o que é

ficar sem ter um queijo ou uma carne
ou carecer de leite adocicado;
pelo contrário, as ovelhas fornecem
o tempo todo leite em abundância.
Enquanto eu viajava pelo mar,
coletando riquezas e sustento
nessas minhas errâncias, entrementes,
um outro homem matou meu irmão,
às escondidas, sem que se esperasse,
por dolo de uma esposa destrutiva.
Por conta disso, não tenho alegria
em reinar sobre todo esse tesouro.
Certamente já tínheis escutado
isso tudo de vossos próprios pais,
quem quer que sejam, pois foi muito grande
o que sofri. Perdi a minha casa,
um palácio bem-feito e povoado,
contendo muitas coisas valiosas.
Quem me dera viver neste palácio
com apenas um terço do que tem,
mas que meus homens estivessem vivos,
todos aqueles que então pereceram
em meio à vasta terra dos troianos,
longe de Argos, nutriz de cavalos!
Agora só me restar lamentar
e me compadecer por eles todos
dia após dia, sentado em meu trono,
no salão principal deste palácio.
Às vezes choro e com o choro encontro
algum consolo, mas não dura muito
e logo paro, pois não tarda em vir
a saciedade pelo choro frio.
Por mais que eu me condoa, não lamento
o destino de todos tanto quanto
o de um guerreiro, que me tira o sono
e faz com que eu não queira nem comer

quando me lembro dele, pois nenhum
dos acaios sofreu o mesmo tanto
quanto Odisseu sofreu e suportou.
Para ele, contudo, ainda havia
um futuro com outras provações,
e para mim a dor inconsolável
pelo destino dele, pois há tempos
ele se foi e não sabemos dele,
se ainda vive ou já se encontra mortro.
Devem decerto lamentar por ele
tanto Laertes, o seu velho pai,
quanto a esposa, Penélope, prudente,
e Telêmaco, que ele abandonou
recém-nascido em sua própria casa".
Assim falou e nele fez crescer
um desejo de luto pelo pai.
As lágrimas tombaram de seus olhos
para o chão ao ouvir falar do pai,
apesar dos esforços em cobri-los
na proteção de seu manto purpúreo,
que segurava com as duas mãos.
Mesmo assim Menelau o percebeu.
De pronto já se pôs a debater
na mente e no mais íntimo do peito
se deveria apenas aguardar
que mencionasse o pai por conta própria
ou fazer-lhe perguntas de uma vez
e então testá-lo sobre cada coisa.
Enquanto ponderava, consternado
desde as entranhas até o coração,
eis que Helena surgiu nesse momento,
saindo de seu quarto de alto teto,
perfumado de incenso, à semelhança
de Ártemis, deusa da roca dourada.
Junto dela, chegou também Adreste,
que lhe ajeitou um divã bem-montado;

Alcipe, que por cima colocou
um pelego de lã suave ao toque;
Filó, que veio carregando em mãos
uma bacia de prata, presente
cedido a ela por Alcandra, esposa
de Pólibo, que tinha seu domínio
na Tebas dos egípcios, onde existe
muito tesouro dentro de palácios.
Ele próprio cedeu a Menelau
duas banheiras de feitura argêntea,
além de duas trípodes, às quais
somou ainda dez talentos de ouro.
Em separado, a sua esposa deu
belíssimos presentes para Helena:
enviou-lhe uma roca toda em ouro
e uma cesta equipada com rodinhas,
toda feita de prata, exceto apenas
por sua borda, ornamentada em ouro.
Foi essa cesta que sua atendente,
Filó, lhe trouxe e pôs ao lado dela,
uma cesta repleta de novelos,
todos extremamente bem-fiados,
com a roca aninhada no interior,
envolta em lã de escuro violáceo.
Helena então sentou-se num divã
com escabelo para pôr os pés.
De pronto começou a perguntar
sobre todas as coisas ao esposo:
"Tu por acaso sabes, Menelau,
rei nutrido por Zeus, quem são os homens
que chegaram agora à nossa casa?
De que gente se orgulham de ter vindo?
Devo mentir ou dizer a verdade?
O coração me comanda dizer:
preciso confessar que nunca vi
alguém tão parecido desse jeito –

nem homem nem mulher alguma, nunca;
só de olhar eu já pasmo em reverência! –
com aquele rebento procriado
por Odisseu de grande coração,
com Telêmaco, aquele que ele próprio
deixou em casa ainda bebezinho,
o guerreiro, por minha própria causa,
olho-de-cão que sou, quando os aqueus
se dirigiram aos muros de Troia,
planejando uma guerra corajosa".
Por sua vez, respondendo o seguinte,
disse-lhe então o louro Menelau:
"Também percebo agora dessa forma,
mulher, a semelhança de que falas.
Eram exatamente desse jeito
os seus pés, desse jeito as suas mãos,
o brilho dos seus olhos, a cabeça
e os cabelos também a coroá-la.
Além disso, conforme eu relatava
agora há pouco acerca de Odisseu,
rememorando o quanto ele sofreu
e batalhou em prol de minha causa,
esse rapaz deixou que lhe escapasse
das pálpebras um pranto bem sentido
e precisou cobrir os próprios olhos
com a barra do manto purpurino".
Por sua vez, respondeu-lhe o seguinte
Pisístrato, nascido de Nestor:
"Filho de Atreu, Menelau, que por Zeus
foste nutrido, chefe de guerreiros,
este é de fato o filho verdadeiro
daquele que tu próprio mencionaste.
O fato é que ele é bem-ajuizado
e se envergonha desde o coração
de vir aqui pela primeira vez
e já dizer palavras apressadas

perante ti, quando tu nos deleitas
com uma voz semelhante à de um deus.
O cavaleiro gerênio Nestor
foi quem me encaminhou nesta missão
a fim de lhe servir de acompanhante,
pois ele desejava ter contigo
na expectativa de um conselho teu
sobre o que deve dizer ou fazer.
De fato são muitíssimas as dores
que o rebento de um pai ausente enfrenta
no salão do palácio, se carece
de todas as espécies de ajudantes,
como agora acontece ser o caso
de Telêmaco, que não tem ninguém
que possa resguardá-lo da maldade –
ninguém! – pela extensão de todo o reino".
Por sua vez, respondendo o seguinte,
disse-lhe então o louro Menelau:
"Ora! Mas quem chegou ao meu palácio
é filho de um guerreiro muito caro,
que passou por diversas provações
lutando em prol de minha própria causa!
Eu dizia que iria recebê-lo
com maior alegria que a visita
de todos os demais dentre os argivos,
se acaso Zeus Olímpio, de ampla vista,
lhe permitisse retornar do mar
até nós com seus rápidos navios.
Também teria dado uma cidade
em Argos e um palácio para ele,
para que se mudasse para cá
desde Ítaca, trazendo o filho, as posses
e todas as pessoas de seu reino,
depois que eu liberasse uma cidade
entre aquelas que existem ao redor
e que se encontram sob o meu poder.

Faríamos visitas um ao outro
com frequência, vivendo perto, e nada
conseguiria separar nós dois
de desfrutarmos de nossa amizade
antes que a morte viesse por fim
nos encobrir com sua névoa escura.
Porém, ao que parece, havia um deus
destinado a sentir inveja dele,
o deus que impôs a ele tão somente,
infeliz, a carência do retorno".
Assim falou e despertou em todos
um desejo terrível pelo luto.
Dessa forma, chorava a argiva Helena,
mulher gerada pelo próprio Zeus.
Além dela, Telêmaco chorava
e chorava o Atrida Menelau.
Nem mesmo o próprio filho de Nestor
pôde ficar sem lágrimas nos olhos,
pois no seu coração se recordava
de Antíloco, guerreiro irreprochável,
que acabou abatido pelo filho
glorioso da Aurora resplendente.
Ao recordar-se dele nesse instante,
disse as seguintes palavras aladas:
"Filho de Atreu, Nestor sempre dizia
que tu superas todos os mortais
com tua perspicácia, toda vez
que o ancião mencionava teu nome
no salão principal de nossa casa
e conversávamos a teu respeito.
Agora, se possível, eu te peço
que tu me escutes, pois de minha parte
não me agrada chorar depois da janta,
pois é mais fácil que antes surja a Aurora,
a matutina, do que nós pararmos.
Entretanto, não vejo nada errado

em chorar um mortal que pereceu
e conheceu o fim de seu destino,
pois este prêmio é o único de fato
que se deve aos mortais, tão miseráveis:
as madeixas cortadas da cabeça
e as lágrimas caídas das bochechas.
Também perdeu a vida o meu irmão,
que de nenhuma forma era o pior
dos guerreiros argivos. Tu decerto
o conheceste, mas de minha parte
jamais o conheci nem pude vê-lo.
Dizem que Antíloco era superior,
muito à frente de todos os demais,
na carreira veloz e no combate".
Por sua vez, respondendo o seguinte,
disse-lhe então o louro Menelau:
"Querido amigo, tudo que falaste
corresponde ao que um homem bem sagaz
falaria e faria nesse instante,
mesmo um homem que fosse mais vivido,
pois, assim como o pai que te gerou,
da mesma forma sagaz tu te expressas.
É muito fácil de reconhecer
a geração de um homem para quem
o Cronida tramou prosperidade
ao se casar e desde que nasceu,
assim como ele fez para Nestor
continuamente em todos os seus dias,
ele que agora confortavelmente
vai chegando à velhice no palácio
e vê que os filhos são homens prudentes
e melhores que todos com a lança.
De nossa parte, deixemos de lado
o choro, que nos veio agora há pouco,
e lembremos de novo do banquete,
purificando nossas mãos com água

derramada por cima. Nós teremos
a noite toda, até o amanhecer,
para contarmos todas as histórias,
eu e Telêmaco, um para o outro".
Assim falou. Asfálio logo veio
para lhes verter água sobre as mãos,
um escudeiro muito prestativo
de Menelau de excelente renome.
Todos os braços então se esticavam
para provar da fartura servida.
Então Helena teve uma outra ideia,
mulher gerada pelo próprio Zeus,
e logo pôs um fármaco no jarro
de vinho de que estavam se servindo,
um lenitivo que apazigua a fúria
e faz com que se esqueça todo mal.
Aquele que ingerisse tal remédio,
depois de misturado na cratera,
não verteria lágrima nenhuma
pelas bochechas por um dia inteiro,
nem mesmo se viessem a morrer
a sua própria mãe e o próprio pai,
nem mesmo se diante dele houvessem
de massacrar o seu querido irmão
com bronze e ele tivesse de assistir
a tudo isso com seus próprios olhos.
Tais eram os remédios bem-sabidos
de que a filha de Zeus lançava mão,
remédios valorosos, que a consorte
de Tono, Polidama, lhe cedera,
uma mulher egípcia, que vivia
lá onde o solo doador de grãos
é pleno de remédios, muitos deles
valorosos e muitos destrutivos.
Todos eles são médicos, os homens
egípcios, e superam os demais

seres humanos em conhecimento,
pois descendem da raça de Peã.
Quando o fármaco estava misturado,
mandou que se servissem de mais vinho
e retomou o curso da conversa,
proferindo o seguinte por resposta:
“Filho de Atreu, Menelau, que por Zeus
foste nutrido, bem como vós outros,
nascidos de guerreiros valorosos,
Zeus cede males e também benesses
para um homem, depois para algum outro,
porque tudo é possível para ele.
Mas agora ocupai-vos do banquete,
sentados no salão de nossa casa,
desfrutando as histórias que direi,
apropriadas para a ocasião.
Não seria capaz de relatar –
nem mesmo de listar – os feitos todos
que Odisseu de incansável coração
realizou, de tantos que eles são,
mas falarei de uma coisa estupenda
que esse guerreiro muito forte fez
em meio à cidadela dos troianos,
onde tanto sofrestes vós aqueus.
Desfigurou sua própria aparência
dando golpes terríveis em si mesmo,
colocou uns andrajos sobre os ombros
e, disfarçado assim como um servente,
adentrou a cidade de amplas ruas,
a cidadela de seus inimigos.
Em seguida adotou outro disfarce
e agiu como se fosse algum mendigo,
ele que nada tinha de indigente
quando junto das naves dos aqueus.
Foi dessa forma que ele pôde entrar
na cidadela troiana. Ninguém

notou quem ele era. Tão somente
eu própria fui capaz de percebê-lo
e por isso tratei de questioná-lo,
mas ele me eludiu com artimanhas.
Porém, mais tarde, quando terminei
de banhá-lo e cobri-lo com azeite
e vesti-lo com novas vestimentas,
eu lhe fiz uma jura muito forte,
prometendo que não revelaria
que Odisseu estivera entre os troianos
até que ele tivesse retornado
aos rápidos navios no acampamento.
E foi por isso que ele me contou
o plano dos acaios por completo.
Depois disso, matou muitos troianos
com lâmina de bronze pontiaguda
e foi de volta aos guerreiros argivos
levando muita informação consigo.
Entre as troianas, houve muito grito
e muito choro, mas meu coração
estava alegre, pois tinha mudado
de ideia o coração sobre o retorno
para casa, com arrependimento
por minha perdição, a que Afrodite
me concedera, quando me levou
para longe da amada terra pátria,
abandonando minha própria filha,
o meu quarto e também o meu esposo,
ele que nunca careceu de nada,
nem na forma tampouco no intelecto".
Por sua vez, respondendo o seguinte,
disse-lhe então o louro Menelau:
"É bem verdade. Tudo o que disseste,
mulher, foi consonante com a moira.
Eu mesmo digo que já conheci
as mentes e os propósitos de muitos,

de guerreiros heroicos, viajei
por lugares inúmeros da terra,
mas os meus olhos nunca vislumbraram
homem algum daquela qualidade,
com coração tão caro como o tinha
Odisseu de incansável coração.
Relatarei uma coisa estupenda
que esse guerreiro muito forte fez
no interior do cavalo de madeira,
onde estávamos, todos os melhores
dentre os argivos, levando aos troianos
o morticínio e as Queres da morte.
Naquele dia tu estavas lá.
Provavelmente estavas sob as ordens
de algum deus que queria conceder
a glória para os homens dos troianos.
Deífobo, semelho aos próprios deuses,
vinha contigo quando tu chegaste.
Três vezes caminhaste pelo entorno,
examinando a côncava armadilha,
e ficavas chamando pelo nome
os guerreiros dos dânaos, os melhores,
moldando tua voz à semelhança
das esposas de todos os argivos.
Foi assim que escutamos os teus gritos
eu, o Tidida e o divo Odisseu,
enquanto estávamos ali sentados
no interior do cavalo de madeira.
Nós dois ficamos logo alvoroçados,
já querendo fazer alguma coisa:
ou sair do cavalo ou responder
dali de dentro mesmo, sem demora.
Mas Odisseu logrou nos impedir
e deter, mesmo estando impetuosos.
Então os outros filhos dos aqueus
também se mantiveram em silêncio.

Ânticlo tão somente desejava
ainda responder alguma coisa,
mas Odisseu logrou silenciá-lo,
abafando-lhe a boca com a mão
poderosíssima, continuamente,
e assim salvou-nos todos os aqueus.
Manteve-o dessa forma até que enfim
Palas Atena te levou embora”.
Por sua vez, Telêmaco, sagaz,
lhe proferiu o seguinte em resposta:
“Filho de Atreu, Menelau, que por Zeus
foste nutrido, chefe de guerreiros,
maior o sofrimento, pois nem isso
o salvou da tristíssima desgraça –
não poderia, mesmo que tivesse
um coração de ferro no seu peito.
Mas agora é melhor nos dirigirmos
aos nossos leitos, para que possamos
desfrutar do prazer do doce sono,
adormecidos pela noite adentro”.
Assim falou. Então a argiva Helena
ordenou que as escravas do palácio
colocassem estrados na varanda
e neles esticassem em seguida
tapeçarias purpúreas bem belas;
que as cobrissem depois com cobertores
e por cima de tudo colocassem
mantos felpudos como proteção.
Elas partiram do salão da casa,
levando archotes acesos nas mãos,
e se ocuparam de ajeitar as camas.
O arauto conduziu os estrangeiros
aos leitos, sob o pórtico de entrada,
onde então se deitaram e dormiram
Telêmaco e o herói que era nascido
de Nestor, seu esplêndido rebento.

Mas o filho de Atreu foi se deitar
no interior do palácio de alto teto.
A seu lado, vestindo um longo peplo,
deitou-se Helena, diva entre as mulheres.
Quando afinal surgiu a matutina
Éos, Aurora de dedos rosados,
Menelau de bramido retumbante
se levantou prontamente do leito.
Depois de ter vestido as suas roupas,
pôs a espada afiada junto aos ombros.
Nos pés, ungidos com óleo de oliva,
ele calçou belíssimas sandálias.
Então partiu de dentro de seu quarto,
um símile dos deuses na aparência.
Ao lado de Telêmaco sentou-se,
chamou-o pelo nome e lhe falou:
"Qual a necessidade que te trouxe,
herói Telêmaco, até nossa casa,
na diva terra dos lacedemônios,
sobre o dorso vastíssimo do mar?
É por causa do reino ou tua própria?
Relata para mim com precisão".
Por sua vez, Telêmaco, sagaz,
lhe proferiu o seguinte em resposta:
"Filho de Atreu, Menelau, que por Zeus
foste nutrido, chefe de guerreiros,
vim na esperança de que tu pudesses
me dar uma notícia de meu pai.
Minha casa está sendo devorada,
os meus campos se perdem, devastados,
e meu palácio se encontra repleto
de homens hostis a mim, e que persistem
em degolar meus rebanhos de ovelhas
e de vacas chifrudas e tardonhas,
pretendentes à mão de minha mãe,
homens soberbos, cheios de insolência.

Por conta disso, venho me prostrar
aos teus joelhos, para caso queiras
me relatar a lúgubre ruína
daquele homem, se por um acaso
tiveres visto com teus próprios olhos
ou ouvido relato de terceiros
sobre as suas errâncias – a mãe dele
o pariu para a máxima tristeza!
Não atenues as tuas palavras
nem por pena de mim nem por respeito,
e sim me conta tudo exatamente
da maneira que acaso tu souberes.
Eu te suplico: se meu nobre pai,
o valente Odisseu, alguma vez
te fez uma promessa e te cumpriu,
usando de palavras ou de ações,
na terra dos troianos, onde vós
acaios padecestes tantos males,
agora te recorda para mim
e me relata tudo com verdade".
Muito irritado com isso, em resposta,
disse o seguinte o louro Menelau:
"Que coisa lastimável! Foi no leito
de um guerreiro de mente resoluta
que esses homens quiseram se deitar,
mesmo sendo eles próprios uns covardes!
Tal como quando uma cerva, na mata,
chegando ao lar de um leão muito forte,
aninha ali seu próprio filhotinho
recém-nascido, um cervinho lactente,
e vaga pelos bosques das montanhas
e nos convales repletos de grama,
aproveitando o pasto, mas então
o leão vem de volta para o ninho
e para mãe e filho então lhes dá,
para os dois, um destino bem cruel –

assim também Odisseu lhes dará,
a todos, um destino bem cruel.
Quem me dera se Zeus pai permitisse,
acompanhado de Atena e de Apolo,
que ele fosse tal qual um dia foi
na cidadela bem-feita de Lesbos,
quando se levantou para lutar
contra Filomelides, corpo a corpo,
e o lançou fortemente sobre o chão
para alegria dos acaios todos —
assim também, contra esses pretendentes,
Odisseu partiria para a luta
e todos ficariam logo noivos
de um destino cruel e muito breve!
A respeito das coisas que perguntas
e solicitas, eu não poderia
responder desviando da verdade,
nem quero te enganar de forma alguma.
Das tantas coisas que me foram ditas
pelo infalível ancião marinho,
eu não disfarçarei nenhuma só
palavra nem esconderei de ti.
No Egito ainda os deuses me detinham,
por mais que eu desejasse retornar,
porque eu não tinha feito uma oferenda
de hecatombes perfeitas para eles.
É sempre do desejo dos divinos
que seus comandos sejam recordados.
Uma ilha específica se encontra
ali, em meio ao mar tempestuoso,
em frente ao litoral do próprio Egito.
Pelo nome de Faros é chamada,
tão longe quanto pode navegar
um côncavo navio num dia inteiro
se acontece de ter atrás de si
um vento sibilante a seu favor.

Existe ali um bom ancoradouro
de onde zarpam simétricos navios,
a fim de navegar para o alto-mar,
abastecidos já com água negra.
Foi ali que fiquei por vinte dias
detido pelos deuses. Nenhum vento
apareceu, soprando sobre as ondas,
nenhum daqueles que têm por costume
acompanhar as naus em seu percurso
pelo dorso vastíssimo do mar.
Logo teriam se perdido todas
as provisões e as forças dos guerreiros
se algum dos deuses não tivesse tido
piedade de mim e me salvado.
Foi aquela que é filha de Proteu,
poderosíssimo ancião marinho,
Idoteia, pois nela o coração
se movera por mim especialmente,
ela que havia me encontrado só,
apartado dos outros companheiros.
Eles sempre vagavam pela ilha,
procurando um lugar para pescar
com seus anzóis recurvos, pois a fome
afligia os estômagos de todos.
A deusa, aproximando-se de mim,
dirigiu-me a palavra e me falou:
'Por acaso és estúpido, estrangeiro?
Tens a mente de fato tão volúvel
ou voluntariamente desististe
e cedeste ao deleite da desgraça?
Há muito tempo estás retido aqui,
nesta ilha, sem ser capaz de achar
uma saída, enquanto os corações
dos companheiros teus se desanimam'.
Assim falou. De minha parte então
eu proferi o seguinte em resposta:

‘Eu direi para ti o que me pedes,
seja lá qual dos deuses fores tu.
Não é por minha própria decisão
que estou retido aqui, mas certamente
porque ofendi algum dos imortais,
aqueles que detêm o vasto céu.
Mas tu decerto podes me dizer,
pois têm ciência de tudo os divinos,
quem dentre os imortais me faz cativo
e me previne de seguir viagem
de volta para casa, e de que modo
posso zarpar para o alto-mar piscoso’.
Assim falei. De pronto respondeu
o seguinte a divina dentre as deusas:
‘Relatarei abertamente a ti,
estrangeiro, essas coisas com verdade.
Costuma vaguear por estas bandas
um infalível ancião marinho,
imortal, conhecido por Proteu,
egípcio de nascença, que conhece
as profundezas do mar por inteiro,
porque ele mesmo é servo de Possêidon.
Dizem, de fato, que ele é meu pai
e que foi ele quem me concebeu.
Se de alguma maneira conseguires
fazer uma armadilha e capturá-lo,
ele decerto poderá dizer-te
qual rumo tomarás e quais etapas
terás no teu retorno, e de que modo
tu zarparás para o alto-mar piscoso.
Também será capaz de te contar,
rei nutrido por Zeus, se tu quiseres,
quais os tipos de bem e quais os males
praticados em teu próprio palácio
enquanto tu estiveste viajando
por teu caminho longo e doloroso’.

Assim falou. De minha parte então
eu proferi o seguinte em resposta:
‘É melhor que tu mesma então concebas
uma armadilha para o velho deus,
para que não perceba e não descubra
antes do tempo e acabe me eludindo.
Para um homem mortal é bem sofrido
sobrepujar alguma divindade’.
Assim falei. De pronto respondeu
o seguinte a divina dentre as deusas:
‘Relatarei abertamente a ti,
estrangeiro, essas coisas com verdade.
Quando Hélios, o Sol, alcança o ponto
mediano da abóboda celeste,
nesse momento de dentro do mar
vem o infalível ancião marinho,
oculto em meio à quebração das ondas
negras, que o vento Zéfiro conduz,
e, tendo vindo, ele logo se deita
no interior de uma côncava caverna.
E logo chegam focas, geração
de sua filha, nascida do mar,
que em bandos vão dormir ao lado dele,
surgidas do cinzento mar salino,
exalando seu hálito, pungente,
das profundezas extremas do mar.
Eu mesma vou levar-te até o local,
no momento em que for raiar a aurora,
e vou te preparar para a emboscada.
E, tu, escolhe bem teus companheiros,
três deles, os que forem os melhores
de junto dos navios de belos bancos!
Eu vou dizer-te todas as terríveis
artimanhas que aquele velho tem.
Em primeiro lugar, irá contar
as focas, caminhando em meio a elas.

Depois que já tiver olhado todas
e feito o cálculo de cinco em cinco,
irá deitar-se bem no meio delas,
como um pastor se deita entre as ovelhas.
Tão logo tu tiveres percebido
que o velho se deitou para dormir,
nesse momento deves ter cuidado
com sua força física e poder.
Ali mesmo tu deves agarrá-lo,
por mais que se debata, impetuoso.
Irá testar-te, transformando a si
em tudo quanto existe sobre a terra:
em criaturas rastejantes, água
e finalmente em fogo fabuloso.
Mesmo assim vós deveis retê-lo firme
e segurá-lo com mais força ainda.
Porém, tão logo se dirija a ti
com palavras, usando a própria forma,
a mesma forma que tiveres visto
no momento em que estava adormecido,
então deveis deter a vossa força
e permitir que o velho se liberte.
Poderás perguntar então, herói,
qual deus te dificulta o teu caminho
de volta para casa, e de que modo
podes zarpar para o alto-mar piscoso'.
Depois de ter falado dessa forma,
mergulhou sob as ondas do alto-mar.
Dirigi-me em seguida para as naus,
onde nós as deixamos nas areias.
Enquanto caminhava, muitas coisas
me atormentavam desde o coração.
Tão logo nós chegamos à baixada
onde estavam as naus à beira-mar,
passamos a cuidar de nossa janta
até que a noite ambrosina chegou.

Então nós nos deitamos e dormimos
sobre as areias, bem perto das ondas.
Quando afinal surgiu a matutina
Éos, Aurora de dedos rosados,
então fui caminhando pela praia,
junto à beira do mar de vastas vias,
e de joelhos fiz uma oração
para os deuses. Depois, levei comigo
três companheiros, justamente aqueles
em que mais confiava para tudo.
Entrementes, a deusa mergulhara
para o vastíssimo seio do mar
e do alto-mar tratou de nos trazer
quatro peles de foca na sequência,
todas as quatro recém-esfoladas.
Preparava a armadilha para o pai.
Em seguida, depois de ter cavado
leitos na areia com as próprias mãos,
sentou-se ali e ficou esperando.
Quando chegamos perto, na sequência,
ela nos fez deitar, enfileirados,
e cobriu cada um com uma pele.
Então teria sido pavorosa
ao máximo a emboscada – de tal modo
pavoroso era o cheiro destrutivo
dessas focas nutridas pelo mar,
pois afinal de contas quem iria
deitar-se ao lado de um monstro marinho?
Mas ela nos salvou e planejou
um grande auxílio contra essa desdita.
Foi buscar ambrosia e colocou
um pouquinho debaixo do nariz
de cada um, dulcíssima fragrância
que destruiu o cheiro desses monstros.
Ali ficamos a manhã inteira,
mantendo resoluto o coração.

Então as focas surgiram do mar
num grande bando. Logo na sequência,
trataram de deitar, enfileiradas,
sobre as areias, bem perto das ondas.
Então ao meio-dia veio o velho
para fora do mar. Achou as focas,
que estavam bem-alimentadas, todas,
e cuidou de contar em quantas eram.
Prontamente acabou por nos contar
em meio aos monstros, e no coração
não pressentiu que fosse uma armadilha.
Em seguida ele próprio se deitou.
Então nós avançamos contra ele
em meio a gritos e com nossos braços
tentamos agarrá-lo. Mas o velho
não se esqueceu das artes enganosas.
Bem primeiro de tudo transformou-se
em um leão de juba bem comprida.
Transformou-se depois numa serpente,
num leopardo e num grande javardo.
Fez-se em úmida água depois disso
e então em árvore de copa altiva.
Mas nós o seguramos com firmeza,
mantendo resoluto o coração.
Quando afinal cansou-se esse ancião,
sabedor de terríveis artimanhas,
finalmente se dirigiu a mim
com palavras e então me interrogou:
'Com qual dos deuses, nascido de Atreu,
te aconselhaste junto e planejaste
a fim de me pegar a contragosto
numa armadilha? Do que tu careces?'.
Assim falou. De minha parte então
eu proferi o seguinte em resposta:
'Tu sabes, ancião. Por que perguntas
essas coisas, tentando despistar-me?

Há muito tempo estou retido aqui,
nesta ilha, sem ser capaz de achar
uma saída, enquanto o coração
se desanima dentro do meu peito.
Mas tu decerto podes me dizer,
pois têm ciência de tudo os divinos,
quem dentre os imortais me faz cativo
e me previne de seguir viagem
de volta para casa, e de que modo
posso zarpar para o alto-mar piscoso'.
Assim falei, e ele prontamente
me proferiu o seguinte em resposta:
'Pois bem, tu realmente deverias
ter feito para Zeus e os outros deuses
sacrifícios sagrados, muito belos,
ao embarcares, para que depressa
pudesses alcançar a tua pátria,
singrando o mar escuro como o vinho.
Agora já não é o teu destino
ver os entes queridos e alcançar
o palácio de bela construção,
lá no seio de tua terra pátria,
antes de retornares para o Egito
e para o rio nutrido pelas chuvas
que vêm de Zeus, e lá sacrificares
sagradas hecatombes, em suas águas,
para os deuses de eterna geração,
aqueles que detêm o vasto céu.
Somente então os deuses te darão
esse caminho pelo qual anseias'.
Assim falou. De pronto para mim
despedaçou-se o caro coração,
pois ele me mandava de retorno,
pelas brumas espessas do alto-mar,
mais uma vez em direção do Egito,
por um caminho longo e doloroso.

Mas apesar de tudo, por resposta,
eu lhe falei o seguinte discurso:
'Todas as coisas, velho, levarei
a cabo exatamente como mandas.
Agora vamos! Conta para mim
e me relata tudo com verdade:
se todos conseguiram retornar
com as naus, sãos e salvos, os aqueus
que eu e Nestor deixamos para trás
quando partimos da costa de Troia,
ou se alguém por acaso foi tomado
por terrível ruína no navio
ou já nos braços dos entes queridos
depois de ter escapado da guerra'.
Assim falei, e ele prontamente
me proferiu o seguinte em resposta:
'Filho de Atreu, por que tu me perguntas
essas coisas? Não tens necessidade
alguma de saber ou de aprender
o que tenho na mente. Já te aviso
que não demorarás para chorar
quando ficares sabendo de tudo,
pois muitos deles perderam a vida
e outros tantos ficaram para trás.
Foram apenas dois os comandantes
dos acaios de brônzeas armaduras
que morreram voltando para casa,
mas tu estavas lá nessa batalha.
Apenas um ainda segue vivo
e está detido no vasto alto-mar.
Ájax, por sua vez, foi dominado
com suas naus de remos bem compridos,
mas logo foi levado em segurança
para as rochas de Giras por Possêidon,
que o resgatou do mar ao colocá-lo
nesses grandes rochedos, são e salvo.

E ele teria escapado das Queres,
mesmo sendo odiado por Atena,
se não tivesse sido tão soberbo,
gabando-se em enorme perdição.
Disse que, contra a vontade dos deuses,
se salvara do pélago profundo.
Essa sua bravata desmedida
acabou sendo ouvida por Possêidon.
Nesse mesmo momento o deus tomou
o pesado tridente em suas mãos
e desferiu um golpe contra as rochas
de Giras, repartindo-as ao meio.
Um pedaço ficou onde ele estava
e outro pedaço despencou no mar,
o pedaço em que Ájax se encontrava,
gabando-se em enorme perdição.
Afundou-o consigo em meio às ondas,
na imensidão profunda do alto-mar.
Foi ali mesmo que ele pereceu,
quando bebeu da salsugem marinha.
Por sua vez, o teu irmão havia
escapado das Queres de algum modo,
a bordo de seus côncavos navios,
salvo por Hera, deusa veneranda.
Mas, quando estava prestes a chegar
ao elevado cabo da Maleia,
nesse momento foi arrebatado
por uma tempestade turbulenta,
que o carregou, pesado de desgosto,
percorrendo pelo alto-mar piscoso,
até chegar à fronteira selvagem
onde Tiestes teve seu palácio
em outros tempos, mas que agora Egisto,
o filho de Tiestes, habitava.
Quando dali por fim também surgiu
uma forma segura de retorno,

com os deuses mandando um novo vento
que o levasse de volta para casa,
então de fato pôde se alegrar
em pôr os pés em sua terra pátria.
E ele tomava a pátria em suas mãos
e a beijava. Tombavam de seu rosto
muitas lágrimas quentes nesse instante,
ao ver de novo a terra receptiva.
Do topo de um mirante ele foi visto
por um soldado, posto de vigia
por Egisto, esse artífice de enganos,
que prometera a ele um pagamento
equivalente a dois talentos de ouro.
Um ano inteiro ele ficou de guarda,
para que não deixasse de notá-lo
e recordasse da forte bravura.
Foi correndo, levando essa notícia
ao pastor de guerreiros no palácio.
E Egisto logo concebeu um plano,
feito todo de astúcias e de enganos.
Ele selecionou no povoado
os melhores guerreiros, vinte deles,
e os pôs numa emboscada. Noutra parte,
mandou que preparassem um banquete.
Em seguida ele próprio foi chamar
o pastor de guerreiros Agamêmnon,
levando seus cavalos e seus carros
e planejando coisas vergonhosas.
Sem que soubesse da destruição,
guiou-o para casa e o matou
enquanto ele jantava, como alguém
que abate um boi em frente à manjedoura.
Não sobrou nenhum só dos companheiros
que acompanhavam o filho de Atreu,
nem sobrou nenhum só dentre os de Egisto,
e sim morreram todos no salão'.

Assim falou. De pronto para mim
despedaçou-se o caro coração.
Fiquei chorando ali sobre as areias
e já sentia que meu coração
não tinha mais desejo de viver
e contemplar a luz do sol brilhante.
Depois, quando eu já tinha me fartado
de rolar pelo chão e de chorar,
nesse momento me disse o seguinte
esse infalível ancião marinho:
'Filho de Atreu, já chega de ficares
por tanto tempo te prestando ao choro,
pois não há nada que possa ser ganho
dessa maneira. Vamos! Sem demora
é preciso que tentes alcançar
a tua terra pátria novamente.
Assim ou tu conseguirás achá-lo
em meio aos vivos, ou então Orestes
já terá se adiantado em massacrá-lo,
e terás como ver o seu enterro'.
Assim falou. De pronto o coração
e o ânimo guerreiro e valoroso
se aqueceram de novo no meu peito,
por mais angustiado que estivesse.
Dirigindo-me a ele novamente,
então lhe disse as palavras aladas:
'Tenho notícias deles pelo menos,
mas nomeia o terceiro dos guerreiros,
aquele que se encontra ainda vivo,
porém retido em meio ao alto-mar,
se não morreu de fato. Quero ouvir,
por mais angustiante que me seja'.
Assim falei, e ele prontamente
me proferiu o seguinte em resposta:
'Eu falo do nascido de Laertes,
o guerreiro que em Ítaca morava.

Foi ele quem eu vi em uma ilha,
vertendo lágrimas muito sentidas,
no salão do palácio de uma ninfa
chamada de Calipso, que o mantém
contra a própria vontade. Não consegue
retornar para sua terra pátria,
pois junto dele não há mais navios
plenos de remos nem mais companheiros
que pudessem levá-lo com presteza
sobre o dorso vastíssimo do mar.
Mas não foi decretado para ti,
rei nutrido por Zeus, ó Menelau,
que tu devas cumprir o teu destino
morrendo em Argos, nutriz de cavalos,
e sim seguir pela planície elísia
até chegar aos limites da terra.
Os deuses imortais te enviarão
à morada do louro Radamanto,
lá onde os meios de sobrevivência
são os mais simples aos seres humanos,
pois não existe neve nem inverno
prolongado, jamais há tempestade,
e sim o Zéfiro, vento do oeste,
persiste sempre com seu sopro claro,
enviado do cerne do Oceano
a fim de refrescar a humanidade.
Assim farão porque tu tens Helena.
Aos olhos deles, és genro de Zeus'.
Depois de ter falado dessa forma,
mergulhou sob as ondas do alto-mar.
Dirigi-me em seguida para as naus
e para os companheiros feito deuses.
Enquanto caminhava, muitas coisas
me atormentavam desde o coração.
Tão logo nós chegamos à baixada
onde estavam as naus à beira-mar,

passamos a cuidar de nossa janta
até que a noite ambrosina chegou.
Então nós nos deitamos e dormimos
sobre as areias, bem perto das ondas.
Quando afinal surgiu a matutina
Éos, Aurora de dedos rosados,
em primeiro lugar nós arrastamos
as naus em direção ao mar divino.
Os mastros nós erguemos em seguida
e as velas dos simétricos navios.
Depois subiram nas embarcações
e assumiram seus postos junto aos remos.
Sentados em fileiras então foram
ferindo o mar cinzento com os remos.
Aportamos de volta para o Egito
e para o rio nutrido pelas chuvas
que vêm de Zeus, e lá sacrificamos
sagradas hecatombes, em suas águas.
Quando aos deuses de eterna geração
eu fiz cessar seu ódio contra mim,
ergui um túmulo para Agamêmnon,
que a sua glória nunca se extinguisse.
Tendo feito essas coisas, eu parti,
e os deuses imortais me concederam
um vento favorável, que depressa
me conduziu para a querida pátria.
Mas chega disso! Fica mais um pouco
por aqui, nos salões de meu palácio,
até que o décimo primeiro dia
e o décimo segundo dia cheguem.
Então prepararei tua partida
e te darei esplêndidos presentes:
três cavalos e um carro de batalha
bem-polido darei a ti; depois,
também darei um cálice bem belo,
para que faças libações aos deuses

sempre vivos, e sempre te recordes
de mim pelo restante dos teus dias”.
Por sua vez, Telêmaco, sagaz,
lhe proferiu o seguinte em resposta:
“Filho de Atreu, por muito tempo mais
não me detenhas aqui, eu te peço,
mesmo que fosse uma alegria grande
permanecer um ano aqui contigo.
Não seria tomado por saudade
alguma, nem de casa nem dos pais,
de tão terrivelmente prazerosas
que são essas palavras que tu dizes
para mim. Todavia, já se encontram
impacientes os meus companheiros
na cidadela sagrada de Pilos.
Mantém-me aqui somente mais um pouco.
Qualquer presente que queiras me dar
há de ser um tesouro para mim.
Os cavalos, porém, não levarei
para Ítaca. É melhor permanecerem
aqui contigo, como um ornamento,
pois tu governas sobre uma planície
muito vasta, terreno bem-propício
para que cresçam lótus e albafor,
para a cevada branca, para o trigo
e para a espelta de espiga comprida.
Em Ítaca não há caminhos largos
para corrida nem qualquer gramado.
Ali só pastam cabras, um terreno
mais amável que pasto de cavalos,
pois nenhuma das ilhas é propícia
para cavalos nem para gramados.
São todas de penhascos rente ao mar,
mas Ítaca é a mais íngreme de todas”.
Assim falou. Sorriu ao escutá-lo
Menelau de bramido retumbante.

Fazendo-lhe um carinho com a mão,
chamou-o pelo nome e lhe falou:
"Logo se vê que vens de sangue nobre,
filho querido, pelo que falaste.
Farei uma mudança nessas coisas
para ti, pois está no meu poder.
De todos os presentes e tesouros
que existem no interior do meu palácio,
eu te darei aquele que é mais belo
e mais honroso dentre todos eles.
Eu darei para ti uma cratera
propícia para misturar o vinho,
toda feita de prata, exceto apenas
por sua borda, ornamentada em ouro,
um trabalho do próprio deus Hefesto.
Foi dada de presente para mim
pelo herói Fédimo, rei dos sidônios,
quando fui acolhido em seu palácio
durante meu retorno para cá.
Agora quero que ela vá contigo".
Eles diziam coisas desse tipo,
falando abertamente um com o outro.
Em seguida, vieram os convivas
para o palácio do divino rei.
Como presente, trouxeram-lhe ovelhas
além de vinho que deleita os homens.
Mandaram que também trouxessem pão
suas esposas de belos toucados.
Assim cuidavam dos preparativos
para o jantar no salão do palácio.
Enquanto isso, os jovens pretendentes
na frente do palácio de Odisseu
se divertiam atirando discos
e arremessando dardos à distância
numa área plana, como há tanto tempo,
com a mesma arrogância persistente.

Junto deles, Antínoo se sentava,
e Eurímaco semelho aos próprios deuses,
os líderes dos jovens pretendentes.
Superavam os outros na excelência.
Para perto dos dois ali sentados,
veio Noêmon, o filho de Frônio,
que dirigiu a palavra a Antínoo
e proferiu o seguinte discurso:
"Temos algum conhecimento, Antínoo,
em nossas mentes – ou será que não? –
sobre quando Telêmaco virá
de volta desde Pilos arenosa?
Ele foi para lá com meu navio,
que no momento está fazendo falta
a fim de que eu pudesse atravessar
para Hélide espaçosa, onde possuo
doze éguas, com filhotinhos todas –
mulos capazes de muitos trabalhos,
ainda indômitos. Eu gostaria
de separar um desses e domá-lo".
Assim falou, e os corações de todos
se preocuparam. Não tinha pensado
que ele tivesse ido para Pilos,
à casa de Nestor, mas para perto,
cuidar de suas próprias plantações,
dos rebanhos de ovelhas ou de porcos.
Por sua vez, Antínoo ao responder
então lhe disse, o nascido de Eupites:
"Relata para mim com precisão:
quando foi que partiu e quem levou
em sua companhia, quais rapazes?
Eram jovens seletos, itacenses,
ou seus próprios escravos e serventes?
Até ele teria o sucificiente.
Anuncia a verdade dessas coisas
agora, a fim de que eu conheça bem:

se foi caso de ter tomado à força
a nau escura, contra teu intento,
ou se foi de bom grado que a cedeste
a ele quando veio te pedir".
Então Noêmon, nascido de Frônio,
lhe proferiu o seguinte em resposta:
"Foi de bom grado que eu a concedi.
Alguém teria feito diferente
se um homem desse tipo lhe chegasse,
com coração repleto de receios,
pedindo-lhe um favor? Teria sido
bem difícil negar-se a concedê-lo.
Foram rapazes, os mais excelentes
dentre quantos existem neste povo,
que seguiram com ele. No comando,
pelo que pude notar, embarcou
Mentor, ou porventura algum dos deuses
de toda forma assemelhado a ele.
Fico me perguntando sobre isso,
pois vi Mentor divino por aqui
ontem mesmo. Porém, àquela altura,
já teria embarcado para Pilos".
Depois de ter falado dessa forma,
partiu para o palácio de seu pai.
Para os dois que ficaram só restou
inquietação no coração viril.
Logo fizeram com que os pretendentes
parassem com os jogos e sentassem.
Em meio a eles, tomou a palavra
então Antínoo, nascido de Eupites,
agastado por tudo que escutara,
com coração transbordando rancor,
escurecido por sanguínea força,
e com olhos brilhando feito fogo:
"Que desgraça! Foi grande agora o feito
realizado em máxima arrogância

por Telêmaco nessa expedição!
Dizíamos que não conseguiria.
Se um jovem sai sozinho por aí,
contrariando a vontade de tantos,
zarpando com um barco e tripulantes
seletos, os melhores dentre o povo,
em pouco tempo ele há de se tornar
um mal maior ainda. Rogo a Zeus
para que ponha um fim na sua vida
antes de completar a idade adulta!
Agora vamos! Dai-me algum navio
bem rápido com vinte companheiros,
para ficar guardando o seu retorno
e surpreendê-lo então numa emboscada
ali no estreito entre Ítaca e Samos
com seus desfiladeiros elevados.
Assim será para a própria desgraça
que terá navegado atrás do pai!".
Assim falou, e todos os presentes
louvaram o que disse e concordaram.
Então logo se ergueram dos assentos
e entraram no palácio de Odisseu.
Penélope, porém, não demorou
para ficar sabendo dessas coisas,
de quanto os pretendentes matutavam
no cerne de seus próprios corações.
Foi o arauto Medonte quem lhe disse,
pois estava passando pelo pátio
e escutou os conselhos que trocavam,
tramando astúcia dentro do palácio.
Logo tratou de atravessar a casa
até Penélope, para informá-la.
Conforme o viu chegar a seus umbrais,
Penélope se dirigiu a ele:
"Por que razão, arauto, os afamados
pretendentes mandaram-te até mim?

Para dizer às cativas de guerra
pelo palácio do divo Odisseu
que parem de fazer os seus trabalhos,
a fim de preparar-lhes o banquete?
Pretendentes não sejam nunca mais
nem se juntem de novo noutra parte:
que pela vez final e derradeira
eles se banqueteiem por aqui,
esses que se reúnem amiúde
e vão tosando muito do sustento,
das posses de Telêmaco aguerrido!
Não aprendestes nada em outros tempos
das coisas ditas pelos vossos pais,
não ouvistes, enquanto éreis crianças,
sobre como Odisseu estava sempre
acompanhado pelos vossos pais
sem nunca ter agido ou ter falado
de uma forma que fosse desordeira
em nosso povo, assim como se diz
ser a justiça dos divinos reis?
Podem ter ódio por algum mortal
e ao mesmo tempo ter amor por outro,
mas Odisseu jamais fez coisa alguma
de total petulância contra um homem.
Porém o despudor dos vossos feitos,
do coração que tendes, é bem claro,
nem existe nenhuma gratidão
vossa depois a quem vos faz um bem".
Mas Medonte, sagaz, por sua vez,
lhe proferiu o seguinte em resposta:
"Quem dera fossem esses, ó rainha,
os piores de todos os problemas!
Mas uma coisa muito mais terrível,
algo muito maior e mais sofrido,
estão tramando agora os pretendentes –
que o Cronida não deixe que se cumpra!

Estão impetuosos em matar
Telêmaco com bronze pontiagudo
quando estiver voltando para casa.
Foi atrás de notícias de seu pai
à cidadela sagrada de Pilos
e à diva terra dos lacedemônios”.
Assim falou, fazendo se lassarem
seus joelhos e o caro coração.
Por muito tempo ela ficou tomada
por falta de palavras. Os seus olhos
encheram-se de lágrimas sentidas
e a voz, tão rica, se perdeu de todo.
Finalmente, depois de muito tempo,
disse em resposta as seguintes palavras:
“Arauto, qual razão levou meu filho
a partir? Pois não há necessidade
de ele subir em navios singradores,
velozes, eles que são os cavalos
do mar para os guerreiros que resolvem
atravessar a vastidão das águas.
Teria sido para que seu nome
não fosse abandonado entre os humanos?”.
Mas Medonte, sagaz, por sua vez
lhe proferiu o seguinte em resposta:
“Não sei se foi um deus que o incitou
a fazer a viagem ou se foi
seu próprio coração que o carregou
para Pilos, a fim de se informar
a respeito do pai: se está voltando
ou se ele acaso teve outro destino”.
Depois de ter falado dessa forma,
ele partiu da casa de Odisseu.
Uma dor que destrói o coração
a dominou. Não era nem capaz
de se manter sentada num assento
dentre os muitos que havia pela casa.

Em vez disso, sentava-se no chão,
junto aos umbrais de seu quarto bem-feito,
chorando como quem lamenta um luto.
Em torno dela, as cativas de guerra
choramingavam todas, quantas eram
as do palácio, jovens e anciãs.
Entre choro, lamentos e gemidos,
Penélope falou em meio a elas:
"Escutai-me, queridas, pois a mim
o Olímpio concedeu muito mais dores
do que a todas as outras que nasceram
e cresceram na minha geração.
Eu — que primeiro tinha já perdido
o marido de espírito leonino,
ele que em meio aos dânaos excelia
em todas as maneiras de excelência,
um homem valoroso, cuja glória
se espraia pela Hélade e por Argos —
agora tive o filho tão amado
arrebatado em meio a tempestades,
para longe de casa, inglorioso,
sem que eu sequer soubesse da partida.
Miseráveis! Nenhuma dentre vós
teve no coração o pensamento
de me acordar no leito onde eu estava,
por mais que conhecestes muito bem
a hora em que haveria de subir
a bordo de uma côncava nau negra.
Se porventura eu tivesse sabido
da viagem que estava planejando,
ou teria ficado por aqui,
por mais que desejasse viajar,
ou então me teria abandonado
já morta no salão deste palácio.
Mas agora alguém vá rapidamente
convocar o ancião chamado Dólio,

o meu servo, cedido por meu pai
a mim na minha vinda para cá,
o cativo de guerra cuidador
de meu vasto pomar, que bem depressa
possa sentar-se junto de Laertes
e relatar-lhe todas essas coisas,
na esperança talvez de que ele possa
urdir alguma astúcia em sua mente
e, saindo de casa, lamentar
ao povo sobre aqueles que intencionam
aniquilar sua própria progênie
e a de Odisseu, semelho aos próprios deuses".
Disse-lhe então o seguinte em resposta
a sua ama querida Euricleia:
"Noiva querida, como tu quiseres,
ou mata-me com bronze impiedoso
ou deixa-me viver no teu palácio.
Não deixarei de te contar a história.
Eu sabia de todas essas coisas
e dei a ele tudo que pediu:
mantimentos de pão e doce vinho.
Ele me fez jurar enorme jura
de que não contaria nada a ti
antes de doze dias se passarem
ou antes que a saudade te alcançasse
e começasses a chamar por ele,
para evitar que enfim tu maculasses
a tua linda pele com o choro.
Mas agora é melhor tu te lavares,
vestires roupas limpas sobre o corpo
e voltares ao quarto superior,
acompanhada pelas tuas aias,
e fazeres tuas preces para Atena,
filha de Zeus que move a tempestade,
pois ela certamente tem poder
para salvá-lo até mesmo da morte.

Quanto ao velho, não há necessidade
de aborrecê-lo com problemas. Creio
que a prole do Arcesíada não seja
totalmente odiosa para os deuses
bem ditosos, e sim que restará
ainda alguém para manter de pé
este palácio de teto elevado
e os ricos campos de cultivo ao longe”.
Assim falou e fez que se acalmasse,
retendo o choro que escorria aos olhos.
Então ela tratou de se lavar
e vestir roupas limpas sobre o corpo.
Depois voltou ao quarto superior,
acompanhada pelas suas aias,
encheu um cesto com grãos de cevada
e fez a sua prece para Atena:
“Escuta minha prece, infatigável,
filha de Zeus que move a tempestade!
Se alguma vez Odisseu muito astuto
no salão principal deste palácio
queimou coxas de gado em oblação,
as gordas coxas de um bode ou de um boi,
lembra-te disso agora para mim
e me resgata o meu filho querido!
Põe para longe dele os pretendentes
com toda sua pérfida arrogância!”.
Tendo falado assim, chorou de novo,
e a deusa deu-lhe ouvidos para a prece.
Os pretendentes faziam barulho
pelos umbrosos salões do palácio.
Desta maneira algum deles dizia,
um dos rapazes de extrema arrogância:
“Não tenho dúvidas de que a rainha,
mulher tão cortejada, nos prepara
um casamento, sem saber que nós
preparamos a morte de seu filho”.

Dessa maneira algum deles dizia,
sem saber como as coisas se dariam.
Então Antínoo, tomando a palavra,
conclamou entre eles e lhes disse:
“Numinosos, tratai de suspender
esses vossos discursos arrogantes,
todos eles, de todo. Do contrário,
alguém dará notícias para a casa.
Agora vamos! Mantendo silêncio,
levantemo-nos para executar
a nossa decisão, que concordamos
ser adequada aos nossos corações”.
Tendo falado assim, ele escolheu
duas dezenas dos melhores homens
e mandou preparem uma nau
rápida junto às areias da praia.
Então primeiro de tudo arrastaram
a nau em direção ao mar profundo.
Depois, ergueram novamente o mastro
bem como as velas do navio escuro.
Ajustaram os remos em seguida,
fixando todos com tiras de couro,
tudo feito de acordo com a moira.
As velas brancas enfim desfraldaram
enquanto seus serventes prestativos
traziam o restante da equipagem.
Ancoraram a nau ao sul da ilha
e então desembarcaram para a costa.
Ali trataram de fazer a janta,
aguardando que a noite lhes viesse.
Entrementes, no quarto superior,
Penélope de engenho cuidadoso
deitava-se em jejum, sem ter provado
de comida tampouco de bebida,
preocupada em saber se seu rebento
irreprochável escapara à morte

ou se teria sido dominado
pelos seus pretendentes arrogantes.
Tanto quanto um leão fica agitado
no meio de uma turba de guerreiros
e se apavora quando os vê formar
um círculo ardiloso ao seu redor,
tão agitada assim também estava
antes de sobrevir-lhe o sono doce.
Enfim dormiu, deitada sobre a cama,
e as articulações se relaxaram.
Nesse momento, teve uma outra ideia
Atena, divindade de olhos glaucos.
Produziu uma imagem fantasmal
semelhante na forma a uma mulher,
a chamada de Iftime, uma das filhas
de Icário, rei de grande coração,
ela com quem Eumelo se casara,
ele que tinha seu palácio em Feras.
Então mandou a imagem fantasmal
rumo ao palácio do divo Odisseu,
para ficar ali até que enfim
Penélope não mais se lamentasse
e tivesse parado com seu pranto
e com as lágrimas de desespero.
Para dentro do tálamo infiltrou-se,
passando pelo vão da fechadura.
Pôs-se a pairar por cima de seu rosto
e então lhe disse o seguinte discurso:
“Penélope, de fato adormeceste
entre angústias do caro coração?
Os deuses, que têm vida sossegada,
não irão permitir de forma alguma
que tu fiques chorando e lamentando,
pois em breve estará de volta em casa
o teu filho, que nunca cometeu
nenhuma transgressão perante os deuses”.

Disse-lhe então o seguinte em resposta
Penélope de engenho cuidadoso,
adormecida muito gentilmente
entre os umbrais que levam para os sonhos:
"Por que vieste agora, minha irmã,
me visitar aqui? Não costumavas
fazer essa viagem com frequência,
pois moras num palácio bem distante.
Tu me pedes também que eu ponha um fim
às minhas aflições e aos sofrimentos
variados que vêm me consumindo
desde as entranhas, desde o coração.
Eu – que primeiro tinha já perdido
o marido de espírito leonino,
ele que em meio aos dânaos excelia
em todas as maneiras de excelência,
um homem valoroso, cuja glória
se espraia pela Hélade e por Argos –
agora soube que meu filho amado
embarcou sobre um côncavo navio
enquanto inda é criança, sem saber
sobre trabalhos ou sobre assembleias.
É por ele de fato que lamento,
muito mais do que pelo meu marido,
e fico estremecida de pavor
de que ele venha a sofrer algum mal
ou na própria cidade desses homens
que visitou ou mesmo no alto-mar,
pois existem diversos inimigos
planejando maldades contra ele,
impetuosos para assassiná-lo
antes que torne à terra de seus pais".
Por sua vez, respondendo o seguinte,
disse-lhe então a imagem fantasmal:
"Fica tranquila e renova a coragem.
Não assustes demais teu coração,

pois ele tem em sua companhia
uma guia de um tipo tal que todos
os outros homens rezam para ter
perto de si, pois ela tem poder:
Palas Atena, a deusa, é quem o guia.
Ela tem pena do teu sofrimento.
Foi por isso que agora me mandou
vir contar essas coisas para ti".
Disse-lhe então o seguinte em resposta
Penélope de engenho cuidadoso:
"Se realmente fores uma deusa
e da deusa escutaste a própria voz,
então trata também de me contar
a respeito daquele miserável,
se porventura ainda segue vivo
e contemplando a luz do sol brilhante
ou se neste momento já é morto
e já se encontra no palácio de Hades".
Por sua vez, respondendo o seguinte,
disse-lhe então a imagem fantasmal:
"Eu não irei contar-te com detalhes
a respeito daquele que me pedes,
se está vivo de fato ou se está morto.
É mau falar de coisas feito o vento".
Depois de ter falado assim, partiu,
passando pelo vão da fechadura,
em direção ao vento que soprava.
Por sua vez, despertou-se do sono
a nascida de Icário. No seu peito,
o caro coração se acalentara,
porque lhe havia visitado um sonho
vívido em meio à escuridão da noite.
Enquanto isso, os jovens pretendentes
singravam úmidas sendas no mar,
planejando terrível morticínio
para Telêmaco em seus corações.

Há uma ilha toda pedregosa
num ponto mediano em meio ao mar,
ali no estreito entre Ítaca e Samos
com seus desfiladeiros elevados.
Chama-se Astéris. Não é muito grande,
mas tem portos de abrigo para naus
em uma costa e noutra. Foi ali
que os aqueus aguardaram de tocaia.

Canto V

A Aurora, de seu leito lado a lado
com Títono gentil, então se ergueu
e se apressou a fim de conduzir
a luz para os mortais e os imortais.
Os deuses dirigiram-se a seus tronos
e neles se sentaram. Entre eles,
estava Zeus que da altura troveja,
ele que tem a força soberana.
Então Atena falou entre eles,
lembrada dos inúmeros suplícios
de Odisseu, por cuidado que estivesse
ainda no palácio de uma ninfa.
"Ora escutai-me, Zeus pai e vós outros,
deuses ditosos, para sempre vivos!
Que nunca mais alguém se ponha à frente
com coração zeloso e benfazejo,
nenhum dos basileus que portam cetro,
nem saiba no seu íntimo o que é justo,
e sim que seja sempre muito duro,
agindo da maneira mais cruel,
já que ninguém parece se lembrar
do divino Odisseu, ninguém do povo
em que detinha o mando em outros tempos,
tratando todos como um pai gentil.
Ele, por sua vez, inda se encontra
numa ilha sofrendo fortes dores,
no salão do palácio de Calipso,
que persiste em mantê-lo a contragosto
junto de si. Por isso, não consegue
retornar para a terra de seus pais,

pois junto dele não há mais navios
plenos de remos nem mais companheiros
que possam conduzi-lo com presteza
sobre o dorso vastíssimo do mar.
Além de tudo, há gente impetuosa
por matar o seu filho muito amado
quando estiver voltando para casa.
Foi atrás de notícias de seu pai
à cidadela sagrada de Pilos
e à diva terra dos lacedemônios".
Por sua vez, respondendo o seguinte,
disse-lhe Zeus que move a tempestade:
"Minha filhinha, que palavra é essa
que te escapou pelo encerro dos dentes?
Tu mesma não me deste a sugestão
de seguir esse plano no concílio,
e permitir que Odisseu retornasse
e se vingasse contra aqueles homens?
Para Telêmaco, serve de guia
bem-sabedora, pois tu tens poder,
de modo que ele incólume consiga
retornar para terra de seus pais,
e os pretendentes também, em seu barco,
retornem para lá de onde vieram".
Assim ele falou, e para Hermes,
o seu filho querido, então lhe disse:
"Hermes, que toda vez és mensageiro
para todos os tipos de mensagem,
diz para a ninfa de belos cabelos
de maneira infalível esse plano
para que ocorra a volta de Odisseu,
guerreiro de incansável coração.
Não será conduzido nem por deuses
nem por seres humanos morituros.
Em vez disso, sofrendo provações
numa jangada muito bem-montada,

no vigésimo dia alcançará
a fertilíssima terra de Esquéria,
o território dos homens feácios,
eles que são bem próximos dos deuses.
Com todo coração vão recebê-lo
e honrá-lo como se ele fosse um deus.
Depois, irão levá-lo numa nau
em direção da amada terra pátria
e conceder-lhe inúmeros presentes:
bronze, bastante ouro e vestimentas,
em quantidade tal que nunca, em Troia,
Odisseu poderia ter ganhado,
nem se passasse incólume por tudo
e voltasse com todo o seu espólio.
Assim será, pois consta em sua moira
ver novamente os seus entes queridos,
voltando para a casa de alto teto
e para sua própria terra pátria".
Assim falou e não foi ignorado
pelo emissário matador de Argos.
Ele em seguida tratou de calçar
os seus pés com belíssimas sandálias,
de feitura ambrosina toda em ouro,
elas que o carregavam sobre as águas
e pela imensidão sem fim da terra,
tão veloz quanto a própria ventania.
Depois, ele empunhou o caduceu
com que encantava os olhos dos mortais,
conforme desejava, ou se quisesse
acordava do sono os que dormiam.
Com o cajado firme em suas mãos,
voou o forte matador de Argos.
Em pouco tempo estava na Piéria,
desde o éter descendo ao alto-mar.
Percorria o caminho sobre as ondas
à semelhança de um corvo marinho

que faz mergulho rente às profundezas
horripilantes do infecundo mar
e emerge com um peixe preso ao bico,
molhando as densas penas na salsugem –
na forma de tal pássaro o deus Hermes
seguia cavalgando as muitas ondas.
Entretanto, tão logo ele alcançou
aquela ilha afastada de tudo,
caminhou para fora do alto-mar
violáceo, pisando em terra firme,
e foi andando até chegar diante
daquela grande gruta onde morava
a ninfa de belíssimos cabelos.
Foi ali dentro que ele a encontrou.
Um grande fogo havia sido aceso
no interior da lareira. Mesmo longe,
o perfume de cedro bem-cortado
e de pinho queimando se espalhava
por toda a ilha. Dentro do recinto,
com belíssima voz ela cantava
enquanto trabalhava num tecido,
tecendo a trama num tear dourado.
Ao redor da caverna, no exterior,
crescera uma floresta verdejante,
repleta de amieiros, choupos negros
e ciprestes de aroma perfumado.
Ali também faziam os seus ninhos
grandes pássaros, de asas bem compridas,
tanto corujas quanto gaviões,
além de corvos de línguas compridas,
corvos marinhos, desses que se ocupam
de trabalhos nas águas do alto-mar.
Além disso, também havia ali,
crescendo em torno à côncava caverna,
um vinhedo de pés bem verdejantes,
repleto de vigor em suas uvas.

Quatro fontes também a circundavam,
escorrendo em translúcidas correntes,
bem perto umas das outras, mas correndo
em sentidos diversos entre si.
Também havia campos bem macios,
repletos de salsões e violetas,
todos abertos em flor. Até mesmo
um imortal que visitasse ali
ficaria espantado com a vista,
maravilhado desde o coração.
Ficou olhando a vista por um tempo
o mensageiro matador de Argos.
Depois que ele já tinha visto tudo
para o contento de seu coração,
foi para dentro da grande caverna.
No momento em que o viu à sua frente,
não falhou em saber quem ele era
Calipso, diva mesmo entre as deidades,
pois entre os deuses não existe um só
que não saiba quem são os outros todos,
os imortais, nem mesmo quando algum
habita num palácio bem distante.
Ali dentro, porém, ele não viu
Odisseu, o de grande coração,
pois estava sentado à beira-mar,
chorando, como tantas outras vezes,
devastando seu próprio coração
com lágrimas sentidas e gemidos,
vertendo lágrimas enquanto olhava
algum ponto distante no alto-mar.
Para Hermes então se dirigiu
Calipso, diva mesmo entre as deidades,
depois de tê-lo feito se sentar
sobre um trono de brilho reluzente:
“Hermes, do caduceu dourado, qual
a razão de tu teres vindo aqui?

És um hóspede amado e venerando.
Mas ainda não tinhas vindo aqui.
Diz para mim o que tu tens em mente.
O coração me comanda cumpri-lo,
se cumpri-lo estiver em meu poder
e for algo que possa ser cumprido.
Vamos entrando! Quero preparar-te
tudo aquilo que um hóspede merece".
Depois de ter falado dessa forma,
a deusa pôs a mesa perto dele,
uma mesa repleta de ambrosia
e servida de néctar bem vermelho.
Então tratou de comer e beber
o mensageiro matador de Argos.
Depois de ter ceado e saciado
com comida o seu próprio coração,
retomou a palavra nesse instante
e proferiu o seguinte em resposta:
"Fazes pergunta, deusa, para um deus,
da razão da visita. Então a ti
eu irei relatar a história toda
de maneira infalível, já que pedes.
Foi Zeus quem comandou que para cá
eu viesse, por mais que não quisesse.
Quem cruzaria correndo esse tanto
de água salgada por vontade própria?
Imensurável! Nem existe perto
uma cidade de mortais, que façam
sacrifícios sagrados para os deuses
e hecatombes com vítimas seletas.
Mas nem assim existe alguma forma
com que outro deus consiga transgredir
ou anular o sentido de Zeus,
o deus da égide de tempestade.
Ele diz que o guerreiro que se encontra
aqui contigo teve mais agruras

do que todos os outros que lutaram
pela cidade de Príamo rei
por nove anos, tendo saqueado
a cidade no décimo e partido
de volta ao lar. Contudo, no retorno,
eles erraram com a deusa Atena.
Ela por isso mandou contra eles
terrível ventania e vagalhões.
Então todos os outros pereceram,
todos os valorosos companheiros.
Ele, por sua vez, foi carregado
pelo vento e por ondas para cá.
Mas agora Zeus manda que o envies
para longe o mais rápido possível,
pois não é seu destino perecer
apartado da gente que ele ama.
Assim será, pois consta em sua moira
ver novamente os seus entes queridos,
voltando para a casa de alto teto
e para sua própria terra pátria".
Assim falou. Estremeceu então
Calipso, diva mesmo entre as deidades,
e dirigindo a voz de novo a ele
disse as seguintes palavras aladas:
"Miseráveis! Sois mesmo impiedosos,
deuses! A vossa inveja é sobranceira!
Tendes ressentimento contra deusas
que dividem seus leitos com mortais
abertamente, quando quer que alguma
faça de um homem seu querido esposo.
Foi assim quando Órion foi tomado
pela Aurora de dedos róseos, Éos.
Por isso, vós ficastes ressentidos,
divindades de vida bem tranquila,
até que Ártemis do trono de ouro,
a deusa casta, foi até Ortígia

e usando de seus dardos mais gentis
avançou contra ele e o matou.
Foi assim quando por Iasião
Deméter, deusa de belos cabelos,
deixou que o coração a dominasse,
unida a ele em leito de paixão,
sobre um alqueive arado por três vezes.
Mas não tardou em informar-se disso
o próprio Zeus, que logo o abateu
jogando-lhe um relâmpago luzente.
E agora vós vos ressentistes, deuses,
por eu estar com um homem mortal,
esse guerreiro que eu mesma salvei
quando estava estirado sobre a quilha,
sozinho, pois seu rápido navio
foi alvo de um relâmpago luzente
que Zeus lançou enquanto ele singrava
pelo alto-mar escuro como o vinho.
Então todos os outros pereceram,
todos os valorosos companheiros.
Ele, por sua vez, foi carregado
pelo vento e por ondas para cá.
Foi com muito carinho então que amei
e cuidei dele, e lhe fiz a promessa
de que eu o tornaria um imortal,
sem velhice, por todos os seus dias.
Mas, como não existe alguma forma
com que outro deus consiga transgredir
ou anular o sentido de Zeus,
o deus da égide de tempestade,
que siga seu caminho, se de fato
aquele ordena que aconteça assim —
que parta pelo infértil alto-mar!
Porém eu mesma não o enviarei,
pois comigo não tenho nem navios
plenos de remos e nem companheiros

que consigam levá-lo com presteza
sobre o dorso vastíssimo do mar.
Mas com mente solícita darei
conselho a ele e não o negarei,
a fim de que sem dano ele consiga
chegar de novo à terra de seus pais".
Por sua vez, proferiu-lhe o seguinte
o mensageiro matador de Argos:
"Faze com que ele parta agora mesmo
e sê temente à ira de Zeus pai –
que de alguma maneira no futuro
não se irrite contigo e te castigue".
Depois de ter falado dessa forma,
partiu o forte matador de Argos.
A veneranda ninfa foi atrás
de Odisseu, o de grande coração,
pois havia escutado muito bem
a mensagem que veio de Zeus pai.
Encontrou-o sentado nas areias
à beira-mar. As lágrimas jamais
cessavam de escorrer dos olhos dele.
Perdia o doce tempo de existência
chorando pela volta para casa,
pois já não tinha gosto pela ninfa.
Sim, as noites de fato ele passava
ao lado dela, por necessidade,
dentro de sua côncava caverna
(quem não queria junto a quem queria),
mas de dia ficava ali sentado
sobre os rochedos ou pelas areias,
devastando seu próprio coração
com lágrimas sentidas e gemidos,
vertendo lágrimas enquanto olhava
algum ponto distante no alto-mar.
Chegando perto de onde se encontrava,
disse-lhe a diva mesmo entre as deidades:

"Desfortunado, chega de chorar
aqui por minha causa. Não malgastes
o teu tempo de vida. Vou mandar-te
embora com o coração sincero.
Agora vamos! Corta longos lenhos
com lâmina de bronze, para uni-los
em uma larga jangada. Depois,
ergue uma plataforma de convés
bem alta, para que ela te carregue
atravessando o brumoso alto-mar.
Então eu mesma providenciarei
água, comida e vinho avermelhado,
que nela estocarei em abundância
para que te protejam contra a fome.
Ajeitarei as roupas para ti
e mandarei um vento bom contigo,
a fim de que sem dano tu consigas
chegar de novo à terra de teus pais,
se for assim do agrado dos divinos,
aqueles que detêm o vasto céu
e são mais poderosos do que eu
nos planos e também no cumprimento".
Assim ela falou. Estremeceu
o divino Odisseu de tantas lutas.
Dirigindo-se a ela desta forma,
disse as seguintes palavras aladas:
"Decerto tens um outro plano, deusa,
que não tem nada a ver com dar conduto,
quando me mandas ir numa jangada
e atravessar o pélago profundo,
um percurso terrível e sofrido,
onde mesmo simétricos navios,
singradores velozes, não prosperam,
mesmo se vem um vento bom de Zeus.
Eu não embarcarei numa jangada
a contragosto, só porque me pedes,

exceto se tiveres a coragem,
deusa, de me fazer enorme jura
de que não intencionas me mandar
para mais uma horrível provação".
Assim falou. Sorriu ao escutá-lo
Calipso, diva mesmo entre as deidades.
Fazendo-lhe um carinho com a mão,
chamou-o pelo nome e lhe falou:
"Tu testas mesmo todos os limites,
e não são vãs as coisas que conheces,
já que tens a coragem de dizer
para mim um discurso desse tipo.
Que nisto sejam minhas testemunhas
a Terra e o vasto Céu acima dela!
Eu juro pelas águas subterrâneas
do rio Estige – essa que é a maior
e mais terrível de todas as juras
que existem para os deuses venturosos –
que não tenho intenção de te mandar
para mais uma horrível provação.
Pelo contrário, tudo que direi
e tenho em mente são as mesmas coisas
que iria planejar para mim mesma
caso tivesse tal necessidade.
Minha mente trabalha sempre atenta
àquilo que é correto – e além disso
o coração que tenho no meu peito
não é de ferro, e sim de compaixão".
Depois de ter falado dessa forma,
seguiu na frente a diva entre as deidades
com rapidez, enquanto ele seguia
um pouco atrás as passadas da deusa.
Então chegaram à côncava gruta,
uma deusa seguida por um homem.
Ele próprio tomou lugar no trono
de onde há pouco se tinha levantado

o deus Hermes, e a ninfa lhe serviu
alimentos de todas as espécies,
comidas variadas e bebidas,
de que os humanos mortais se alimentam.
Ela mesma depois tomou lugar
sentada à frente de Odisseu divino,
e sua escrava veio lhe servir
uma porção de néctar e ambrosia.
Todos os braços então se esticavam
para provar da fartura servida.
Depois que eles já tinham se alegrado
com tudo que comeram e beberam,
principiou a falar entre eles
Calipso, diva mesmo entre as deidades:
"Divina estirpe, filho de Laertes,
Odisseu de engenhosos artifícios,
dessa forma, de volta para casa,
em direção da amada terra pátria,
tu desejas voltar agora mesmo?
Que tu sejas feliz de todo modo.
Mas, se soubesses no teu coração
de tudo que o destino te reserva –
todos os sofrimentos que terás –
até que voltes para a terra pátria,
decerto ficarias por aqui,
protegendo comigo este palácio,
e aceitarias ser um imortal,
apesar do desejo de rever
tua esposa, motivo de ficares
todos os dias sempre tão saudoso.
Tu sabes bem que posso me gabar
de não ser inferior a ela em nada,
nem na forma tampouco na estatura,
pois decerto não é apropriado
que seres morituros rivalizem
com imortais na forma e na figura".

Por sua vez, respondendo o seguinte,
disse Odisseu de muitíssima astúcia:
“Veneranda deidade, não te zangues
por causa disso comigo. Eu também
sei muito bem dessas coisas, do quanto
Penélope de engenho cuidadoso
é inferior ao que tu és na forma
e na estatura, ao vê-la frente a frente,
pois ela está fadada a perecer
e tu és imortal e sem velhice.
Ainda assim, é isso que desejo
todos os dias sempre tão saudoso:
conseguir a viagem para casa
e contemplar o dia do retorno.
Então, se algum dos deuses me fizer
naufragar nalgum ponto do alto-mar,
suportarei, mantendo no meu peito
um coração resiliente à dor,
pois não há pena, esforço nem fadiga
que eu já não tenha conhecido aos montes,
tanto nas ondas quanto nas batalhas –
será mais uma dor em meio a tantas”.
Assim falou. O sol então se pôs
e as trevas descenderam sobre todos.
Os dois então trataram de voltar
para dentro da côncava caverna,
e deitados ao lado um do outro
desfrutaram do leito de paixão.
Quando afinal surgiu a matutina
Éos, Aurora de dedos rosados,
Odisseu prontamente se vestiu
com uma túnica e com uma capa.
Por sua vez, a ninfa se vestiu
com um manto comprido e prateado,
de tecido bem leve e gracioso.
Em torno da cintura afivelou

um belo cinto, detalhado em ouro,
e cobriu os cabelos com um véu.
Depois fez os preparos de viagem
para Odisseu de grande coração.
Ela lhe deu um enorme machado,
bem-adequado para suas mãos,
com lâmina afiada dos dois lados,
forjada toda em bronze. Junto dela,
um cabo de belíssima oliveira
tinha sido fixado com cuidado.
Uma plaina de cabo bem-polido
também lhe deu. Liderou o caminho
logo em seguida ao extremo da ilha,
onde cresciam árvores bem altas,
enormes amieiros, choupos negros
e abetos que chegavam lá no céu,
secos de longa data, envelhecidos,
que iriam flutuar com ligeireza.
Depois de lhe mostrar esse local
onde cresciam árvores bem altas,
caminhou de retorno a seu palácio
Calipso, diva mesmo entre as deidades.
Ele, por sua vez, cortou os lenhos,
terminando bem rápido o trabalho.
Foram duas dezenas no total.
Aparou-os com bronze e na sequência
aplainou-os, sabendo o que fazia,
de modo a endireitá-los rente à linha.
Calipso, diva mesmo entre as deidades,
trouxe, entrementes, um arco de pua,
com que ele então furou os lenhos todos
para depois uni-los, lado a lado.
Com cordas ele então os amarrou,
e travou-os com pinos nos buracos.
Tão grande quanto um homem carpinteiro
assenta a fundação de seu navio,

uma espaçosa embarcação mercante,
sabendo bem como ajustar os lenhos —
com um tamanho idêntico Odisseu
tratou de preparar sua jangada.
Trabalhou em seguida no convés.
Foi ajustando-o sobre a plataforma
até ficar bem firme. Na sequência,
finalizou-o usando longas pranchas.
Sobre o convés então ele assentou
um mastro com a verga para a vela.
Depois, tratou também de produzir
um leme, com o qual a conduzisse.
Então ergueu em torno da jangada
uma cerca de vime bem-trançado,
a fim de proteger-se contra as ondas,
e pôs bastante lenha dentro dela.
Calipso, diva mesmo entre as deidades,
trouxe, entrementes, um rolo de pano,
para que dele fosse feita a vela.
Ele logo tratou de produzi-la,
para nela fixar a cordoalha —
os braços, as adriças e as escotas.
Ao término de tudo, usou escoras
para arrastá-la rumo ao mar divino.
Assim, no quarto dia de trabalho,
estavam feitos os preparativos.
No quinto dia, a divina Calipso
fê-lo partir para longe da ilha,
mas não sem antes ter lhe dado banho
e vestido com roupas bem-fragrantes.
Na embarcação, a deusa lhe dispôs
um odre carregando vinho negro,
e mais outro, e também um bem maior
cheio de água. Também pôs provisões
em um saco de couro. Dentro dele,
colocou muitas carnes já cozidas.

Então mandou um vento conduzi-lo
numa lufada morna e benfazeja.
Alegre com o vento, desfraldou
então as velas o divo Odisseu.
Em seguida, sentado junto ao leme,
foi conduzindo o barco com perícia.
Mesmo sentado, o sono não lhe veio
para pousar nas pálpebras dos olhos
enquanto olhava as Plêiades no céu,
e o Boieiro, que só se põe bem tarde,
e ainda a Ursa Maior, que também
é conhecida como Grande Carro
(ela que gira ao redor de si mesma,
mantendo os olhos em Órion sempre,
a única que nunca toma parte
no banho das estrelas no Oceano).
Olhava para o céu seguindo as ordens
de Calipso, divina entre as deidades,
que lhe dissera para navegar
mantendo os astros sempre à sua esquerda.
Por sete dias e mais outros dez,
navegou pelas sendas do alto-mar.
Foi no décimo oitavo dia enfim
que apareceram os montes umbrosos
da terra dos feácios, a que estava
mais próxima de todas dele próprio —
parecia um escudo a levantar-se
no meio da neblina do alto-mar.
De retorno da terra dos etíopes,
o poderoso abalador do solo
percebeu-o de longe, das montanhas
dos sólimos, pois era bem visível
navegando nas sendas do alto-mar.
Irou-se ainda mais no coração.
Balançando a cabeça, proferiu
para o seu próprio ânimo o seguinte:

"Mas que desgraça! Certamente os deuses
decidiram mudar seu julgamento
sobre Odisseu enquanto eu me encontrava
apartado, na terra dos etíopes.
Vejo que já se encontra muito perto
da terra dos feácios, onde o fado
é que se livre dos enormes elos
da danação. Não tarda a acontecer,
mas creio que inda possa piorar
um pouco mais os males atuais".
Tendo falado assim, juntou as nuvens
e causou um tumulto no alto-mar
com o tridente firme em sua mão.
Em seguida, incitou os ventos todos,
de todas as espécies de borrasca,
e com as nuvens fez que se ocultasse
a terra tanto quanto o alto-mar,
enquanto a noite vinha pelo céu.
Nesse momento, os ventos Euro e Noto
se chocaram com Zéfiro chuvoso
e com o Bóreas que nasce no éter,
e uma onda gigante se formou.
Lassaram-se os joelhos de Odisseu
tanto quanto seu caro coração.
Consternado com isso, proferiu
o seguinte a seu grande coração:
"Ai de mim! Eu sou mesmo um miserável!
O que mais inda vai me acontecer?
Eu receio que a deusa tenha dito
tão somente verdades infalíveis.
Ela me preveniu que, no alto-mar,
antes de retornar à terra pátria,
inda haveria de me encher de dores.
Todas as coisas agora se cumprem.
Com que tipo de nuvens, pavorosas,
vejo Zeus circundar o vasto céu!

Ele agitou o seio do alto-mar,
e contra mim avançam ventanias
de todas as espécies de borrasca –
estou diante do abismo da morte.
Três vezes mais felizes são os dânaos –
ou quatro vezes mais – que pereceram
na vasta cidadela dos troianos
tentando agraciar os dois Atridas!
Assim também quisera ter morrido
e conhecido o fim do meu destino
no dia em que os guerreiros dos troianos
em número maior me arremessaram
as suas lanças de ponta de bronze
em torno do cadáver do Pelida!
Então teria tido um funeral
e a glória consumada entre os aqueus –
mas meu quinhão agora é ser tomado
nas garras de uma morte deprimente”.
Depois de ter falado dessa forma,
uma onda gigante, desde cima,
desceu terrivelmente sobre ele
e fez a embarcação rodopiar.
Ele próprio acabou sendo jogado
para longe, deixando que escapasse
de suas mãos o leme da jangada.
Também o mastro se quebrou ao meio
conforme os vários ventos se juntaram
em uma tenebrosa tempestade.
Verga e vela voaram para longe
e desabaram dentro do alto-mar.
Foi obrigado a se manter submerso
por muito tempo. Não havia meio
para emergir depressa do interior
da grande onda enquanto ela avançava,
pois estava pesado pelas roupas
que a divina Calipso lhe cedera.

Depois de muito tempo ele emergiu
e cuspiu a salsugem para longe,
água amarga, que em grande quantidade
jorrava para fora da cabeça.
Não se esqueceu, contudo, da jangada,
por mais atribulado que estivesse.
Pelo contrário, embrenhou-se de novo
em meio às ondas e agarrou-se a ela.
Ficou grudado ao centro do convés,
procurando escapar do fim da morte.
O vagalhão conduzia a jangada
de um lado ao outro ao longo da corrente.
Tal como quando, no fim do verão,
o vento Bóreas sopra pelos cardos
através da planície e faz seus caules
se ajuntarem em ramos muito densos –
assim também no pélago a levavam
de um lado ao outro os ventos ao soprarem.
Por vezes era o Noto que a levava
e conduzia para o vento Bóreas.
Outras vezes o Euro é quem cedia
para que o Zéfiro a levasse em frente.
Foi visto assim pela filha de Cadmo,
Ino, de calcanhares muito belos,
a deusa branca, Leucoteia, que antes
havia sido uma mortal falante,
mas que no pélago detinha agora
as suas honras entre os próprios deuses.
A deusa apiedou-se de Odisseu
vagando em meio a tantos sofrimentos.
Mudando a forma para uma pardela
em pleno voo, ela emergiu das águas,
sentou sobre a jangada bem-atada
e então lhe disse o seguinte discurso:
"Desfortunado! Mas por que razão
Possêidon, deus abalador do solo,

tem um ódio tão grande contra ti,
a ponto de plantar-te tantos males?
Mesmo assim, não irá te destruir,
por mais impetuoso que ele esteja.
Não me pareces ser imponderado.
Então age da forma que te falo.
Despe as roupas e deixa que a jangada
seja levada embora pelos ventos.
Valendo-te dos braços, segue a nado
e procura uma forma de retorno
adiante, na terra dos feácios,
onde estás destinado a te salvares.
Toma aqui este véu que te ofereço
e o estica debaixo do teu peito.
É ambrosino – não deves ter medo
de sofrer algum mal ou perecer.
Depois, quando tiveres agarrado
a terra firme com as próprias mãos,
deves despi-lo e jogá-lo de volta
ao alto-mar escuro como o vinho,
bem distante da margem litorânea.
Em seguida, te vira para longe".
Depois de ter falado dessa forma,
a divindade lhe entregou o véu.
Em seguida, ela própria mergulhou
de volta no alto-mar sempre ondulante,
mantendo uma aparência de pardela.
As ondas negras logo a recobriram.
Por sua vez, ficou bem preocupado
o divino Odisseu de tantas lutas.
Consternado com isso, proferiu
o seguinte a seu grande coração:
"Ai de mim! Eu espero que não seja
um imortal tecendo seus enganos
de novo contra mim, quando me manda
abandonar de vez esta jangada!

Por enquanto, não vou obedecer,
pois eu já vi com os meus próprios olhos
que a terra não se encontra muito longe,
onde ela disse que me salvarei.
Seguirei da maneira como estou —
é como me parece ser melhor.
Por tanto tempo quanto estas madeiras
se mantiverem atadas nos cabos,
ficarei por aqui e aguentarei
as dores que inda houver de padecer.
Mas, no momento em que minha jangada
arrebentar-se por ação das ondas,
eu nadarei, pois já não haverá
nenhum plano melhor para ser feito".
Enquanto ponderava, consternado
desde as entranhas até o coração,
Possêidon, deus abalador do solo,
fez com que um vagalhão se levantasse,
uma onda terrível e aflitiva,
arqueada, e lançou-a contra ele.
Da mesma forma que o vento cortante
faz a palha num monte balançar
e logo espalha tudo a todo canto,
soprando numa direção e noutra —
assim também as madeiras compridas
se esparramaram. Odisseu então
subiu em cima de uma das madeiras
como se cavalgasse num cavalo.
Tratou de se despir das vestimentas
que a divina Calipso lhe cedera.
De imediato tomou então o véu,
esticou-o debaixo de seu peito
e se jogou de cabeça no mar.
Então seguiu alternando braçadas,
impetuoso por nadar. Notou-o
o poderoso abalador do solo,

que balançou a cabeça e falou
para o seu próprio ânimo o seguinte:
"Agora vagarás dessa maneira,
sofrendo muitos males no alto-mar,
até que finalmente te mistures
junto aos humanos nutridos por Zeus –
mas nem por isso creio que acharás
que os males que tiveste foram poucos!".
Tendo falado assim, chicoteou
os seus cavalos de crinas venustas
e galopou em direção a Egas,
onde tinha um palácio glorioso.
Nesse momento, teve uma outra ideia
a deusa Atena, donzela de Zeus.
Excetuando um só, ela amarrou
os percursos dos outros ventos todos.
Ordenou que parassem de soprar
e fossem todos de volta a seus leitos.
Só o Bóreas veloz ela incitou,
que limpou o caminho em meio às ondas
até que enfim pudesse se juntar
aos feácios, amantes da remada,
o herói de estirpe divina, Odisseu,
e fugisse das Queres e da morte.
E foi assim então que por dois dias
e duas noites ele foi levado
pelo curso das ondas. Muitas vezes
seu coração lhe pressentiu a morte.
Mas, quando a Aurora de belos cabelos
trouxe o terceiro dia ao ressurgir,
o vento interrompeu-se nesse instante
e cedeu seu lugar à calmaria.
Nenhum vento soprava, nem a brisa.
Então viu como a terra estava perto,
focando os olhos rente ao horizonte
ao ser erguido numa grande onda.

Da mesma forma como quando a vida
surge muito bem-vinda para os filhos
de um homem que padece por doença
e sofre fortes dores no seu leito
enquanto vai minguando pouco a pouco
pela ação de algum nume abominável,
e de repente de forma bem-vinda
os deuses o libertam desse mal –
assim também pareciam bem-vindas
para Odisseu aquela terra e mata.
Foi nadando com pressa, desejoso
por colocar os pés em terra firme.
Mas, quando já se achava na distância
que um grito poderia ser ouvido,
foi só então que ele escutou o estrondo
do mar arrebentando nos recifes,
pois uma onda gigante avançava
e se jogava contra a terra firme,
num rugido terrível, espalhando
a salsugem do mar por toda parte.
Naquela costa não havia portos,
nem estaleiros nem qualquer abrigo.
Havia tão somente um promontório
repleto de penedos e recifes.
Lassaram-se os joelhos de Odisseu
tanto quanto seu caro coração.
Consternado com isso, proferiu
o seguinte a seu grande coração:
“Ai de mim! Justo agora, quando pude
pela graça de Zeus olhar a terra –
para além da esperança – e consegui
finalmente cruzar as profundezas,
não consigo enxergar saída alguma
que me deixe escapar do mar cinzento!
Por fora do penhasco há muitas rochas
pontiagudas, e pelo entorno delas

as ondas vão rugindo enquanto avançam,
tocando o paredão de pedra lisa.
O mar é muito fundo junto à costa,
de modo que não há como firmar
os dois pés sobre o fundo ao mesmo tempo,
como uma forma de escapar do mal,
por medo de que, quando eu estiver
escapando dali, um vagalhão
me jogue contra o paredão de pedra
e acabe destruindo os meus esforços.
Por outro lado, se eu seguisse em frente,
nadando mais um pouco, na esperança
de encontrar uma praia mais amena,
algum porto-seguro em meio às ondas,
eu receio que alguma tempestade
acabe me levando novamente
de volta ao alto-mar, pleno de peixes,
entre pesados gemidos de dor,
ou ainda que alguma divindade
mande um monstro marinho contra mim,
do tipo que Anfitrite gloriosa
nutre aos montes em meio às profundezas.
Sei disso pelo tanto que me odeia
o glorioso abalador da terra".
Enquanto ponderava, consternado
desde as entranhas até o coração,
uma onda gigante o carregou
em direção da encosta alcantilada.
O seu couro teria se rasgado,
e os ossos se quebrado dentro dele,
se Atena, divindade de olhos glaucos,
não viesse inspirar seu coração.
Lançou-se como pôde e se agarrou
em meio às pedras com as duas mãos.
Ali se segurou entre gemidos
até que a enorme onda foi embora.

Foi dessa forma que ele se salvou.
Contudo, no retorno da maré,
as águas, avançando, o golpearam
e o jogaram de volta no alto-mar.
Tal como quando um polvo é arrancado
de dentro de seu lar em meio às rochas
e pedrinhas se grudam nas ventosas
de tanto que resiste em ser puxado —
assim também se lacerou nas pedras
o couro de seus braços corajosos
conforme foi puxado para longe
e a grande onda enfim o encobriu.
Desfortunado além de seu destino
teria sido o fim para Odisseu
nesse instante se Atena, de olhos glaucos,
não tivesse lhe dado precaução.
Eis que, emergindo de dentro da onda,
conforme ela avançava para a encosta,
seguiu nadando em paralelo à terra,
olhando para a costa, na esperança
de encontrar uma praia mais amena,
algum porto-seguro em meio às ondas.
Então, quando em seguida ele chegou
junto à boca de um rio de belas águas,
nadando sempre em frente, foi ali
que ele julgou ser o melhor lugar:
era livre de pedras, e além disso
dispunha de refúgio contra o vento.
Reconheceu o que fluía ali,
e fez uma oração de coração:
“Escuta-me, senhor, quem quer que sejas!
Há tanto desejado, chego a ti
em meio à minha fuga do alto-mar
e dos muitos ataques de Possêidon.
É certamente digno de respeito,
mesmo em meio aos divinos imortais,

qualquer homem que chegue, feito errante,
da mesma forma como agora chego
às tuas correntezas e aos teus pés,
tendo passado já por tantas dores.
Então, senhor, demonstra piedade!
Faço-te a prece como suplicante".
Assim falou. De pronto a correnteza
se interrompeu, detiveram-se as ondas
e à sua frente fez-se a calmaria,
de modo que a corrente o conduziu
em segurança à boca ribeirinha.
Desabou de joelhos sobre a margem,
de braços estirados, pois o mar
subjugara seu caro coração.
A sua pele toda estava inchada
e bastante salsugem lhe escorria
tanto da boca quanto das narinas.
Sem conseguir falar nem respirar,
prostrou-se ali, já sem nenhuma força,
tomado por horrível exaustão.
Resfolegando, enfim sentiu voltar
o ânimo dentro de seu coração.
Nesse momento, desatou do peito
aquele véu que a deusa lhe cedera
e o lançou para dentro das correntes
do rio, que desaguavam para o mar.
Um vagalhão levou o véu de volta
para dentro do mar, e logo Ino
o recebeu em suas caras mãos.
Ele, por sua vez, saiu do rio
e se deitou sobre um leito de juncos.
Beijou o solo, doador de grãos.
Consternado, contudo, proferiu
o seguinte a seu grande coração:
"Ai de mim! Eu sou mesmo um miserável!
O que mais inda vai me acontecer?

Se eu mantiver vigília pela noite
desconfortável, perto deste rio,
eu receio que acabem me domando
o frio terrível e o frescor do orvalho,
ao ponto em que eu acabe finalmente
expirando meu ânimo vital,
quando a brisa que sopra desde o rio
chegar gelada em mim pela manhã.
Por outro lado, se eu for escalando
por essa encosta e mata sombreada
e encontrar um lugar para deitar
entre arbustos bem densos, na esperança
de que o frio e o cansaço não me vençam,
e o doce sono venha para mim,
eu receio que acabe me tornando
presa e butim para animais selvagens".
Considerando a questão dessa forma,
pareceu-lhe por fim mais vantajoso
se encaminhar em direção da mata.
Ali perto do rio ele encontrou
uma clareira dentro da floresta.
Entrou debaixo, então, de dois arbustos
que cresciam contíguos, lado a lado,
um zambujeiro junto a uma oliveira.
Nem a força dos ventos conseguia
abri-los com seu sopro umedecido,
nem os raios do sol eram capazes
de atravessar brilhando as suas copas,
nem a chuva podia penetrar
ali dentro, de tanto que eram densos,
porque haviam crescido entrelaçados.
Debaixo deles, Odisseu entrou
e foi logo tratando de juntar
uma cama com suas caras mãos,
um leito vasto, pois havia folhas
empilhadas ali em abundância –

um tanto que bastava para dois
ou três homens juntarem para si
durante a temporada mais gelada,
até mesmo no inverno rigoroso.
Alegrou-se de ver aquela pilha
o divino Odisseu de tantas lutas.
Ele ajuntou as folhas para si,
bem no centro do espaço, e se deitou.
Tal como quando alguém precisa pôr
uma brasa escondida em meio às cinzas
(alguém numa fazenda bem distante,
carente de vizinhos a seu lado),
para salvar um gérmen de fogueira
com que possa acender o fogo alhures —
dessa maneira também Odisseu
se escondeu entre as folhas. Logo Atena
verteu o sono sobre os olhos dele,
a fim de que cessasse o quanto antes
o cansaço penoso que o domava,
cobrindo as suas pálpebras queridas.

Canto VI

Dessa maneira adormeceu ali
o divino Odisseu de tantas lutas,
vencido por completo pelo sono
e por cansaço. Enquanto isso Atena
encaminhou-se para o povoado
e para a pólis dos homens feácios,
eles que em outros tempos habitavam
as terras espaçosas de Hipereia
numa área bem próxima aos ciclopes,
homens da mais extrema soberbia,
que dispunham de força superior
e costumavam sempre maltratá-los.
Foi Nausítoo, tão belo quanto um deus,
quem fez com que migrassem desde lá
e os guiou para Esquéria, muito longe
dos humanos fadados ao trabalho.
Ao redor da cidade, então ergueu
um muro e construiu as moradias.
Também fez templos em louvor aos deuses
e dividiu os campos de cultivo.
Porém já tinha sido dominado
por Queres negras e descido ao Hades.
Agora Alcínoo é quem os governava,
sabedor dos conselhos dos divinos.
Na direção de seu palácio, foi-se
então Atena, deusa de olhos glaucos,
planejando o retorno de Odisseu,
o guerreiro de grande coração.
Chegou enfim num quarto de lavor
dedáleo, onde dormia uma donzela

assemelhada aos próprios imortais
tanto na forma quanto na aparência:
era Nausícaa, nascida de Alcínoo,
o basileu de grande coração.
Com ela, havia duas atendentes,
de uma beleza idêntica à das Graças,
dos dois lados das portas luzidias
que se encontravam ambas bem-fechadas.
Feito um sopro de vento ela avançou
em direção à cama da donzela.
Pôs-se a pairar por cima do seu rosto
e então lhe disse o seguinte discurso
(tendo adotado a forma da nascida
de Dimante, famoso por navios,
moça que tinha a mesma idade dela
e era benquista por seu coração;
depois de ter assumido tal forma,
disse-lhe então Atena de olhos glaucos):
"Nausícaa displiscente, por que foi
que tua própria mãe te deu à luz?
Ainda estão largadas sem cuidado
as tuas vestimentas resplendentes,
sendo que é próximo o teu casamento
e tu precisarás de roupas belas
a fim de te vestires, e também
para ofertares a quem te acompanhe,
pois dessas coisas é que vem à tona
tua reputação entre os humanos,
a boa fama com que se deleitam
teu pai e tua veneranda mãe.
Então tratemos logo de lavá-las
assim que se revele a luz da aurora!
Irei contigo, como companheira
nesse trabalho, para que tu possas
terminar o mais rápido possível,
pois logo deixarás a virgindade.

Por todo o povoado, já se somam
pretendentes de nobre procedência,
dentre todos os povos dos feácios,
de famílias tão nobres quanto a tua.
Então vamos! Conversa com teu pai
glorioso e lhe pede que bem cedo
tenha um carro de mulas preparado,
a fim de que tu possas carregar
os teus vestidos, os teus cinturões
e teus lençóis de brilho resplendente.
Dessa forma será muito mais belo
do que se tu fizesses o caminho
usando os próprios pés, pois os locais
de lavagem são longe da cidade".
Depois de ter falado dessa forma,
Atena de olhos glaucos foi-se embora
de volta para o Olimpo, onde se diz
que a sede inamovível dos divinos
está localizada. Nem os ventos
nem as chuvas conseguem abalá-la,
e a neve nunca chega perto dela.
No entorno, o céu mantém-se sempre limpo —
nenhuma nuvem sobrevoa ali,
e a branca luz do sol percorre tudo.
É nesse assento que os deuses ditosos
se divertem por todos os seus dias.
Para lá retornou a de olhos glaucos
depois de ter falado com a moça.
Logo em seguida sobreveio a Aurora,
deusa de belo trono, que acordou
Nausícaa, de belíssimo vestido,
assombrada por conta de seu sonho.
Atravessou as salas do palácio
a fim de relatar o sonho aos pais,
para o seu pai querido e para a mãe,
e ela logo encontrou os dois lá dentro.

A mãe achou sentada junto ao fogo,
acompanhada pelas suas aias
enquanto se ocupava de tecer
uma trama da cor do mar. Na porta,
encontrou o seu pai, já de saída,
junto de gloriosos basileus,
para uma reunião que convocaram
os excelentes homens dos feácios.
Tendo chegado bem próximo dele,
proferiu o seguinte ao caro pai:
"Papai querido, tu não poderias
preparar para mim uma carroça
bem elevada, com ótimas rodas,
para eu levar as esplêndidas roupas
em direção ao rio, para lavá-las?
É que agora se encontram todas sujas.
Também convém a ti, da mesma forma,
estando entre os primeiros deste reino,
quando ofereces conselho ao conselho,
cobrir o corpo em vestimentas limpas.
Além disso, são cinco os caros filhos
que tu geraste nos salões de casa –
dois são casados, mas os outros três
mantêm-se núbeis, no viço da idade,
e por isso eles sempre querem ter
roupas recém-lavadas sobre o corpo
quando vão se juntar a alguma dança.
Tudo isso me ocupa o coração".
Assim ela falou. Tinha vergonha
de mencionar a flor do casamento
a seu querido pai, que o compreendeu
e lhe falou o seguinte em resposta:
"Minha filhinha, não te negarei
nem as mulas nem o que quer que seja.
Podes ir! As escravas do palácio
vão preparar o carro para ti,

bem elevado, com ótimas rodas,
coberto em lona contra sol e chuva".
Tendo falado assim, ele deu ordens
para as servas, que logo obedeceram.
Enquanto se ocupavam de equipar
a carroça de rodas bem ligeiras,
e levavam as mulas para fora
a fim de colocá-las sob o jugo,
a donzela trazia de seu quarto
as vestimentas todas, resplendentes,
e as colocava dentro da carroça,
no estrado de madeira bem-polida.
A mãe dela, entrementes, preparou
um cesto com comidas abundantes,
de tudo quanto é tipo. Pôs também
carnes cozidas, e verteu-lhe vinho
dentro de um odre de couro de bode.
A moça então subiu sobre a carroça
e recebeu da mãe um frasco de ouro,
todo repleto de azeite de oliva,
para que ela e as suas atendentes
depois tivessem com o que se ungir.
Ela tomou em mãos tanto o chicote
quanto as rédeas de couro reluzente,
e estalando o chicote fez as mulas
partirem entre zurros e relinchos.
Conduziam o carro sempre à frente,
levando tanto as vestes quanto a moça,
que não ia sozinha, pois com ela
também seguiam suas atendentes.
Quando em seguida já tinham chegado
às correntes belíssimas do rio,
onde sempre existiam lavadouros
disponíveis, com água em abundância
fluindo na enseada, muito boa
para lavar até roupas bem sujas,

ali deixaram que as mulas enfim
se soltassem do jugo da carroça
e cuidaram também de apascentá-las
junto das margens revoltas do rio,
pastando trevo doce como o mel.
Em seguida, de dentro da carroça
carregaram as vestes nos seus braços
e as levaram até as águas negras,
onde as bateram sob os próprios pés,
fazendo disso um jogo e competindo.
Finalmente, lavaram e tiraram
toda a sujeira que havia nas roupas,
que em seguida esticaram em fileiras
sobre a orla marinha, onde havia
a maior quantidade de pedrinhas
trazidas pelo mar à terra firme.
Então trataram de tomar um banho
e de se ungir em azeite de oliva.
Depois, fizeram sua refeição
sentadas junto às margens do riacho,
esperando que as roupas se secassem
debaixo da brilhante luz do sol.
Quando já tinham todas se aprazido
com a comida, a moça e suas aias,
então tiraram os véus dos cabelos
e ficaram brincando com a bola.
Era Nausícaa de cândidos braços
quem liderava nessa brincadeira.
À semelhança de Ártemis flecheira
quando desce de cima das montanhas
(às vezes do Taígeto elevado,
outras vezes ainda do Erimanto),
divertindo-se com a companhia
de javalis e de rápidos cervos,
e junto dela chegam também ninfas,
as donzelas de Zeus tempestuoso,

para brincarem pelas pradarias,
dando alegria ao coração de Leto,
porém enquanto brincam se mantém
acima dos demais o seu semblante,
e a deusa se distingue facilmente
por mais que as outras todas sejam belas –
assim também em meio às atendentes
se distinguia muito a virgem núbil.
Mas eis que quando já chegava a hora
de a moça retornar para o palácio,
com as mulas de volta nos seus jugos
e as esplêndidas roupas já dobradas,
nesse momento, teve uma outra ideia
Atena, divindade de olhos glaucos:
que Odisseu finalmente se acordasse
e visse a moça de belo semblante,
que então iria lhe servir de guia
para entrar na cidade dos feácios.
Nesse momento a princesa lançou
a bola em direção de uma das aias,
mas acabou errando esse arremesso
e a bola foi parar na correnteza.
Em meio à gritaria que fizeram,
o divino Odisseu foi acordado.
Sentado, de onde estava, ponderou
desde as entranhas até o coração:
"Ai de mim! A que tipo de mortais
pertence a terra a que cheguei agora?
Serão seres de bruta desmedida,
selvagens e sem senso de justiça,
ou do tipo que gosta de estrangeiros
e tem o coração temente aos deuses?
Os gritos que eu acabo de escutar
soavam femininos, de donzelas –
de ninfas, como aquelas que demoram
nos cimos altaneiros das montanhas

e também nas nascentes dos riachos
e nos campos cobertos pela grama.
Será possível que me encontro agora
perto de humanos dotados de voz?
Vamos lá! É melhor que eu faça um teste
e veja tudo com meus próprios olhos".
Depois de ter falado dessa forma,
saiu do arbusto o divino Odisseu
e com a mão robusta arrebentou
um dos galhos da planta, bem repleto
de folhas, para nele recobrir
as partes mais viris do próprio corpo.
Então partiu feito um leão montês
confiante na sua própria força,
sempre em frente, até mesmo em meio à chuva
e às lufadas de vento, cujos olhos
lampejam feito fogo quando vai
à caça de bovinos ou de ovinos,
ou ainda de indômitos cervídeos,
e seu estômago lhe dá comando
para avançar num rebanho de ovelhas,
mesmo dentro de cercas bem-montadas –
assim também Odisseu avançava
para se misturar em meio às moças
de belas cabeleiras, mesmo nu,
pois a necessidade o demandava.
Porém, desfigurado por salsugem,
a sua aparição foi pavorosa,
e as moças, assustadas, debandaram
para todos os lados pela praia.
Somente ela, a nascida de Alcínoo
permaneceu por ali, pois Atena
encheu seu coração de valentia
e removeu o medo de seus membros.
Manteve os pés bem firmes diante dele.
Por sua vez, Odisseu ponderava

se deveria abraçar os joelhos
da bela moça, para suplicar-lhe,
ou se ficava ali mesmo onde estava,
proferindo palavras adoçadas
em súplica por uma vestimenta
e pela direção para a cidade.
Considerando a questão dessa forma,
pareceu-lhe por fim mais vantajoso
suplicar ali mesmo de onde estava,
proferindo palavras adoçadas,
por medo de que a moça se irritasse
com ele se abraçando a seus joelhos.
Então de pronto dirigiu-se a ela
com discurso adoçado e lisonjeiro:
"Abraço os teus joelhos, ó senhora!
Serias uma deusa ou és mortal?
Se porventura fores um dos deuses
dentre aqueles que têm o vasto céu,
eu diria que és Ártemis decerto,
a própria filha de Zeus grandioso.
És idêntica a ela na beleza,
no tamanho e também na compleição.
Porém, se fores mesmo um ser humano
dentre aqueles que habitam sobre a terra,
três vezes venturosos devem ser
teu pai e tua veneranda mãe!
Três vezes venturosos, teus irmãos!
Para eles, decerto o coração
deve manter-se sempre acalentado
em grande júbilo por tua causa,
vendo uma moça assim, tão florescente,
se juntar aos coreutas para a dança.
Porém, o coração mais venturoso
de todos há de ser o do varão
que aqui vier com teu preço de noiva
e te levar embora para casa.

Jamais eu vi com os meus próprios olhos
um mortal de beleza semelhante –
nem homem nem mulher que fosse humana.
Fico assombrado quando te contemplo!
De visão semelhante, só me lembro
de certa vez eu ter visto um brotinho
de palmeira crescendo junto ao templo
em Delos, próximo do altar de Apolo,
pois também para lá eu viajei
acompanhado de uma grande armada
no caminho em que ainda encontraria
tribulações da mais danosa espécie.
Assim como daquela vez fiquei
maravilhado desde o coração
por muito tempo, quando percebi
aquela muda crescendo da terra –
da mesma forma tu me maravilhas
e fascinas, senhora. Tenho um medo
terrível de abraçar-me aos teus joelhos,
mas me encontro em difícil sofrimento.
Foi só ontem, depois de vinte dias,
que escapei do alto-mar da cor do vinho.
Por todo aquele tempo, vagalhões
e tempestades tinham me levado
para longe da ínsula de Ogígia.
Agora o nume me jogou aqui,
a fim de que sem dúvida eu padeça
alguma nova dor, pois eu não creio
que tenha terminado, e sim que há muito
para os deuses cumprirem antes disso.
Então, senhora, tenhas piedade,
pois já sofri inúmeras desgraças.
És a primeira pessoa que encontro.
Eu não conheço mais ninguém aqui,
dos humanos que vivem nesta terra
e que fazem morada na cidade.

Indica-me onde fica o povoado
e dá-me um pano para que me cubra,
se acaso tu trouxeste alguma capa
sobre as roupas, ao vires para cá.
Que os deuses te permitam tudo aquilo
que tu desejas no teu coração!
Que te concedam um marido, um lar
e uma vida repleta de concórdia
excelente, pois não existe nada
mais valioso nem mais poderoso
do que quando a concórdia prevalece
na mente do varão e da mulher
enquanto vão mantendo o próprio lar.
Aos inimigos, muitos sofrimentos;
alegrias a quem os querem bem:
são as notícias que eles mais escutam".
Então Nausícaa de cândidos braços,
por sua vez, respondeu-lhe o seguinte:
"Estrangeiro, tu não pareces ser
algum homem malévolo nem tolo.
O próprio Zeus Olímpico é quem cuida
de conceder prosperidade aos homens,
aos que são bons e também aos ruins,
a cada um, conforme ele deseja.
Ele te deu a sorte de que falas.
Então decerto deves suportá-la.
Agora, já que tu chegaste aqui,
ao nosso povoado e à nossa terra,
tu não carecerás de vestimentas
tampouco de nenhuma outra coisa
dentre aquelas que são convenientes
a quem chega sofrido e suplicante.
A cidadela apontarei a ti,
e te direi o nome deste povo:
são feácios que vivem nesta terra
e que fazem morada na cidade.

De minha parte, sou filha de Alcínoo,
o basileu de grande coração —
é ele quem detém a autoridade
e o poder sobre os homens dos feácios".
Assim falou e logo foi chamar
as suas aias de belos cabelos:
"Vinde a mim, minhas aias! Para onde
estais fugindo só de ver um homem?
Por acaso pensais que possa ser
algum guerreiro de homens inimigos?
Não é o caso dele — nem será
o caso de nenhum mortal jamais
chegar com vida e fôlego em seu peito
até a terra dos homens feácios
carregando consigo o morticínio.
Somos amados pelos imortais
e nosso reino se encontra apartado,
em meio às ventanias do alto-mar,
no ponto mais extremo. Não existe
outro mortal que se misture a nós.
Mas agora chegou-nos este aqui,
um infeliz que muito já vagou,
e a quem devemos dar nossos cuidados,
pois afinal de contas são de Zeus
todos os estrangeiros e mendigos.
São um pequeno presente benquisto.
Vamos, aias! Tratai de dar comida
e bebida também ao estrangeiro,
e lavai-o nas águas deste rio,
onde existe refúgio contra o vento".
Assim falou, e logo as atendentes
ficaram se ordenando umas às outras.
Enfim fizeram Odisseu sentar-se
no refúgio, conforme comandara
Nausícaa, moça nascida de Alcínoo,
o basileu de grande coração.

Perto dele, puseram uma capa
e uma túnica junto às vestimentas.
Depois, deram a ele um frasco de ouro,
todo repleto de azeite de oliva,
e então pediram que ele se lavasse
a si mesmo nas águas do riacho.
Por sua vez, o divino Odisseu
disse o seguinte às aias da princesa:
"Atendentes, eu peço que fiqueis
mais afastadas, a fim de que eu mesmo
possa lavar a salsugem dos ombros.
Depois, irei ungi-los com azeite
de oliva, pois de fato já faz tempo
que minha pele não se vê ungida.
Porém não poderia me lavar
à vossa frente, pois tenho pudor
de me mostrar desnudo quando em meio
a moças de belíssimos cabelos".
Assim falou. As aias se afastaram
e foram conversar com a donzela.
Então banhou-se o divino Odisseu
nas águas do riacho, removendo
a salsugem que havia recoberto
as suas costas e as largas espáduas.
Da cabeça também limpou a escuma
das águas do infecundo salso mar.
Depois que ele já tinha se lavado
e se coberto todo em rico unguento,
ele vestiu-se com aquelas roupas
que a virgem núbil tinha lhe cedido.
Então Atena concedeu beleza
a ele, deusa nascida de Zeus,
e fez com que ficasse mais robusto
e maior de se ver. Desde a cabeça,
fez descerem em cachos os cabelos,
à semelhança da flor do jacinto.

Tal como quando alguém derrama o ouro
em torno à prata, um homem talentoso
que recebeu de presente de Hefesto
e de Palas Atena, dos dois juntos,
artifícios de todas as espécies,
para fazer trabalhos graciosos –
assim também a deusa lhe verteu
graça ao redor da cabeça e dos ombros.
Depois andou um pouco para longe
e se sentou junto à orla do mar,
reluzindo com graça e com beleza.
Por sua vez, a moça o contemplava.
Nesse momento ela disse o seguinte
às atendentes de belos cabelos:
"Ouvi-me agora no que vos direi,
ó minhas aias de cândidos braços.
Não foi contrariando os deuses todos,
detentores de olímpicas moradas,
que esse guerreiro veio misturar-se
entre os feácios símiles dos deuses.
Num primeiro momento, pareceu-me
ser alguém de aparência vergonhosa,
mas agora assemelha-se aos divinos,
aqueles que detêm o vasto céu.
Quem me dera existisse alguém assim
que eu pudesse chamar de meu esposo
entre os homens que vivem neste reino,
alguém contente em se manter aqui!
Vamos, aias! Tratai de dar comida
e bebida também ao estrangeiro".
Assim falou. De pronto as atendentes
ouviram e acataram seus comandos.
Prepararam comidas e bebidas
sobre um pano do lado de Odisseu.
Então de fato bebeu e comeu
o divino Odisseu de tantas lutas

com enorme apetite, pois há tempos
estava sem comida e sem bebida.
Nesse momento, teve uma outra ideia
então Nausícaa de cândidos braços.
Ela dobrou as roupas e em seguida
as guardou sobre a bela carruagem.
Pôs as mulas de cascos poderosos
sob o jugo e subiu no próprio carro.
Dirigindo-se enfim para Odisseu,
chamou-o pelo nome e lhe falou:
"Vamos! Agora apressa-te, estrangeiro,
rumo à cidade, para que eu te envie
ao interior da casa de meu pai
experiente. Lá, eu te garanto
que todos os feácios te verão,
quantos são os mais nobres dentre nós.
Não me pareces ser imponderado.
Então age da forma que te falo.
Enquanto atravessarmos as lavouras
e os campos trabalhados pelos homens,
por tanto tempo poderás seguir,
com as aias, as mulas e a carroça,
rapidamente vindo atrás de nós.
Eu mesma seguirei guiando à frente.
Em seguida, tão logo nós chegarmos
à cidade, cercada por muralha
elevada, verás um belo porto
na parte mais extrema da cidade,
com uma entrada estreita na baía.
Ali as naus recurvas são puxadas
ao longo de caminhos para a terra,
cada uma na sua própria trilha.
Ali também verás uma assembleia,
onde há belos altares de Posseidon
dos dois lados, com pedras mineradas,
trazidas e encaixadas em conjunto.

É lá que os homens cuidam da equipagem
apropriada a seus navios escuros –
todos os cabos, as cordas e as velas –
e preparam também os próprios remos,
pois ninguém dentre os homens dos feácios
se importa com aljavas e com arcos.
Importam-se com velas e com remos,
e com os seus simétricos navios.
É com eles que seguem, exultantes,
atravessando o salso mar cinzento.
Tenho receio de que falem algo
desagradável, e que no futuro
sejamos repreendidos. As pessoas
do povoado são muito arrogantes.
Alguém de mente mais cruel talvez
dissesse alguma coisa assim ao ver-nos:
'Quem é esse que vem junto a Nausícaa,
esse homem belo e de grande estatura,
esse estrangeiro? Onde o encontrou?
Decerto vai tornar-se o seu esposo!
É possível que o tenha resgatado
depois de se perder de seu navio,
vindo da terra de homens bem distantes,
pois não existe mais ninguém por perto.
Ou foi isso ou então algum dos deuses,
depois de ela ter feito muitas preces,
por fim chegou, descendo desde o céu,
para ficar com ela para sempre.
Tanto melhor assim, até no caso
de ter ido buscar o seu esposo
em outra parte, visto que ela própria
menospreza os rapazes dos feácios,
todos aqueles, bons e numerosos,
que já tentaram ser seus pretendentes'.
Assim talvez dissessem, e seriam
palavras de censura para mim.

Eu também ficaria revoltada
se visse outra pessoa agindo assim,
uma moça que agisse à revelia
de seus queridos pais, ainda vivos,
ficando em companhia de varões
antes de celebrar o casamento.
Estrangeiro, obedece ao que te digo,
a fim de que o mais rápido possível
recebas uma escolta de meu pai
e com ela consigas teu retorno.
Na rota da cidade, encontrarás
um bosque consagrado à deusa Atena,
local esplêndido onde crescem choupos
e uma fonte divide dois gramados.
É ali que se encontra a propriedade
e o jardim verdejante de meu pai,
num ponto tão distante da cidade
quanto se poderia ouvir um grito.
É ali que tu deves te sentar
e esperar por um tempo até que nós
consigamos entrar na cidadela
e chegar ao palácio deu meu pai.
Depois, quando julgares que de fato
já tenhamos chegado no palácio,
então tu deves ir à cidadela
dos feácios e lá pedir que alguém
te encaminhe ao palácio de meu pai,
o rei de grande coração, Alcínoo.
É muito fácil de reconhecê-lo.
Mesmo uma criancinha poderia
te mostrar o caminho para lá,
pois não foi construído à semelhança
das outras moradias dos feácios –
de tal modo distingue-se o palácio
do herói Alcínoo. Quando tu chegares
à sombra do palácio e do jardim,

dirige-te depressa em direção
ao salão principal, até que encontres
a minha mãe. Ela estará sentada
junto ao fogo central de nosso lar,
costurando uma trama tão purpúrea
quanto o mar — um espanto de se ver! —,
sempre encostada numa das colunas,
com as aias sentadas logo atrás.
Reclinado na mesma colunata,
também se encontra o trono de meu pai,
onde costuma sempre se sentar,
bebendo vinho feito um imortal.
Deves passar direto ao largo dele
e enlaçar os teus braços ao redor
dos joelhos de minha mãe, a fim
de que vejas o dia do retorno
e muito em breve possas te alegrar,
mesmo que venhas de um lugar distante.
Se ela tiver pensamentos gentis
por ti dentro do próprio coração,
haverá esperança de reveres
os teus entes queridos e alcançares
o palácio de bela construção,
lá no seio de tua terra pátria".
Tendo falado assim, ela incitou
as mulas com um golpe de chicote
reluzente. Partiram de imediato,
acompanhando as correntes do rio.
Seguiam com um trote bem ligeiro,
dobrando muito bem as próprias pernas.
Mas ela as conduzia de maneira
que os outros conseguissem vir a pé
atrás de si — as aias e Odisseu —,
e usava seu açoite com prudência.
O sol se pôs ao longe no Oceano,
e eles chegaram ao famoso bosque,

santuário de Atena, junto ao qual
foi se sentar o divino Odisseu.
Então tratou de fazer uma prece
para a donzela de Zeus grandioso:
"Escuta minha prece, Infatigável,
filha de Zeus que move a tempestade!
Dá-me ouvidos agora, já que nunca
no passado escutaste meus apelos,
náufrago, quando me fez naufragar
o glorioso abalador da terra.
Permite que os feácios me recebam
como amigo e de mim se compadeçam!".
Assim ele falou em sua prece.
Palas Atena logo o escutou,
mas não se revelou ainda a ele
cara a cara, pois tinha reverência
pelo irmão de seu pai – pelo seu tio –,
que iria se manter em vasta fúria
contra Odisseu semelho aos próprios deuses
até que ele alcançasse a sua terra.

Canto VII

Enquanto ia fazendo a sua prece
o divino Odisseu de tantas lutas,
a potência das mulas carregava
a donzela de volta à cidadela.
Quando em seguida chegou ao palácio
de enorme glória do seu próprio pai,
ela parou diante dos portões.
Os seus irmãos vieram ajudá-la,
semelhantes aos próprios imortais,
e de baixo do jugo libertaram
as mulas da carroça, que levava
as vestimentas em cima do estrado.
Por sua vez, a moça foi direto
ao salão principal, onde uma aia
acendeu a lareira para ela –
Eurimedusa, uma velha apireia.
Tinha sido trazida em outros tempos
por navios recurvados desde Apira.
Ela fora escolhida como prêmio
para Alcínoo, por ele ser o rei
de todos os feácios – como um deus,
ele era escutado pelo povo.
Foi essa aia quem criou Nausícaa,
a de cândidos braços, no palácio.
Ela acendeu o fogo e foi cuidar
de preparar a janta no interior.
E foi nesse momento que Odisseu
chegou à pólis. Atena verteu
uma bruma abundante ao seu redor,
com coração repleto de carinho,

a fim de que ninguém dentre os féacios
de grande coração, ao encontrá-lo,
pudesse aguilhoá-lo com palavras
e interrogá-lo acerca de quem era.
Mas, no momento em que ele estava prestes
a adentrar a adorável cidadela,
veio ao encontro dele nesse instante
Atena, divindade de olhos glaucos,
tendo assumido a forma de uma jovem
que vinha carregando um jarro de água.
Então ela parou diante dele,
e o divino Odisseu lhe perguntou:
“Minha filhinha, tu não poderias
guiar-me até o palácio do varão
chamado Alcínoo, aquele que governa
sobre todos os homens desta terra?
Sou estrangeiro. Só depois de ter
sofrido muito tempo eu chego aqui,
tendo deixado uma terra distante.
Eu não conheço mais ninguém aqui,
dos humanos que vivem nesta terra
e que fazem morada na cidade”.
Por sua vez, dirigindo-se a ele,
disse-lhe Atena, deusa de olhos glaucos:
“Pois bem, pai estrangeiro. Mostrarei
para ti o palácio que me pedes,
até porque esse homem mora perto
da casa de meu pai irreprochável.
Mas vem comigo em silêncio total.
Eu mesma seguirei guiando à frente.
A nenhum dos humanos que encontrarmos
fiques olhando, nem faças perguntas,
pois as pessoas aqui não costumam
ser tolerantes com os estrangeiros.
Não é com amizade que recebem
alguém que tenha vindo de outra parte.

Os homens desta terra, confiantes
em suas próprias naus muito velozes,
atravessam o pélago profundo,
por um presente do que abala a terra.
As suas naus são assim tão velozes
quanto asas ou quanto um pensamento".
Depois de ter falado dessa forma,
Palas Atena foi guiando à frente
com rapidez, enquanto ele seguia
um pouco atrás as passadas da deusa.
Os féacios famosos por seus barcos
em momento nenhum o perceberam
enquanto atravessava a cidadela
em meio a eles, porque a própria Atena
de bela cabeleira não deixava,
divindade terrível, que verteu
uma névoa inefável sobre ele,
com coração repleto de carinho.
Odisseu ficou pasmo ao contemplar
os portos e os simétricos navios,
os locais de assembleia dos heróis
e as enormes muralhas da cidade,
altas, contendo estacas ao redor,
um verdadeiro espanto de se ver.
Quando em seguida chegou ao palácio
de enorme glória, pertencente ao rei,
principiou a falar entre eles
Atena, divindade de olhos glaucos:
"Este é o palácio, meu pai estrangeiro,
que me pediste para te apontar.
No interior dele, tu encontrarás
os basileus, reis nutridos por Zeus,
enquanto participam do banquete.
Vai entrando e não tenhas medo algum
dentro do coração, pois um guerreiro
bravo como um leão excele sempre

em todas as tarefas que empreende,
mesmo se está chegando de outra terra.
Primeiramente deves encontrar
a soberana dentro do palácio,
Arete – tal o nome pelo qual
a nomearam. Os seus genitores
foram os mesmos que também geraram
o próprio basileu, o rei Alcínoo.
No princípio, Nausítoo foi gerado
por Possêidon, abalador do solo,
o deus em união com Peribeia,
a mais bela de todas as mulheres,
última filha para Eurimedonte,
o basileu de grande coração
que detinha o reinado, noutros tempos,
sobre a raça soberba dos gigantes,
mas que acabou por arrasar seu povo
petulante, e a si mesmo no processo.
Foi com essa donzela que Possêidon
veio a se unir, gerando então um filho:
Nausítoo, rei de grande coração,
que detinha o poder sobre os feácios.
Por sua vez, Nausítoo foi o pai
de dois rebentos: Rexênor e Alcínoo.
O primeiro foi morto pelas flechas
de Apolo, deus do arco prateado,
recém-casado dentro do palácio,
tendo deixado apenas uma filha:
Arete. Foi com ela que o segundo,
Alcínoo, celebrou seu matrimônio.
Honrava-a de maneira que nenhuma
outra mulher na terra vê-se honrada,
dentre quantas esposas são mantidas
pelos maridos hoje em suas casas.
Era de tal grandeza então a honra
com que era tida pelos corações

de seus próprios rebentos, muito amados,
de seu marido, o basileu Alcínoo,
e de todas as gentes de seu povo,
que a viam como um símile dos deuses
e sempre a recebiam com palavras
quando quer que ela andasse na cidade,
pois de fato não lhe faltava nada
no tocante à prudência valorosa,
e era capaz de dissolver disputas
para aqueles que tinha em boa conta.
Se ela tiver pensamentos gentis
por ti dentro do próprio coração,
haverá esperança de reveres
os teus entes queridos e alcançares
o palácio de bela construção,
lá no seio de tua terra pátria".
Depois de ter falado dessa forma,
Atena de olhos glaucos foi-se embora
na vastidão do infértil alto-mar,
abandonando a adorável Esquéria,
até que finalmente ela alcançou
Maratona e Atenas de amplas ruas,
onde entrou no palácio protegido
de Erecteu. Odisseu, por sua vez,
dirigiu-se ao palácio glorioso
de Alcínoo. Dentro do seu coração,
ponderou muitas coisas, numa pausa,
antes de atravessar o umbral de bronze,
pois ali existia um esplendor
à semelhança do sol ou da lua,
pelo palácio de teto elevado
de Alcínoo, rei de grande coração.
As paredes haviam sido feitas
todas em bronze, de um lado e do outro,
desde os umbrais até a área interna,
e com cornija moldada em cobalto.

Portas duplas, douradas, conservavam
o interior do palácio bem-guardado.
Os batentes da porta eram de prata;
a soleira, moldada toda em bronze;
o lintel, logo acima, feito em prata;
e o puxador, por fim, era dourado.
Dos dois lados da porta, estavam postos
cães de brilho dourado e prateado,
forjados por Hefesto, com o enorme
conhecimento de seu coração,
para serem os guardas do palácio
de Alcínoo, rei de grande coração.
Eram cães imortais, que se mantinham
sem velhice por todos os seus dias.
Tronos haviam sido recostados
junto às paredes, de um lado e do outro,
desde os umbrais até a área interna,
ininterruptamente. Sobre eles,
tinham sido estendidos panos brancos,
bem-tecidos, trabalhos de mulheres.
Nesses tronos, estavam assentados
os comandantes dos homens feácios,
provando da comida e da bebida
de que dispunham sempre em abundância.
Havia ainda estátuas de rapazes
dourados, sobre pedestais bem-feitos.
Bem-fixadas nas mãos desses rapazes,
tochas acesas tinham sido postas
para que reluzissem pela noite
ao longo do palácio nos banquetes.
As escravas domésticas somavam
cinco dezenas dentro do palácio:
algumas trabalhavam no moinho,
moendo grãos tão frescos quanto frutos,
mas outras se ocupavam do tear,
onde teciam tramas e novelos,

sentadas como se elas fossem folhas
que despontam num alto choupo negro,
e do linho que tecem, bem-tramado,
óleo de oliva aos poucos vai pingando.
Do mesmo modo que os homens feácios
superam todos os outros varões
em navegar com rápidos navios
pelo alto-mar, também suas mulheres
excelem nos trabalhos do tear,
pois foi Palas Atena quem lhes deu
os saberes e a boa paciência
para fazerem belíssimos feitos.
Pelo lado de fora do palácio,
junto aos portões, um enorme pomar
se estendia por quádruplo terreno,
com um muro cercando dos dois lados.
Ali, cresciam árvores altivas
com copas elevadas, suntuosas,
onde os frutos chegavam a brilhar:
havia peras, romãs e maçãs;
também havia pés de figos doces
e oliveiras que crescem suntuosas.
Os frutos dessas árvores jamais
se estragavam, tampouco se furtavam
de crescer – pelo inverno e no verão –
durante o ano inteiro. O vento oeste,
Zéfiro, sempre soprava, fazendo
alguns crescerem e outros florescerem.
Dessa maneira floresciam peras
sobre peras, maçãs sobre maçãs,
uvas em cachos por cima de cachos,
e mais figos por cima de outros figos.
Bem-arraigado ali também se achava
o seu vinhedo repleto de frutos.
Parte dele estendia-se num lote
plaino, banhado pela luz do sol,

que secava o terreno. Noutra parte,
alguns cuidavam de colher os cachos
e outros tratavam de fazer a pisa.
Uvas verdes ficavam mais à frente,
algumas derramando as suas flores
e outras já começando a escurecer.
Junto à última fila das videiras,
canteiros bem-organizados de ervas
de todas as espécies floresciam
e se mantinham sempre verdejantes.
Ali, havia duas fontes de água:
uma seguia ao longo do jardim
e se espalhava; a outra, do outro lado,
fluía sob o pórtico do pátio
em direção ao palácio elevado,
e era dela que o povo se servia.
Tais eram os esplêndidos presentes
que os deuses concederam para Alcínoo.
O divino Odisseu de tantas lutas
ficou olhando tudo por um tempo.
Depois que ele já tinha visto tudo
para o contento de seu coração,
em seguida, cruzou rapidamente
o pórtico e adentrou-se no palácio.
No interior, encontrou os capitães
e comandantes dos homens feácios,
que estavam derramando libações
para o Argicida de visão aguda,
a quem por último sempre libavam
quando já se lembravam de seus leitos.
Foi caminhando através do palácio
o divino Odisseu de tantas lutas,
envolto pelo denso nevoeiro
que Atena lhe vertera ao seu redor,
até que finalmente ele chegou
perante Arete e Alcínoo basileu.

Então ele enlaçou os próprios braços
ao redor dos joelhos da rainha,
e nesse instante se desfez a névoa
mirífica que havia em seu entorno.
Todos ali ficaram em silêncio
ao verem tal guerreiro no palácio –
e contemplavam-no com grande espanto.
Odisseu então fez o seu pedido:
"Arete, soberana que nasceu
de Rexênor, um símile dos deuses,
venho a teus pés, aos pés de teu esposo,
tendo passado já por tantas dores,
e agora chego em meio a estes convivas.
Que os deuses vos concedam uma vida
repleta de prosperidade a todos,
e que depois também a vossos filhos
possais deixar os bens em vossas casas
e as honras que ganhastes junto ao povo!
Agora, quanto a mim, careço muito
de uma escolta de volta à minha pátria
o quanto antes, pois faz muito tempo
que sofro longe daqueles que eu amo".
Depois de ter falado assim, sentou-se
junto ao fogo central, sobre a poeira,
bem próximo das chamas. Os presentes
se mantiveram todos em silêncio.
Depois de muito tempo, então falou
entre eles o velho herói Equeno,
que era de longe o homem mais antigo
entre todos aqueles dos feácios,
e que sempre excelia nos discursos,
sabido em muitas coisas de outros tempos.
Com boas e prudentes intenções,
conclamou entre eles e lhes disse:
"Alcínoo, não é belo de se ver,
nem adequado de maneira alguma,

que um estrangeiro tenha de sentar
junto ao fogo central, sobre a poeira.
Todos aguardam ansiosamente,
os presentes, por um comando teu.
Então vamos! Convida o estrangeiro
a levantar do chão e se sentar
em um trono de cravos prateados.
Depois manda os arautos misturarem
vinho com água dentro da cratera,
para que nós façamos libação
a Zeus que se deleita com trovões,
o deus dos venerandos suplicantes.
Por fim, que uma atendente vá buscar
comida lá de dentro ao estrangeiro".
Tão logo esse discurso foi ouvido
pela sagrada potência de Alcínoo,
ele tomou a mão do experiente
Odisseu de intrincadas artimanhas,
levantou-o do chão e o conduziu
para sentar-se num trono brilhante,
tendo pedido para que se erguesse
o seu rebento gentil, Laodamante,
que se sentava perto de seu pai
e por ele nutria um grande amor.
Uma atendente veio carregando
uma jarra dourada, muito bela,
com água, que verteu numa vasilha
toda de prata, para que pudessem
lavar as mãos. Em seguida, dispôs
uma mesa polida junto deles.
Depois pão foi trazido para eles
por uma governanta veneranda,
que lhes serviu comidas variadas,
de tudo que ela tinha na despensa.
Então tratou de comer e beber
o divino Odisseu de tantas lutas.

Dirigindo-se a um dos seus arautos,
então falou a potência de Alcínoo:
"Pontônoo, peço-te que tu mistures
vinho com água dentro da cratera
e vá pelo salão servindo a todos,
para que nós façamos libação
a Zeus que se deleita com trovões,
o deus dos venerandos suplicantes".
Assim falou. Pontônoo misturou
o vinho adocicado como mel
e então passou vertendo uma porção
nos cálices de todos os convivas.
Depois de terem feito libações
e contentado o coração com vinho,
então Alcínoo, tomando a palavra,
conclamou entre eles e lhes disse:
"Ouvi-me agora, amigos, capitães
e comandantes dos homens feácios,
para que eu diga o que o meu coração
dentro do peito me ordena dizer!
Agora que já nos banqueteamos,
descansai de retorno a vossas casas.
Quando raiar a aurora, chamaremos
todos os outros anciões aqui,
a fim de darmos nossas boas-vindas
ao estrangeiro, e para que os divinos
recebam os seus belos sacrifícios.
Então nós deveremos nos lembrar
de sua escolta, para que o estrangeiro,
sem mais nenhum trabalho nem fadiga,
possa ser conduzido de retorno
em direção à sua terra pátria,
e muito em breve possa se alegrar,
mesmo que venha de um lugar distante.
Que nesse meio-tempo ele não sofra
mais nenhuma desgraça ou provação

até que possa pôr os pés de novo
em sua própria terra! Depois disso,
sofrerá tudo aquilo que o Destino
e que as Moiras, pesadas fiandeiras,
teceram nos seus fios quando nasceu,
no dia em que sua mãe o deu à luz.
Porém, se for algum dos imortais
que tenha descendido desde o céu,
então será bem diferente agora
o que os deuses planejam para nós,
pois no passado sempre se mostravam
dispostos a surgirem para nós
de forma manifesta, a cada vez
que fazíamos lautas hecatombes,
e sempre vinham se banquetear
sentados bem aqui do nosso lado.
Quando algum viajante solitário
se depara com deuses nesta terra,
eles não dissimulam nem se escondem,
pois somos todos bem próximos deles,
assim como os ciclopes e também
as estirpes selvagens dos gigantes".
Por sua vez, respondendo o seguinte,
disse Odisseu de muitíssima astúcia:
"Alcínoo, que outra coisa te preocupe
o coração, pois eu, de minha parte,
não sou como um dos deuses imortais,
que têm domínio sobre o vasto céu,
nem na forma tampouco na estatura,
e sim como um mortal fadado à morte.
Às pessoas com fardo mais pesado
de desgraças que acaso conhecerdes
entre os seres humanos, eu garanto
que posso me igualar em sofrimento –
e depois de igualado restariam
muitos males ainda por narrar

dentre todos aqueles que sofri,
em profusão, por vontade dos deuses.
Mas agora deixai que eu me alimente,
mesmo eu estando tão atribulado,
pois não existe nada mais do cão
do que a necessidade abominável
do estômago, que dita seus comandos
a plena força, para ser lembrada
até por quem se encontra combalido
e cheio de pesar no coração –
e cheio de pesar no coração
é como estou agora, e mesmo assim
ele me manda comer e beber
como se houvesse algum esquecimento
de todas as desgraças que sofri
e me encher fosse tudo que importasse.
Quando raiar a aurora, todavia,
cuidai de pronto dos preparativos
para que eu possa subir num navio,
miserável que sou, de volta à pátria,
mesmo depois de ter sofrido tanto.
Que meu tempo de vida então se finde
ao ver as minhas posses, meus escravos
e meu grande palácio de alto teto!”.
Assim falou, e todos os presentes
louvaram seu discurso, concordando
que o estrangeiro fosse conduzido,
pois falara de acordo com a moira.
Depois de terem feito libações
e contentado o coração com vinho,
nesse momento foram se deitar,
cada um de retorno à própria casa.
Mas no salão principal do palácio
permaneceu o divino Odisseu.
Junto dele, sentou-se tanto Arete
quanto Alcínoo, tão belo quanto um deus,

enquanto as atendentes trabalhavam
na limpeza dos pratos do banquete.
Principiou a falar entre eles
então Arete de cândidos braços,
pois ela, logo quando viu as roupas,
reconheceu a túnica e a capa,
belíssimas, que tinham sido feitas
por ela mesma e suas atendentes.
Dirigindo-se a ele desta forma,
disse as seguintes palavras aladas:
"Estrangeiro, primeiro gostaria
de te fazer as seguintes perguntas:
Quem és e de que gente tu vieste?
Quem foi que te cedeu as vestimentas?
Tu não disseste que chegaste aqui
vagando pelas sendas do alto-mar?".
Por sua vez, respondendo o seguinte,
disse Odisseu de muitíssima astúcia:
"É bastante difícil, basileia,
falar de modo aberto e demorado
sobre as minhas agruras, pois são muitas
as que os deuses celestes me cederam.
Porém irei responder para ti
aquilo que demandas e perguntas.
Há uma ilha que se chama Ogígia.
Fica bem afastada no alto-mar.
Ali demora a nascida de Atlante,
Calipso de belíssimos cabelos,
deusa terrível e conhecedora
de mil e um ardis, onde ninguém
se mistura com ela dentre os deuses
tampouco dentre humanos morituros –
mas um nume levou-me, miserável,
para a lareira da morada dela,
sozinho, pois meu rápido navio
foi alvo de um relâmpago luzente

que Zeus lançou enquanto eu navegava
pelo alto-mar escuro como o vinho.
Então todos os outros pereceram,
todos os valorosos companheiros.
Porém eu consegui me segurar
junto à quilha da nave recurvada.
Por nove dias fui levado assim,
mas na décima noite tenebrosa
os deuses me levaram para Ogígia,
a própria ínsula em que faz morada
Calipso de belíssimos cabelos,
deusa terrível. Ela me acolheu
e com muito carinho então me amou,
cuidou de mim e me fez a promessa
de que me tornaria um imortal,
sem velhice, por todos os meus dias.
Mas nunca conseguiu me convencer
o coração no interior do meu peito.
Por um septênio então permaneci
naquela ilha, com as minhas roupas
ambrosinas, cedidas por Calipso,
molhadas sob o choro que vertia.
Mas, no momento em que o oitavo ano,
no revolver do tempo, veio a mim,
ela por fim me deu o seu aval
e me incitou a fazer o retorno —
ou porque Zeus mandou fazer assim,
ou por mudar de ideia por si própria.
Ela me despachou numa jangada
bem-amarrada, e deu-me muitas coisas:
mantimentos de pão e doce vinho,
e também vestimentas ambrosinas.
Então mandou um vento conduzir-me
numa lufada morna e benfazeja.
Por sete dias e mais outros dez
naveguei pelas sendas do alto-mar.

Foi no décimo oitavo dia enfim
que apareceram os montes umbrosos
pertencentes à vossa própria terra,
para a alegria do meu coração,
desfortunado que sou, pois estava
prestes a me encontrar com sofrimentos
enormes, enviados contra mim
por Possêidon, abalador do solo.
Ele fez com que os ventos avançassem,
a fim de atravancar o meu caminho,
e fez o mar erguer-se de maneira
miraculosa. Não havia onda
que deixasse a jangada me levar,
enquanto eu ia gemendo de dor.
A jangada por fim despedaçou-se
em meio à tempestade. Quanto a mim,
atravessei nadando aquele golfo,
até que finalmente à terra firme –
à vossa própria terra – fui levado
pelos ventos e pela correnteza.
Mas, se tentasse sair por ali,
as ondas me teriam dominado
e arremessado contra enormes rochas,
para um local nem um pouco agradável.
Com muito esforço, persisti nadando,
contornando os rochedos junto à margem,
até a boca de um rio. Foi ali
que então julguei ser o melhor lugar:
era livre de pedras, e além disso
dispunha de refúgio contra o vento.
Subindo à costa, desabei no chão,
quase sem fôlego. Noite ambrosina
logo me sobreveio. Então parti
do rio nutrido nas chuvas de Zeus.
Embrenhei-me no meio de uns arbustos,
onde dormi, deitado sobre um leito

de folhas que juntei. O deus verteu
um sono sem limites sobre mim.
Deitado ali nesse leito de folhas,
entristecido desde o coração,
dormi pela extensão da noite inteira,
atravessando aurora e meio-dia,
até que já chegava o pôr-do-sol.
Então o doce sono me largou.
Foi nesse instante que me apercebi
das atendentes e da vossa filha
brincando sobre a praia. Parecia
uma deusa no meio das demais.
Foi para ela então que supliquei.
Não carecia de prudência alguma,
contrariando o que se esperaria
das ações de uma jovem que acabamos
de conhecer — pois as pessoas jovens
agem sempre com modos impensados.
Ela me deu comida em abundância
e vinho tão brilhante quanto o fogo.
Fez com que me banhasse no riacho
e me cedeu em seguida estas vestes.
Por mais angustiado que eu esteja,
as coisas que narrei são a verdade".
Por sua vez, Alcínoo em seguida
respondeu ao que disse e lhe falou:
"Estrangeiro, decerto não agiu
de maneira correta e bem-pensada
a minha filha, visto que não veio,
acompanhada pelas atendentes,
guiando-te até nós, sendo que tu
primeiro suplicaste para ela".
Por sua vez, respondendo o seguinte,
disse Odisseu de muitíssima astúcia:
"Herói, por minha causa não censures
a tua própria filha irreprochável,

pois ela na verdade me instruiu
a que seguisse suas atendentes.
Fui eu que me neguei e não o quis,
tanto por medo quanto por pudor
de que teu coração de alguma forma
ficasse revoltado quando o visse,
pois nós nos irritamos facilmente,
as tribos dos humanos sobre a terra”.
Por sua vez, Alcínoo em seguida
respondeu ao que disse e lhe falou:
“Estrangeiro, não é desse feitio
o coração que tenho no meu peito,
a ponto de irritar-se sem razão.
Para tudo, é melhor haver medida.
Quem me dera se Zeus pai me provesse,
acompanhado de Atena e de Apolo,
de um homem feito à tua semelhança,
que pensa exatamente como eu penso,
para tomar a mão de minha filha
e ser chamado de meu próprio genro,
permanecendo aqui! De minha parte,
eu te daria casa e propriedades
se desejasses ficar entre nós.
Mas que ninguém dos feácios te force
contra tua vontade — que tal coisa
não se faça querida por Zeus pai!
Para que tu o saibas bem, decreto
que de fato terás a tua escolta
amanhã. Nesse instante, poderás
deixar que o sono venha dominar-te
e descansar enquanto os outros lidam
com as aragens, até que tu chegues
de volta à tua pátria e teu palácio,
ou até onde te seja querido,
mesmo que seja algum lugar distante,
até mais longe do que a própria Eubeia,

a terra mais longínqua dentre todas
conforme nos relatam os varões
de nosso povo que puderam vê-la,
na vez em que cuidaram de fazer
escolta para o louro Radamanto
ir ter com Tício, nascido de Gaia.
Levaram-no consigo de viagem,
completando o percurso sem esforço,
e conseguiram chegar de retorno
no mesmo dia em que tinham partido.
E tu também verás e saberás
dentro do coração o quão melhores
são os navios e os moços dos feácios
em revolver os remos sobre o mar".
Assim falou, e com isso alegrou-se
o divino Odisseu de tantas lutas.
Entoando uma prece nesse instante,
chamou-o pelo nome e lhe falou:
"Zeus pai, tomara que de fato possa
cumprir todas as coisas que me disse
agora o rei Alcínoo! Nesse caso,
por todo o solo doador de grãos
jamais pereceria a fama dele,
e eu poderia retornar à pátria!".
Eles diziam coisas desse tipo,
falando abertamente um com o outro.
Por sua vez, Arete comandou
que suas aias de cândidos braços
colocassem estrados na varanda
e neles esticassem em seguida
tapeçarias purpúreas bem belas,
que as cobrissem depois com cobertores
e por cima de tudo colocassem
mantos felpudos como proteção.
Elas partiram do salão da casa,
levando archotes acesos nas mãos.

Depois, quando já tinham terminado
de preparar o leito bem-coberto,
postaram-se do lado de Odisseu
e o incitaram com estas palavras:
"Agora vai descansar, estrangeiro.
O leito está montado para ti".
Assim disseram, e lhe pareceu
que o descanso de fato era bem-vindo.
Então deitou-se ali e adormeceu
o divino Odisseu de tantas lutas,
sobre um leito de estrado encordoado,
logo abaixo do pórtico ecoante.
Mas Alcínoo, ele próprio, foi dormir
no interior do palácio de alto teto.
Junto dele, a senhora, sua esposa,
foi preparar o leito e se deitar.

Canto VIII

Quando afinal surgiu a matutina
Éos, Aurora de dedos rosados,
o sagrado poder do rei Alcínoo
se levantou prontamente do leito.
Levantou-se também o diva-estirpe,
Odisseu eversor de cidadelas.
Entre os homens feácios, foi à frente
o sagrado poder do rei Alcínoo,
guiando todos eles à assembleia
construída do lado dos navios.
Quando chegaram lá, logo tomaram
os seus assentos nas pedras polidas,
uns junto aos outros. Pela cidadela,
Palas Atena foi de um lado ao outro,
tendo assumido a forma de um arauto
a serviço de Alcínoo experiente,
e tramava a viagem de retorno
para Odisseu de grande coração.
Ela chegava junto a cada homem
e lhe dizia o seguinte discurso:
“Vamos lá, meus amigos, capitães
e comandantes dos homens feácios!
É hora de irdes todos à assembleia
para vos informardes do estrangeiro
que há pouco tempo chegou ao palácio
de nosso rei Alcínoo, experiente,
depois de ter vagado no alto-mar –
mais parece um dos deuses imortais!”.
Falando dessa forma, encorajava
a força e o coração de todos eles.

Rapidamente os locais de assembleia
e os assentos se encheram de mortais
agrupados. Havia muita gente
olhando nesse instante com espanto
o experiente filho de Laertes.
Por cima dele, Atena derramara
graça de natureza sobre-humana,
sobre sua cabeça e nos seus ombros.
A deusa também fez com que ficasse
mais alto e mais robusto de se ver,
para que se tornasse bem-amado
entre todos os homens dos feácios,
terrível de se ver e venerando,
e para que vencesse nos certames
diversos em que os homens dos feácios
se testariam com ele, Odisseu.
Quando já se encontravam reunidos
e organizados todos em conjunto,
então Alcínoo, tomando a palavra,
conclamou entre eles e lhes disse:
"Ouvi-me agora, amigos, capitães
e comandantes dos homens feácios,
para que eu diga o que o meu coração
dentro do peito me ordena dizer!
Este estrangeiro — que não sei quem é —
em sua errância veio ao meu palácio.
Eu não sei se ele veio do oriente
ou se foi do ocidente que ele veio.
Pede que forneçamos uma escolta
e suplica que seja bem certeira.
De nossa parte, como noutros tempos,
tratemos de lhe fornecer a escolta,
pois até hoje não houve ninguém
que, depois de chegar ao meu palácio,
permanecesse aqui por muito tempo
lamentando por falta de uma escolta.

Agora vamos! Arrastemos já
uma nau negra rumo ao mar divino,
para que faça a primeira viagem!
Cinquenta e dois rapazes subam nela,
selecionados dentre nosso povo,
quantos já se mostraram os melhores.
Depois que já tiverdes amarrado
os remos firmemente nos suportes,
vinde de volta, para que em seguida
façamos um banquete sem demora
quando chegardes ao nosso palácio.
Fornecerei comida para todos.
Aos mais jovens, confio essa tarefa
de escoltá-lo. Porém, quanto a vós outros,
todos os reis portadores de cetro,
ide de pronto a meu belo palácio,
para ofertarmos hospitalidade
ao estrangeiro dentro do salão.
Que ninguém se recuse a aparecer!
E convocai o divino cantor,
Demódoco, que foi agraciado
sobremaneira pela divindade
com um canto que move o coração
e agrada sempre em tudo que decanta".
Depois de ter falado dessa forma,
partiu na frente. Os outros o seguiram,
os portadores de cetro, e um arauto
foi procurar o divino cantor.
Cinquenta e dois rapazes se aprontaram,
selecionados moços dos feácios,
e dirigiram-se, como ordenado,
até as praias do mar infecundo.
Tão logo eles chegaram à baixada
onde estavam as naus à beira-mar,
trataram de arrastar a nau escura
na direção do salso mar profundo.

Depois, ergueram novamente o mastro
bem como as velas do navio escuro.
Ajustaram os remos em seguida,
fixando todos com tiras de couro,
tudo feito de acordo com a moira.
As velas brancas enfim desfraldaram.
Ancoraram a nau ao sul da ilha
e então desembarcaram. Na sequência,
encaminharam-se ao grande palácio
do basileu Alcínoo, experiente.
O pórtico de entrada já se enchera,
e os cercados e as salas, com varões
agrupados. Havia muita gente
na multidão de jovens e de velhos.
Em meio a eles, Alcínoo em seguida
sacrificou uma dúzia de ovinos,
oito suínos de dente de prata
e mais um par de tardonhos bovinos.
Em seguida esfolaram toda a pele
e prepararam o amável banquete.
Entrementes, o arauto retornou
conduzindo o cantor de confiança,
mais amado que todos pela Musa,
que lhe cedeu tanto um bem quanto um mal.
Por um lado, privou-o da visão;
por outro, deu-lhe um canto adocicado.
Para ele, Pontônoo prontamente
dispôs um trono cravejado em prata
bem no centro da sala de banquete,
recostado na enorme colunata.
Também tratou de pendurar ali
a lira de voz clara num suporte
um pouco acima da cabeça dele.
O arauto lhe mostrou como alcançá-la,
e ao lado dele colocou por fim
um cesto numa mesa bem bonita

e um cálice de vinho, para que ele
bebesse quando o coração quisesse.
Todos os braços então se esticavam
para provar da fartura servida.
Depois, quando já tinham saciado
a gana por comida e por bebida,
então a Musa fez com que o cantor
cantasse os feitos famosos dos homens,
uma canção cuja glória até mesmo
naquele tempo já chegara ao céu:
o conflito que se estabeleceu
entre Odisseu e Aquiles, o Pelida,
como os dois certa feita contenderam
durante um lauto banquete dos deuses
usando de palavras violentas.
O senhor de guerreiros Agamêmnon
alegrava-se desde o coração
que os melhores acaios contendessem,
pois era cláusula da profecia
que Febo Apolo tinha dado a ele
na cidadela sagrada de Pito
ao adentrar os seus umbrais de pedra
para ouvir os oráculos do deus:
indicava o começo das desgraças
para os guerreiros troianos e dânaos
de acordo com os planos de Zeus grande.
Sobre essas coisas o cantor cantava.
Todavia, Odisseu muito famoso
com suas mãos pesadas se agarrava
firme no grande manto purpurino
e puxava o capuz sobre a cabeça
para esconder o seu belo semblante.
Tinha vergonha que os homens feácios
vissem as lágrimas que derramava.
A cada vez que o divino cantor
chegava ao término de uma canção,

ele limpava as lágrimas no manto
e retirava o capuz da cabeça;
tomava um cálice de duas asas
e derramava libações aos deuses.
Todavia, tão logo começasse
a cantar novamente, estimulado
pelos melhores homens dos feácios,
porque tinham prazer em escutá-lo,
Odisseu escondia novamente
o seu rosto e chorava sem parar.
Não houve nenhum outro dos presentes
que visse as lágrimas que derramava,
excetuando-se somente Alcínoo,
que viu o que ocorria e compreendeu,
pois estava sentado perto dele
e ouviu os seus suspiros lacrimosos.
Então de pronto falou entre eles
para os feácios amantes do remo:
"Ouvi-me agora, amigos, capitães
e comandantes dos homens feácios!
Com nossos corações já satisfeitos
pelo banquete feito em comunhão
e pelo som da lira, que acompanha
muito bem um banquete suntuoso,
agora é hora de irmos para fora
e nos testarmos todos nos certames
atléticos, a fim de que o estrangeiro
possa contar a seus entes queridos,
assim que retornar à própria casa,
em que medida somos superiores
tanto trocando golpes com os punhos
quanto no salto ou na corrida a pé!".
Depois de ter falado dessa forma,
partiu na frente. Os outros o seguiram.
Um arauto tratou de pendurar
a lira de voz clara num suporte.

Em seguida, guiando-o pela mão,
levou Demódoco palácio afora
o mesmo arauto. Guiava o aedo
pelo mesmo caminho em que os demais
também seguiam, os nobres feácios
que logo assistiriam aos certames.
Dirigiram-se todos à assembleia.
Atrás deles seguia a multidão
inumerável. Logo muitos jovens
valorosos ergueram-se ao chamado.
Apresentaram-se então Acroneu,
junto de Ocíalo e com Elatreu;
também se ergueram Nauteu e Primneu,
junto de Anquíalo e com Eretmeu;
também se ergueram Ponteu e Proreu,
com Tóon e com Anabesineu;
também se ergueu Anfíalo, nascido
de Polineu, o rebento de Técton;
e finalmente Euríalo, semelho
ao deus Ares, flagelo dos mortais,
filho de Náubolo, que superava
tanto na forma quanto na figura
todos os outros homens dos feácios
com a exceção de Laodamante apenas.
Ergueram-se também os três rebentos
do basileu Alcínoo, irreprochável:
Laodamante primeiro, depois Hálio
e Clitoneu, um símile dos deuses.
Foram esses também os que primeiro
se exprimentaram na corrida a pé.
Apontou-se uma pista de corrida
desde o marco da curva. Num instante,
os corredores voaram velozes,
levantando poeira na planície.
O melhor dentre eles na corrida
provou-se Clitoneu, irreprochável.

Pela mesma distância que separa
a parelha de mulas na lavoura,
logrou chegar primeiro que os demais,
liderando o retorno à multidão.
Os jovens em seguida se testaram
na luta corpo a corpo, dolorosa.
Dessa vez, foi Euríalo, porém,
o primeiro entre todos os melhores.
No salto, foi Anfíalo, em seguida,
quem se provou mais forte do que todos;
com o disco depois foi Elatreu
quem superou em muito os outros todos;
no pugilato, enfim, foi Laodamante,
nobre filho de Alcínoo, quem venceu.
Quando todos já tinham deleitado
seus corações ao longo dos certames,
então disse o seguinte em meio a eles
o rebento de Alcínoo, Laodamante:
"Chamemos o estrangeiro, meus amigos,
e perguntemos se ele porventura
conhece algum certame de atletismo,
pois não é desprezível na figura –
nem nas coxas tampouco nas canelas,
nem no seu par de braços, mais acima,
ou mesmo no pescoço, bem robusto,
e em sua grande força. Não carece
de juventude, mesmo tendo sido
atingido por múltiplas desgraças,
pois posso vos dizer que não existe
nenhum mal mais terrível do que o mar
de todos que se abatem sobre um homem,
até mesmo se for alguém bem forte".
Por sua vez, Euríalo em seguida
respondeu ao que disse e lhe falou:
"Laodamante, falaste desta vez
exatamente como manda a moira.

Tu mesmo deves ir desafiá-lo
e declarar as tuas intenções".
Depois de ter ouvido essas palavras,
o nobilíssimo filho de Alcínoo
ergueu-se para o meio da assembleia
e falou o seguinte a Odisseu:
"Vem para cá também, pai estrangeiro,
a fim de te testares nos certames,
se tens conhecimento de algum deles –
e certamente tens conhecimento,
pois uma glória maior não existe
para um guerreiro enquanto ainda é vivo
do que aquela que pode conquistar
por virtude dos braços e dos pés.
Então vem te testar! Deixa de lado
essas preocupações do coração!
Tua viagem já não tardará
por muito tempo mais, pois para ti
um navio já se encontra preparado,
com companheiros prontos para o mar".
Por sua vez, respondendo o seguinte,
disse Odisseu de muitíssima astúcia:
"Laodamante, por que tu me provocas,
desafiando-me a fazer tais coisas?
Preocupações me ocupam muito mais
o coração do que qualquer certame,
pois não há pena, esforço nem fadiga
que eu já não tenha conhecido aos montes.
Agora estou sentado aqui convosco,
durante esta assembleia, carecendo
do retorno, já tendo suplicado
ao vosso basileu e ao povo todo".
Por sua vez, Euríalo, em resposta,
lhe disse reprimendas bem diretas:
"Eu não diria que tu, estrangeiro,
pareces com alguém experiente

em certames atléticos, daqueles
que existem variados entre os homens,
mas com alguém que vai com seu navio
de muitos bancos para todo canto,
comandando uma equipe de marujos
dedicados apenas ao comércio,
que só pensa na carga do navio
e nas mercadorias que carrega,
e nos seus lucros cheios de ganância.
De fato, não pareces ser atleta".
Mirando-o com severo sobrecenho,
disse Odisseu de muitíssima astúcia:
"Estrangeiro, tu não falaste bem.
Pareces ser um homem petulante.
Os deuses realmente não concedem
a beleza da forma para todos
os humanos mortais, nem a estatura,
nem a prudência, nem a eloquência.
Um homem pode ter uma aparência
considerada menos aprazível,
mas eis que o deus coroa sua forma
com o dom das palavras, e as pessoas
por isso têm prazer em contemplá-lo,
porque se expressa sem titubear,
de maneira modesta e agradável,
e se distingue em meio à multidão.
Cada vez que ele vai para a cidade,
as pessoas o olham como um deus.
Por sua vez, um outro pode ser
um símile dos deuses na aparência,
mas não ter recebido o dom da graça
a fim de coroar as suas palavras.
Assim também tu tens uma aparência
impressionante — nem a divindade
poderia torná-la mais bonita!
Porém o teu juízo é todo torto.

Agora conseguiste provocar
o coração no interior do meu peito,
por falares de forma inadequada.
Não sou um ignorante no atletismo,
ao contrário daquilo que supões,
e sim creio que estava entre os primeiros
enquanto ainda podia confiar
na juventude e na força dos braços.
Agora estou tomado por desgraça
e por dores, pois já sofri demais
nas guerras provocadas pelos homens
e em viagens por ondas aflitivas,
mas mesmo assim, apesar dos pesares
que sofri, vou provar-me nos certames,
porque as tuas palavras me morderam
fundo no coração e me incitaram".
Assim falou e com o manto e tudo
ergueu-se para arrebatar um disco
de tamanho maior, bem mais robusto
e mais pesado não por pouca coisa
do que aquele que os jovens dos feácios
estavam empregando no certame.
Depois de dar um giro, fez o disco
sair voando da mão poderosa.
O artefato de pedra foi zunindo.
Abaixaram-se próximos da terra
os feácios de remos alongados,
homens famosos pelos seus navios,
temendo aquele voo do penedo,
que ultrapassou a marca dos demais,
partindo velozmente de seu braço.
Atena assinalou a sua marca,
tendo assumido a forma de um mortal,
chamou-o pelo nome e lhe falou:
"Estrangeiro, até mesmo um homem cego
conseguiria discernir a marca,

tateando no chão, pois não se encontra
de forma alguma perto das demais,
e sim muito avançada lá na frente!
Fica tranquilo quanto a este certame,
pois nenhum dos rapazes dos feácios
poderá alcançá-la ou superá-la".
Assim falou, e com isso alegrou-se
o divino Odisseu de tantas lutas,
grato por perceber um companheiro
gentil com ele em meio à multidão.
Sentindo-se mais leve então falou
o seguinte entre os homens dos feácios:
"Trazei-me agora aquele ali, rapazes!
Logo mais eu farei outro arremesso
e acredito que irá tão longe quanto
ou ainda mais longe do que esse!
Quem tiver entre vós um coração
e um ânimo mandando que compita,
que venha agora se testar comigo,
pois conseguistes me irritar demais!
Que venha se testar no pugilato,
na luta ou na corrida! Não me nego
a disputar com nenhum dos feácios,
exceto tão somente Laodamante,
pois ele é meu anfitrião aqui.
Quem lutaria contra quem o acolhe?
Carece de juízo e não é digno
de coisa alguma um homem desse tipo,
que traz discórdia nas competições
contra quem é seu próprio anfitrião
num reino bem distante de onde veio.
Trabalha contra o próprio bem-estar.
Mas, dos demais aqui, eu não me nego
nem faço pouco de enfrentar alguém.
Estou muito disposto a conhecer-vos
e me testar cara a cara com todos,

pois não sou nem um pouco desprezível
em quantos jogos há entre os mortais!
Conheço muito bem como empunhar
e retesar um arco bem-polido.
Eu seria o primeiro dentre todos
a disparar em cheio num guerreiro
em meio à turba de homens inimigos,
mesmo se houvesse muitos companheiros
posicionados perto com seus arcos
e disparando flechas no inimigo.
Apenas Filoctetes conseguia
ser melhor do que eu era com o arco,
quando lutávamos contra os troianos,
de todos os arqueiros dos aqueus.
Por isso, então eu posso garantir
que fico muito à frente dos demais,
de todos os mortais que existem hoje
e se alimentam de pão sobre a terra.
(Eu não pretenderia competir
com os homens de tempos anteriores,
com tipos como um Héracles ou mesmo
um Eurito, o famoso arqueiro ecálio,
eles que em outras eras competiam
na arquearia até contra imortais —
aliás, foi assim que o grande Eurito
teve seu fim precoce, sem sequer
envelhecer no salão do palácio:
com ele enfureceu-se Febo Apolo,
que o abateu, por conta de ele ter
desafiado o deus na arquearia.)
E com lança eu atinjo tão longe
quanto alguém se valendo de arco e flecha!
Somente na corrida eu tenho medo
de que algum dos rapazes dos feácios
consigam me vencer, pois eu me encontro
num estado demais de mal-tratado

depois de tantas ondas que enfrentei,
pois na nau não havia suprimentos
em abundância. Minhas caras pernas
por conta disso foram dissolvidas".
Assim falou, e todos os presentes
calaram-se e ficaram em silêncio.
Somente Alcínoo se manifestou
e lhe falou o seguinte em resposta:
"Visto que tu te expressas, estrangeiro,
entre nós com palavras não sem graça –
pelo contrário, querendo mostrar
a excelência que tens a teu dispor,
irritado por causa desse homem
que se antepôs a ti nesta assembleia
a fim de questionar tua excelência
como mortal nenhum questionaria
se dispusesse de um juízo são
para dizer as coisas que convêm –,
agora trata de me dar ouvido
ao que te digo, para que mais tarde
também possas contar a algum herói
que estiver visitando teu palácio,
durante algum banquete, na presença
também da tua esposa e dos teus filhos,
uma história a respeito da excelência
dos homens dos feácios e do tipo
de trabalhos que Zeus seguidamente
nos tem imposto desde os nossos pais.
De fato nós não somos pugilistas
impecáveis tampouco lutadores,
mas somos bem velozes na corrida
e temos os melhores dos navios.
Para nós, o que sempre é mais querido
são os banquetes, as liras e as danças,
poder trocar de roupas e tomar
banhos quentinhos, e subir ao leito.

Agora vamos! Vinde apresentar-vos,
melhores dançarinos dos feácios!
Brincai para o estrangeiro, que ele assim
possa contar a seus entes queridos,
depois de seu retorno para casa,
o quanto superamos os demais
no manejo dos barcos, na corrida,
nas nossas danças e no nosso canto!
Para Demódoco, alguém vá buscar
depressa a sua lira de voz clara.
O instrumento decerto foi deixado
em algum canto de nosso palácio".
Dessa maneira anunciou Alcínoo.
Um arauto semelho aos próprios deuses
ergueu-se e foi buscar a cava lira
lá do interior do palácio do rei.
Também se levantaram em seguida
os nove magistrados, escolhidos
em meio ao povo, sempre responsáveis
pela assembleia e seus procedimentos,
e limparam o espaço para a dança,
abrindo o centro da bela assembleia.
Um arauto chegou trazendo em mãos
a lira de voz clara para perto
de Demódoco, que se encaminhou
ao centro da assembleia. Dos dois lados,
havia jovens postos junto dele,
rapazes experientes em dançar.
Batiam com os pés no chão sagrado,
marcando o passo da dança. Odisseu
maravilhou-se desde o coração
ao ver o movimento de seus pés.
Em seguida Demódoco tomou
a lira e começou um belo canto
sobre os amores de Ares e Afrodite,
a deusa de belíssimas guirlandas,

a respeito de como por primeiro
esses dois se juntaram em segredo
no palácio de Hefesto. Muitos dons
Ares lhe deu e conspurcou o leito
e o tálamo de Hefesto soberano,
a quem depois chegou de mensageiro
Hélios, o próprio Sol, que percebera
como os dois se juntaram em paixão.
Hefesto, quando ouviu esse relato
cheio de dores para o coração,
partiu e foi direto para a forja,
matutando maldades no seu peito.
Posicionou uma enorme bigorna
no bloco de trabalho e martelou
liames inquebráveis, invencíveis,
a fim de segurá-los no lugar.
Em seguida, depois de ter forjado
a armadilha, com raiva do deus Ares,
partiu em direção do próprio quarto,
onde se achava o seu leito querido.
Pôs liames em torno à cabeceira,
num círculo suspenso sobre a cama,
e muitos outros mais, no quarto inteiro,
colocou pendurados desde o teto,
tão finos quanto a teia de uma aranha.
Ninguém teria como percebê-los,
nem mesmo os deuses bem-aventurados,
pois foram feitos com extremo dolo.
Em seguida, depois de ter disposto
a armadilha ao redor de toda a cama,
ele partiu na direção de Lemnos,
a cidadela de bela feitura,
aquela que é de longe, dentre todas,
a terra mais querida para ele.
Mas não mantinha uma vigília cega
Ares das rédeas lavradas em ouro.

Tão logo viu o artífice famoso,
Hefesto, viajando para longe,
encaminhou-se direto ao palácio
do muito celebrado deus Hefesto,
desejoso de amor por Citereia,
a deusa de belíssimas guirlandas.
Ela recém-chegara desde o pai
de vasta força, o nascido de Crono,
e se achava sentada no palácio
quando Ares chegou para encontrá-la.
Segurando-lhe a mão em sua mão,
chamou-a pelo nome e lhe falou:
"Vem comigo, querida, para o leito!
Vamos aproveitar e nos deitar,
pois Hefesto já não se encontra mais
pelo palácio. Foi para bem longe
em direção da cidade de Lemnos,
entre os síntios de voz abarbarada".
Assim falou, e a ela pareceu-lhe
muito bem-vinda a ideia de deitar-se.
Os dois se dirigiram para o leito
e dormiram – e então desceram neles
os liames forjados com mestria
por Hefesto de engenho variado.
Já não havia mais como moverem
os seus membros, nem como levantá-los.
Nesse momento os dois reconheceram
que não havia mais escapatória.
Para perto dos dois então chegou
o renomado coxo dos dois pés,
que fez a meia-volta e retornou
no meio do caminho para Lemnos,
pois Hélios se mantinha de vigília
e mandou-lhe um aviso bem depressa.
Encaminhou-se direto ao palácio,
entristecido desde o coração.

Logo parou diante dos umbrais,
e uma fúria selvagem o tomou.
Então ergueu um terrível bramido,
que fosse ouvido pelos deuses todos:
“Ora escutai-me, Zeus pai e vós outros,
deuses ditosos, para sempre vivos!
Vinde aqui para verdes esses feitos
ridículos, de todo inadequados:
como Afrodite, nascida de Zeus,
por motivo de eu ter as pernas coxas,
fica sempre trazendo-me desonra
e dando amor a Ares destrutivo,
por conta de ser belo e ter firmeza
em suas pernas, ao passo que eu próprio
já nasci desta forma, enfraquecido.
Não tenho mais ninguém a quem culpar
exceto apenas os meus próprios pais —
quem dera não tivessem me criado!
Mas vinde ver com vossos próprios olhos
como esses dois subiram no meu leito
a fim de se juntarem em paixão!
Eu fico devastado ao contemplá-los.
Mas eu não creio que eles poderão
deitar nem mais um pouco dessa forma,
por mais que estejam bem apaixonados.
Em breve os dois já não terão desejo
de dormir, mas os elos da armadilha
que eu criei vão retê-los no lugar
até que o próprio pai me restitua
aquele preço de noiva bem caro
que eu próprio coloquei em suas mãos
em troca dessa moça olho-de-cão!
A filha que ele tem é muito bela,
mas carente de todo autocontrole”.
Assim falou, e os deuses se juntaram
em seu palácio de piso de bronze.

Encaminhou-se para lá Possêidon,
abalador da terra. Junto dele,
chegaram Hermes, deus auxiliador,
e o soberano deus longínquo, Apolo.
Mas as deusas mulheres, por vergonha,
ficaram cada qual no seu palácio.
Eis que estavam diante dos umbrais
esses deuses dadores de benesses.
Logo irrompeu um riso insaciável
em meio aos deuses bem-aventurados
enquanto contemplavam o lavor
de Hefesto, deus de múltiplos engenhos.
Ao verem semelhante situação,
desta forma falavam uns aos outros:
"Feitos ruins de fato não prosperam!
O lento vence o rápido ao final,
da mesma forma como Hefesto agora,
sendo lento, prendeu o próprio Ares,
por mais que seja o mais veloz dos deuses
detentores de olímpicas moradas.
O coxo o dominou pelo artifício.
Será cobrado por esse adultério".
Enquanto os deuses do Olimpo falavam
palavras semelhantes uns aos outros,
a Hermes dirigiu-se o soberano
Apolo, filho de Zeus, e lhe disse:
"Hermes, nascido de Zeus, mensageiro,
divindade dadora de benesses,
porventura também aceitarias
ser esmagado por elos tão fortes
em troca de poder subir ao leito
para dormir com a áurea Afrodite?".
Disse-lhe então o seguinte em resposta
o mensageiro matador de Argos:
"Quem dera isso pudesse acontecer,
senhor Apolo, flecheiro longínquo!

Poderíeis trazer três vezes mais
grilhões inescapáveis e prender-me,
e nem me importo se depois ficásseis,
deuses e deusas, todos assistindo
se eu pudesse subir de fato ao leito
para dormir com a áurea Afrodite!".
Assim falou, e fez surgir o riso
em meio às divindades imortais.
Todavia, Possêidon não foi pego
pelo riso. Em vez disso, suplicava
para que Hefesto, artífice famoso,
soltasse os elos que prendiam Ares.
Dirigindo-se a ele desta forma,
disse as seguintes palavras aladas:
"Deixa que vá. Eu mesmo te prometo,
exatamente como tu comandas,
que vai pagar-te tudo quanto é justo
em meio às divindades imortais".
Por sua vez, respondeu-lhe o seguinte
o renomado coxo dos dois pés:
"Possêidon, que sustentas toda a terra,
tu não me peças para agir assim —
são desgraçadas todas as fianças
que fiadores dão por desgraçados!
Como serei capaz de te prender
em meio às divindades imortais
no caso de Ares resolver fugir
dos elos e da obrigação que tem?".
Por sua vez, dirigindo-se a ele,
disse Possêidon, fremidor do solo:
"Se por acaso, Hefesto, acontecer
de Ares sair correndo em disparada
e se evadir de sua obrigação,
eu mesmo irei pagá-la para ti".
Disse-lhe então o seguinte em resposta
o renomado coxo dos dois pés:

"Eu não teria como — nem seria
adequado — negar o teu pedido".
Depois de ter falado dessa forma,
soltou os elos a força de Hefesto.
Os dois então, assim que foram soltos
da prisão, por mais forte que ela fosse,
prontamente se ergueram e partiram:
ele se encaminhou com rumo à Trácia,
e Afrodite amadora dos sorrisos,
por sua vez, se dirigiu a Chipre,
com rumo a Pafos, onde ela possui
seu santuário e altar redolente.
Chegando lá, as Graças a banharam
e ungiram o seu corpo com azeite
ambrosino, do tipo com que soem
se ungir as divindades sempre vivas,
e a cobriram com roupas adoráveis,
um verdadeiro espanto de se ver.
Essas coisas o aedo renomado
lhes cantava. Odisseu, por sua vez,
deleitava-se desde o coração
ao escutá-lo, tanto quanto os outros,
os feácios de remos alongados,
homens famosos pelos seus navios.
Quando a canção chegou ao fim, Alcínoo
deu ordens para que Hálio e Laodamante
dançassem sem os outros dançarinos,
pois eram os melhores dentre todos.
Os dois então trataram de pegar
uma bola belíssima nas mãos,
toda purpúrea, que o experiente
Políbo havia feito para eles.
Um deles a lançava para cima,
na direção de nuvens carregadas,
enquanto se dobrava para trás,
e o outro então saltava em pleno ar

e a arrebatava com facilidade
antes que os pés tocassem sobre o chão.
Depois que eles já tinham se testado
no arremesso da bola para cima,
passaram a dançar então com pés
sobre o solo de frutos abundantes,
trocando de lugar continuamente.
Outros rapazes marcavam o ritmo,
de pé em meio àquela multidão,
e um enorme clamor já se elevava.
Nesse momento, para o rei Alcínoo,
disse o seguinte o divino Odisseu:
"Alcínoo, rei de poderoso império,
mais distinto de todos os humanos,
garantiste que os vossos dançarinos
são os mais excelentes dentre todos,
e de fato disseste uma verdade –
fico assombrado só de contemplá-los!".
Assim falou, e com isso alegrou-se
o sagrado poder do rei Alcínoo.
Então de pronto falou entre eles,
para os feácios amantes do remo:
"Ouvi-me agora, amigos, capitães
e comandantes dos homens feácios!
O estrangeiro de fato me parece
ser um homem bastante perspicaz.
Então vamos! Devemos dar a ele
nossos presentes de hospitalidade.
Pela extensão de nosso povo todo
há doze basileus proeminentes,
que exercem seu poder ao governar
e que comigo junto somam treze.
Que cada um de vós então lhe traga
uma túnica, um manto bem-lavado
e algum presente de ouro precioso
pesando pelo menos um talento.

Juntemos essas coisas bem depressa,
para que o estrangeiro logo possa
estar em posse delas no jantar
e deleitar-se desde o coração!
Para com ele Euríalo também
desfaça sua ofensa com palavras
e o presenteie, visto que não foi
de acordo com a moira o que falou".
Assim falou, e todos os presentes
louvaram o comando que ele dava.
Cada um enviou o próprio arauto
para que fosse buscar os presentes.
Por sua vez, Euríalo em seguida
respondeu ao que disse e lhe falou:
"Alcínoo, rei de poderoso império,
mais distinto de todos os humanos,
vou retratar-me junto ao estrangeiro
pelas ofensas, como tu comandas.
Eu lhe darei de presente uma espada
toda de bronze, com empunhadura
ornada em prata, mais uma bainha
toda em marfim, de feitura recente,
moldada especialmente para ela.
Há de ser-lhe um presente valioso!".
Depois de ter falado dessa forma,
deu-lhe a espada de cravos prateados.
Dirigindo-se a ele desta forma,
disse as seguintes palavras aladas:
"Que tu sejas feliz, pai estrangeiro!
Se por acaso alguma coisa má
foi proferida, possa a ventania
arrebatá-la e carregá-la longe!
Que os deuses te permitam ver a esposa
e alcançar finalmente a tua pátria,
já que por tanto tempo tu sofreste
apartado daqueles que tu amas".

Por sua vez, respondendo o seguinte,
disse Odisseu de muitíssima astúcia:
"Tu também, meu amigo, sê feliz!
Que os deuses te concedam abundância!
Que nos dias vindouros tu jamais
sintas nenhuma falta desta espada
que agora tu me deste de presente
junto do teu pedido de desculpas".
Assim falou, e alçou em torno aos ombros
sua espada de cravos prateados.
Então o sol se pôs, e os gloriosos
presentes já se achavam no palácio.
Os arautos de Alcínoo, muito ilustres,
trataram de trazê-los para dentro.
Depois de recebê-los dos arautos,
os filhos do impecável rei Alcínoo
puseram os belíssimos presentes
junto de sua veneranda mãe.
Entre os homens feácios, foi à frente
o sagrado poder do rei Alcínoo.
Depois de retornarem ao salão,
sentaram-se nos tronos elevados.
Para Arete em seguida proferiu
o seguinte o poder do rei Alcínoo:
"Traz para cá, mulher, o mais distinto
baú que tu tiveres, o melhor.
Dentro dele, tu deves colocar
uma túnica e um manto bem-lavado.
Aquece um caldeirão de cobre ao fogo
para ele, repleto de água quente,
a fim de que ele possa se banhar
e contemplar depois, bem-arrumados,
todos os dons que os nobres dos feácios,
impecáveis, trouxeram para cá,
e por fim deleitar-se no banquete
ouvindo os hinos que serão cantados.

De minha parte, irei agraciá-lo
com esta taça de enorme beleza,
toda dourada, para que com ela
se recorde de mim todos os dias,
a cada vez em que libar a Zeus
e aos outros deuses no salão de casa".
Assim falou. Por sua vez, Arete
pediu para as escravas do palácio
colocarem um grande caldeirão
sobre o fogo o mais rápido possível.
Então puseram no calor do fogo
a trípode que usavam para o banho
e derramaram água dentro dela.
Depois alimentaram a fogueira.
O fogo logo circundou o bojo
da tripeça, aquecendo toda a água.
Enquanto isso, Arete foi buscar
no seu quarto um belíssimo baú
para o hóspede estrangeiro. Dentro dele,
ela dispôs belíssimos presentes,
além das roupas e de todo o ouro
com que os feácios o presentearam.
Dentro dele, por fim também dispôs
uma túnica bela e uma capa.
Dirigindo-se a ele desta forma,
disse as seguintes palavras aladas:
"Tu mesmo podes colocar a tampa,
e trata de lhe dar um nó bem forte,
para evitar que durante a viagem
alguém te prejudique, quando quer
que aconteças de ter o doce sono
em teu caminho sobre a nau escura".
No momento em que ouviu essas palavras,
o divino Odisseu de tantas lutas
rapidamente colocou a tampa
e tratou de lhe dar um nó bem forte,

intrincado, que certa vez a ele
a veneranda Circe lhe ensinara.
Uma das atendentes, em seguida,
indicou que seu banho estava pronto:
que entrasse na banheira e se lavasse.
A vista da água quente, para ele,
foi bastante bem-vinda ao coração,
pois não tivera mais nenhum cuidado
após deixar a casa de Calipso,
a ninfa de belíssimos cabelos.
Antes disso, de fato tinha tido
cuidados incessantes, feito um deus.
Quando as escravas tinham terminado
de banhá-lo e cobri-lo com azeite,
em seguida trataram de vesti-lo
com túnica e com manto bem felpudo.
Voltando da banheira, ele juntou-se
aos convidados, que bebiam vinho.
Por sua vez, Nausícaa, agraciada
com o dom da beleza pelos deuses,
parada ao lado de uma das colunas
do telhado de fino acabamento,
ficou maravilhada nesse instante
em que seus olhos viram Odisseu.
Dirigindo-se a ele desta forma,
disse as seguintes palavras aladas:
"Sê feliz, estrangeiro! Quando quer
que estiveres em tua terra pátria,
recorda-te de mim, pois foi a mim
que deveste primeiro a tua vida".
Por sua vez, respondendo o seguinte,
disse Odisseu de muitíssima astúcia:
"Nausícaa, moça nascida de Alcínoo,
o basileu de grande coração,
quem dera Zeus me cumpra desta vez,
ele que é o trovejante esposo de Hera,

conseguir a viagem para casa
e contemplar o dia do retorno!
Mesmo distante, como se tu fosses
um deus eu rezaria para ti
pelo restante dos meus dias todos,
pois tu de fato me salvaste, moça!".
Assim falou, e foi depois sentar-se
num trono próximo do rei Alcínoo.
Fizeram a mistura então do vinho
e serviram porções aos convidados.
Entrementes, o arauto retornou
conduzindo o cantor de confiança,
Demódoco, estimado pelo povo,
e cuidou de ajudá-lo a se sentar
bem no centro da sala de banquete,
recostado na enorme colunata.
Dirigindo-se então para esse arauto,
disse Odisseu de muitíssima astúcia,
tendo cortado um naco de costela
de um suíno de dente prateado,
da porção mais carnuda que restava,
onde havia gordura em abundância:
"Arauto, toma e leva de presente
esta carne a Demódoco, o cantor,
para que coma. Quero celebrá-lo,
por mais entristecido que eu esteja,
pois, entre todos os seres humanos
que sobre a terra demoram, cantores
merecem sempre ter uma porção
de respeito e de estima, pois a eles
as Musas ensinaram melodias —
elas amam a raça dos cantores".
Assim falou. Por sua vez, o arauto
carregou a comida e a entregou
a Demódoco herói, que ao aceitá-la
sentiu-se alegre desde o coração.

Todos os braços então se esticavam
para provar da fartura servida.
Depois, quando já tinham saciado
a gana por comida e por bebida,
para Demódoco, nesse momento,
disse Odisseu de muitíssima astúcia:
"Demódoco, bem mais do que os restantes
de todos os mortais eu te celebro –
pelo dom concedido pela Musa,
filha de Zeus, ou talvez por Apolo –,
pois cantas o destino dos aqueus
de uma maneira muito organizada,
todos os feitos que eles empreenderam
e tudo que sofreram, os aqueus,
como se tu tivesses tido parte
no conflito ou ouvido de quem teve.
Agora vamos! Muda o teu assunto.
Canta sobre o cavalo de madeira
que construíram por plano de Epeio,
inspirado ele próprio por Atena,
e que o divino Odisseu certa vez
carregou para a acrópole, num dolo,
com o bojo repleto de guerreiros
que saquearam Ílion por completo.
Caso tu possas contar para mim
essas coisas de acordo com a moira,
eu te garanto que, de minha parte,
declararei para os humanos todos
que foi um deus de fato, benfazejo,
quem te cedeu a dádiva do canto".
Assim falou. Demódoco, inspirado
pelo deus, começou a expor o canto
a partir do momento em que uns argivos
subiam para as naus de belos bancos
e com elas partiam quando já
tinham botado fogo em suas tendas,

e outros, armadurados para a guerra
ao lado de Odisseu de vasta fama,
entravam na assembleia dos troianos,
ocultos no cavalo de madeira,
pois os próprios troianos os levavam
na direção da acrópole de Troia.
Enquanto eles estavam ali dentro,
os troianos, sentados na assembleia,
discutiam de forma acalorada.
Três planos disputavam por consenso:
ou retalhar aquele lenho oco
e espedaçá-lo com bronze cruel;
ou carregá-lo ao mirante mais alto
e então precipitá-lo nos rochedos;
ou preservá-lo como um talismã,
uma imagem cedida pelos deuses,
exatamente como estava prestes
a acontecer então naquele tempo,
pois era seu destino que a cidade
se destruísse quando desse abrigo
para um grande cavalo de madeira
em que estariam todos os melhores
argivos empenhados em trazer
carnificina e Queres aos troianos.
Cantou como arrasaram a cidade
e a pilharam os filhos dos aqueus
ao surgirem de dentro do cavalo,
abandonando a côncava armadilha.
Cantou como avançavam saqueando
todo canto da altiva cidadela,
ao passo que Odisseu se encaminhou
à casa em que Deífobo morava.
Junto dele seguia, feito Ares,
o símile dos deuses Menelau.
Demódoco contou como Odisseu,
sobrevivendo à guerra mais horrível,

teve sucesso ao fim pelos auxílios
que recebeu da magnânima Atena.
Foram essas as coisas que o aedo
renomado cantou-lhes. Odisseu
se derreteu em lágrimas sentidas,
que escorriam das pálpebras às faces.
Tal como uma mulher que se debruça
chorando pelo esposo muito amado,
que diante dos muros da cidade
e das hostes guerreiras desabou
tentando defender os próprios filhos
e o povo contra o dia da ruína,
e no momento em que ela o vê morrer,
exalando seus últimos suspiros,
enlaça os braços ao redor do corpo
entre gritos agudos, mas guerreiros
logo chegam por trás e lhe golpeiam
ombros e costas com as suas hastas
e carregam-na para a servidão,
a fim de trabalhar e de sofrer,
enquanto as suas faces se desmancham
na mais triste de todas as tristezas —
assim também Odisseu derramava
lágrimas tristes desde as sobrancelhas.
Não houve nenhum outro dos presentes
que visse as lágrimas que derramava,
excetuando-se somente Alcínoo,
que viu o que ocorria e compreendeu,
pois estava sentado perto dele
e ouviu os seus suspiros lacrimosos.
Então de pronto falou entre eles
para os feácios amantes do remo:
"Ouvi-me agora, amigos, capitães
e comandantes dos homens feácios!
Que Demódoco deixe descansar
agora a sua lira de voz clara,

pois nem todos estão se deleitando
ao escutar aquilo que ele canta.
Desde que terminamos de comer
e começou seu canto o divo aedo,
não parou de chorar entristecido
nem mesmo por um único momento
o estrangeiro – decerto alguma dor
muito grande lhe aflige o coração.
Que o aedo portanto se detenha,
para que todos nós nos alegremos,
anfitriões e hóspede igualmente,
pois é muito mais belo dessa forma,
já que os preparos para o venerando
estrangeiro se encontram todos prontos,
a escolta e os presentes que lhe damos
como lembrança de nossa amizade.
Àquele que o recebe, um estrangeiro
suplicante se torna tão benquisto
quanto seu próprio irmão, mesmo se foi
breve o contato entre seus corações.
Portanto, não te esquives desta vez,
usando pensamentos engenhosos,
de responder o que eu te perguntar.
Será mais belo se tu responderes.
Diz por que nome, lá na tua terra,
te chamam o teu pai e a tua mãe
e todos os que habitam pelo entorno
do povoado de onde tu vieste,
pois não existe alguém dentre os humanos
que nunca tenha recebido um nome,
independente de ser bom ou mau,
desde o momento em que ele veio à luz.
Os genitores sempre dão um nome
a todas as crianças quando nascem.
Diz de qual terra foi que tu vieste,
de que povo também, de que cidade,

para que nossos barcos tenham claro
na mente aonde devem te levar,
pois entre os marinheiros dos feácios
ninguém se ocupa de ser timoneiro.
Nem há lemes ou outros instrumentos
de manobra que as naus costumam ter,
pois os nossos navios são eles próprios
capazes de entender os pensamentos
e a mente dos humanos, e conhecem
as cidades e os campos bem fecundos
da humanidade. São os mais velozes
em percorrer a expansão do alto-mar.
Navegam envolvidos em neblina
e espesso nevoeiro. Não existe
para eles o medo de sofrerem
algum mal ou de serem destruídos.
Contudo, certa vez eu escutei
meu próprio pai, Nausítoo, me dizer
que Possêidon nutria contra nós
alguma espécie de ressentimento
por conta de nós sempre oferecermos
escoltas para todos que nos chegam.
Disse que ainda chegaria o dia
em que um navio bem-feito dos feácios,
ao retornar depois de alguma escolta
através da neblina do alto-mar,
seria destruído, e uma montanha
enorme ocultaria esta cidade.
Dessa maneira o velho me falou,
mas cabe ao deus cumprir esses eventos
ou deixá-los sem que jamais se cumpram,
conforme lhe agradar o coração.
Agora vamos! Conta para mim
e me relata tudo com verdade.
Para onde vagaste em descaminho?
A que terrenos dos seres humanos

tu chegaste? Quem eram eles próprios
e suas populosas cidadelas?
Quantos deles provaram-se difíceis,
selvagens e carentes de justiça
e quantos amigáveis a estrangeiros,
com coração temente à divindade?
Conta qual a razão de tu chorares
e lamentares desde o coração
quando escutas falarem dos argivos
dânaos e do destino de Ílion sacra.
Aquilo tudo foi obra dos deuses,
que teceram o fio da danação
para os seres humanos, de maneira
que exista uma canção para os vindouros.
Por acaso perdeste algum parente
por casamento em frente aos muros de Ílion,
um varão valoroso, algum cunhado
ou talvez o teu sogro, alguém por quem
tu mais tivesses cuidado e afeto
depois dos teus parentes consanguíneos?
Ou por acaso foi um companheiro,
algum homem querido e valoroso?
Pois certamente não é nada menos
importante e querido que um irmão
o companheiro que te compreende
e sabe exatamente quem tu és".

Canto IX

Por sua vez, respondendo o seguinte,
disse Odisseu de muitíssima astúcia:
"Alcínoo, rei de poderoso império,
mais distinto de todos os humanos,
é sem dúvida belo dar ouvido
às palavras que canta algum aedo
tão excelente como esse daqui,
equiparável aos deuses na voz.
De fato, não existe ocasião
mais agradável e cheia de graça
do que quando a alegria toma conta
de um povoado humano por inteiro
e os convidados chegam ao banquete
e se sentam ao longo do palácio
a fim de dar ouvidos ao aedo,
enquanto ao lado as mesas estão cheias
com abundância de pães e de carnes,
e o vinho é retirado da cratera
pelo escanção, que trata de vertê-lo
nas taças e servi-lo aos convidados –
isso é o que há de mais belo na vida,
pelo menos no meu entendimento.
Mas o teu coração só quer saber
de perguntar-me sobre as aflições
dolorosas que tenho, de maneira
que acabarei chorando ainda mais.
O que devo contar-te por primeiro
e o que devo deixar para o final,
já que me deram tantas aflições
as divindades que detêm o Olimpo?

Pois bem, primeiro irei enunciar
meu próprio nome, para que vós todos
o conheçais. Assim, quando eu tiver
escapado do dia da ruína,
podereis ser meus hóspedes em casa,
por mais que eu more num lugar remoto.
Sou Odisseu, nascido de Laertes,
conhecido por todos os humanos
por dolos e artimanhas. Meu renome
é tão vasto que alcança o próprio céu.
Eu moro em Ítaca, ilha conspícua,
lá onde o monte Nérito se encontra,
com suas folhas balançando ao vento,
monte distinto. Muitas outras ilhas
podem ser encontradas pelo entorno,
todas elas bem perto umas das outras:
a de Dulíquio bem como a de Samos
e a de Zacinto, coberta por bosques.
Ela própria é bem baixa, rente ao mar,
a mais distante desde o continente
rumo às trevas, ao passo que as demais
se encontram perto da aurora e do sol;
é uma ilha escarpada, mas boa
nutriz de jovens. Eu não poderia
imaginar que exista algo mais doce
do que a terra de onde nós viemos.
De fato, fui retido em outras partes
por Calipso, divina entre as deidades,
que me mantinha em sua cava gruta,
desejosa de ter-me como esposo.
De forma semelhante, também Circe
cuidou de me reter em seu palácio,
a senhora de Eeia, enganadora,
desejosa de ter-me como esposo,
mas nunca conseguiu persuadir
o coração no interior do meu peito.

Por isso nada pode ser mais doce
que nossa própria pátria e nossos pais,
nem mesmo se num reino bem distante
alguém pudesse ter prosperidade
e morar num palácio muito rico,
se estivesse apartado de seus pais.
Agora vamos! Devo relatar
o meu retorno cheio de aflições
conforme Zeus o concedeu a mim
em meu caminho de volta de Troia.
Desde Ílion o vento me levou
para a terra dos cícones, chamada
Ismaro. Lá, tratei de saquear
a cidadela deles e matá-los.
Da cidade, em seguida, nós tomamos
as mulheres e os múltiplos tesouros,
que dividimos, para que ninguém
ficasse sem uma porção igual.
Em seguida dei ordem para todos
escaparmos de lá com pés velozes,
mas eles, com enorme estupidez,
não me deram ouvidos ao que disse.
Em vez disso, bebeu-se muito vinho,
muitas ovelhas foram abatidas
nas areias da praia, e muitos bois
de chifres recurvados se abateram.
Enquanto isso os cícones dali
chamaram outros cícones, vizinhos
de regiões bem próximas às deles,
muito mais numerosos e valentes,
que habitavam as terras do interior,
experientes em lutar montados
em seus cavalos contra outros humanos
e a pé também se fosse necessário.
Chegaram de manhã, tão numerosos
quanto as folhas e flores na estação

primaveril. Um destino ruim,
vindo de Zeus, se pôs a nosso lado,
fadados como estávamos então
a padecer degraças incontáveis.
Posicionados junto às naus velozes,
os dois lados então se combateram,
alvejando uns aos outros com disparos
de suas lanças de ponta de bronze.
Desde o momento em que a Aurora raiou
e enquanto o dia sagrado se erguia,
por tanto tempo nós nos defendemos,
mesmo lutando em números menores.
Mas, quando o sol alcançou o momento
de desjungir os touros dos arados,
nesse momento os cícones guerreiros
prevaleceram sobre nós, aqueus.
De cada nau, então, morreram seis
companheiros de cnêmides bem-feitas.
Mas os restantes de nós conseguimos
fugir da morte e da destruição.
De lá, seguimos navegando em frente,
com tristeza nos nossos corações
por termos escapado da desgraça
quando sócios queridos pereceram.
De minha parte, porém, não segui
em frente com os meus navios recurvos
antes que fossem chamados três vezes
por seus nomes os pobres companheiros
que tinham perecido na planície,
abatidos por cícones guerreiros.
Nesse momento, Zeus que agrega nuvens
mandou o vento Bóreas contra as naus
em uma tempestade indescritível,
e no meio das nuvens escondeu
ao mesmo tempo a terra e o alto-mar,
conforme a noite vinha desde o céu.

Arrastadas de lado, as naus perdiam
todo o rumo. Na força da borrasca,
as nossas velas logo se quebraram
em três pedaços ou até em quatro.
Cuidamos de abaixá-las no convés
das naus, com medo da destruição,
e com máxima pressa conduzimos
as nossas naus, remando, à terra firme.
Ali permanecemos por dois dias
e duas noites, sucessivamente,
comendo nossos próprios corações
de tanta dor e tanto esgotamento.
Mas, quando a Aurora de belos cabelos
trouxe o terceiro dia ao ressurgir,
colocamos de pé de novo os mastros,
alçamos novamente as brancas velas
e nos sentamos. Em seguida o vento
e os pilotos levaram-nos em frente.
Então teria mesmo conseguido
chegar incólume na terra pátria,
mas fui levado no fluxo das ondas
e pelo sopro do vento do norte,
o Bóreas, para o entorno de Maleia
e para além de Citera depois.
Por nove dias eu fui carregado
pela força de ventos destrutivos
através do alto-mar, pleno de peixes.
Mas no décimo dia nós chegamos
à terra dos lotófagos, humanos
que se alimentam apenas de flores.
Ali nós aportamos os navios
e abastecemos nosso estoque de água.
De pronto os companheiros prepararam
comida junto aos rápidos navios.
Depois que nós já tínhamos comido
nossas porções de comida e bebida,

então eu enviei uns companheiros
para que fossem lá e descobrissem
qual o tipo de humanos comedores
de pão morava sobre aquele solo.
Eu escolhi dois homens para tanto
e mandei um terceiro como arauto.
Logo partiram e se misturaram
entre os lotófagos, que os receberam
com boas-vindas, sem nenhum intento
de destruir os nossos companheiros.
Na verdade, em vez disso ofereceram
lótus a eles, para que comessem.
Qualquer um dentre eles que provasse
do fruto, doce como mel, do lótus
já não tinha desejo de trazer
notícia alguma nem de retornar.
Queria só permanecer ali
entre os lotófagos, bem onde estava,
alimentando-se da flor do lótus,
esquecido de todo do retorno.
Eu mesmo tive de ir buscar os três
a força e arrastá-los para as naus.
Pus os três sobre os côncavos navios
e amarrei-os embaixo das bancadas.
Logo em seguida, dispensei comandos
aos outros confiáveis companheiros
para que se apressassem e subissem
de volta em nossos rápidos navios,
por medo de que mais alguém comesse
do lótus e esquecesse do retorno.
Eles subiram sobre a embarcação
e assumiram seus postos junto aos remos.
Sentados em fileiras então foram
ferindo o mar cinzento com os remos.
De lá, seguimos navegando em frente,
com tristeza nos nossos corações.

Então chegamos à terra sem lei
dos ciclopes soberbos e excessivos.
De tal maneira eles têm confiança
na providência dos deuses eternos
que não empenham suas mãos na terra
para plantar um fruto ou para ará-la.
Em vez disso, sem serem semeadas
nem aradas as plantas todas crescem:
campos repletos de trigo e cevada,
bem como muitos vinhais que carregam
vinho na forma de excelentes uvas.
É Zeus que as faz crescer com sua chuva.
Entre eles não há nenhuma praça
em que se façam concílios nem lei.
Em vez disso, mantêm suas moradas
na cabeça de montes elevados,
no interior de cavernas bem profundas,
cada qual inventando as próprias leis
para seus filhos e para as esposas,
sem se importar com o que os outros façam.
Estendendo-se desde o ancoradouro,
outra ilha fecunda se prolonga,
nem muito perto nem especialmente
afastada da terra dos ciclopes,
uma ilha com matas bem-fechadas,
onde pastejam incontáveis cabras
selvagens, pois não há seres humanos
passando por ali para assustá-las.
Nessas matas, também não entram nunca
caçadores, que dentro de florestas
padecem sofrimentos variados,
seguindo pelos cimos das montanhas.
Dessa maneira, sem ser constrangida
nem por rebanhos nem por semeaduras,
a ilha passa todos os seus dias
sem ser arada e sem ser trabalhada,

desprovida de humanos, dando espaço
para cabras balentes pastejarem,
pois de fato os ciclopes não possuem
nenhum navio de facetas vermelhas
tampouco carpinteiros experientes
em construções navais, que poderiam
produzir-lhes navios de belos bancos,
para suprir qualquer necessidade
de transportá-los aos assentamentos
dos humanos, do modo que amiúde
os próprios homens costumam fazer,
atravessando o mar com seus navios,
e que teriam feito com que a ilha
fosse bem-habitada para eles.
A própria ilha deles não é má
e daria de tudo na estação,
pois nela existem campos verdejantes,
junto das orlas do cinzento mar,
com terra bem macia e irrigada.
Vinhedos cresceriam bem ali;
é um terreno bom para cultivo.
Se eles plantassem, decerto teriam
uma colheita farta na estação,
pois a terra é fecunda sob o solo.
Também dispõe de um bom ancoradouro,
não havendo sequer necessidade
de se lançarem âncoras ao mar
ou de amarrar os barcos junto ao porto.
Em vez disso, quem quer que chegue ali
pode esperar até que os marinheiros
sintam que o coração já quer partir
e os ventos já lhe soprem favoráveis.
Além disso, da parte superior
do porto, fluem águas reluzentes,
de uma fonte que nasce numa gruta,
com álamos crescendo pelo entorno.

Para lá dirigimos nossas naus
conforme algum dos deuses nos guiava
atravessando a escuridão da noite.
Não havia nenhuma luz à vista.
Ao redor dos navios, um nevoeiro
profundo se espalhava. Nem a lua
emitia seu brilho desde o céu,
coberta em nuvens como se encontrava.
Nesse momento ninguém conseguia
ver a ilha direito com os olhos,
nem as ondas gigantes que avançavam
até quebrarem contra a terra firme,
antes de nós já termos arrastado
as naus de belos bancos para a praia.
Quando os navios estavam atracados,
tratamos de baixar as velas todas.
Depois disso, descemos nós também
para a areia molhada pelas ondas.
Ali mesmo dormimos, aguardando
pela chegada da divina Aurora.
Quando afinal surgiu a matutina
Éos, Aurora de dedos rosados,
nós ficamos bastante impressionados
conforme fomos explorando a ilha.
Também tivemos a sorte de ninfas,
donzelas do tempestuoso Zeus,
tirarem cabras montesas das tocas
para o almoço de nossos companheiros.
Logo pegamos os arcos recurvos
e nossas lanças de caçar caprinos,
que trouxemos conosco nos navios.
Então nos separamos em três grupos
e disparamos. Sem perda de tempo,
o deus nos concedeu boa caçada.
Havia doze navios viajando
em minha companhia. Cada um

recebeu na partilha nove cabras.
Somente para mim sobraram dez.
Dessa maneira então o dia todo,
até que o sol mergulhasse no mar,
nós nos banqueteamos, consumindo
carne abundante e vinho adocicado,
pois ainda não tinha se exaurido
o vinho rubro de nossos navios.
Havia ainda boa quantidade,
pois tínhamos enchido vários jarros
com vinho cícono, cada um de nós,
quando pilhamos a cidade deles.
Em direção da terra dos ciclopes,
que estavam próximos, então olhamos.
Vimos o fumo das fogueiras deles
e os gritos de cabritos e de bodes.
Quando o sol já baixara sob o mar
e a escuridão nos sobreveio a todos,
então nós nos deitamos e dormimos
sobre as areias, bem perto das ondas.
Quando afinal surgiu a matutina
Éos, Aurora de dedos rosados,
tratei de convocar uma assembleia
e falei o seguinte para todos:
'Permanecei aqui um pouco mais
vós outros, companheiros confiáveis,
enquanto vou ali com meu navio
e com meus companheiros de viagem
para ver se descubro alguma coisa
sobre esses homens: quem seriam eles,
se são gente propensa à violência,
selvagem e carente de justiça,
ou se são amigáveis a estrangeiros,
com coração temente à divindade'.
Tendo falado assim, subi no barco
e dei comando para os companheiros

eles próprios também virem a bordo
e soltarem os cabos junto à popa.
Eles subiram sobre a embarcação
e assumiram seus postos junto aos remos.
Sentados em fileiras então foram
ferindo o mar cinzento com os remos.
Em seguida, tão logo nós chegamos
àquela terra, próxima da outra,
notamos, ao desembarcar na praia,
que por perto existia uma caverna
elevada, cercada por loureiros.
Ali havia grande quantidade
de ovelhas, de carneiros e de cabras
pastando no gramado. Pelo entorno,
uma cerca elevada havia sido
construída com pedras empilhadas,
fechando-se entre pinhos altaneiros
e carvalhos de copas elevadas.
Ali morava um homem monstruoso,
que costumava conduzir sozinho
suas ovelhas para um pasto ao longe.
Ninguém o acompanhava na tarefa.
Mantinha-se afastado dos demais,
dotado de uma índole perversa.
Era tão espantoso quanto a vista
de algum portento. Não se assemelhava
a algum humano comedor de pão,
e sim a um cimo, cheio de florestas,
que se ergue entre montanhas elevadas,
distinto mesmo em meio de outros tantos.
Nesse momento, dispensei comandos
para os meus confiáveis companheiros:
que eles permanecessem ali mesmo,
mantendo a guarda de nosso navio.
Logo em seguida escolhi uma dúzia
de companheiros, os melhores deles,

e fui em frente. Levava comigo
um odre feito de couro de bode
e repleto de doce vinho escuro,
que recebi de presente de Maro,
o filho de Evanteu, vate de Apolo,
deus protetor da cidade de Ismaro,
por termos ofertado proteção
a ele próprio, a seus filhos e à mulher,
movidos por respeito religioso.
Ele habitava um bosque consagrado,
terreno dedicado a Febo Apolo,
e me cedeu esplêndidos presentes.
Foram sete os talentos de ouro puro,
muito bem-trabalhado, que me deu.
Também uma cratera, toda feita
em prata, ele me deu. Em adição,
ele abriu seus tonéis e foi tirando
até encher uma dúzia de jarras
de vinho adocicado e sem mistura,
uma bebida divina. Ninguém
dos escravos domésticos, tampouco
das atendentes dentro do palácio,
e sim apenas sua própria esposa
e uma aia sabiam onde estava.
A cada vez que ele bebia aquele
vinho rubro, tão doce quanto o mel,
ele enchia uma taça e a derramava
numa mistura com vinte medidas
todas em água. Logo já se erguia
um perfume bem doce da cratera,
olor indescritível. Nesse instante,
não havia ninguém que se abstivesse.
Foi desse vinho que eu então enchi
um grande odre. Carreguei também
mais provisões em um saco de couro,
pois o meu coração viril previa

que eu iria encontrar em breve um homem
todo vestido com enorme força,
alguém selvagem, que não conhecia
direito nem justiça nem costumes.
Rapidamente nós então chegamos
à boca da caverna, mas lá dentro
não o encontramos, pois tinha saído
a apascentar suas gordas ovelhas.
Entrando na caverna, já ficamos
olhando tudo que existia ali.
Havia cestos lotados de queijo
e cercadinhos onde se encontravam
carneiros grandes e também filhotes,
cada qual separado em seu cercado:
os filhotes mais velhos num dos cantos;
noutro canto, os mais novos do que eles;
e os bebezinhos, noutro canto ainda.
Todos os vasilhames transbordavam
com o soro do leite que ordenhara,
os baldes e as bacias igualmente.
Então, antes de tudo, os companheiros
ficaram me implorando com palavras
para que carregássemos os queijos
de uma vez e voltássemos depois
para tirar depressa dos cercados
os carneirinhos junto dos carneiros
de volta a nosso rápido navio,
zarpando logo pelo salso mar.
Mas eu não me deixei persuadir —
melhor teria sido se tivesse! —
porque queria vê-lo e receber
presentes de hospitalidade dele.
Estava prestes a ser uma vista
nada agradável para os companheiros.
Ali dentro, acendemos a fogueira,
fizemos oferendas para os deuses

e tratamos nós mesmos de comer
do seu queijo, aguardando ali, sentados
até que retornasse da pastagem.
Chegou trazendo um fardo bem pesado
de lenha seca, para ser usada
decerto no preparo do jantar.
Lançada desde fora para dentro,
fez um estrondo sobre o chão da gruta.
Corremos para dentro, apavorados,
entrando mais ao fundo da caverna.
Em seguida ele entrou na vasta gruta,
trazendo as gordas ovelhas consigo,
a fim de que ordenhasse todas elas,
deixando os machos do lado de fora,
os carneiros e os bodes igualmente,
no vasto pátio em frente da caverna.
Logo depois ele ergueu uma pedra
enorme para usá-la como porta,
um rochedo pesado. Nem se usassem
vinte e duas carroças, cada qual
com quádruplos cavalos, valorosas,
não a teriam erguido do chão.
De tal modo era enorme esse rochedo
que ele usou como porta da caverna.
Depois, sentado, tratou de ordenhar
suas ovelhas e cabras balentes,
fazendo tudo como manda a moira,
e pôs embaixo delas suas crias.
Em seguida, talhou uma porção
do leite branco, a metade que havia,
dentro de cestos trançados em vime,
que ele depois guardou no seu lugar.
Quanto à outra metade, ele deixou
nos próprios vasilhames, de maneira
que pudesse bebê-lo logo mais
enquanto consumisse a sua janta.

Em seguida, depois de se apressar
na conclusão desses trabalhos todos,
nesse momento ele acendeu o fogo
e, vendo-nos, por fim nos perguntou:
'Estrangeiros, quem sois? De onde viestes,
navegando por úmidos caminhos?
Tendes algum negócio a ser tratado
ou viestes vagando sem destino,
assim como é costume entre piratas,
que pelo mar vão navegando errantes,
expondo as próprias vidas à ruína
e levando desgraça para os outros?'.
Assim falou. De pronto para nós
despedaçou-se o caro coração,
do medo que sentíamos da voz
profunda e de seu corpo portentoso.
Mas apesar de tudo, por resposta,
eu lhe falei as seguintes palavras:
'Somos guerreiros acaios. De Troia,
acabamos perdendo o nosso rumo,
fustigados por todas as espécies
de ventos pelo pélago profundo.
Navegando de volta para casa,
tomamos um caminho diferente
do que esperávamos – decerto Zeus
teve desejo de que fosse assim.
Temos orgulho de dizer que somos
parte do povo do Atrida Agamêmnon,
daquele mesmo cuja glória hoje
é a maior de todas sob o céu –
de tal maneira era grande a cidade
que saqueou, depois de destruir
seus povos numerosos. Mas agora
perante teus joelhos nós chegamos
suplicantes, a fim de que nos dês
algum presente de hospitalidade

ou outra forma qualquer de presente,
como é costume dar aos estrangeiros.
Então, excelentíssimo, respeita
os deuses. Somos suplicantes teus,
e Zeus é quem preside e guarda as honras
dos estrangeiros e dos suplicantes.
Por isso é conhecido por Zeus Xênios,
pois guarda os venerandos estrangeiros'.
Assim falei, mas ele prontamente
me respondeu com coração cruel:
'Só podes ser estúpido, estrangeiro,
ou ter vindo de algum lugar distante,
se realmente esperas que eu respeite
ou tenha medo de algum deus ou outro,
pois os ciclopes não aceitam ordens
de Zeus, da égide de tempestade,
nem das outras ditosas divindades –
somos muito melhores do que eles!
Eu jamais pouparia a tua vida
por receio da cólera de Zeus,
tampouco a vida dos teus companheiros,
exceto se meu coração mandasse.
Mas agora me diz onde é que foi
que tu deixaste o teu navio bem-feito –
se foi nalguma margem mais extrema
ou se foi perto –, para que eu o saiba'.
Assim falou, testando-me. Porém
não me enganou, que sou experiente.
Em vez disso, de pronto respondi
com palavras dolosas para ele:
'Infelizmente, destruiu-me o barco
Posseidon, deus abalador do solo,
que o lançou contra as rochas elevadas
próximo dos confins de vossa terra,
dirigindo-nos para um promontório
com o vento soprando desde o mar.

Mas eu, na companhia destes homens,
pude esquivar-me do abismo da morte'.
Assim eu lhe falei, mas ele nada
me respondeu, com coração cruel.
Em vez disso, ele veio para cima
dos companheiros e tomou nas mãos
dois deles, como se não fossem mais
que cachorrinhos, golpeando os dois
com tudo contra o solo – derramou-se
encéfalo no chão, molhando a terra.
Membro a membro, ele foi despedaçando
os dois e preparando seu jantar.
Devorou-os por fim, como um leão
da montanha. Não houve o que restasse,
nem das entranhas tampouco das carnes
ou dos ossos repletos de tutano.
Às lágrimas, erguíamos as mãos
em prece suplicante para Zeus,
olhando aqueles feitos miseráveis,
o coração tomado em desespero.
Quando o ciclope finalmente tinha
enchido o seu estômago gigante,
de tanto se fartar de carne humana
entre goladas de leite impermisto,
ele foi se deitar na parte interna
da caverna, aninhado entre as ovelhas.
Então confesso que já planejava,
no alento de meu grande coração,
chegar mais perto, sacando a afiada
espada da bainha junto à coxa,
e golpeá-lo no meio do peito,
onde ficam o fígado e o diafragma,
para arrancar de dentro o coração.
Mas outro pensamento me deteve:
ao matá-lo, também acabaria
nos condenando ao abismo da morte,

pois não conseguiríamos mover
com nossas mãos aquela enorme pedra
para longe da entrada da caverna,
onde ele próprio a tinha colocado.
Então, entre lamentos e gemidos,
nós aguardamos a divina Aurora.
Quando afinal surgiu a matutina
Éos, Aurora de dedos rosados,
nesse momento ele acendeu o fogo
e ordenhou as esplêndidas ovelhas,
fazendo tudo como manda a moira,
e pôs embaixo delas suas crias.
Em seguida, depois de se apressar
na conclusão desses trabalhos todos,
de novo ele agarrou mais outros dois
e deles fez seu próprio desjejum.
Alimentado, levou para fora
da caverna as ovelhas rechonchudas,
movendo facilmente a grande pedra
para longe da entrada. Na sequência,
já logo a pôs de volta, como alguém
que tampa novamente alguma aljava.
Com muitos assobios, o ciclope
então levou suas gordas ovelhas
rumo à montanha. E eu fiquei ali,
matutando maldades no meu peito,
na esperança de ter minha vingança
se Atena me cumprisse a minha prece.
Tal foi o plano que ao meu coração
me pareceu ser o melhor de todos,
pois o ciclope mantinha um bastão
enorme próximo dos seus cercados,
um tronco de oliveira ainda verde,
que ele cortara para carregá-lo
como cajado depois que secasse.
Olhando para o tronco, nós julgamos

que ele era tão grande quanto o mastro
de um escuro navio de vinte remos,
de alguma vasta embarcação de carga
que singra sobre o pélago profundo.
Tinha a mesma medida na grossura
e na altura também, ao contemplar-se.
Pondo-me ao lado dele, então cortei
um trecho do tamanho de uma braça,
que repassei para os meus companheiros
com comando de que eles o afiassem.
Enquanto eles cuidavam de aplainá-lo,
eu fiquei trabalhando junto à ponta,
para afiá-la. Depois, coloquei-a
no fogo para que ela endurecesse.
Em seguida, escondi essa madeira
com cuidado debaixo dos dejetos
que se espalhavam por toda a caverna,
numa camada abundante de estrume.
Finalmente, mandei que eles tirassem
a sorte entre eles mesmos, para vermos
quem iria se aventurar comigo
a levantar a estaca sobre os ombros
para enfincá-la no olho do monstro
quando a doçura do sono o vencesse –
e os sorteados foram justamente
aqueles que eu teria preferido.
Eram quatro guerreiros. Junto deles,
eu próprio me incluía como o quinto.
Ao término da tarde, ele chegou,
pastoreando as ovelhas lanudas.
Para o fundo da gruta, de imediato,
fez as gordas ovelhas caminharem,
todas elas. Nenhuma foi deixada
para fora, no pátio bem profundo –
talvez porque tivesse uma suspeita,
talvez porque um dos deuses o mandasse.

Logo depois ele ergueu uma pedra
enorme para usá-la como porta.
Depois, sentado, tratou de ordenhar
suas ovelhas e cabras balentes,
fazendo tudo como manda a moira,
e pôs embaixo delas suas crias.
Em seguida, depois de se apressar
na conclusão desses trabalhos todos,
de novo ele agarrou mais outros dois
e deles fez a sua própria ceia.
Nesse momento, cheguei para perto
do ciclope e me dirigi a ele
enquanto segurava em minhas mãos
um canecão de vinho enegrecido:
'Toma, ciclope. Bebe deste vinho
depois de devorares carne humana.
Assim tu saberás qual era o tipo
de bebida que vínhamos trazendo
em nosso barco. Trouxe para ti
como oferenda, para que tivesses
pena e me conduzisses para casa,
mas tens furor além do tolerável.
Ó miserável, quem irá querer
visitar-te mais tarde em tua casa,
dentre todas as tribos dos humanos,
se não ages de acordo com a moira?'.
Assim falei. Tomou de mim o vinho
e o bebeu. Assombrado pelo tanto
que gostou da bebida adocicada,
já logo me pediu mais uma dose:
'Sê gentil e me dá mais um pouquinho.
Diz para mim também qual é teu nome
agora mesmo, para que eu te dê
algum presente de hospitalidade
de que tu gostarás. Entre os ciclopes,
também existem campos de cultivo,

vinhais de onde fazemos nosso vinho.
É Zeus que os faz crescer com sua chuva.
Mas isso mais parece uma porção
de ambrosia ou de néctar do mais puro!'.
Assim falou. Servi-lhe mais um copo
de vinho reluzente como fogo.
Três vezes eu lhe trouxe mais bebida.
Três vezes sem pensar ele a bebeu.
Quando o vinho em seguida já subira
totalmente à cabeça do ciclope,
cuidei de interpelá-lo nesse instante
usando de palavras adoçadas:
'Ciclope, perguntaste qual seria
o meu nome famoso. Então direi
a ti — mas trata de me dar a graça
hospitaleira, como prometeste!
O meu nome é Ninguém. É dessa forma
que todas as pessoas me conhecem.
Meus próprios pais me chamam de Ninguém,
e todos os meus outros companheiros'.
Assim falei, mas ele prontamente
me respondeu com coração cruel:
'Ninguém será o último de todos
que comerei, depois de ter comido
os companheiros dele — tal será
o teu presente de hospitalidade'.
Assim falou e foi se reclinando
até cair de costas. Ali mesmo
ele ficou, com seu pescoço grosso
todo penso, vencido como estava
por sono, que de todos se assenhora.
Garganta afora veio então um fluxo
de vinho misturado em carne humana,
pois de tão bêbado já vomitava.
Nesse momento eu levantei a estaca
e a enfinquei em um monte de brasas.

Ali deixei-a até que se aquecesse.
Usando de palavras de incentivo,
encorajei meus companheiros todos,
a fim de que ninguém se acovardasse.
Não levou muito tempo até que a estaca
de lenho de oliveira se encontrasse
prestes a pegar fogo, mesmo verde –
fulgurava num brilho pavoroso.
Nesse momento, tirei-a das brasas
e fui mais perto, com meus companheiros
seguindo junto. Alguma divindade
me insuflou com bravura sobranceira.
Enquanto os companheiros sustentavam
a estaca de oliveira, pontiaguda,
e a enfincavam bem no olho dele,
eu impunha meu peso desde cima
e girava a madeira, como quando
um homem fura a prancha de um navio
com uma broca, que ele firma enquanto
outros homens a giram pela ripa
amarrada com couro mais abaixo,
de modo que ela fure sem parar –
assim também levantamos a estaca
afiada nas brasas e enficamos,
girando, no olho dele. Sangue quente
verteu-se pelo entorno da madeira.
Pálpebra e sobrancelha se perderam
num vapor sibilante que subia
enquanto a órbita ocular tostava
desde as raízes no calor do fogo.
À semelhança de quando um ferreiro
pega um grande martelo ou uma enxó
e o mergulha num balde de água fria,
entre sibilo, borbulha e vapor,
a fim de temperá-lo, pois é nisso
que se constrói a força de um metal –

assim também crepitava seu olho
pelo entorno da estaca de oliveira.
Ergueu-se um grito horrífico de dor,
ecoado nas pedras da caverna,
e nós nos espalhamos, assustados.
Então ele arrancou aquela estaca,
toda manchada com o próprio sangue,
de dentro de sua órbita vazada,
e num frêmito louco arremessou-a
com suas mãos para longe de si.
Depois gritou um chamado bem alto
para os outros ciclopes que viviam
nas cavernas do entorno, pelos cimos
dos montes onde os ventos sibilavam.
Assim que ouviram essa gritaria,
eles vieram de todas as partes
e, chegando no entorno da caverna,
perguntaram-lhe o que o aborrecia:
'Polifemo, o que foi que te feriu
para que tu gritasses desse modo
no decorrer da ambrosíaca noite,
tirando todos nós de nossos sonos?
Algum mortal está levando embora,
a contragosto teu, os teus rebanhos?
Alguém está tentando te matar
com artimanhas ou com força bruta?'.
Exclamando de dentro da caverna,
respondeu-lhes o forte Polifemo:
'Meus amigos, Ninguém vai me matar
com artimanhas, sem ter força bruta!'.
Eles, por sua vez, lhe responderam
com as seguintes palavras aladas:
'Se não há quem te possa maltratar
e tu estás sozinho na caverna,
não existe maneira de fugir
de uma doença vinda de Zeus grande.

É melhor que tu faças uma prece
para Possêidon, o senhor teu pai'.
Assim eles falaram ao partir,
enquanto eu ria desde o coração
de ver como ele foi ludibriado
pelo nome e por minha exata astúcia.
O ciclope, por sua vez, gemendo
e contorcendo-se em terríveis dores,
foi sentindo o caminho com as mãos
e removeu a pedra junto à porta.
Então sentou-se ali mesmo na entrada
e esticou os seus braços para os lados,
para ver se pegava alguém fugindo
com as ovelhas através da porta,
pois no seu coração ele esperava
que eu realmente fosse tolo assim.
Mas eu fiquei pensando qual seria
a melhor das maneiras, dentre todas,
de desatar os liames da morte
para meus companheiros e também
para mim mesmo. Então tramei um plano
com toda forma de dolos e astúcias,
visto que a nossa vida estava em jogo –
uma grande desgraça era iminente.
Tal foi o plano que ao meu coração
me pareceu ser o melhor de todos:
como os carneiros que ali se encontravam
estavam muito bem-alimentados,
com velos densos, grandes e bonitos,
de lãs escuras como a violeta,
eu amarrei-os todos, em silêncio,
com cipós de salgueiro bem-trançados
que o ciclope mantinha como cama,
monstro conhecedor de ilicitudes;
então saíam três de cada vez,
com o do meio carregando um homem,

e os outros dois seguindo pelos lados
e com isso salvando os companheiros.
Três carneiros, portanto, carregavam
cada homem. Porém, de minha parte,
eu escolhi um enorme carneiro,
o melhor dentre todos do rebanho,
e nele me enlacei junto a seu dorso,
debaixo de seu ventre bem-lanudo,
e ali fiquei, com minhas próprias mãos
agarrado em seu velo indescritível,
com o rosto virado para cima,
mantendo resoluto o coração.
Então, entre lamentos e gemidos,
nós aguardamos a divina Aurora.
Quando afinal surgiu a matutina
Éos, Aurora de dedos rosados,
nesse momento os machos das ovelhas
foram correndo em direção do pasto,
mas as ovelhas fêmeas, carecendo
de ordenhação, baliam nos cercados,
com as mamas inchadas pelo leite.
Seu senhor, oprimido por terríveis
sofrimentos, estava tateando
o dorso dos carneiros que saíam,
parado junto à entrada da caverna,
mas o tolo falhou em perceber
os homens amarrados junto ao peito
de seus carneiros de velo bem denso.
Por último de todos do rebanho,
veio o maior carneiro pela porta,
onerado por conta de seu velo
e dos planos pesados que eu tramava.
Tateando no dorso do carneiro,
então falou o forte Polifemo:
'Carneirinho querido, por que foi
que ficaste por último de todos

do rebanho? Tu nunca demoraste
no passado, no meio das ovelhas,
e sim saías sempre por primeiro
em direção do pasto verdejante,
dando longas passadas e chegando
primeiro do que todos junto ao rio,
sempre ansioso também por voltar
primeiro do que todos ao cercado
de tarde – mas agora tu ficaste
por último de todos! Certamente
sentes falta do olho de teu mestre,
que foi vazado por um homem mau,
junto de seus horríveis companheiros,
ao dominar meu coração com vinho,
esse Ninguém. Mas creio que inda não
fugiu completamente da desgraça.
Quem dera tu pensasses como eu
e te tornasses capaz de falar!
Assim tu poderias me dizer
para onde fugiu de minha fúria.
Logo o encéfalo dele estaria
vertido pelo chão desta caverna,
depois que o esmagasse contra o solo
por toda parte! Então meu coração
teria algum alívio das desgraças
trazidas pelo inútil do Ninguém'.
Tendo falado assim, ele deixou
o carneiro passar pelos umbrais.
Quando já tínhamos nos afastado
um pouco da caverna e de seu pátio,
então soltei-me de sob o carneiro
e libertei depois os companheiros.
Rapidamente nós arrebanhamos
as ovelhas de pernas bem compridas,
repletas de gordura, muitas delas,
e as conduzimos para o nosso barco.

Quando chegamos, nossos companheiros
queridos se alegraram de nos ver,
nós que pudemos escapar da morte,
por mais que lamentassem pelos outros.
Porém não permiti que eles chorassem.
Erguendo as sobrancelhas, fiz sinal
negativo e mandei trazerem logo
as ovelhas de longo velo a bordo
do navio, numerosas no rebanho,
para zarparmos pelo salso mar.
Eles subiram sobre a embarcação
e assumiram seus postos junto aos remos.
Sentados em fileiras então foram
ferindo o mar cinzento com os remos.
Quando já nos achavávamos tão longe
quanto um grito podia ser ouvido,
nesse momento dirigi a voz
ao ciclope, fazendo zombaria:
'Que foi, ciclope? Não estavas prestes
a devorar os sócios de um covarde
ali dentro da côncava caverna
num ato de extremada violência?
Era decerto uma questão de tempo
até teus feitos maus te sabotarem,
miserável! Ousaste até comer
os estrangeiros que tinham chegado
em tua própria casa. Agora Zeus
e os outros deuses deram-te o castigo!'.
Assim falei, e o monstro enfureceu-se
enormemente desde o coração.
Arrancou um rochedo, que era o topo
de uma colina elevada, e lançou-o
na nossa direção, um pouco mais
à frente do navio de proa negra.
Por muito pouco não despedaçou
o leme junto à ponta do navio.

As águas se encresparam, elevadas,
conforme a pedra colidiu no mar,
e uma onda de pronto se formou
nos carregando em direção da terra.
Na ressaca das águas, o navio
foi levado de volta para a praia.
Nesse momento, tratei de pegar
uma vara comprida, com a qual
empurrei o navio de volta ao mar.
Então dei ordens aos meus companheiros
e comandei a batida dos remos
a fim de que escapássemos do mal,
meneando sinais com a cabeça.
Jogando o corpo à frente, eles remaram.
Quando já tínhamos nos afastado
o dobro da distância da outra vez,
nesse momento dirigi a voz
ao ciclope. Porém os companheiros
usavam de palavras adoçadas
ao meu redor, tentando me impedir:
'Miserável, por que tu queres tanto
provocar um sujeito tão selvagem,
que agora mesmo lançou uma pedra
contra o mar e mandou o nosso barco
de volta à terra firme, enquanto nós
já dávamos a morte como certa?
Se por acaso ele tivesse ouvido
algum de nós dizendo alguma coisa,
teria certamente esmigalhado
nossas cabeças e os lenhos da nau
com uma única pedra farpada,
de tão forte e tão longe que arremessa'.
Assim falaram, mas não convenceram
o orgulho de meu grande coração.
De novo eu dirigi a voz a ele,
com coração repleto de desgosto:

'Ciclope, caso alguém um dia venha,
dentre os humanos fadados à morte,
e te pergunte como tu perdeste
o teu olho de forma vergonhosa,
podes dizer que quem te cegou foi
Odisseu eversor de cidadelas,
o filho de Laertes, que detém
em Ítaca rochosa seu palácio!'.
Assim falei. Num grito de lamento,
ele me disse o seguinte em resposta:
'Ai de mim! As antigas profecias
agora finalmente me alcançaram!
Existia um profeta nestas terras,
varão valente e de porte elevado.
Chamava-se Telemo, o Eurimida,
e era exímio nas artes do presságio.
Passou a vida toda entre os ciclopes,
fazendo as suas adivinhações.
Foi ele quem me disse que isto tudo
um dia inda haveria de cumprir-se:
que eu seria cegado pelas mãos
de um indivíduo chamado Odisseu.
Eu sempre imaginei que ele seria
um homem belo e de grande estatura,
esse que um dia chegaria aqui,
todo vestido com enorme força.
Mas quem chegou aqui foi um nanico,
um inútil completo, um fracalhão —
eis o tipo que me vazou a vista
ao dominar meu coração com vinho!
Mas vem cá, Odisseu, para eu te dar
os teus presentes de hospitalidade
e pedir uma escolta para ti
ao glorioso abalador da terra.
Acontece que eu sou o filho dele —
afirma com orgulho que é meu pai.

Ele próprio, se assim o desejar,
poderá restaurar minha visão
e nenhum outro dos deuses ditosos
nem dos humanos fadados à morte'.
Assim falou. De minha parte então
eu proferi o seguinte em resposta:
'Quem me dera que fosse tão seguro
o poder de privar-te da existência
e do tempo de vida, e te mandar
para o interior do palácio de Hades,
como é seguro que não curará
teu olho nunca o abalador do solo!'.
Assim eu lhe falei, mas em seguida,
endereçando-se ao senhor Possêidon,
ele fez preces com mãos estendidas
na direção das estrelas do céu:
'Escuta-me, Possêidon, retentor
de toda a terra, deus de cachos negros,
se é verdade que sou um filho teu,
se tu afirmas mesmo que és meu pai,
dá-me que não retorne nunca à casa
Odisseu, eversor de cidadelas,
o filho de Laertes, que detém
em Ítaca rochosa seu palácio!
Mas, se o destino dele for de fato
ver os entes queridos e alcançar
o palácio de bela construção,
lá no seio de sua terra pátria,
que chegue tarde e de forma ruim,
tendo perdido os companheiros todos,
em uma nau que não seja nem dele,
e que encontre problemas em seu lar!'.
Assim ele falou em sua prece,
e o deus de cachos negros o escutou.
Então de novo ele ergueu um rochedo,
que dessa vez era muito maior,

e depois de girá-lo arremessou-o
num golpe de poder imensurável
na nossa direção, um pouco mais
para trás do navio de proa negra.
Por muito pouco não despedaçou
o leme junto à ponta do navio.
As águas se encresparam, elevadas,
conforme a pedra colidiu no mar,
e uma onda de pronto se formou
nos carregando dessa vez em frente.
Depois disso, conforme nós chegamos
à ilha em que deixáramos os outros
dos nossos barcos de bancos bem-feitos
à nossa espera, com os companheiros
sentados pelo entorno, lamentando,
numa saudade constante de nós,
quando chegamos, primeiro de tudo,
aportamos o barco junto à praia.
Depois disso, descemos nós também
para a areia molhada pelas ondas.
Do côncavo navio, desembarcamos
em seguida as ovelhas do ciclope,
que dividimos, para que ninguém
ficasse sem uma porção igual.
Conforme dividimos o rebanho,
meus companheiros de grevas bem-feitas
me fizeram a honra de me dar
aquele grande carneiro. Na praia,
sacrifiquei-o para Zeus Cronida,
de nuvens negras, rei de tudo e todos,
queimando as coxas como uma oferenda –
mas ele desdenhou do sacrifício,
e em vez disso buscava alguma forma
com que pudesse enfim aniquilar
todos os meus navios de belos bancos
e massacrar meus leais companheiros.

Dessa maneira então o dia todo,
até que o sol mergulhasse no mar,
nós nos banqueteamos, consumindo
carne abundante e vinho adocicado.
Quando o sol já baixara sob o mar
e a escuridão nos sobreveio a todos,
então nós nos deitamos e dormimos
sobre as areias, bem perto das ondas.
Quando afinal surgiu a matutina
Éos, Aurora de dedos rosados,
nesse momento, tratei de acordar
e de dar ordens aos meus companheiros
para que logo subissem a bordo
e soltassem os cabos junto à popa.
Eles subiram sobre a embarcação
e assumiram seus postos junto aos remos.
Sentados em fileiras então foram
ferindo o mar cinzento com os remos.
De lá, seguimos navegando em frente,
com tristeza nos nossos corações
por termos escapado da desgraça
quando sócios queridos pereceram.

Canto X

Junto à ilha de Éolo, em seguida,
aportamos os barcos. Lá morava
o próprio Éolo, nascido de Hipotes,
amado pelos deuses imortais,
numa ilha boiando sobre o mar.
Por toda parte, via-se correr
uma muralha de bronze inquebrável,
e a costa tinha rochas elevadas.
Doze filhos haviam vindo à luz
e crescido nos quartos do palácio.
Eram seis as mulheres e também
seis os homens em plena juventude.
O rei havia dado as próprias filhas
para serem esposas de seus filhos.
Eles faziam sempre seus banquetes
na companhia de seu pai querido
e da mãe dedicada. Para eles,
havia uma abundância de benesses.
De dia, muito olor de sacrifício
preenchia o palácio, enquanto o pátio
ecoava ao redor. Depois, de noite,
ao lado das esposas venerandas,
eles dormiam muito bem-cobertos
sobre leitos de estrado encordoado.
Quando chegamos à cidade deles
e visitamos seu belo palácio,
hospedaram-me por um mês inteiro
e perguntaram sobre cada coisa
a respeito de Ílion, dos argivos
e do retorno dos homens aqueus.

Então tratei de recontar-lhes tudo
exatamente como manda a moira.
Depois de um tempo, quando lhes pedi
que me deixassem seguir meu caminho
e me mandassem embora, não houve
o que negassem. Prepararam tudo.
O rei Éolo também me deu um odre
feito do couro de um boi de nove anos
e dentro desse odre ele prendeu
os fluxos das intensas ventanias,
pois ele havia sido nomeado
pelo Cronida como rei dos ventos,
para que tanto pudesse pará-los
como incitá-los, quando desejasse.
Esse odre depois ele amarrou
com um cordão de prata reluzente
no nosso côncavo navio, de modo
que nem a mínima brisa soprasse.
Em seguida, incitou o vento oeste,
o Zéfiro, a soprar em meu favor,
para que impulsionasse as nossas naus
e nos levasse — mas não poderia
ter sucesso em fazê-lo, pois nós mesmos
nos perdemos em nossa petulância.
Por nove dias e por nove noites
seguimos navegando sem parar.
No décimo, por fim, vimos surgir
à vista novamente a terra pátria.
Já víamos o fumo das lareiras
acesas no horizonte, de tão perto.
Mas eis então que o sono adocicado
me dominou, cansado como estava,
pois eu vinha direto junto ao leme,
negando-me a cedê-lo a qualquer um
dos companheiros, para que depressa
chegássemos de volta à terra pátria.

Então meus companheiros se juntaram,
conversando entre si, em assembleia.
Disseram que eu estava carregando
ouro e prata de volta para casa,
como presentes de Éolo, nascido
de Hipotes, rei de grande coração.
Ao verem semelhante situação,
desta forma falavam uns aos outros:
'Mas que desgraça! Vede como aquele
é benquisto e honrado em meio a todos
os humanos de todas as cidades
e regiões aonde quer que vá!
Ele traz para si uma abundância
de tesouros belíssimos de Troia,
dos despojos de guerra, enquanto nós,
que fizemos também essa viagem,
chegaremos de volta em nossas casas
de mãos vazias, segurando nada.
Além de tudo, agora recebeu
esse presente de hospitalidade
da parte do rei Éolo! Pois bem,
vejamos o que foi que ele ganhou,
o quanto exatamente de ouro e prata
existe dentro desse odre dele!'.
Assim falavam, e esse plano mau
prevaleceu em meio aos companheiros.
Eles soltaram o cordão do odre
e os ventos todos fugiram de dentro.
De súbito formou-se uma tormenta
que os carregou de volta ao alto-mar,
enquanto eles choravam, para longe
de nossa pátria. Quando eu acordei,
eu já considerava seriamente,
dentro de meu coração impecável,
se não devia me jogar do barco
e perecer de uma vez no alto-mar,

ou se tinha de fato que seguir
resistindo calado em meio aos vivos.
Acabei por ficar e resistir.
Cobri-me com um pano e me deitei
no convés do navio, e a tempestade
terrível conduziu as nossas naus
mais uma vez para a ilha de Éolo.
Os companheiros só se lamentavam.
Ali nós aportamos os navios
e abastecemos nosso estoque de água.
De pronto os companheiros prepararam
comida junto aos rápidos navios.
Depois que nós já tínhamos comido
nossas porções de comida e bebida,
nesse momento, escolhi um arauto
e um companheiro para me seguirem
e fui na direção do glorioso
palácio do rei Éolo. Encontrei-o
banqueteando-se na companhia
da sua esposa e de seus próprios filhos.
Assim que nós chegamos ao palácio,
nós logo nos prostramos na soleira,
entre as pilastras. Com o coração
espantado, fizeram-nos perguntas:
'Como foi, Odisseu, que tu voltaste?
Qual foi o nume mau que te assolou?
Com gentileza, nós te preparamos
a viagem, a fim de que chegasses
de volta à tua pátria e teu palácio,
ou até onde te fosse querido'.
Assim falaram. Eu lhes respondi
com coração transido em sofrimento:
'Eu fui prejudicado por terríveis
companheiros, a quem somou-se ainda
o sono miserável. Ajudai-me,
meus amigos, pois tendes o poder!'.

Assim falei, usando de palavras
cuidadosas, a fim de convencê-los,
mas eles mantiveram-se em silêncio.
Por fim, o pai respondeu-me o seguinte:
'Vai-te embora depressa desta ilha,
mais reprovável dos seres que vivem!
Para mim não foi dado esse direito
de ajudar na partida ou de escoltar
algum homem que seja tão malquisto
aos olhos das ditosas divindades.
Vai-te embora, pois tu chegaste aqui
odiado entre os deuses imortais!'.
Tendo falado assim, mandou-me embora
de seu palácio, enquanto eu lamentava.
De lá, seguimos navegando em frente,
com tristeza nos nossos corações.
O coração dos homens já minguava
por causa das remadas aflitivas
e também pela nossa estupidez,
pois não tivemos mais nenhuma escolta.
Ao longo de seis dias e seis noites
seguimos navegando sem parar.
No sétimo, chegamos afinal
na cidadela elevada de Lamo,
Telépilo, como é chamada, pólis
dos lestrigões, onde pastor saúda
pastor quando retorna com seu gado,
e é saudado de volta por quem sai.
Nesse local, um homem que não dorme
talvez ganhasse um ordenado duplo –
primeiro por pastorear bovinos,
depois pastoreando ovelhas brancas –,
pois ali estão pertos um do outro
os caminhos do dia e os da noite.
Então, quando chegamos a seu porto
glorioso – ao redor do qual se veem

rochas alcantiladas dos dois lados
se estendendo até onde a vista alcança,
e erguendo-se também em promontórios,
que surgem a partir dessa enseada,
em duas cristas, uma oposta a outra,
cuja entrada, no porto, é bem estreita –,
notamos que era ali que eles mantinham
todas as suas naves recurvadas.
Estavam ancoradas todas juntas
no interior dessa côncova enseada,
uma perto da outra, pois as ondas
ali dentro jamais se levantavam,
nem um pouquinho, e nem sequer havia
o mais ínfimo sopro de uma brisa.
Apenas eu mantive a nau escura
fora do ancoradouro, mas por perto,
na ponta mais extrema da enseada,
amarrada com cabos junto às rochas.
Em seguida, subi para um mirante
de onde se via tudo, e averiguei:
não se viam rebanhos de bovinos
nem campos de cultivo dos humanos;
só se via subir uma fumaça
de um ponto solitário no horizonte.
Então eu enviei uns companheiros
para que fossem lá e descobrissem
de que tipo seriam os humanos
comedores de pão daquela terra.
Para a missão, eu escolhi dois homens
e um arauto também, como terceiro.
Partiram numa estrada bem batida,
por onde se notava que carroças
passavam com frequência, carregando
madeira das montanhas à cidade.
Chegando lá, calharam de encontrar
uma moça que estava retornando

com jarros de água. Era a forte filha
de Antífates, o rei dos lestrigões.
Ela havia descido, caminhando,
à nascente de belas correntezas,
a fonte Artácia, de onde vinha vindo
com água de retorno ao vilarejo.
Eles então se aproximaram dela
e a interpelaram para perguntar
quem era o basileu daquele povo,
que detinha o governo sobre eles.
A moça prontamente lhes mostrou
a casa de alto teto de seu pai.
Entrando no palácio glorioso,
depararam-se logo com a esposa
do rei. Era tão grande quanto o cimo
de uma montanha. Já se apavoraram.
Ela logo chamou para o salão
o glorioso Antífates, que estava
na praça da cidade, seu esposo
que veio lhes tramar horrível fim.
Agarrou um dos nossos companheiros
e dele preparou o seu jantar.
Os outros dois trataram de fugir
em disparada em direção às naus.
Então um grito de guerra se ergueu
através da cidade. Quando ouviram,
os poderosos homens lestrigões
vieram acudir, de toda parte,
em um número muito além da conta.
Não pareciam homens, mas gigantes.
Em suas mãos, eles erguiam rochas
que um homem mal podia carregar
e as atiravam – um estrondo horrível
se levantava em torno dos navios
conforme os homens eram esmagados
junto das naus, que se despedaçavam.

Fisgando-os feito peixes, já partiam
levando embora seu festim macabro.
Enquanto pereciam no interior
do porto e da enseada bem profunda,
saquei a minha espada pontiaguda
da bainha que levo junto à coxa
e com ela cortei então o cabo
de ancoragem da nau de proa escura.
De imediato, tratei de concitar
e de dar ordens aos meus companheiros
para que se apressassem com os remos,
a fim de que escapássemos do mal.
Eles remaram juntos, num empenho
desesperado, já temendo o fim.
Felizmente, ganhamos o alto-mar,
escapando das rochas que voavam,
mas só o meu navio. Todos os outros
foram aniquilados ali mesmo.
De lá, seguimos navegando em frente,
com tristeza nos nossos corações
por termos escapado da desgraça
quando sócios queridos pereceram.
O próximo lugar a que chegamos
foi a ilha de Eeia. Lá morava
a ninfa de belíssimos cabelos
chamada Circe, deidade terrível,
de voz humana. Ela era irmã
de Eetes de maligno pensamento.
Foram ambos gerados pelo Sol,
por Hélios, que traz luz para os mortais,
a partir de uma única mãe, Perse,
ela própria nascida de Oceano.
Direcionando o barco para a costa
dessa ilha, seguimos em silêncio
até um porto bom para ancoragem.
Alguma divindade nos guiava.

Então desembarcamos e ali mesmo
ficamos duas noites e dois dias
comendo nossos próprios corações
de tanta dor e tanto esgotamento.
Mas, quando a Aurora de belos cabelos
trouxe o terceiro dia ao ressurgir,
nesse momento tomei minha lança
e também minha espada pontiaguda.
Rapidamente deixei o navio
e fui subindo para um miradouro,
para ver se encontrava algum trabalho
humano ou se escutava alguma voz.
Então fiquei de pé sobre o mirante,
depois de ter subido numa escarpa,
e percebi um traço de fumaça
que subia da terra de amplas vias,
exatamente do salão de Circe,
atravessando as matas e a floresta.
De pronto já me pus a debater
na mente e no mais íntimo do peito
se não devia investigar de perto,
já que via a fumaça de algum fogo.
Considerando a questão dessa forma,
pareceu-me por fim mais vantajoso
primeiro retornar à nau veloz
junto à praia banhada pelas ondas,
oferecer comida aos companheiros
e então mandá-los para investigar.
Mas eis então que, quando eu já estava
quase de volta ao meu navio recurvo,
nesse momento alguma divindade
teve pena de mim ali sozinho
e fez com que surgisse em meu caminho
um grande cervo, de galhada altiva —
decerto tinha vindo de seu pasto
na floresta e descido para o rio

a fim de beber água, pois a força
do sol o compelia a refrescar-se.
Conforme ele saía dos arbustos
à beira do riacho, eu o atingi
bem no meio do dorso, junto à espinha.
A brônzea lança atravessou-o inteiro.
Tombou agonizando na poeira,
e seu sopro vital se dissipou.
Com o pé apoiado no seu peito,
puxei a brônzea lança para fora
da ferida, e então eu a deixei
de lado, reclinada sobre a terra.
Em seguida, tratei de recolher
uns galhos e cipós e entrelacei-os
numa corda de cerca de uma braça,
com trama bem-urdida dos dois lados.
Com essa corda, então eu amarrei
os pés daquele monstro pavoroso.
Coloquei-o nas costas e levei-o
de volta para o meu navio escuro,
usando a lança para me apoiar,
pois não havia como carregá-lo
com o peso somente num dos ombros,
pois era muito grande mesmo a fera.
Tombei-o junto à proa do navio
e tratei de acordar os companheiros
usando de palavras adoçadas
ao passar de um em um e lhes dizer:
'Amigos, apesar de todo o luto,
ainda não é hora de descermos
para o interior do palácio de Hades –
não antes de chegar o dia dado.
Então vamos! Enquanto houver comida
e bebida na nossa nau veloz,
devemos recordar-nos de comer
e não deixar que a fome nos consuma!'.

Assim falei, e eles prontamente
deram ouvidos às minhas palavras.
Saíram das cobertas onde estavam,
junto das praias do mar infecundo,
e puseram-se a contemplar o cervo,
pois era muito grande mesmo a fera.
Depois de um tempo, quando eles já tinham
satisfeito seus olhos com a vista,
logo trataram de lavar as mãos
e prepararam um lauto banquete.
Dessa maneira então o dia todo,
até que o sol mergulhasse no mar,
nós nos banqueteamos, consumindo
carne abundante e vinho adocicado,
Quando o sol já baixara sob o mar
e a escuridão nos sobreveio a todos,
então nós nos deitamos e dormimos
sobre as areias, bem perto das ondas.
Quando afinal surgiu a matutina
Éos, Aurora de dedos rosados,
tratei de convocar uma assembleia
e falei o seguinte para todos:
'Escutai meu discurso, companheiros,
apesar das desgraças que sofrestes!
Meus amigos, agora nem sabemos
qual o lado da noite, nem da aurora,
nem do sol, que dá luz para os mortais –
nem o lado em que desce para a terra,
nem o lado em que sobe para o céu.
Então consideremos bem depressa
se existe ainda um plano astucioso.
Eu mesmo já não creio que ele exista,
pois espiei de cima de um mirante,
depois de ter subido numa escarpa,
e olhei a ilha inteira, circundada
pelo mar infinito em todo o entorno.

A terra toda não é muito alta.
Então eu vi com os meus próprios olhos,
no meio dela, um traço de fumaça
atravessando as matas e a floresta'.
Assim falei. De pronto para eles
despedaçou-se o caro coração,
conforme recordaram-se dos feitos
de Antífates, o rei dos lestrigões,
e do ciclope, comedor de humanos,
violento e de grande coração.
Desataram então num pranto agudo,
vertendo lágrimas muito sentidas,
mas não havia nada que pudesse
ser ganho dessa forma pelo choro.
Tratei de dividi-los em dois grupos,
meus companheiros de grevas bem-feitas,
e assinalei um líder que ficasse
responsável por cada um dos grupos:
um deles era eu mesmo que guiava;
o outro, Euríloco, belo feito um deus.
Então tomamos um elmo de bronze
e tiramos a sorte dos guerreiros.
Ao chacoalhar o elmo, foi a pedra
de Euríloco que nos saltou à mão.
Ele seguiu em frente, comandando
vinte e dois companheiros, que seguiam
atrás dele, chorando. Nós ficamos
para trás, entre prantos e gemidos.
Numa clareira no meio das matas,
eles acharam a casa de Circe,
construída com pedras bem-polidas,
num terreno com vista a todo lado.
Era nesse local que ela morava,
em meio a lobos e leões monteses
que ela mesma tratara de encantar,
administrando fármacos terríveis.

Porém os animais não atacaram
os meus homens, e sim se levantaram
para saudá-los, correndo ao redor
e balançando suas longas caudas.
À semelhança de quando cachorros
vêm saudar o seu mestre que chegou
de um banquete trazendo-lhes agrados
para satisfazer seus corações –
assim também chegavam perto deles
lobos de fortes garras e leões.
Porém eles ficaram assustados
ao verem esses monstros pavorosos
e pararam diante dos umbrais
da deusa de belíssimos cabelos,
Circe, que ouviam dentro do palácio
cantarolar com voz melodiosa
enquanto trabalhava num tecido
ambrosíaco, como soem ser
os trabalhos das deusas, muito leves
e graciosos, cheios de esplendor.
Principiou a falar entre eles
Polites, comandante de guerreiros,
que para mim era o mais estimado
e confiável dentre os companheiros:
'Tem alguém aí dentro, meus amigos,
talvez uma mulher ou uma deusa,
trabalhando ao tear enquanto canta
com voz melodiosa, que ressoa
por toda parte dentro do palácio.
Tratemos de chamá-la bem depressa'.
Assim ele falou, e então os homens
ergueram suas vozes e chamaram.
Ela logo saiu para saudá-los,
abrindo as portas duplas, esplendentes,
e os chamou para entrar. Eles seguiram
todos juntos, em sua ignorância.

Euríloco somente não entrou,
suspeitando que fosse uma armadilha.
Ela os levou para dentro e mandou
que sentassem nos tronos e divãs.
Entre eles, tratou de misturar
queijo, cevada e mel esverdeado
em vinho prâmnio – mas logo depois
ela também misturou à bebida
um fármaco funesto, que os fizesse
esquecer por completo a terra pátria.
Quando já tinha lhes servido as taças
e eles já tinham bebido, de pronto
tocou com a varinha sobre eles
e colocou-os todos no chiqueiro.
Ficaram com cabeças de suínos,
com as vozes também, com a pelugem
e com a forma, mas as suas mentes
mantiveram-se as mesmas, sem mudanças.
E foi assim, chorando, que acabaram
aprisionados. Para eles, Circe
jogou umas bolotas de carvalho
e de azevinho, para que comessem
feito porcos que dormem pelo chão
e pelo chão procuram alimento.
Euríloco de pronto se apressou
de volta para a rápida nau negra
e deu notícia sobre os companheiros
e o destino terrível que tiveram.
De início não podia nem falar
palavra alguma, mesmo que quisesse,
de tão enorme que era o sofrimento
a ferroar-lhe o coração. Seus olhos
encheram-se de lágrimas – chorar
era tudo que o coração queria.
Mas, quando todos nós lhe perguntamos,
estarrecidos, sobre o que o ocorrera,

por fim ele tratou de descrever
a ruína dos outros companheiros:
‘Entramos na floresta, exatamente
como mandaste, brilhante Odisseu.
Numa clareira no meio das matas,
nós encontramos um belo palácio,
construído com pedras bem-polidas,
num terreno com vista a todo lado.
Havia alguém lá dentro, trabalhando
ao tear e cantando com voz clara,
talvez uma mulher ou uma deusa.
Ergueram suas vozes e a chamaram.
Ela logo saiu para saudar-nos,
abrindo as portas duplas, esplendentes,
e convidou-nos para entrar. Seguiram
todos juntos, em sua ignorância.
Eu fui o único que não entrou,
suspeitando que fosse uma armadilha.
De repente, sumiram de uma vez,
todos juntos. Não houve nenhum deles
que saísse de volta, mesmo eu tendo
esperado bastante, de vigia’.
Assim falou. Então eu enlacei
uma espada de cravos prateados
ao redor dos meus ombros – arma enorme,
toda de bronze – e junto dela o arco.
De imediato, mandei que me guiasse
de volta por aquela mesma rota,
mas ele se agarrou aos meus joelhos
e me fazia súplicas sentidas.
Entre lamentos, ele me rogava
com as seguintes palavras aladas:
‘Contra minha vontade, não me leves,
rei nutrido por Zeus! Deixa-me aqui!
Pois eu sei muito bem que, se tu fores,
não poderás salvar-te, muito menos

trazer de volta algum dos companheiros!
Em vez disso, fujamos bem depressa
com os que estão aqui! Talvez assim
evitemos o dia da desgraça!'.
Assim falou. De minha parte então
eu proferi o seguinte em resposta:
'Euríloco, tu podes, sim, ficar
aqui, exatamente onde te encontras,
com comida e bebida garantidas,
junto do côncavo navio escuro.
Porém, de minha parte, eu devo ir,
pois é forte o chamado do dever'.
Tendo falado assim, eu fui embora,
deixando para trás navio e mar.
Em seguida, depois de ter cruzado
por florestas sagradas, quando estava
já prestes a chegar à grande casa
de Circe das inúmeras poções,
nesse momento veio ao meu encontro
o deus Hermes do caduceu dourado.
Veio a mim quando eu já chegava à casa,
tendo assumido a forma de um rapaz
que acaba de crescer alguma barba,
período em que é mais bela a juventude.
Segurando-me a mão em sua mão,
chamou-me pelo nome e me falou:
'Aonde vais desta vez, miserável,
atravessando sozinho as montanhas,
sem nem saber em que lugar estás?
Teus companheiros foram confinados
e transformados em porcos por Circe.
Estão amontoados num chiqueiro.
Por acaso estás indo para lá
no intuito de salvá-los? Eu não creio
que tu retornarás. Pelo contrário,
serás preso também, tal como os outros.

Mas não te desanimes, pois eu mesmo
vou salvar-te e guardar-te contra o mal!
Toma aqui este fármaco potente
e vai com ele ao palácio de Circe.
Bem afastado de tua cabeça
irá manter o dia da desgraça.
Agora irei relatar para ti
todos os planos funestos de Circe.
Ela vai preparar-te uma poção,
pondo fármacos dentro da bebida –
porém nem mesmo assim será capaz
de lançar seu encanto sobre ti:
o fármaco potente que te dei
não irá permiti-lo. Digo mais:
no momento em que Circe te tocar
com a sua varinha bem comprida,
deves sacar a espada pontiaguda
da bainha que trazes junto à coxa
e avançar contra Circe, de tal modo
como se fosses de fato matá-la.
Ela vai se encolher, apavorada,
e te chamar para subir ao leito.
Então tu não rejeites – nem depois –
compartilhar do tálamo da deusa,
a fim de que ela possa te soltar
os companheiros e cuidar de ti.
Mas trata de fazer com que ela jure
a grande jura dos deuses ditosos,
de que ela não irá de modo algum
confabular maldades contra ti
nem te fazer um homem desviril,
sem hombridade, quando te despires'.
Depois de ter falado dessa forma,
o Argicida mostrou-me onde colher
aquele fármaco da própria terra
e me explicou a sua natureza.

Suas raízes eram todas negras,
mas a flor era branca como leite —
os deuses a conhecem como 'móli'.
É difícil de ser localizada
pelos seres humanos morituros,
porém as divindades podem tudo.
Nesse momento então Hermes tratou
de retornar às alturas do Olimpo,
atravessando as florestas da ilha.
De minha parte, fui para o palácio
de Circe. No caminho, muitas coisas
me atormentavam desde o coração.
Por fim, parei diante dos umbrais
da deusa de belíssimos cabelos.
Parado ali, gritei para chamá-la,
e a deusa logo ouviu a minha voz.
De imediato já veio me saudar,
abrindo as portas duplas, esplendentes,
e me chamou para dentro. Segui
com coração transido em sofrimento.
Ela me trouxe um trono cravejado
em prata, belo e de lavor dedáleo,
e nele me pediu que eu me sentasse,
descansando meus pés num escabelo.
Num cálice dourado então me fez
uma poção, a fim de que eu bebesse,
pondo um fármaco dentro da bebida,
com coração repleto de maldades.
Porém, quando ela me entregou a taça
e eu a bebi, não teve efeito algum.
Ela então me tocou com a varinha,
chamou-me pelo nome e me falou:
'Agora vai deitar-te no curral
ao lado dos teus outros companheiros!'.
Assim falou, mas eu saquei a espada
pontiaguda que tinha junto à coxa

e avancei contra Circe, de tal modo
como se fosse de fato matá-la.
Gritou apavorada e se encolheu,
agarrando de pronto os meus joelhos.
Entre lamentos, ela me rogava
com as seguintes palavras aladas:
'Quem és e de que gente tu vieste?
De que cidade e de que genitores?
Fico tomada de espanto que tenhas
bebido o fármaco e não te encantado,
pois até hoje nunca tinha havido
alguém que resistisse a essa droga
no primeiro momento em que a bebesse
e ela passasse o cerco de seus dentes!
Dentro do peito, certamente tens
um coração imune a encantamentos.
Eu suponho que sejas Odisseu,
o de muitos encontros, sobre quem
o Argicida, do caduceu dourado,
já muitas vezes tinha me falado,
que haveria de vir aqui, de Troia,
a bordo de uma rápida nau negra.
Então vamos! Coloca tua espada
de volta na bainha. Depois disso,
subamos eu e tu ao nosso leito,
a fim de que possamos nos unir
nos trabalhos do tálamo de amor.
Assim confiaremos um no outro'.
Assim falou. De minha parte então
eu proferi o seguinte em resposta:
'Circe, como tu queres me pedir
para que eu seja mais gentil contigo
sendo que tu transformaste em suínos
meus companheiros dentro do palácio?
Cheia de dolos no teu coração,
aproveitando que me tens aqui,

pedes que eu te acompanhe para o quarto,
a fim de que subamos no teu leito,
para fazer-me um homem desviril,
sem hombridade, quando eu me despir.
Por isso eu digo que não gostaria
de subir por enquanto no teu leito
exceto se tiveres a coragem,
deusa, de me fazer enorme jura
de que tu não irás de modo algum
confabular maldades contra mim'.
Assim falei, e ela prontamente
fez a jura conforme lhe pedi.
Em seguida, depois que ela jurou
e terminou de fazer a promessa,
nesse momento, por fim, eu subi
no belíssimo tálamo de Circe.
Enquanto isso, dentro do palácio,
havia quatro aias que seguiam
fazendo seus trabalhos. Elas eram
as responsáveis por cuidar da casa.
Tinham sido geradas por nascentes,
pelas matas dos bosques e florestas,
e pelas águas sagradas dos rios
que fluem para desaguar no mar.
Uma delas tratava de estender
cobertores purpúreos sobre os tronos,
belas tapeçarias, que forrava
por baixo com camadas de tecido.
A segunda cuidava de arrastar
as mesas prateadas e alinhá-las
diante das cadeiras, para então
servir cestos dourados sobre elas.
A terceira empenhava-se em fazer
a mistura do vinho adocicado,
que agrada o coração, numa cratera
de prata, e o servia em taças de ouro.

A quarta se ocupava de trazer
água ao palácio e de acender o fogo
abundante debaixo de uma enorme
trípode. Logo a água se aqueceu.
No momento em que a água começou
a borbulhar no bronze reluzente,
ela me fez sentar numa banheira
e me verteu na cabeça e nos ombros
água tirada da enorme tripeça
e misturada para bom contento,
até que enfim me removeu dos membros
a fadiga que arrasa o coração.
Depois que terminou de me banhar
e de me ungir com azeite de oliva,
em seguida tratou de me vestir
com túnica e com manto bem felpudo.
Então me trouxe um trono cravejado
em prata, belo e de lavor dedáleo,
e nele me pediu que eu me sentasse,
descansando meus pés num escabelo.
Uma atendente veio carregando
uma jarra dourada, muito bela,
com água, que verteu numa vasilha
toda de prata, para que eu pudesse
lavar as mãos. Em seguida, dispôs
uma mesa polida à minha frente.
Depois pão foi trazido para mim
por uma governanta veneranda,
que me serviu comidas variadas,
de tudo que ela tinha na despensa.
Dizia para que eu comesse, mas
isso não me agradava o coração.
Sentei-me com o pensamento ao longe,
o coração já pressentindo males.
Nesse momento, Circe percebeu
que eu estava sentado sem lançar

os meus braços em busca de comida,
tomado por tristeza abominável.
Chegando perto de onde me encontrava,
disse as seguintes palavras aladas:
'Por que ficas sentado dessa forma,
Odisseu, como alguém que não tem voz,
comendo o próprio coração em vez
de provar da comida e da bebida?
Por acaso tu tens uma suspeita
de outro dolo? Não há necessidade
de teres medo, pois eu já jurei
para ti uma jura poderosa'.
Assim falou. De minha parte então
eu proferi o seguinte em resposta:
'Ora, Circe, que tipo de guerreiro,
preocupado com tudo que é devido,
teria essa ousadia de provar
de comida e bebida sem ter antes
libertado seus próprios companheiros
e os visto sãos e salvos com seus olhos?
Se realmente estás me convidando
a comer e a beber à tua mesa,
coloca em liberdade meus fiéis
companheiros, a fim de que eu os veja'.
Assim eu lhe falei. Por sua vez,
Circe cruzou o salão do palácio,
carregando a varinha em sua mão.
Então abriu as portas do chiqueiro
e concitou os porcos a saírem.
Pareciam leitões de nove anos.
Em seguida, eles todos se puseram
parados diante dela, que passou
de um em um vertendo sobre eles
um novo fármaco conforme vinha.
De repente, a pelugem de seus membros
foi se perdendo, aquela que crescera

por efeito do fármaco funesto
que a veneranda Circe administrara.
Transformaram-se em homens novamente,
até mais jovens do que eram antes,
e certamente muito mais bonitos,
muito maiores de se contemplar.
Eles de pronto me reconheceram
e vieram tocar as minhas mãos.
Um desejo de choro nos tomou
a todos nós – o interior do palácio
ecoou de maneira assustadora.
Até a própria deusa apiedou-se.
Colocando-se próximo de mim,
ela me disse, diva entre as deidades:
'Divina estirpe, filho de Laertes,
Odisseu de engenhosos artifícios,
agora vai de volta à nau veloz
junto à praia banhada pelas ondas,
e trata de arrastar a embarcação
sobre as areias primeiro de tudo.
Depois esconde dentro de cavernas
os teus tesouros, armas e equipagem.
Finalmente, retorna para cá,
trazendo junto os fiéis companheiros'.
Assim ela falou, e de imediato
meu coração viril a obedeceu.
Então eu fui de volta à nau veloz
junto à praia banhada pelas ondas.
Lá encontrei meus fiéis companheiros
largados sobre o rápido navio.
Estavam em um luto inconsolável,
vertendo lágrimas muito sentidas.
Assim como bezerros num curral,
quando notam as vacas do rebanho
vindo de volta ao pátio estercorário
depois de se fartarem de gramíneas,

todos juntos já ficam saltitantes
diante delas, e logo os cercados
se esvaziam conforme vão correndo,
em um bando mugente, circundar
as suas mães – assim também aqueles,
quando me viram com seus próprios olhos,
derramaram mais lágrimas ainda.
Dentro de seus corações, parecia
que já tinham chegado de retorno
à pátria e à cidade de onde vinham,
Ítaca de terreno acidentado,
onde tinham nascido e se criado.
Entre lágrimas, eles me saudaram
com as seguintes palavras aladas:
'Que alegria sentimos em te ver,
rei nutrido por Zeus, aqui de volta!
É como se tivéssemos chegado
de novo em Ítaca, na terra pátria!
Mas vamos! Conta para nós que fim
levaram nossos outros companheiros'.
Assim falaram, e eu lhes respondi
usando de palavras agradáveis:
'Tratemos de arrastar a embarcação
sobre as areias primeiro de tudo.
Depois guardemos dentro de cavernas
nossos tesouros, armas e equipagem.
Então, por fim, deveis vos apressar
em seguirdes comigo todos juntos
a fim de verdes nossos companheiros,
lá no palácio sagrado de Circe,
provando da comida e da bebida
que lá existem sempre em abundância'.
Assim falei, e eles prontamente
deram ouvidos às minhas palavras,
com exceção de Euríloco somente,
que me detinha os companheiros todos.

Dirigindo-se a eles desta forma,
disse as seguintes palavras aladas:
‘Ah, miseráveis! Para onde vamos?
Por que quereis ter parte nesses males?
Se nós nos dirigirmos ao salão
do palácio de Circe, com certeza
ela logo fará de todos nós
ou suínos ou lobos ou leões,
a fim de que fiquemos lá guardando,
por coação, seu enorme palácio,
assim como o ciclope aprisionou
os nossos companheiros no passado,
quando ousaram entrar no seu terreno
com Odisseu corajoso entre eles.
Foi pela petulância desse homem
que nossos companheiros pereceram!’.
Assim falou, e eu já considerava
comigo mesmo, no meu coração,
sacar a minha a espada pontiaguda
que junto à grossa coxa eu carregava
e ali mesmo, num golpe, lhe fazer
sua cabeça rolar pelo chão,
por mais que fosse próximo de mim
por casamento. Mas meus companheiros
usando de palavras agradáveis
aqui e ali trataram de deter-me:
‘Rei nutrido por Zeus, melhor seria
deixarmos esse aqui, se permitires,
para que permaneça junto ao barco
e do barco se ponha de vigia.
De nossa parte, guia-nos em frente
para o palácio sagrado de Circe!’.
Tendo falado assim, eles partiram
para longe do mar e do navio.
Nem mesmo Euríloco, no fim das contas,
ficou junto do côncavo navio,

e sim seguiu conosco, por temor
de minha veemente represália.
Enquanto isso, dentro do palácio,
Circe cuidou que os outros companheiros
fossem banhados e depois ungidos
com azeite de oliva, em todo luxo.
Também cuidou que eles fossem vestidos
com túnicas e mantos bem felpudos.
Quando chegamos, nós os encontramos
em um belo banquete no salão.
No momento em que viram uns aos outros
e se reconheceram mutuamente,
desmancharam-se em pranto lutuoso –
e o palácio gemia em todo o entorno.
Colocando-se próximo de mim,
ela me disse, diva entre as deidades:
'Divina estirpe, filho de Laertes,
Odisseu de engenhosos artifícios,
já não é necessário que choreis
lágrimas tão sentidas, pois eu sei
quantas foram as dores que sofrestes
atravessando o pélago piscoso
e quantos foram os homens hostis
que em terra firme vos prejudicaram.
Agora vamos! Tratai de comer
essas viandas e beber o vinho,
a fim de restaurar mais uma vez
em vosso peito aquele coração
tal qual o tínheis quando por primeiro
abandonastes vossa terra pátria,
Ítaca de terreno acidentado.
Agora estais sem ânimo e sem força,
sempre vos recordando de difíceis
divagações. No vosso coração,
já não existe mais uma alegria,
pelo tantíssimo que já sofrestes'.

Assim falou, logrando convencer
com isso os nossos corações viris.
Ali sentados, pelos dias todos
até que um ano inteiro se passara,
nós nos banqueteamos, consumindo
carne abundante e vinho adocicado.
Mas, quando um ano havia se passado
no revolver das próprias estações,
mês cedendo lugar a novo mês
até que os dias longos retornaram,
nesse momento os fiéis companheiros
me convocaram, dizendo o seguinte:
'Homem de deus, agora é necessário
que te lembres de tua terra pátria,
se estiveres de fato destinado
a te salvares e mais uma vez
alcançares a casa de alto teto
lá no seio de tua terra pátria'.
Assim eles falaram, e de pronto
meu coração viril obedeceu.
Dessa maneira então o dia todo,
até que o sol mergulhasse no mar,
nós nos banqueteamos, consumindo
carne abundante e vinho adocicado.
Quando o sol já baixara sob o mar
e a escuridão nos sobreveio a todos,
meus companheiros foram se deitar
pelo salão escuro do palácio.
Enquanto isso, eu próprio me deitei
no belíssimo tálamo de Circe.
A seus joelhos eu lhe supliquei,
e a deusa logo ouviu a minha voz.
Dirigindo-me a ela desta forma,
disse as seguintes palavras aladas:
'Circe, tu deves me cumprir agora
exatamente como prometeste

e me mandar de volta para casa.
Meu coração anseia por partir,
e o coração dos outros companheiros,
que ficam lamentando do meu lado,
machucando inda mais meu coração,
sempre que tu te encontras apartada'.
Assim eu lhe falei, e de imediato
me respondeu a diva entre as deidades:
'Divina estirpe, filho de Laertes,
Odisseu de engenhosos artifícios,
agora já não mais permaneçais
a contragosto aqui no meu palácio.
Mas antes de voltares para casa
é preciso primeiro que tu cumpras
outro caminho e vás para o palácio
de Hades e de Perséfone assombrosa,
para que possas consultar a alma
do tebano Tirésias, o adivinho
privado de visão, que mesmo morto
inda preserva o juízo entranhado –
foi Perséfone quem lhe permitiu
conservar, mesmo em morte, o pensamento.
Somente a ele é dado inteligência,
enquanto os outros vagam feito sombra'.
Assim falou. De pronto para mim
despedaçou-se o caro coração.
Eu me sentei chorando sobre o leito
e já sentia que meu coração
não tinha mais desejo de viver
e contemplar a luz do sol brilhante.
Depois, quando eu já tinha me fartado
de rolar pelo chão e de chorar,
retomei a palavra de imediato
e proferi o seguinte em resposta:
'Mas, Circe, quem teria a habilidade
de nos servir de guia na jornada

em direção ao Hades, onde nunca
se conseguiu chegar com nau escura?’.
Assim eu lhe falei, e de imediato
me respondeu a diva entre as deidades:
‘Divina estirpe, filho de Laertes,
Odisseu de engenhosos artifícios,
não fiques nem um pouco preocupado
com a falta de um guia em teu navio.
Apenas ergue novamente o mastro,
faz com que as brancas velas se desfraldem
e toma teu lugar sentado. O vento
Bóreas conduzirá a embarcação.
Porém, quando tiveres já cruzado
o fluxo do Oceano com teu barco,
então verás um promontório plano
onde Perséfone mantém seu bosque
coroado por álamos viçosos
e por salgueiros derramando frutos.
Ali tu deves atracar teu barco,
junto às fundas correntes de Oceano,
e então seguir a pé para adentrar
o bolorento palácio de Hades.
Logo verás o Periflegetonte
e o Cócito, que emana desde as águas
do rio Estige: duas correntezas
que afluem para dentro do Aqueronte.
Um rochedo faz marco da junção
desses rios de correntes ressonantes.
É desse ponto, herói, que tu precisas
te aproximar, conforme te comando,
e então cavar um fosso que se estenda
por um cúbito em cada um dos lados.
Dentro dele tu deves derramar
libações para todos os defuntos:
primeiro, leite misturado ao mel;
logo depois, um vinho adocicado;

em terceiro lugar, um pouco de água;
e salpica, por fim, cevada branca.
Então suplica repetidamente
aos etéreos semblantes dos defuntos,
prometendo que, quando tu chegares
em Ítaca, farás um sacrifício
de uma vaca que ainda não pariu,
a melhor dentre todas, no palácio,
enchendo a pira de excelentes coisas,
e em separado um outro sacrifício
para Tirésias, de um carneiro negro,
o mais distinto dentre os que tiveres.
Depois que já tiveres suplicado
em prece aos afamados clãs dos mortos,
sacrifica ali mesmo dois carneiros,
um macho branco e uma fêmea negra,
virando ao Érebo o semblante deles,
mas o teu próprio vira para longe,
na direção das correntes sagradas
do Aqueronte. Verás em pouco tempo
chegarem muitas almas de defuntos,
daqueles que morreram no passado.
Nesse momento, deves dar comando
para teus companheiros e ordenar
que retirem a pele dos carneiros
sacrificados, com bronze cruel,
para depois queimá-los numa pira,
fazendo preces para as divindades,
especialmente ao poderoso Hades
e a Perséfone, deusa pavorosa.
Então saca da espada pontiaguda
que trazes embainhada junto à coxa
e te senta. Porém tu não permitas
que os etéreos semblantes dos defuntos
consigam chegar perto da sangria
antes que tu interrogues Tirésias!

Em pouco tempo chegará a ti,
comandante de tropas, o adivinho.
Ele decerto poderá dizer-te
qual rumo tomarás e quais etapas
terás no teu retorno, e de que modo
tu zarparás para o alto-mar piscoso'.
Assim falou, e logo sobreveio
Éos, Aurora de trono dourado.
A ninfa então cuidou de me vestir
com uma túnica e com uma capa.
Ela própria em seguida se cobriu
com um manto comprido e prateado,
de tecido bem leve e gracioso.
Em torno da cintura afivelou
um belo cinto, detalhado em ouro,
e cobriu os cabelos com um véu.
Então eu fui através do palácio
e tratei de acordar os companheiros
usando de palavras adoçadas
ao passar de um em um e lhes dizer:
'Agora já não mais deveis dormir,
envolvidos no sono adocicado.
Vamos partir, pois a senhora Circe
apontou o caminho para mim!'.
Assim falei, logrando convencer
com isso os corações viris de todos.
Mas nem de lá eu consegui guiar
meus companheiros sem sofrerem dano.
Entre eles, havia certo Elpênor,
o mais novo de todos, que não era
nem muito corajoso na batalha
nem bem-organizado em pensamento.
Apartado dos outros companheiros,
tinha achado um lugar mais refrescante
e se deitado bêbado de vinho
sobre o palácio sagrado de Circe.

Mas, no momento em que ouviu o barulho
e o som dos passos de seus companheiros,
de súbito, num pulo, levantou-se
e não se recordou, em seu juízo,
de retornar dali, de onde ele estava,
descendo pela escada bem comprida.
Em vez disso, acabou por desabar
com tudo do telhado. Seu pescoço
quebrou-se desde as vértebras e logo
a sua alma descendeu ao Hades.
Aos companheiros indo para o barco,
então eu disse o seguinte discurso:
'Talvez penseis que vamos para casa,
de volta à nossa amada terra pátria.
Mas foi outro o caminho assinalado
por Circe para ser nosso destino:
precisaremos ir para o palácio
de Hades e de Perséfone assombrosa,
para nos consultarmos com a alma
do tebano Tirésias, o adivinho'.
Assim falei. De pronto para eles
despedaçou-se o caro coração.
Sentados ali mesmo onde se achavam,
choravam e arrancavam os cabelos,
mas não havia nada que pudesse
ser ganho dessa forma pelo choro.
Enquanto nós, de volta à nau veloz
junto à praia banhada pelas ondas,
fomos indo, sofridos de tristeza,
vertendo lágrimas muito sentidas,
nesse entrementes Circe dirigiu-se
sozinha até a nossa nau escura
e junto dela deixou amarrados
uma rês negra e um carneiro branco,
passando facilmente sem ser vista –
quem, afinal de contas, poderia

ver se movendo, com seus próprios olhos,
um deus que não quisesse ser notado?

Canto XI

Tão logo nós chegamos à baixada
onde estavam as naus à beira-mar,
em primeiro lugar nós arrastamos
as naus em direção ao mar divino.
O mastro nós erguemos em seguida
e também o velame da nau negra.
Pegamos os carneiros e tratamos
de levá-los a bordo. Junto deles,
embarcamos, repletos de pesar,
vertendo lágrimas muito sentidas.
Então soprou de novo para nós,
vindo de trás da nau de proa escura,
um vento favorável, de enfunar
as velas, companheiro valoroso –
obra da deusa terrível, de belos
cabelos e de voz humana, Circe.
Depois que terminamos de ajustar
a equipagem ao longo do navio,
nós nos sentamos, pois o próprio vento
cuidava de guiar nosso caminho.
O dia todo as velas se enfunaram
pela nau singradora do alto-mar.
Então o sol se pôs. Por toda parte,
as sombras se espalharam nas estradas.
Nosso navio chegou até os confins
das correntes profundas de Oceano.
É nessa região que fica o reino
e a cidadela dos homens cimérios,
num local todo envolto por neblina
e cerração. Não há nenhuma vez

em que o Sol reluzente mova a luz
de seu olhar sobre essa região,
tanto ao cumprir o seu itinerário
na direção do céu repleto de astros
quanto ao fazer o percurso contrário,
movendo-se do céu de volta à terra —
a noite destrutiva lá mantém-se
sempre estendida sobre os vis mortais.
Chegando lá, tratamos de arrastar
o barco à terra. Então desembarcamos
os carneiros e fomos caminhando
de volta pelas margens de Oceano
até que enfim chegamos ao local
a que Circe nos tinha orientado.
Ali, as vítimas do sacrifício
Perimedes e Euríloco trataram
de segurar. Saquei a minha espada
afiada, trazida junto à coxa.
Cavei um fosso, então, que se estendia
por um cúbito em cada um dos lados.
Dentro dele cuidei de derramar
libações para todos os defuntos:
primeiro, leite misturado ao mel;
logo depois, um vinho adocicado;
em terceiro lugar, um pouco de água;
e salpiquei, por fim, cevada branca.
Muitas vezes então eu supliquei
aos etéreos semblantes dos defuntos,
prometendo que, quando eu retornasse
a Ítaca, faria um sacrifício
de uma vaca que ainda não parira,
a melhor dentre todas, no palácio,
enchendo a pira de excelentes coisas,
e em separado um outro sacrifício
para Tirésias, de um carneiro negro,
o mais distinto dentre os que eu tiver.

Quando já tinha feito meus pedidos
e minhas súplicas aos clãs dos mortos,
fiz uma prece e então sacrifiquei
os carneiros, cortando seus pescoços
perto do fosso, para que escorresse
para lá o seu sangue enegrecido.
Desde o Érebo, logo apareceram
as almas de defuntos do passado,
jovens noivas e moços inda núbeis,
anciões de profundos sofrimentos,
virgens donzelas, cujos corações
recém haviam conhecido a dor,
e numerosos homens vulnerados
pelo bronze de lanças e de espadas —
guerreiros derrubados em batalhas,
trazendo sangue em suas armaduras.
As multidões dos mortos vagueavam
pelo fosso, de um lado para o outro,
erguendo berros aterrorizantes.
O medo me roubou a cor da pele.
Nesse momento, tratei de incitar
e de dar ordens aos meus companheiros
a fim de que esfolassem os carneiros
sacrificados, com bronze cruel,
para depois queimá-los numa pira,
fazendo preces para as divindades,
especialmente ao poderoso Hades
e a Perséfone, deusa pavorosa.
Então saquei da espada pontiaguda
que levava embainhada junto à coxa
e me sentei. Porém não permiti
que os etéreos semblantes dos defuntos
conseguissem se aproximar do sangue
antes de eu ter questionado Tirésias.
A que veio primeiro para perto
foi a alma do companheiro Elpênor,

pois ele não havia sido ainda
sepultado na terra de amplas vias.
Havíamos deixado seu cadáver
lá no salão do palácio de Circe,
sem ser chorado e sem ser sepultado,
pois trabalho diverso nos premia.
Fui às lágrimas logo que eu o vi,
sentindo pena desde o coração.
Dirigindo-me a ele desta forma,
disse as seguintes palavras aladas:
'Elpênor, como foi que tu chegaste
para baixo da treva nevoenta?
Conseguiste chegar a pé primeiro
do que eu com o meu navio escuro!'.
Assim falei. Num grito de lamento,
ele me disse o seguinte em resposta:
'Divina estirpe, filho de Laertes,
Odisseu de engenhosos artifícios,
eu me ceguei por um destino mau
da divindade e por vinho em excesso.
Deitei para dormir sobre o telhado
do palácio de Circe e não pensei
em retornar dali, de onde eu estava,
descendo pela escada bem comprida.
Em vez disso, acabei por desabar
com tudo do telhado. Meu pescoço
quebrou-se desde as vértebras e logo
a minha alma descendeu ao Hades.
Agora eu te suplico aos teus joelhos,
por aqueles que não estão presentes,
aqueles que ficaram para trás,
tua esposa e teu pai, que te criou,
e por Telêmaco, que tu deixaste
sozinho no salão de teu palácio!
Eu prevejo que, quando tu deixares
o palácio de Hades e partires,

tu levarás o teu navio bem-feito
mais uma vez para a ilha de Eeia.
Quando voltares para lá, senhor,
peço que tu te recordes de mim.
Não me abandones lá daquela forma,
sem ser chorado, sem ser sepultado,
quando partires. Que eu não me transforme
em ira dos divinos contra ti!
Em vez disso, então, trata de queimar-me
com minhas armaduras, meus pertences,
e me enterrar num monte funerário
na praia, próximo do mar cinzento —
o túmulo de um homem infeliz,
como os vindouros me conhecerão.
Cumpre essas coisas para mim, senhor,
e enfinca um remo sobre a sepultura,
aquele mesmo com o qual remava
em meio aos companheiros quando vivo'.
Assim falou. De minha parte então
eu proferi o seguinte em resposta:
'Cumprirei essas coisas para ti,
infeliz, e farei o que me pedes'.
Dessa forma ficamos conversando,
numa troca de histórias lamentáveis.
Sentado com a espada sobre o sangue,
cuidava de mantê-lo sempre longe,
a imagem fantasmal do companheiro,
que do outro lado seguia falando.
Depois dele, quem veio para perto
foi a alma de minha mãe já morta,
Anticleia, nascida como filha
de Autólico de grande coração.
Tinha me despedido dela viva
quando parti para Ílion sagrada.
Fui às lágrimas logo que eu a vi,
sentindo pena desde o coração.

Porém, por mais que me doesse muito,
eu não podia permitir que ela
conseguisse se aproximar do sangue
antes de eu ter questionado Tirésias.
Depois dela, chegou a própria alma
de Tirésias tebano para perto.
Trazendo um cetro dourado nas mãos,
reconheceu-me e disse-me o seguinte:
'Divina estirpe, filho de Laertes,
Odisseu de engenhosos artifícios,
por que razão deixaste a luz do sol,
infeliz, e vieste para cá,
para veres os mortos do passado
vagando nesta terra desolada?
De toda forma, afasta-te do fosso
e retém tua espada pontiaguda
para que eu possa beber desse sangue
e te dizer palavras infalíveis'.
Assim falou. De pronto eu ajustei
a minha espada de cravos de prata
firmemente de volta na bainha.
Depois que ele bebeu do sangre negro,
nesse momento, dirigiu-se a mim
o adivinho impecável, e falou:
'Tu estás à procura do retorno
adocicado, brilhante Odisseu,
mas um deus vai tornar esse caminho
penoso para ti, pois eu não creio
que poderás passar despercebido
ao fremidor da terra, que se encontra
de coração colérico contigo
porque cegaste seu filho querido.
Mesmo assim, apesar dos males todos
que sofrerás, terás o teu retorno
se estiveres disposto a refrear
teu coração e o coração dos sócios.

No primeiro momento em que chegares
e atracares o teu navio bem-feito
junto à costa da ilha de Trinácia,
fugindo do violáceo mar profundo,
nesse momento encontrarás rebanhos
de pastejantes bois e ovelhas gordas
pertencentes a Hélios, o deus Sol,
que tudo vê e escuta desde cima.
Se os deixares ilesos onde estão
e te ocupares só do teu retorno,
malgrado os males que inda sofrerás,
tu chegarás em Ítaca de novo.
Mas, se tu os ferires, eu prevejo
que nisso selarás a destruição
do teu navio e dos teus companheiros,
mesmo que tu consigas escapar.
Terás um mau retorno, bem tardio,
tendo perdido os companheiros todos,
em uma nau que não será nem tua,
e encontrarás problemas em teu lar
na forma de guerreiros arrogantes
a devorar teus meios de sustento
e a disputar a mão de tua esposa
semelha aos deuses, dando-lhe presentes.
Mas é certo que tu te vingarás
da violência deles ao chegares.
Depois que tu tiveres massacrado
os pretendentes no salão de casa,
ou usando de dolo ou atacando
abertamente com bronze afiado,
então deves partir mais uma vez,
levando junto um remo bem-polido,
e viajar até que tu encontres
homens que nada sabem sobre o mar,
que nem sequer possuem o costume
de temperar com sal a refeição.

Esses homens não têm conhecimento
sobre navios de facetas vermelhas
tampouco sobre remos bem-polidos,
que se abrem como as asas do navio.
Agora eu te direi sobre um sinal
muito evidente – não te escapará!
No momento em que tu te deparares
com outro viajante pela estrada
e ele achar que tu trazes uma pá
para joeira em teu ombro brilhante,
nesse momento deves enfincar
o remo bem-polido ali na terra
e então fazer um belo sacrifício
em homenagem ao senhor Possêidon,
abatendo um carneiro macho, um touro,
e um javali que se mistura a porcos.
Em seguida, retorna para casa
e oferece sagradas hecatombes
em honra às divindades imortais,
que têm domínio sobre o vasto céu,
a todas elas, uma após a outra.
Do mar, então, a morte te virá,
mas há de ser uma morte gentil
aquela que por fim te abaterá
quando já estiveres bem puído
pela velhice. Ao teu redor, o povo
terá gozado de prosperidade.
São coisas infalíveis que te digo'.
Assim falou. De minha parte então
eu proferi o seguinte em resposta:
'Tirésias, certamente os próprios deuses
foram os fiandeiros dessa trama.
Agora vamos! Conta para mim
e me relata tudo com verdade.
Aquela imagem fantasmal que vejo
é a alma de minha mãe já morta.

Ela mantém-se em silêncio, sentada
aqui perto do sangue, sem jamais
encontrar a coragem para olhar
ou conversar com o seu próprio filho.
Diz para mim, senhor: como é possível
que ela consiga me reconhecer?'.
Assim falei, e ele prontamente
me proferiu o seguinte em resposta:
'Eu te darei uma resposta simples,
para que guardes no teu coração:
todas aquelas que tu permitires,
das almas dos defuntos do passado,
que venham para perto da sangria
vão dizer-te palavras infalíveis.
Mas aquelas que acaso tu rejeites
voltarão para lá de onde vieram'.
Depois de ter falado dessa forma,
retornou para dentro do palácio
de Hades a alma do senhor Tirésias,
depois de já ter feito o vaticínio.
Mas eu permaneci um pouco mais,
a fim de permitir que minha mãe
chegasse perto e bebesse do sangue
negro. Soube de pronto quem eu era,
e num lamento sentido e profundo
disse as seguintes palavras aladas:
'Meu filhinho querido, como foi
que desceste na treva nevoenta
enquanto ainda vives? É difícil
olhar para essas coisas sendo vivo!
No meio do caminho existem rios
enormes, de terríveis correntezas.
Oceano é o primeiro dentre eles.
Não existe maneira de cruzá-lo
para quem não tem asas, salvo apenas
se tiver um navio bem-feito à mão.

Foi de Troia que tu chegaste agora,
depois de ter vagado pelo mar
por muito tempo com o teu navio
e com teus companheiros? Tu ainda
não foste para Ítaca nem viste
a tua esposa no salão de casa?'.
Assim falou. De minha parte então
eu proferi o seguinte em resposta:
'Foi a necessidade, minha mãe,
o que me conduziu até o Hades.
Eu precisava consultar a alma
do tebano Tirésias, o adivinho,
pois ainda não pude chegar perto
da Acaia, muito menos pôr os pés
na minha própria terra. Permaneço
sempre vagando, envolto em sofrimento,
desde o primeiro dia em que parti
na companhia do divo Agamêmnon
com rumo a Ílion de belos cavalos
a fim de combater contra os troianos.
Agora vamos! Conta para mim
e me relata tudo com verdade.
Qual foi a morte de longa agonia
que por fim dominou teu coração?
Foi alguma doença prolongada
ou porventura Ártemis flecheira
equipou seus projéteis indolores
quando avançou a fim de te abater?
Diz para mim também sobre meu pai
e sobre o filho que eu abandonei.
Ainda gozam das prerrogativas
de minha posição, ou por acaso
algum outro guerreiro é quem as tem,
afirmando que eu não retornarei?
Diz para mim também sobre a consorte,
o que ela tem em mente e o que planeja.

Mantém-se firme junto de meu filho
e guarda tudo como estava antes
ou porventura já foi desposada
por algum dos melhores dos aqueus?'.
Assim falei, e a veneranda mãe
logo me disse o seguinte em resposta:
'Ela persiste em esperar por ti,
mantendo resoluto o coração,
pelos salões e quartos do palácio.
Mas os dias e as noites vão passando
constantemente tristes para ela,
que vai vertendo lágrimas sentidas.
Não há quem goze das prerrogativas
excelentes de tua posição,
mas Telêmaco guarda o teu domínio.
Comparece a simétricos banquetes
assim como se espera de um varão
que dispensa justiça para o povo.
Todos fazem questão de convidá-lo.
O teu pai permanece sempre lá,
na casa da fazenda. Já não vai
mais à cidade. Não aceita leito
tampouco algum colchão ou cobertores,
e muito menos lençóis reluzentes.
Em vez disso, ele dorme inverno adentro
no quarto dos escravos da fazenda,
deitado na poeira, junto ao fogo,
com a pele coberta só em andrajos.
Quando chega o verão e a temporada
de frutos vicejantes se renova,
por toda parte, ao longo das encostas
onde crescem as vinhas do vinhedo,
montes de folhas vão se acumulando
feito leitos esparsos pelo chão.
Ali ele se deita, acabrunhado,
guardando enorme dor no coração,

enquanto chora de saudades tuas.
A difícil velhice o alcançou.
E foi dessa maneira que eu também
encontrei meu destino e pereci.
Eu não fui atacada no salão
de casa pela arqueira vigilante.
Não veio com projéteis indolores
nem avançou a fim de me abater.
Também não foi porque me sobreveio
doença alguma, como é mais comum
que se extirpe do corpo toda a vida
por meio de terrível sofrimento.
Foi a saudade que eu senti de ti
e dos teus planos, brilhante Odisseu,
e dos teus modos gentis – a saudade
roubou-me a vida doce como o mel'.
Assim ela falou. Desconcertado,
eu desejava desde o coração
enlaçar os meus braços ao redor
da alma de minha falecida mãe.
Três vezes eu corri para abraçá-la,
conforme o coração me comandava,
e três vezes por entre as minhas mãos
ela desfez-se feito sonho ou sombra.
Agravou-se com isso ainda mais
o sofrimento do meu coração.
Dirigindo-me a ela desta forma,
disse as seguintes palavras aladas:
'Mãezinha, quero tanto te abraçar!
Por que não permaneces onde estás
para que nós, ainda que no Hades,
possamos enlaçar os nossos braços
ao redor um do outro, saciando
o desejo por gélidos lamentos?
Ou estarei diante de uma imagem
mandada por Perséfone famosa

com o intuito somente de fazer-me
sofrer ainda mais a dor do luto?’.
Assim falei, e a veneranda mãe
logo me disse o seguinte em resposta:
‘Meu filhinho, de todos os mortais,
de longe o homem mais desfortunado,
não acontece de a filha de Zeus,
Perséfone, pregar-te alguma peça.
É simplesmente o jeito com que as coisas
se dão para os mortais quando perecem.
Já não restam tendões para manter
ossos e carnes juntos no lugar,
pois a força colérica do fogo
resplandecente logo vence tudo,
desde o primeiro momento em que a vida
esvai-se do interior dos ossos brancos
e a alma, feito sonho, vai-se embora,
ganhando voo para muito longe.
Então vai-te o mais rápido possível
de volta para a luz! Mantém memória
de tudo isso, para que mais tarde
tu possas relatar à tua esposa’.
Dessa forma trocávamos palavras
e conversávamos. Mas eis então
que as mulheres chegaram até nós,
mandadas por Perséfone famosa,
quantas eram as filhas e as esposas
dos melhores guerreiros de outros tempos.
Elas foram juntando-se ao redor
do sangue negro, em bandos adensados,
enquanto eu ponderava de que forma
deveria inquiri-las uma a uma.
Tal foi o plano que ao meu coração
me pareceu ser o melhor de todos:
sacar a espada de lâmina longa
de junto à minha coxa musculosa

e não deixar que as almas todas juntas
conseguissem beber do sangue negro.
Dessa maneira vinham para perto
uma depois da outra, cada uma
dizendo a qual estirpe pertencia,
e eu fazia perguntas para todas.
Em primeiro lugar então eu vi
Tiro, nascida de excelente pai,
ela que declarava ser progênie
de Salmoneu, um homem impecável,
a mesma que também dizia ser
esposa de Creteu, o Eolida.
Ela se apaixonara por um rio,
pelo Enipeu, das águas divinais,
que é de longe o mais belo dentre todos
os flumes que circulam sobre a terra.
Apaixonada, ela passava os dias
pelas belas correntes do Enipeu.
Tendo assumido a forma dele, um dia,
o que sustenta e faz tremer a terra
deitou-se ao lado dela lá no ponto
onde esse rio desagua para o mar.
Uma onda purpúrea levantou-se
em torno deles, feito uma montanha,
curvando-se, convexa, ao encobrir
o deus ao lado da mulher mortal.
Ele soltou o cinturão da virgem
e fez verter o sono sobre ela.
Em seguida, depois que o deus havia
terminado seus feitos de paixão,
segurou a mão dela em suas mãos,
chamou-a pelo nome e lhe falou:
'Alegra-te, mulher, por nosso amor!
Assim que o ano se tiver passado,
darás à luz esplêndidas crianças,
pois nunca ficam sem frutos os leitos

dos imortais. De tua parte, trata
de cuidar dos bebês e de criá-los.
Agora volta para o teu palácio
e te refreia de dizer meu nome,
mas guarda para ti que na verdade
eu sou Possêidon, fremidor do solo'.
Depois de ter falado dessa forma,
mergulhou para as ondas do alto-mar.
Ela, por sua vez, da gestação
pariu dois filhos, Pélias e Neleu,
que mais tarde haveriam de tornar-se
servidores bem fortes de Zeus grande,
tanto um quanto o outro. Por um lado,
Pélias, riquíssimo em ovelhas, fez
sua morada na espaçosa Iolco.
O outro vivia em Pilos arenosa.
Outros filhos depois para Creteu
ela pariu, rainha entre as mulheres:
eram Feres, Esão e Amitáon,
exímio combatente sobre o carro.
Antíope em seguida eu avistei,
ela que fora nascida de Asopo
e que afirmava com enorme orgulho
ter dormido abraçada ao próprio Zeus
e dele ter gerado dois rebentos,
a quem deu nome de Zeto e de Anfíon,
aqueles que fundaram por primeiro
Tebas, cidade dos sete portões,
e fizeram o muro em seu entorno,
pois não podiam se manter ali
na cidadela espaçosa de Tebas
sem muros, mesmo sendo bons guerreiros.
Logo em seguida, eu avistei Alcmene,
ela que foi esposa de Anfitríon
e mãe de Héracles, o coração-
de-leão, o bravíssimo guerreiro,

que ela gerou, porém, por ter dormido
abraçada nos braços de Zeus grande.
E vi Mégara, filha de Creonte,
o basileu de coração altivo,
que o filho de Anfitríon, de coragem
inabalável, teve como esposa.
A mãe de Édipo depois eu vi,
a rainha belíssima, Epicasta,
que cometeu um feito pavoroso
por não ter percebido o que fazia
ao tomar por esposo o próprio filho,
que matou o seu pai e desposou
a sua mãe. Mas os deuses tornaram
essas coisas sabidas entre os homens.
Enquanto ele passou por provações
na cidade de Tebas muito amável,
reinando sobre os cidadãos de Cadmo
por um plano funesto dos divinos,
ela, por sua vez, desceu ao Hades,
o reino do fortíssimo porteiro,
depois de dar um nó em seu pescoço
junto ao teto elevado do palácio,
enforcada no próprio sofrimento.
Deixou-o para trás com muitas dores,
muitíssimas, com tantas quantas são
as dores das Erínias de uma mãe.
Depois eu vi a belíssima Clóris,
que em outros tempos Neleu desposou
por causa da beleza que ela tinha,
pagando um preço de noiva indizível.
Foi a última filha que nasceu
ao rei Anfíon, o filho de Iaso,
que no passado detinha poder
na cidade de Orcômeno dos mínios.
Ao lado de Neleu, reinou em Pilos
e lhe gerou esplêndidos rebentos:

Nestor e Crônio estavam entre eles,
e Periclímeno de mente altiva.
Além deles, também gerou a forte
Peró, maravilhosa entre os mortais,
cortejada por todos que moravam
nos arredores. Mesmo assim, Neleu
somente a cederia para quem
roubasse os bois chifrudos, de ampla testa,
pertencentes a Íficles bem forte,
trazendo-os desde Fílace, tarefa
dificílima. Apenas um profeta
impecável jurou que cumpriria
o roubo desse gado. Todavia,
foi vítima de um fado mau dos deuses
e acabou sendo preso por grilhões
dolorosos de rústicos pastores.
Mas eis então que, quando enfim os meses
e os dias todos tinham se cumprido,
quando um ano já tinha se passado
e as estações mudaram novamente,
nesse momento Íficles bem forte
decidiu que haveria de soltá-lo,
pois já contara as profecias todas
e a vontade de Zeus já se cumprira.
Depois dela, foi Leda quem eu vi,
ela que foi esposa de Tindáreo
e que para Tindáreo deu à luz
dois filhos de valentes corações,
o domador de cavalos Castor
e Polideuces de punho certeiro.
Os dois guerreiros foram recobertos
pela terra nutriz ainda vivos.
Mas abaixo da terra inda preservam
honras provindas da parte de Zeus.
Por causa disso, passam os seus dias
vivendo dia sim e dia não,

morrendo dia sim e dia não,
com honras semelhantes às dos deuses.
Depois eu avistei Ifimedeia,
ela que foi esposa de Aloeu
e que frequentemente se gabava
de ter deitado ao lado de Possêidon
e da união gerado dois rebentos,
ambos porém de vida muito curta,
Oto, guerreiro símile dos deuses,
e Efialtes de fama sobranceira.
Esses o solo doador de grãos
nutriu para que fossem os mais altos
e de longe os guerreiros mais bonitos
logo depois do glorioso Órion.
Aos nove anos de idade já mediam
nove cúbitos desde um ombro ao outro,
ao passo que de altura, da cabeça
aos pés, eles somavam nove braças.
Faziam ameaças até mesmo
aos imortais habitantes do Olimpo,
de mover os seus gritos de batalha
contra eles em guerra impetuosa.
Queriam empilhar o monte Ossa
sobre o Olimpo, e depois sobre Ossa
o Pélion recoberto por florestas,
num enorme caminho para o céu.
E assim de fato eles teriam feito
se tivessem chegado à juventude,
mas foram destruídos pelo filho
de Zeus e Leto de belos cabelos,
tanto um quantro o outro, antes mesmo
que tivessem crescido costeletas
e que houvesse brotado nos seus queixos
a pelugem em flor da pubescência.
Logo em seguida, vi Fedra, vi Prócris
e vi também a belíssima Ariadne,

filha de Minos, o de coração
cruel, ela que certa vez Teseu
tentou levar de Creta em direção
às terras altas na sagrada Atenas,
mas não chegou a se alegrar com isso,
pois Ártemis de súbito a matou
em Dia rodeada pelo mar
graças ao testemunho de Dioniso.
Maira e Clímene então eu avistei,
e Erífile odiosa depois delas,
aquela que entregou o próprio esposo
em troca de um suborno pago em ouro.
As outras todas eu não poderia
recordar, muito menos nomear,
quantas foram as filhas e as esposas
de heróis de antanho que encontrei no Hades.
Bem antes disso esta noite ambrosina
se findaria. Mas agora é hora
de eu dormir, ou no rápido navio,
já me juntando cedo aos companheiros,
ou então aqui mesmo. Minha escolta
depende só dos deuses e de vós".
Assim falou, e todos os presentes
calaram-se e ficaram em silêncio,
encantados da forma como estavam
pelo salão sombrio do palácio.
Principiou a falar entre eles
então Arete de cândidos braços:
"Feácios, de que modo este varão
se apresenta perante os vossos olhos,
tanto na forma quanto na estatura
e na razão sensata dentro dele?
Ele é meu hóspede, mas cada um
de vós também tem parte nessas honras.
Por isso, não o envieis embora
de maneira apressada, sem presentes,

quando se encontra em tal necessidade,
tanto mais porque todos possuis
muitos tesouros no salão de casa
graças à boa-vontade dos deuses".
Em meio a eles, então conclamou
Equeneu, venerando e velho herói,
ele que há muito tempo se contava
entre os homens mais velhos dos feácios:
"Meus amigos, decerto não ficou
longe da marca ou das expectativas
o discurso de nossa basileia
muito prudente. Então obedecei.
Mas é de Alcínoo agora que dependem
as próximas ações e decisões".
Por sua vez, Alcínoo em seguida
respondeu ao que disse e lhe falou:
"Esta palavra vai manter-se sempre
em vigor, tanto tempo quanto ainda
eu estiver com vida e governar
sobre os feácios amantes do remo:
que o estrangeiro seja paciente,
apesar de ansiar pelo retorno,
e aguarde até que chegue o novo dia
e que o presente que preparo a ele
esteja pronto. Quanto à sua escolta,
é um assunto que compete a todos
os cidadãos – mas sobretudo a mim,
pois detenho o poder sobre este reino".
Por sua vez, respondendo o seguinte,
disse Odisseu de muitíssima astúcia:
"Alcínoo, rei de poderoso império,
mais distinto de todos os humanos,
até mesmo se tu me comandasses
a ficar por aqui um ano inteiro,
preparando uma escolta para mim
e me ofertando esplêndidos presentes,

ainda assim eu te obedeceria,
pois me seria bem mais vantajoso
viajar com as minhas mãos mais cheias
de volta para a amada terra pátria.
Receberia muito mais respeito,
receberia muito mais carinho
de todas as pessoas que me vissem
de volta em Ítaca, na minha casa”.
Por sua vez, Alcínoo em seguida
respondeu ao que disse e lhe falou:
“Odisseu, ao olharmos para ti,
nenhum de nós iria comparar-te
com alguém inclinado a enganações
e ladinagens, tipo bem comum
alimentado pela terra negra
entre os humanos de todas as partes,
que fica sempre inventando mentiras
sobre as coisas que estão além dos olhos.
Tu, sim, dispões da graça das palavras,
e o coração que tens é valoroso.
A tua história tu a relataste
à moda de um aedo habilidoso,
os sofrimentos lúgubres que tu
e todos os argivos enfrentaram.
Agora vamos! Conta para mim
e me relata tudo com verdade.
Viste algum dos teus próprios companheiros
semelhantes aos deuses, que contigo
haviam viajado para Ílion
e lá mesmo encontrado seu destino?
Esta noite há de ser bastante longa,
muito além do ordinário, e não é hora
ainda de dormir no meu palácio.
Então conta outros feitos espantosos!
Ficaria acordado até que a aurora
divina ressurgisse, caso tu

suportasse seguir nos relatando
a respeito das dores que sofreste".
Por sua vez, respondendo o seguinte,
disse Odisseu de muitíssima astúcia:
"Alcínoo, rei de poderoso império,
mais distinto de todos os humanos,
há hora de contar bastante história,
mas há também a hora de dormir.
Ainda assim, se tens mesmo desejo
de ouvir histórias, não me negaria
de contar para ti sobre outros casos
ainda mais sofridos do que esses,
acerca dos meus próprios companheiros
que morreram depois do fim da guerra,
a salvo dos guerreiros dos troianos
e seus horríveis gritos de batalha,
mas vitimados ao tornar à casa
pela vontade má de uma mulher.
Pois bem, depois de tudo, quando as almas
haviam se espalhado a todo canto,
as almas femininas, das mulheres,
por ação de Perséfone famosa,
eis que veio até mim então a alma
do próprio filho de Atreu, Agamêmnon,
transida em sofrimento. Em torno dela,
outras almas juntavam-se, de quantos
morreram e encontraram seu destino
no palácio de Egisto junto dele.
Reconheceu-me de forma imediata,
depois de ter bebido o sangue escuro.
Ele chorava alto, em desespero,
vertendo lágrimas muito sentidas
Eis então que esticou as suas mãos,
vindo até mim, querendo me abraçar,
mas acontece que já não restava
nada da força firme e do vigor

do tipo que existia no passado
em suas pernas e nos braços ágeis.
Fui às lágrimas logo que eu o vi,
sentindo pena desde o coração.
Dirigindo-me a ele desta forma,
disse as seguintes palavras aladas:
'Filho de Atreu, nobilíssimo rei,
soberano dos homens, Agamêmnon,
Qual foi a morte de longa agonia
que por fim dominou teu coração?
Por acaso tiveste teus navios
vencidos pela força de Possêidon,
que te enviou o sopro ininvejável
de borrascas que trazem sofrimento?
Ou foi o caso de homens implacáveis
terem te feito mal em terra firme
porque abateste bois de seu rebanho
e ovelhas de excelentes velocinos,
ou então porque estavas guerreando
pela cidade e por suas mulheres?'.
Assim falei, e ele prontamente
me proferiu o seguinte em resposta:
'Divina estirpe, filho de Laertes,
Odisseu de engenhosos artifícios,
por acaso não tive meus navios
vencidos pela força de Possêidon,
por me mandar o sopro ininvejável
de borrascas que trazem sofrimento,
nem foi o caso de homens implacáveis
terem me feito mal em terra firme.
A verdade é que Egisto preparou
um destino de morte para mim.
Matou-me com a minha própria esposa
funesta, convidando-me ao palácio
para um banquete, assim como se mata
um boi que se distrai ao comedouro.

Morri a mais lamentável das mortes.
Ao meu redor, os outros companheiros
um depois do outro foram abatidos
feito porcos de dentes prateados
que vivem no terreno de algum homem
muito rico, que manda em muita gente,
para algum casamento ou festival
ou banquete repleto de fartura.
Eu bem sei que tu já presenciaste
o morticínio de muitos guerreiros,
que mataste em combate singular
ou durante duríssimas batalhas.
Ainda assim, eu sei que sentirias
o coração abalar-se no peito
se visses como estávamos jogados
no salão do palácio, entre as crateras
de vinho e pelas mesas bem-servidas,
enquanto o chão se cobria de sangue.
Ouvi gritos repletos de lamento
na voz da filha de Príamo rei,
a donzela Cassandra, que foi morta
pela artesã de dolos Clitemnestra
a meu lado. Caído sobre o solo,
tentei erguer a espada em minhas mãos
e dar um golpe, mesmo moribundo
como estava. Mas ela, olho-de-cão,
virou-se e foi embora. Nem sequer
deu-se o trabalho de fechar meus olhos
com um toque das mãos, nem minha boca,
por mais que eu já partisse para o Hades.
Não há nada que seja mais horrível,
nada mais cínico, do que a mulher
que guarda dentro do seu coração
feitos de semelhante natureza,
como esse que foi confabulado
por ela, um feito totalmente impróprio,

e logo posto em prática – a matança
do próprio esposo. Eu, sem saber, achava
que seria saudado em minha casa
por meus filhos e pelos meus serventes
ao finalmente retornar da guerra.
Mas ela, com excepcional perfídia,
derramou a vergonha sobre si
e sobre todo o gênero das fêmeas,
das mulheres de agora e das vindouras,
até mesmo daquelas mais honráveis'.
Assim falou. De minha parte então
eu proferi o seguinte em resposta:
'Mas que desgraça! Certamente Zeus
de ampla visão mantém algum rancor
contra a estirpe de Atreu, um ódio intenso,
por causa dos desígnios de mulheres,
desde o começo. Por causa de Helena,
tantos guerreiros perderam a vida,
enquanto Clitemnestra preparava
um dolo contra ti, na tua ausência'.
Assim falei, e ele prontamente
me proferiu o seguinte em resposta:
'Por isso tu não deves ser gentil
nem mesmo com a tua própria esposa,
tampouco lhe dizer abertamente
todos os pensamentos que tiveres,
e sim dizer a ela algumas coisas
enquanto guardas outras escondidas.
De toda forma, Odisseu, não serás
assassinado pela tua esposa,
que tem sempre as melhores intenções
e um bom juízo no seu coração,
aquela moça que nasceu de Icário,
Penélope de engenho cuidadoso.
De fato, nós nos despedimos dela
como uma jovem noiva no palácio

no dia em que partimos para a guerra,
mas já trazia um filho junto ao peito,
um bebezinho, que agora decerto
já se senta no meio dos guerreiros,
afortunado, porque logo mais
o seu pai o verá quando chegar, [450]
e ele irá abraçar seu caro pai
ao saudá-lo, tal como é costumeiro.
Porém aquela lá, a minha esposa,
não permitiu que meus olhos se enchessem
com a visão do meu filho querido!
Antes disso, matou-me — logo eu!
Mas uma coisa mais eu te direi,
para que guardes no teu coração.
É melhor que conduzas teu navio
secretamente, sem se dar à vista, [455]
de volta para a amada terra pátria,
pois não há confiança nas mulheres.
Agora vamos! Conta para mim
e me relata tudo com verdade.
Porventura escutaste alguma nova
sobre meu filho ainda estar com vida
pelos lados de Orcômeno talvez,
talvez ainda na arenosa Pilos,
ou quem sabe talvez com Menelau,
em seu palácio na espaçosa Esparta? [460]
Pois eu sei que não teve ainda a morte
na superfície o meu divino Orestes'.
Assim falou. De minha parte então
eu proferi o seguinte em resposta:
'Filho de Atreu, por que tu me perguntas
sobre essas coisas? Eu não sei de nada —
não sei se ainda é vivo ou se está morto.
E não convém falar levianamente'.
Dessa forma ficamos conversando,
numa troca de histórias lamentáveis, [465]

os dois ali, de pé, em pleno luto,
vertendo lágrimas muito sentidas.
Eis que veio até mim então a alma
do próprio filho de Peleu, Aquiles,
com outros que seguiam junto dele:
eram Pátroclo, Antíloco impecável
e finalmente Ájax, que excelia
tanto na forma quanto na figura
entre todos os outros homens dânaos,
com exceção apenas do Pelida.
Prontamente reconheceu-me a alma
do herói Eácida de pés velozes
e num lamento sentido e profundo
disse as seguintes palavras aladas:
'Divina estirpe, filho de Laertes,
Odisseu de engenhosos artifícios,
miserável, que feito inda maior
teu coração poderá planejar?
De que maneira ousaste descender
para a casa de Hades, onde habitam
cadáveres sem carne, sem juízo,
fantasmas de mortais que já morreram?'.
Assim falou. De minha parte então
eu proferi o seguinte em resposta:
'Meu caro Aquiles, filho de Peleu,
o melhor dentre todos os aqueus,
eu vim aqui para ter com Tirésias,
na esperança de que ele me dissesse
algum plano capaz de me levar
de volta para Ítaca escarpada,
pois ainda não pude chegar perto
da Acaia, muito menos pôr os pés
na minha própria terra. Permaneço
sempre sofrendo. Quanto a ti, Aquiles,
não havia guerreiro mais ditoso,
nem é possível que haja no futuro,

pois enquanto eras vivo nós te honramos
à semelhança mesma de um dos deuses,
nós argivos, e agora tu governas
com enorme poder em meio aos mortos,
estando aqui. Por isso, tu não deves
te entristecer de estares morto, Aquiles'.
Assim falei, e ele prontamente
me proferiu o seguinte em resposta:
'Não me digas palavras de consolo
sobre estar morto, brilhante Odisseu.
Preferiria ser um lavrador
e trabalhar de servo para alguém,
para um homem que arrenda a terra alheia
e nem sequer tem muito o que comer,
do que reinar sobre todos os mortos,
do que ser rei daqueles que morreram.
Agora vamos! Conta para mim
uma notícia do meu filho ilustre,
se acaso já partiu numa campanha
guerreira como líder, ou se não.
Conta também de Peleu impecável,
se porventura ouviste alguma coisa,
se ele ainda mantém as honrarias
de seu posto entre os muitos mirmidões,
ou se acaso não tem mais distinção
nenhuma pela Hélade e por Ftia
agora que a velhice já suprime
o vigor de seus braços e das pernas.
Afinal eu nem posso protegê-lo
lá onde está, sob os raios do sol,
com a força que eu tinha enquanto vivo,
tal como eu era pela vasta Troia,
onde matava os melhores guerreiros
para salvar os homens dos argivos.
Quem me dera, por um momento ao menos,
voltar assim à casa do meu pai!

Meu furor e meus braços invencíveis
então se tornariam um flagelo
a quem quer que tentasse machucá-lo
ou privá-lo das honras que são suas!'.
Assim falou. De minha parte então
eu proferi o seguinte em resposta:
'Sobre Peleu impecável, de fato
devo dizer que não tive notícia.
Por outro lado, no que diz respeito
a Neoptólemo, teu rebento amado,
eu direi para ti toda a verdade,
exatamente como me comandas.
Foi a mim mesmo que coube a tarefa
de ir buscá-lo e levá-lo desde Esciro,
a bordo de meu côncavo navio,
até os aqueus de cnêmides bem-feitas.
Toda vez que pensávamos um plano
ao redor da cidade dos troianos,
era sempre o primeiro a se expressar –
e nunca de maneira equivocada.
Tão somente Nestor, semelho aos deuses,
e eu próprio conseguíamos vencê-lo.
Se nós aqueus partíamos à luta
ao redor da cidade dos troianos,
ele nunca ficava em meio à turba
nem esperava junto dos guerreiros,
e sim corria sempre muito à frente,
não cedendo a ninguém em sua fúria.
Foram muitos os homens que matou
no meio da batalha pavorosa –
não seria capaz de relatar
nem mesmo de listar as mortes todas,
de tantos os guerreiros que matou
na defesa dos homens dos argivos!
Mas entre tantos sei que ele abateu
certo filho de Télefo com bronze,

o herói Eurípilo. No seu entorno,
foram muitos os companheiros dele,
os guerreiros ceteus, que pereceram
por causa dos presentes de uma moça.
Era o homem mais belo que já vi,
excetuando-se o divino Mêmnon.
Quando nós, os melhores dos argivos,
entramos no cavalo de madeira,
aquele que foi feito por Epeio,
então tudo ficou por minha conta,
tanto a abertura quanto o fechamento
para a nossa emboscada astuciosa.
Nesse momento, os outros capitães
e comandantes dos guerreiros dânaos
não continham as lágrimas, sentindo
um tremor tomar conta de seus membros.
Mas quanto a ele posso lhe dizer
que jamais os meus olhos contemplaram
a sua bela tez perder a cor
e nem mesmo uma lágrima sequer
escorrer pelas faces de seu rosto.
Em vez disso, pedia-me insistente
que eu o deixasse sair do cavalo,
já segurando a espada pelo punho,
bem como a lança de bronze pesado,
e intencionando o mal para os troianos.
Quando nós finalmente saqueamos
a cidade de Príamo, elevada,
ele subiu de volta em seu navio
levando bela parte do butim,
de todo incólume, sem ter jamais
sido alvejado por bronze afiado
nem ferido na luta corpo a corpo,
da forma como tão frequentemente
acontece aos guerreiros na batalha,
quando Ares é solto em sua fúria'.

Assim eu lhe falei. Então a alma
do herói Eácida de pés velozes
saiu a passos largos pelos campos
de asfódelos, de um lado para o outro,
jubiloso por conta de eu ter dito
que seu filho era muito distinguido.
Porém as outras almas de defuntos,
daqueles que morreram no passado,
mantinham-se por perto, cada qual
lamentando seus próprios sofrimentos,
com exceção apenas de uma alma,
a do nascido de Télamon, Ájax,
que se mantinha sempre na distância,
rancoroso por causa da vitória
que tive sobre ele num certame
junto às naus e que tinha como prêmio
as armaduras de Aquiles, cedidas
a nós por sua veneranda mãe.
Os filhos dos troianos decretaram
o veredito, com Palas Atena.
Quem me dera não ter prevalecido
jamais numa disputa desse tipo!
Por causa dela a terra recobriu
a cabeça de alguém tão valoroso,
Ájax, o mais distinto na figura,
o mais distinto também nas ações,
entre todos os outros homens dânaos,
com exceção do Pelida impecável.
Nesse momento, dirigi-me a ele
usando de palavras agradáveis:
'Ájax, filho de um pai tão impecável
como Télamon, não irás de fato,
nem mesmo em morte, te esquecer da raiva
que tiveste por mim graças àquelas
armaduras funestas? Foi castigo
imposto pelos deuses aos argivos

que uma defesa deles desse porte
morresse dessa forma. Nós aqueus
lamentamos por ti constantemente,
na mesma proporção em que choramos
pela cabeça de Aquiles Pelida
depois de morto. Não existe alguém
a quem culpar – exceto o próprio Zeus,
que certamente teve enorme ódio
de nosso exército lanceiro dânao
e impôs esse destino sobre ti.
Mas vem cá para perto, soberano,
a fim de que tu possas escutar
uma palavra minha. Faz a fúria
e o coração viril se controlarem!'.
Assim eu lhe falei, mas ele nada
me respondeu, voltando a caminhar
para o Érebo, junto às outras almas
daqueles que morreram no passado.
Àquela altura, mesmo enfurecido,
talvez dissesse algo, ou eu a ele,
mas o fato é que dentro do meu peito
meu coração estava desejoso
de ver as outras almas dos defuntos,
daqueles que morreram no passado.
E foi nesse momento que vi Minos,
rebento esplêndido do próprio Zeus.
Nas mãos, ele mantinha um cetro de ouro
ao proferir sentenças para os mortos,
sentado no seu trono, para aqueles
que procuravam a justiça dele,
soberano, sentados ao redor,
pelos vastos portões da casa de Hades.
Depois dele, quem pude contemplar
foi a figura portentosa de Órion,
que conduzia um carro pelos campos
de asfódelos, repleto de carcaças

das feras que ele mesmo massacrara
ao longo das montanhas solitárias.
Em suas mãos, trazia enorme clava
toda feita de bronze, inquebrantável.
Depois disso, foi Tício quem eu vi,
gloriosíssimo filho de Gaia,
que se achava deitado sobre o chão,
onde por nove estádios se esticava.
Dois urubus, dispostos cada qual
num dos seus flancos, iam devorando
seu fígado, comendo-lhe as entranhas,
e ele não tinha como defender-se,
por ter causado violência a Leto,
a gloriosa consorte de Zeus,
num dia em que ela ia para Pito,
cruzando o Panopeu de belas plagas.
Depois foi Tântalo quem contemplei,
detentor de terríveis sofrimentos.
Ele estava de pé dentro de um fosso
cujas águas batiam no seu queixo.
Malgrado toda a sede que sentia,
não conseguia achar o que beber,
pois cada vez que o velho se inclinava
desesperado por um pouco de água,
diante dos seus olhos ele via
o líquido sumir, enquanto aos pés
surgia novamente a terra negra,
conforme um nume ressecava o fosso.
Árvores altas, repletas de folhas,
seguiam derrubando sobre ele
frutos que até chegavam a brilhar:
havia peras, romãs e maçãs;
também havia pés de figos doces
e oliveiras que crescem suntuosas.
Mas, cada vez que o velho se esticava
para pegar um fruto em suas mãos,

um vento os afastava para longe,
movendo os galhos rumo às nuvens negras.
Depois dele foi Sísifo quem vi,
detentor de terríveis sofrimentos,
que se esforçava para carregar
uma rocha de aspecto portentoso.
Usava todo o peso de seu corpo,
toda a força dos braços e das pernas,
para empurrar a rocha morro acima.
Porém, a cada vez que estava prestes
a lançá-la por cima da cimeira,
uma força a puxava para trás
e logo a rocha voltava rolando
para a altura do solo na planície.
Então ele empurrava novamente,
extenuando-se, enquanto suor
escorria nas pernas e nos braços
e poeira cobria-lhe a cabeça.
Depois dele, quem pude contemplar
foi um fantasma da força heracleia,
uma imagem tão só, pois ele próprio
se encontra em meio aos deuses imortais,
deleitando-se em festas e banquetes,
por ter Hebe de belos tornozelos
como esposa, nascida de Zeus grande
e de Hera, cujos pés se vestem de ouro.
Em torno dele, erguia-se um clangor,
como de pássaros alçando voo,
pelos mortos fugindo a toda parte.
Era semelho à própria noite negra.
Trazia o arco já desencapado,
com uma flecha pronta junto à corda,
e olhava ameaçador a toda parte,
como alguém sempre pronto a disparar.
Ao redor de seu tronco, ele vestia
um cinturão de aspecto pavoroso,

um talabarte ornamentado em ouro,
gravado com trabalhos estupendos:
tinha ursos selvagens, javalis
e leões com olhares flamejantes,
batalhas e confrontos militares,
matanças e chacinas de guerreiros.
Melhor que não tivesse produzido
e não produza nunca um outro igual
quem quer que tenha usado de perícia
para criar aquele talabarte!
Reconheceu-me Héracles de pronto,
tão logo me avistou com seu olhar,
e com a voz repleta de tristeza,
disse as seguintes palavras aladas:
'Divina estirpe, filho de Laertes,
Odisseu de engenhosos artifícios,
ah, infeliz, será que tu também
padeces de um destino miserável
da mesma forma como eu padeci
enquanto estava sob a luz do sol?
Mesmo tendo nascido como filho
de Zeus Cronida, tive de passar
por sofrimentos para além da conta.
Fizeram-me vassalo de um varão
muito inferior a mim, que me forçou
a fazer dificílimos trabalhos.
Chegou até a me enviar aqui
para buscar o cão, imaginando
que não pudesse haver uma missão
mais difícil de ser executada.
Mas eu tive sucesso em conduzi-lo
de volta à superfície, desde o Hades.
Hermes me auxiliou no meu caminho
junto de Atena, deusa de olhos glaucos'.
Depois de ter falado dessa forma,
ele voltou para o palácio de Hades,

mas eu permaneci um pouco mais
ali mesmo onde estava, na esperança
de que viesse mais algum herói,
daqueles que morreram no passado.
E de fato eu teria visto ainda
guerreiros mais antigos, se quisesse,
aos moldes de Teseu e de Pirítoo,
gloriosíssimos filhos dos deuses,
mas antes disso as incontáveis tribos
de mortos avançaram reunidas
num assombroso clamor sobre-humano.
O medo me roubou a cor da pele.
Temia que surgisse contra mim
a cabeça do monstro pavoroso,
a visagem da Górgona, mandada
do Hades por Perséfone famosa.
Prontamente voltei ao meu navio
e dei comando para os companheiros
eles próprios também virem a bordo
e soltarem os cabos junto à popa.
Eles subiram sobre a embarcação
e assumiram seus postos junto aos remos.
As correntezas do rio Oceano
levaram nossa nau em meio às ondas,
primeiro com auxílio das remadas,
depois ao sopro de uma bela aragem.

Canto XII

Logo em seguida, quando nossa nau
já deixara as correntes do Oceano
para trás, alcançando a grande onda
do alto-mar, de caminhos muito vastos,
por fim chegamos à ilha de Eeia,
onde Aurora que nasce matutina
tem seu palácio e seus locais de dança,
onde o Sol tem costume de se erguer.
Quando chegamos, primeiro de tudo,
aportamos o barco junto à praia.
Depois disso, descemos nós também
para a areia molhada pelas ondas.
Ali mesmo dormimos, aguardando
pela chegada da divina Aurora.
Quando afinal surgiu a matutina
Éos, Aurora de dedos rosados,
então eu enviei uns companheiros
em direção ao palácio de Circe
a fim de que buscassem o cadáver
de Elpênor, que calhara de morrer.
Tratamos logo de cortar madeira
lá no ponto mais alto da enseada
e o sepultamos cheios de tristeza,
vertendo lágrimas muito sentidas.
Quando o fogo já tinha consumido
o cadáver e as armas do cadáver,
nós erguemos um monte funerário,
pusemos uma estela em cima dele
e, no ponto mais alto do sepulcro,
enfincamos um remo bem-polido.

Assim tratávamos de resolver
todas as coisas. Circe, enquanto isso,
não ignorou que tínhamos voltado
do Hades. Pelo contrário, bem depressa
ela veio até nós, toda adornada.
Junto dela, seguiam suas aias
trazendo pão e carnes abundantes
e vinho tão brilhante quanto o fogo.
Quando chegou, parou em meio a nós
e então nos disse, diva entre as deidades:
'Sois miseráveis, vós que descendestes
para o palácio de Hades inda vivos!
Morrereis duas vezes, quando os outros
humanos morrem uma vez apenas.
Agora vamos! Tratai de comer
essas viandas e beber o vinho,
aqui mesmo, durante o dia todo.
Tão logo a aurora brilhar no horizonte,
podereis navegar. Eu mesma irei
apontar o caminho e dar aviso
sobre cada perigo, de maneira
que por causa de um plano mal-pensado
não tenhais de passar por sofrimentos
enquanto atravessardes mar e terra'.
Assim falou, logrando convencer
com isso os nossos corações viris.
Dessa maneira então o dia todo,
até que o sol mergulhasse no mar,
nós nos banqueteamos, consumindo
carne abundante e vinho adocicado.
Quando o sol já baixara sob o mar
e a escuridão nos sobreveio a todos,
acomodaram-se para dormir
junto aos cabos da popa do navio.
Ela, porém, tomou-me pela mão
e me levou para longe dos outros

companheiros. Deitada do meu lado,
quis saber sobre tudo que ocorrera.
De minha parte, relatei-lhe tudo
exatamente como manda a moira.
Disse-me então as seguintes palavras
nesse momento a veneranda Circe:
'Agora que essas coisas já se encontram
concluídas, escuta o que te digo,
pois disso que eu irei contar a ti
um deus virá lembrar-te no futuro.
Em primeiro lugar, encontrarás
as sirenas, capazes de encantar
o coração de todos os humanos,
de qualquer um que se aproxime delas.
Caso um homem, na sua ignorância,
aconteça de ouvir o som da voz
das sirenas, a sua própria esposa
e seus filhos pequenos nunca mais
poderão vir correndo recebê-lo
nem se alegrar com seu retorno à casa.
Em vez disso, as sirenas vão mantê-lo
encantado num canto cristalino,
sentadas em seu posto, sobre um campo
recoberto por pilhas e mais pilhas
de carcaças humanas, putrefatas,
já sem carne nenhuma sobre os ossos.
Então deves passar ao largo delas.
Além disso, dá ordem para os teus
companheiros cobrirem os ouvidos
com cera de melíferas abelhas,
a fim de que não ouçam coisa alguma.
Apenas tu poderás escutar,
se assim o desejares. Para tanto,
ordena que te prendam mãos e pés,
usando cordas para te amarrar
contra o mastro do rápido navio.

Assim tu poderás te deleitar
ouvindo a voz canora das sirenas.
Se pedires — e mesmo se ordenares —
para teus companheiros te soltarem,
que nesse caso tratem de prender-te
com ainda mais cordas e liames.
No momento em que tu e os companheiros
já tiverdes passado ao largo delas,
a partir desse ponto eu já não posso
dizer-te exatamente o que fazer,
nem apontar por qual dos dois caminhos
tu deverás seguir — teu coração
é quem te ajudará a decidir.
Mas vou te descrever como eles são.
No primeiro dos dois, verás rochedos
erguendo-se em falésias escarpadas
onde as enormes ondas de Anfitrite
de olhos negros se quebram num estrondo.
Entre os deuses ditosos, essas pedras
são chamadas de Rochas Movediças.
Nem os seres alados atravessam
por ali, nem as tímidas pombinhas,
aquelas que costumam carregar
ambrosia consigo até Zeus pai,
pois uma delas sempre é destroçada
pelo constante choque dos rochedos —
e então o pai precisa despachar
mais uma a fim de completar a conta.
Até hoje, nenhum navio dos homens
conseguiu escapar, chegando ali.
Todos juntos, as tábuas dos navios
e os corpos dos varões são carregados
pelas ondas do mar e pelos ventos
de procelas de fogo destrutivo.
Uma nau singradora do alto-mar,
apenas uma, fez a travessia:

a nau Argo, de todos conhecida,
cruzando o mar desde o reino de Eetes.
Também teria sido arremessada
rapidamente contra as grandes pedras
se não fosse por Hera, que a guiou,
porque tinha carinho por Jasão.
No segundo caminho, encontrarás
dois promontórios. O primeiro deles
chega mesmo a tocar no vasto céu
com seu cimo pontudo, circundado
por uma nuvem negra que jamais
se dissipa. Jamais há tempo bom
ao redor dessa rocha, nem durante
o verão nem durante a primavera.
Nenhum homem mortal conseguiria
subir-lhe ao topo nem de lá descer,
nem mesmo se tivesse a seu dispor
duas dezenas de pés e de mãos,
pois as faces da pedra são tão lisas
como se alguém as tivesse polido.
Além disso, no meio desse monte
existe uma caverna envolta em névoa,
direcionada para a escuridão
do Érebo. Tu deves navegar
teu côncavo navio precisamente
ao largo dela, brilhante Odisseu!
Nem mesmo um homem muito vigoroso
conseguiria disparar um arco
a partir de seu côncavo navio
e atingir o interior dessa caverna.
É dentro dela que demora Cila,
ganindo de maneira pavorosa.
Sua voz realmente se assemelha
ao ganido estridente de um cãozinho
recém-nascido, mas ainda assim
é um monstro terrível — não existe

alguém que se alegrasse ao contemplá-la,
nem se fosse um dos deuses diante dela.
De seu corpo despontam doze pernas
desordenamente, em toda parte,
além de seis pescoços muito longos,
de cada um dos quais, por sua vez,
emerge uma cabeça pavorosa,
cada uma com tríplices carreiras
de dentes densamente enfileirados,
todos cheios de morte tenebrosa.
O seu torso se estende para dentro
das profundezas da côncava gruta,
mas as cabeças sempre são mantidas
para fora do báratro terrível,
projetando-se desde esse local
para caçar no entorno da montanha,
procurando golfinhos, tubarões
e mesmo presas de maior tamanho,
como as bestas marinhas que Anfitrite
de amplos gemidos gera aos borbotões.
Por ali, nunca houve marinheiros
que se gabassem de ter navegado
incólumes a bordo de seus barcos,
pois cada uma das cabeças dela
inevitavelmente agarra um homem
para longe da nau de proa negra.
Tu verás que o segundo promontório
é de uma altura mais baixa, Odisseu –
os dois se encontram próximos um do outro,
no alcance de um disparo de arco e flecha.
Nesse segundo, existe uma figueira
recoberta por folhas verdejantes.
Abaixo dela, a divina Caríbdis,
engole em remoinho as águas negras.
Três vezes ela cospe o que sorveu
num só dia e três vezes ela engole

terrivelmente. Tu não aconteças
de estar ali quando ela está sorvendo,
pois nem mesmo o que faz tremer o solo
poderia salvar-te desse mal!
É por isso que deves conduzir
o teu barco bem perto do rochedo
de Cila e o mais rápido possível,
pois certamente será bem melhor
teres saudade de seis companheiros
no teu navio do que de todos eles'.
Assim falou. De minha parte então
eu proferi o seguinte em resposta:
'Agora conta-me outra coisa, deusa,
e me relata tudo com verdade.
Haveria maneira de eu fugir
do alcance destrutivo de Caríbdis
e rechaçar o ataque do outro monstro
quando avançar contra os meus companheiros?'.
Assim eu lhe falei, e de imediato
me respondeu a diva entre as deidades:
'Miserável! Depois de tudo isso,
ainda pensas em feitos guerreiros
e provações? De fato não irás
ceder terreno aos deuses imortais?
Ela não é uma mortal qualquer,
e sim um mal que nunca morrerá,
um ser terrível, pleno de desgraças,
selvagem, que não pode ser vencido.
Não há defesa contra os seus ataques.
Fugir dela é o melhor a se fazer,
porque, se acaso tu te demorares
vestindo as tuas armas junto à rocha,
eu receio que acabes dando tempo
para que o monstro ataque novamente
usando todas suas seis cabeças
e arrebate mais outros seis varões.

Então segue com ímpeto veloz
e pede auxílio para Crataís,
a própria mãe de Circe, que a gerou
para ser a desgraça dos mortais.
Ela será capaz de garantir
que Cila não te ataque novamente.
Depois disso, tu chegarás à ilha
da Trinácia. Enormes quantidades
de vacas e de ovelhas rechonchudas
pertencentes ao Sol existem lá.
São sete as greis de vacas e outras tantas
também as greis de ovelhas bem bonitas,
com cinquenta animais em cada uma.
Entre eles, nenhum produz filhote
tanto quanto nenhum jamais perece.
Duas deusas pastoras os atendem:
são ninfas de belíssimos cabelos,
chamadas Faetussa e Lampitia,
dupla que foi gerada por Neaira
divina para Hélios Hiperiônio.
Elas foram paridas e criadas
pela mãe veneranda, que depois
as enviou à ilha da Trinácia,
para morarem muito longe dela,
cuidando das ovelhas de seu pai
e do seu gado chifrudo e tardonho.
Se tu te concentrares no retorno
e mantiveres esse gado intacto,
então, ainda que sofrendo males,
tu chegarás em Ítaca de novo.
Todavia, se tu as machucares,
eu prevejo ruína em teu caminho,
para o navio e para os companheiros.
Mas quanto a ti, por mais que tu te salves,
terás um mau retorno, bem tardio,
tendo perdido os companheiros todos'.

Assim falou, e logo sobreveio
Éos, Aurora de trono dourado.
Nesse momento, diva entre as deidades,
ela voltou para o interior da ilha.
Quanto a mim, retornei para o navio
e dei comando para os companheiros
eles próprios também virem a bordo
e soltarem os cabos junto à popa.
Eles subiram sobre a embarcação
e assumiram seus postos junto aos remos.
Sentados em fileiras então foram
ferindo o mar cinzento com os remos.
Então soprou de novo para nós,
vindo de trás da nau de proa escura,
um vento favorável, de enfunar
as velas, companheiro valoroso –
obra da deusa terrível, de belos
cabelos e de voz humana, Circe.
Depois que terminamos de ajustar
a equipagem ao longo do navio,
nós nos sentamos, pois o próprio vento
cuidava de guiar nosso caminho.
Então eu conclamei aos companheiros,
com coração transido em sofrimento:
'Amigos, não é certo que somente
um ou outro de nós fique sabendo
das coisas espantosas que me foram
ditas por Circe, diva entre as deidades.
Então eu vou dizer-vos o que sei,
para que, com ciência, nós possamos
morrer – se for o caso – ou nos salvarmos,
fugindo à morte e a suas Queres negras.
Ela falou que primeiro devemos
nos proteger do canto das sirenas
sobre-humanas, cuidando de evitar
a sua voz e seus campos floridos.

Ordenou que essa voz apenas eu
poderei escutá-la. Então deveis
prender-me com cordames aflitivos,
para que eu fique firme no lugar,
de costas para o mastro do navio,
junto do qual eu devo ser atado.
Se por acaso eu vos pedir – e mesmo
se eu ordenar a vós – que me solteis,
nesse caso tratai de me prender
com ainda mais cordas e liames'.
Dessa maneira então eu relatava
todas as coisas para os companheiros.
Nesse entrementes, nossa nau bem-feita
rapidamente cruzou o caminho
e nos levou à ilha das sirenas,
movida por um vento favorável.
Mas eis então que o vento, de repente,
já não soprava mais. Em seu lugar,
fixou-se a calmaria, quando um deus
adormeceu a multidão das ondas.
Os companheiros logo se apressaram
em desfraldar as velas e guardá-las
no côncavo navio. Depois seguiram
de volta a seus lugares junto aos remos
e fizeram as águas espumarem
ao toque da madeira bem-polida.
Cortei um pouco de cera de abelha
de um grande bloco, usando bronze agudo,
e cuidei de sovar depois a cera
entre as palmas de minhas mãos pesadas.
Em pouco tempo, a cera derreteu-se,
pois se aqueceu na força sobranceira
do próprio Sol, no brilho reluzente
do soberano Hélios Hiperiônio.
Então passei um pouco dessa cera
nos ouvidos de cada companheiro.

Por sua vez, trataram de prender
minhas mãos e meus pés, e de me atar
de costas para o mastro do navio,
junto do qual fixaram os cordames.
Depois voltaram para os seus assentos,
ferindo o mar cinzento com os remos.
Mas, quando nós chegamos à distância
que um grito poderia ser ouvido,
ao avançarmos, fomos percebidos
pelas sirenas, que se aproximaram
de nosso barco veloz sobre o mar,
preparando uma límpida canção:
'Vem para cá, Odisseu fabuloso,
enorme glória dos homens aqueus!
Aporta o teu navio aqui por perto
para que possas ouvir nossa voz.
Nenhum guerreiro passa por aqui,
navegando com seu navio escuro,
sem primeiro parar para escutar
a doce voz que flui de nossos lábios.
Só depois que já teve esse deleite
ele parte, levando mais saberes,
pois nós sabemos tudo que ocorreu,
tudo que se passou na vasta Troia,
dos males que os argivos e troianos,
pela vontade dos deuses, sofreram.
Nós sabemos de tudo que se passa
sobre o solo de frutos abundantes'.
Assim falaram, fazendo soar
a belíssima voz. Meu coração
encheu-se de desejo de escutá-las,
e eu fiz sinal com minhas sobrancelhas
para que os companheiros me soltassem,
mas eles foram em frente remando.
Perimedes e Euríloco de pronto
trataram de se erguer de seus assentos

e com um número ainda maior
de cordas reforçaram meus liames.
Em seguida, depois que eles já tinham
passado ao largo delas, no momento
em que já não seria mais possível
ouvir a voz e o canto das sirenas,
então meus confiáveis companheiros
removeram de pronto toda a cera
que eu havia passado em seus ouvidos
e soltaram os nós que me prendiam.
Porém, assim que tínhamos partido
daquela ilha, eis que de repente
eu vi fumaça e uma grande onda
surgirem, e escutei um estampido.
Então os remos saíram voando
das mãos dos companheiros assustados,
e todos se bateram contra a vaga
que quebrou sobre nós. Ali ficou
o nosso barco, já que não havia
nenhuma mão nos remos alongados.
Então eu fui andando pelo barco
e dei comando para os companheiros,
usando de palavras adoçadas
ao passar de um em um e lhes dizer:
'Meus amigos, nós nunca carecemos
de experiência quando o assunto é males!
Decerto o mal que agora nos assola
não há de ser pior do que o ciclope,
que nos prendeu na côncava caverna
valendo-se de enorme violência.
Mas a minha excelência, os meus alvitres
e a minha perspicácia, mesmo lá,
salvaram-nos. Eu creio que este dia
também será lembrado assim mais tarde.
Agora vamos! Conforme vos digo,
obedeçamos todos ao comando!

Retornai para os bancos de remada
e contra a quebração do mar profundo
desferi vossos golpes com os remos,
com a esperança de que Zeus talvez
conceda que possamos escapar
e nos salvar da morte à nossa frente.
Para ti, timoneiro, eu te darei
uma instrução. Atenta em conservá-la
no coração, pois tu és quem controla
o rumo deste côncavo navio.
Mantém a nossa nau num curso firme
para longe da onda e da fumaça,
e cuida de rumar para o rochedo.
Não aconteça de errares a mão
e mandares a nau para o outro lado,
lançando todos nós ao mal profundo!'.
Assim falei, e eles prontamente
deram ouvidos às minhas palavras.
Sobre Cila, eu ainda não havia
lhes falado, desgraça inevitável,
pois queria evitar que os companheiros
se apavorassem e largassem mão
de seus remos, tentando inutilmente
se salvar, encolhidos no navio.
Mas naquele momento eu me esqueci
das dolorosas instruções de Circe,
que claramente tinha me ordenado
a não me preparar para a batalha.
Em vez disso, vesti minha armadura
gloriosa, tomei um par de lanças
bem compridas nas mãos, e pus-me assim
armado junto à proa do navio,
pois era ali que eu tinha expectativa
de que ela aparecesse por primeiro,
Cila, surgindo da caverna pétrea,
que me trouxe desgraça aos companheiros.

Mas não havia modo de avistá-la,
por mais que eu já cansasse a minha vista
de tanto olhar atento a toda parte
daquela rocha envolta por neblina.
Então nós navegamos através
desse canal estreito, entre lamentos,
pois num dos lados se encontrava Cila
e do outro lado a divina Caríbdis
sorvia de maneira pavorosa
as correntes marinhas, tão salgadas.
A cada vez que ela regurgitava,
como se fosse um caldeirão no fogo,
fremia por inteiro, em turbilhão,
e então fazia golfejar ao alto
as espumas marinhas, que atingiam
até os topos de ambos os rochedos.
Porém, a cada vez que ela sorvia
as correntes marinhas, tão salgadas,
fremia por inteiro ao ressurgir,
fendendo as ondas em seu sorvedouro.
As pedras ressoavam ao redor,
e abaixo dela já se via a terra
na imensidão de areias tenebrosas.
O medo nos roubou a cor da pele.
Enquanto olhávamos, estarrecidos,
para dentro do abismo de Caríbdis,
nesse entrementes Cila arrebatou,
do côncavo navio, seis companheiros,
aqueles mesmos que eram os mais fortes
tanto nos braços quanto no vigor.
Quando voltei os olhos novamente
para o barco veloz e os companheiros,
nesse momento já se viam braços
e pernas debatendo-se no ar,
dos que foram tomados pelo monstro.
Entre gritos, clamavam por ajuda,

num último chamado por meu nome,
com coração dilacerado em dor.
Tal como quando, em cima de um rochedo,
um pescador se põe com longa vara
e preparando um dolo para os peixes
lança apenas um pouco de comida
para dentro do mar em seu anzol
feito do chifre de um bovino agreste,
e então tira das águas, arquejante,
um peixe e o arremessa sobre a terra —
dessa forma também, contra os rochedos,
eles foram lançados, arquejantes.
Ali mesmo, na entrada da caverna,
devorou-os enquanto eles gritavam,
esticando seus braços para mim
no meio da batalha pavorosa.
Posso dizer que aquela foi a cena
mais triste que meus olhos já miraram
de todas as tristezas que sofri
ao desbravar os caminhos do mar.
Em seguida, depois de nós já termos
escapado das rochas, de Caríbdis
e de Cila, de pronto nós chegamos
à ínsula impecável de um dos deuses.
Ao longo dela, via-se um rebanho
de belíssimas vacas de ampla testa,
e ovelhas numerosas e bem gordas —
os rebanhos de Hélios Hiperônio.
Enquanto ainda estava no alto-mar,
sobre o convés de minha nau escura,
eu já ouvia mugirem as vacas
conforme eram levadas ao cercado
e as ovelhas balirem. Nesse instante,
dentro do coração eu fui buscar
as palavras que tinham sido ditas
pelo cego Tirésias, o tebano,

e pela deusa Circe, lá de Eeia,
que reiteradas vezes me ordenou
a me manter afastado da ilha
do Sol, que traz o júbilo aos mortais.
Então eu conclamei aos companheiros,
com coração transido em sofrimento:
'Escutai meu discurso, companheiros,
apesar das desgraças que sofrestes,
para que eu possa relatar a vós
as profecias ditas por Tirésias
e pela deusa Circe, lá de Eeia,
que reiteradas vezes me ordenou
a me manter afastado da ilha
do Sol, que traz o júbilo aos mortais.
Ela afirmou que lá nós haveremos
de ter o mais terrível dos destinos.
Então guiai a nossa nau escura
para passarmos longe dessa ilha!'.
Assim falei. De pronto para eles
despedaçou-se o caro coração.
Euríloco de pronto respondeu-me,
usando de palavras odiosas:
'És mesmo um miserável, Odisseu!
Teu ímpeto não tem comparação,
teus membros não se cansam! Tu decerto
foste forjado inteiramente em ferro,
tu que, diante dos teus companheiros
exaustos por cansaço e pelo sono,
não deixas que eles desçam para a terra,
sendo que poderíamos estar
em uma ilha isolada de tudo,
onde faríamos um belo almoço.
Em vez disso, tu mandas que sigamos
pela noite veloz, assim sem rumo,
vagando para longe dessa ilha
envoltos pelas brumas do alto-mar.

À noite surgem ventos aflitivos,
ventos capazes de causar naufrágios.
De que maneira alguém conseguiria
refugiar-se do abismo da morte
se súbito surgisse no horizonte
um vento de tormenta sobre o mar,
ou o Noto ou o Zéfiro de sopro
tempestuoso, ventos sul e oeste,
que mais que todos despedaçam naus
contra a vontade dos senhores deuses?
Por isso, agora é melhor acatarmos
esses sinais que a noite negra envia.
Devemos preparar a refeição
desembarcados, junto à nau veloz.
Na aurora, voltaremos para bordo
e zarparemos ao vasto alto-mar'.
Assim falou Euríloco, e o restante
dos companheiros concordou com ele.
Nesse momento, eu soube que algum deus
planejava desgraças para nós.
Retomei a palavra de imediato
e proferi o seguinte em resposta:
'Euríloco, seria muito fácil
prevalecerdes contra mim, sozinho.
Então vamos! Deveis jurar a mim
um juramento dos mais poderosos.
Se acontecer de acharmos um rebanho
de vacas ou de ovelhas numerosas,
jurai-me que ninguém, de forma alguma,
movido por terrível petulância,
abaterá alguma dessas vacas
ou ovelhas, e sim, a bom contento,
todos irão comer dos mantimentos
que recebemos de Circe imortal'.
Assim falei, e eles prontamente
juraram se conter, conforme as ordens.

Depois que eles já tinham prometido
e feito o juramento por completo,
aportamos a nossa nau bem-feita
no recôncavo de um ancoradouro,
próximo de uma fonte de água doce.
Então desembarcaram do navio
os companheiros e de pronto foram
preparar habilmente a refeição.
Depois, quando já tinham saciado
a gana por comida e por bebida,
à primeira lembrança já choraram,
pensando nos queridos companheiros
que Cila devorou, ao agarrá-los
para fora do côncavo navio.
De tanto que choraram, sobreveio
para eles o sono adocicado.
Mas, no terceiro cômputo da noite,
quando os astros já tinham se baixado,
foi quando Zeus que move a tempestade
enviou contra nós um vento intenso
e a terrível visão de uma tormenta.
Com as nuvens, o deus obnubilou
ao mesmo tempo a terra e o alto-mar,
enquanto a noite recobria o céu.
Quando afinal surgiu a matutina
Éos, Aurora de dedos rosados,
pusemos nossa nau em segurança
no interior de uma côncava caverna
onde havia um belíssimo recanto
de ninfas com os seus locais de dança.
Tratei de convocar uma assembleia
e falei o seguinte para todos:
'Meus amigos, no rápido navio,
há comida e bebida para nós.
Então fiquemos longe dos rebanhos,
que assim não nos ocorra uma desgraça,

pois são de uma terrível divindade
essas vacas e ovelhas rechonchudas –
são rebanhos de Hélios, o deus Sol,
que tudo vê e escuta desde cima'.
Assim falei, logrando convencer
com isso os corações viris de todos.
Manteve-se soprando um mês inteiro
o Noto, o vento sul, sem que surgisse
qualquer dos outros ventos, à exceção
do vento leste, o Euro, junto ao Noto.
Durante o tempo em que durou o pão
e o vinho rubro para os companheiros,
ficaram afastados dos rebanhos,
zelosos por manter a própria vida.
Entretanto, tão logo se findaram
as provisões que havia no navio,
nesse momento, por necessidade,
foram à caça de animais selvagens,
de peixes e de pássaros também,
de qualquer coisa que estivesse à mão
ou que caísse em seus anzóis recurvos,
enquanto a fome lhes feria o ventre.
Também tratei eu mesmo de partir
ilha adentro, fazendo uma oração
aos deuses, na esperança de que um deles
apontasse o caminho para mim.
Então, conforme atravessava a ilha,
estando livre dos meus companheiros,
eu cuidei de lavar as minhas mãos
num local onde o vento não soprava,
e fiz uma oração aos deuses todos,
a todos eles que detêm o Olimpo.
Foram eles então que derramaram
nas minhas pálpebras o doce sono.
Enquanto isso, Euríloco encetava
um plano mau em meio aos companheiros:

'Escutai meu discurso, companheiros,
apesar das desgraças que sofrestes!
São odiosas todas as espécies
de morte aos miseráveis morituros,
mas sem dúvida o fado mais terrível –
a morte mais terrível – vem da fome.
Então vamos! Tratemos de roubar
algumas vacas de Hélios, as melhores,
para sacrificá-las aos eternos,
aqueles que detêm o vasto céu.
Se algum dia pusermos nossos pés
de novo em Ítaca, na terra pátria,
nós ergueremos sem perda de tempo
um lauto templo a Hélios Hiperiônio,
e dentro dele iremos colocar
muitíssimas e nobres oferendas.
Se ele se enfurecer porque roubamos
o seu gado de chifres retilíneos
e quiser destruir nosso navio,
acompanhado pelos outros deuses,
preferirei perder de vez a vida
enchendo os meus pulmões contra uma onda
do que me ver secando pouco a pouco,
como estou, numa ilha desolada'.
Assim falou Euríloco, e o restante
dos companheiros concordou com ele.
De imediato trataram de roubar
algumas vacas de Hélios, as melhores,
de um local ali perto, pois não era
distante do navio de proa negra
que os bovinos tardonhos pastejavam,
as belíssimas vacas de ampla testa.
Colocaram-se em círculo ao redor
e dirigiram preces para os deuses
trazendo tenras folhas que arrancaram
de um carvalho de altíssima folhagem,

pois não havia mais cevada branca
dentro de nossa nau de belos bancos.
Quando já tinham feito as orações,
degolaram-nas e esfolaram todas.
Desmembraram depois as suas coxas,
que recobriram então com gordura
perfazendo uma dúplice camada,
e em cima delas puseram mais cortes.
Só não tiveram como derramar
vinho nos sacrifícios flamejantes.
Então fizeram libações com água
e cozinharam as entranhas todas.
Quando as coxas estavam bem-assadas
e as vísceras provadas já por todos,
eles cortaram o resto das carnes
e as espetaram então nos espetos.
Foi bem nesse momento que partiu
de minhas pálpebras o doce sono.
Então eu fui de volta à nau veloz
junto à praia banhada pelas ondas.
Mas eis então que, quando eu já estava
quase de volta ao meu navio recurvo,
nesse momento, um cheiro adocicado
de gordura no fogo me envolveu.
Gritei de desespero para os céus,
dirigindo-me aos deuses imortais:
'Ora escutai-me, Zeus pai e vós outros,
deuses ditosos, para sempre vivos!
Foi rumo à perdição que me fizestes
adormecer nesse sono cruel,
pois enquanto eu dormia os companheiros
aprontaram um feito monstruoso!'.
Nesse entrementes, uma mensageira
chegou veloz a Hélios Hiperiônio:
Lampitia de peplo bem comprido,
que lhe contou da morte de seu gado.

Enfurecido desde o coração,
ele disse o seguinte aos imortais:
‘Ora escutai-me, Zeus pai e vós outros,
deuses ditosos, para sempre vivos!
Cobrai reparação dos companheiros
de Odisseu, o nascido de Laertes!
Esses homens soberbos chacinaram
as minhas vacas, que eram para mim
uma enorme alegria a cada vez
que eu ascendia ao estrelado céu
e a cada vez também que eu me virava
para voltar à terra desde o céu.
Se eles não me pagarem tal e qual
é devido que paguem pelas vacas,
eu descerei ao palácio de Hades
e só darei a minha luz aos mortos!’.
Por sua vez, respondendo o seguinte,
disse-lhe Zeus que move a tempestade:
‘Hélios, persiste firme na tarefa
de ceder tua luz aos imortais
e também aos humanos morituros
na terra arada, que concede vida!
Mandarei um relâmpago luzente
em breve contra a sua nau veloz
e com ele eu irei despedaçá-la
em meio ao mar escuro como o vinho’.
Acerca dessas coisas, informou-me
Calipso de belíssimos cabelos,
que disse ter ouvido sobre elas,
por sua vez, do mensageiro Hermes.
Tão logo retornei para a baixada
onde estava o navio à beira-mar,
fiz reprimendas contra todos eles,
um depois do outro, mas já não havia
nenhuma solução para o problema.
Os bovinos já tinham sido mortos.

Mas eis então que súbitos prodígios
foram manifestados pelos deuses:
os couros começaram a tremer,
as carnes começaram a mugir,
as cruas e as assadas, nos espetos,
e o seu som era mesmo o de bovinos.
Por seis dias ainda, depois disso,
meus leais companheiros persistiram
banqueteando-se com essas vacas
que roubaram de Hélios, as melhores.
Mas, quando veio o sétimo dos dias,
disposto sobre nós por Zeus Cronida,
nesse momento, o vento, de repente,
parou de alimentar a tempestade.
Então nós embarcamos sem demora
e zarpamos com rumo ao alto-mar,
tendo posto de pé de novo os mastros
e alçado novamente as brancas velas.
Mas o fato é que, quando nós deixamos
aquela ilha para trás, nenhuma
outra terra surgiu pelo horizonte.
Havia tão somente céu e mar.
Nesse momento, o nascido de Crono
enviou uma nuvem toda escura
por sobre nosso côncavo navio,
e o mar escureceu-se embaixo dela.
Por muito tempo mais não persistiu
singrando em frente a nossa nau, pois logo
o vento Zéfiro chegou zunindo
e trazendo uma enorme tempestade.
A lufada de vento, de tão forte,
fez as cordas do mastro se romperem
dos dois lados, e logo o próprio mastro
veio abaixo, com todo o equipamento
tombando para dentro do convés.
Ao cair sobre a popa do navio,

a madeira atingiu o timoneiro
em cheio na cabeça, esmigalhando
os ossos de seu crânio por completo.
À semelhança de um mergulhador,
desabou do convés, e a sua vida
valorosa lhe abandonou os ossos.
Então Zeus fez soar o seu trovão
e lançou um relâmpago na nau,
que estremeceu e balançou-se toda
quando o raio de Zeus a golpeou,
erguendo um cheiro de enxofre no ar.
Tombaram do navio meus companheiros.
Como corvos marinhos, circulavam
pelo entorno de nossa nau escura,
levados pelo frêmito das ondas.
O deus privou-os todos do retorno.
Mas eu seguia ainda labutando
pelo convés do barco, até que as ondas
fizeram com que a quilha se soltasse
e flutuasse nua em suas águas.
O próprio mastro se soltou da quilha,
e o cabo que antes o prendia à proa
ficou por cima dele, ali boiando,
um cabo grosso de couro de boi.
Com esse cabo então eu amarrei
o mastro em paralelo à própria quilha,
e sentado nos dois eu fui levado
pelo sopro de ventos destrutivos.
Nesse momento, o Zéfiro de fato
parou de alimentar a tempestade,
mas logo o Noto veio em seu lugar,
trazendo dores ao meu coração,
e fez com que eu retrocedesse o curso
de volta até Caríbdis destrutiva.
Assim fui carregado a noite toda,
e quando finalmente o sol surgiu

eu estava diante do rochedo
de Cila e de Caríbdis pavorosa.
Então mais uma vez ela sorveu
as correntes marinhas, tão salgadas,
mas dessa vez eu pulei na figueira
altiva que existia ali por perto
e junto aos galhos dela me agarrei
feito um morcego, pois não existia
maneira alguma de firmar os pés
nem de tentar subir pelo seu tronco,
cujas raízes se encontravam longe
e cujos galhos eram muito esparsos,
grandes galhos compridos que lançavam
suas sombras por cima de Caríbdis.
Eu me agarrei ali continuamente
até que ela por fim regurgitasse
mastro e quilha de volta. Demoraram
a vir a quem ansiava por eles.
Ao horário em que um homem se levanta
de uma assembleia para ir jantar,
depois de já ter dado o veredito
às disputas de muitos litigantes,
foi quando finalmente aqueles lenhos
ressurgiram de dentro de Caríbdis.
Então eu finalmente relaxei
as mãos e os pés e me deixei tombar
com um baque sonoro bem no meio
daqueles longos lenhos, de comprido.
Ajeitei-me sentado em cima deles
e passei a remar com minhas mãos.
Graças ao pai dos deuses e dos homens,
eu consegui passar despercebido
a Cila. Do contrário, eu não teria
escapatória do abismo da morte.
Então fui carregado desde lá
por nove dias. Na décima noite,

os deuses me levaram para Ogígia,
a própria ínsula em que faz morada
Calipso de belíssimos cabelos,
deusa terrível, dotada de voz,
que tomou conta de mim e me amou.
Mas para que contar-vos sobre isso?
Ontem mesmo de fato eu já falei
sobre essas coisas dentro do palácio
a ti e a tua poderosa esposa.
Seria péssimo da minha parte
relatar para vós mais uma vez
o que já foi contado com clareza".

Canto XIII

Assim falou, e todos os presentes
calaram-se e ficaram em silêncio,
encantados da forma como estavam
pelo salão sombrio do palácio.
Por sua vez, Alcínoo em seguida
respondeu ao que disse e lhe falou:
“Odisseu, uma vez que tu chegaste
ao meu palácio de piso de bronze
e de teto elevado, já não creio
que seguirás perdido e rechaçado
em teus esforços de tornar à casa,
por mais que tenhas tido tantas dores.
A cada um de vós aqui presentes,
homens, darei agora este comando,
a todos vós que, dentro do salão
do meu palácio, sempre degustais
o vinho rútilo dos anciões
enquanto ouvis o canto de um aedo.
Há vestimentas para o estrangeiro
no interior de um baú bem-aplainado.
Também há ouro de lavor dedáleo
além de todos os demais presentes,
tantos quantos os homens conselheiros
dos feácios trouxeram para cá.
Mas tratemos também de acrescentar
uma trípode grande e um caldeirão
de cada um de nós. Depois podemos
cobrar o preço disso junto ao povo,
para nos ressarcirmos, pois é duro
fazer o bem e tê-lo de ninguém”.

Assim falou Alcínoo, e seu discurso
foi do agrado de todos os presentes.
Eles então partiram, cada qual
indo deitar em sua própria casa.
Quando afinal surgiu a matutina
Éos, Aurora de dedos rosados,
todos se reuniram junto à nau,
levando o bronze que deleita os homens.
O sagrado poder do rei Alcínoo
tratou de armazenar esses presentes
ao longo do navio, sob as bancadas,
a fim de que não fossem empecilho
à atividade de seus companheiros
em seu ágil trabalho junto aos remos.
Em seguida eles foram ao palácio
de Alcínoo e prepararam um banquete,
e o sagrado poder do rei Alcínoo
sacrificou um boi em meio a eles
em oferenda a Zeus de nuvens negras,
o nascido de Crono, rei de todos.
Assaram bem as coxas e passaram
a deleitar-se no ilustre banquete,
banqueteando-se. No meio deles,
soava o canto do aedo divino,
Demódoco, estimado pelo povo.
Porém, nesse entrementes, Odisseu
voltava muitas vezes a cabeça
na direção do sol todo brilhante,
querendo que o crepúsculo chegasse,
pois desejava retornar à casa.
Tal como quando um homem tem anseio
pela janta, depois de um dia todo
levando bois escuros como vinho
com seu arado ao longo da lavoura,
e, na grata visão da luz do sol
se pondo finalmente no horizonte,

retorna à casa, para ter a janta,
e sente seus joelhos vacilarem –
foi tão grata também para Odisseu
essa visão da luz do sol se pondo.
Então de pronto falou entre eles
para os feácios amantes do remo,
mas dirigindo o foco do discurso
principalmente para o rei Alcínoo:
"Alcínoo, rei de poderoso império,
mais distinto de todos os humanos,
fazei as mais propícias libações,
levai-me embora e sede bem felizes,
pois já está cumprido agora tudo
que meu querido coração queria:
uma escolta e presentes bem-amados.
Que possam me trazer prosperidade
por uma bênção dos deuses celestes!
E que, voltando para a minha casa,
possa encontrar minha esposa impecável
com meus entes queridos sãos e salvos!
E para vós, que ficareis aqui,
haja alegria em vossos matrimônios
ao lado das esposas e dos filhos!
Que os deuses vos concedam excelência
de todas as espécies, e não haja
maldade alguma em meio ao vosso povo!".
Assim falou, e todos os presentes
louvaram o que disse, concordando
que fosse feita a escolta do estrangeiro,
pois falara de acordo com a moira.
Dirigindo-se a um dos seus arautos,
então falou a potência de Alcínoo:
"Pontônoo, peço-te que tu mistures
vinho com água dentro da cratera
e vá pelo salão servindo a todos,
para que, após orarmos a Zeus pai,

nós possamos mandar esse estrangeiro
de volta para sua terra pátria".
Assim falou. Pontônoo misturou
o vinho adocicado como mel
e então passou vertendo uma porção
a todos os presentes, que fizeram
libações para os deuses venturosos,
que têm domínio sobre o vasto céu,
ali mesmo, sentados onde estavam.
Só o divo Odisseu se levantou
e foi levar até as mãos de Arete
uma taça com asas dos dois lados.
Dirigindo-se a ela desta forma,
disse as seguintes palavras aladas:
"Que tu sejas feliz, ó basileia,
por todo o sempre, até que ancianidade
e morte cheguem finalmente a ti,
como chegam a todos os humanos.
Agora é minha hora de partir.
Que tu sejas alegre nesta casa
em companhia de teus próprios filhos,
de teu povo e de Alcínoo basileu".
Depois de ter falado assim, partiu
soleira afora o divino Odisseu.
A potência de Alcínoo deu comando
que um arauto seguisse ao lado dele,
para guiá-lo até a nau veloz
junto à praia banhada pelas ondas.
Por sua vez, Arete despachou
suas servas domésticas com ele:
uma delas trazia junto aos braços
uma túnica e um manto bem-lavado;
outra zelava pela segurança
de um baú de feitura bem-maciça;
e por fim vinha ainda uma terceira
carregando comida e vinho rubro.

Tão logo eles chegaram à baixada
onde estava o navio à beira-mar,
de imediato os ilustres escoltantes
puseram dentro da côncava nau
tudo que as servas tinham carregado:
as vestes, as comidas e as bebidas.
Em seguida esticaram um tapete
para Odisseu, com cobertor de linho,
sobre o convés do côncavo navio,
a fim de que dormisse bem tranquilo
junto à popa. Ele próprio então subiu
a bordo e se deitou sobre esse leito
em silêncio. Tomaram seus lugares
os remadores todos nas bancadas,
organizadamente, e então soltaram
o cabo junto à pedra de ancoragem.
Tão logo os marinheiros se inclinaram
e revolveram o mar com seus remos,
foi bem nesse momento que pousou
sobre as pálpebras dele o doce sono —
dulcíssimo, constante, imperturbável,
o que há de mais próximo da morte.
Tal como quando, ao longo da planície,
quatro cavalos machos na quadriga
partem juntos, correndo em sincronia,
sob a pressão de golpes de chicote,
e erguendo todo o corpo para o alto
rapidamente cumprem seu trajeto —
assim também a popa do navio
se erguia, e atrás dela um vagalhão
purpúreo a impelia para frente
na imensidão do murmurante mar.
A nau seguia sem impedimento,
sempre constante. Nem um gavião
ou um falcão teria acompanhado,
a mais veloz dentre as aves aladas —

com tal velocidade ela seguia
e atravessava as ondas sobre o mar,
carregando um guerreiro equiparável
aos próprios deuses na sagacidade,
ele que já sofrera tantas dores
dentro do coração em outros tempos,
nas guerras provocadas pelos homens
e em viagens por ondas aflitivas,
mas que agora dormia inabalável,
esquecido de tudo que sofrera.
No momento em que a estrela mais brilhante
subira ao céu, aquela que entre todas
é quem costuma sempre anunciar
a luz da matutina Aurora, Éos,
foi então que aportaram junto à ilha
com a nau singradora do alto-mar.
Existe certo porto dedicado
ao velho Fórcis, ancião do mar,
lá no reino dos homens itacenses.
Duas faixas de terra se prolongam
erguendo-se em altivos promontórios
desde a área central do ancoradouro
de modo a protegê-lo contra os golpes
dos vagalhões trazidos pelos ventos
pelo lado de fora. Dentro dele,
não há necessidade de atracar
as naus de belos bancos com amarras
quando chegam ao ponto de ancoragem.
Na cabeça do porto, pode ver-se
uma oliveira de folhas compridas.
Próximo dela, existe uma caverna
muito amável, coberta por neblina,
um terreno sagrado para as ninfas
chamadas náiades, as de água doce.
Ali dentro há crateras de mistura
para água e vinho, e ânforas de pedra.

As abelhas, porém, são quem as usam
para guardar seu mel no bojo delas.
Ali também há teares bem altos,
todos feitos de pedra, onde as ninfas
tecem tramas purpúreas como o mar,
um espetáculo de se admirar.
Águas fluem constantes dessa gruta.
Duas entradas levam para dentro:
uma delas usada por humanos,
a que desce na direção do Bóreas;
mas a outra, que segue junto ao Noto,
é mais sagrada. Para dentro dela,
não é dado que os homens se aventurem –
é um caminho só dos imortais.
Foi a tal porto que se dirigiram,
por conhecê-lo de antes. Em seguida,
aportaram a nau em terra firme,
subindo com metade dela à praia
de uma só vez, de tão velozes que eram
os braços dedicados a remá-la.
Então desembarcaram do navio
bem-jungido com bancos e levaram
Odisseu por primeiro para a praia,
baixando-o desde o côncavo navio
em cima de um tapete reluzente
e bem-envolto em cobertor de linho.
Depuseram-no em cima das areias,
domado pelo sono como estava.
Depois desembarcaram os tesouros,
aqueles que os mais nobres dos feácios
lhe tinham dado para a volta à casa
graças à deusa magnânima, Atena.
Colocaram-nos todos agrupados
junto à base do tronco da oliveira,
longe da estrada, para que ninguém,
nenhum dos viajantes dos humanos,

passando ali por Odisseu dormindo
acabasse roubando alguma coisa.
Depois disso tomaram seu caminho
de volta. Mas o abalador do solo,
não havendo esquecido as ameaças
que ele próprio fizera anteriormente
contra Odisseu semelho aos próprios deuses,
quis consultar a vontade de Zeus:
“Zeus pai, em meio aos deuses imortais,
está claro que eu nunca mais terei
qualquer prestígio, já que esses mortais
não me prestam nenhuma reverência,
esses homens feácios, que além disso
fazem parte de minha própria estirpe!
Agora mesmo eu tinha declarado
que Odisseu sofreria muitos males
durante a sua volta para casa,
mesmo que sem privá-lo do retorno
inteiramente, visto que tu próprio
tinhas dado anuência e prometido.
Mas eis que eles trouxeram-no dormindo
em sua nau veloz, sobre o alto-mar,
e o deixaram em Ítaca, depois
de lhe darem presentes incontáveis —
deram-lhe bronze, deram também ouro
e vestimentas muito bem-tecidas
em quantidade tal que nunca, em Troia,
Odisseu poderia ter ganhado,
nem se passasse incólume por tudo
e voltasse com todo o seu espólio”.
Por sua vez, respondendo o seguinte,
disse-lhe Zeus que move a tempestade:
“Mas que desgraça! Abalador da terra,
de vasta força, que coisa disseste!
De maneira nenhuma és desonrado
pelos deuses. Seria bem difícil

que algum deles pudesse desonrar
alguém mais velho e superior aos outros.
Entretanto, se alguém dentre os humanos,
cedendo a violência e força bruta,
não estiver te honrando, tens direito
de procurar vingança no futuro.
Podes agir conforme tu quiseres
e for benquisto por teu coração".
Por sua vez, respondendo o seguinte,
disse Possêidon, fremidor do solo:
"De pronto eu já teria feito assim,
ó nuvem-negra, como tu comandas,
mas eu sempre receio provocar
alguma mágoa no teu coração.
Pois bem, o meu desejo diz respeito
ao belíssimo barco dos feácios.
Conforme ele retorna dessa escolta,
atravessando as brumas do alto-mar,
quero afundá-lo. Devem ser parados
e desistir de oferecer escolta
a todos os humanos. Cingirei
o reino deles numa cordilheira".
Por sua vez, respondendo o seguinte,
disse-lhe Zeus que move a tempestade:
"Caríssimo, meu coração me diz
que será bem melhor desta maneira:
quando todos os homens desse reino
estiverem olhando, da cidade,
o navio retornando no horizonte,
faz com que se transforme numa pedra
com aparência de um navio veloz,
para que todos eles se apavorem,
e depois disso cinge todo o entorno
do reino deles numa cordilheira".
Depois de ter ouvido essas palavras,
Possêidon, deus abalador do solo,

foi de uma vez na direção de Esquéria,
onde vivem os homens dos feácios,
e ficou esperando. No momento
em que a nau singradora do alto-mar
surgiu veloz já perto de onde estava,
nesse momento o abalador do solo
avançou para perto e transformou-a
em pedra, enraizando-a desde baixo,
num movimento de mão espalmada
em sua direção. Depois, partiu.
Por sua vez, falavam uns aos outros
com as seguintes palavras aladas
os feácios de remos alongados,
homens famosos pelos seus navios.
Ao verem semelhante situação,
desta forma falavam uns aos outros:
"Mas que desgraça! Nossa nau veloz
ficou presa no meio do alto-mar
conforme retornava para casa
e já surgia plena no horizonte!".
Assim eles diziam uns aos outros,
sem saber o que havia acontecido.
Então Alcínoo, tomando a palavra,
conclamou entre eles e lhes disse:
"Mas que desgraça! Agora se cumpriu
aquela profecia muito antiga
de meu pai, que me disse muitas vezes
que Possêidon nutria contra nós
alguma espécie de ressentimento
por conta de nós sempre oferecermos
escoltas para todos que nos chegam.
Disse que ainda chegaria o dia
em que um belíssimo navio feácio,
ao retornar depois de alguma escolta
através da neblina do alto-mar,
seria destruído, e uma montanha

enorme ocultaria esta cidade.
Dessa maneira o velho me falou,
e foi exatamente o que ocorreu.
Agora vamos! Conforme vos digo,
obedeçamos todos ao comando!
Não escoltemos mais mortal algum
que chegue em frente à nossa cidadela!
Além disso, matemos doze touros
escolhidos em honra de Possêidon,
na esperança de que ele se apiede
e não mantenha envolto desta forma
o nosso reino numa cordilheira".
Assim falou, causando medo neles.
Prepararam os touros para o abate.
Dessa forma, portanto, eles faziam
as suas preces ao senhor Possêidon,
aqueles que no reino dos feácios
eram os líderes e os comandantes,
posicionados ao redor do altar.
Enquanto isso, o divino Odisseu
acordou de seu sono, sem notar
que já se achava em sua terra pátria,
de tanto tempo que ele não a via.
No entorno dele, todavia, a deusa
Palas Atena derramara névoa,
a donzela de Zeus, para torná-lo
impossível de ser reconhecido
e relatar a ele cada coisa,
por receio de a esposa, os cidadãos
e seus amigos o reconhecerem
antes de que ele houvesse se vingado
de toda a transgressão dos pretendentes.
Além disso, ela fez todas as coisas
parecerem alheias para o rei:
as trilhas que seguiam ilha adentro,
os portos sempre bons para ancoragem,

as pedras que se erguiam escarpadas
e as árvores de porte suntuoso.
Ele se pôs de pé e, ao levantar-se,
ficou olhando para a terra pátria.
Esvaziou os pulmões num grunhido
e golpeou de raiva as próprias coxas
com as mãos espalmadas, lamentando
enquanto proferia estas palavras:
"Ai de mim! A que tipo de mortais
pertence a terra a que cheguei agora?
Serão seres de bruta desmedida,
selvagens e sem senso de justiça,
ou do tipo que gosta de estrangeiros
e tem o coração temente aos deuses?
Onde devo guardar estes tesouros
tão abundantes? Para onde irei
sem ter um rumo certo? Quem me dera
eu tivesse ficado entre os feácios,
como estava! Teria cedo ou tarde
chegado até as terras de outro rei
poderoso, que me receberia
com amizade e me daria escolta.
Agora eu nem ao menos tenho ideia
de onde guardá-los, mas não poderia
largá-los onde estão, porque receio
que se tornem espólio de outro homem.
Ai de mim! Que desgraça! Logo vejo
que não eram tão justos e sensatos
aqueles capitães e comandantes,
os líderes dos homens dos feácios,
que me deixaram numa terra estranha.
Tinham dito que iriam me levar
com certeza até Ítaca conspícua,
mas não fizeram como o prometido.
Que Zeus, o protetor dos suplicantes,
cobre deles aquilo que é devido,

ele que enxerga tudo desde cima
e faz com que quem erra pague o preço!
Mas agora é melhor fazer a conta
de todos os tesouros e checar
se não levaram algo meu embora
ao partirem no côncavo navio".
Tendo falado assim, ele contou
as belas trípodes e os caldeirões.
Contou o ouro e fez também a conta
das vestimentas muito bem-tecidas.
Daquilo tudo, não faltava nada.
Só lhe faltava a sua terra pátria.
Ele foi se arrastando pela praia,
junto das dunas do mar murmurante,
enquanto lamentava o seu destino.
Então Atena veio para perto,
tendo assumido a forma de um mortal
responsável por pastorar ovelhas
inteiramente tenras, um rapaz
que parecia o filho de algum rei:
ao redor de seus ombros ela tinha
uma capa bem-feita, em pano duplo;
nos seus pés reluzentes pelo azeite
tinha sandálias, e uma lança à mão.
Odisseu se alegrou ao contemplá-la
e foi andando em sua direção.
Dirigindo-se a ela desta forma,
disse as seguintes palavras aladas:
"Meu amigo, de todas as pessoas,
tu és quem eu primeiro encontro aqui.
Então eu te saúdo! Que não seja
com mau intento que nos encontramos!
Peço que salves essas coisas todas
e me salves também. Eu me dirijo
a ti como se fosses um dos deuses
e me abraço ao redor dos teus joelhos.

Anuncia a verdade dessas coisas
agora, a fim de que eu conheça bem:
qual é a terra, qual o povoado,
quais os homens que vivem por aqui?
Seria alguma ilha bem conspícua
ou na verdade um alto promontório
que se estende no meio do caminho
entre a terra fecunda e o alto-mar?".
Por sua vez, dirigindo-se a ele,
disse-lhe Atena, deusa de olhos glaucos:
"Só podes ser estúpido, estrangeiro,
ou ter vindo de algum lugar distante,
se me perguntas mesmo qual o nome
desta terra em que estamos. Certamente
não é anônima de forma alguma.
Muitíssimas pessoas a conhecem,
tanto aqueles que vivem para o lado
de onde sempre ressurgem sol e aurora,
quanto aqueles que vivem do outro lado,
na direção das trevas nevoentas.
É verdade que é toda acidentada
e não é pasto próprio de cavalos,
mas nem por isso deixa de ser fértil,
ainda que não seja muito extensa,
pois dispõe de alimento em quantidade
imensurável. Nela também há
vinho à disposição, pois nunca faltam
nem chuva nem orvalho em abundância.
Tem pastos excelentes para bodes
e para bois. Há vastas quantidades
de mata em toda parte, com nascentes
que nunca falham em fluir perenes.
Por todas essas coisas, estrangeiro,
Ítaca é conhecida mesmo em Troia,
por mais que seja um ponto tão distante,
como dizem, de nossa terra acaia".

Assim falou, e com isso alegrou-se
o divino Odisseu de tantas lutas,
sentindo-se feliz com a visão
de sua terra pátria, enquanto ouvia
o que Palas Atena lhe falava,
a donzela de Zeus tempestuoso.
Dirigindo-se a ela desta forma,
disse as seguintes palavras aladas
(mas não foi a verdade o que ele disse,
pois cuidava de controlar a fala
e de manter no peito o coração
atento a toda forma de vantagem):
"Ítaca! Sim, eu já ouvi falar
desse lugar em minha vasta Creta,
bem longe, do outro lado do alto-mar.
Eis agora que venho aqui eu próprio,
carregando comigo estes tesouros!
Tantos filhos assim também deixei
ao escapar de lá, por ter matado
um dos filhos do rei Idomeneu,
seu caro Orsíloco de pés velozes,
filho amado, que em toda vasta Creta
era sempre o primeiro na corrida
entre os homens fadados ao trabalho.
Foi ele quem matei, pois me roubou
de todos os espólios que eu trouxera
desde Troia, tesouros pelos quais
meu coração passou por tantas dores
nas guerras provocadas pelos homens
e em viagens por ondas aflitivas.
Isso tudo se deu porque eu não quis
agradar o pai dele em seu serviço
lá no reino de Troia, e sim seguir
liderando meus próprios companheiros.
Joguei a lança de ponta de bronze
contra ele conforme ele descia

desde os campos. Foi próximo da estrada
que eu e meu companheiro o emboscamos.
A noite recobria o céu inteiro
em vasta escuridão. Então não houve
ninguém que conseguisse nos notar.
Foi assim que tomei a vida dele.
Em seguida, depois de ter matado
Orsíloco com bronze pontiagudo,
fui sem perda de tempo em direção
de uma nau de fenícios muito ilustres
e lhes pedi auxílio, oferecendo
espólio em quantidade generosa.
Pedi que me levassem junto deles
e me deixassem ou talvez em Pilos
ou talvez junto à Élide divina,
onde os homens epeios têm poder.
Então aconteceu que a ventania
acabou por levá-los para longe,
num curso bem contrário ao desejado.
Não foi porque quisessem me enganar.
Nós viemos vagando desde lá
e chegamos aqui agora à noite.
Remamos o navio com tanta pressa
porto adentro que nem nos recordamos
de preparar alguma refeição,
mesmo que nos fizesse tanta falta.
Em vez disso, descemos de uma vez
de dentro do navio e nos deitamos.
Mas eis então que o sono adocicado
me dominou, cansado como estava.
Enquanto isso, eles removeram
do côncavo navio os meus pertences
e os deixaram aqui, no mesmo ponto
em que eu tinha deitado sobre a areia.
Depois disso, partiram de navio
em direção à pólis dos sidônios

bem-construída, deixando-me aqui
com sofrimento no meu coração".
Assim falou. Em retorno, sorriu-lhe
Atena, divindade de olhos glaucos,
e lhe fez um carinho com a mão.
Tinha adotado a forma de uma moça
de estatura elevada e muito bela,
bem-versada em esplêndidos trabalhos.
Dirigindo-se a ele desta forma,
disse as seguintes palavras aladas:
"Precisaria ser alguém ladino
e oportunista para ultrapassar-te
com todos esses dolos que tu tens,
mesmo se fosse um deus que te encontrasse.
És mesmo um miserável, de intrincadas
artimanhas, faminto por tramoias!
Será que mesmo em tua própria terra
não deixarás de lado as falcatruas,
as palavras repletas de perfídia,
que são sempre tão caras para ti?
Agora vamos! Chega de falar
dessas coisas. Nós dois sabemos bem
como tirar vantagem, pois tu és
o melhor dentre todos os mortais
nas artes do conselho e do discurso,
enquanto eu, dentre todos os deuses,
sou celebrada pelo oportunismo
e pela astúcia. Não reconheceste,
todavia, que sou Palas Atena,
a donzela de Zeus, sempre a teu lado,
vigiando por ti e te guardando
em todos os trabalhos que tiveste.
Além disso, fui eu que te tornei
querido em meio a todos os feácios.
Agora novamente venho aqui,
para tramar contigo alguma astúcia

e esconder essa pilha de tesouros,
todos esses que os nobres dos feácios
te deram para a tua volta à casa
de acordo com meu plano e meu desígnio.
Também irei contar-te quantas são
as angústias que o fado reservou
para sofreres em teu lar bem-feito.
É necessário que suportes tudo.
Inclusive, não deves declarar
abertamente para nenhum deles —
nem homem nem mulher — que estás de volta
de tua errância, e sim manter silêncio
enquanto sofres muitos sofrimentos,
submisso à violência de outros homens".
Por sua vez, respondendo o seguinte,
disse Odisseu de muitíssima astúcia:
"Para um mortal, é bem difícil, deusa,
reconhecer que está perante ti,
mesmo que seja alguém que sabe muito,
pois podes te fazer semelha a tudo.
Mas isso é uma coisa que eu sei bem:
que tu foste gentil comigo antes,
enquanto nós estávamos em Troia
fazendo guerra, os filhos dos aqueus.
Em seguida, depois que saqueamos
a cidade de Príamo, elevada,
e partimos no dorso dos navios,
um deus fez os acaios se espalharem.
Naquele instante, donzela de Zeus,
de fato não te vi nem percebi
que tu tinhas subido em meu navio
para diminuir meu sofrimento.
Em vez disso, sentia todo o ser
dilacerado desde o coração
e vagava sem rumo até que os deuses
viessem resgatar-me da desgraça —

até o momento mesmo em que vieste,
no suntuoso reino dos feácios,
encorajar-me com tuas palavras
e introduzir-me na cidade deles.
Agora eu te suplico, por teu pai,
aos teus joelhos – eu não posso crer
que cheguei até Ítaca conspícua!
Não pode ser. É mais provável que esta
seja alguma outra terra, à que cheguei.
Decerto tu estás me provocando
ao dizer essas coisas que disseste.
Estás brincando com meu coração.
Então diz com verdade para mim
se estou de volta à minha amada pátria".
Disse-lhe então o seguinte em resposta
Atena, divindade de olhos glaucos:
"É sempre desse tipo o pensamento
que tu carregas dentro do teu peito.
Por isso, eu não consigo te deixar
infeliz desse jeito, como estás,
porque tu sabes sempre ser gentil,
veloz no pensamento e bem sensato.
Se fosse um outro homem, de bom grado,
depois de retornar de sua errância,
iria se apressar ao seu palácio,
para ver os seus filhos e a esposa.
Mas para ti ainda não é caro
saber e nem ouvir falar de nada
enquanto não tiveres posto a teste
a tua esposa, que, tal como antes,
está sentada no salão de casa.
Mas os dias e as noites vão passando
constantemente tristes para ela,
que vai vertendo lágrimas sentidas.
Porém eu mesma nunca duvidei.
Sabia muito bem no coração

que ainda voltarias para casa,
tendo perdido os companheiros todos.
O fato, todavia, é que eu não quis
me colocar em luta com Possêidon,
meu próprio tio pela parte de pai,
que estava realmente enfurecido,
de coração colérico contigo,
porque cegaste seu filho querido.
Agora vamos! Eu te mostrarei
a sede de Ítaca, para tu creres.
Este aqui é o porto dedicado
ao velho Fórcis, ancião do mar,
Na cabeça do porto, pode ver-se
esta oliveira de folhas compridas.
Próximo dela, existe uma caverna
muito amável, coberta por neblina,
um terreno sagrado para as ninfas
chamadas náiades, as de água doce.
Foi nesta mesma caverna bem vasta,
com alto teto, que tu tantas vezes
realizaste muitas hecatombes
perfeitas, ofertadas para as ninfas.
E o monte Nérito se encontra ali,
essa montanha recoberta em mata".
Depois de ter falado assim, a deusa
desfez a névoa, revelando a terra.
Alegrou-se com isso nesse instante
o divino Odisseu de tantas lutas.
De tão feliz de ver a sua ilha,
beijou o solo, doador de grãos.
Erguendo os braços, imediatamente
ele fez uma prece para as ninfas:
"Ó minhas ninfas náiades, donzelas
de Zeus! Eu já não esperava mais
contemplar vossas águas novamente!
Mas agora farei preces gentis

em saudação a vós. De vossa parte,
dai-me presentes, como no passado,
caso a filha de Zeus, espoliadora,
se mantiver propícia em permitir
que eu continue vivo sobre a terra
e que meu filho siga bem-nutrido".
Disse-lhe então o seguinte em resposta
Atena, divindade de olhos glaucos:
"Fica tranquilo agora. Não permitas
que isso te seja um peso ao coração.
Tratemos de guardar esses tesouros
num canto da mirífica caverna
sem mais perda de tempo, de maneira
que fiquem bem seguros para ti.
Depois podemos planejar o modo
de tudo acontecer para o melhor".
Tendo falado assim, a deusa entrou
na caverna coberta por neblina
à procura de algum esconderijo
ali dentro. Odisseu, por sua vez,
foi-lhe trazendo tudo para perto,
todo o ouro e o bronze persistente,
bem como as roupas de bela feitura
que os feácios lhe deram de presente.
Deixou tudo escondido e bem-guardado,
pondo de fecho, por cima, uma pedra,
Palas Atena, donzela de Zeus,
o deus da égide de tempestade.
Depois disso, sentaram-se do lado
da sagrada oliveira, junto ao tronco,
e ficaram tramando alguma forma
de matar os soberbos pretendentes.
Principiou a falar entre eles
Atena, divindade de olhos glaucos:
"Divina estirpe, filho de Laertes,
Odisseu de engenhosos artifícios,

pensa num modo de botar as mãos
naqueles pretendentes sem-vergonha,
que por três anos já se mantiveram
reinando no salão de teu palácio
e disputando a mão de tua esposa
semelha aos deuses, dando-lhe presentes.
Dentro do coração, ela mantém-se
sempre chorando pelo teu retorno,
enquanto ao mesmo tempo dá esperança
e faz promessas para cada homem,
enviando mensagens para eles,
mas no seu íntimo quer outras coisas".
Por sua vez, respondendo o seguinte,
disse Odisseu de muitíssima astúcia:
"Ai de mim! Eu decerto estava prestes
a perecer no salão do palácio,
pelo mesmíssimo destino horrível
que consumiu o Atrida Agamêmnon,
se não tivesses, deusa, me contado
cada coisa de acordo com a moira.
Então vamos! Tramemos uma astúcia
a fim de que eu me vingue contra eles.
De tua parte, fica do meu lado
e me concede um ímpeto valente,
à semelhança de quando despimos
o diadema brilhante de Troia.
Se estiveres disposta, de olhos glaucos,
a ficar dessa forma do meu lado,
então eu sei que seria capaz
de combater até trezentos homens
com teu auxílio, veneranda deusa,
quando chegas propícia a meu socorro".
Disse-lhe então o seguinte em resposta
Atena, divindade de olhos glaucos:
"Tu podes ter certeza que estarei
ao teu lado – não vou te abandonar –

quando tu estiveres empenhado
nesses trabalhos. Creio que um ou outro
acabará sujando o assoalho
com seu encéfalo e seu próprio sangue,
algum dentre esses jovens pretendentes
que vivem devorando os teus recursos.
Agora vamos! Devo te fazer
desconhecido a todos os mortais.
Tornarei enrugada a bela pele
que recobre teus membros muito ágeis,
acabarei com os cabelos loiros
sobre tua cabeça e vou vestir-te
em andrajos — serás uma visão
odiosa a quem quer que te contemple.
Além disso, também deformarei
os teus olhos, tão belos antes disso,
de modo que pareças desprezível
para todos os jovens pretendentes,
para tua mulher e para o filho
que abandonaste no salão de casa.
Depois disso, tu mesmo deves ir
em primeiro lugar até o porqueiro,
ele que é guardião dos teus suínos,
pensa coisas gentis a teu respeito
e tem muito carinho por teu filho
e também por Penélope prudente.
Terás facilidade de encontrá-lo
sentado junto aos porcos, que pastejam
próximo à pedra Córax, a do Corvo,
de onde flui a nascente de Aretusa.
Ali os animais ficam comendo
saborosas bolotas e bebendo
da água negra, dieta que lhes faz
aumentar a gordura copiosa.
Senta-te ao lado dele e fica ali,
a fim de perguntar-lhe sobre tudo.

Enquanto fazes isso, eu irei
até Esparta de belas mulheres
chamar Telêmaco de volta à casa,
o teu querido rebento, Odisseu,
pois ele foi visitar Menelau,
lá na Lacedemônia muito vasta,
a fim de se informar da tua glória,
na esperança de ainda estares vivo".
Por sua vez, respondendo o seguinte,
disse Odisseu de muitíssima astúcia:
"Por que razão tu não disseste a ele,
quando sabes de tudo em teu juízo?
Será possível que ele também teve
de passar por terríveis sofrimentos,
vagando pelo infértil alto-mar,
enquanto comem o sustento dele?".
Disse-lhe então o seguinte em resposta
Atena, divindade de olhos glaucos:
"Não há motivo para tu ficares
tão cheio de preocupação por ele.
Fui eu mesma que lhe servi de guia,
a fim de que ganhasse ilustre glória
ao viajar. Por isso, ele não teve
trabalho algum, e sim ficou tranquilo
visitando o palácio dos Atridas,
com enorme abundância a seu dispor.
É fato que há rapazes aguardando
de tocaia com seu navio escuro,
impetuosos para assassiná-lo
antes que volte para a terra pátria,
mas eu não creio que terão sucesso –
decerto a terra irá cobri-los antes,
ao menos um ou dois dos pretendentes
que devoram teus meios de sustento".
Depois de ter falado dessa forma,
tocou com a varinha nele Atena.

Fez com que se enrugasse a bela pele
que lhe cobria os membros muito ágeis
e fez caírem os cabelos loiros
sobre a cabeça dele. Assim cobriu
toda a extensão dos membros de seu corpo
com a pele de um velho muito idoso.
Ao mesmo tempo, a deusa deformou
os seus olhos, tão belos antes disso.
Depois cobriu seu corpo em outras roupas:
com túnica e com péssimos andrajos,
uns pedaços de pano esfarrapado,
cobertos de sujeira e de fumaça.
Com uma grande pele de veado,
despida de seus pelos, envolveu-o
por baixo. Finalmente, deu a ele
um cajado e um saco estropiado,
feito de couro e cheio de buracos,
com um cordão para servir de alça.
Depois de terem concluído os planos,
os dois se separaram, com a deusa
rumo à Lacedemônia, diva terra,
indo atrás do rebento de Odisseu.

Canto XIV

Ele, por sua vez, deixou o porto,
seguindo numa trilha acidentada
que se erguia no meio das florestas
e através das montanhas, aonde Atena
sinalizara o divino porqueiro,
que cuidava dos meios de sustento
da propriedade mais que qualquer outro
dentre os escravos do divo Odisseu.
Encontrou-o sentado na varanda
em frente à casa, onde havia sido
construído um jardim bem elevado,
que dava vista para todo canto,
um jardim muito belo e espaçoso
com um caminho a seu redor. O próprio
porqueiro é quem o tinha construído
para os porcos de seu senhor ausente,
à revelia tanto da senhora
sua mestra quanto do ancião Laertes.
Construiu-o com pedras cinzeladas
e encheu de peras-de-folhas-de-amêndoa.
Pelo lado de fora, atravessou
estacas para um lado e para o outro,
para formar uma cerca fechada,
usando lenhos de um carvalho negro.
Pelo lado de dentro do jardim,
construiu uma dúzia de chiqueiros
próximos uns dos outros, com caminhas
para os porcos. Em cada um dos doze,
havia cinco dezenas de porcos,
animais que se aninham sobre o chão:

eram fêmeas cuidando das ninhadas.
Os porcos machos dormiam lá fora
e eram um número bem inferior,
pois minguavam ao serem devorados
pelos divinos jovens pretendentes,
já que o porqueiro tinha, o tempo todo,
de enviar para eles os melhores
e mais bem-engordados dos suínos.
Agora só restavam três centenas
e seis dezenas desses porcos machos.
Quatro cachorros, mais assemelhados
a feras do que a cães, dormiam sempre
ao lado desses porcos. O porqueiro,
líder dos homens, foi quem os criou.
Ele próprio também estava ali,
moldando uma sandália para os pés
com um couro de boi de bela cor.
Enquanto isso, três de seus serventes
viajavam de um lado para o outro
conduzindo rebanhos de suínos
em sua companhia, mas o quarto
ele havia enviado à cidadela
para entregar um porco, a contragosto,
para os soberbos jovens pretendentes,
a fim de que eles o sacrificassem
e agradassem seus corações com carne.
Eis então que os cachorros latidores
notaram que Odisseu se aproximava.
De súbito avançaram contra ele
entre latidos. Porém Odisseu
espertamente logo se sentou,
e o cajado caiu de sua mão.
Então teria tido um sofrimento
atroz em sua própria estrebaria,
mas o porqueiro veio bem veloz,
com pé ligeiro para socorrê-lo.

Correu portão afora a toda pressa,
e a sandália caiu de sua mão.
Não só com gritos espantou os cães,
que saíram correndo a toda parte,
mas também com um monte de pedradas.
Então disse o seguinte para o rei:
"Ancião, foi por pouco que esses cães
não te fizeram todo em pedacinhos
de uma só vez. Depois tu certamente
irias soterrar-me com censuras,
sendo que os deuses já me concederam
outras fontes de dores e gemidos.
Eu fico aqui sentado, entre lamentos
e pranto por meu rei semelho aos deuses,
e enquanto sigo aqui, alimentando
seus gordos porcos para que outros homens
se banqueteiem, talvez ele próprio
esteja carecendo de comida
ao vagar por cidades e por povos
de varões que nem falam sua língua –
se porventura ainda segue vivo
e contemplando a luz do sol brilhante.
Mas vem comigo agora para dentro
da cabana, ancião, para que tu
também possas enfim satisfazer
teu coração com comida e com vinho
e possas me contar de onde vieste
e quais as aflições que suportaste".
Depois de ter falado dessa forma,
o divino porqueiro foi à frente
e o guiou para dentro da cabana.
Então tratou de empilhar palha seca
e de esticar por cima dela o couro
de um caprino selvagem, desgrenhado,
grande e felpudo, para que servisse
como um bom leito. Odisseu alegrou-se

ao ver-se recebido dessa forma,
chamou-o pelo nome e lhe falou:
“Estrangeiro, que Zeus conceda a ti,
junto dos outros deuses imortais,
o teu maior desejo, já que tu
me acolheste com tal solicitude”.
Por sua vez, respondendo o seguinte,
tu lhe disseste assim, porqueiro Eumeu:
“Estrangeiro, nem mesmo se chegasse
alguém pior que tu, seria certo
eu desonrar um homem estrangeiro,
pois afinal de contas são de Zeus
todos os estrangeiros e mendigos,
e acabam se tornando para nós
sempre um pequeno presente benquisto.
Aos escravos, é justo agir assim,
tanto mais quando vivem com temor
por serem novos esses que governam
sobre eles. O fato é que os divinos
estão retendo a volta do varão
que iria me tratar com gentileza
e me ceder alguma propriedade:
uma casa, um pedaço de terreno
e uma mulher cortejada por muitos,
as coisas que um senhor benevolente
costuma oferecer a seu criado
que trabalha tão duro para ele,
com o deus prosperando o seu esforço —
exatamente como o meu trabalho
aqui prospera, e sigo sempre nele.
Meu rei teria me amparado muito
se ele tivesse envelhecido aqui,
mas ele pereceu, como eu queria
que houvesse perecido o clã de Helena —
de joelhos, pois ela desatou
os joelhos de múltiplos guerreiros.

Foi por causa da honra de Agamêmnon
que aquele homem partiu desta terra
para Ílion de ótimos cavalos,
a fim de combater contra os troianos".
Depois de ter falado dessa forma,
ele enlaçou a túnica com cinto
e dirigiu-se então para os chiqueiros
onde os porcos mais jovens se encontravam.
De lá voltou trazendo dois porquinhos,
que tratou de matar em sacrifício.
Então queimou seus pelos sobre o fogo
e em seguida enfincou-os nos espetos.
Depois que ele já tinha assado tudo,
veio servir as carnes a Odisseu –
bem quentinhas e ainda nos espetos –
e salpicou-as com cevada branca.
Misturou, numa taça de madeira,
o vinho adocicado como mel,
e sentou-se diante de Odisseu,
incitando-o e dizendo-lhe o seguinte:
"Agora podes comer, estrangeiro,
o que os escravos domésticos comem:
porcos pequenos. Os porcos bem gordos
são devorados pelos pretendentes,
que não pensam jamais um pensamento
sequer sobre vingança ou piedade.
Mas acontece que os deuses ditosos
não têm amor por atos impensados.
Valorizam apenas a justiça
e a correção nos feitos dos humanos.
Até mesmo guerreiros inimigos
e implacáveis, se logram viajar
para algum território no estrangeiro
e Zeus concede espólio para eles,
depois que já encheram seus navios
e partem de retorno às suas casas,

um medo de vingança poderoso
invade mesmo o pensamento deles.
Esses homens aqui decerto sabem,
já o escutaram da voz de algum deus,
sobre a lúgubre morte do meu rei.
Por isso, eles não querem cortejá-la
da maneira correta nem voltar
a seus lares, e sim, a bom contento,
vão devorando a propriedade toda,
com forte gana, sem pouparem nada,
pois de fato, por quantas são as noites,
por quantos são os dias desde Zeus,
eles seguem fazendo sacrifícios –
e nunca são só um ou dois que fazem –
e tirando mais vinho dos barris,
com forte gana, até que acabe tudo!
Havia uma abundância muito grande
na casa dele, e numa quantidade
que herói guerreiro algum jamais a teve
na terra negra lá do continente
e nem na própria Ítaca tampouco.
Nem mesmo se juntassem vinte homens
teriam mais riqueza que ele tinha.
Então eu te direi exatamente:
eram doze os rebanhos de bovinos
no continente, de ovinos também,
de suínos também mais outros doze
e outros doze bem vastos de caprinos.
Esses rebanhos são pastoreados
por pastores locais e de outras terras.
Aqui na ilha também há rebanhos
bem vastos de caprinos, onze ao todo.
Pastejam pelas áreas mais remotas,
vigiados por homens valorosos.
Cada um desses homens todo dia
entrega um bode para os pretendentes,

e sempre entrega o mais impressionante
entre os caprinos bem-alimentados.
De minha parte, eu fico aqui guardando
e dando de comer para estes porcos,
e sempre seleciono com cuidado
o melhor porco e mando para eles".
Assim falou. Odisseu vorazmente
comia as carnes e bebia o vinho
com muito gosto, em completo silêncio,
plantando males para os pretendentes.
Depois de ter ceado e saciado
com comida o seu próprio coração,
Eumeu encheu a sua própria taça,
da qual sempre bebia, com mais vinho
e a ofereceu a ele, que a aceitou,
agradecido desde o coração.
Dirigindo-se a ele desta forma,
disse as seguintes palavras aladas:
"Meu amigo, quem foi esse senhor
que usando de riquezas te comprou,
essa pessoa extremamente rica
e poderosa que tu mencionaste?
Disseste que ele pereceu tentando
restituir a honra de Agamêmnon.
Diz-me quem era, que talvez eu tenha
outrora conhecido alguém assim.
Porém apenas Zeus é quem conhece —
ele e as demais deidades imortais —
se o vi e posso dar-te uma notícia,
já que vaguei por muitas outras terras".
Disse-lhe então o seguinte em resposta
o porcariço, líder dentre os homens:
"Velho, não há varão que tenha vindo
até aqui, perdido em sua errância,
e tenha conseguido persuadir
a esposa e o filho dele com notícias.

Pelo contrário, como têm carência
de abrigo e de cuidado, os viajantes
contam mentiras, e não querem nunca
dizer alguma história verdadeira.
A cada vez que chega um viajante
em Ítaca, no nosso povoado,
vai logo procurar minha senhora
para contar-lhe alguma falsidade.
Ela o recebe bem em sua casa
e lhe pergunta sobre cada coisa.
De suas pálpebras então se verte
um pranto de tristeza e de lamento,
assim como é costume das mulheres
quando o marido morre no estrangeiro.
Decerto tu também irias logo,
velho, contar a ela a tua história,
se alguém te oferecesse o que vestir
e te desse uma túnica e uma capa.
A essa altura é muito mais provável
que cães e aves rápidas já tenham
comido toda a pele de seus ossos,
e a sua alma já tenha partido –
ou, se foi no alto-mar que pereceu,
foi comido por peixes, e seus ossos
agora certamente estão jogados
nalguma praia e cobertos de areia.
Deve ter sido assim que pereceu.
E agora, para aqueles que ele amava,
há muitos sofrimentos no horizonte,
para todos, mas sobretudo a mim,
pois eu jamais terei outro senhor
tão gentil, para onde quer que eu vá –
nem mesmo se eu voltasse para a casa
de meu pai e de minha própria mãe,
naquele mesmo local em que eu
fui dado à luz e criado e por eles.

Nem por eles lamento dessa forma,
ainda que me doa de vontade
de vê-los novamente com meus olhos,
indo de volta à minha terra pátria.
Nem a saudade deles me dói tanto
como a saudade de Odisseu ausente.
E digo-te, estrangeiro, que apesar
de não estar aqui, sinto pudor
de dizer o seu nome, pois me amava
e cuidava de mim de coração.
É por isso que o chamo de senhor
mesmo sem ele estar aqui presente".
Disse-lhe então o seguinte em resposta
o divino Odisseu de tantas lutas:
"Amigo, se rejeitas essa ideia
e dizes que não há mais chance alguma
de que esse homem possa retornar,
então teu coração não é fiel.
De minha parte, não te contarei
apenas uma história: vou fazer-te
jura de que Odisseu irá voltar.
Não é preciso compensar-me agora
por nenhuma notícia, e sim somente
quando estiver de volta em seu palácio.
Só então haja belas vestimentas
para mim, uma túnica e uma capa.
Antes disso, por mais que realmente
me façam falta, não aceito nada.
É tão digno de ódio para mim
quanto os próprios portões do Hades quem
cede às vicissitudes da pobreza
e sai contando histórias mentirosas.
Que Zeus primeiro seja testemunha,
e a mesa hospitaleira das deidades,
e o fogo da lareira de Odisseu
impecável, a cujo lar cheguei,

de que todas as coisas vão cumprir-se
exatamente como te descrevo:
antes mesmo que o ano chegue ao fim,
Odisseu estará de volta aqui.
Quando a lua atual desvanecer
e a nova lua já brilhar no céu,
ele estará de volta em sua casa
e cobrará vigança de quem quer
que tenha aqui causado uma desonra
a sua esposa e seu filho brilhante".
Por sua vez, respondendo o seguinte,
tu lhe disseste assim, porqueiro Eumeu:
"Velho, nem eu terei de te pagar
a recompensa pelas boas novas
nem Odisseu terá como voltar
ainda para casa. Mesmo assim,
bebe à vontade. Vamos nos lembrar
de outros assuntos. Eu não quero mais
ser recordado disso, pois me invade
um sofrimento enorme no meu peito,
dentro do coração, a cada vez
que alguém me lembra do meu caro mestre.
Então eu creio que é melhor deixarmos
essas juras de lado. Mas quem dera
Odisseu retornasse da maneira
que desejo – e Penélope também
e o ancião Laertes tanto quanto
Telêmaco, tão belo quanto um deus.
Agora novamente eu entro em luto,
pensando no rebento que Odisseu
gerou: Telêmaco. Tão logo os deuses
tinham-no feito crescer como um broto –
e posso te dizer que, em meio aos homens,
não considero que fique devendo
em coisa alguma a seu querido pai,
tanto na forma quanto na figura –,

eis que alguém, um dos deuses ou talvez
algum dos homens, veio e balançou
o juízo perfeito que ele tinha.
Foi atrás de notícias de seu pai
à cidadela sagrada de Pilos.
Os pretendentes ilustres o aguardam
numa emboscada em seu retorno ao lar,
para que dessa forma se elimine
de Ítaca, sem mais nenhum renome,
o clã de Arcísio, símile dos deuses.
Mas também é melhor nós o deixarmos
para lá. Talvez seja capturado,
talvez escape — se o filho de Crono
quiser lhe dar a mão em seu auxílio.
Agora, velho, conta para mim
quais são as tuas próprias aflições.
Anuncia a verdade dessas coisas
agora, a fim de que eu conheça bem.
Quem és e de que gente tu vieste?
De que cidade e de que genitores?
Em que tipo de nau chegaste aqui?
De que modo tu foste conduzido
a Ítaca por homens marinheiros,
e quem diziam eles que seriam?
Certamente não creio que tu possas
ter vindo a pé até chegar aqui".
Por sua vez, respondendo o seguinte,
disse Odisseu de muitíssima astúcia:
"Pois bem, vou relatar-te abertamente
e com verdade todas essas coisas.
Quem dera se pudéssemos dispor
de tempo e de comida sem limites,
assim como de vinho adocicado,
para ficarmos nos banqueteando
sem pressa alguma dentro da cabana
enquanto os outros fazem seu trabalho.

Nesse caso, seria muito fácil
ficar aqui falando um ano inteiro
sem nunca terminar de relatar
tudo quanto me aflige o coração –
tantas foram as dores que sofri,
em profusão, por vontade dos deuses.
Tenho orgulho de ser originário
de uma estirpe de Creta muito vasta.
Eu sou filho de um homem abastado.
Foram muitos também os outros filhos
que vieram à luz e que cresceram
no salão do palácio de meu pai,
filhos legítimos da mesma esposa.
Porém quem me gerou, a minha mãe,
era escrava comprada. Mesmo assim,
como filho legítimo me honrava
sempre meu pai Castor, o Hilacida,
de cuja estirpe orgulho-me de ser,
ele que os homens cretenses honravam
como se fosse um dos deuses eternos
por causa da ventura, da riqueza
e dos filhos ilustres que ele tinha.
Mas acontece que as Queres da morte
vieram e o levaram para longe,
para o interior do palácio de Hades.
Nesse momento, seus filhos soberbos
dividiram as suas propriedades
e tiraram na sorte as próprias partes.
Para mim, relegaram muito pouco
e deram-me uma casa onde morar.
Mas eu tomei de esposa uma mulher
que nascera de um homem muito rico,
graças à minha própria excelência,
pois não era carente de esperteza
nem covarde diante de uma guerra.
Agora tudo isso está perdido.

Mas mesmo assim, se olhares com cuidado
essas minhas ruínas, acredito
que entenderás. De fato é muito grande
a miséria que agora me domina,
mas são bem grandes também a coragem
e a força que Ares e Atena me deram
para romper falanges. Cada vez
que eu escolhia os melhores guerreiros
para alguma emboscada, planejando
desgraças para os homens inimigos,
jamais aconteceu de o coração
viril prever a morte para mim.
Era sempre o primeiro na vanguarda,
saltando à frente com a minha lança
para abater quem quer dos inimigos
que recuasse perante meus pés.
Dessa maneira eu era na batalha.
Jamais gostei do trabalho no campo
tampouco do cuidado de uma casa,
onde esplêndidos filhos são nutridos.
Por outro lado, os remos dos navios
sempre foram queridos para mim,
assim também como foram as guerras,
as lanças bem-polidas e os projéteis —
um conjunto funesto, que faria
outros homens talvez estremecerem,
mas certamente um deus deve ter posto
amor por eles no meu coração.
Creio que cada homem tem prazer
praticando um trabalho diferente.
Mesmo antes de terem embarcado
para Troia os filhos dos aqueus,
já tinha comandado nove vezes
meus guerreiros em barcos bem velozes
contra homens de terras estrangeiras.
Acabei conquistando muito espólio,

do qual eu tinha sempre a precedência
em escolher. Depois inda ganhava
outro tanto durante a divisão.
A minha casa logo prosperou.
Eu me tornei temido e respeitado
entre todos os homens dos cretenses.
Mas então, quando Zeus de ampla visão
planejou a mais triste das viagens
para nós, um caminho que lassou
os joelhos de inúmeros guerreiros,
nesse momento fomos incumbidos,
Idomeneu de muitíssima fama
e eu, de conduzir as nossas naus
para Ílion. E não havia modo
de recusar a ordem. Todo o reino
falava com consenso sobre o assunto.
Lá em Troia, por nove longos anos
guerreamos, os filhos dos aqueus.
No décimo, depois que saqueamos
a cidade de Príamo, partimos
de volta para casa em nossas naus –
e um deus fez os acaios se espalharem.
Nesse momento, ao infeliz que sou,
o astucioso Zeus tramou desgraças,
pois eu me deleitei por um só mês,
na companhia dos meus próprios filhos
e da esposa com quem eu me casei,
em minha propriedade. Depois disso,
eis que meu coração me deu comando
para que eu navegasse para o Egito,
tendo equipado bem os meus navios,
junto de meus divinos companheiros.
Foram nove os navios que eu equipei,
e a tropa logo veio se agrupar.
Ao longo de seis dias meus fiéis
companheiros ficaram se entretendo

com banquetes. Eu mesmo forneci
muitas vítimas para os sacrifícios
a serem feitos em respeito aos deuses
e para que servissem de banquete.
Chegando o sétimo dia, partimos
da vasta Creta a bordo dos navios
e navegamos junto ao vento norte,
que soprava bem forte e favorável.
Seguimos deslizando, como quando
se desce a correnteza. Não sofri
prejuízo nenhum nos meus navios,
que passaram incólumes, sem dano,
pelo percurso todo, com o vento
e os pilotos guiando o seu caminho.
Depois de cinco dias de viagem,
nós chegamos enfim ao vasto Egito.
No rio que leva o nome dessa terra,
Egito, eu aportei as naus recurvas.
Nesse momento, dispensei comandos
para os meus confiáveis companheiros
de que permanecessem junto às naus,
ali mesmo, tratando de guardá-las,
e mandei batedores explorarem
as regiões mais altas do terreno.
Mas eis que eles cederam à soberba,
deixando-se exaltar na própria fúria,
e sem perda de tempo saquearam
os belíssimos campos dos egípcios.
Carregaram consigo, capturadas,
mulheres e crianças inda infantes,
e mataram os homens. Bem depressa,
os gritos alcançaram a cidade.
Ao escutarem essa gritaria,
outros vieram na manhã seguinte.
Toda a planície então ficou repleta
de cavalos de guerra e de soldados,

e do clarão do bronze rutilante.
Então Zeus que se alegra com trovões
fez com que a fuga horrível se espalhasse
entre os meus companheiros. Ninguém mais
ousou permanecer para o confronto.
Em toda parte o mal nos circundava.
Nesse momento, vários dentre nós
foram mortos por bronze pontiagudo
ou levados embora ainda vivos
para fazerem trabalhos forçados.
Então o próprio Zeus me colocou
um pensamento no meu coração —
mas quem me dera não o ter seguido
e encontrado meu fado e minha morte
ali mesmo no Egito, pois havia
ainda muita dor à minha espera!
Eu imediatamente removi
o meu elmo bem-feito da cabeça,
desenlacei dos ombros meu escudo
e enfim soltei da mão a minha lança
para avançar na direção do rei
e me dispor perante os seus cavalos.
Abracei e beijei os seus joelhos,
e ele teve piedade e me poupou.
Sentou-me no seu carro e me levou
vertendo lágrimas ao seu palácio.
Muitos guerreiros, com lanças de freixo,
acorreram na minha direção,
impetuosos para me matar,
pois estavam de fato enraivecidos.
Porém o rei os afastou de mim,
por reverência da ira de Zeus,
o deus dos estrangeiros, que castiga
sobremodo os maus feitos desse tipo.
Então permaneci por sete anos
naquela terra, e acabei juntando

uma grande fortuna entre os egípcios,
pois todos eles davam-me presentes.
Mas, no momento em que o oitavo ano,
no revolver do tempo, veio a mim,
um fenício chegou àquelas terras,
um homem bem-versado em falsidades,
enganador, que já tinha causado
inúmeras desgraças aos humanos.
Conseguiu enganar meu coração
e me levou embora, para irmos
à Fenícia, local em que mantinha
o seu próprio palácio e seus tesouros.
Ali com ele então permaneci
até que um ano inteiro se passou.
Mas eis então que, quando enfim os meses
e os dias todos tinham se cumprido,
quando um ano já tinha se passado
e as estações mudaram novamente,
ele me fez navegar para a Líbia
numa nau singradora do alto-mar,
depois de convencer-me com mentiras
de que iria buscar alguma carga,
mas na verdade o que ele tinha em mente
era vender-me por um alto preço.
Mesmo desconfiado então parti
a bordo dessa nau, sem outra escolha.
Seguiu correndo junto ao vento norte,
que soprava bem forte e favorável,
até meio caminho além de Creta.
Mas Zeus intencionava destruí-la.
A partir do momento em que deixamos
a ilha de Creta para trás, nenhuma
outra terra surgiu pelo horizonte.
Havia tão somente céu e mar.
Nesse momento, o nascido de Crono
enviou uma nuvem toda escura

por sobre nosso côncavo navio,
e o mar escureceu-se embaixo dela.
Então Zeus fez soar o seu trovão
e lançou um relâmpago na nau,
que estremeceu e balançou-se toda
quando o raio de Zeus a golpeou,
erguendo um cheiro de enxofre no ar.
Tombaram do navio meus companheiros.
Como corvos marinhos, circulavam
pelo entorno de nossa nau escura,
levados pelo frêmito das ondas.
O deus privou-os todos do retorno.
Mas eis que o próprio Zeus me auxiliou,
malgrado as dores do meu coração,
e colocou o mastro colossal
daquela nau de proa enegrecida
ao alcance de minhas próprias mãos,
a fim de que eu pudesse me salvar.
Agarrado no entorno desse mastro,
fui carregado por ventos funestos.
Por nove dias eu fui carregado.
Quando a décima noite negra veio,
uma onda gigante me envolveu
e me levou à terra dos tesprotos.
Lá o rei dos tesprotos ele próprio,
o herói Fídon, cuidou da minha escolta
sem precisar de pagamento algum,
pois seu filho querido me encontrou
dominado por frio e por cansaço
e me acolheu na casa da família,
cuidando de levar-me pela mão
até o palácio de seu próprio pai.
Por fim, então cuidou de me vestir
com uma túnica e com uma capa.
Foi lá também que pude ter notícias
acerca de Odisseu, pois o rei Fídon

disse que o recebeu e o hospedou
em seu caminho para a terra pátria,
e me mostrou os tesouros juntados
por Odisseu em vasta quantidade,
não só de bronze mas também de ouro
e de ferro que com lavor se lavra.
Dez gerações mais tarde inda teriam
como se alimentar de tal tesouro,
de tão vasta a quantia de artefatos
guardados pelo rei em seu palácio.
Ele me disse que Odisseu partira
para Dodona, a fim de consultar
o carvalho divino, de alta copa,
e dele ouvir a vontade de Zeus,
a fim de que pudesse retornar
a Ítaca e seu rico povoado,
abertamente ou de forma secreta,
pois já estava ausente há muito tempo.
E fez um juramento para mim,
libando à minha frente em seu palácio,
de que já tinha uma nau equipada,
com companheiros igualmente prontos,
para fazer a escolta de Odisseu
de volta para a amada terra pátria.
Acabei recebendo escolta antes,
pois calhou de um navio estar partindo,
equipado com homens dos tesprotos,
rumo a Dulíquio bem rica de trigo.
Então Fídon mandou que me levassem
com bastante cuidado até o palácio
do rei Acasto – mas havia um plano
perverso dentro dos seus corações
a meu respeito, para me impingir
por fim o duro fardo da desgraça.
Quando a nau singradora do alto-mar
já se encontrava bem longe da terra,

eles logo trataram de tramar
o dia para a minha escravidão.
Eles fizeram com que eu me despisse,
tanto da túnica quanto da capa,
e cobriram meu corpo em outras roupas:
com túnica e com péssimos andrajos,
uns pedaços de pano esfarrapado,
que tu já viste com teus próprios olhos.
De noite eles já tinham alcançado
os campos de Ítaca, sempre visíveis.
Então trataram logo de amarrar-me
ali mesmo, na nau de belos bancos,
com corda bem-trançada, num nó firme,
e depois de descerem do navio
de imediato já foram preparar
a refeição na praia, junto às ondas.
Porém os próprios deuses, nesse instante,
afrouxaram os nós daquela corda
e me soltaram. Eu então tratei
de cobrir a cabeça com um pano
e desci pela prancha do navio,
mergulhando de peito contra o mar.
Depois disso, segui com movimentos
alternados de um braço e de outro braço,
nadando com bastante rapidez
para longe de quem me capturara.
Então subi à margem num local
em que havia uma mata bem-florida
e ali eu desabei e me deitei.
Eles, por sua vez, com altos gritos
iam de um lado ao outro, mas decerto
viram que não teriam lucro nisso
e desistiram de seguir buscando.
Então voltaram para o ancoradouro
e embarcaram no côncavo navio.
Os próprios deuses foram responsáveis

por me esconder com tal facilidade.
Depois disso, levaram-me ao curral
de um homem sabedor de muitas coisas,
pois tenho ainda vida em meu destino".
Por sua vez, respondendo o seguinte,
tu lhe disseste assim, porqueiro Eumeu:
"Estrangeiro infeliz, tu realmente
conseguiste mover meu coração
ao me falar de todas as desgraças
que sofreste e do quanto tu vagaste,
mas não estão corretas essas coisas
que disseste. Não vais me persuadir
com histórias acerca de Odisseu.
Qual a necessidade de um sujeito
como tu vir falar com falsidade?
Eu mesmo já conheço muito bem
o retorno que teve o meu senhor,
o quanto os deuses todos o odiavam
terrivelmente, para não deixarem
que morresse na luta entre os troianos
nem nos braços daqueles que ele amava
depois que a guerra tinha terminado.
Pelo menos assim os panaqueus
teriam feito seu sepultamento,
e haveria uma glória sobranceira
também para o seu filho no futuro.
Mas agora, de forma ingloriosa,
as harpias levaram-no consigo.
Então fico apartado por aqui,
ao lado desses porcos. Não costumo
ir nem mesmo à cidade, exceto quando
Penélope de engenho cuidadoso
me dá comando para ir buscar
uma notícia que tenha chegado.
Alguns outros se sentam por aí
e ficam perguntando sobre tudo –

tanto aqueles que sofrem pela ausência
já muito prolongada do senhor
quanto aqueles que estão se deleitando
em consumir de graça o seu sustento –,
mas eu não tenho amor por nada disso
de ficar perguntando e questionando,
desde a vez em que fui ludibriado
por um etólio contador de história.
Ele matara um homem e, por isso,
tinha vagado já por muita terra
quando chegou perante minha casa.
Tratei de recebê-lo com carinho.
Ele me disse que viu Odisseu
junto de Idomeneu, entre os cretenses.
Estava reparando seus navios,
avariados pela tempestade.
Disse que logo estaria de volta,
quando chegasse o verão ou o outono,
trazendo muito tesouro consigo,
junto de seus divinos companheiros.
Então tu, ancião, já tão sofrido,
agora que algum deus te trouxe a mim,
não tentes me alegrar nem me encantar
contando essas histórias mentirosas.
Não é por causa delas que terás
minha hospitalidade e meu respeito,
mas porque temo Zeus Hospitaleiro
e porque sinto compaixão por ti".
Por sua vez, respondendo o seguinte,
disse Odisseu de muitíssima astúcia:
"Tu realmente tens um coração
desconfiado no interior do peito,
se nem mesmo com juras eu consigo
guiar o teu intento e persuadir-te.
Mas agora façamos um acordo
conforme te proponho – doravante

que os deuses detentores lá do Olimpo
sejam as testemunhas para nós!
Se acontecer de o teu senhor chegar
de retorno diante desta casa,
então tu vais cuidar de me vestir
com uma túnica e com uma capa,
e depois vais mandar-me até Dulíquio,
onde meu coração deseja estar.
Se por acaso não acontecer
de o teu senhor chegar, como te digo,
podes mandar os escravos de casa
me jogarem do topo de um rochedo,
para que nunca mais algum mendigo
tente chegar aqui e te enganar".
Por sua vez, respondendo o seguinte,
disse-lhe então o divino porqueiro:
"Estrangeiro, se tudo acontecer
dessa forma, sem dúvida terei
excelência e renome entre os humanos,
tanto os de agora quanto os do futuro,
por ter te recebido na cabana,
ter te dado minha hospitalidade
e ter sido depois quem te matou
e te privou da querida existência.
Quão zelosas seriam, depois disso,
as minhas preces para Zeus Cronida!
Mas agora cuidemos do jantar.
Logo mais chegarão meus companheiros
para fazermos nossa refeição
saborosa aqui dentro da cabana".
Eles diziam coisas desse tipo,
falando abertamente um com o outro.
Entrementes, chegaram ao local
os outros porcariços e seus porcos.
Eles logo cuidaram de fechá-los
nos cercados de acordo com seus grupos.

Um clangor que não pode ser descrito
ergueu-se em meio aos porcos nos chiqueiros.
Aos companheiros então conclamou
desta maneira o divino porqueiro:
"Trazei aqui o melhor dos suínos!
Para o meu hóspede de muito longe,
irei sacrificá-lo, mas nós todos
nos beneficiaremos, nós que tanto
sofremos em longuíssimos trabalhos
por causa desses porcos de alvos dentes,
enquanto são os outros que devoram
o nosso esforço sem pagarem nada".
Depois de ter falado dessa forma,
cortou madeira com bronze cruel
enquanto eles traziam para ele
um suíno bem gordo, de cinco anos.
Deixaram-no amarrado junto ao fogo
da cabana. Não houve esquecimento
dos imortais por parte do porqueiro,
pois dispunha de um ótimo juízo.
Então cortou os pelos da cabeça
do animal e lançou-os sobre o fogo,
os pelos do suíno de alvos dentes,
e fez uma oração aos deuses todos,
rogando pela volta de Odisseu
de múltiplos engenhos para casa.
Depois ergueu um naco de carvalho
dos que havia cortado e deu um golpe —
a sua alma de pronto o abandonou.
Degolaram o porco e o chamuscaram.
Abriram-lhe a barriga e o destriparam.
O porqueiro colheu as oferendas,
as primícias, de cada um dos membros,
envolveu-as em banha bem espessa,
salpicou com farinha de cevada
e finalmente botou-as no fogo.

Eles cortaram o resto das carnes
e as espetaram então nos espetos.
Assaram tudo com calma e cuidado,
e depois removeram dos espetos,
colocando os pedaços todos juntos
no bojo das gamelas. O porqueiro
foi quem cuidou de fatiar as carnes,
pois seu juízo sabia ser justo.
Tratou de dividir as carnes todas,
já cortadas, em séptuplas porções.
Então fez uma prece para as ninfas
e para Hermes, o filho de Maia,
e dedicou-lhes uma das porções.
Depois serviu as outras para os homens.
Para Odisseu, ele prestou as honras
de ficar com os cortes das costelas
inteiras do suíno de alvos dentes.
O coração do mestre se alegrou.
Dirigindo-se a ele desta forma,
disse Odisseu de muitíssima astúcia:
"Faço votos, Eumeu, de que te tornes
assim tão bem-amado por Zeus pai
como agora és por mim, já que me honras,
tal como sou, com tantas coisas boas".
Por sua vez, respondendo o seguinte,
tu lhe disseste assim, porqueiro Eumeu:
"Podes comer, numinoso estrangeiro!
Faz bom proveito daquilo que temos
da forma como o temos. Ora o deus
dará as coisas e ora as reterá,
conforme o que seu coração deseja,
porque ele pode tudo o que quiser".
Assim falou e fez uma oferenda
de primícias aos deuses sempre vivos.
Libou vinho brilhante como o fogo
e então passou a taça para as mãos

de Odisseu eversor de cidadelas.
Por fim, sentou-se junto à sua parte.
O pão quem lhes servia era Mesáulio,
um escravo que o próprio porcariço
tinha comprado para seu proveito
durante a ausência do senhor da casa,
à revelia tanto da senhora
sua mestra quanto do ancião Laertes.
Comprou-o com as posses que trouxera
de sua antiga casa em meio aos táfios.
Todos os braços então se esticavam
para provar da fartura servida.
Depois, quando já tinham saciado
a gana por comida e por bebida,
coube a Mesáulio retirar os restos
de comida da mesa. Satisfeitos
com as carnes e os pães que devoraram,
foram deitar-se sem perda de tempo.
Uma noite ominosa sobreveio,
na parte escura do mês. Zeus choveu
a noite toda enquanto o vento oeste
soprava sem parar, trazendo chuva.
Odisseu então disse estas palavras
entre eles, testando o porcariço
para ver se ele acaso não lhe dava
a capa de seus ombros ou pedia
que algum dos companheiros o fizesse,
já que mostrara ter zelo por ele:
"Escuta o que te digo agora, Eumeu!
Escutai o que digo, companheiros!
Eu farei uma fala de vanglória,
obedecendo aos comandos do vinho
inebriante, que impele até mesmo
um homem bem sensato à cantoria
e à gargalhada mais despreocupada,
e faz com que ele saia por aí

dançando e proferindo tudo aquilo
que não devia nunca proferir.
Mas, enfim, como eu já me pus aqui
a falar em voz alta, vou dizê-lo.
Quem me dera eu tivesse ainda a força
e a firmeza de minha juventude,
tal como quando, às muralhas de Troia,
preparávamos nossas emboscadas!
Odisseu dividia a liderança
com Menelau, o nascido de Atreu,
e eu próprio era o terceiro no comando,
obedecendo às ordens que eles davam.
Mas, no momento em que chegamos perto
da cidadela e do muro elevado,
enquanto circulávamos o entorno
da cidade através do matagal,
passando pelo junco e pelo mangue,
escondidos com nossas armaduras,
uma noite ominosa sobreveio,
impelida no sopro congelante
do vento norte. Logo veio a neve,
desabando de cima feito cinza,
gélida a ponto de formar cristais
de gelo pelo entorno dos escudos.
Todos os outros guerreiros traziam
suas capas e túnicas consigo
e por isso dormiam confortáveis,
apoiando seus ombros nos escudos.
Mas eu tinha deixado para trás
a minha capa, junto aos companheiros,
por pura insensatez, pois não achei
que ficaria frio naquela noite.
Então levei comigo tão somente
o meu escudo e o cinturão brilhante.
Mas, no terceiro cômputo da noite,
quando os astros já tinham se baixado,

nesse momento eu dirigi a voz
para Odisseu, que se encontrava perto,
e dei-lhe um cutucão de cotovelo,
ao que ele me escutou com atenção:
'Divina estirpe, filho de Laertes,
Odisseu de engenhosos artifícios,
não creio que por muito tempo mais
estarei entre os vivos, já que o frio
me domina. Não tenho minha capa.
Alguma divindade me enganou
e me vestiu com túnica somente.
Agora já não tenho escapatória'.
Assim eu lhe falei, e ele pensou
sobre isso com todo o coração,
da forma como lhe era costumeira
tanto em conselho quanto na batalha.
Articulando a voz em um sussurro,
ele disse o seguinte para mim:
'Fica em silêncio, para que nenhum
dos guerreiros aqueus te escute agora'.
Assim falou. Depois ergueu o rosto
do apoio contra o braço e proferiu:
'Escutai, meus amigos, o que digo!
Em sono veio-me um sonho divino
por conta de nós termos vindo longe
demais de nossas naus. Será que alguém
terá coragem de levar o aviso
para Agamêmnon, nascido de Atreu,
o pastor de guerreiros, na esperança
de que nos mande mais homens das naus?'.
Assim falou. De pronto levantou-se
então Toante, o nascido de Andrêmon,
e sem perda de tempo já largou
sua capa purpúrea ali de lado
e foi correndo em direção às naus.
E quanto a mim, deitei-me de bom grado,

envolto pela vestimenta dele —
e Aurora de áureo trono esplandeceu.
Quem me dera eu tivesse ainda a força
e a firmeza de minha juventude!
Então decerto algum dos porcariços
no curral me daria a sua capa,
não só por amizade mas também
por respeito a um homem de valor.
Mas agora me resta só desonra,
vestido nestes péssimos andrajos”.
Por sua vez, respondendo o seguinte,
tu lhe disseste assim, porqueiro Eumeu:
“Ancião, desta vez foi impecável
a história que narraste para nós.
Não falaste nem uma só palavra
com inverdades ou contrária à moira.
Por isso, então, tu não carecerás
de vestimenta nem de nada mais
que deva receber um suplicante
de sofrimentos já tão prolongados —
por ora. Mas, assim que amanhecer,
terás de te virar com teus andrajos,
pois não existe nenhuma fartura
de túnicas ou capas de reserva
por aqui, que pudéssemos vestir,
e sim só uma para cada homem.
Mas, no momento em que estiver de volta
o querido rebento de Odisseu,
decerto cuidará de te vestir
com uma túnica e com uma capa
e então fará questão de te enviar
para onde quer que o coração te mande”.
Depois de ter falado assim, ergueu-se
e foi levar para perto do fogo
um leito, que em seguida ele cobriu
com peles de carneiros e de bodes.

Nesse leito Odisseu então deitou-se,
recebendo uma capa do porqueiro,
de um tecido bem longo e bem espesso,
que ele próprio mantinha de reserva
para vestir quando quer que surgisse
alguma tempestade violenta.
Dessa maneira, portanto, Odisseu
dormiu aconchegado. Junto dele,
também dormiam bem-aconchegados
os rapazinhos. Porém o porqueiro
não gostava de se deitar ali,
apartado dos porcos que cuidava.
Então já foi saindo e se equipando
para o trabalho. Odisseu alegrou-se
com o zelo que tinha pelos meios
de sustento do mestre, mesmo ausente.
Enlaçou uma espada pontiaguda
ao redor de seus ombros poderosos
e vestiu uma capa bem espessa,
a fim de proteger-se contra o vento.
Em seguida, pegou o velocino
de um grande bode muito bem-nutrido,
tomou em mãos uma lança pontuda,
que o guardava de cães e de ladrões,
e então partiu a fim de descansar
ali perto dos porcos de alvos dentes,
à proteção de um côncavo rochedo,
onde o vento do norte não soprava.

Canto XV

Palas Atena, nesse meio tempo,
foi à Lacedemônia muito vasta
para fazer com que o filho brilhante
de Odisseu, o de grande coração,
se recordasse do próprio retorno
e se apressasse em voltar para casa.
Junto ao filho brilhante de Nestor,
ela encontrou Telêmaco deitado
na varanda de entrada do palácio
de Menelau de excelente renome.
Enquanto o filho de Nestor se achava
vencido pelo sono delicado,
Telêmaco, em comparação, não era
detido pelo doce sono, e sim
ocupava seu coração insone
pela noite ambrosina com o pai.
Chegando perto de onde se encontrava,
disse-lhe Atena, deusa de olhos glaucos:
“Telêmaco, não é mais adequado
que tu vagues distante de teu lar,
deixando as tuas posses para trás
na companhia de homens tão soberbos
dentro do teu palácio. Corres risco
de que devorem todos os teus bens
e dividam o resto entre eles mesmos,
tornando inútil a tua viagem.
Agora vai e pede a Menelau
de grito poderoso que te mande
de volta logo, enquanto a tua mãe
impecável está segura em casa,

pois ela já se encontra pressionada
pelos irmãos e pelo próprio pai
para tomar Eurímaco de esposo,
já que venceu os demais pretendentes
em todos os presentes que ofertou
e nas promessas de preço de noiva.
Não deixes que teus bens sejam levados
de dentro de teu lar a contragosto!
Tu sabes como é o coração
que uma mulher tem dentro de seu peito:
quer aumentar as posses do palácio
daquele com quem ela se casou,
ao passo que dos filhos que ela teve
de um esposo legítimo anterior
ela logo já não se lembra mais,
nem quer saber, depois que ele morreu.
Por isso mesmo tu deves voltar
e deixar uma escrava do palácio,
aquela que te parecer melhor,
encarregada de todas as coisas
até que as divindades te encaminhem
a tua própria esposa gloriosa.
Mas uma coisa mais eu te direi,
para que guardes no teu coração:
os mais ilustres dentre os pretendentes
aguardam de tocaia o teu retorno,
numa emboscada lá junto do estreito
entre Ítaca e Samos pedregosa,
impetuosos para assassinar-te
antes que voltes para a terra pátria,
mas eu não creio que terão sucesso –
decerto a terra irá cobri-los antes,
ao menos um ou dois dos pretendentes
que devoram teus meios de sustento.
De tua parte, trata de manter
longe das ilhas teu navio bem-feito

e navega também durante a noite.
A divindade que te cuida e guarda
enviará um vento favorável
por trás do teu navio, para impeli-lo.
Quando por fim tiveres alcançado
a ilha de Ítaca e o ancoradouro,
concita todos os teus companheiros
do navio para irem à cidade.
Depois disso, tu mesmo deves ir
em primeiro lugar até o porqueiro,
ele que é guardião dos teus suínos
e tem bons pensamentos sobre ti.
Na casa dele, passarás a noite.
Depois disso, tu deves incitá-lo
para ir à cidade e informar
Penélope de engenho cuidadoso
de que tu estás bem e já chegaste
de volta de viagem desde Pilos".
Depois de ter falado dessa forma,
ela voltou às alturas do Olimpo.
Ele, por sua vez, fez despertar
do doce sono o filho de Nestor,
tocando a perna dele com seu pé,
e então lhe disse as seguintes palavras:
"Acorda, filho de Nestor! Acorda,
Pisístrato! Vai lá mandar jungirem
nossos cavalos de cascos perfeitos
ao carro, para que partamos logo".
Por sua vez, respondeu-lhe o seguinte
Pisístrato, nascido de Nestor:
"Telêmaco, por mais que desejemos
seguir viagem, não existe modo
de atravessar a noite tenebrosa.
Mas logo mais a Aurora já desponta.
Então espera até que tenha posto
os presentes na nossa carruagem

o herói nascido de Atreu, Menelau,
guerreiro celebrado pela lança,
usando de palavras agradáveis
a fim de despedir-se de nós dois.
Um hóspede vai sempre recordar-se
dos dias que passou na companhia
de seu anfitrião, que o acolheu
e o guarneceu com a sua amizade".
Assim falou, e logo sobreveio
Éos, Aurora de trono dourado.
Aproximou-se então dos dois rapazes
Menelau de bramido retumbante,
erguendo-se do leito em que dormira
junto de Helena de belos cabelos.
O querido rebento de Odisseu,
tão logo percebeu que ele chegava,
rapidamente vestiu ao redor
de seu corpo uma túnica brilhante
e colocou um manto bem comprido
em cima de seus ombros poderosos.
O herói então se dirigiu à porta.
Aproximando-se de Menelau,
Telêmaco falou-lhe desta forma,
o filho amado do divo Odisseu:
"Filho de Atreu, Menelau, que por Zeus
foste nutrido, chefe de guerreiros,
manda-me agora mesmo de retorno
em direção da amada terra pátria,
pois eu já sinto que meu coração
deseja muito estar de volta em casa".
Disse-lhe então o seguinte em resposta
Menelau de bramido retumbante:
"Telêmaco, eu não irei reter-te
nesta terra por muito tempo mais,
já que desejas retornar à casa.
Eu também ficaria revoltado

se fosse recebido por alguém
que demonstrasse um amor excessivo
ou que tivesse um rancor excessivo.
Há medida correta para tudo.
Da mesma forma então seria vil
incitar o seu hóspede ao retorno
quando esse ainda não é seu desejo
ou deter quem anseia por partir.
É preciso acolher quem quer ficar
e despachar quem deseja partir.
Porém espera até que eu tenha posto
os presentes na tua carruagem –
são muito belos, como tu verás.
Ordenarei às servas que preparem
um banquete no centro do palácio,
servindo da fartura das despensas.
Para todas as partes envolvidas,
é uma glória, um esplendor e um lucro
dar um banquete a quem irá partir
para longe na terra interminável.
Se quiseres seguir pelo caminho
atravessando a Hélade por Argos,
eu mesmo me disponho a ir contigo.
Posso jungir os cavalos ao carro
e então guiar-te através das cidades
dos humanos. Ninguém vai se negar
a receber-nos em seu lar e dar-nos
algum presente para carregarmos –
talvez alguma trípode bem-feita
em bronze, porventura um caldeirão,
talvez ainda um par de belas mulas
ou um cálice todo feito em ouro".
Por sua vez, Telêmaco, sagaz,
lhe proferiu o seguinte em resposta:
"Filho de Atreu, Menelau, que por Zeus
foste nutrido, chefe de guerreiros,

prefiro retornar agora mesmo
à minha terra, pois eu não deixei
ninguém encarregado de guardar
as posses e os tesouros que possuo.
Que eu não acabe encontrando meu fim
na busca de meu pai semelho aos deuses
nem aconteça de um dos meus tesouros
perder-se do interior de meu palácio!".
Depois de ter ouvido essas palavras,
Menelau de bramido retumbante
de imediato mandou a sua esposa
e as escravas domésticas montarem
um banquete no centro do palácio,
servindo da fartura das despensas.
Nesse momento, aproximou-se dele
Eteoneu, o nascido de Boétoo,
que também acabara de acordar
e morava bem próximo dali.
Menelau de bramido retumbante
pediu-lhe para que acendesse o fogo
e preparasse o assado das carnes.
Ele escutou e não o ignorou.
O próprio Menelau, por sua vez,
adentrou o seu tálamo fragrante –
e não sozinho, pois ao lado dele
foram também Helena e Megapentes.
Quando os três alcançaram o local
em que os tesouros ficavam guardados,
o nascido de Atreu tomou em mãos
uma taça com asas dos dois lados
e deu comando para que seu filho
Megapentes levasse uma cratera
toda forjada em prata. Enquanto isso,
Helena pôs-se perto dos baús
onde guardava os peplos que ela mesma
costurara, bordados por inteiro.

Tomou um deles e o levou consigo
então Helena, diva entre as mulheres:
tinha os bordados mais belos de todos
e era também o peplo mais comprido;
brilhava à semelhança de uma estrela
e estava bem no fundo do baú.
Então atravessaram o palácio
e chegaram de volta na varanda
onde estava Telêmaco. A ele,
disse o seguinte o louro Menelau:
“Telêmaco, tomara que consigas,
assim como o teu coração deseja,
ter o retorno por graça de Zeus,
ele que é o trovejante esposo de Hera.
De todos os presentes e tesouros
que existem no interior do meu palácio,
eu te darei aquele que é mais belo
e mais honroso dentre todos eles.
Eu darei para ti uma cratera
propícia para misturar o vinho,
toda feita de prata, exceto apenas
por sua borda, ornamentada em ouro,
um trabalho do próprio deus Hefesto.
Foi dada de presente para mim
pelo herói Fédimo, rei dos sidônios,
quando fui acolhido em seu palácio
durante meu retorno para cá.
Agora, quero que ela vá contigo”.
Tendo falado assim, passou-lhe em mãos
o cálice com asas dos dois lados
o herói nascido de Atreu. Em seguida,
veio trazendo a cratera brilhante
o forte Megapentes, que dispôs
diante de Telêmaco o artefato
prateado. Por fim chegou Helena
de belas faces, que, parando perto,

com o peplo seguro em suas mãos,
chamou-o pelo nome e lhe falou:
“Este presente, filhinho querido,
entrego para ti, como lembrança
das mãos de Helena, para quando for
o tempo de adoráveis esponsais –
que com ele se vista a tua esposa.
Até lá, que ele fique no salão
de casa com a tua mãe querida.
Que este presente te faça feliz
no interior de teu lar bem-construído,
de retorno na tua terra pátria!”.
Tendo falado assim, passou-lhe em mãos
o peplo, que ele recebeu contente.
Depois o herói Pisístrato tratou
de carregar esses presentes todos
e dispô-los no carro, contemplando
tudo com coração maravilhado.
O louro Menelau então levou-os
de volta para o interior da casa
e colocou seus hóspedes sentados
ao longo dos divãs e sobre os tronos.
Uma atendente veio carregando
uma jarra dourada, muito bela,
com água, que verteu numa vasilha
toda de prata, para que pudessem
lavar as mãos. Em seguida, dispôs
uma mesa polida junto deles.
Depois pão foi trazido para eles
por uma governanta veneranda,
que lhes serviu comidas variadas,
de tudo que ela tinha na despensa.
Junto deles, o filho de Boétoo
fez a porção das carnes e as serviu,
mas o filho do ilustre Menelau
foi quem cuidou de lhes servir o vinho.

Todos os braços então se esticavam
para provar da fartura servida.
Depois, quando já tinham saciado
a gana por comida e por bebida,
eis que Telêmaco, nesse momento,
e o esplêndido filho de Nestor
jungiram os cavalos novamente
e subiram no carro ornamentado.
Então partiram pelas portas duplas,
atravessando o pórtico ecoante,
Acompanhando os dois, seguia ainda
o louro filho de Atreu, Menelau,
carregando, na sua mão direita,
o vinho doce para o coração
dentro de um cálice todo dourado,
fazendo libações pelo caminho.
Então parou à frente dos cavalos
e fez um brinde dizendo o seguinte:
"Passai bem, meus rapazes, e levai
lembranças a Nestor, pastor de povos,
em meu nome, pois ele sempre foi
uma espécie de pai gentil comigo
enquanto nós estávamos em Troia
fazendo guerra, os filhos dos aqueus".
Por sua vez, Telêmaco, sagaz,
lhe proferiu o seguinte em resposta:
"Nós certamente iremos informá-lo,
rei nutrido por Zeus, como comandas,
sobre todas as coisas ao chegarmos
de viagem em Pilos. E tomara
que ao retornar a Ítaca eu encontre
Odisseu já sentado em seu palácio
para contar a ele sobre como
fui recebido com tanta amizade
em tua casa, trazendo de volta
tantos e tão valiosos presentes".

Ao terminar de dizer essas coisas,
um pássaro voou à sua destra,
uma águia, levando em suas garras
um ganso enorme, branco feito prata,
que vivia no pátio do palácio.
Foram correndo e gritando atrás dela
os homens e as mulheres. No momento
em que enfim conseguiram chegar perto,
partiu num voo rápido à direita
do carro e dos cavalos. Ao notá-lo,
alegraram-se, tendo o coração
aquecido com ótimos presságios.
Pisístrato, nascido de Nestor,
principiou a falar entre eles:
"Diz para nós, rei nutrido por Zeus,
comandante de tropas Menelau,
se esse prodígio que o deus revelou
foi para ti ou foi para nós dois".
Assim falou. O dileto de Ares,
Menelau, ponderou sobre a questão,
considerando como interpretar
o portento de acordo com a moira,
mas Helena de peplo bem comprido
antecipou-se a ele e respondeu:
"Escuta: eu te direi um vaticínio
conforme dentro do meu coração
foi enviado pelos imortais
e como creio que se irá cumprir.
À semelhança mesma dessa águia
que arrebatou um ganso nesta casa,
tendo vindo voando da montanha,
onde havia nascido e se criado —
assim também, depois de ter sofrido
males diversos em muitas errâncias,
Odisseu voltará para sua casa
e terá sua vingança. Pode até

já ter voltado e estar plantando agora
a ruína daqueles pretendentes”.
Por sua vez, Telêmaco, sagaz,
lhe proferiu o seguinte em resposta:
“Que Zeus permita que se cumpra assim,
ele que é o trovejante esposo de Hera!
Se se cumprir, rezarei para ti
como se fosses uma divindade!”.
Assim falou e desceu o chicote
no lombo dos cavalos, que partiram
muito velozes pela cidadela,
impetuosos de alcançar os plainos.
O dia todo foram balançando
o jugo que levavam dos dois lados.
Então o sol se pôs. Por toda parte,
as sombras se espalharam nas estradas.
Nisso, chegaram finalmente em Feras
e alcançaram a casa de Diocles,
filho de Ortíloco, que o próprio Alfeio
havia concebido como filho.
Ali os dois puderam pernoitar,
por graça da hospitalidade dele.
Quando afinal surgiu a matutina
Éos, Aurora de dedos rosados,
jungiram os cavalos novamente
e subiram no carro ornamentado.
Então partiram pelas portas duplas,
atravessando o pórtico ecoante,
ao tocar os cavalos com o relho.
Não foi a contragosto que voaram.
Em pouco tempo já tinham chegado
à cidadela elevada de Pilos.
Nesse momento, Telêmaco disse
o seguinte ao nascido de Nestor:
“Nestórida, será que poderias
prometer para mim que cumprirás

o que te digo? Nós nos orgulhamos
dessa hospitalidade mútua e plena
que a amizade de nossos pais nos deu.
Além disso, nós somos coetâneos.
Esta viagem há de nos trazer
uma concórdia ainda mais perfeita.
Não me leves além do meu navio,
cria de Zeus, mas deixa-me aqui mesmo.
Eu receio que o velho me retenha
contra a vontade dentro do palácio,
em seu ímpeto para me agradar.
É preciso que eu parta o quanto antes".
Assim falou, e o filho de Nestor
empenhou-se de todo o coração
em encontrar um modo de cumprir
a promessa de acordo com a moira.
Considerando a questão dessa forma,
pareceu-lhe por fim mais vantajoso
direcionar os cavalos de volta
à nau veloz e às areias da praia
e embarcar os belíssimos presentes,
que enfim guardou na proa do navio,
as vestimentas e também o ouro,
os presentes que Menelau cedera.
Depois disso, de modo a encorajá-lo,
disse as seguintes palavras aladas:
"Agora embarca rápido e comanda
os companheiros todos a seguir-te
antes que eu vá de volta para casa
e dê notícias tuas para o velho.
Eu sei disto no íntimo do peito.
Sei disto muito bem no coração.
Com o soberbo coração que tem,
não iria deixar que tu partisses,
e viria ele próprio, pessoalmente,
para te convocar — e não suponho

que voltaria de mãos abanando.
Decerto ficará muito irritado".
Tendo falado assim, ele incitou
os seus cavalos de crinas venustas
em direção da cidade de Pilos,
rapidamente retornando à casa.
Telêmaco, por sua vez, deu ordens
aos companheiros, incitando todos:
"Preparai a equipagem, companheiros!
Deixai a nau escura toda em ordem!
Tratemos todos de embarcar depressa
para seguirmos no nosso caminho!".
Assim falou. Os homens prontamente
ouviram e acataram seus comandos.
Eles subiram sobre a embarcação
e assumiram seus postos junto aos remos.
Enquanto ele cuidava dessas coisas,
com sacrifício e preces para Atena
junto à proa da nau, nesse momento,
aproximou-se dele então um homem
vindo de longe, que escapara de Argos
por ter tirado a vida de um varão.
Mas ele próprio era um adivinho
nascido da linhagem de Melampo,
que outrora tinha sido um habitante
da cidade de Pilos, mãe de ovelhas,
um homem muito rico, que vivia
num palácio eminente em meio aos pílios,
mas que também partiu para outras terras,
escapando de sua própria pátria
e de Neleu de grande coração,
o mais ilustre dentre os seres vivos,
que pela duração de um ano inteiro
privou-o de um tesouro muito grande
usando de violência. Nesse tempo,
Melampo estava preso no palácio

de Fílaco, detido por grilhões
argênteos e sofrendo enorme dor
por causa da donzela de Neleu
e de uma poderosa perdição
que havia sido imposta sobre seu
coração pela horrível deusa Erínia.
Mas ele conseguiu fugir das Queres
e levou os seus bois de amplo mugido
de Fílace de volta para Pilos
e fez com que Neleu semelho aos deuses
pagasse por seus feitos vergonhosos.
Também levou a moça para casa,
para casá-la com seu próprio irmão.
Em seguida, partiu para outras terras,
com rumo a Argos, nutriz de cavalos,
pois era lá que estava destinado
que ele passasse a viver, como rei
soberano de inúmeros argivos.
Lá tomou uma esposa para si,
fez um palácio de teto elevado
e então gerou Antífates e Mântio,
um par de filhos muito poderosos.
Antífates, por sua vez, gerou
Oicleu, herói de grande coração.
O próprio Oicleu depois foi quem gerou
Anfiarau, agregador das tropas,
extremamente caro ao coração
de Zeus tempestuoso, a quem Apolo
devotou toda forma de afeição.
Mas não chegou aos umbrais da velhice,
pois acabou perdendo a vida em Tebas
por causa dos presentes de uma moça.
Tendo morrido, deixou para trás
um par de filhos, Anfíloco e Alcmáon.
Mântio, por sua vez, foi quem gerou
os dois irmãos Polífides e Clêiton —

e, sim, foi esse Clêiton quem Aurora
do trono de ouro tomou para si
por causa da beleza que ele tinha,
para que se tornasse um imortal.
Polífides de altivo coração,
pela graça de Apolo, se tornou
o melhor adivinho dos mortais
depois que Anfiarau já perecera.
Pela raiva que tinha de seu pai,
acabou por partir para Hiperésia,
onde estabeleceu sua morada,
profetizando a todos os mortais.
Foi dele então o filho que chegou –
Teoclímeno, como era chamado.
Junto a Telêmaco, naquele instante,
ele se colocou, ao encontrá-lo
fazendo libações e erguendo preces
junto do rápido navio escuro.
Dirigindo-se a ele desta forma,
disse as seguintes palavras aladas:
"Amigo, já que te encontrei aqui
fazendo sacrifícios nesta praia,
eu te suplico, em nome desse deus
para quem tu conduzes sacrifícios,
mas também em teu nome e pelo nome
desses teus companheiros que te seguem,
para que me respondas com verdade
e não escondas nada ao responder-me.
Quem és e de que gente tu vieste?
De que cidade e de que genitores?".
Por sua vez, Telêmaco, sagaz,
lhe proferiu o seguinte em resposta:
"Relatarei abertamente a ti,
estrangeiro, essas coisas com verdade.
É de Ítaca a família de que venho.
Sou o único filho de Odisseu –

se de fato existiu. Dizem que agora
já pereceu por morte destrutiva.
É por isso que estava viajando
na nau escura com meus companheiros,
pois procurava ter uma notícia
sobre o retorno de meu pai ausente".
Por sua vez, proferiu-lhe o seguinte
Teoclímeno belo como um deus:
"Também parti da terra de meus pais,
por ter tirado a vida de um varão
ligado a mim por laços de família,
um homem cheio de irmãos e parentes,
por toda Argos, nutriz de cavalos,
com enorme poder entre os aqueus.
Por ter fugido deles e escapado
das Queres negras e da própria morte,
agora o meu destino se tornou
vagar sem rumo em meio à humanidade.
Mas me leva contigo em teu navio!
Eu te suplico agora, em plena fuga,
por medo de que acabem me matando,
pois creio que eles vêm no meu encalço".
Por sua vez, Telêmaco, sagaz,
lhe proferiu o seguinte em resposta:
"Eu não te impedirei no teu desejo
de subir ao simétrico navio.
Então sobe comigo e sê bem-vindo
exatamente assim como chegaste".
Depois de ter falado dessa forma,
recebeu do estrangeiro a brônzea lança
e tratou de guardá-la no convés
do navio recurvado dos dois lados.
Logo em seguida, ele próprio embarcou
sobre a nau singradora do alto-mar.
Escolheu um assento junto à popa
e fez com que ao seu lado se sentasse

Teoclímeno. Logo os homens todos
soltaram as amarras de ancoragem.
Então Telêmaco se dirigiu
aos companheiros, concitando todos
a puxarem os cabos de equipagem.
Ouviram e atenderam seu pedido.
Primeiro ergueram o mastro de abeto
e o firmaram no encaixe do convés,
na abertura entalhada para tanto.
Depois trataram de amarrá-lo à proa.
As brancas velas em seguida içaram
pelas cordas de couro bem-trançadas.
Atena, divindade de olhos glaucos,
enviou-lhes um vento favorável,
soprando violento desde o éter,
a fim de que o mais rápido possível
o navio completasse seu trajeto
cruzando as águas salgadas do mar.
Logo já tinham passado por Cruno
e Cálcida de belas correntezas.
Então o sol se pôs. Por toda parte,
as sombras se espalharam nas estradas.
A nau seguia em frente, rumo a Feas,
impulsionada num vento de Zeus.
Passou ao largo da Élide divina,
onde os homens epeios têm poder,
e de lá definiu o seu trajeto
na direção das ilhas afiadas,
sem saber se teria escapatória
da morte ou se seria capturado.
Enquanto isso, dentro da cabana,
Odisseu e o divino porcariço
desfrutavam da janta. Junto deles,
também jantavam os outros varões.
Depois, quando já tinham saciado
a gana por comida e por bebida,

Odisseu então disse estas palavras
entre eles, testando o porcariço
para ver se inda estava receptivo,
se iria lhe dizer para ficar
ali mesmo na casa dos porqueiros
ou se iria mandá-lo à cidadela:
"Escuta o que te digo agora, Eumeu!
escutai o que digo, companheiros!
Tenho desejo de sair bem cedo,
junto da aurora, rumo ao vilarejo,
a fim de mendigar, pois eu não quero
incomodar a ti e aos companheiros.
Só peço que me deis um bom conselho
e que mandeis um guia bom comigo,
que me mostre o caminho para lá.
Eu vagarei sozinho na cidade,
por falta de outra escolha, na esperança
de alguém me dar um pão e um gole de água.
Além disso, pretendo dirigir-me
até o palácio de Odisseu divino,
para informar das notícias que trago
Penélope de engenho cuidadoso,
e também porque quero misturar-me
no meio dos soberbos pretendentes.
Talvez me deem algo de comer,
eles que têm miríades de bens.
Poderia prestar algum serviço
para eles, conforme desejassem.
Mas uma coisa mais eu te direi.
Então presta atenção agora e escuta.
Com Hermes mensageiro auxiliando,
o nume que concede graça e glória
para todas as formas de trabalhos
a que os seres humanos se dedicam,
não existe mortal algum capaz
de competir comigo no serviço —

na construção de uma bela fogueira,
partindo lenha seca com machado,
no corte e no preparo de um churrasco
ou no trabalho de servir o vinho,
e noutros tipos de serviços tais
que os inferiores fazem para os bons".
Muito irritado com isso, em resposta,
tu lhe disseste assim, porqueiro Eumeu:
"Ai de mim, estrangeiro! Por que agora
tu tens um pensamento assim na mente?
Só pode ser que estejas desejoso
de ser morto à primeira vista deles
se realmente queres adentrar
a multidão dos jovens pretendentes,
cuja arrogância e falta de controle
chegam mesmo a tocar o férreo céu.
Os atendentes a serviço deles
não são de um tipo semelhante ao teu.
São rapazes mais jovens, bem-vestidos
com túnicas bonitas e com capas.
Os seus cabelos e seus belos rostos
estão sempre brilhando com azeite.
São desse tipo os atendentes deles.
Ali existem mesas bem-polidas
carregadas de carnes e de pães,
com muitas jarras de vinho também.
Então fica aqui mesmo. Não irás
incomodar ninguém ficando aqui,
nem a mim mesmo nem a nenhum outro
dos companheiros que mantenho aqui.
Mas, no momento em que estiver de volta
o querido rebento de Odisseu,
decerto cuidará de te vestir
com uma túnica e com uma capa
e então fará questão de te enviar
para onde quer que o coração te mande".

Disse-lhe então o seguinte em resposta
o divino Odisseu de tantas lutas:
“Faço votos, Eumeu, de que te tornes
assim tão bem-amado por Zeus pai
como agora és por mim, já que cessaste
a minha errância e penosa miséria.
Não há nada que seja mais terrível
para os mortais do que vagar sem rumo.
Ainda assim, por causa de seus ventres
desgraçados, têm tristes sofrimentos
todos os homens que são visitados
por errância, miséria e sofrimento.
Agora, como queres que eu espere
e fique aqui até que o filho volte,
aproveita e me conta alguma coisa
dos genitores de Odisseu divino,
sua mãe e seu pai, que ele deixou
à beira da velhice ao ir embora –
se por acaso os dois ainda vivem,
iluminados sob a luz do sol,
ou se ao contrário já se encontram mortos,
precipitados ao palácio de Hades”.
Por sua vez, proferiu-lhe o seguinte
o porcariço, líder dentre os homens:
“Relatarei abertamente a ti,
estrangeiro, essas coisas com verdade.
Laertes, por um lado, ainda vive,
mas está sempre orando para Zeus
fazer cessar a vida que inda tem
nos membros, lá de dentro de seu lar.
Sofre demais e se mantém em luto
contínuo pelo filho que partiu
e pela esposa com que se casara,
habilidosa. Quando ela morreu,
o sofrimento dele foi extremo
e o fez envelhecer antes do tempo.

Ela, por outro lado, pereceu
de luto por seu filho glorioso,
numa morte tão triste que eu jamais
desejaria que morresse alguém
das pessoas que vivem por aqui,
que me são caras e me querem bem.
Durante o tempo em que ela estava viva
malgrado o sofrimento que sentia,
por tanto tempo foi-me sempre caro
perguntar e checar se estava bem,
pois ela me criou ao mesmo tempo
em que criava a sua forte filha
Ctimene, com seu peplo bem comprido,
a mais nova dos filhos que gerou.
Eu mesmo fui criado junto dela,
estimado com quase a mesma estima.
Depois disso, tão logo nós chegamos
à juventude muito desejável,
ela foi enviada para Same
por um preço de noiva imensurável
(na partida, tratou de me vestir
com uma túnica e com uma capa,
peças de vestimenta muito belas,
também me deu sandálias para os pés
e me mandou embora para o campo),
porém seu coração me amava mais.
Agora sinto falta dessas coisas.
Por outro lado, os deuses venturosos
de fato permitiram prosperar
o trabalho a que sempre me dedico.
Graças a ele, tenho o que comer,
beber e oferecer aos veneráveis.
De fato já não há nenhum prazer
em escutar a voz da minha mestra,
nem nas palavras nem nos gestos dela,
desde que o mal se abateu no palácio —

os arrogantes jovens pretendentes.
Os escravos de casa sempre querem
conversar cara a cara com a mestra
e se informar de tudo que acontece,
e ter o que comer e o que beber,
e carregar de volta para o campo
alguma coisa dessas que acalentam
o coração dos servos de um palácio".
Por sua vez, respondendo o seguinte,
disse Odisseu de muitíssima astúcia:
"Ai de mim! Eras só uma criança
naquela época, porqueiro Eumeu,
quando vagaste para muito longe
da tua pátria e dos teus genitores.
Agora vamos! Conta para mim
e me relata tudo com verdade.
Foi caso de ter sido devastada
a cidade dos homens, de amplas vias,
em que moravam os teus genitores,
teu pai e tua veneranda mãe,
ou foi caso de teres sido pego
sozinho com as vacas e as ovelhas
e carregado por homens hostis
no navio deles, para ser vendido
à casa do guerreiro desta terra,
que pagou pelo quanto tu valias?".
Por sua vez, proferiu-lhe o seguinte
o porcariço, líder dentre os homens:
"Meu hóspede estrangeiro, eu te direi
aquilo que demandas e perguntas.
Então escuta-me agora em silêncio
e aproveita, bebendo do teu vinho,
sentado. São indescritivelmente
longas as noites. Pode-se dormir,
mas pode-se também, se for do gosto,
ouvir histórias. Não é necessário

se recolher ao leito antes da hora –
sono em excesso causa desagrado.
Quem tiver entre vós um coração
e um ânimo mandando que se deite,
que se retire agora e vá dormir.
Assim que a aurora raiar no horizonte,
fará seu desjejum e partirá
junto às ovelhas de nosso senhor.
Mas nós dois, aqui dentro da cabana,
bebendo vinho e nos banqueteando,
podemos desfrutar dessas histórias
tristíssimas que temos a contar
um para o outro, das nossas lembranças.
Mesmo na dor um homem tem prazer,
qualquer homem que tenha viajado
para longe e sofrido muitas dores.
Mas, sim, irei responder para ti
aquilo que demandas e perguntas.
Há uma ínsula chamada Síria.
Talvez tenhas ouvido falar dela.
Está localizada após Ortígia,
onde o sol vai fazer a sua curva.
Apesar de não ter muitas pessoas
como habitantes, é uma terra boa,
propícia para bois e para ovelhas,
cheia de vinhas, muito rica em trigo.
A fome não consegue nunca entrar
nesse reino. Também jamais ocorre
de vir uma doença abominável
para afligir os pobres dos mortais.
Em vez disso, tão logo alguém alcança
a velhice na tribo desses homens,
Apolo, com seu arco prateado,
ou Ártemis já vem a seu encontro
e disparando flechas benfazejas
tira a vida de dentro de seu peito.

Ali existem duas cidadelas
e tudo ali é dividido em dois,
mas havia somente um basileu
que detinha poder em uma e noutra:
meu próprio pai, o Ormenida Ctésio,
um símile dos deuses imortais.
Eis então que chegaram uns fenícios,
homens famosos pelos seus navios,
tratantes, carregando badulaques
inumeráveis no navio escuro.
Acontece que havia uma mulher
fenícia no palácio do meu pai,
de estatura elevada, muito bela,
sabedora de esplêndidos lavores.
E esses fenícios repletos de ardis
acabaram por seduzir a moça.
Primeiro, quando ela lavava as roupas
junto à côncava nau, um dos fenícios
uniu-se a ela no leito e no amor.
(e isso é algo capaz de seduzir
o coração das femíneas mulheres,
até de uma zelosa em seu trabalho).
Depois disso, ele perguntou a ela
quem ela era e de onde tinha vindo,
e ela sem perda de tempo apontou
a casa de alto teto de meu pai:
'De Sídon eu me orgulho de ter vindo,
da cidadela muito rica em bronze.
Eu nasci como filha de Aribante,
um homem de riquezas afluentes,
mas acontece que fui capturada
por uns ladinos táfios, uns piratas,
quando estava voltando lá do campo.
Eles me carregaram para cá
e me venderam à casa desse homem,
que lhes pagou o preço que eu valia'.

Por sua vez, proferiu-lhe o seguinte
o que em segredo se juntara a ela:
'Não gostarias de tornar agora
de volta para casa junto a nós
e rever o palácio de alto teto
pertencente a teu pai e a tua mãe
e revê-los também? Pois estão vivos
e ainda são chamados de afluentes'.
Por sua vez, proferiu-lhe o seguinte
a mulher, respondendo desta forma:
'Que seja dessa forma se de fato
estiverdes dispostos, marinheiros,
a fazer uma jura para mim
de me levar ilesa para casa'.
Assim ela falou, e todos eles
juraram da maneira que pedira.
Depois que eles já tinham prometido
e feito o juramento por completo,
então disse o seguinte em meio a eles
a mulher, respondendo desta forma:
'Agora fica quieto e não permitas
que nenhum dentre vossos companheiros
venha me dirigir uma palavra
se por acaso se encontrar comigo
pelas ruas ou na nascente de água.
Temo que alguém perceba e vá correndo
dar notícias ao velho no palácio,
que suspeitando de algo acabaria
por me prender em grilhões aflitivos.
Depois acabaria com vós todos.
Guardai no coração estas palavras
e apressai a barganha dos produtos.
Mas, no momento em que vosso navio
já se encontrar repleto de sustento,
que algum de vós envie uma mensagem
depressa para mim lá no palácio.

De minha parte, vou trazer-vos ouro,
tanto quanto couber em minhas mãos.
Além disso, também estou disposta
a dar mais uma coisa em pagamento,
pois o fato é que tenho em meus cuidados
o próprio filho do homem do palácio,
um menino demais de precioso,
que vem correr comigo porta afora.
Poderia trazê-lo até o navio.
Ele vos renderia um preço imenso
aonde quer que vós o carregásseis
para vendê-lo em terras estrangeiras'.
Depois de ter falado dessa forma,
retornou ao belíssimo palácio.
Eles, por sua vez, permaneceram
um ano inteiro junto à nossa costa,
a bordo de seu côncavo navio,
fazendo trocas por muito sustento.
Quando por fim a recôncava nau
estava cheia e prestes a partir,
trataram de mandar um mensageiro
levando uma mensagem à mulher.
Foi então que chegou até o palácio
de meu pai. Era um homem muito esperto
carregando um colar forjado em ouro
e adornado também com pedras de âmbar.
No salão do palácio, esse colar
era tocado pelas mãos afoitas
e olhado pelos olhos curiosos
de minha mãe veneranda e das servas.
Enquanto discutiam sobre o preço,
ele lhe fez um sinal em silêncio.
Tendo feito sinal com a cabeça,
retornou para o côncavo navio.
Ela própria tomou-me pela mão
e foi me conduzindo porta afora.

Chegando na varanda, ela encontrou
as mesas já servidas com as taças
dos homens que vieram ao banquete
oferecido por meu próprio pai.
Naquele instante, estavam apartados
no local de conselho e de debate.
Rapidamente então surrupiou
três taças, que escondeu sob o vestido,
e levou-as embora. Fui seguindo
sem saber o que estava acontecendo.
Então o sol se pôs. Por toda parte,
as sombras se espalharam nas estradas.
Avançando depressa, nós chegamos
até o famoso ponto de ancoragem.
Lá estava o navio veloz ao mar
que pertencia aos piratas fenícios.
Depois que todos tinham embarcado,
singraram úmidas sendas no mar,
levando-nos os dois também a bordo.
Zeus mandou-nos um vento favorável.
Ao longo de seis dias e seis noites
seguimos navegando sem parar.
Mas, quando veio o sétimo dos dias,
disposto sobre nós por Zeus Cronida,
a arqueira Ártemis, nesse momento,
verteu as suas flechas na mulher.
Desabou com um baque no convés,
feito andorinha que sucumbe ao mar.
Os piratas então se desfizeram
de seu corpo, deixando-o como prêmio
para os peixes. Fiquei inconsolável,
sofrendo muito desde o coração.
Para Ítaca fomos carregados
pela força dos ventos e das águas.
Chegando aqui, Laertes me comprou
em um negócio com recursos próprios.

Foi dessa forma então que por primeiro
contemplei esta terra com meus olhos".
Por sua vez, o de estirpe divina
Odisseu respondeu-lhe desta forma:
"Eumeu, tu realmente conseguiste
mover meu coração dentro do peito,
contando tudo quanto já sofreste
de dores no teu próprio coração.
Mesmo assim, é possível se dizer
que junto ao mal o bem também foi dado
a ti por Zeus, considerando como,
tendo sofrido muito, tu chegaste
até o palácio de um varão gentil,
que te deu de comer e de beber
de forma generosa. Tu de fato
tens uma vida boa. Quando a mim,
só depois de vagar por numerosas
cidades dos mortais eu chego aqui".
Dessa maneira trocavam conceitos,
falando abertamente um com o outro,
até que adormeceram, mas não foi
por muito tempo, e sim por um momento,
pois um pouco depois surgiu a Aurora
de belíssimo trono. Os companheiros
de Telêmaco, já chegando perto,
afrouxaram as velas e baixaram
o mastro no convés. Usando remos,
levaram o navio até o porto.
Então lançaram âncoras ao mar
e as amarraram na popa da nau.
Na sequência, pularam eles próprios
para a areia molhada pelas ondas,
prepararam a própria refeição
e misturaram o vinho brilhante.
Depois, quando já tinham saciado
a gana por comida e por bebida,

entre eles, Telêmaco, sagaz,
principiou a tecer um discurso:
“De vossa parte, agora conduzi
de volta à cidadela a nau escura.
Enquanto isso, vou fazer visita
às terras afastadas e aos pastores.
De noite, quando já tiver olhado
as minhas terras, volto à cidadela.
Assim que amanhecer, tenho intenção
de compensar-vos por esta viagem,
oferecendo um ótimo banquete
com carnes e com vinho adocicado”.
Por sua vez, proferiu-lhe o seguinte
Teoclímeno belo como um deus:
“Filho querido, aonde devo ir?
A qual palácio devo dirigir-me?
Ao dos homens que têm poder e mando
por toda a ilha de Ítaca rochosa
ou devo retornar diretamente
ao palácio que é teu e de tua mãe?”.
Por sua vez, Telêmaco, sagaz,
lhe proferiu o seguinte em resposta:
“Em outra ocasião, eu te diria
para voltar direto à nossa casa,
tu e os demais, pois não vos faltaria
abrigo hospitaleiro. Mas agora
seria mau para ti, pois eu próprio
não estaria lá, e minha mãe
não te veria, pois não tem costume
de se mostrar em casa aos pretendentes
com frequência: mantém-se no seu quarto,
no andar de cima, tecendo ao tear.
Em vez disso, portanto, eu te diria
para ir ao palácio de outro homem,
ao palácio de Eurímaco, rebento
esplêndido de Políbo experiente,

ele que é visto pelos itacenses
agora como um símile dos deuses,
pois é de fato um homem superior
e especialmente cheio de desejo
por tomar minha mãe em casamento
e desfrutar das honras de Odisseu.
Mas essas coisas só o Olímpio Zeus
é quem conhece, o habitante do éter,
se antes de conseguir o casamento
não vai chegar-lhe o dia da desgraça".
Depois de ter falado dessa forma,
um pássaro voou à sua destra:
era um falcão, mensageiro veloz
do deus Apolo. Presa em suas garras,
o falcão carregava uma pombinha,
que derramava penas pelo solo
no meio do caminho entre o navio
e onde o próprio Telêmaco se achava.
Teoclímeno então o convocou
para longe dos outros companheiros.
Segurando-lhe a mão em sua mão,
chamou-o pelo nome e lhe falou:
"Telêmaco, esse pássaro à direita
decerto não voou contrário ao deus.
Eu soube muito bem, tão logo o vi,
que trazia consigo algum auspício.
Não existe linhagem de família
mais basileica do que a tua própria
entre aquelas que em Ítaca residem.
Será sempre mais forte a tua estirpe".
Por sua vez, Telêmaco, sagaz,
lhe proferiu o seguinte em resposta:
"Quisera que essas coisas, estrangeiro,
se cumprissem da forma que disseste!
Rapidamente tu conhecerias
minha amizade e ganharias tantas

dádivas minhas, que qualquer pessoa
que te visse diria que és feliz”.
Para Pireu dirigiu-se em seguida,
seu fiel companheiro, e lhe falou:
“Escuta-me, Pireu, filho de Clito.
Tu sempre obedeceste às minhas ordens
mais que todos os outros companheiros
que seguiram comigo para Pilos.
Obedece-me agora uma vez mais
e leva este estrangeiro ao teu palácio.
Trata de recebê-lo gentilmente
e de honrá-lo também até que eu volte”.
Por sua vez, respondendo o seguinte,
disse Pireu, famoso pela lança:
“Telêmaco, até mesmo se ficasses
por longuíssimo tempo por aqui,
eu cuidaria dele. Não terá
carência de hospitalidade alguma”.
Tendo falado assim, subiu a bordo
e deu comando para os companheiros
embarcarem também sobre o navio
e soltarem os cabos junto à popa.
Eles subiram sobre a embarcação
e assumiram seus postos junto aos remos.
Telêmaco em seguida foi calçar
os seus pés com belíssimas sandálias.
Então tomou a valorosa lança,
que culminava em bronze pontiagudo,
do convés do navio. Depois os homens
soltaram as amarras de ancoragem
e foram navegando em direção
da cidadela, como comandara.
Então Telêmaco, por sua vez,
o filho amado do divo Odisseu,
permitiu que seus pés o carregassem
rapidamente até chegar ao pátio

em que seus próprios porcos se encontravam,
em bandos incontáveis, junto aos quais
costumava dormir o bom porqueiro,
pensando coisas boas de seus mestres.

Canto XVI

Enquanto isso, dentro da cabana,
Odisseu e o divino porcariço
preparavam o próprio desjejum
à luz da aurora, junto ao fogo aceso,
e despacharam os demais porqueiros
junto de seus rebanhos de suínos.
Ao redor de Telêmaco, os cachorros
latidores fizeram muita festa,
mas não latiram quando ele chegou.
O divino Odisseu então notou
a festa que os cachorros promoviam
enquanto um som de pés se aproximava.
Dirigindo-se logo para Eumeu,
disse as seguintes palavras aladas:
"Eumeu, decerto deve estar chegando
aqui na porta um companheiro teu
ou alguém que te seja conhecido,
já que os cachorros não estão latindo,
e sim fazendo festa em torno dele.
Escuto o som de pés se aproximando".
Não chegou nem sequer a terminar
a fala quando seu filho querido
apareceu diante dos umbrais.
O porqueiro se ergueu, maravilhado,
e acabou derrubando para o chão
a vasilha em que estava trabalhando,
na mistura do vinho reluzente.
Foi correndo na direção do mestre
e deu-lhe muitos beijos de saudade
na cabeça, depois nos belos olhos

e finalmente em suas duas mãos –
e derramava lágrimas sentidas.
Como um pai que recebe o próprio filho,
cheio de pensamentos de carinho,
quando retorna de uma terra estranha
já passados dez anos de sua ausência,
o seu único filho, muito amado,
por quem sofreu inúmeras angústias –
assim também o divino porqueiro
recebia com beijos de saudade
Telêmaco, tão belo quanto um deus,
como se houvesse escapado da morte.
Com profundos lamentos e gemidos,
disse as seguintes palavras aladas:
"Tu chegaste, Telêmaco, clarão
de luz adocicada! Não pensava
que poderia te rever de novo
desde que foste de navio a Pilos.
Mas entra agora, filhinho querido,
para que eu possa ter uma alegria
no coração em te mirar assim,
recém-chegado de uma terra estranha.
Não é comum que venhas visitar
as terras afastadas e os pastores.
Tu costumas ficar pela cidade,
pois isso agrada mais teu coração –
ficar olhando a turba destrutiva
daqueles jovens pretendentes todos".
Por sua vez, Telêmaco, sagaz,
lhe proferiu o seguinte em resposta:
"Assim será, paizinho – eu entrarei.
Tu foste a causa de eu ter vindo aqui,
para te ver com os meus próprios olhos
e para ouvir de ti as novidades:
se minha mãe ainda permanece
pelos salões e quartos do palácio

ou se já se casou com outro homem.
É possível que o leito de Odisseu
no lugar de lençóis agora tenha
somente pérfidas teias de aranha”.
Por sua vez, proferiu-lhe o seguinte
o porcariço, líder dentre os homens:
“Na verdade, ela permanece lá,
mantendo resoluto o coração,
pelos salões e quartos do palácio.
Mas os dias e as noites vão passando
constantemente tristes para ela,
que vai vertendo lágrimas sentidas”.
Depois de ter falado dessa forma,
recebeu do rapaz a brônzea lança.
Sem mais delongas, adentrou a casa,
atravessando-lhe os umbrais de pedra.
Ao vê-lo entrar, o seu pai, Odisseu,
já foi se erguendo para dar-lhe assento.
Porém Telêmaco, por sua vez,
deteve o movimento e lhe falou:
“Podes voltar a sentar-te, estrangeiro.
Trataremos de achar um outro assento
nesta cabana de nosso curral.
Há quem resolva logo esse problema”.
Assim falou, e o outro foi sentar-se
de volta em seu assento. O porcariço
logo tratou de juntar feno verde
e o cobriu com o velo de um carneiro.
Foi nesse monte então que se sentou
o querido rebento de Odisseu.
O porqueiro depois chegou trazendo
umas tábuas de carnes para eles,
as sobras do que havia sido assado
e comido por eles noutro dia.
Apressou-se também para servi-los
de pão amontoado numas cestas.

Misturou, numa taça de madeira,
o vinho adocicado como mel,
e depois ele próprio se sentou
do lado oposto de Odisseu divino.
Todos os braços então se esticavam
para provar da fartura servida.
Depois, quando já tinham saciado
a gana por comida e por bebida,
nesse momento, Telêmaco disse
o seguinte ao divino porcariço:
"Paizinho, de onde veio esse estrangeiro?
De que maneira foi trazido aqui
a Ítaca por homens marinheiros,
e quem diziam eles que seriam?
Certamente não creio que ele possa
ter vindo a pé até chegar aqui".
Por sua vez, respondendo o seguinte,
tu lhe disseste assim, porqueiro Eumeu:
"Relatarei abertamente a ti,
meu filhinho, essas coisas com verdade.
Ele próprio se orgulha de provir
de uma família lá da vasta Creta.
Pelo que conta, já perambulou
por muitas cidadelas dos mortais
sem ter um rumo certo. Foi um nume
quem tramou essas coisas para ele.
Por último de tudo, há pouco tempo,
ele fugiu de um barco dos tesprotos
e chegou até mim nesta cabana.
Agora eu o coloco em tuas mãos.
Podes agir conforme tu quiseres,
pois ele afirma ser teu suplicante".
Por sua vez, Telêmaco, sagaz,
lhe proferiu o seguinte em resposta:
"Eumeu, a história que tu me contaste
é mesmo de cortar o coração.

Mas como eu poderia receber
esse estrangeiro lá no meu palácio?
Infelizmente, sou jovem demais
e não confio muito nos meus braços
para me defender contra outro homem,
se alguém mais velho vem me hostilizar.
Também não sei ao certo o coração
que minha mãe possui dentro do peito:
não sei se ficará comigo aqui,
tomando conta do nosso palácio,
por reverência ao leito do marido
e à opinião da gente deste povo,
ou se não vai partir acompanhando
quem se provar o melhor dos aqueus
em meio aos pretendentes no palácio
e ofertar o maior preço de noiva.
Mas cuidarei de fato do estrangeiro,
uma vez que ele veio à tua casa.
Vou tratar de vesti-lo muito bem
com uma túnica e com uma capa.
Vou lhe dar uma espada de dois gumes
e sandálias, também, para os seus pés.
Depois farei questão de despachá-lo
para onde quer que o coração o mande.
Porém, se preferires de outra forma,
cuida dele aqui mesmo na cabana.
Farei com que carreguem para cá
as vestimentas e a comida toda,
para que se alimente e não se torne
um empecilho a ti e aos companheiros.
Eu só não deixaria que ele fosse
se misturar em meio aos pretendentes,
pois eles são petulantes demais,
violentos e cheios de arrogância.
Temo que acabem caçoando dele,
o que me causaria dor terrível.

É difícil fazer alguma coisa
quando se está em meio a tanta gente,
mesmo sendo um guerreiro muito forte,
pois certamente são mais poderosos”.
Por sua vez, proferiu-lhe o seguinte
o divino Odisseu de tantas lutas:
“Meu amigo — decerto é costumeiro
que eu me dirija a ti desta maneira —,
de fato eu sinto o coração partir-se
ao meio quando escuto a tua história,
sobre todos os planos petulantes
que os pretendentes andam fabulando
no salão do palácio, à revelia
da vontade de alguém do teu valor.
Diz-me o seguinte: tu estás de acordo
que te dominem? Ou acaso o povo
deste reino tem ódio contra ti,
talvez seguindo o dito de algum deus?
Ou é caso de teres divergências
com teus próprios irmãos, a quem um homem
confia o posto ao lado na batalha,
mesmo no mais intenso dos conflitos?
Quem me dera ser jovem dessa forma,
com este coração aqui que eu tenho!
Quem me dera ser filho do impecável
Odisseu, ou então ser ele próprio
retornando depois de muita errância!
Haveria motivo de esperança!
Que de imediato um homem estrangeiro
chegasse em mim e me decapitasse
se eu não me transformasse na desgraça
de todos esses jovens pretendentes
tão logo entrasse no salão da casa
de Odisseu, o nascido de Laertes!
Mesmo que conseguissem me vencer
por serem muitos contra um homem só,

preferiria, mesmo assim, ser morto
no salão do palácio da família
e perecer a ter de contemplar
constantemente feitos vergonhosos –
estrangeiros tratados com descaso,
servas domésticas sendo arrastadas
de forma totalmente vergonhosa
ao longo do belíssimo palácio,
vinho servido mais que o necessário,
e esses homens comendo sem parar,
da maneira mais frívola que existe,
num esforço que nunca rende nada”.
Por sua vez, Telêmaco, sagaz,
lhe proferiu o seguinte em resposta:
“Relatarei abertamente a ti,
estrangeiro, essas coisas com verdade.
Não é caso de o povo estar nervoso
e ter ódio de mim de forma alguma.
Tampouco tenho alguma divergência
com meus próprios irmãos, a quem um homem
confia o posto ao lado na batalha,
mesmo no mais intenso dos conflitos,
pois o Cronida fez a nossa estirpe
perpetuar-se sempre singular:
Laertes foi o único rebento
nascido como filho para Arcésio;
Odisseu foi o único também
que nasceu de seu pai; e de Odisseu
só eu nasci no salão do palácio,
e ele logo já teve de partir.
Por isso agora existem inimigos
inumeráveis dentro do palácio,
pois quantos são os nobres bem-nascidos –
aqueles que governam sobre as ilhas,
a de Dulíquio bem como a de Samos
e a de Zacinto, coberta por bosques,

além de todos que detêm poder
pelo terreno de Ítaca rochosa –,
todos esses cortejam minha mãe
e consomem os bens de minha casa.
Por sua vez, ela não renuncia
as bodas odiosas nem consegue
achar um meio de acabar com isso.
Então comem e nisso me destroem
os bens da casa. Já não tardarão
em me fazer em pedaços também.
Mas todas essas coisas certamente
estão dispostas no colo dos deuses.
Por enquanto, paizinho, deves ir
depressa até Penélope prudente
e avisá-la de que cheguei de volta
da viagem a Pilos, são e salvo.
Ficarei aqui mesmo te esperando
enquanto te diriges até lá
para lhe dar a notícia sozinho.
Não deixes que nenhum dentre os aqueus
te escute ao proferi-la, pois são muitos
os que planejam males contra mim".
Por sua vez, respondendo o seguinte,
tu lhe disseste assim, porqueiro Eumeu:
"Podes deixar. Tu deste as tuas ordens
para alguém que compreende muito bem.
Agora vamos! Conta para mim
e me relata tudo com verdade.
Devo também me dirigir à casa
de Laertes e dar-lhe essa notícia,
ao infeliz, que tanto já sofreu
esperando o retorno de Odisseu?
Antigamente supervisionava
os trabalhos dos servos pela casa,
e bebia e comia quando quer
que o coração no peito o comandasse.

Mas, nos últimos tempos, desde quando
tu próprio foste de navio a Pilos,
dizem que já não quer mais nem comer
nem beber como lhe era de costume.
Também não olha mais para as lavouras.
Em vez disso, só fica lá sentado,
lamentando entre choros e gemidos,
enquanto a carne mingua até os ossos".
Por sua vez, Telêmaco, sagaz,
lhe proferiu o seguinte em resposta:
"É dolorido, mas, por mais que doa,
é melhor o deixarmos como está.
Se de alguma maneira fosse dado
aos mortais terem tudo o que quisessem,
escolheríamos antes de tudo
o dia de retorno do meu pai.
Mas tu, depois que já tiveres dado
a notícia, retorna e não demores
vagando pelos campos à procura
de Laertes, e sim diz para a mãe
enviar o mais rápido possível
uma atendente, a sua própria aia,
às escondidas, de maneira que ela
possa dar a notícia para o velho".
Falou e despachou o porcariço.
Ele tomou nas mãos suas sandálias
e, depois de amarrá-las junto aos pés,
partiu para a cidade. Mas Atena
não ignorou o porcariço Eumeu
partindo da cabana dos currais.
Logo foi para perto de Odisseu.
Tinha adotado a forma de uma moça
de estatura elevada e muito bela,
bem-versada em esplêndidos trabalhos.
Parou em frente à porta da cabana,
visível para os olhos de Odisseu.

Telêmaco, contudo, não a viu
nem percebeu que estava diante dela,
pois os deuses não são de se fazer
manifestos a todos igualmente.
Mas Odisseu a viu. Os cães também
a viram e não deram nem latido –
entre ganidos, saíram correndo
através do curral, apavorados.
Ela o chamou com um sinal de cenho
e o divino Odisseu o compreendeu.
Caminhou para fora da cabana
e da alta cerca que guardava o pátio
até chegar ao lado da deidade.
Então Atena lhe disse o seguinte:
"Divina estirpe, filho de Laertes,
Odisseu de engenhosos artifícios,
deves falar agora com teu filho
e não escondas coisa alguma dele.
Depois que já tiverdes planejado
morte e destruição aos pretendentes,
deveis ir juntos para a cidadela
celebradíssima. De minha parte,
não tardarei em me juntar a vós –
tenho um desejo enorme por lutar".
Depois de ter falado assim, tocou
nele com a varinha de ouro Atena.
Em primeiro lugar, ela lhe deu
uma túnica e um manto bem-lavado,
que colocou em torno de seu peito.
Depois o fez mais jovem e mais belo:
sua pele voltou a ser morena,
o maxilar ficou pronunciado
e tornaram-se negros novamente
os fios de barba sobre o queixo dele.
Quando por fim havia terminado
esse serviço, partiu. Odisseu,

por sua vez, voltou para a cabana,
causando assombro a seu filho querido.
Assombrado, tratou de desviar
os olhos, por temor que fosse um deus.
Dirigindo-se a ele desta forma,
disse as seguintes palavras aladas: [180]
"Tu me pareces muito diferente,
estrangeiro, do que eras até pouco.
São outras essas tuas vestimentas,
e mesmo a pele já não é a mesma.
Decerto deves ser algum dos deuses
que têm domínio sobre o vasto céu.
Tenhas pena de mim, que eu tratarei
de ganhar teu favor com sacrifícios
e com presentes lavrados em ouro,
bem-trabalhados. Poupa minha vida". [185]
Disse-lhe então o seguinte em resposta
o divino Odisseu de tantas lutas:
"Eu certamente não sou nenhum deus.
Por que me tomas por um imortal?
Eu não sou nada disso – sou teu pai,
aquele mesmo por quem tanto anseias,
por quem tu já sofreste tantas dores,
suportando a violência de outros homens".
Depois de ter falado dessa forma,
beijou seu filho, e das próprias bochechas [190]
deixou caírem lágrimas ao chão,
não conseguindo mais conter o choro.
Mas Telêmaco ainda não estava
convencido de que ele era seu pai.
Dirigindo-se a ele novamente,
proferiu o seguinte por resposta:
"Tu certamente não és Odisseu –
não és meu pai, mas uma divindade
que tenta me encantar, para que eu sofra
uma angústia maior do que já tenho. [195]

Certamente não há nenhum mortal
capaz de executar um plano assim,
valendo-se tão só da própria mente,
exceto se lhe vem algum dos deuses
e com facilidade o torna novo
ou velho, da maneira como queira.
Há pouco tempo tu eras um velho
e te vestias só com uns andrajos.
Mas agora pareces um dos deuses
que têm domínio sobre o vasto céu!".
Por sua vez, respondendo o seguinte,
disse Odisseu de muitíssima astúcia:
"Telêmaco, não é apropriado
que tu te maravilhes nem te espantes
demasiadamente por razão
de teu pai ter voltado para casa.
Eu te garanto que não haverá
outro Odisseu para chegar aqui.
Sou eu mesmo – sofrido como estou,
depois de tudo aquilo que vaguei
nos vinte anos em que estive fora –
que agora volto para a terra pátria.
O que tu vês é de fato o trabalho
de uma deusa – de Atena espoliadora.
É ela quem me faz mudar de forma
quando o deseja, pois é seu poder:
às vezes ela faz com que eu pareça
ser um mendigo, porém outras vezes
ela me torna jovem novamente
e cobre a minha pele em belas roupas.
É algo muito fácil para os deuses
que têm domínio sobre o vasto céu
tanto fazer com que se torne insigne
um humano mortal quanto medíocre".
Depois de ter falado assim, voltou
a se sentar. Telêmaco por fim

correu para abraçar seu nobre pai,
vertendo lágrimas muito sentidas.
Para os dois, nesse instante, sobreveio
um desejo terrível pelo luto.
Desataram então num pranto agudo,
à semelhança de quando se juntam
bandos de águias marinhas ou de abutres
de garras curvas, cujos filhotinhos
foram levados por homens do campo
antes de terem produzido plumas –
de tal maneira foi sentido o choro
que derramaram desde as sobrancelhas.
Teriam prosseguido nos lamentos
até mesmo depois do pôr do sol
se Telêmaco não tivesse dito
de súbito o seguinte para o pai:
“Como foi que vieste para cá,
querido pai? Que tipo de navio
te trouxe a Ítaca? Quem se gabavam
de ser os marinheiros do navio?
Certamente não creio que tu possas
ter vindo a pé até chegar aqui”.
Disse-lhe então o seguinte em resposta
o divino Odisseu de tantas lutas:
“Pois bem, filhinho. Vou te relatar
toda a verdade do começo ao fim.
Eu fui trazido aqui pelos feácios,
homens famosos pelos seus navios.
Eles têm o costume de ofertar
escolta de retorno para todos.
Eu dormia no seu navio veloz
enquanto atravessavam o alto-mar
e dormia também ao me deixarem
em Ítaca, com dádivas brilhantes:
deram-me bronze, deram também ouro
e vestimentas muito bem-tecidas.

Essas coisas – se os deuses permitirem –
ainda estão na gruta em que as deixei.
O que me motivou a vir aqui
foi uma inspiração da própria Atena,
para que juntos nós deliberemos
o massacre de nossos inimigos.
Então agora conta para mim
o número daqueles pretendentes,
para que eu saiba quantos eles são
e quais os homens que compõem o grupo.
Só depois que eu tiver pensado tudo
dentro de meu coração impecável,
eu poderei dizer se realmente
nós dois teremos como nos opor
sozinhos contra todos esses homens
ou se careceremos de auxiliares".
Por sua vez, Telêmaco, sagaz,
lhe proferiu o seguinte em resposta:
"A teu respeito, pai, eu sempre ouvi
falarem de uma fama muito grande:
que tu és um guerreiro habilidoso
tanto nos braços quanto no conselho.
Mas é grande demais o que disseste!
Estou perplexo. Não consigo crer
que dois homens sozinhos poderiam
combater contra tantos e tão fortes.
O número daqueles pretendentes
não é nem dez nem mesmo o dobro disso,
e sim muitas e muitas vezes mais.
Logo verás a quantidade exata.
Só dentre os que vieram de Dulíquio
já se somam cinquenta e dois varões,
jovens dos mais seletos. Junto deles,
também vieram seis de seus serventes.
Depois ainda temos os de Samos,
que ao todo somam vinte e quatro homens.

Em seguida, contando os de Zacinto,
são mais vinte rapazes dos aqueus.
Finalmente os de Ítaca ela mesma
são mais doze guerreiros dos melhores.
Junto deles, também está Medonte,
um arauto e cantor dos mais divinos,
além de dois serventes valorosos,
experientes em cortar a carne.
Se enfrentássemos todos esses homens
que estão sentados no salão de casa,
eu temo que teria um fim terrível
e amargo a tua busca por vingança.
Porém, se por acaso conseguires
imaginar quem possa auxiliar-nos,
diz quem seria enfim esse ajudante
de coração zeloso em nosso auxílio”.
Disse-lhe então o seguinte em resposta
o divino Odisseu de tantas lutas:
“Eu posso, sim, dizer-te e te direi.
Então presta atenção agora e escuta.
Considera comigo se nos basta
um auxílio de Atena e de Zeus pai,
ou se de fato devo planejar
que exista ainda mais um ajudante”.
Por sua vez, Telêmaco, sagaz,
lhe proferiu o seguinte em resposta:
“Esses dois são de fato valorosos,
os ajudantes que tu mencionaste,
por mais que os dois estejam assentados
lá bem alto, nas nuvens. Eles dois
detêm o mando tanto nos humanos
quanto nos outros deuses imortais”.
Disse-lhe então o seguinte em resposta
o divino Odisseu de tantas lutas:
“Decerto aqueles dois não ficarão
por muito tempo nesse ou noutro lado

do estridor da fortíssima batalha,
no momento em que nós e os pretendentes
formos julgados pela força de Ares
no salão principal de meu palácio.
Mas agora, tão logo surja aurora,
tu deves ir de volta para casa.
Chegando lá, mistura-te na turba
daqueles arrogantes pretendentes.
Mais tarde o porcariço poderá
me conduzir por fim à cidadela.
Adotarei de novo a semelhança
de um mendigo bem velho e miserável.
Se porventura eu acabar sofrendo
desonras no palácio, é necessário
que tu detenhas no interior do peito
teu caro coração, por mais que eu sofra,
Mesmo se me arrastarem pelos pés
através do palácio e porta afora
ou lançarem projéteis contra mim,
deves ficar olhando e te deter.
É claro que tu podes demandar
para que cessem com a insanidade,
usando de palavras agradáveis
a fim de convencê-los. Mas não creio
que te obedecerão, pois já se encontra
perto o dia fatal de seu destino.
Mas uma coisa mais eu te direi,
para que guardes no teu coração:
quando Atena de múltiplos conselhos
me motivar o coração a tanto,
vou fazer-te um sinal com a cabeça
e, tão logo tiveres compreendido,
então eu tratarei de coletar
todos os armamentos marciais
que estiverem dispostos no salão
e vou levá-los todos para o quarto

superior do palácio. Quanto a ti,
trata de usar palavras bem gentis
junto dos pretendentes quando enfim
te questionarem, dando pela falta:
'Levei-as para longe da fumaça,
pois elas já não pareciam mais
as mesmas armas que Odisseu deixou
ao partir para Troia no passado.
Estavam maltratadas pelo tanto
de fumaça que vinha desde o fogo.
Além disso, o Cronida colocou
um medo grande no meu coração —
de que, no meio dessa bebedeira,
surgisse alguma briga em meio a vós
e acabásseis feridos mutuamente,
desgraçando não só este banquete
mas também o cortejo —, pois o ferro
tem um jeito de achar a mão dos homens'.
Quanto a nós dois, tratemos de deixar
uma dupla de espadas e de lanças
escondidas, além de um par de escudos
de couro, para armarmos nossos braços.
Com isso poderemos avançar
para cima de todos e matá-los.
Palas Atena vai enfeitiçá-los
com o auxílio de Zeus astucioso.
Mas uma coisa mais eu te direi,
para que guardes no teu coração:
se fores realmente filho meu,
se tiveres o sangue do meu sangue,
não deixes que pessoa alguma escute
que Odisseu já se encontra de retorno.
Não deixes que pessoa alguma saiba —
nem Laertes, nem mesmo o porcariço
nem nenhuma servente do palácio;
nem Penélope deve descobrir.

É necessário que nós dois, sozinhos,
saibamos o que pensam as mulheres.
Além disso, é preciso que testemos
todos os servos homens do terreno,
para vermos de fato quem nos honra
e tem ainda um coração temente
e quem já não se ocupa mais de nada
e te desonra, sendo tu quem és".
Por sua vez, respondendo o seguinte,
o esplêndido rebento lhe falou:
"Eu acredito, pai, que logo mais
conhecerás também qual é o tipo
de coração que tenho no meu peito –
e verás que não há fraqueza alguma.
Mas eu de fato não consigo crer
que existirá vantagem para nós
em fazer essas coisas que disseste.
Então peço que tu reconsideres,
pois haverias de passar um tempo
prolongado testando todos eles
e visitando todas as lavouras.
Enquanto isso, no salão de casa,
aqueles lá seguirão devorando
as nossas posses, sem pouparem nada.
Quanto às mulheres, sim, eu recomendo
que cuides de saber o que elas pensam –
aquelas que desonram o teu nome
e as que são inocentes desse crime.
Não creio que seria vantajoso
nós irmos aos estábulos agora
para testarmos os serventes homens.
Mais tarde poderemos cuidar disso –
a não ser que tu saibas de um sinal
de Zeus da égide de tempestade".
Eles diziam coisas desse tipo,
falando abertamente um com o outro.

Entrementes, findou o seu trajeto
no porto de Ítaca o navio bem-feito
que havia carregado desde Pilos
Telêmaco e seus companheiros todos.
Quando alcançaram por fim o interior
do ancoradouro profundo e do porto,
eles logo trataram de arrastar
a nau escura rumo à terra firme.
Então serventes muito prestimosos
descarregaram os equipamentos
e ao palácio de Clítio conduziram
bem depressa os belíssimos presentes.
Em seguida mandaram um arauto
em direção à casa de Odisseu
a fim de que informasse da notícia
Penélope de engenho cuidadoso,
pois Telêmaco, quando foi ao campo,
havia lhes pedido que levassem
a nau até o porto da cidade,
de modo que a rainha poderosa
não se afligisse desde o coração
e derramasse lágrimas por ele.
No caminho, acabaram se encontrando
esse arauto e o divino porcariço,
os dois levando a mesma novidade
que tinham de contar para a rainha.
Quando os dois alcançaram o palácio
pertencente ao divino basileu,
o arauto por um lado proferiu
na frente das escravas o seguinte:
"O teu filho querido, basileia,
já se encontra de volta da viagem!".
O porqueiro, porém, chegou mais perto,
ao lado de Penélope, e lhe disse
todas as coisas que o filho querido
tinha pedido que ele lhe dissesse.

Em seguida, depois que ele já tinha
comunicado toda a sua mensagem,
retornou aos rebanhos de suínos,
deixando o pátio e o salão da casa.
Os pretendentes logo se calaram,
entristecidos desde o coração.
Partiram para fora do salão
e do alto muro que cercava o pátio,
a fim de se sentarem do outro lado,
ali fora, diante dos portões.
Principiou a falar entre eles
Eurímaco, de Políbo nascido:
"Meus amigos, foi grande agora o feito
realizado em máxima arrogância
por Telêmaco com essa viagem!
Dizíamos que não retornaria.
Agora vamos! Arrastemos já
uma nau negra, a melhor que tivermos,
e nela coloquemos remadores
em fileiras, aqueles que puderem
avisar o mais rápido possível
os outros para virem para casa!".
Mal tinha terminado de falar
quando Anfínomo, olhando para trás,
acabou por notar a embarcação
já parada no porto bem profundo,
com marinheiros recolhendo as velas
e carregando os remos em seus braços.
Ele riu com doçura ao percebê-lo
e falou o seguinte aos companheiros:
"Não será necessário despacharmos
a mensagem, pois eles já voltaram!
Talvez um deus lhes tenha dado aviso
ou talvez eles mesmos tenham visto
o navio do rapaz passar por eles
sem conseguirem alcançá-lo a tempo".

Assim falou, e todos já se ergueram
e foram para a praia junto às ondas.
Eles logo trataram de arrastar
a nau escura rumo à terra firme.
Então serventes muito prestimosos
descarregaram os equipamentos.
Eles próprios partiram todos juntos
para a ágora. Lá, não permitiram
que mais ninguém, nem jovem nem idoso,
viesse se sentar por perto deles.
Em meio a eles, tomou a palavra
então Antínoo, nascido de Eupites:
"Ai de mim! Não entendo como os deuses
liberaram esse homem da desgraça!
Durante o dia, tínhamos vigias
nos mirantes tocados pelo vento,
sempre cuidando de trocar de turno.
Depois que o sol se punha no horizonte,
nós não passávamos a noite nunca
em terra firme, e sim pelo alto-mar
permanecíamos na nau veloz
até que ressurgisse a diva Aurora,
na esperança de assim poder pegar
Telêmaco e matá-lo na emboscada.
Porém alguma divindade ao certo
o conduziu de volta para casa.
Mas agora devemos planejar
como levar a lúgubre ruína
a Telêmaco. Que ele não consiga
fugir de nossas mãos, pois eu não creio
que poderemos alcançar os fins
almejados enquanto ele viver.
Afinal, já mostrou ser bem-versado
no conselho e também no raciocínio.
Além disso, não temos mais o apoio
irrestrito de todos deste povo.

Então façamos algo agora mesmo,
antes que acabe chamando os aqueus
para a ágora, pois eu não espero
que ele deixe a questão passar batida,
e sim que fique muito revoltado,
erguendo-se e dizendo para todos
o que fizemos — como nós tentamos
assassiná-lo, mas não conseguimos.
No momento em que ouvirem isso dele,
não louvarão a nossa vilania.
Receio que nos façam algum mal
e que acabem até nos expulsando
de nossas próprias terras para sempre —
teremos de viver em outro reino!
Em vez disso, é melhor nos adiantarmos
e matá-lo apartado da cidade,
lá no campo ou na estrada. Desse modo,
ficaremos com todo o seu sustento,
depois de dividi-lo entre nós mesmos
conforme manda a moira. Quanto à casa,
podemos devolvê-la à sua mãe
e àquele que vier a desposá-la.
Se de alguma maneira meu discurso
não for de vosso agrado, se em vez disso
quiserdes mesmo que ele fique vivo
e que mantenha as posses de seu pai,
então não mais fiquemos por aqui,
reunidos em grupo e nos fartando
de tudo quanto agrada o coração,
e sim voltemos para nossas casas
para mandar presentes para ela
como preço de noiva. Que se case
com quem lhe der os dons mais numerosos
e esteja destinado a desposá-la".
Assim falou, e todos os presentes
calaram-se e ficaram em silêncio.

Entre eles, Anfínomo em seguida
foi quem tomou a palavra e falou,
o próprio filho esplêndido de Niso,
soberano nascido de Aretias.
Ele próprio viera de Dulíquio
rica em trigo, de grama vicejante,
e liderava os jovens pretendentes.
Para Penélope, ele parecia
muito agradável pelos seus discursos.
Tinha uma boa mente a seu dispor.
Com boas e prudentes intenções,
conclamou entre eles e lhes disse:
"De minha parte, amigos, certamente
não gostaria de ter de matar
Telêmaco, pois é algo terrível
matar alguém de estirpe basileica.
É melhor que primeiro consultemos
se os deuses podem dar algum conselho.
Caso os oráculos do grande Zeus
se mostrem favoráveis para tanto,
tratarei de matá-lo pessoalmente
e mandarei que todos me acompanhem.
Mas, se os deuses calarem sobre isso,
eu vos direi que parem de imediato".
Assim falou Anfínomo, e o discurso
foi do agrado de todos os presentes.
Então logo se ergueram dos assentos
e entraram no palácio de Odisseu.
Chegando lá, tomaram seus lugares
nos tronos de madeira bem-polida.
Nesse momento, teve uma outra ideia
Penélope de engenhoso cuidadoso:
mostrar a sua forma aos pretendentes,
homens soberbos, cheios de insolência.
Já ficara sabendo que intentavam
destruir o seu filho no palácio,

pois o arauto Medonte ouvira tudo
e contou para ela os planos deles.
Então foi caminhando até o salão
do palácio com suas atendentes.
Contudo, no momento em que chegou
aos pretendentes, diva entre as mulheres,
parou ao lado de uma das colunas
do telhado de fino acabamento,
segurando bem próximo do rosto
o véu de tecitura reluzente.
Contra Antínoo em seguida fez censura,
chamando-o pelo nome ao lhe falar:
"Antínoo, desmedido, tramador
de vilezas, ainda tem quem diga
que no reino de Ítaca tu és
superior aos demais da tua idade
nas artes do conselho e do discurso,
mas certamente não és nada disso!
Privado de juízo, por que foi
que semeaste morte e destruição
para Telêmaco? Não dás ouvidos
a suplicantes, cuja testemunha
é o próprio Zeus? Não há nada sagrado
em semear maldades uns aos outros!
Não sabes como certa vez teu pai
teve de vir fugido para cá
por medo do que o povo lhe faria?
Havia um ódio imenso contra ele,
por razão de que tinha se juntado
entre piratas táfios e partido
para causar desgraças aos tesprotos,
que nós contávamos como aliados.
Por isso então queriam destroçá-lo,
arrancando seu caro coração,
e devorar o quanto conseguissem
de seus ótimos meios de sustento.

Foi Odisseu quem conseguiu detê-los,
por mais impetuosos que estivessem.
Agora é dele a casa que devoras
de graça; dele, a esposa que cortejas;
dele, o filho que queres massacrar,
o que me causa enorme desagrado.
Por isso então ordeno que tu pares
e que todos os outros também parem!".
Eurímaco, de Políbo nascido,
lhe proferiu o seguinte em resposta:
"Devo dizer-te, donzela de Icário,
Penélope de engenho cuidadoso:
fica tranquila agora. Não permitas
que isso te seja um peso ao coração.
O homem de que tu falas não existe
nem haverá de um dia vir a ser,
um tipo tal que possa pôr as mãos
no teu filho Telêmaco – não há,
garanto que não há ninguém na terra –
enquanto eu tenha ainda vida e vista.
Da maneira que te descreverei,
as coisas haverão de se cumprir:
rapidamente a minha lança inteira
se banhará com o seu sangue escuro,
pois eu também me lembro muito bem
que Odisseu eversor de cidadelas
muitas vezes tomou-me no seu colo,
erguendo-me do chão, e então me pôs
uma carninha assada em minhas mãos
e deu-me de beber do rubro vinho.
Telêmaco é, por isso, para mim,
bem mais querido do que qualquer outro
dentre os homens. Não há motivo algum
para que tenha medo de morrer,
ao menos por ação dos pretendentes –
porque dos deuses não se foge nunca".

Assim falou, tentando encorajá-la,
mas na verdade planejava morte.
Então ela subiu mais uma vez
ao reluzente quarto superior,
e chorou ao lembrar-se de Odisseu,
seu esposo querido, até o momento
que Atena de olhos glaucos derramou
em suas pálpebras o doce sono.
Ao fim da tarde, o divino porqueiro
voltou para a cabana, onde Odisseu
e seu filho Telêmaco tratavam
de preparar a janta ordeiramente,
depois de terem feito sacrifício
de um suíno de um ano. Então Atena,
tendo chegado bem ao lado dele,
do filho de Laertes, Odisseu,
lhe deu um novo toque de varinha,
para fazê-lo velho novamente,
cobrindo a sua pele com andrajos
lamentáveis, a fim de que o porqueiro
não o reconhecesse ao contemplá-lo
e fosse até Penélope prudente
para lhe proclamar a novidade
em vez de resguardá-la ao coração.
Telêmaco foi quem lhe dirigiu
um discurso primeiro e lhe falou:
“Mas eis que retornaste, divo Eumeu.
Que notícia tu trazes da cidade?
Por acaso os soberbos pretendentes
já se encontram de volta no palácio,
voltando da emboscada, ou porventura
ainda aguardam meu retorno à casa?”.
Por sua vez, respondendo o seguinte,
tu lhe disseste assim, porqueiro Eumeu:
“Sobre essas coisas, não me preocupei
de ficar perguntando e questionando

enquanto caminhava na cidade.
Meu coração dizia para ir logo
proferir a notícia e retornar
para cá o mais rápido possível.
No caminho, encontrei um emissário
veloz, mandado por teus companheiros,
um arauto, que foi quem proferiu
a mensagem primeiro à tua mãe.
Mas eu fiquei sabendo de outra coisa,
por tê-la visto com meus próprios olhos.
Já me encontrava acima da cidade,
lá no topo, na própria Crista de Hermes,
e vinha de retorno no momento
em que vi um navio veloz chegando
para dentro do nosso próprio porto.
Havia muitos homens dentro dele.
Além disso, também estava cheio
de escudos e de lanças de dois gumes.
Eu creio que esses homens eram eles,
os pretendentes, mas não sei ao certo".
Assim falou, mas a força sagrada
de Telêmaco nada respondeu.
Sorriu, virando os olhos para o pai
e evitando mirar para o porqueiro.
Quando findaram os preparativos
e terminaram de armar o banquete,
banquetearam-se. Não houve nada
que ficasse faltando ao coração.
Depois, quando já tinham saciado
a gana por comida e por bebida,
trataram de se recordar do leito
e tiveram a dádiva do sono.

Canto XVII

Quando afinal surgiu a matutina
Éos, Aurora de dedos rosados,
nesse momento tratou de calçar
os seus pés com belíssimas sandálias
então Telêmaco, rebento amado
do divino Odisseu. Logo em seguida,
ele agarrou uma lança potente,
que se moldou perfeita às suas mãos,
e conforme partia à cidadela
disse o seguinte para o porcariço:
"Paizinho, agora sim estou partindo
para a cidade. Creio que é chegado
o momento de minha mãe me ver.
Do contrário, receio que não vá
pôr um fim no seu pranto abominável
e nos gritos de luto lacrimosos —
não antes que me veja novamente.
Então tenho estas ordens para ti.
Conduz o miserável do estrangeiro
à cidadela, a fim de que ele possa
mendicar pela própria refeição.
Quem quiser que lhe dê alguma coisa,
um pedaço de pão e um copo de água.
Eu não teria como sustentar
todos os homens que chegam aqui —
já tenho dor demais no coração.
Se acaso o estrangeiro se irritar
por conta disso, só será pior
para ele mesmo, pois de minha parte
prefiro sempre dizer a verdade".

Por sua vez, respondendo o seguinte,
disse Odisseu de muitíssima astúcia:
“Meu amigo, tampouco estou disposto,
no que me cabe, a ser retido aqui.
Para um mendigo, sempre é preferível
cruzar uma cidade do que os campos
ao mendicar a própria refeição.
Quem quiser que me dê alguma coisa —
não tenho mais idade de ficar
trabalhando em estábulo ou curral
e obedecendo a todos os comandos
que porventura um capataz me der.
Podes partir tranquilo, que este homem
me levará, conforme tu mandaste,
tão logo eu tenha me aquecido ao fogo
e o sol também já esteja mais ao alto.
São pavorosamente lamentáveis
estas vestes. Eu temo ser domado
pelo frio da manhã — até porque
dizem que o povoado fica longe”.
Assim falou. Telêmaco, por fim,
partiu pelo terreno da fazenda,
com passadas velozes de seus pés,
plantando males para os pretendentes.
Logo em seguida, tão logo chegou
ao palácio de bela construção,
ele primeiro foi guardar a lança
na direção de um pilar elevado.
Depois disso, adentrou de fato a casa,
atravessando-lhe os umbrais de pedra.
Bem antes do que todos os demais
foi a ama Euricleia quem o viu
conforme ela esticava velocinos
por sobre os tronos de lavor dedáleo.
Vertendo lágrimas, partiu direto
para encontrá-lo. Todas as demais

escravas do palácio de Odisseu
resoluto juntaram-se ao redor
e o beijaram de forma afetuosa
sobre sua cabeça e nos seus ombros.
Então saiu de dentro de seu quarto
Penélope de engenho cuidadoso,
assemelhada a Ártemis na imagem
ou até mesmo à dourada Afrodite.
Vertendo lágrimas, lançou os braços
ao redor de seu filho tão querido
e deu-lhe muitos beijos de saudade
na cabeça e depois nos belos olhos.
Com profundos lamentos e gemidos,
disse as seguintes palavras aladas:
"Tu chegaste, Telêmaco, clarão
de luz adocicada! Não pensava
que poderia te rever de novo
desde que foste de navio a Pilos
em segredo, contrário a meu desejo,
procurando notícias de teu pai.
Então conta-me tudo exatamente
da maneira que acaso tu souberes".
Por sua vez, Telêmaco, sagaz,
lhe proferiu o seguinte em resposta:
"Por minha causa, mãe, não é preciso
que tu pranteies, nem que o coração
no interior do teu peito se acelere,
se estou a salvo do abismo da morte.
Mas agora é melhor tu te lavares,
vestires roupas limpas sobre o corpo
e voltares ao quarto superior,
acompanhada pelas tuas aias.
Dirige uma oração aos deuses todos.
Promete que faremos hecatombes
perfeitas para eles caso Zeus
algum dia conceda-nos vingança.

De minha parte, devo convocar
uma assembleia, a fim de que chamemos
o estrangeiro que veio para cá
comigo no caminho de retorno.
Dei-lhe comando para vir à frente
junto de meus divinos companheiros,
e pedi que Pireu o conduzisse
para o interior de sua própria casa,
a fim de recebê-lo gentilmente
e de honrá-lo também até que eu volte".
Assim falou, e ela já não tinha
palavras que voassem em resposta.
Então ela tratou de se lavar
e vestir roupas limpas sobre o corpo.
Dirigiu uma prece aos deuses todos.
Prometeu que fariam hecatombes
perfeitas para eles caso Zeus
algum dia cedesse-lhes vingança.
Então Telêmaco, por sua vez,
atravessou o salão do palácio
portando a lança em mãos, e junto dele
dois cães seguiam com patas velozes.
Graça de natureza sobre-humana
Atena derramou por cima dele.
Por conta disso, todas as pessoas
o contemplavam conforme chegava.
Em torno dele, logo se juntaram
os arrogantes jovens pretendentes,
proferindo elogios em voz alta,
mas matutando o mal no coração.
Telêmaco, contudo, se furtou
de imiscuir-se à enorme multidão.
Perto de onde assentara-se Mentor,
ali ao lado de Ântifo e Aliterses,
eles que desde tempos ancestrais
eram os companheiros de seu pai,

ele próprio também foi se sentar.
Perguntaram-lhe sobre cada coisa.
Para próximo deles, nesse instante,
veio Pireu famoso pela lança,
conduzindo o estrangeiro para a praça
através da cidade. Mesmo havendo
a assembleia, Telêmaco deixou
que o estrangeiro ali permanecesse.
Em primeiro lugar, então Pireu
lhe proferiu o seguinte discurso:
"Telêmaco, despacha bem depressa
umas mulheres para o meu palácio,
para que eu possa te mandar de volta
os presentes que Menelau te deu".
Por sua vez, Telêmaco, sagaz,
lhe proferiu o seguinte em resposta:
"Pireu, já que não há como sabermos
como será o fim de nossa empresa –
se no salão de casa os pretendentes,
homens soberbos, lograrão matar-me
numa emboscada para dividirem
as posses de meu pai entre eles mesmos –,
prefiro que os presentes se mantenham
em tua própria posse que na deles.
Se de algum modo eu conseguir plantar
destruição e morte para eles,
com gratidão então receberei
os presentes de ti no meu palácio".
Tendo falado assim, ele guiou
o estrangeiro sofrido para casa.
Logo em seguida, tão logo chegaram
ao palácio de bela construção,
eles despiram-se de suas capas,
deixando-as sobre os tronos e divãs,
entraram em banheiras bem-polidas
e dentro delas então se lavaram.

Quando as escravas tinham terminado
de banhá-los e ungi-los em azeite,
elas trataram de vestir os dois
com túnicas e mantos bem felpudos.
Saindo das banheiras bem-polidas,
tomaram seus lugares nos divãs.
Uma atendente veio carregando
uma jarra dourada, muito bela,
com água, que verteu numa vasilha
toda de prata, para que pudessem
lavar as mãos. Em seguida, dispôs
uma mesa polida junto deles.
Depois pão foi trazido para eles
por uma governanta veneranda,
que lhes serviu comidas variadas,
de tudo que ela tinha na despensa.
Sua mãe se sentou do lado oposto,
junto de uma pilastra do salão.
Aninhada no encosto de um divã,
ia tecendo ao fuso com leveza.
Todos os braços então se esticavam
para provar da fartura servida.
Depois, quando já tinham saciado
a gana por comida e por bebida,
principiou a falar entre eles
Penélope de engenho cuidadoso:
"Telêmaco, de fato, quanto a mim,
retornarei ao quarto superior,
para me recolher ao mesmo leito
que tanto tem me feito lamentar –
eternamente úmido por conta
de minhas lágrimas – por Odisseu,
por ele ter partido para Ílion
com os filhos de Atreu. Mas nem ousaste,
antes que os pretendentes arrogantes
voltassem para dentro do palácio,

me dizer com clareza sobre a volta
de teu pai, se escutaste alguma coisa".
Por sua vez, Telêmaco, sagaz,
lhe proferiu o seguinte em resposta:
"Pois bem, mãezinha. Vou te relatar
toda a verdade do começo ao fim.
Nós fomos até Pilos, na intenção
de falar com Nestor, pastor de povos.
Foi ele próprio quem nos acolheu
em seu palácio de teto elevado.
Tratou-me com enorme gentileza,
como um pai que recebe o próprio filho
no dia em que retorna de viagem
depois de muito tempo – foi assim,
com essa gentileza, que cuidou
de mim entre seus filhos gloriosos.
Porém, sobre Odisseu de coração
incansável, falou que não ouvira
notícia alguma de nenhum terrestre –
nem de estar vivo nem de ter morrido.
Por isso me mandou até o Atrida,
a Menelau famoso pela lança,
com cavalos e carro bem-montado
que concedeu a mim para a viagem.
Chegando lá, eu vi a argiva Helena,
ela que deu origem para tantos
dos males que os argivos e troianos,
pela vontade dos deuses, sofreram.
Menelau de bramido retumbante,
depois receber-nos, perguntou
qual a razão que tinha me trazido
à diva terra dos lacedemônios.
Nesse momento eu relatei a ele
toda a verdade do começo ao fim.
Retomando a palavra, de imediato
ele me disse o seguinte em resposta:

‘Que coisa lastimável! Foi no leito
de um guerreiro de mente resoluta
que esses homens quiseram se deitar,
mesmo sendo eles próprios uns covardes!
Tal como quando uma cerva, na mata,
chegando ao lar de um leão muito forte
aninha ali seu próprio filhotinho
recém-nascido, um cervinho lactente,
e vaga pelos bosques das montanhas
e nos convales repletos de grama,
aproveitando o pasto, mas então
o leão vem de volta para o ninho
e para mãe e filho então lhes dá,
para os dois, um destino bem cruel –
assim também Odisseu lhes dará,
a todos, um destino bem cruel.
Quem me dera se Zeus pai permitisse,
acompanhado de Atena e de Apolo,
que ele fosse tal qual um dia foi
na cidadela bem-feita de Lesbos,
quando se levantou para lutar
contra Filomelides, corpo a corpo,
e o lançou fortemente sobre o chão
para alegria dos acaios todos –
assim também, contra esses pretendentes
Odisseu partiria para a luta
e todos ficariam logo noivos
de um destino cruel e muito breve!
A respeito das coisas que perguntas
e solicitas, eu não poderia
responder desviando da verdade,
nem quero te enganar de forma alguma.
Das tantas coisas que me foram ditas
pelo infalível ancião marinho,
eu não disfarçarei nenhuma só
palavra nem esconderei de ti.

Disse que o tinha visto numa ilha,
tomado por terríveis sofrimentos,
no salão do palácio de uma ninfa
chamada de Calipso, que o mantém
contra a própria vontade. Não consegue
retornar para sua terra pátria,
pois junto dele não há mais navios
plenos de remos nem mais companheiros
que pudessem levá-lo com presteza
sobre o dorso vastíssimo do mar'.
Assim me disse o nascido de Atreu,
rei Menelau, famoso pela lança.
Tendo feito essas coisas, eu parti.
Os imortais então me concederam
um vento favorável. Bem depressa,
mandaram-me de volta à pátria amada".
Assim falou e nela fez mover-se
o coração no interior de seu peito.
Em meio a eles, então conclamou
Teoclímeno belo como um deus:
"Venerável mulher, esposa augusta
de Odisseu, o nascido de Laertes,
de fato ele não sabe com clareza.
Então presta atenção ao que te digo,
pois vou profetizar-te de maneira
infalível e nada esconderei.
Que Zeus primeiro seja testemunha,
e a mesa hospitaleira das deidades,
e o fogo da lareira de Odisseu
impecável, a cujo lar cheguei,
de que Odisseu de fato já se encontra
de retorno na sua terra pátria,
parado aqui, andando por ali,
e se inteirando dessa vilanice.
Está de volta e já semeia o mal
para todos os jovens pretendentes.

Eu digo isso porque percebi,
sentado sobre a nau de belos bancos,
o voo de uma ave auspiciosa,
que mostrei a Telêmaco também".
Disse-lhe então o seguinte em resposta
Penélope de engenho cuidadoso:
"Quisera que essas coisas, estrangeiro,
se cumprissem da forma que disseste!
Rapidamente tu conhecerias
minha amizade e ganharias tantas
dádivas minhas, que qualquer pessoa
que te visse diria que és feliz".
Eles diziam coisas desse tipo,
falando abertamente um com o outro.
Enquanto isso os jovens pretendentes
na frente do palácio de Odisseu
se divertiam atirando discos
e arremessando dardos à distância
numa área plana, como há tanto tempo,
com a mesma arrogância persistente.
Mas, ao chegar a hora do jantar,
quando também os rebanhos de ovelhas
retornam das pastagens pelo entorno,
guiados por seus guias de costume,
nesse momento proferiu a eles
Medonte, que de todos os arautos
era aquele que mais os aprazia
e amiúde os servia no banquete:
"Jovens, agora que já deleitastes
todos os vossos corações com jogos,
retornai para dentro do palácio
a fim de que aprontemos o banquete,
pois não existe nada de ruim
em ter a refeição na hora certa".
Assim falou. Ergueram-se de pronto
e entraram, dando ouvidos ao discurso.

Logo em seguida, tão logo chegaram
ao palácio de bela construção,
eles despiram-se de suas capas,
deixando-as sobre os tronos e divãs.
Em seguida, fizeram sacrifício
de ovelhas grandes e de gordos bodes.
Sacrificaram suínos cevados
e também uma vaca do rebanho
conforme preparavam o banquete.
Enquanto isso, estavam se aprontando
para partir do campo à cidadela
Odisseu e o divino porcariço.
Principiou a falar entre eles
o porcariço, líder dentre os homens:
"Muito bem, estrangeiro, vamos lá!
Já que desejas ir para a cidade
neste dia, conforme meu senhor
me ordenou, vou levar-te. Na verdade,
acharia melhor manter-te aqui
como guarda de estábulo e curral.
Ainda assim, respeitarei as ordens
dele, por medo de que no futuro
ele brigue comigo – são severas
as broncas dos senhores a seus servos.
Então vamos! Melhor partirmos logo,
pois o dia já quase que se foi
embora. Muito em breve será noite
e ficará mais fresco para ti".
Por sua vez, respondendo o seguinte,
disse Odisseu de muitíssima astúcia:
"Podes deixar. Tu deste as tuas ordens
para alguém que compreende muito bem.
Então partamos logo! Segue à frente,
liderando e mostrando-me o caminho.
Mas antes, se tiveres por acaso
algum sobrando, cede-me um cajado

para usar de bengala, pois disseste
que o caminho é bastante traiçoeiro".
Assim falou. Ao redor de seus ombros,
ele enlaçou um saco estropiado,
feito de couro e cheio de buracos,
com um cordão para servir de alça.
Eumeu, por sua vez, deu-lhe um cajado
bem a contento de seu coração.
Os dois então partiram, e o curral
foi deixado na guarda dos cachorros
e dos outros pastores de rebanhos.
Eumeu, sem que o soubesse, conduzia
seu mestre à cidadela, disfarçado
de um mendigo bem velho e miserável,
apoiado em bengala e revestido
de vestes lamentáveis sobre a pele.
Depois de certo tempo caminhando
ao longo do caminho acidentado,
estando já por perto da cidade,
chegaram ao local de uma nascente
de belo curso, muito bem-formada,
da qual os cidadãos buscavam água.
Foram Ítaco, Nérito e Políctor
os responsáveis pela construção.
Em torno dela, um bosque alimentado
pelas águas crescia com seus choupos
num círculo ao redor de todo o entorno.
Uma corrente de água bem gelada
fluía de uma rocha mais acima.
Um altar também fora construído
para as ninfas; ali, os viajantes
cuidavam de fazer-lhes oferendas.
Foi nesse ponto que eles se encontraram
com o filho de Dólio, Melanteu,
que estava conduzindo as suas cabras,
as melhores de todo o seu rebanho,

para o jantar dos jovens pretendentes.
Dois pastores seguiam junto dele.
Ao vê-los dessa forma, fez censuras,
chamou-os pelo nome e lhes falou
coisas terríveis e vexaminosas,
e o coração de Odisseu se irritou:
“Mas essa agora! Um homem totalmente
miserável guiando um miserável!
Bem que se diz que o deus sempre conduz
o semelhante ao próprio semelhante!
Porqueiro lamentável, para onde
pensas que estás levando esse velhaco?
Decerto é mais um desses irritantes
mendigos que atrapalham o banquete,
do tipo que se escora nos umbrais
aqui e ali, coçando os próprios ombros,
e pede algum restinho de comida,
mas nunca um caldeirão ou uma espada.
Se o deixasses comigo, para ser
guardião dos currais desta fazenda,
para limpá-los todos e colher
brotinhos de alimento aos filhotinhos,
é capaz que ganhasse coxas fortes,
bebendo soro de leite coalhado!
Mas, como ele decerto se instruiu
em vilanices, não se prestaria
a praticar algum trabalho honesto.
Prefere mendicar pela cidade,
pedindo por comida com que possa
alimentar seu ventre insaciável.
Da maneira que te descreverei,
as coisas haverão de se cumprir:
se por acaso ele tentar entrar
lá no palácio do divo Odisseu,
contra a cabeça dele serão muitos
os escabelos que se quebrarão,

lançados pelas mãos de muitos homens
contra o seu lombo ao longo do palácio!”.
Assim falou e em sua insensatez,
passando perto, deu-lhe um empurrão
com a sola do pé contra a cintura –
mas não logrou tirá-lo do caminho.
Permaneceu bem firme sobre o chão
Odisseu, ponderando se devia
avançar com cajado contra ele,
para privá-lo do sopro de vida,
ou se devia erguê-lo nos seus braços
e cravá-lo de cara contra o chão.
Em vez disso, conteve o coração
e resistiu. Olhando para o homem,
o porqueiro lhe disse reprimendas
e imprecou com os braços para cima:
“Ó ninfas que detendes esta fonte,
moças de Zeus, se algum dia Odisseu
ofertou para vós e pôs ao fogo
coxas envoltas em rica gordura,
coxas de ovelhas e de cabritinhos,
fazei com que se cumpra o meu desejo:
que o guerreiro consiga retornar,
com um deus a guiar o seu caminho.
Então logo se espalharão ao solo
todos esses enfeites e adereços
que tu carregas, cheio de arrogância,
enquanto vais de um lado para o outro
através da cidade, e maus pastores
vão acabando com nossos rebanhos!”.
Por sua vez, o cabreiro Melântio
lhe proferiu o seguinte em resposta:
“Mas olha só que coisa que falou
esse cão bem-versado em maldições!
Qualquer hora inda hei de colocá-lo
em uma nau escura de bons bancos

e bem distante de Ítaca vendê-lo —
vai me render bastante numa troca!
Quem me dera se Apolo do arco argênteo
atirasse em Telêmaco os seus dardos
hoje mesmo no meio do palácio,
ou fosse morto pelos pretendentes
assim como morreu para Odisseu,
longe de casa, o dia de retorno!".
Tendo falado assim, ele os deixou
ali, no passo lento em que se achavam,
e foi-se embora bem rapidamente,
chegando logo ao palácio do rei.
Assim que ele passou pelos umbrais,
já foi sentar-se em meio aos pretendentes,
de frente para Eurímaco, pois ele
era aquele com quem mais se importava.
Os atendentes logo lhe deixaram
uma porção de carne a seu dispor.
Depois pão foi trazido para ele
por uma governanta veneranda,
para que ele jantasse. Ali por perto,
Odisseu e o divino porcariço
pararam ao chegar em frente ao pátio.
Foram logo envolvidos pelo som
de uma côncava lira tetracorde,
pois havia um aedo ali cantando —
Fêmio. Foi nesse instante que tomou
em mãos a mão do porqueiro e lhe disse:
"Eumeu, não tenho dúvidas de que este
seja o belo palácio de Odisseu!
Facilmente se pode distingui-lo,
mesmo estando no meio de outros tantos.
Cada quarto conduz a um outro quarto,
e no entorno do pátio construiu-se
um muro ornamentado com cornija;
as portas foram muito bem-montadas,

com folhas duplas. Não existe alguém
que olhasse com desprezo para ele.
Imagino que existam muitos homens
celebrando um banquete no salão,
pois há fumaça de carne no ar
e já se escuta também o chamado
de uma lira, que os deuses inventaram
para ser companheira do banquete".
Por sua vez, respondendo o seguinte,
tu lhe disseste assim, porqueiro Eumeu:
"Facilmente acertaste. Não careces
de juízo nem nisso nem no resto.
Porém agora devemos pensar
em como estes trabalhos se darão:
ou tu irás primeiro, para dentro
do palácio de bela construção,
te misturar em meio aos pretendentes
enquanto fico esperando aqui fora,
ou então, se quiseres, fica aqui,
e eu mesmo irei à frente enquanto isso.
De toda forma, não demores muito.
Temo que alguém te veja aqui por fora
e te bata ou te mande para longe.
Então pensa depressa nalgum plano".
Disse-lhe então o seguinte em resposta
o divino Odisseu de tantas lutas:
"Podes deixar. Tu deste as tuas ordens
para alguém que compreende muito bem.
Acho melhor seguires tu na frente
enquanto fico esperando aqui fora.
Não sou inexperiente em receber
nem golpes corpo a corpo nem pedradas.
O coração que tenho é resoluto,
pois já passou por muitos sofrimentos
tanto nas ondas quanto nas batalhas.
Este será somente mais um deles.

Não existe maneira de ocultar
um ventre desejoso por comida,
essa coisa funesta, causadora
de tantos males aos seres humanos.
Por sua causa, naus de belos bancos
são equipadas para navegarem
por sobre o infrutífero alto-mar,
levando males para os inimigos".
Eles diziam coisas desse tipo,
falando abertamente um com o outro.
Um cachorro que estava ali deitado
levantou a cabeça e as orelhas –
Argos, o cão que Odisseu de incansável
coração, ele próprio, noutros tempos
criara e nem pudera aproveitar
antes de ter partido em direção
de Ílion sacra. Rapazes costumavam
carregá-lo consigo antigamente
quando saíam à caça de bodes
selvagens, de veados ou de lebres.
Mas agora ninguém lembrava dele,
com Odisseu ausente do palácio.
Ficava ali deitado sobre esterco
de mulas e de bois, que junto às portas
era empilhado para que mais tarde
fosse levado embora de uma vez,
para servir de adubo, pelos servos
da grande propriedade de Odisseu.
O cão Argos estava ali deitado,
cheio de pulgas e de carrapatos.
Nesse momento, assim que percebeu
que era Odisseu chegando ali por perto,
começou a abanar o seu rabinho
e deixou as orelhas se baixarem,
mas já não tinha a força necessária
para se aproximar de seu senhor,

que olhando para longe se desfez
de uma lágrima junto do capuz,
sem que Eumeu conseguisse percebê-lo,
e de pronto lhe fez uma pergunta:
“Eumeu, que coisa mais desconcertante
ver esse cão deitado ali no esterco.
Pode-se ver que tem um belo porte,
mas eu não saberia com certeza
se algum dia foi rápido ao correr,
fazendo jus à forma que mantém,
ou se corria apenas tanto quanto
correm os cães criados junto à mesa
dos homens, seus senhores, que os mantêm
para serem o adorno dos palácios”.
Por sua vez, respondendo o seguinte,
tu lhe disseste assim, porqueiro Eumeu:
“Esse aí é o cachorro de um guerreiro
que morreu muito longe desta terra.
Se tu pudesses vê-lo noutros tempos,
tanto na forma como nos seus feitos,
à semelhança de quando partiu
para Troia em seus barcos Odisseu,
tu prontamente irias te espantar
com a velocidade e a força dele.
Nas fundas profundezas da floresta,
jamais aconteceu de lhe escapar
alguma fera que ele perseguisse,
pois conhecia todas as pegadas.
Agora está de um jeito deplorável.
Muito longe da pátria o seu senhor
pereceu, e as mulheres, descuidadas,
não dão cuidado algum ao pobrezinho.
Os servos do palácio, quando os mestres
já não exercem força sobre eles,
em pouco tempo já não querem mais
trabalhar da maneira que é correta.

A verdade é que Zeus de ampla visão
leva embora metade da excelência
de qualquer dos mortais no mesmo dia
em que é tomado pela escravidão".
Depois de ter falado assim, entrou
no palácio de bela construção
e foi andando ao salão principal,
entre os ilustres jovens pretendentes.
Argos, por sua vez, foi vitimado
pelo destino de uma morte negra
nesse mesmo momento, quando viu
Odisseu novamente após vinte anos.
Bem antes dos demais, primeiro o viu
Telêmaco, tão belo quanto um deus,
conforme o porcariço foi chegando
para dentro de casa. De imediato
fez um sinal, chamando-o para perto.
Olhando em volta, Eumeu tomou em mãos
o banquinho que tinha sido usado
junto à mesa de corte dos assados,
lautamente servidos no palácio
para o jantar dos jovens pretendentes.
Levou-o para junto à mesma mesa
em que Telêmaco estava sentado
e tomou seu assento à frente dele.
Um arauto em seguida foi buscar
uma porção de carnes para ele,
junto também de uma cesta de pães.
Depois dele, em seguida foi a vez
de Odisseu adentrar-se no palácio.
Foi para perto deles, disfarçado
de um mendigo bem velho e miserável,
apoiado em bengala e revestido
de vestes lamentáveis sobre a pele,
mas sentou-se do lado dos umbrais
de freixo, junto às portas do salão,

com as costas firmadas no batente
de cipreste, que outrora um marceneiro
tinha tornado plaino com perícia,
formando uma moldura retilínea.
Telêmaco, chamando-o para perto,
proferiu o seguinte ao porcariço,
tomando em suas mãos um pão inteiro,
de dentro da belíssima vasilha,
e fatias de carne, tantas quantas
conseguia juntar nas duas mãos:
"Vai ali e oferece esta comida
ao estrangeiro. Depois, diz a ele
para passar em meio aos pretendentes,
mendicando de forma persistente.
Vergonha não é coisa que combine
com um homem que está necessitado".
Assim falou, e foi-se o porcariço
tão logo tinha ouvido o seu discurso.
Chegando perto dele então falou
abertamente as palavras aladas:
"Telêmaco dedica-te, estrangeiro,
este pão e estas carnes, e te diz
para passares entre os pretendentes,
mendicando de forma persistente.
Diz também que vergonha não combina
com um homem que está na mendicância".
Por sua vez, respondendo o seguinte,
disse Odisseu de muitíssima astúcia:
"Zeus soberano, dá prosperidade
para Telêmaco em meio aos mortais,
e que se concretize tudo aquilo
que ele deseja no seu coração".
Falou e com as duas mãos já foi
recebendo a comida e colocando-a
ali mesmo, diante de seus pés,
dentro daquele saco estropiado.

Ficou ali comendo enquanto o aedo
entoava seu canto no salão.
Quando já terminara de comer,
e o aedo divino, de cantar,
os pretendentes faziam barulho
através do salão. Então Atena
tendo chegado bem ao lado dele,
do filho de Laertes, Odisseu,
fez com que se sentisse compelido
a juntar pão em meio aos pretendentes,
a fim de que pudesse discernir
os homens justos dos arruaceiros –
mas na verdade a deusa não iria
proteger nenhum deles da desgraça.
Então cruzou a sala pela destra,
fazendo seu pedido a cada homem,
com as mãos espalmadas para todos,
como se mendicasse há muito tempo.
Sentido pena dele, alguns lhe davam
a graça da comida, consternados,
fazendo-se perguntas uns aos outros
sobre quem era e de onde tinha vindo.
Em meio a eles, então conclamou
Melântio, que pastoreava bodes:
"Dai-me ouvidos agora, pretendentes
à mão de uma ilustríssima rainha!
Escutai o que digo do estrangeiro,
pois já o tinha visto anteriormente.
Na verdade, foi esse porcariço
que o conduziu aqui até o palácio,
mas eu não sei ao certo quem seria
nem de que gente se orgulha de vir".
Assim falou. Antínoo de imediato
começou a ralhar contra o porqueiro:
"Porqueiro infame, qual foi a razão
de tu teres trazido esse daí

à cidadela? Por acaso havia
falta de vagabundos por aqui?
Faltavam-nos mendigos irritantes,
que tiram a alegria do banquete?
Não te importas que estejam devorando
todas as propriedades de teu mestre
estes homens reunidos no palácio?
Precisavas chamar inda mais um?".
Por sua vez, respondendo o seguinte,
tu lhe disseste assim, porqueiro Eumeu:
"Antínoo, mesmo sendo valoroso,
não são belas as coisas que proferes.
Quem iria chamar um estrangeiro
para vir de outras terras visitá-lo,
exceto se a visita a ser chamada
fosse talvez de algum dos artesãos,
ou vate, ou curandeiro de moléstias,
ou carpinteiro fazedor de vigas,
ou cantor inspirado pelos deuses,
que a todos deleitasse com seu canto?
São esses os mortais que são chamados
a toda parte da infinita terra.
Um mendigo ninguém convidaria
para vir consumir as suas posses.
Dentre todos os jovens pretendentes,
não há ninguém que seja mais severo
do que tu contra os servos de Odisseu —
contra mim sobretudo. Mas eu mesmo
não me importo com nada do que faças,
contanto que Penélope prudente
esteja viva no salão de casa,
e Telêmaco belo como um deus".
Por sua vez, Telêmaco, sagaz,
lhe proferiu o seguinte em resposta:
"Fica quieto. Melhor tu não trocares
muitas palavras com esse sujeito.

Antínoo está bastante acostumado
a contender da forma mais terrível
na troca de impropérios e de insultos,
e fica provocando todo mundo”.
Falou, e para Antínoo, na sequência,
disse as seguintes palavras aladas:
“Tu cuidas muito bem de mim, Antínoo,
como um pai cuidaria de seu filho,
já que me exortas a mandar embora
do salão do palácio esse estrangeiro
usando de discurso compulsório –
que deus nenhum permita que aconteça!
Pega comida e dá. Não me incomodo.
Eu mesmo estou mandando que tu faças.
Também não é preciso preocupar-te
que com isso tu possas ofender
a minha mãe ou mesmo algum dos servos
aqui da casa de Odisseu divino.
Mas dentro do teu peito não existe
um pensamento dessa natureza.
Preferes ter comida em abundância
para ti mesmo a dá-la para outrem”.
Por sua vez, Antínoo em seguida
respondeu ao que disse e proferiu:
“Telêmaco, orador exagerado,
excessivo na fúria, o que disseste?
Se todos os demais dos pretendentes
lhe dessem uma esmola deste tipo,
por três meses ao menos esta casa
conseguiria ver-se livre dele!”.
Assim falou e de baixo da mesa
puxou em ameaça um escabelo
que havia ali e no qual ele próprio
estivera pousando os pés brilhantes.
Porém os outros todos lhe cederam
um pouco de comida. Viu-se cheia

de carnes e de pães sua algibeira.
Odisseu já se achava na iminência
de voltar aos umbrais sem que seu teste
mostrasse qualquer crime dos aqueus.
Mas eis que ele chegou junto de Antínoo
e então lhe disse o seguinte discurso:
"Dá-me algo, meu caro. Não parece
que sejas o pior dentre os aqueus,
mas o melhor de todos, pois tu tens
a aparência de um nobre basileu.
Então é necessário que tu dês
um pouco de comida até maior
que os outros. Vou glorificar teu nome
aonde eu for pela infinita terra.
Em outros tempos, eu também já tive
o meu próprio palácio entre os humanos.
Já fui abençoado com riqueza,
e dava esmola sempre aos viajantes,
a quem chegasse de onde quer que fosse,
com a necessidade que tivesse.
Tive escravos domésticos também,
muitíssimos, e muitas outras coisas
do tipo que costumam ter os homens
que vivem bem e que se dizem ricos.
Mas eis que Zeus, o nascido de Crono,
me arruinou – porque quis, eu suponho.
Foi ele quem me pôs a viajar
ao lado de piratas errabundos
rumando para o Egito, num caminho
muito comprido, a fim de que eu morresse.
No rio que leva o nome dessa terra,
Egito, eu aportei as naus recurvas.
Nesse momento, dispensei comandos
para os meus confiáveis companheiros
de que permanecessem junto às naus,
ali mesmo, tratando de guardá-las,

e mandei batedores explorarem
as regiões mais altas do terreno.
Mas eis que eles cederam à soberba,
deixando-se exaltar na própria fúria,
e sem perda de tempo saquearam
os belíssimos campos dos egípcios.
Carregaram consigo, capturadas,
mulheres e crianças inda infantes,
e mataram os homens. Bem depressa,
os gritos alcançaram a cidade.
Ao escutarem essa gritaria,
outros vieram na manhã seguinte.
Toda a planície então ficou repleta
de cavalos de guerra e de soldados,
e do clarão do bronze rutilante.
Então Zeus que se alegra com trovões
fez com que a fuga horrível se espalhasse
entre meus companheiros. Ninguém mais
ousou firmar os pés para o confronto.
Em toda parte o mal nos circundava.
Nesse momento, vários dentre nós
foram mortos por bronze pontiagudo
ou levados embora ainda vivos
para fazerem trabalhos forçados.
A um estrangeiro a caminho de Chipre,
eles me deram quando o encontraram.
Chamava-se Dmetor, filho de Iaso,
e reinava entre os cíprios com poder.
Agora eu finalmente chego aqui
passando por inúmeras penúrias".
Por sua vez, Antínoo em seguida
respondeu ao que disse e lhe falou:
"Qual foi o deus que trouxe essa penúria,
essa incomodação para o banquete?
Vai procurar um canto mais ali
no meio, longe de onde estou sentado,

ou do contrário logo encontrarás
um Egito e uma Chipre mais amargos!
És um mendigo muito petulante
e desprovido de qualquer vergonha!
Passas em frente a todos os convivas,
um depois do outro, e todos te concedem
alguma coisa que haja sobre a mesa,
pois ninguém se preocupa nem tem pena
de dar embora o que não lhe pertence
quando existe fartura garantida".
Depois de dar um passo para longe,
disse Odisseu de muitíssima astúcia:
"Que lástima! A beleza que tu tens
na forma não se estende ao coração.
Se alguém te suplicasse, não darias
nem um floco de sal de tua casa,
tu que passas teu tempo aí sentado
na dos outros. Não tens nem a decência
de dar um pouco de pão para mim,
embora tenhas mais do que precisas".
Assim falou, e Antínoo enfureceu-se
enormemente desde o coração.
Mirando-o com severo sobrecenho,
disse as seguintes palavras aladas:
"Já não creio que tu conseguirás
atravessar o salão do palácio
e retornar para junto da porta,
agora que disseste esses insultos!".
Assim falou e de baixo da mesa
puxou e arremessou-lhe o escabelo
no seu ombro direito, junto às costas.
Mas ele se manteve tão imóvel
quanto um rochedo. O projétil de Antínoo
não foi capaz de derrubá-lo ao chão —
taciturno, somente fez um não
com a cabeça, matutando males.

Em seguida, voltou para os umbrais
e se sentou. Dispondo de seu lado
a sacola bem cheia de comida,
conclamou para os jovens pretendentes:
"Dai-me ouvidos agora, pretendentes
à mão de uma ilustríssima rainha,
para que eu diga o que o meu coração
dentro do peito me ordena dizer!
Certamente não há nenhuma dor
dentro do coração nem sofrimento
no momento em que um homem é ferido
em batalha, se luta pelas suas
propriedades ou pelo seu rebanho
de bois ou de carneiros de alva lã.
Mas o fato é que Antínoo me atingiu
por causa de meu ventre miserável,
essa coisa funesta, causadora
de tantos males aos seres humanos.
Agora, se existirem divindades
e Erínias vingadoras de mendigos,
que Antínoo encontre o término fatal
antes de celebrar seu casamento!".
Por sua vez, Antínoo ao responder
então lhe disse, o nascido de Eupites:
"Fica quieto, sentado aí, e come,
estrangeiro, ou encontra outro lugar!
Não queiras ser levado embora à força
pelos jovens por causa do que falas,
arrastado por pernas e por braços,
a pele se rasgando contra o chão".
Assim falou, e todos os presentes
revoltaram-se em sua soberbia.
Então diziam coisas desse tipo
um ou outro dos jovens arrogantes:
"Antínoo, não foi belo teres dado
um golpe nesse pobre viajante!

Homem funesto! Não consideraste
que talvez possa ser um deus celeste?
É sabido que os deuses têm costume
de assumir a aparência de estrangeiros,
de tudo quanto é tipo de feição,
e sair visitando as cidadelas
dos humanos, a fim de inspecionar
tanto a soberba quanto o bom governo".
Assim diziam entre os pretendentes,
mas ele desdenhou desse discurso.
Telêmaco sentiu seu coração
se contorcer em dor profunda ao vê-lo
golpeado, mas não deixou tombarem
as lágrimas das pálpebras ao chão –
taciturno, somente fez um não
com a cabeça, matutando males.
Quando escutou notícia de que alguém
fora atingido no salão de casa,
Penélope de engenho cuidadoso
disse o seguinte em meio às suas servas:
"Tomara que o famoso arqueiro Apolo
te golpeie também da mesma forma!".
A aia Eurínome, por sua vez,
lhe proferiu o seguinte discurso:
"Quem me dera se houvesse cumprimento
para todas as preces que fazemos!
Então nenhum desses homens veria
chegar a Aurora com seu belo trono!".
Disse-lhe então o seguinte em resposta
Penélope de engenho cuidadoso:
"Mãezinha, todos eles são horríveis,
visto que estão planejando maldades,
mas Antínoo, de todos, é quem mais
se assemelha com uma Quere negra.
Existe um estrangeiro miserável
vagando pelos cantos do palácio

e pedindo comida para os homens,
premido pela falta de recurso.
Então todos os outros lhe cederam
alguma coisa, enchendo a sua bolsa.
Mas esse aí lhe arremessou um banco
no seu ombro direito, junto às costas".
Assim ela seguia conversando
com as servas, sentada no interior
do quarto, enquanto o divino Odisseu
tratava de comer o seu jantar.
Mas em seguida ela mandou chamar
o divino porqueiro e lhe falou:
"Vai até lá, divino Eumeu, e diz
para aquele estrangeiro vir aqui,
pois eu quero lhe dar as boas-vindas
e também lhe fazer uma pergunta –
se porventura ouviu qualquer notícia
de Odisseu de incansável coração,
ou se seus olhos por acaso o viram,
pois parece já ter vagado muito".
Por sua vez, respondendo o seguinte,
tu lhe disseste assim, porqueiro Eumeu:
"Quem me dera, rainha, se os aqueus
conseguissem fazer algum silêncio!
As coisas que ele então te contaria
iriam deslumbrar teu coração.
Eu conversei com ele por três noites –
por três dias também eu o mantive
lá na minha cabana, desde o dia
em que desembarcou e me encontrou –,
e nesse tempo não chegou ao fim
de me contar os males que sofreu.
Tal como quando a gente assiste atenta
a algum cantor, a quem as divindades
ensinaram um canto que deleita
o coração dos homens morituros,

e fica com vontade de seguir
ouvindo sem parar quando ele canta –
assim também aquele me encantou
sentado do meu lado na cabana.
Ele diz ser um hóspede ancestral
de Odisseu pela parte de seu pai.
É nativo de Creta, onde vive
a progênie oriunda do rei Minos.
Agora finalmente chega aqui
passando por inúmeras penúrias,
em súplica constante a toda parte.
Afirma ter ouvido de Odisseu
em um lugar bem próximo daqui,
no rico reino dos varões tesprotos:
dizem que é vivo e que retorna logo
trazendo muitos tesouros consigo".
Disse-lhe então o seguinte em resposta
Penélope de engenho cuidadoso:
"Então corre chamá-lo para cá,
a fim de que me informe pessoalmente.
Que os outros contiuem se entretendo
sentados junto às portas do palácio
ou aí mesmo, ao longo do salão,
já que seus corações estão felizes.
E como não? As posses deles todos
estão incólumes nos seus palácios,
a comida e o vinho adocicado
que alimentam seus servos e parentes!
Enquanto isso, ficam indo e vindo
pelo nosso palácio todo dia.
Sacrificam os bois do meu rebanho,
meus bodes gordos e minhas ovelhas.
Ficam fazendo festa enquanto bebem
nosso vinho brilhante como fogo
descontroladamente. Muitas coisas
vão se perdendo por faltar um homem

daquele tipo, aos moldes de Odisseu,
para afastar o mal de nossa casa.
Se Odisseu conseguisse retornar
e alcançasse de novo a terra pátria,
rapidamente, junto de seu filho,
cobraria vingança desses homens".
Assim falou, e nesse mesmo instante
Telêmaco espirrou, fazendo um eco
assustador ao longo do palácio.
Deu risada Penélope ao ouvi-lo.
Virando-se de volta para Eumeu,
disse as seguintes palavras aladas:
"Vai correndo chamar o estrangeiro
para que venha ter perante mim!
Por acaso não viste que meu filho
espirrou em presságio ao que falei?
Agora certamente está selada
a morte desses pretendentes todos,
sem exceção. Não haverá nenhum
que fuja à morte e suas Queres negras.
Mas uma coisa mais eu te direi,
para que guardes no teu coração:
se porventura tudo que disser
me parecer de fato verdadeiro,
vou tratar de vesti-lo muito bem
com uma túnica e com uma capa".
Assim falou, e foi-se o porcariço
tão logo tinha ouvido o seu discurso.
Chegando perto de onde se encontrava,
disse as seguintes palavras aladas:
"Penélope de engenho cuidadoso,
mãe de Telêmaco, está te chamando,
pai estrangeiro, para conversar.
Dentro do peito, o coração lhe manda
inquirir-te a respeito do marido,
por mais angustiada que ela esteja.

Se porventura tudo que disseres
lhe parecer de fato verdadeiro,
vai tratar de vestir-te muito bem
com uma túnica e com uma capa,
de que tanto careces. Poderás
mendicar por comida pelo reino
sem medo da intempérie, enchendo o bucho.
Quem quiser te dará alguma coisa".
Disse-lhe então o seguinte em resposta
o divino Odisseu de tantas lutas:
"Eumeu, tu podes ter total certeza
de que direi apenas a verdade
para a donzela nascida de Icário,
Penélope de engenho cuidadoso,
pois eu conheço bem aquele homem —
passamos pelos mesmos sofrimentos.
Mas eu fico bastante receoso
da multidão de brutos pretendentes,
cuja arrogância e falta de controle
chegam mesmo a tocar o férreo céu.
Agora mesmo, enquanto eu me ocupava
de atravessar o salão do palácio,
um homem me atacou e causou dor,
sem que eu tivesse feito mal algum —
e não houve ninguém para impedi-lo,
nem Telêmaco nem nenhum dos outros.
Então pede a Penélope que aguarde
mais um pouquinho dentro do palácio,
por mais que esteja afoita para ouvir-me,
até que o sol se ponha no Oceano.
Nesse momento, poderá fazer
suas perguntas, a mim, a respeito
do dia do retorno do marido,
sentada junto ao fogo. As minhas vestes
são lamentáveis, como sabes bem,
pois foi a ti que eu supliquei primeiro".

Assim falou, e foi-se o porcariço
tão logo tinha ouvido o seu discurso.
Conforme atravessou o limiar
do tálamo, Penélope lhe disse:
"Mas tu não o trouxeste ainda, Eumeu?
Que coisa esse andarilho está pensando?
Será que está com medo de um ou outro
sem motivo? Ou será que de algum modo
tem vergonha de andar pelo palácio?
Não presta um andarilho envergonhado".
Por sua vez, respondendo o seguinte,
tu lhe disseste assim, porqueiro Eumeu:
"Ele fala de acordo com a moira,
e diz precisamente o que é devido,
ao querer evitar a desmedida
desses homens que se acham superiores.
Então pede que aguardes mais um pouco,
até que o sol se ponha no Oceano.
Eu diria que assim será de fato
muito melhor para ti, basileia –
para que possas conversar sozinha
e dar toda atenção ao estrangeiro".
Disse-lhe então o seguinte em resposta
Penélope de engenho cuidadoso:
"Não falta senso para esse estrangeiro.
É capaz de estar certo no que pensa,
pois eu não creio que já tenha havido
entre os humanos fadados à morte
homens tão arrogantes desse jeito,
com planos de tamanha petulância".
Assim falou, e foi-se o porcariço
tão logo tinha ouvido o seu discurso,
voltando à multidão dos pretendentes
depois de receber as instruções.
Para Telêmaco ele prontamente
disse as seguintes palavras aladas,

com o rosto bem próximo do dele,
para que os outros não o escutassem:
"Meu caro, está na hora de eu partir
para cuidar dos porcos e do resto,
do teu sustento assim como do meu.
Por aqui, fica tudo a teu encargo.
Em primeiro lugar, salva a ti mesmo.
Mantém teu coração bastante atento
a fim de que não sofras nenhum mal.
Há muito aqueu planejando maldades.
Que Zeus acabe com a raça deles
antes que possam nos trazer desgraça!".
Por sua vez, Telêmaco, sagaz,
lhe proferiu o seguinte em resposta:
"Será exatamente assim, paizinho.
Termina de jantar e vai-te embora.
Pela manhã, retorna e traz contigo
belas vítimas para o sacrifício.
O resto todo fica a meu encargo
e ao encargo dos deuses imortais".
Assim falou, e o outro foi de volta
sentar-se num dos tronos bem-polidos.
Depois que satisfez seu coração
da gana por comida e por bebida,
ele partiu de volta para os porcos,
deixando o pátio e o salão da casa
cheio de comensais, que ali ficaram,
regozijando-se com canto e dança,
pois o dia já tinha terminado
e agora a todos sobrevinha a noite.

Canto XVIII

Mas eis então que chegou o mendigo
tradicional daquele povoado,
já conhecido por Ítaca inteira
por mendicar com seu ventre voraz.
Era capaz de comer e beber
eternamente, mas não tinha alento
ou força alguma no seu corpanzil,
por mais que fosse muito volumoso.
O seu nome era Arneu – pois foi assim
que a veneranda mãe o nomeou
quando nasceu –, mas era conhecido
por todos os mais jovens como Iro,
porque atuava como mensageiro,
à moda de Íris, sempre que mandavam.
Quando chegou, já foi logo tentando
expulsar Odisseu do seu palácio.
Usando então de fortes reprimendas,
disse as seguintes palavras aladas:
“Vai liberando o vão da porta, velho,
antes que alguém te arraste pelo pé!
Por acaso não vês como eles todos
estão piscando em minha direção,
sinalizando para que eu te arraste?
Mas fico envergonhado de fazê-lo.
Então levanta ou logo mais nós dois
teremos de nos resolver no braço”.
Mirando-o com severo sobrecenho,
disse Odisseu de muitíssima astúcia:
“Homem de deus, eu não estou fazendo
mal nenhum para ti, nem maldizendo.

Não me importo se alguém te der esmola,
nem que pegues o tanto que tu pegas.
Esses umbrais serão suficientes
para nós dois. Não há necessidade
de te importares com o que é dos outros.
Tu me pareces ser um andarilho,
tal como eu sou. Os deuses é quem são
responsáveis por dar prosperidade.
Então não me provoques a sair
na mão contigo. Não me encolerizes.
Mesmo velho, garanto que farei
o teu peito e os teus lábios se mancharem
com o teu próprio sangue. Depois disso,
terei tranquilidade — tanto mais
nos dias de amanhã, pois eu não creio
que tu terás coragem de voltar
uma segunda vez para o palácio
de Odisseu, o nascido de Laertes".
Por sua vez, tomado de furor,
disse o seguinte o vagabundo Iro:
"Mas olha como fala exagerado
esse velhaco, tolo e leviano
feito idosa que cuida de fornalha!
Poderia fazer-lhe umas maldades:
espancá-lo com golpes sucessivos
de destra e de canhota até seus dentes
se espalharem no chão, feito a cevada
que se põe de alimento para os porcos.
Amarra o manto em torno da cintura,
para que todo mundo aqui presente
possa nos ver lutar. Mas de que modo
combaterias com alguém mais novo?".
Era dessa maneira que eles dois,
parados na soleira bem-polida
das elevadas portas do palácio,
se enfureciam desde o coração.

Nesse momento, o sagrado poder
de Antínoo percebeu as vozes deles.
Desatando num riso adocicado,
disse o seguinte em meio aos pretendentes:
"Meus amigos, jamais aconteceu
no passado uma coisa desse tipo,
à semelhança do divertimento
que a divindade trouxe até o palácio.
Iro e o estrangeiro estão à porta
trocando insultos e provocações,
e chamando um ao outro para a luta.
Vamos logo fazer com que eles briguem!".
Assim falou, e todos os presentes
foram se levantando, entre risadas,
e logo se juntaram ao redor
da dupla de mendigos maltrapilhos.
Em meio a eles, tomou a palavra
então Antínoo, nascido de Eupites,
"Dai-me ouvidos agora, pretendentes,
homens viris, naquilo que direi.
Ainda temos algumas buchadas
de bode cozinhando ali no fogo,
buchos cheios de sangue e de gordura,
que tínhamos deixado para a ceia.
Dentre esses dois, quem quer que prevaleça
e prove ser o guerreiro mais forte,
poderá escolher para si mesmo
a buchada de sua preferência.
Também terá direito de jantar
conosco sempre, e não permitiremos
que mais nenhum mendigo se acrescente
entre nós aqui dentro, mendicando".
Assim falou Antínoo, e seu discurso
foi do agrado de todos os presentes.
Planejando um embuste em meio a eles,
disse Odisseu de muitíssima astúcia:

“Meus amigos, não há maneira alguma
de lutar contra um homem bem mais moço
para um homem já velho, maltratado
pela vida. Mas mesmo assim o ventre,
esse feitor de males, me compele,
para me ver vencido a bordoadas.
Então vamos! Deveis jurar a mim
um juramento dos mais poderosos
de que ninguém fará favor a Iro,
levando a mão pesada contra mim
e me batendo em ato petulante
para que aquele possa me vencer”.
Assim falou, e todos os presentes
juraram se conter, conforme as ordens.
Depois que eles já tinham prometido
e feito o juramento por completo,
Em meio a eles, a força sagrada
de Telêmaco então lhes conclamou:
“Estrangeiro, se acaso o coração
e o ânimo viril te condicionam
a defender-te contra esse varão,
não precisas temer nenhum dos outros
aqueus, pois, se algum deles te bater,
precisará lutar com muitos outros.
Eu mesmo, como teu anfitrião,
te dou a garantia, com o aval
ainda de mais dois dos basileus,
de Eurímaco e de Antínoo, perspicazes”.
Assim falou, e todos os presentes
louvaram seu discurso. De imediato,
Odisseu amarrou os seus andrajos
ao redor das vergonhas, e deixou
à mostra as belas coxas musculosas;
também deixou à mostra os ombros largos,
o peitoral e os braços poderosos.
Pondo-se perto dele, então Atena

fez com que os membros do pastor de povos
se tornassem maiores e mais fortes.
Os pretendentes todos, nesse instante,
se exaltaram de espanto assoberbado.
Ao verem semelhante situação,
desta forma falavam uns aos outros:
"Agora Iro vai virar Não-Iro
com o mal que buscou para si mesmo!
Olha que pernas fortes esse velho
pôs à mostra por fora dos andrajos!".
Assim falavam. Iro já sentia
apertar-se de angústia o coração,
mas mesmo assim os servos do palácio
trataram de cingi-lo com o manto
a contragosto, mesmo apavorado.
Por toda parte as carnes lhe tremiam.
Antínoo, contra ele, fez censura,
chamando-o pelo nome ao lhe falar:
"Era melhor morreres duma vez,
fanfarrão, ou não teres nem nascido,
se vais ficar tremendo desse jeito
por causa dele – num terror extremo –,
por causa desse velho maltratado
pela vida, por tudo que passou.
Mas uma coisa mais eu te direi,
para que guardes no teu coração:
caso o mendigo velho prevaleça
e prove ser o guerreiro mais forte,
eu vou te colocar num barco escuro
e te mandar de volta ao continente,
para o palácio de Équeto, de todos
o mais abominável dos mortais.
Ele vai decepar o teu nariz
e as orelhas com bronze impiedoso,
e as vergonhas também – vai decepá-las! –
e dá-las cruas de comida aos cães".

Assim falou e fez com que um terror
inda maior lhe estremecesse os membros.
Conduziram-no ao centro do salão,
e os dois ergueram guarda com as mãos.
Então ficou um tanto dividido
o divino Odisseu de tantas lutas,
entre lhe dar um golpe que o prostasse
já sem vida ali mesmo sobre o chão
ou golpeá-lo com a força apenas
para nocauteá-lo e derrubá-lo.
Considerando a questão dessa forma,
pareceu-lhe por fim mais vantajoso
dar-lhe o golpe mais fraco, de maneira
a não gerar suspeita entre os aqueus.
Depois de os dois erguerem suas guardas,
Iro tentou um golpe junto ao ombro
direito, mas em troca ele lhe deu
um soco no pescoço, sob a orelha,
fazendo com que os ossos estalassem.
De pronto o sangue lhe escorreu à boca
e ele tombou balindo na poeira,
rangendo os dentes e batendo as pernas
descontroladamente sobre o chão.
Eis então que os ilustres pretendentes
ergueram os seus braços para o céu
e morreram de rir. Nisso, Odisseu
arrastou-o, puxando-o pelo pé
desde o salão, passando pelas portas
do pórtico de entrada até os portões
que guardavam o pátio do palácio.
Colocou-o sentado contra o muro
e largou um cajado em suas mãos.
Dirigindo-se a ele desta forma,
disse as seguintes palavras aladas:
“Agora trata de ficar sentado
aqui mesmo, espantando cães e porcos,

e não queiras tornar-te comandante
em meio a forasteiros e mendigos,
miserável do jeito que tu és,
ou sofrerás um mal inda maior".
Assim falou. Ao redor de seus ombros,
ele enlaçou um saco estropiado,
feito de couro e cheio de buracos,
com um cordão para servir de alça.
Em seguida, voltou para os umbrais
e se sentou. Os outros retornaram
aos seus assentos, rindo com doçura
e lhe dizendo termos laudatórios:
"Estrangeiro, que Zeus conceda a ti,
junto dos outros deuses imortais,
o teu maior desejo, o que te for
o mais querido para o coração,
já que tu conseguiste pôr um fim
às andanças daquele comilão
insaciável pelo nosso reino.
Vamos mandá-lo rumo ao continente,
para o palácio de Équeto, de todos
o mais abominável dos mortais".
Assim falavam, e o divo Odisseu
se alegrava de ouvir esse presságio.
Antínoo, como tinha prometido,
tratou de lhe trazer um grande bucho
recheado de sangue e de gordura.
Anfínomo, além disso, foi buscar
dois pães inteiros dentro de um dos cestos.
Junto dos pães, ele também passou
uma taça dourada às suas mãos
e fez um brinde, dizendo o seguinte:
"Saúde para ti, pai estrangeiro!
Tomara que o futuro te reserve
prosperidade, mesmo que por ora
ainda tenhas tantos infortúnios!".

Por sua vez, respondendo o seguinte,
disse Odisseu de muitíssima astúcia:
“Anfínomo, de fato tu pareces
ser um homem dotado de juízo
e que nasceu de um pai de igual feitio.
Outrora eu pude ouvir a ilustre fama
de Niso, um homem vindo de Dulíquio,
que dizem ser tão rico quanto nobre.
É dito que nasceste filho dele.
Pareces ser um homem educado.
Por conta disso, vou dizer-te algo.
Então presta atenção agora e escuta.
Não há nada mais débil, dentre tudo
que a terra cria, do que o ser humano,
dentre todas as coisas que respiram
e que se movem sobre a terra negra,
pois ele nunca pensa que haverá
mal algum para ele no futuro
enquanto os deuses lhe concedem força
e seus joelhos podem carregá-lo.
Mas, no momento em que os deuses ditosos
fazem com que aconteça uma desgraça,
só lhe resta vivê-la, a contragosto,
mantendo resoluto o coração,
pois é dessa maneira que funciona
a mente dos humanos sobre a terra,
a mesma desde o dia em que os criou
o pai de todos os homens e deuses.
Eu mesmo, no passado, poderia
ter sido um homem próspero entre os outros,
mas acabei cedendo à violência
e à minha própria força, e cometi
muitos erros, por pura petulância,
confiado em meu pai e meus irmãos.
Por isso, dou o aviso: que ninguém
se torne totalmente avesso à lei,

e sim aceite taciturno os dons
que os deuses porventura lhe cederem.
Eu vejo os pretendentes fabulando
os seus planos de pura petulância,
acabando com toda a propriedade
e desonrando a esposa de um guerreiro
que já não ficará por muito tempo
longe da terra pátria e das pessoas
que ele ama. De fato, já se encontra
muito perto. Que alguma divindade
te salve e te conduza para casa!
Não esperes aqui para encontrar
com ele no momento em que por fim
chegar de volta à amada terra pátria,
pois eu não creio que haverá maneira
da situação entre ele e os pretendentes
se resolver sem que se espalhe sangue
assim que ele estiver sob este teto".
Assim falou e, feita a libação,
bebeu do vinho doce como o mel.
Em seguida, entregou de volta a taça
às mãos do comandante de guerreiros.
Ele, por sua vez, saiu andando
de coração aflito pela casa,
meneando a cabeça sem parar,
pois pressentiu no íntimo a desgraça.
Mas mesmo assim não se furtou da morte,
pois Atena impediu que ele partisse,
a fim de que na mão e forte lança
de Telêmaco fosse dominado.
Sentou-se novamente sobre o trono
de onde há pouco se havia levantado.
Nesse momento, a deusa de olhos glaucos
Atena fez com que surgisse a ideia
no coração da donzela de Icário,
Penélope de engenho cuidadoso,

de se mostrar de novo aos pretendentes,
a fim de que atiçasse sobremodo
o coração daqueles homens todos
e se tornasse ainda mais honrada
do que nunca diante de seu filho
e dos olhos também de seu esposo.
Permitindo-se um riso descabido,
chamou-a pelo nome e lhe falou:
"Eurínome, meu coração deseja
algo que nunca antes desejou:
que eu vá me revelar aos pretendentes,
por mais que sejam homens odiosos,
e dar uma palavra de conselho
a meu filho, que vai lhe ser bem útil –
que ele não se misture à multidão
dos arrogantes jovens pretendentes.
Eles falam bonito, mas seus planos
para o futuro são dos mais perversos".
A aia Eurínome, por sua vez,
lhe proferiu o seguinte discurso:
"Todas as coisas disseste, filhinha,
exatamente como manda a moira.
Então vai lá aconselhar teu filho
e não escondas coisa alguma dele.
Mas primeiro tu deves te banhar
e ungir as tuas faces com azeite.
Com o rosto marcado dessa forma
por lágrimas, não penso que seria
adequado desceres, pois é mau
que te mantenhas nesse luto eterno,
até porque teu filho já chegou
àquela idade pela qual fizeste
tantas preces aos deuses imortais –
a de vê-lo com barba sobre o queixo".
Disse-lhe então o seguinte em resposta
Penélope de engenho cuidadoso:

"Eurínome, não venhas com conselhos
dessa forma, por mais que te preocupes,
dizendo-me que devo me banhar
e ungir as minhas faces com azeite,
pois o esplendor que um dia tive os deuses
detentores de olímpicas moradas
destruíram – quando ele foi embora
com a armada de côncavos navios.
Em vez de dar conselhos, vai chamar
Autonoé e também Hipodâmia,
para que as duas fiquem ao meu lado
no momento em que eu for até o salão.
Sozinha eu não teria como entrar
em meio aos homens – o recato impede".
Assim falou, e a velha de imediato
atravessou o salão do palácio
para dar a mensagem às mulheres
e convocá-las para vir consigo.
Nesse momento, teve uma outra ideia
Atena, divindade de olhos glaucos.
Então ela verteu o doce sono
sobre o semblante da filha de Icário,
que logo se deitou e adormeceu,
as juntas de seus membros relaxando,
ali mesmo onde estava, no divã.
Enquanto isso, a diva entre as deidades
lhe concedeu presentes ambrosinos
para causar espanto nos aqueus.
Seu belo rosto ela primeiramente
purificou com creme de beleza,
ambrosino, do tipo com o qual
a própria Citereia bem-cingida
tem costume de ungir-se quando vai
unir-se ao coro adorável das Graças.
A deusa também fez com que ficasse
mais alta e mais robusta de se ver.

Fez com que sua pele se tornasse
mais clara que marfim recém-cortado.
Depois de ter cumprido o seu trabalho,
então partiu a diva entre as deidades.
Nesse exato momento, as atendentes
com seus cândidos braços retornaram
do salão do palácio, conversando.
O doce sono então se dissipou.
Esfregando as bochechas com as mãos
ao acordar, ela disse o seguinte:
"Oh, céus! Em meio a tanto sofrimento,
um sono afável veio me envolver.
Quem me dera se afável desse jeito
Ártemis santa me enviasse a morte
agora mesmo, para que não mais
sentisse tanta dor no coração,
vendo a vida passar sem ser vivida,
com saudade do meu amado esposo,
dono de toda sorte de excelência,
eminente entre todos os aqueus!".
Tendo falado asism, ela desceu
do reluzente quarto superior.
Não estava sozinha, pois com ela
também seguiam junto duas aias.
Quando chegou até os pretendentes,
essa mulher divina entre as mulheres
parou ao lado de uma das colunas
do telhado de fino acabamento,
segurando bem próximo do rosto
o véu de tecitura reluzente.
As suas duas aias bem zelosas
se puseram de um lado e de outro dela.
Os joelhos dos homens se lassaram,
e os corações se encheram de desejo.
Todos eles juravam que inda iriam
deitar-se ao lado dela sobre a cama.

Mas ela nesse instante dirigiu-se
para Telêmaco, seu filho amado:
“O teu juízo já não para em pé,
Telêmaco, nem os teus pensamentos –
tinhas ideias bem mais proveitosas
nesse juízo quando eras criança!
Por outro lado, agora que estás grande
e que alcançaste enfim a juventude,
alguém de fora que te visse assim,
crescido a tal altura e tão bonito,
decerto juraria que pertences
à estirpe de algum homem muito rico.
Mas teu juízo já não se conforma
ao teu destino, nem teus pensamentos.
Olha o tipo de feito que ocorreu
no salão principal deste palácio!
Sob a tua vigília, o estrangeiro
foi tratado de modo desonroso.
Imagina se agora, de algum modo,
o estrangeiro acabasse se ferindo
por conta de maltratos tão terríveis
enquanto está sentado em nossa casa!
Então seriam tuas a vergonha
e a desonra por isso entre os humanos”.
Por sua vez, Telêmaco, sagaz,
lhe proferiu o seguinte em resposta:
“Minha mãe, eu não posso me queixar
que estejas furiosa assim comigo.
Porém meu coração percebe tudo
e sabe cada coisa que acontece,
as coisas boas tanto quanto as más.
Já não sou a criança de outros tempos,
mas nem sempre eu consigo sopesar
todas as coisas com sagacidade,
pois eles vêm sentar-se do meu lado,
de tudo quanto é canto, e me atordoam

com os planos maléficos que têm,
e não me resta um único ajudante.
Mas posso te dizer que essa contenda
do estrangeiro com Iro não se deu
conforme os pretendentes esperavam.
O estrangeiro exceleu com sua força.
Quem me dera se Zeus pai permitisse,
acompanhado de Atena e de Apolo,
que agora mesmo os jovens pretendentes
dentro de nossa casa se encontrassem
igualmente vencidos, de cabeças
pensas, alguns no pátio do palácio
e os outros aqui mesmo no salão,
cada um deles com os membros lassos,
da mesma forma como agora Iro,
junto aos portões do pátio do palácio,
está sentado de cabeça pensa,
feito alguém que está bêbado de vinho
e já não é capaz de se firmar
ereto sobre as suas próprias pernas
nem caminhar de volta para casa,
porque os membros queridos se lassaram".
Eles diziam coisas desse tipo,
falando abertamente um com o outro.
Mas Eurímaco então interpelou
Penélope, falando-lhe o seguinte:
"Devo dizer-te, donzela de Icário,
Penélope de engenho cuidadoso,
se porventura pudesses ser vista
por todos os aqueus da jônia Argos,
teria um número maior ainda
de pretendentes o vosso palácio
logo cedo, juntando-se ao banquete,
pois tu superas todas as mulheres
tanto na forma quanto na estatura
e na razão sensata que tu tens".

Disse-lhe então o seguinte em resposta
Penélope de engenho cuidadoso:
“Eurímaco, a verdade é que os divinos
aniquilaram a minha excelência,
a beleza e o porte que eu já tive,
no dia em que os argivos embarcaram
em direção a Troia, e junto deles
meu esposo Odisseu também se foi.
Mas, se aquele guerreiro retornasse
e voltasse a zelar por minha vida,
seria com certeza bem maior
e majestosa a glória que eu teria.
Por ora sigo em luto, pois são muitas
as desgraças que o nume me enviou.
Eu lembro bem: no dia em que partiu
para longe de sua terra pátria,
ele tomou a minha mão direita
junto do pulso e disse-me o seguinte:
‘Escuta-me, mulher. Eu não suponho
que os acaios de cnêmides bem-feitas
serão todos capazes de voltar
incólumes da expedição a Troia.
É dito que os troianos são guerreiros,
homens acostumados à batalha,
que sabem muito bem jogar a lança
e disparar as flechas de seus arcos.
Quando avançam, levados por cavalos
de patas bem velozes, bem depressa
viram a onda de qualquer batalha,
até mesmo da mais equilibrada.
Então não sei ao certo se algum deus
vai me salvar ou se serei levado
por algum inimigo ali em Troia.
Por aqui, fica tudo a teu encargo.
Mantém sempre meu pai e minha mãe
no teu cuidado dentro do palácio,

tal como agora sempre pensas neles,
mas mais ainda quando eu for ausente.
No dia em que tu vires nosso filho
já com barba no queixo, nesse dia,
deves casar-te com quem bem quiseres
e abandonar a casa em que viveste'.
Foi dessa forma que ele me falou.
Agora todas as coisas se cumprem.
Haverá uma noite em que terei
de enfrentar o execroso casamento,
mulher desfortunada como sou,
de quem Zeus removeu toda alegria.
Mas sinto uma terrível dor chegar
no coração e no interior do peito,
pois no passado nunca foi assim
o costume dos jovens pretendentes,
daqueles que queriam cortejar
uma mulher considerada nobre,
filha de um homem rico, e disputar
por sua mão com outros pretendentes.
Eles tinham costume de trazer
gado bovino e excelentes ovelhas,
um banquete à família da donzela,
e lhe davam esplêndidos presentes.
Não ficavam comendo livremente
os meios de sobrevivência alheios".
Assim falou, e com isso alegrou-se
o divino Odisseu de tantas lutas,
porque ela procurasse receber
presentes e encantar o coração
de todos com palavras adoçadas,
enquanto tinha a mente em outro foco.
Por sua vez, Antínoo ao responder
então lhe disse, o nascido de Eupites:
"Devo dizer-te, donzela de Icário,
Penélope de engenho cuidadoso,

se acontecer de algum dentre os aqueus
chegar aqui trazendo-te oferendas,
realmente tens mais é de aceitá-los,
pois não é belo recusar presentes.
Quanto a nós, não iremos retornar
nem às lavouras nem a parte alguma
antes de estares muito bem-casada
com quem for o melhor dentre os aqueus".
Assim falou Antínoo, e seu discurso
foi do agrado de todos os presentes.
Mandaram seus arautos ir buscar
novos presentes para a basileia.
O de Antínoo cuidou de lhe trazer
um grande peplo, muitíssimo belo,
repleto de bordados. Nele, havia
uma dúzia de broches, todos eles
trabalhados em ouro e adornados
com fivelas do mais perfeito encaixe.
Em seguida, o de Eurímaco lhe trouxe
uma corrente de lavor dedáleo,
toda dourada e adornada em âmbar,
de um brilho fulvo idêntico ao do sol.
Por sua vez, a dupla de atendentes
de Euridamante trouxe um par de brincos,
cada um com um tríplice pingente.
Resplandeciam com enorme graça.
Já do palácio do senhor Pisandro,
o basileu nascido de Políctor,
o mensageiro trouxe-lhe um colar,
um ornamento muitíssimo belo.
Cada um dos aqueus então cuidou
de providenciar algum presente.
Por sua vez, a diva entre as mulheres
retornou para o quarto superior,
e suas atendentes carregaram
para ela os belíssimos presentes.

Eles então voltaram a atenção
mais uma vez em fruir o deleite
próprio da dança e do canto adorável,
aguardando que a noite enfim chegasse.
Quando veio o crepúsculo noturno
em meio a eles, que se divertiam,
de imediato trataram de acender
três fogareiros no salão da casa,
para que iluminassem o ambiente.
Nos seus bojos, puseram lenha seca,
colhida há tempo, pronta para o uso,
recém-cortada em feixe pelo bronze.
Entre uma e outra, prepararam tochas.
As servas se alternavam em manter
esses fogos acesos no palácio
de Odisseu resoluto. Para elas,
então o próprio, de divina estirpe,
disse Odisseu de muitíssima astúcia:
“Escravas do palácio de Odisseu,
do soberano há tanto tempo ausente,
retornai para o quarto onde se encontra
a vossa veneranda basileia.
Sentai ao lado dela no recinto,
moldando o fio do fuso ao carretel
ou preparando a lã com vossas mãos,
e enquanto isso tratai de alegrá-la.
De minha parte, posso me ocupar
de manter essas luzes para eles.
Mesmo se desejarem aguardar
chegar a Aurora com seu belo trono,
ainda assim não poderão vencer-me.
Eu sou um homem muito resoluto”.
Assim falou, e elas deram risada
depois de olharem umas para as outras.
Mas disse-lhe palavras de censura
Melantó das bochechas bem bonitas,

que nasceu como filha para Dólio,
mas que desde criança foi criada
por Penélope, como filha sua,
agraciada sempre com presentes.
Porém seu coração não se doía
por Penélope de maneira alguma.
Gostava mesmo era de se deitar
com Eurímaco sempre que podia.
Usando de palavras de censura,
repreendeu Odisseu desta maneira:
"Estrangeiro maldito, tu és mesmo
um homem de juízo atrapalhado!
Em vez de procurares um lugar
para dormir na casa de um ferreiro
ou num espaço público coberto,
ficas aqui falando muita coisa
abertamente, cheio de ousadia
em meio aos homens, sem nenhum temor
no coração. Decerto foi o vinho
que te tirou o juízo – ou será
que tens a mente sempre desse jeito,
e é por isso que falas mais que a boca?
Estás te achando só porque venceste
aquele vagabundo Iro em luta?
Toma cuidado para que ninguém
mais forte do que Iro se levante,
alguém que te golpeie essa cabeça
dos dois lados com punhos poderosos
e então te mande embora desta casa
todo coberto com teu próprio sangue".
Mirando-a com severo sobrecenho,
disse Odisseu de muitíssima astúcia:
"Cadela, eu vou contar agora mesmo
para Telêmaco o tipo de coisa
que estás falando, e ele arrancará
um por um esses membros do teu corpo".

Assim que ele falou essas palavras,
as mulheres fugiram assustadas.
Dispersaram-se ao longo do palácio,
e seus membros lassaram-se sem força
de tanto medo, pois lhes pareciam
verdadeiras as coisas que ele disse.
Ele, por sua vez, posicionou-se
junto dos fogareiros reluzentes,
tratando da tarefa de mantê-los
sempre acesos. Porém seu coração
ponderava a respeito de outras coisas,
que já não tardariam em cumprir-se.
Quanto aos soberbos jovens pretendentes,
Atena não deixou que se furtassem
de todo de seguir com seu ultraje
que fere o ânimo, pois dessa forma
entraria mais dor no coração
de Odisseu, o nascido de Laertes.
Principiou a falar entre eles
Eurímaco, de Pólibo nascido,
cutucando Odisseu com suas troças,
a fim de fazer rir os companheiros:
"Dai-me ouvidos agora, pretendentes
à mão de uma ilustríssima rainha,
para que eu diga o que o meu coração
dentro do peito me ordena dizer!
Esse homem não chegou até o palácio
de Odisseu sem a ajuda de um dos deuses.
Parece até que tem um brilho próprio
reluzindo por todo este salão
desde a cabeça dele, pois não tem
um só fio de cabelo em cima dela!".
Falou e ao mesmo tempo dirigiu-se
a Odisseu eversor de cidadelas:
"Estrangeiro, será que aceitarias
trabalhar para mim, se te escolhesse,

nalguma parte extrema dos meus campos –
terias pagamento garantido –,
juntando pedras para erguermos muros
e plantando umas árvores bem altas?
Pelo ano todo eu providenciaria
alimento o bastante para ti.
Terias roupas para te vestires
e sandálias também para os teus pés.
Mas, como ao certo tu já te instruíste
em vilanices, não te prestarias
a praticar algum trabalho honesto.
Preferes mendicar pela cidade,
pedindo por comida com que possas
alimentar teu ventre insaciável".
Por sua vez, respondendo o seguinte,
disse Odisseu de muitíssima astúcia:
"Eurímaco, tomara que possamos
fazer uma disputa entre nós dois
assim que for de novo primavera,
quando os dias se tornam mais compridos –
uma disputa nos campos gramados.
Eu teria uma foice bem-curvada
e tu também terias uma igual.
Haveria gramado em abundância
a fim de nos testarmos no trabalho,
ficando sem comer até de noite.
Tomara que tenhamos bois também
para guiar no arado, dos melhores,
brilhantes como fogo, de amplo porte,
bem-nutridos com pasto em abundância,
de mesma idade e força de tração,
bois cuja força não se exaure nunca.
Que tenhamos um campo quatro vezes
do tamanho normal, de terra arável.
Então verias como sou capaz
de abrir a terra em sulco à minha frente.

Se além disso o Cronida decidisse
fazer com que hoje mesmo nos chegasse
a guerra de algum ponto, gostaria
apenas de um escudo, duas lanças
e um bom elmo forjado todo em bronze,
que se ajustasse aos lados do meu rosto.
Então verias como me misturo
em meio aos combatentes da vanguarda,
e não terias tantas reprimendas
para fazer acerca de meu ventre.
Ages com insolência assoberbada.
Teu coração não sabe ser gentil.
Decerto pensas muito de ti mesmo,
que és alguém muito grande e poderoso,
porque afinal de contas só convives
com gente diminuta e sem virtude.
Se Odisseu conseguisse retornar
e alcançasse de novo a terra pátria,
de imediato verias estas portas –
mesmo sendo tão grandes e tão largas –
incapazes de dar vazão à fuga
de quem quer que tentasse atravessá-las".
Assim falou, e Eurímaco irritou-se
enormemente desde o coração.
Mirando-o com severo sobrecenho,
disse as seguintes palavras aladas:
"Acabarei contigo, miserável!
Como te atreves a falar tal coisa
abertamente, cheio de ousadia
em meio aos homens, sem nenhum temor
no coração? Decerto foi o vinho
que te tirou o juízo – ou será
que tens a mente sempre desse jeito,
e é por isso que falas mais que a boca?
Estás te achando só porque venceste
aquele vagabundo Iro em luta?".

Depois de ter falado assim, tomou
um escabelo em mãos, mas Odisseu
abaixou-se diante dos joelhos
de Anfínomo, o que veio de Dulíquio,
e dessa forma se esquivou do golpe,
que acabou atingindo a mão direita
de um escanção. O jarro de metal
fez estrondo conforme foi ao chão.
Por sua vez, o jovem, com um grito
de dor, caiu de costas na poeira.
Os pretendentes faziam barulho
pelos umbrosos salões do palácio.
Desta maneira falavam os homens
na multidão uns aos outros ao vê-lo:
"Quem dera esse estrangeiro vagabundo
tivesse perecido em outra parte
bem antes de chegar aqui. Assim
não haveria tanto estardalhaço.
Agora a gente fica aqui brigando
por causa de mendigos, sem poder
aproveitar essa comida boa,
tão baixo o nível a que se chegou".
Em meio a eles, a força sagrada
de Telêmaco então lhes conclamou:
"Homens de deus, estais enlouquecidos!
Os vossos corações já não escondem
o quanto que comestes e bebestes!
Decerto algum dos deuses vos incita.
Quando estiverdes todos bem-jantados,
tratai de descansar em vossas casas,
tão logo o coração pedir por isso.
Eu mesmo não expulsarei ninguém".
Assim falou, e todos os presentes
retesaram os lábios entre os dentes,
maravilhados com a forma audaz
com que Telêmaco os interpelava.

Entre eles, Anfínomo em seguida
foi quem tomou a palavra e falou,
o próprio filho esplêndido de Niso,
soberano nascido de Aretias:
"Meus amigos, não há sentido algum
em se mostrar disposto para a luta,
sacando de palavras de conflito,
se alguma coisa justa foi falada.
Não deveis maltratar de forma alguma
esse estrangeiro – nem quem quer que seja
dos escravos domésticos que existem
pelo palácio de Odisseu divino.
Agora vamos! Venha um escanção
servir o vinho em nossas taças todas,
a fim de que façamos libações
e depois retornemos para casa.
E podemos deixar que o estrangeiro
fique aqui no palácio de Odisseu
ocupando Telêmaco. Afinal,
foi ao palácio dele que ele veio".
Assim falou. Foi do agrado de todos
o discurso que havia proferido.
Foi o herói Múlio então quem misturou
o vinho na cratera para eles,
um arauto que veio de Dulíquio
junto de Anfínomo, como atendente.
Foi ele quem passou servindo vinho
a todos os presentes, que fizeram
orações para os deuses venturosos,
libando o vinho doce como o mel.
Depois de terem feito libações
e contentado o coração com vinho,
trataram de se dirigir ao leito,
cada um retornando à própria casa.

Canto XIX

Mas no salão principal do palácio
permaneceu o divino Odisseu,
pensando em como iria assassinar
os pretendentes junto com Atena.
Para Telêmaco ele prontamente
disse as seguintes palavras aladas:
"Telêmaco, preciso que tu leves
para o interior da casa os armamentos
todos que estão neste salão. Depois,
trata de usar palavras bem gentis
junto dos pretendentes quando enfim
te questionarem, dando pela falta:
'Levei-as para longe da fumaça,
pois elas já não pareciam mais
as mesmas armas que Odisseu deixou
ao partir para Troia no passado.
Estavam maltratadas pelo tanto
de fumaça que vinha desde o fogo.
Além disso, algum deus me colocou
um medo grande no meu coração —
de que, no meio dessa bebedeira,
surgisse alguma briga em meio a vós
e acabásseis feridos mutuamente,
desgraçando não só este banquete
mas também o cortejo —, pois o ferro
tem um jeito de achar a mão dos homens'".
Assim falou. Telêmaco de pronto
obedeceu ao seu querido pai.
Chamando-a para longe das demais,
disse o seguinte à sua ama Euricleia:

"Mãezinha, cuida agora para mim
de manter as mulheres afastadas,
a fim de que eu carregue para dentro
do quarto os armamentos de meu pai,
as suas belas armas, que ficaram
expostas à fuligem, sem cuidado,
durante toda a longa ausência dele.
Como já não sou mais uma criança,
quero guardá-las com maior cuidado,
onde o bafo do fogo não alcance".
Disse-lhe então o seguinte em resposta
a sua ama querida Euricleia:
"Ah, quem me dera mesmo, meu filhinho,
que um dia tu te tornes mais prudente,
a ponto de zelar por teu palácio
e proteger as tuas posses todas!
Mas dize: quem irá te acompanhar
e carregar alguma luz contigo?
Se não vais permitir que as outras servas
venham junto, quem vai te iluminar?".
Por sua vez, Telêmaco, sagaz,
lhe proferiu o seguinte em resposta:
"Este estrangeiro aqui, pois não pretendo
deixar que fique sem utilidade
quem come dos estoques do palácio,
mesmo se veio de terras distantes".
Assim falou, e ela já não tinha
palavras que voassem em resposta.
As portas do salão ela trancou
no palácio de bela construção.
Então os dois moveram-se velozes,
Odisseu e seu filho bem brilhante,
levando para dentro do palácio
os elmos e os broquéis umbilicados
junto das lanças de ponta afiada.
À frente deles dois, Palas Atena

levava uma lanterna de ouro puro,
que emitia um belíssimo fulgor.
Nesse momento, Telêmaco disse
de súbito o seguinte para o pai:
"Meu pai, que coisa mais maravilhosa
eu vejo agora com meus próprios olhos!
A mim ao menos, as paredes todas
e as belas fundações deste palácio,
as vigas e as colunas que sustentam
a cobertura inteira do telhado –
tudo que vejo parece brilhar
feito fogo diante dos meus olhos!
Deve haver um dos deuses aqui dentro,
daqueles que detêm o vasto céu".
Por sua vez, respondendo o seguinte,
disse Odisseu de muitíssima astúcia:
"Fica quieto e contém teu coração.
Agora não é hora de perguntas.
Esse de fato é o método usual
das divindades que detêm o Olimpo.
Mas por ora tu deves descansar.
De minha parte, ficarei aqui,
a fim de provocar um pouco mais
as servas do palácio e tua mãe.
Sofrendo luto pela minha ausência,
vai me fazer perguntas sobre tudo".
Assim falou. Telêmaco de pronto
atravessou o salão do palácio
e dirigiu-se ao leito, no seu quarto,
guiado pela luz das lamparinas,
lá onde desde muito ele se deita
sempre que o sono adoçado lhe vem.
Foi lá de fato que ficou deitado,
esperando chegar a diva Aurora.
Mas no salão principal do palácio
permaneceu o divino Odisseu,

pensando em como iria assassinar
os pretendentes junto com Atena.
Então saiu de dentro de seu quarto
Penélope de engenho cuidadoso,
assemelhada a Ártemis na imagem
ou até mesmo à dourada Afrodite.
Junto ao fogo, puseram para ela
o divã em que sempre se sentava –
ornamentado todo com marfim
e com prata, que outrora um marceneiro
de nome Icmálio tinha produzido,
junto de um banco próprio para os pés,
que parecia parte do divã –
e esticaram por cima um velocino.
Foi lá que se sentou nesse momento
Penélope de engenho cuidadoso.
De dentro do palácio então vieram
suas escravas de cândidos braços.
Elas trataram de levar embora
toda a comida, e de guardar as mesas
e os cálices que tinham sido usados
por homens de extremada violência.
Jogaram para o chão as brasas quentes
dos fogareiros, e empilharam neles
lenha recém-cortada, em abundância,
para que houvesse luz e aquecimento.
Nesse instante, fez novas reprimendas
Melantó, dando bronca em Odisseu:
"Estrangeiro, será que nem à noite
tu pararás de encher a paciência,
indo de um lado ao outro pela casa
para ficar de olho nas mulheres?
Vê se vai para fora, miserável,
e aproveita o banquete que te deram!
Ou logo mais irás a contragosto,
marcado pelo fogo de um tição!".

Mirando-a com severo sobrecenho,
disse Odisseu de muitíssima astúcia:
"Mulher de deus, por que teu coração
tem um rancor tão grande contra mim?
Por conta de eu estar todo encardido
e cobrir o meu corpo com andrajos
quando vou mendicando pelo povo?
Eu só o faço por necessidade.
É essa mesma a vida dos mendigos
e dos homens que vagam sem destino.
Em outros tempos, eu também já tive
o meu próprio palácio entre os humanos.
Já fui abençoado com riqueza,
e dava esmola sempre aos viajantes,
a quem chegasse de onde quer que fosse,
com a necessidade que tivesse.
Tive escravos domésticos também,
muitíssimos, e muitas outras coisas
do tipo que costumam ter os homens
que vivem bem e que se dizem ricos.
Mas eis que Zeus, o nascido de Crono,
me arruinou – porque quis, eu suponho.
Da mesma forma, tu também, mulher,
toma cuidado para não perderes
o esplendor com que agora te distingues
entre as outras escravas do palácio.
Cuida que a tua mestra não se zangue
e, zangada, comece a maltratar-te,
ou que Odisseu acabe retornando,
pois inda resta uma esperança disso.
Mas, se de fato já tiver morrido
e perdido seu dia de retorno,
ainda resta o filho, que cresceu
à imagem dele, por graça de Apolo,
Telêmaco, por quem não passará
despercebida dentro do palácio

mulher alguma sendo petulante,
pois ele já deixou de ser criança”.
Assim falou. Ouviu o que foi dito
Penélope de engenho cuidadoso.
Fazendo reprimendas à atendente,
chamou-a pelo nome e lhe falou:
“Atrevida! Cadela sem-vergonha!
Não penses que deixei de perceber
o grande feito que fizeste agora.
Vou esfregar o teu focinho nele.
Já sabias de tudo muito bem,
pois tinhas escutado de mim mesma
que eu iria trazer o estrangeiro
e recebê-lo dentro do palácio
para pedir notícias do marido,
por quem eu vivo neste luto eterno”.
Assim falou, e para sua aia
Eurínome em seguida adicionou:
“Eurínome, prepara para mim
uma cadeira com um velo em cima,
para que nela possa se sentar
o estrangeiro e contar-me a sua história
e ouvir com atenção o que lhe digo.
Quero fazer perguntas para ele”.
Assim falou, e mais que prontamente
sua aia tratou de lhe buscar
uma cadeira muito bem-polida,
sobre a qual esticou um velocino.
Foi nesse assento então que se sentou
o divino Odisseu de tantas lutas.
Principiou a falar entre eles
Penélope de engenho cuidadoso:
“Estrangeiro, primeiro gostaria
eu mesma de fazer-te umas perguntas.
Quem és e de que gente tu vieste?
De que cidade e de que genitores?”.

Por sua vez, respondendo o seguinte,
disse Odisseu de muitíssima astúcia:
“Mulher, não há ninguém, de quantos são
os mortais sobre a terra ilimitada,
capaz de censurar-te. Tua glória
chega mesmo a tocar no vasto céu,
à semelhança de um rei impecável,
de um basileu temente à divindade,
que sobre muitos homens poderosos
é capaz de exercer o seu governo,
mantendo um senso firme de justiça.
Então a terra negra dá seus frutos,
com espigas de trigo e de cevada,
as árvores carregam-se de frutos,
ovelhas têm ninhada após ninhada,
o mar fornece peixe em abundância –
tudo graças ao bom governo dele,
que faz o povo todo prosperar.
Então eu peço que tu me perguntes
de outros assuntos dentro do teu lar,
e não faças perguntas para mim
sobre minha família e terra pátria.
Do contrário, encherás meu coração
com sofrimento ainda mais intenso
por causa das memórias – e eu já tenho
sofrimentos demais. Não gostaria
de ficar lamentando e pranteando,
sentado no salão de um lar alheio,
até porque não é conveniente
que eu me mantenha neste luto eterno.
Receio que as escravas do palácio
se revoltem comigo, e tu também,
dizendo que me afogo em choradeira
por ter enchido o coração de vinho”.
Por sua vez, respondeu-lhe o seguinte
Penélope de engenho cuidadoso:

"Estrangeiro, a verdade é que os divinos
aniquilaram a minha excelência,
a beleza e o porte que eu já tive,
no dia em que os argivos embarcaram
em direção a Troia, e junto deles
meu esposo Odisseu também se foi.
Mas, se aquele guerreiro retornasse
e voltasse a zelar por minha vida,
seria com certeza bem maior
e majestosa a glória que eu teria.
Por ora sigo em luto, pois são muitas
as desgraças que o nume me enviou,
pois quantos são os nobres bem-nascidos –
aqueles que governam sobre as ilhas,
a de Dulíquio bem como a de Samos
e a de Zacinto, coberta por bosques,
além daqueles que detêm poder
pelo terreno de Ítaca rochosa –,
todos esses estão me cortejando
e consomem os bens de minha casa.
Por isso não consigo me ocupar
dos estrangeiros nem dos suplicantes,
e nem minimamente dos arautos,
daqueles que trabalham neste reino.
Em vez disso, saudosa de Odisseu,
eu me derreto desde o coração.
Enquanto tentam apressar as bodas,
eu vou enovelando estratagemas.
Primeiramente um nume me inspirou
o coração com este pensamento:
de trazer para dentro do palácio
um enorme tear e então tecer
um tecido bem leve e bem comprido.
Então eu conclamei em meio a eles:
'Meus moços pretendentes, como agora
o divino Odisseu se encontra morto,

deveis apenas aguardar um pouco,
mesmo estando ansiosos que eu me case,
até que esteja pronto este tecido
e não se perca à toa o que já fiz.
É a mortalha para o herói Laertes,
para quando chegar enfim a hora
de ser levado pela triste moira
da morte, com seu longo sofrimento.
Que nenhuma mulher da região
se revolte comigo entre as acaias
por ver jazendo sem o seu sudário
alguém que conquistou tamanhas posses'.
Assim falei, logrando convencer
com isso os corações viris de todos.
Desse modo eu passava o dia todo
tecendo a grande trama no tear,
e à noite desfazia o meu trabalho,
iluminada pela luz das tochas.
Segui com esse engodo por três anos,
e dessa forma enganava os aqueus.
Mas, quando enfim chegou o quarto ano
e as estações mudaram novamente,
mês cedendo lugar a novo mês
até que os dias longos retornaram,
eis então que, por causa das escravas
do palácio, cadelas descuidadas,
eles me surpreenderam em flagrante,
conclamando palavras de comando.
Com isso fui forçada a terminá-la
a contragosto, por obrigação.
Agora já não posso me evadir
do casamento. Já não tenho mais
artimanhas que possam postergá-lo.
Além disso, meus pais têm me apressado
que eu me case, e meu filho se ressente
em ver que lhe devoram seu sustento,

sabendo muito bem o que se passa,
pois já virou um homem – e do tipo
que tem cuidado pela própria casa,
um homem a quem Zeus concede a glória.
De toda forma, peço que me contes
qual é a tua estirpe, de onde vens,
pois eu não creio que tenhas brotado
de um carvalho lendário ou de uma pedra".
Por sua vez, respondendo o seguinte,
disse Odisseu de muitíssima astúcia:
"Venerável mulher, esposa augusta
de Odisseu, o nascido de Laertes,
será que não vais mesmo desistir
dessas perguntas sobre minha estirpe?
Pois bem, eu vou contar o que me pedes,
ainda que com isso tu me dês
mais dores do que posso suportar,
pois de fato é costume – quando um homem
se encontra longe de sua própria pátria
por tanto tempo quanto eu já estou,
vagando pelas muitas cidadelas
dos humanos mortais, sofrendo dores.
Então eu vou dizer-te exatamente
aquilo que me pedes e perguntas.
Há certa região chamada Creta
em meio ao mar escuro como o vinho,
uma terra bonita e muito fértil,
cercada pelo mar. São incontáveis
os humanos que vivem nessa terra,
e fundaram noventa cidadelas.
Ali há muitas línguas misturadas
umas às outras. Há homens argivos,
também há homens eteocretenses
de grande coração, homens cidônios,
homens dórios de longas cabeleiras,
além dos divos homens dos pelasgos.

É nessa ilha que se encontra Cnossos,
a vasta cidadela de onde Minos,
amigo próximo do grande Zeus,
por nove anos teve o seu reinado.
Ele foi meu avô, pai de meu pai,
Deucalião de grande coração,
pois foi Deucalião quem me gerou
e gerou o senhor Idomeneu.
Esse, contudo, teve de partir
com seus navios recurvos para Ílion,
integrando a campanha dos Atridas.
Eu tinha o glorioso nome de Éton,
mas era de uma geração mais nova.
Ele era mais velho e superior.
Foi lá que me encontrei com Odisseu
e dei presentes de hospitalidade,
pois a força de um vento poderoso
acabou por levá-lo para Creta,
tirando-o de seu curso ao contornar
Maleia em seu caminho para Troia.
Ele atracou seus barcos em Amniso,
onde existe uma gruta de Ilitia,
um local de difícil ancoragem.
Quase não escapou da tempestade.
De imediato ele foi à cidadela
e pediu para ver Idomeneu,
dizendo que era um hóspede estrangeiro,
um amigo querido e venerando.
Mas naquele momento em que chegou
já se contavam dez ou onze auroras
desde o dia em que Idomeneu partira
com seus navios recurvos para Ílion.
Eu mesmo então tratei de recebê-lo
com hospitalidade em nossa casa,
ofertando-lhe toda gentileza
da abundância que havia no palácio.

Assim também aos companheiros dele,
aqueles que o seguiam na viagem:
do estoque público, eu lhes dei cevada
e dei vinho brilhante como fogo,
além de gado para o sacrifício,
a fim de saciar seus corações.
Por doze dias os divos aqueus
precisaram permanecer conosco,
pois o Bóreas, o grande vento norte,
os confinou ali. Seu sopro forte
nem na terra deixava alguém de pé.
Algum nume cruel o compelia.
Enfim, no décimo terceiro dia,
o vento se amainou e eles partiram".
Fazia parecerem verdadeiras
as múltiplas mentiras que contava,
e ela vertia lágrimas sentidas
ao escutá-lo, derretendo inteira.
Da mesma forma como se derrete
a neve nas montanhas altaneiras,
quando o vento do leste liquefaz
o que o vento do oeste acumulou,
e derretendo faz se avolumarem
as correntezas dos fluentes rios –
assim também as belas faces dela
se derretiam ao verter seu pranto,
chorando pela ausência do marido
que se sentava a seu lado. Odisseu
apiedou-se desde o coração
pelo choro sentido da mulher.
Os seus olhos, porém, como se fossem
da matéria dos ossos ou do ferro,
se mantinham de todo inabaláveis,
guardando as próprias lágrimas com dolo.
Depois que ela já tinha saciado
seu lamento de lágrimas profusas,

mais uma vez se dirigiu a ele,
proferindo o seguinte por resposta:
“Muito bem, estrangeiro. Agora é hora
de colocar o teu relato a teste.
Se recebeste mesmo meu marido
junto de seus divinos companheiros
no salão principal de teu palácio,
como teus hóspedes, conforme alegas,
relata para mim exatamente
como eram as roupas de seu corpo
e que aparência física ele tinha –
ele e também os companheiros dele”.
Por sua vez, respondendo o seguinte,
disse Odisseu de muitíssima astúcia:
“Senhora, é bem difícil para mim,
depois de transcorrido tanto tempo,
dizer com precisão como ele era,
pois duas décadas já se passaram
desde que ele partiu com seus navios
para longe da terra de meus pais.
Então vou descrevê-lo da maneira
que ele me surge ainda ao coração.
Ele veio vestido com um manto
de lã purpúrea, o divino Odisseu,
dobrado em dupla camada. Trazia
também um broche todo feito em ouro,
articulado com um fecho duplo.
Sua face frontal era adornada:
nela, um cão com as patas dianteiras
mantinha preso um cervídeo malhado,
que se afligia à força de seus dentes.
Todos maravilhavam-se de olhá-los,
pois eram de ouro, e mesmo assim o cão
detinha o cervo para estrangulá-lo,
e ele se debatia com seus pés
num grave desespero pela fuga.

Também notei a túnica brilhante
que lhe cobria a pele de seu corpo:
parecia até mesmo a fina casca
que envolve uma cebola ressequida:
toda feita em tecido bem macio
e tão luzente quanto o próprio sol.
De fato foram muitas as mulheres
que se maravilharam quando o viram.
Mas uma coisa mais eu te direi,
para que guardes no teu coração:
eu não tenho certeza se Odisseu
vestia as mesmas coisas em seu lar
ou se foram presentes recebidos
de um companheiro no navio veloz
ou de um anfitrião em terra alheia,
pois o fato é que havia muita gente
para quem Odisseu era querido –
poucos acaios eram como ele.
Eu mesmo dei-lhe uma espada de bronze
além de um manto de dupla camada,
um manto belo, de cores purpúreas,
e de uma túnica ornada com franjas.
Depois, com reverência despedi-me
dele no seu navio de belos bancos.
Partiu acompanhado de um arauto
pouca coisa mais velho que ele próprio.
Acerca desse arauto, também posso
relatar para ti como ele era.
Tinha os ombros curvados para dentro,
pele escura, cabelos encrespados.
Sim, era Euríbates o nome dele.
Recebia mais honras de Odisseu
do que todos os outros companheiros,
pois pensavam de forma parecida".
Assim falou, incitando inda mais
o desejo de choro que ela tinha –

reconhecia os sinais confiáveis
que Odisseu descrevera para ela.
Depois que ela já tinha saciado
seu lamento de lágrimas profusas,
nesse momento dirigiu-se a ele,
proferindo o seguinte por resposta:
“Estrangeiro, por mais que já tivesses
anteriormente a minha compaixão,
agora no salão do meu palácio
te tornaste querido e respeitável.
Fui eu que dei as vestes para ele,
essas mesmas que tu me descreveste.
Fui buscá-las no quarto, bem-dobradas,
e pus o broche reluzente nelas,
para ser um adorno à sua glória.
Porém agora eu já não poderei
recebê-lo no seu retorno à casa,
de volta à sua amada terra pátria.
Foi por um mau destino que Odisseu
embarcou no seu côncavo navio
e partiu à procura de Destroia,
nome que nem se deve repetir”.
Por sua vez, respondendo o seguinte,
disse Odisseu de muitíssima astúcia:
“Venerável mulher, esposa augusta
de Odisseu, o nascido de Laertes,
não deves mais manchar a bela tez
nem seguir derretendo o coração
com essas lágrimas por teu marido.
Não é que isso me cause uma revolta,
pois mesmo uma mulher que se casou
com um homem pior, chora ao perdê-lo,
seu esposo legítimo, com quem
unindo-se em amor gerou rebentos —
quem dirá quem perdeu um Odisseu,
que diziam ser símile dos deuses.

Mas peço que tu pares teus lamentos
e escutes o que tenho a te dizer,
pois falarei para ti de maneira
infalível e não esconderei
o modo pelo qual fiquei sabendo
a respeito da volta de Odisseu,
que já se encontra próximo daqui,
no rico reino dos varões tesprotos.
Dizem que é vivo e que retorna logo
com valiosos e vastos tesouros.
Precisou mendicar por todo o reino.
Perdeu seus confiáveis companheiros
e também o seu côncavo navio
pelo alto-mar escuro como o vinho
quando deixava a ilha de Trinácia.
Aconteceu de ter ganhado o ódio
de Zeus e de Hélios por seus companheiros
terem matado o gado do deus Sol.
Por isso, todos eles pereceram
em meio ao alto-mar tempestuoso.
Mas, quanto a ele próprio, um vagalhão
o lançou sobre a quilha do navio
e o levou para a terra dos feácios.
Eles, que são bem próximos dos deuses,
honraram-no com todo o coração,
como se fosse alguma divindade.
Ofereceram-lhe muitos presentes
e fizeram questão de conduzi-lo
incólume de volta para casa.
Há tempos Odisseu já poderia
estar aqui, mas para o coração
dele lhe pareceu mais proveitoso
pedir presente em todos os lugares
onde passava sobre a vasta terra.
De todos os humanos morituros,
não há quem saiba mais tirar proveito

do que o próprio Odisseu. Nenhum mortal
conseguiria competir com ele.
Foi isso que me disse o basileu
dos tesprotos, um rei chamado Fídon,
que fez um juramento para mim,
libando à minha frente em seu palácio,
de que já tinha uma nau equipada,
com companheiros igualmente prontos,
para fazer a escolta de Odisseu
de volta para a amada terra pátria.
Acabei recebendo escolta antes,
pois calhou de um navio estar partindo,
equipado com homens dos tesprotos,
rumo a Dulíquio bem rica de trigo.
Mas pude ver os tesouros juntados
por Odisseu em vasta quantidade.
Dez gerações mais tarde inda teriam
como se alimentar de tal tesouro,
de tão vasta a quantia de artefatos
guardados pelo rei em seu palácio.
Ele me disse que Odisseu partira
para Dodona, a fim de consultar
o carvalho divino, de alta copa,
e dele ouvir a vontade de Zeus,
a fim de que pudesse retornar
de volta para a amada terra pátria,
abertamente ou de forma secreta,
pois já estava ausente há muito tempo.
Então não só ele se encontra a salvo
como também bem próximo daqui.
Não tardará mais muito tempo longe
de quem ama e de sua terra pátria.
Que tudo é dessa forma, posso dar-te
um juramento como garantia.
Que Zeus primeiro seja testemunha,
o deus maior e superior a todos,

e o fogo da lareira de Odisseu
impecável, a cujo lar cheguei,
de que todas as coisas vão cumprir-se
exatamente como te descrevo:
antes mesmo que o ano chegue ao fim,
Odisseu estará de volta aqui,
quando a lua atual desvanecer
e a nova lua já brilhar no céu".
Disse-lhe então o seguinte em resposta
Penélope de engenho cuidadoso:
"Quisera que essas coisas, estrangeiro,
se cumprissem da forma que disseste!
Rapidamente tu conhecerias
minha amizade e ganharias tantas
dádivas minhas, que qualquer pessoa
que te visse diria que és feliz.
Porém meu coração tem outra ideia
do que de fato vai acontecer:
nem Odisseu terá como voltar
para casa nem tu conseguirás
a tua escolta, visto que não há
alguém que dê comandos nesta casa –
tal como era Odisseu em meio aos homens,
se um outro alguém assim já existiu –,
que acolhesse estrangeiros venerandos
e lhes desse uma escolta em seu caminho.
Mas vinde agora, atendentes, limpá-lo
e preparai um leito para ele –
um leito com colchão e com lençóis,
e também com brilhantes cobertores –,
a fim de que ele alcance muito bem
e com conforto a Aurora de áureo trono.
Pela manhã, bem cedo, então tratai
de banhá-lo e de ungi-lo com azeite,
Ao lado de Telêmaco, depois,
poderá concentrar-se no banquete,

sentado no salão deste palácio.
E ai daquele que ousar incomodá-lo
na tentativa de lhe machucar
o coração! Jamais conseguirá
concluir coisa alguma nesta casa,
por mais que fique muito enfurecido.
De que outra forma afinal, estrangeiro,
ficarias sabendo se de fato
supero todas as outras mulheres
no juízo e na astúcia cuidadosa,
se comesses queimado pelo sol,
coberto por andrajos, quando estás
no meu palácio? Nascem para ter
uma vida brevíssima os humanos.
Um talvez seja um homem bem cruel,
conhecedor de cruéis pensamentos:
para ele, o restante dos mortais
desejaria dores no futuro
enquanto é vivo; quando enfim perece,
vira piada na boca de todos.
Outro talvez seja um homem bem nobre,
conhecedor de nobres pensamentos:
a glória que ele tem é carregada
por homens de outras terras, para longe,
para que chegue a todos os humanos,
e muitos homens dizem que ele é bom".
Por sua vez, respondendo o seguinte,
disse Odisseu de muitíssima astúcia:
"Venerável mulher, esposa augusta
de Odisseu, o nascido de Laertes,
preciso te dizer que, na verdade,
cobertores brilhantes e lençóis
já não me agradam desde que deixei
as montanhas nevadas lá de Creta
e fiquei tanto tempo viajando
em meu navio de remos bem compridos,

onde tinha o costume de passar
as noites sem dormir sobre o convés.
Foram muitas as noites que dormi
em cima de algum leito improvisado,
aguardando o momento de chegada
da diva Aurora com seu belo trono.
Da mesma forma o próprio lava-pés
foi deixando de ser tão desejável
ao coração. Não quero que mulher
alguma venha me tocar os pés –
nenhuma dessas que são para ti
as serventes mulheres no palácio –,
com exceção se houver alguma velha
que saiba trabalhar com diligência,
alguém que tenha, no seu coração,
sofrido tanto quanto eu já sofri.
Eu não me importaria, nesse caso,
que alguém assim tocasse nos meus pés".
Disse-lhe então o seguinte em resposta
Penélope de engenho cuidadoso:
"Estrangeiro querido, certamente
nunca houve algum homem mais sagaz
dentre todos os hóspedes que tive
em minha casa, vindos de outras terras!
Tu te expressas de modo bem preciso,
dizendo tudo com sagacidade.
Existe, sim, uma mulher idosa,
de sólido juízo nas entranhas.
Foi ela quem criou e alimentou
aquele homem desafortunado,
desde que o recebeu nas próprias mãos
no dia em que a mãe dele o deu à luz.
É ela quem te vai lavar os pés,
por mais que já não tenha muita força.
Então agora trata de te erguer,
Euriclecia de engenho cuidadoso,

e vai lavar os pés de um coetâneo
do teu senhor, pois creio que Odisseu
a esta altura tenha mãos e pés
exatamente à semelhança dele.
A desgraça de fato não demora
em fazer os mortais envelhecerem".
Assim falou. Por sua vez, a velha
cobriu o próprio rosto com as mãos,
vertendo quentes lágrimas sentidas,
e proferiu o seguinte lamento:
"Ai de mim por não ter o que fazer
por ti, filhinho! Certamente Zeus
te odeia mais que todos os humanos,
mesmo tu tendo um coração temente.
Nenhum mortal fez tantos sacrifícios
para Zeus que se alegra com trovões,
queimando gordas coxas e ofertando
seletas hecatombes para o deus,
na mesma quantidade que fizeste,
com preces de poderes alcançar
uma velhice próspera depois
de ter criado o teu brilhante filho.
Agora a ti somente ele privou
por completo do dia do retorno,
da mesma forma como a este aqui.
Deve virar piada das mulheres
quando chega ao palácio glorioso
de estrangeiros, em terras bem distantes,
assim como as cadelas desta casa
fazem piada de ti, todas elas!
Agora, como queres evitar
os ultrajes e toda a humilhação
que te fariam ao lavar teus pés,
a mim, que não me oponho, ela pediu
para fazê-lo, a donzela de Icário,
Penélope de engenho cuidadoso.

Por isso então eu lavarei teus pés —
não só porque Penélope pediu
mas também porque a teu respeito sinto
o coração se apertar no meu peito
com tanto sofrimento. Agora vem
comigo e me obedece ao que eu disser.
Já foram muitos mesmo os estrangeiros
sofridos que chegaram nesta casa,
mas dentre todos eles eu te digo
que nunca tinha visto alguém assim —
que fosse de tal modo parecido
em forma, voz e pés com Odisseu".
Por sua vez, respondendo o seguinte,
disse Odisseu de muitíssima astúcia:
"Anciã, realmente dizem isso
todos que já puderam contemplar
a mim e a ele com seus próprios olhos:
que existe alguma grande semelhança
entre nós dois, assim como tu mesma
apontaste com grande perspicácia".
Assim ele falou. Então a velha
pegou uma bacia reluzente
com a qual costumava lavar pés
e dentro dela derramou bastante
água gelada, sobre a qual depois
verteu a quente, ao passo que Odisseu
foi sentar-se distante da lareira,
com o rosto virado para a treva.
Seu coração estava com receio
de que ela, quando lhe tocasse a perna,
acabasse notando a cicatriz
e desfazendo todo o seu trabalho.
Ela, por sua vez, chegou mais perto
para lavar seu mestre. Prontamente
reconheceu a cicatriz que outrora
causara um javali de presas brancas

quando ele estava no monte Parnaso
acompanhando Autólico e seus filhos,
ele que fora o seu avô materno
e superava todos os humanos
na ladroagem e nos juramentos.
O próprio deus foi quem lhe concedeu
esses dons, o deus Hermes, para quem
ele havia queimado muitas coxas
de carneiros adultos e cordeiros.
Propício, estava sempre do seu lado.
Autólico, no dia em que chegou
em Ítaca, no rico povoado,
conheceu o bebê recém-nascido
que sua filha tinha dado à luz.
Foi a própria Euricleia quem dispôs
o bebezinho no seu caro colo
no que ele terminava de jantar,
chamou-o pelo nome e lhe falou:
"Autólico, tu mesmo agora deves
encontrar algum nome para dar
ao filho que nasceu à tua filha,
bebê por quem fizemos tantas preces".
Por sua vez, Autólico em seguida
respondeu ao que disse e lhe falou:
"Escutai-me, meu genro e minha filha.
Dai-lhe o nome que vos indicarei.
Uma vez que cheguei até aqui
com ódio de muitíssimas pessoas,
de muitos homens e muitas mulheres
pela extensão de toda terra fértil,
seja Odisseu o nome pelo qual
ele será chamado. Dessa forma,
quando quer que ele chegue à juventude
e queira visitar a grande casa
de sua própria mãe, lá no Parnaso,
onde se encontram minhas propriedades,

darei um tanto delas para ele
e o mandarei de volta bem contente".
Foi assim que Odisseu o visitou,
para ganhar esplêndidos presentes.
O próprio Autólico foi recebê-lo
com os filhos de Autólico a seu lado,
que lhe estenderam apertos de mão
e lhe disseram palavras gentis.
Então a mãe de sua própria mãe,
Anfiteia, abraçou-se em Odisseu
e deu-lhe muitos beijos de saudade
na cabeça e depois nos belos olhos.
Autólico em seguida convocou
os seus filhos ilustres e lhes disse
que preparassem então o jantar.
Eles deram ouvidos ao comando
e logo foram atrás de trazer
um boi macho, de cinco anos de idade.
Em seguida esfolaram toda a pele
e esquartejaram o seu corpo inteiro.
Cortaram postas com grande perícia
e as enfincaram então nos espetos.
Assaram tudo com calma e cuidado.
Depois tiraram as carnes do fogo.
Dessa maneira então o dia todo,
até que o sol mergulhasse no mar,
banquetearam-se. Não houve nada
que ficasse faltando ao coração.
Quando o sol já baixara sob o mar
e a escuridão lhes sobreveio a todos,
acomodaram-se para dormir
e tiveram a dádiva do sono.
Quando afinal surgiu a matutina
Éos, Aurora de dedos rosados,
eles logo partiram para a caça,
os cachorros e os próprios caçadores,

os nascidos de Autólico. Com eles,
seguia junto o divino Odisseu.
Encaminharam-se ao monte elevado,
a montanha coberta por floresta,
o Parnaso. De pronto já chegaram
aos convales cortados pelo vento.
Quando o sol começava a projetar
os seus primeiros raios nas lavouras,
ao ressurgir depois de seu mergulho
nas correntes profundas de Oceano,
num vale arborizado então chegaram
os caçadores. Mais à frente deles,
os cachorros seguiam farejando
à procura de rastros. Mais atrás,
os nascidos de Autólico os seguiam,
e junto deles o divo Odisseu,
que acompanhava de perto os cachorros,
brandindo a lança de sombra comprida.
Eis então que num bosque bem cerrado
encontraram um grande javali,
um bosque tão cerrado que jamais
vento algum conseguia penetrá-lo
com sopro refrescante, nem o Sol
podia iluminá-lo com sua luz,
nem a chuva podia atravessá-lo
diretamente – tão cerrado assim
era esse bosque. Sobre todo o chão
espalhavam-se folhas abundantes.
Por conta disso, logo apercebeu-se
do som dos pés dos homens e dos cães
conforme vinham para cima dele.
Então saiu de dentro dos arbustos
com o pelo eriçado sobre o lombo
e os olhos reluzindo feito fogo.
Firmou-se em posição para enfrentá-los.
À frente deles todos, Odisseu

avançou para a luta, segurando
a longa lança em sua mão robusta,
com desejo ferrenho de feri-lo.
Porém o javali foi mais veloz
e o atingiu acima do joelho,
dilacerando a carne ao estocar
com as presas de um lado para o outro –
mas não chegou a lhe atingir os ossos.
Por sua vez, Odisseu conseguiu
feri-lo sob o seu ombro direito,
atravessando-lhe inteira na carne
a extremidade da lança brilhante.
Tombou agonizando na poeira,
e seu sopro vital se dissipou.
Do javali, cuidaram os nascidos
de Autólico, seus filhos bem-amados.
Quanto à ferida do herói impecável,
de Odisseu semelhante aos próprios deuses,
outros souberam tratar com perícia,
fazendo o sangue negro se estancar
por meio de uma prece. Bem depressa
retornaram à casa de seu pai.
O próprio Autólico foi recebê-lo
com os filhos de Autólico a seu lado.
Cuidaram muito bem do ferimento
e lhe deram esplêndidos presentes.
Depois, logo mandaram-no de volta
à sua terra pátria, bem contente –
de volta a Ítaca – para a alegria
do pai e da senhora sua mãe,
que, quando o receberam de viagem,
perguntaram-lhe sobre cada coisa,
do ferimento que havia sofrido.
Então contou-lhes tudo com detalhe:
como estava caçando e foi ferido
por um javardo de presas bem brancas

enquanto se embrenhava no Parnaso,
tendo os filhos de Autólico consigo.
No momento em que a velha colocou
as mãos em cima dessa cicatriz,
soube quem era aquele em que tocava
e acabou por soltar-lhe o outro pé,
que desabou por cima da bacia,
fazendo com que o bronze ressoasse
conforme se entornava para o lado,
vertendo a água toda pelo chão.
Felicidade e dor lhe atravessaram
ao mesmo tempo o coração, seus olhos
encheram-se de lágrimas sentidas,
e a rica voz já mal chegava à boca.
Levando a mão ao queixo de Odisseu,
tocou-lhe a barba e disse-lhe o seguinte:
"Não há dúvida alguma! És Odisseu,
meu filhinho querido! Foi preciso
que eu tocasse direito no meu mestre
para reconhecê-lo finalmente".
Falou, e com seus olhos já buscava
a vista de Penélope no quarto,
a fim de lhe mostrar que seu esposo
querido já se achava de retorno.
Mas ela não chegou a percebê-la
nem se deu conta do que acontecia,
pois Atena ocupou sua atenção
com outras coisas. Súbito Odisseu
agarrou o pescoço de Euricleia
com o toque de sua mão direita,
e com a outra a tratou de puxá-la
para perto de si, e então lhe disse:
"Mãezinha, por que queres me matar?
Tu mesma me criaste e me nutriste
apertado em teu seio, e só agora,
depois de ter sofrido tantas dores,

vinte anos depois de ter partido,
estou de volta à minha terra pátria.
Já que tu percebeste e que algum deus
deixou teu coração ficar sabendo,
fica em silêncio, para que ninguém
no palácio descubra. Do contrário,
da maneira que te descreverei,
as coisas haverão de se cumprir:
se um deus deixar que, pelas minhas mãos,
pereçam os ilustres pretendentes,
eu não irei poupar nem mesmo a ti,
por mais que tenhas sido a minha ama,
quando eu juntar as outras servas todas
do meu palácio para chaciná-las".
Por sua vez, proferiu-lhe o seguinte
Euricleia de engenho cuidadoso:
"Mas, meu filhinho, que palavra é essa
que te escapou pelo encerro dos dentes?
Tu sabes muito bem que a minha força
é sempre firme e não vacila nunca.
Resistirei, guardando teu segredo,
tão firme quanto rocha ou quanto ferro.
Mas uma coisa mais eu te direi,
para que guardes no teu coração:
se um deus deixar que, pelas tuas mãos,
pereçam os ilustres pretendentes,
nesse momento eu listarei a ti
quais as mulheres, dentro do palácio,
são culpáveis por ter te desonrado
e quais delas, porém, são inocentes".
Por sua vez, respondendo o seguinte,
disse Odisseu de muitíssima astúcia:
"Mãezinha, por que falas das mulheres?
Não há necessidade alguma disso.
Eu mesmo tratarei de averiguar
e de ficar sabendo quem é quem.

Então mantém calado o teu discurso
e deixa tudo ao cuidado dos deuses".
Assim falou, e a velha de imediato
atravessou o salão do palácio
em busca de água para o lava-pés,
pois a que tinha foi vertida ao chão.
Depois que ela já tinha terminado
de lavá-lo e de ungi-lo com azeite,
Odisseu arrastou o seu assento
de volta para perto da lareira,
para aquecer-se, e tratou de esconder
a cicatriz debaixo dos andrajos.
Principiou a falar entre eles
Penélope de engenho cuidadoso:
"Estrangeiro, eu ainda gostaria
de te fazer mais algumas perguntas,
não muitas, pois em breve chegará
o momento do leito adocicado —
a quem for pego pelo doce sono,
apesar das angústias que tiver.
A mim, contudo, alguma divindade
concedeu sofrimento sem limite,
pois eu passo meus dias saciando
o desejo por luto e por lamento
enquanto apenas sigo com os olhos
o trabalho das aias no palácio.
Mais tarde, quando chega enfim a noite
e todos são tomados pelo sono,
eu fico ali deitada sobre a cama
sentindo o coração se comprimir
sob o peso de angústias afiadas
que o envolvem e aumentam meu lamento.
À semelhança de quando a donzela
de Pandareu, rouxinol verdejante,
canta seu belo canto, no momento
em que recém-começa a primavera,

sentada sobre um galho em meio às folhas
das árvores de copas muito densas,
e vai vertendo e variando a cor
de sua voz capaz de tantos tons
num lamento por causa de seu filho
Ítilo, que ela mesma em outros tempos
matou com bronze, por um desvario,
o jovem filho dela e do rei Zeto –
assim também eu sinto o coração
batendo sem saber para onde ir:
se permaneço junto do meu filho,
mantendo guarda firme sobre tudo,
as minhas propriedades, meus escravos
e meu palácio de teto elevado,
por reverência ao leito do marido
e à opinião da gente deste povo,
ou se não devo acompanhar quem quer
que se provar o melhor dos aqueus
em meio aos pretendentes no palácio
e ofertar o maior preço de noiva.
Mas, enquanto meu filho era pequeno
e ainda tinha uma mente volúvel,
ele não permitia que eu tomasse
um novo esposo e partisse de casa.
Por outro lado, agora que está grande
e que alcançou enfim a juventude,
ele mesmo faz preces de que eu vá
embora do salão deste palácio,
preocupado com suas propriedades,
que os rapazes aqueus vão devorando.
Agora presta atenção neste sonho
que vou contar-te e trata de explicá-lo.
Vinte gansos saíam das aguadas
e vinham para dentro do palácio
para se alimentar de louro trigo,
e eu me alegrava de ficar olhando.

Mas eis então que, vinda das montanhas,
uma águia enorme, de bico recurvo,
arrebentou o pescoço de todos
e os massacrou. Ficaram empilhados
todos juntos no meio do salão,
e a águia alçou-se para o céu divino.
Quanto a mim, eu fiquei inconsolável,
pranteando e gritando no meu sonho.
Ao meu redor, juntaram-se as mulheres
acaias de belíssimos cabelos,
lamentando, repletas de tristeza,
meus gansos mortos por aquela águia –
que, aliás, retornou e se sentou
em cima de uma viga do telhado.
Com uma voz mortal, nesse momento,
ela falou comigo e me conteve:
'Toma coragem agora, donzela
filha do rei Icário de ampla fama!
Isto não é um sonho, e sim um bom
presságio do que vai te acontecer.
Os gansos, estes, são teus pretendentes,
e eu próprio, que era um pássaro, uma águia,
agora há pouco, na verdade agora
sou teu esposo que chegou em casa
e vai lançar um fado vergonhoso
em cima desses pretendentes todos'.
Assim ele falou, e nesse instante
o sono adocicado me deixou.
Procurando ao redor, então eu vi
os meus gansos de volta no palácio,
comendo trigo numa manjedoura,
da mesma forma como de costume".
Por sua vez, respondendo o seguinte,
disse Odisseu de muitíssima astúcia:
"Minha senhora, não será possível
explicar esse sonho que tiveste

de outra maneira qualquer que não for
aquela mesma que o próprio Odisseu
indicou para ti que se dará.
É manifesto o fim dos pretendentes,
sem exceção. Não haverá nenhum
que fuja à morte e suas Queres negras".
Por sua vez, proferiu-lhe o seguinte
Penélope de engenho cuidadoso:
"A verdade é que os sonhos, estrangeiro,
são bastante difíceis de entender,
e muitas vezes eles não se cumprem
completamente para nós humanos,
pois são duas as portas desde as quais
vêm para nós os sonhos fugidios:
a primeira foi toda construída
com chifres; a segunda, com marfim.
Dessa maneira, aqueles que provêm
da porta feita de marfim serrado,
esses são sonhos que darão errado,
dizem coisas que não se cumprirão.
Por outro lado, aqueles que provêm
da porta feita com chifres polidos,
esses são sonhos que serão cumpridos
sempre que chegam para algum mortal.
Mas eu receio que não foi da porta
de chifres que me veio aquele sonho
pavoroso – por mais que para mim
e para o filho ele fosse bem-vindo.
Mas uma coisa mais eu te direi,
para que guardes no teu coração:
é chegada por fim esta manhã
desventurada em que devo deixar
para sempre o palácio de Odisseu.
Hoje prepararei um desafio:
o mesmo jogo que aquele guerreiro
muitas vezes propunha no palácio,

enfileirando doze machadinhas
sem cabo, feito escoras para quilha.
Ficando bem de longe, ele atirava
uma flecha através dos doze furos.
Agora vou propor aos pretendentes
que se testem com esse desafio.
Aquele que com mais facilidade
encordoar o arco em suas mãos
e conseguir disparar uma flecha
pelos aros das doze machadinhas,
será com ele que eu irei embora,
deixando para sempre este palácio,
o de meu casamento, muito belo,
cheio de toda forma de sustento.
Dele acredito que eu irei lembrar-me
para sempre, até mesmo nos meus sonhos".
Por sua vez, respondendo o seguinte,
disse Odisseu de muitíssima astúcia:
"Venerável mulher, esposa augusta
de Odisseu, o nascido de Laertes,
convém que não demores em fazer
essa disputa dentro do palácio,
pois Odisseu de muitíssima astúcia
logo mais estará de volta aqui,
antes mesmo que aqueles pretendentes
possam pegar seu arco bem-polido,
armar a corda e disparar a flecha
atravessando os aros dos machados".
Por sua vez, proferiu-lhe o seguinte
Penélope de engenho cuidadoso:
"Se tu te dispusesses, estrangeiro,
a te sentar comigo no salão
e a me entreter, o sono não viria
derramar-se por cima dos meus olhos.
Mas para nós humanos não existe
maneira de ficar eternamente

alheio ao sono, pois foi definida
uma porção distinta a cada um
dos mortais pelos deuses imortais
na terra fértil, dadora de grãos.
Então é isto que farei agora:
retornarei ao quarto superior,
para me recolher ao mesmo leito
que tanto tem me feito lamentar –
eternamente úmido por conta
de minhas lágrimas – por Odisseu,
que partiu à procura de Destroia,
nome que nem se deve repetir.
Eu ficarei deitada no meu quarto.
Tu podes te deitar pelo palácio,
ou ajeitando um leito sobre o chão
ou deixando que façam para ti".
Tendo falado assim, ela voltou
ao reluzente quarto superior.
Não estava sozinha, pois com ela
também seguiam junto duas aias.
Então ela subiu de volta ao quarto,
acompanhada pelas suas aias,
e chorou ao lembrar-se de Odisseu,
seu esposo querido, até o momento
que Atena de olhos glaucos derramou
em suas pálpebras o doce sono.

Canto XX

Por sua vez, o divino Odisseu
foi dormir na varanda do palácio.
Ele esticou um couro de bovino
ainda não curtido, e sobre ele
diversos velocinos das ovelhas
que os aqueus tinham posto a sacrifício.
Depois que ele já tinha se deitado,
Eurínome o cobriu com uma capa.
Odisseu se manteve ali deitado
insone, com o coração focado
em planejar maldade aos pretendentes.
Mas eis então que as mulheres saíram
de dentro do salão, aquelas mesmas
que tinham se juntado aos pretendentes:
estavam ocupadas tão somente
com riso e com a própria diversão.
Odisseu nesse instante já sentia
o coração se agitar no seu peito.
Ponderou longamente, consternado
desde as entranhas até o coração,
se deveria avançar ali mesmo
contra elas e dar a morte a todas
ou se deixava que elas se juntassem
com os soberbos jovens pretendentes
pela última e derradeira vez —
e o coração dentro dele rosnava.
Tal como uma cadela que circula
em torno de seus tenros filhotinhos
ao ver um homem que ela não conhece
e rosna com um ímpeto de luta —

assim também rosnava ele por dentro,
revoltado com tal malfeitoria.
Mas então golpeou o próprio peito,
dando uma bronca no seu coração:
"Deves ser paciente, coração!
Já passaste por algo bem pior –
naquele dia mesmo em que o ciclope
de força irresistível devorou
os nossos valorosos companheiros.
Porém tu resististe, até que a astúcia
te levou para fora da caverna,
mesmo achando que irias perecer".
Assim ele falou, interpelando
seu caro coração dentro do peito,
e o coração manteve-se em estrita
obediência a ele, resistindo
inabalavelmente, mesmo que ele
se revirasse insone noite adentro.
Tal como quando um homem vai virando
um bucho sobre o fogo rutilante,
um bucho bem-fornido de gordura
e de sangue, de um lado para o outro,
aguardando com grande expectativa
até que a carne esteja bem-assada –
desse modo também se revirava
de um lado para o outro, ponderando
um modo para pôr as suas mãos
naqueles pretendentes sem-vergonha,
sendo apenas um só em meio a tantos.
Para próximo dele veio Atena,
tendo descido desde o próprio céu
e adotado uma forma de mulher.
Pôs-se a pairar por cima de seu rosto
e então lhe disse o seguinte discurso:
"Por que tu permaneces acordado,
mais miserável dos seres humanos?

Já te encontras de volta em tua casa.
É tua a esposa dentro do palácio;
é teu também o filho, esse rapaz
que daria alegria a qualquer pai".
Por sua vez, respondendo o seguinte,
disse Odisseu de muitíssima astúcia:
"É bem verdade. Tudo o que disseste,
deusa, foi consonante com a moira.
Ainda assim eu sinto no meu peito
o coração inquieto em ponderar
um modo para pôr as minhas mãos
naqueles pretendentes sem-vergonha,
sendo apenas um só enquanto eles
se juntam sempre em bandos ali dentro.
Além disso, também há outra coisa,
maior, a preocupar-me o coração:
se viesse de fato a chaciná-los,
pela graça de Zeus e pela tua,
para onde depois escaparia?
Preciso te pedir que penses nisso".
Por sua vez, dirigindo-se a ele,
disse-lhe Atena, deusa de olhos glaucos:
"Miserável, qualquer outra pessoa
daria ouvidos mesmo a um companheiro
inferior, um mortal que não soubesse
tamanha quantidade de artimanhas.
Mas acontece que eu sou uma deusa,
eu que estou sempre pronta a te guardar
em toda provação que tu enfrentas.
Então eu te direi abertamente:
mesmo se cinco dezenas de bandos
de humanos morituros nos cercassem,
posicionados para uma emboscada,
desejosos de nos matar em Ares,
ainda assim levarias embora
o gado deles e as gordas ovelhas.

Então deixa que o sono te arrebata.
É bem desagradável fazer guarda
a noite inteira, sem poder dormir.
Tu logo estarás livre desses males".
Assim falou, fazendo com que o sono
se derramasse nas pálpebras dele.
Ela própria em seguida retornou
para o Olimpo, divina em meio às deusas.
Quando o sono por fim o dominou,
fazendo sossegar o coração,
lassando membros, já se despertava
a sua esposa de mente zelosa.
Sentada sobre os seus lençóis macios,
ela ficou ali vertendo pranto.
Depois que ela já tinha saciado
o coração na gana pelo choro,
a Ártemis primeiro do que tudo,
fez oração a diva entre as mulheres:
"Ártemis, veneranda divindade,
filha de Zeus, quem me dera se tu
lançasses uma flecha no meu peito
e me arrancasses logo o coração
agora mesmo, ou que então viesse
alguma tempestade turbulenta
e me levasse para muito longe,
ao longo de caminhos nebulosos,
até chegar à zona mais extrema
das correntes reversas de Oceano,
tal como quando as borrascas levaram
as donzelas de Pândaro consigo.
Seus genitores tinham sido mortos
pelos deuses. Por isso, elas restavam
sem ninguém no salão de seu palácio.
Foi Afrodite então quem as criou,
alimentando-as com queijo, com mel
adocicado e com o doce vinho;

Hera, por sua vez, lhes concedeu
mais do que a todas as outras mulheres
aparência e prudência superiores;
Ártemis casta deu-lhes estatura,
e enfim Atena ensinou para elas
como fazer trabalhos gloriosos.
Mas eis que, enquanto Afrodite divina
se dirigia ao elevado Olimpo,
para pedir por uma solução
de casamento fértil para as moças
a Zeus que se deleita com trovões –
pois ele sabe de todas as coisas,
tanto da sorte quanto da desdita
para os seres humanos morituros –,
nesse entrementes vieram harpias
que carregaram as moças consigo
e as entregaram depois às Erínias
para servirem de atendentes delas.
Quem dera me levassem dessa forma
os que detêm olímpicas moradas
ou que Ártemis de bela cabeleira
me matasse! Assim eu poderia
descer às odiosas profundezas
da terra e me encontrar com Odisseu,
e não teria de agradar a mente
de nenhum desses homens inferiores.
É bem verdade que mesmo a desgraça
se torna tolerável quando alguém
pode passar os dias pranteando,
de coração transido em sofrimento,
e de noite é tomado pelo sono –
pois ele faz com que se esqueça tudo,
as coisas boas tanto quanto as más,
quando vem recobrir os nossos olhos.
Mas para mim, contudo, a divindade
só tem mandado sonhos dos piores,

pois esta noite mesmo havia alguém
sentado do meu lado à forma dele,
igual ao que ele era ao ir embora
com o exército. Então meu coração
ficou alegre, pois eu não pensei
que fosse um sonho, e sim realidade".
Assim falou, e logo sobreveio
Éos, Aurora de trono dourado.
O divino Odisseu então ouviu
a sua voz enquanto ela chorava.
Acordando de um sonho, consternado,
para o seu coração lhe parecia
que ela soubesse já quem ele era
e flutuasse sobre sua cabeça.
Então tratou de recolher a capa
e os velocinos com que se cobrira,
e foi deixá-los em cima de um trono
no salão principal. Depois levou
aquele couro de boi para fora,
ergueu as mãos aos céus e orou a Zeus:
"Zeus pai, já que vós, deuses, desejastes
levar-me pela terra e pelo mar
de volta para minha própria terra,
depois de maltratar-me enormemente,
faz com que alguém me diga uma palavra
auspiciosa, alguma das pessoas
ali dentro, soando em consonância
a algum portento de Zeus aqui fora".
Assim ele falou em sua prece,
e Zeus astucioso o escutou.
Trovejou de imediato então o deus
das alturas do Olimpo resplendente,
ecoando o trovão em meio às nuvens,
para a alegria do divo Odisseu.
Um portento de dentro do palácio
logo em seguida foi anunciado

por uma moendeira ali por perto,
junto às moendas do pastor de povos.
No total, eram doze as empregadas
que trabalhavam duro na moagem,
para fazer farinha de cevada
e de trigo, a medula dos humanos.
Todas as outras estavam dormindo,
pois já tinham moído as suas partes,
e apenas uma ainda não havia
terminado, a mais fraca dentre as doze.
Junto à moenda ela disse o seguinte,
que foi como um sinal ao seu senhor:
“Zeus pai, que sobre todos os humanos
e sobre todos os deuses governas,
decerto agora mesmo trovejaste
desde as alturas do céu estrelado,
mesmo que não se veja alguma nuvem.
Revelaste um portento para alguém.
Então agora cumpre para mim
também, esta infeliz, o que te peço:
que para os pretendentes este seja
o seu último e derradeiro dia
aproveitando o banquete adorável
no interior do palácio de Odisseu!
Por causa deles, cedem-me os joelhos
e o cansaço me dói no coração
de tanto triturar esta cevada.
Que este seja seu último banquete!”.
Assim falou, e com esse presságio
regozijou-se o divino Odisseu,
com tal presságio de Zeus trovejante,
crendo na punição para os culpados.
Enquanto isso, as demais empregadas
pelo belo palácio de Odisseu,
despertando, tratavam de acender
o infatigável fogo na lareira.

Por sua vez, Telêmaco também
se ergueu do leito, símile dos deuses.
Depois de ter vestido as suas roupas,
pôs a espada afiada junto aos ombros.
Nos pés, ungidos com óleo de oliva,
ele calçou belíssimas sandálias.
Então tomou a valorosa lança,
que culminava em bronze pontiagudo.
Chegando junto ao limiar da porta,
ele disse o seguinte a Euricleia:
"Minha cara mãezinha, o estrangeiro
recebeu honrarias nesta casa,
abrigo e alimento, ou por acaso
foi dormir ao relento, sem cuidados?
Isto é bem típico da minha mãe,
por mais conscienciosa que ela seja:
de maneira arbitrária, os mais abjetos
dentre os humanos dotados de voz
ela respeita, ao passo que os melhores,
desrespeitados, ela manda embora".
Disse-lhe então o seguinte em resposta
Euricleia de engenho cuidadoso:
"Não há necessidade, meu filhinho,
de pores culpa em quem não é culpada,
pois foi servido vinho para ele,
ali sentado, tanto quanto quis.
De comida, ele disse que não tinha
necessidade quando perguntei.
E depois disso, no momento mesmo
em que ele se lembrou de leito e sono,
a tua mãe mandou que as empregadas
preparassem a cama para ele.
Mas ele, sendo alguém já tão sofrido
e já tão maltratado pela vida,
não quis dormir num leito de verdade,
fornido com lençóis e cobertores.

Em vez disso, deitou-se na varanda
sobre um couro bovino não curtido,
aninhado no velo de carneiros,
e o cobrimos depois com uma capa".
Assim falou. Telêmaco em seguida
atravessou o salão do palácio,
portando a lança em mãos, e junto dele
seguiam os seus cães de pés velozes.
Ele se encaminhou para a assembleia
entre os aqueus de cnêmides bem-feitas.
Ela, por sua vez, erguia a voz
para chamar as outras empregadas,
Eurcleia, divina entre as mulheres,
a filha de Opo, filho de Pisênor:
"Vamos logo ao trabalho! Eu quero ver
uma parte de vós varrendo o chão
para depois lavá-lo, e colocando
os tapetes purpúreos esticados
sobre os tronos bem-feitos; outra parte
de vós eu quero ver limpando as mesas
todas e as esfregando com esponjas,
tirando toda nódoa das crateras
assim como das taças de asas duplas;
e uma terceira parte eu quero ver
indo buscar a água na nascente
e trazendo-a de volta bem depressa,
pois não demora muito e os pretendentes
já chegarão de volta no palácio.
É possível até que cheguem antes,
pois para todos eles hoje é festa".
Assim falou, e elas prontamente
deram ouvidos e lhe obedeceram.
Uma vintena delas foi buscar
água escura de junto da nascente.
O restante tratou de trabalhar
com perícia ali mesmo no palácio.

Em seguida, chegaram os serventes
varonis dos acaios, que trataram
de cortar a madeira com perícia
para servir de lenha, e as mulheres
retornaram de volta da nascente.
Depois delas, chegou o porcariço
conduzindo consigo três leitões,
os melhores de todos que cuidava.
Deixou que procurassem alimento
pelos belos pomares do jardim,
e ele próprio em seguida dirigiu-se
com palavras gentis para Odisseu:
"Como foi, estrangeiro? Recebeste
mais respeito por parte dos aqueus
ou eles seguem te desrespeitando
do mesmo jeito no salão de casa?".
Por sua vez, respondendo o seguinte,
disse Odisseu de muitíssima astúcia:
"Eu gostaria muito mesmo, Eumeu,
que os deuses conduzissem a vingança
por todo o ultraje desses criminosos,
que ficam planejando vilanices
com toda petulância, em casa alheia,
sem nem sequer a mínima vergonha".
Eles diziam coisas desse tipo,
falando abertamente um com o outro.
Nesse entrementes, o pastor de cabras
Melântio veio para perto deles,
chegando juntamente a suas cabras,
as melhores de todo o seu rebanho,
para servi-las para os pretendentes.
Com ele, também vinham dois pastores.
Chegando ali, ele amarrou os bichos
logo abaixo do pórtico ecoante,
e ele próprio em seguida dirigiu-se
com palavras hostis para Odisseu:

"Estrangeiro, será que seguirás
enchendo a paciência no palácio,
pedindo esmola para todo mundo,
em vez de te mandares porta afora?
Eu já não creio que haverá maneira
de resolvermos esta situação
sem provarmos dos punhos um do outro,
já que mendicas de forma incorreta,
como se não houvesse mais nenhum
banquete em meio aos homens dos aqueus".
Assim falou, e por resposta nada
disse Odisseu de muitíssima astúcia –
taciturno, somente fez um não
com a cabeça, matutando males.
Entre eles então, como terceiro,
chegou Filécio, líder entre os homens,
conduzindo uma vaca inda terneira
e bodes gordos para os pretendentes.
Tinham sido trazidos por barqueiros
do continente, os mesmos que também
fazem a travessia dos humanos,
de todos quantos chegam até eles.
Chegando ali, ele amarrou os bichos
logo abaixo do pórtico ecoante,
e ele próprio em seguida aproximou-se
do porqueiro, fazendo-lhe perguntas:
"Dize lá, porcariço, quem é esse
estrangeiro recém-chegado aqui
junto de nossas casas? De que gente
ele se orgulha de dizer que veio
entre os humanos? Qual é sua estirpe
e onde se encontram as terras paternas
desse infeliz? Diria que ele tem
a aparência de um rei, de um basileu,
mas os deuses afundam na miséria
os homens que viajam para longe,

mesmo que sejam reis, quando o destino
fiado a eles é de sofrimentos".
Assim falou e vindo para perto
cumprimentou-o com a mão direita.
Dirigindo-se a ele desta forma,
disse as seguintes palavras aladas:
"Saudações para ti, pai estrangeiro!
Possa a boa fortuna acompanhar-te
no futuro, por mais que no presente
haja males diversos te assolando.
Zeus pai, não há ninguém dentre os divinos
que seja mais fatídico que tu!
Não te apiedas nunca dos humanos,
por mais que sejas tu quem os gerou,
de eles viverem sempre misturados
aos mais horripilantes sofrimentos.
Quanto a ti, eu suei quando te vi
e encheram-se de lágrimas meus olhos,
porque tu me lembraste de Odisseu.
Eu imagino que ele próprio esteja
vestido nuns andrajos semelhantes
enquanto vaga pela humanidade,
se porventura ainda segue vivo
e contemplando a luz do sol brilhante.
Mas, se neste momento já for morto
e já se achar pelo palácio de Hades –
que desgraça! –, ai de mim por Odisseu
impecável, que tinha me incumbido
do gado quando eu era inda pequeno
lá no reino dos homens cefalônios.
Bem, agora há mais vacas do que um deus
poderia contar – nem há sentido
em permitir que nasçam mais bezerros
para virarem bois de testas largas.
Mas são outros os homens que me pedem
para que eu traga as vacas para eles

as devorarem. Eles não se importam
com o filho que resta no palácio,
nem tremem de temor pela vingança
dos deuses. Tão somente têm desejo
de dividir entre eles mesmos todas
as posses de meu mestre há tanto ausente.
Ainda assim eu sinto o coração
dentro do caro peito debater-se
muitas vezes com isto: que seria
muito ruim, havendo ainda um filho,
eu ir-me embora para um outro reino,
conduzindo comigo o gado todo
até a terra de homens estrangeiros.
Mas é pior permanecer aqui,
cuidando da boiada de outros homens
e tendo de sofrer desta maneira.
Há tempos eu teria já fugido
para o palácio de algum outro rei
de poder sobranceiro, já que as coisas
não são mais toleráveis por aqui,
mas acontece que eu ainda penso
naquele desgraçado, na esperança
de que ele volte e ponha os pretendentes
para correr bem longe do palácio".
Por sua vez, respondendo o seguinte,
disse Odisseu de muitíssima astúcia:
"Já que tu não pareces, boiadeiro,
ser um homem ruim nem insensato –
posso reconhecer bem facilmente
a prudência que tens no coração –,
por causa disso então eu vou dizer-te
e vou jurar-te um grande juramento.
Que Zeus primeiro seja testemunha,
e a mesa hospitaleira das deidades,
e o fogo da lareira de Odisseu
impecável, a cujo lar cheguei:

antes de decidires ir embora,
Odisseu estará de volta aqui.
Poderás assistir – eu te garanto –
com os teus próprios olhos, se quiseres,
ao massacre dos homens pretendentes,
desses que são os mestres por aqui".
Por sua vez, proferiu-lhe o seguinte
o boiadeiro, tocador de bois:
"Estrangeiro, tomara que o Cronida
cumpra mesmo as palavras que disseste!
Então conhecerias minha força
e do que estes meus braços são capazes!".
Dessa mesma maneira então Eumeu
também fez uma prece aos deuses todos,
rogando pela volta de Odisseu
de múltiplos engenhos para casa.
Eles diziam coisas desse tipo,
falando abertamente um com o outro.
Enquanto isso, os jovens pretendentes
preparavam fatalidade e morte
para Telêmaco. Mas eis que veio
um pássaro voando à esquerda deles,
uma águia de voo sobranceiro
segurando uma tímida pombinha.
Entre eles, Anfínomo em seguida
foi quem tomou a palavra e falou:
"Meus amigos, não creio que esse plano
de assassinar Telêmaco terá
um bom fim para nós. Será melhor
lembrarmos novamente do banquete".
Assim falou Anfínomo, e o discurso
foi do agrado de todos os presentes.
Quando todos estavam reunidos
dentro da casa de Odisseu divino,
eles despiram-se de suas capas,
deixando-as sobre os tronos e divãs.

Em seguida, fizeram sacrifício
de ovelhas grandes e de gordos bodes.
Sacrificaram suínos cevados
e também uma vaca do rebanho.
Assaram as entranhas em espetos
e as serviram. Também serviram vinho,
extraído de dentro da cratera.
Um porqueiro distribuía as taças,
mas quem distribuía o pão a todos
era Filécio, líder entre os homens,
dentro de cestos formosos de junco,
enquanto Melanteu enchia as taças.
Todos os braços então se esticavam
para provar da fartura servida.
Telêmaco arrumou para Odisseu
um assento, servindo-se de planos,
no interior do salão bem-construído,
junto à pedra de entrada, nos umbrais,
onde ele colocou uma mesinha
pequenina e um banco estropiado.
Entregou-lhe depois uma porção
de miúdos e foi verter o vinho
em uma taça toda feita de ouro,
e então lhe disse o seguinte discurso:
"Podes ficar sentado por aqui,
entre estes homens, bebendo teu vinho.
Eu cuidarei de manter afastadas
de ti as zombarias e as mãos deles,
de todos esses jovens pretendentes,
pois não é público de forma alguma
este palácio, mas sim de Odisseu,
e ele próprio deixou-o para mim.
Então, de vossa parte, pretendentes,
detende as vossas mãos e todo o abuso
de vossos corações, de tal maneira
que não haja conflito nem disputa".

Assim falou, e todos os presentes
retesaram os lábios entre os dentes,
maravilhados com a forma audaz
com que Telêmaco os interpelava.
Em meio a eles, tomou a palavra
então Antínoo, nascido de Eupites:
"Por mais difícil que de fato seja,
acaios, acatemos o discurso
de Telêmaco, já que ele profere
ameaças tão claras contra nós.
Eu só lamento que o Cronida Zeus
não o tenha deixado. Do contrário,
já teríamos dado um jeito nele,
por mais que seja um orador tão claro".
Assim falou Antínoo. Todavia,
o jovem desdenhou desse discurso.
Entrementes, arautos conduziam
uma sagrada hecatombe através
da cidade. Juntaram-se em seguida
os acaios de longas cabeleiras
pela sombra de um bosque consagrado
ao deus Apolo, flecheiro longínquo.
Depois de assarem as carnes externas
e as retirarem desde seus espetos,
dividiram as partes do banquete
de lauta fama e se banquetearam.
Os que estavam cuidando do serviço
entregaram então para Odisseu
uma porção igual à que eles mesmos
haviam recebido, em consonância
ao que Telêmaco lhes ordenara,
o caro filho de Odisseu divino.
Quanto aos soberbos jovens pretendentes,
Atena não deixou que se furtassem
de todo de seguir com seu ultraje
que fere o ânimo, pois dessa forma

entraria mais dor no coração
de Odisseu, o nascido de Laertes.
Em meio aos pretendentes, existia
um homem sabedor de ilicitudes.
O nome do sujeito era Ctesipo.
Ele morava numa casa em Same.
Confiado nas posses que ele próprio
detinha em quantidades fabulosas,
chegou determinado a cortejar
a esposa de Odisseu há tanto ausente.
Nesse momento então ele falou
em meio aos arrogantes pretendentes:
“Dai-me ouvidos agora, pretendentes,
homens viris, naquilo que direi.
O estrangeiro já teve agora há pouco
uma porção igual à que tivemos,
assim como é devido, pois de fato
não é belo nem nobre maltratarmos
alguém que esteja sendo recebido
por Telêmaco dentro do palácio.
Agora eu mesmo tratarei de dar-lhe
um presente, de modo que ele próprio
possar presentear depois alguém –
uma serva que preparou seu banho
ou algum dentre os outros atendentes
pelo palácio de Odisseu divino”.
Tendo falado assim, arremessou
com mão robusta uma pata de boi
que arrebatou de dentro de um dos cestos.
Odisseu, todavia, se esquivou
inclinando cabeça para o lado
(enquanto dentro de seu coração
um sorriso sardônico surgia),
e ele atingiu a parede bem-feita.
Então Telêmaco, nesse momento,
repreendeu Ctesipo com discurso:

"Ctesipo, foi de fato bem melhor
para o teu próprio coração assim –
falhaste em atingir o estrangeiro,
pois ele se esquivou do teu projétil.
Do contrário, teria de arrojar-te
a lança pontiaguda bem no ventre,
e em vez de celebrar um casamento
teu pai se envolveria em preparar
o teu velório aqui. Que mais ninguém
se comporte de forma inadequada
neste palácio, pois eu já percebo
e sei de toda coisa que acontece,
as coisas boas tanto quanto as más.
Já não sou a criança de outros tempos.
Mesmo assim, seguirei neste regime
de suportar enquanto assisto a tudo –
ovelhas com pescoços degolados,
vinho rubro vertido goela abaixo
junto à comida –, já que é bem difícil
impedir sendo um só em meio a muitos.
Agora vamos! Chega de quererdes
me hostilizar e me fazer um mal.
A verdade é que, se estivésseis mesmo
com ímpeto de me matar com bronze,
preferiria que o fizésseis logo –
e de fato seria bem melhor
simplesmente morrer do que assistir
a tanta coisa errada o tempo todo:
estrangeiros sofrendo com maltratos
enquanto nossas serventes de casa
são arrastadas vergonhosamente
pelos salões deste belo palácio".
Assim falou, e todos os presentes
calaram-se e ficaram em silêncio.
Depois de um longo tempo, proclamou
Agelau, o nascido de Damástor:

“Meus amigos, não há sentido algum
em se mostrar disposto para a luta,
sacando de palavras de conflito,
se alguma coisa justa foi falada.
Não deveis maltratar de forma alguma
esse estrangeiro – nem quem quer que seja
dos escravos domésticos que existem
pelo palácio de Odisseu divino.
Eu diria outro tipo de discurso
a Telêmaco e para sua mãe,
algo mais agradável, na esperança
de que aprouvesse ao coração dos dois.
Por tanto tempo quanto o coração
dentro do peito tinha uma esperança
de que ocorresse a volta de Odisseu
de múltiplos engenhos para casa,
por tanto tempo não houve revolta
porque aguardásseis por ele, retendo
os pretendentes dentro do palácio,
pois seria melhor dessa maneira –
se Odisseu conseguisse retornar
e estivesse de volta em sua casa.
Porém a esta altura já ficou
evidente que não retornará.
Então vamos! Vai lá sentar-te ao lado
de tua mãe e dizer para ela
desposar quem provar-se superior
e ofertar o maior preço de noiva.
Dessa maneira tu serás feliz,
herdando as posses todas de teu pai.
Tu comerás e beberás tranquilo
enquanto ela se ocupa de outra casa”.
Por sua vez, Telêmaco, sagaz,
lhe proferiu o seguinte em resposta:
“Por Zeus! De jeito nenhum, Agelau!
Por Zeus e pelas dores de meu pai,

que muito longe de Ítaca decerto
ou pereceu ou deve estar vagando!
Eu não postergo em nada o casamento
de minha mãe, e sim lhe digo sempre
que se case com quem ela quiser,
e eu mesmo lhe darei muitos presentes.
Tenho vergonha de mandá-la embora,
a contragosto, do salão de casa,
usando de discurso coercitivo.
Que o deus não concretize nada assim!".
Assim falou Telêmaco. De pronto,
Palas Atena fez surgir um riso
incontrolável entre os pretendentes,
desviando o juízo deles todos.
Os maxilares com que gargalhavam
agora já não mais lhes pertenciam.
Comiam carne crua, respigando
sangue por toda parte. Ao mesmo tempo,
as lágrimas subiam-lhes aos olhos
e o coração focava-se em lamento.
Em meio a eles, então conclamou
Teoclímeno belo como um deus:
"Ah, miseráveis! Mas que mal é esse
de que vós padeceis? Vossas cabeças,
vossos semblantes e vossos joelhos
estão todos cobertos pela noite!
A chama do lamento se acendeu,
as lágrimas vos cobrem as bochechas,
e as paredes e as belas fundações
da casa estão tingidas pelo sangue!
A varanda está cheia de fantasmas,
e os pomares também estão repletos,
de fantasmas que descem paras as trevas
da escuridão profunda! Mesmo o Sol
sumiu completamente lá do céu,
e uma bruma malévola se espalha!".

Assim falou. No entanto, todos eles
apenas riram dele com doçura.
Principiou a falar entre eles
Eurímaco, de Políbo nascido:
"Esse estrangeiro que recém chegou
de longe certamente está maluco!
Melhor o conduzirdes logo, jovens,
para fora das portas do palácio
em direção à praça do mercado,
já que pensa que tudo é como a noite".
Por sua vez, proferiu-lhe o seguinte
Teoclímeno belo como um deus:
"Eurímaco, não fiz nenhum pedido
para que me arranjasses uma escolta.
Eu sou dotado de meus próprios olhos,
de ouvidos próprios e de pernas próprias,
e dentro do meu peito há um juízo
bem-formado e de nada vergonhoso.
Mas irei para fora junto deles,
pois eu percebo o mal que está chegando
a vós todos, um mal de que ninguém
poderá se guardar ou se esconder –
nem um só dentre vós, ó pretendentes,
que no palácio de Odisseu divino
tratais com violência os outros homens,
confabulando planos petulantes".
Depois de ter falado dessa forma,
ele partiu do palácio bem-feito
e dirigiu-se à casa de Pireu,
que de muito bom grado o acolheu.
Nesse momento, os pretendentes todos
se entreolharam e foram provocar
Telêmaco, criando situações
de riso contra os hóspedes da casa.
Desta maneira então alguém dizia,
algum desses rapazes arrogantes:

"Telêmaco, não creio que haja alguém
com hóspedes mais toscos do que os teus.
Já tinhas este aqui, um andarilho
sem rumo que trouxeram para dentro,
necessitado de comida e vinho,
que não conhece nada de trabalho
nem de luta; só sabe ser um peso
para a lavoura de outro ser humano.
E agora inda arranjaste esse daí
que resolveu dar uma de adivinho!
Mas, se tu me escutasses no que digo,
isso seria bem mais vantajoso.
Botemos de uma vez os estrangeiros
em cima de um navio de muitos remos
e os mandemos aos homens da Sicília,
que te dariam bom preço por eles".
Falavam dessa forma os pretendentes,
mas ele desdenhou desse discurso.
Simplesmente manteve-se em silêncio,
olhando o pai, à espera de um sinal
de quando deveria pôr as mãos
naqueles pretendentes sem-vergonha.
Ela, por sua vez, do lado oposto
à porta, colocou uma cadeira –
aquela moça que nasceu de Icário,
Penélope de engenho cuidadoso –
e ficou escutando cada coisa
que os homens proferiam no salão.
Enquanto eles cuidavam do preparo
desse banquete, em meio a muito riso,
para ser saboroso e prazenteiro,
fomentado por muitos sacrifícios,
uma deusa e um homem poderoso
planejavam servir um outro tipo
de ceia para eles muito em breve,
do tipo mais carente de alegria,

pois tinham sido eles quem primeiro
confabularam feitos vergonhosos.

Canto XXI

Nesse momento, a deusa de olhos glaucos
Atena fez com que surgisse a ideia
no coração da donzela de Icário,
Penélope de engenho cuidadoso,
de apresentar aos jovens pretendentes
no salão do palácio de Odisseu
o arco e o ferro cinza dos machados
para o jogo — e o início da chacina.
Dirigiu-se de pronto à escadaria
elevada de sua própria casa
e com a mão robusta arrebatou
uma chave de ponta recurvada,
belo artefato todo feito em broze
exceto pelo cabo de marfim.
Acompanhada pelas suas aias,
caminhou em seguida para o quarto
mais remoto da casa. Dentro dele,
estavam os tesouros do senhor,
não só de bronze mas também de ouro
e de ferro que com lavor se lavra.
Ali dentro, também jazia o arco
de corpo recurvado e o carcás
carregado de flechas — numerosos
projéteis causadores de gemidos.
Foi um presente de hospitalidade
recebido por ele ao conhecer
lá na Lacedemônia o Euritida
Ífito, símile dos imortais.
Aconteceu de os dois se conhecerem
por acaso na terra dos messênios,

no palácio de Ortíloco experiente.
O caso é que Odisseu fora até lá
por causa de uma dívida, que lhe era
devida por aquele povo inteiro,
visto que os homens messênios outrora
tinham tomado trezentas ovelhas
dos itacenses e as levado embora
em cima de navios de muitos remos.
Por causa delas, Odisseu viera
em embaixada, num longo percurso,
por mais que fosse apenas um menino,
mandado pelo pai e os outros velhos.
Quanto a Ífito, estava procurando
os cavalos que tinham se perdido:
doze éguas, com filhotinhos todas –
mulos capazes de muitos trabalhos.
(Elas próprias tornaram-se, mais tarde,
seu destino de morte e danação,
quando foi ter com o filho de Zeus,
o guerreiro de forte coração,
o próprio Héracles, aquele homem
praticante dos feitos mais ingentes,
que acabou por matá-lo, mesmo que ele
fosse um hóspede em sua própria casa.
O miserável – sem qualquer respeito
pela vingança vinda desde os deuses
nem pela mesa que servira ao outro –
logo depois da janta o massacrou,
e aquelas éguas de cascos bem fortes
restaram como suas no palácio.)
Foi fazendo perguntas sobre as éguas
que encontrou Odisseu e deu-lhe o arco,
o mesmo arco que Êurito grandioso
envergara antes dele, e relegara
ao filho como herança ao perecer
no seu palácio de teto elevado.

E Odisseu deu-lhe uma espada afiada
e uma lança bem forte de presente,
marcando o início da hospitalidade
próxima entre eles dois. Mas não chegaram
a conhecer a mesa comunal,
pois antes disso o nascido de Zeus
tirou a vida de Ífito Euritida,
um símile dos deuses imortais,
o próprio homem que lhe deu o arco.
O divino Odisseu jamais levava
o arco consigo quando ele partia
para a guerra com suas naus escuras.
Deixava em casa como uma lembrança
da querida amizade hospitaleira
no salão principal de seu palácio.
Só o usava ali mesmo em sua terra.
Quando por fim ela chegou ao quarto,
essa mulher divina entre as mulheres,
dirigiu-se à soleira de carvalho
(que um homem carpinteiro, no passado,
tinha aplainado com muita perícia,
até ficar tão reta quanto o nível,
para nela encaixar as guarnições
e finalmente as portas reluzentes),
e de imediato soltou a correia
do gancho onde ela estava acomodada,
para em seguida introduzir a chave,
mirando bem em frente, e liberar
a fechadura que travava as portas.
Elas gemeram tal e qual um touro
quando está pastejando num gramado —
foi alto assim que as belíssimas portas
gemeram, golpeadas pela chave,
e se abriram de pronto para ela.
Tão logo entrou no quarto, ela subiu
num balcão elevado, onde os baús

de roupas se encontravam. Dentro deles,
havia vestimentas bem-fragrantes.
De cima dele, ela esticou o braço
para tirar o arco do suporte,
onde estava guardado no carcás,
que brilhava por todo o entorno dele.
Em seguida, sentou-se no balcão,
dispondo as armas sobre seus joelhos,
e chorou muitas lágrimas sentidas
ao retirar o arco do carcás.
Depois que ela já tinha saciado
seu lamento de lágrimas profusas,
então foi caminhando até o salão
em meio aos afamados pretendentes.
Em suas mãos, ela levava o arco
de corpo recurvado e o carcás
carregado de flechas — numerosos
projéteis causadores de gemidos.
Em sua companhia, as atendentes
levavam uma caixa, que continha
bastante ferro e bronze — as machadinhas
com que o senhor fazia os seus certames.
Quando chegou até os pretendentes,
essa mulher divina entre as mulheres
parou ao lado de uma das colunas
do telhado de fino acabamento,
segurando bem próximo do rosto
o véu de tecitura reluzente.
As suas duas aias bem zelosas
se puseram de um lado e de outro dela.
Então falou em meio aos pretendentes
e proferiu o seguinte discurso:
“Dai-me ouvidos agora, pretendentes
soberbos, vós que tendes abusado
desta casa com vossa comilança
e bebedeira que jamais têm fim!

Já que aquele guerreiro se acha ausente
há tanto tempo – e já que não existe
discurso algum que vós possais fazer
para justificardes vossos atos
exceto o de que estais impetuosos
por me tomardes como vossa esposa –,
então vamos, agora, pretendentes,
pois tal prêmio se mostra a vosso alcance!
Agora eu apresentarei a vós
o grande arco de Odisseu divino.
Aquele que com mais facilidade
encordoar o arco em suas mãos
e conseguir disparar uma flecha
pelos aros das doze machadinhas
será com ele que eu irei embora,
deixando para sempre este palácio,
o de meu casamento, muito belo,
cheio de toda forma de sustento.
Dele acredito que eu irei lembrar-me
para sempre, até mesmo nos meus sonhos".
Assim falou, e então ela pediu
para Eumeu, o divino porcariço,
apresentar o arco aos pretendentes
e as machadinhas de ferro cinzento.
Vertendo lágrimas, então Eumeu
tomou as armas e as apresentou.
Também chorava ao longe o boiadeiro
depois de ver o arco de seu mestre.
Antínoo, contra eles, fez censura,
chamando-os pelo nome ao lhes falar:
"Camponeses, tão tolos quanto infantes,
que só sabeis pensar no dia de hoje,
ah, miseráveis, qual é a razão
de ficardes chorando e provocando
o coração no peito da mulher?
Acaso não sabeis que ela já tem

dores bastantes no seu coração
porque perdeu seu esposo querido?
Então voltai para os vossos assentos
e ficai em silêncio, ou ide embora
chorar lá fora, longe do palácio,
deixando o arco aí mesmo onde está,
para que seja o prêmio inatingível
dos pretendentes, pois não acredito
que esse arco bem-feito poderá
ser envergado com facilidade.
Não há ninguém que seja tão guerreiro
dentre todos que estão aqui presentes –
ninguém que seja como um Odisseu.
Eu digo isso pois eu mesmo o vi
e me recordo dele muito bem,
por mais que eu fosse apenas um menino".
Assim falou, mas dentro do seu peito
o coração sentia uma esperança
de encordoar o arco e de atirar
uma flecha através dos doze aros.
Contudo, muito em breve ele seria
quem primeiro haveria de provar
de uma flecha atirada pelas mãos
de Odisseu impecável, a quem ele
desonrava, sentado em seu salão
enquanto concitava os companheiros.
Em meio a eles, a força sagrada
de Telêmaco então lhes conclamou:
"Mas que desgraça! Certamente Zeus,
o Cronida, privou-me do juízo!
Enquanto escuto minha cara mãe,
por mais conscienciosa que ela seja,
dizendo que se casará com outro
e deixará de vez este palácio,
eu fico aqui me divertindo e rindo
com coração privado de juízo.

Então vamos agora, pretendentes,
pois tal prêmio se mostra a vosso alcance:
uma mulher de um tipo que não há
nenhuma igual por toda terra acaia —
nem em Pilos sagrada, muito menos
em Argos, muito menos em Micenas,
muito menos em Ítaca, aqui mesmo,
ou em qualquer lugar da terra negra.
Mas, dessas coisas, todos já sabeis.
Qual a necessidade de eu louvá-la?
Então vamos! Já basta de ficardes
dando desculpas e enrolando tanto
em vez de encordoardes logo o arco,
a fim de que nós todos o vejamos.
Eu mesmo, na verdade, gostaria
de testar minhas mãos com esse arco,
para ver se consigo encordoá-lo
e se acerto uma flecha pelos aros.
Então não haveria esta tristeza
de a veneranda mãe ter de ir embora
deste palácio junto de outro homem,
pois finalmente eu ficaria em paz
como o único herdeiro de meu pai
e de todos os belos prêmios dele".
Assim falou, e de cima dos ombros
então despiu-se da purpúrea capa
ao erguer-se do assento, removendo
também a espada aguda de seus ombros.
Em primeiro lugar, enfilerou
as lâminas das doze machadinhas:
cavou um longo fosso para elas,
e ali dentro ele então as alinhou,
firmando a terra junto delas todas.
Causava espanto a todos quando viam
quão bem-organizadas ele as pôs,
sendo que nunca as tinha visto antes.

Chegando junto ao limiar da porta,
então tentou encordoar o arco.
Três vezes ele o fez estremecer,
impetuoso para que envergasse,
e três vezes a força lhe falhou
a expectativa de seu coração
de conseguir encordoar o arco
e acertar uma flecha pelos aros.
É bem verdade que na quarta vez
ele o teria envergado com força,
mas Odisseu lhe fez sinal de ‘não’
e o deteve apesar de seu desejo.
Em meio a eles, a força sagrada
de Telêmaco então lhes conclamou:
“Ai de mim! Ou serei algum covarde
desprovido de força no futuro
ou ainda sou muito jovenzinho,
sem confiança no poder das mãos
para que possa repelir com força
algum homem que venha aborrecer-me.
Agora vinde, vós que sois bem mais
poderosos do que eu em vossa força,
e testai a vós mesmos com o arco,
terminando de vez este certame!”.
Depois de ter falado dessa forma,
deixou o arco ali mesmo, escorado
no chão e recostado junto às portas
bem-polidas e muito bem-montadas.
Junto do arco ele também deixou
encostada uma flecha pontiaguda,
Sentou-se novamente sobre o trono
de onde há pouco se havia levantado.
Em meio a eles, tomou a palavra
então Antínoo, nascido de Eupites:
“Levantai-vos em ordem, companheiros,
da esquerda até chegarmos à direita,

começando do ponto onde se encontra
o vinho tão brilhante quanto o fogo".
Assim falou Antínoo, e seu discurso
foi do agrado de todos os presentes.
Primeiro do que todos foi Leodes,
filho de Enopo, quem se levantou.
Era um vate versado em sacrifícios.
Sentava sempre junto da cratera
de mistura do vinho, muito bela.
Era o único a quem não agradavam
os atos petulantes dos demais
pretendentes, com quem se ressentia.
Foi ele quem primeiro arrebatou
em mãos o arco e a flecha pontiaguda.
Chegando junto ao limiar da porta,
então tentou encordoar o arco,
mas não pôde envergá-lo, que antes disso
as suas mãos macias se cansaram,
mãos desacostumadas ao trabalho.
Então falou em meio aos pretendentes:
"Amigos, não consigo encordoá-lo.
Que algum outro de vós agora o tome.
Esse arco decerto ainda vai
causar tristezas para muitos nobres –
vai vexar-lhes a alma e o coração –,
já que sem dúvida alguma é melhor
morrer de vez do que viver assim,
falhando justamente no objetivo
por que havíamos vindo até aqui,
nosso desejo de todos os dias.
Por ora todos tendes esperança
dentro do coração – e estais afoitos –
para tomar em casamento a mão
de Penélope, esposa de Odisseu.
Todavia, depois que já tiverdes
vos testado com este arco e visto,

tratareis bem depressa de encontrar
uma outra acaia de belo vestido
para mandar presentes para ela
como preço de noiva. Que se case
com quem lhe der os dons mais numerosos
e esteja destinado a desposá-la".
Depois de ter falado dessa forma,
deixou o arco ali mesmo, escorado
no chão e recostado junto às portas
bem-polidas e muito bem-montadas.
Junto do arco ele também deixou
encostada uma flecha pontiaguda,
Sentou-se novamente sobre o trono
de onde há pouco se havia levantado.
Antínoo, contra ele, fez censura,
chamando-o pelo nome ao lhe falar:
"Mas que palavra foi essa, Leodes,
que te escapou pelo encerro dos dentes?
Que coisa mais terrível e insultosa!
Eu fico revoltado de escutar-te
dizer que o arco decerto ainda vai
causar tristezas para muitos nobres –
vai vexar-lhes a alma e o coração –,
pois não serão capazes de envergá-lo.
Tenho certeza de que tua mãe
veneranda não te botou no mundo
para ser um guerreiro competente
em envergar o arco e dispará-lo,
mas os outros ilustres pretendentes
hão de logo envergá-lo e encordoá-lo".
Assim falou, e passou os seguintes
comandos para o cabreiro Melântio:
"Vai lá, Melântio! Trata de acender
o fogareiro dentro do salão!
Ao lado dele, põe um grande banco
recoberto com velo de carneiro.

E finalmente traze da cozinha
um grande balde cheio de gordura,
a fim de que nós jovens esquentemos
e passemos gordura sobre o arco,
para por fim tentarmos envergá-lo,
terminando de vez este certame!”.
Assim falou, e Melântio de pronto
foi acender o fogo infatigável.
Depois, ao lado, pôs um grande banco
recoberto com velo de carneiro,
e finalmente trouxe da cozinha
um grande balde cheio de gordura,
Então os jovens esquentaram o arco
e esfregaram gordura sobre ele.
Tentaram envergá-lo, mas falharam —
ainda lhes faltava muita força.
Contudo, Antínoo persistiu tentando
com Eurímaco, belo feito um deus,
os líderes dos jovens pretendentes,
os que mais exceliam na excelência.
Enquanto assim tentavam, o porqueiro
e o boiadeiro do divo Odisseu
dirigiram-se juntos para fora
do salão do palácio. Logo mais,
também o próprio divino Odisseu
saiu da casa e se juntou a eles.
Quando já se encontravam no exterior
do palácio, do pátio e dos portões,
falando numa voz bem baixa, disse
palavras agradáveis para eles:
“Para vós dois, porqueiro e boiadeiro,
eu tenho uma palavra a vos dizer.
Talvez fosse melhor eu me calar,
mas o meu coração manda que eu diga.
Que tipo de assistentes vós seríeis
para Odisseu, se acaso ele voltasse

de forma muito súbita, trazido
para cá pela força de algum deus?
Prestaríeis ajuda aos pretendentes
ou ficaríeis junto de Odisseu?
Respondei-me, de pronto, da maneira
que o coração mandar-vos responder".
Por sua vez, proferiu-lhe o seguinte
o boiadeiro, tocador de bois:
"Ah, Zeus pai! Quem me dera se de fato
concretizasses este meu desejo:
que o guerreiro pudesse retornar,
com um deus a guiar o seu caminho!
Então conhecerias minha força
e do que estes meus braços são capazes!".
Dessa mesma maneira então Eumeu
também fez uma prece aos deuses todos,
rogando pela volta de Odisseu
de múltiplos engenhos para casa.
Depois que ele já tinha conhecido
o juízo dos dois com precisão,
dirigindo-se a eles novamente,
proferiu o seguinte por resposta:
"Aqui mesmo está ele, que sou eu.
Tendo sofrido inúmeras desgraças,
passadas duas décadas, agora
estou de volta à minha terra pátria.
Quanto a vós dois, eu reconheço bem
que sois os únicos dos meus escravos
a desejar que eu volte. Já dos outros,
não ouvi uma única palavra
de oração em meu nome, desejando
que eu conseguisse retornar à casa.
Para vós dois, portanto, contarei
a verdade do que há de acontecer.
Se um deus deixar que, pelas minhas mãos,
pereçam os ilustres pretendentes,

arranjarei esposas para os dois.
Além disso, prometo que darei
propriedades e casas construídas
junto da minha, e para todo o sempre
irei considerar-vos companheiros
de Telêmaco – ou mais até: irmãos.
Mas chega de falarmos dessas coisas.
Agora vou mostrar-vos um sinal
muito evidente, para que saibais
e confiais em mim com coração:
a própria cicatriz que um javali
de presas brancas certa vez me fez
quando eu estava no monte Parnaso
acompanhando Autólico e seus filhos".
Tendo falado assim, ele mostrou
a cicatriz por baixo dos andrajos.
Os dois a contemplaram com cuidado,
considerando tudo que foi dito.
Então choraram ao lançar os braços
para abraçar o experiente Odisseu,
e o beijaram de forma afetuosa
sobre sua cabeça e nos seus ombros.
E assim também Odisseu os beijava
sobre suas cabeças e nas mãos.
Teriam prosseguido nos lamentos
até mesmo depois do pôr do sol
caso Odisseu não tivesse contido
os dois ao proferir-lhes o seguinte:
"Agora basta de lamento e choro.
Tenho receio de que alguém nos veja,
saindo ali de dentro do salão,
e vá contar a todos o que viu.
Então devemos, um por um, voltar
para o palácio, mas não todos juntos:
irei na frente e vós ireis depois.
Depois façamos isto ao meu sinal:

considerando que todos os outros,
quantos são os ilustres pretendentes,
não deixarão que os servos do palácio
entreguem arco e aljava para mim,
será do teu encargo, divo Eumeu,
levar o arco através do palácio
e colocá-lo sobre as minhas mãos.
Também deves dizer para as mulheres
trancarem o salão, fechando os trincos
das portas firmemente bem-montadas.
Se alguma por acaso ouvir um grito,
um gemido ou um tombo ali de dentro,
de algum dos homens no interior da sala,
ela não deve de maneira alguma
adentrar o recinto, e sim ficar
em silêncio fazendo os seus trabalhos.
Agora, quanto a ti, divo Filécio,
eu comando que tranques os portões
do pátio principal, movendo a trava
e a fixando em seguida com o trinco".
Depois de ter falado assim, entrou
no palácio de bela construção
e foi tomar assento sobre o banco
de onde há pouco se havia levantado.
Logo também chegaram no salão
os dois escravos de Odisseu divino.
Eurímaco já tinha arrebatado
o arco, e o segurava em suas mãos,
passando-o com cuidado sobre as chamas
do fogareiro. Mas nem mesmo assim
foi capaz de envergá-lo. Seu ilustre
coração se frustrou, grunhindo alto.
Muito irritado com isso, falou
o seguinte, chamando-o pelo nome:
"Mas que desgraça! Sinto uma tristeza
por mim mesmo e também pelos demais!

Nem tanto pelo casamento em si
eu me entristeço, mesmo que me doa –
pois eu bem sei que existem muitas outras
moças acaias, tanto por aqui
em Ítaca cercada pelo mar,
quanto também em outras cidadelas –,
e sim porque, se nós de fato formos
tão inferiores desse jeito em força
em relação ao divino Odisseu,
a ponto de não sermos nem capazes
de envergar esse arco, isso será
uma vergonha para todo o sempre".
Por sua vez, Antínoo ao responder
então lhe disse, o nascido de Eupites:
"Eurímaco, não há de ser assim.
Tu mesmo sabes disso muito bem.
No momento, por todo o povoado,
celebram-se as festividades santas
do deus. Quem poderia, nesse instante,
envergar esse arco? Guarda logo
essa desgraça! Quanto às machadinhas,
nem há necessidade de tirá-las
de onde estão, pois não creio que haverá
quem queira arrebatá-las para si,
entrando no salão deste palácio
de Odisseu, o nascido de Laertes.
Agora vamos! Venha um escanção
servir o vinho em nossas taças todas,
a fim de que façamos libações,
e guardemos esse arco recurvado!
Pela manhã, porém, tratai de dar
comandos para o cabreiro Melântio
nos trazer umas cabras, as que forem
as melhores de todos os rebanhos,
a fim de que ofertemos suas coxas
junto ao altar do ilustre arqueiro Apolo,

e depois nos testemos com o arco,
terminando de vez este certame!".
Assim falou Antínoo, e seu discurso
foi do agrado de todos os presentes.
Arautos acorriam até eles
para verter-lhes água sobre as mãos
e rapazes enchiam as crateras
com bebida até quase transbordarem.
Então distribuíram para todos
as taças com primeiras libações.
Depois de terem feito libações
e contentado o coração com vinho,
Planejando um embuste em meio a eles,
disse Odisseu de muitíssima astúcia:
"Dai-me ouvidos agora, pretendentes
à mão de uma ilustríssima rainha,
para que eu diga o que o meu coração
dentro do peito me ordena dizer!
É para Eurímaco, mais do que todos,
e para Antínoo símile dos deuses
que faço este pedido, por ter dito
coisas que estão de acordo com a moira:
parar por ora com os testes do arco,
e confiar o resultado aos deuses.
Pela manhã, depois, o deus dará
forças a quem ele quiser que vença.
Mas por ora deixai comigo esse arco
bem-polido, de modo que entre vós
eu também possa testar os meus braços
e a minha força, para ver se acaso
inda tenho o vigor que no passado
eu costumava ter nos membros ágeis,
ou se de ter vagado sem destino
e sem cuidado eu me acabei de fato".
Assim falou, e todos os presentes
revoltaram-se em sua soberbia,

pois tinham medo de que ele pudesse
encordoar o arco bem-polido.
Antínoo, contra ele, fez censura,
chamando-o pelo nome ao lhe falar:
“Estrangeiro infeliz, tu realmente
não tens nem mesmo um pingo de juízo!
Já não é o bastante para ti
estar em meio a gente tão altiva,
podendo desfrutar com liberdade
do banquete, e de quebra ainda ouvir
tudo aquilo que é dito e manifesto
entre nós? Não existe mais ninguém –
nenhum outro estrangeiro mendicante –
autorizado a ouvir o que falamos.
Decerto foi o vinho adocicado
que te lesou, da forma como sempre
ele lesa quem tem a boca grande
e bebe para além do que é devido.
O vinho fez até com que o centauro
Eurítion, glorioso, se perdesse
ao visitar o salão do palácio
de Pirítoo de grande coração,
quando estava entre os lápitas guerreiros.
Seu juízo perdeu-se com o vinho.
Enlouquecido, fez terríveis feitos
no interior do palácio de Pirítoo.
Então, tomados pelo sofrimento,
os heróis avançaram contra ele,
arrastaram-no a força para fora
e em seguida, com bronze impiedoso,
deceparam-lhe orelhas e nariz.
Totalmente perdido em seu juízo,
ele partiu levando perdição
dentro do coração desajuizado.
Foi desde esse momento que surgiu
o conflito entre humanos e centauros,

quando ele por primeiro achou o mal
para si mesmo, bêbado de vinho.
Assim também declaro para ti
uma grande desgraça se tentares
encordoar o arco. Não terás
nenhuma forma de hospitalidade
em meio ao nosso povo. Trataremos
de te enviar, em uma nau escura,
para o palácio de Équeto, de todos
o mais abominável dos mortais,
de onde tu nunca mais conseguirás
ser resgatado. Portanto, em vez disso,
bebe o teu vinho e não arranjes briga
com guerreiros mais jovens do que tu".
Disse-lhe então o seguinte em resposta
Penélope de engenho cuidadoso:
"Antínoo, escuta bem o que te digo:
não é belo nem nobre maltratares
alguém que esteja sendo recebido
por Telêmaco dentro do palácio.
Achas mesmo possível o estrangeiro
conseguir envergar o grande arco
de Odisseu, confiado tão somente
em seus braços e em sua própria força,
e então levar-me embora para casa,
tomando minha mão em casamento?
Eu imagino que nem ele mesmo
tenha uma expectativa assim no peito.
Portanto, que ninguém fique sofrendo
por causa disso desde o coração
enquanto se deleita no banquete,
pois não seria nada apropriado".
Eurímaco, de Pólibo nascido,
lhe proferiu o seguinte em resposta:
"Devo dizer-te, donzela de Icário,
Penélope de engenho cuidadoso:

não é por crermos que ele vá levar-te
embora – não seria apropriado –
que estamos receosos, mas por conta
do que dirão os homens e as mulheres.
Seria lamentável se algum dia
um acaio inferior dissesse assim:
'Homens muito piores cortejavam
a legítima esposa de um guerreiro
impecável. Contudo, não puderam
encordoar um arco bem-polido.
Mas eis então que veio algum mendigo
vagando sem destino desde longe
e facilmente encordoou o arco
e acertou uma flecha pelos aros'.
Assim eles dirão, e para nós
isso se tornará uma vergonha".
Disse-lhe então o seguinte em resposta
Penélope de engenho cuidadoso:
"Eurímaco, não há maneira alguma
de haver um bom boato em meio ao povo
a respeito daqueles que desonram
a casa de um guerreiro de alta estirpe
e devoram as suas propriedades.
Que vergonha maior inda vos resta?
Agora esse estrangeiro realmente
é bem grande e de porte bem robusto.
Parece ter orgulho de sua estirpe.
Diz que é filho de um homem excelente.
Então tratai de lhe entregar o arco
bem-polido, e vejamos no que dá.
Da maneira que te descreverei,
as coisas haverão de se cumprir:
se ele de fato encordoar o arco
e Apolo conceder-lhe a sua prece,
vou tratar de vesti-lo muito bem
com uma túnica e com uma capa;

também vou dar-lhe uma lança pontuda,
para guardar-se de cães e ladrões;
vou lhe dar uma espada de dois gumes
e sandálias, também, para os seus pés;
depois farei questão de despachá-lo
para onde quer que o coração o mande".
Por sua vez, Telêmaco, sagaz,
lhe proferiu o seguinte em resposta:
"Minha mãe, nenhum outro dos acaios
poderia dizer, quanto a esse arco,
que tem maior direito do que eu tenho,
para dá-lo ou negá-lo a quem quiser,
dentre quantos detêm poder e mando
por toda a ilha de Ítaca rochosa
e em quantas são as ilhas que se estendem
em direção da Hélide gramada.
Nenhum deles iria restringir-me,
contra a vontade, caso eu desejasse
entregar esse arco de presente
para que o estrangeiro o leve embora.
Portanto vai de volta para casa
e trata de cuidar do teu trabalho,
tanto da roca quanto do tear,
e ordena para tuas atendentes
que conduzam também os seus trabalhos.
Compete aos homens ocupar-se do arco,
a todos, mas especialmente a mim,
pois eu detenho o mando nesta casa".
Espantada diante do que ouviu,
retornou para dentro do palácio,
pois o discurso sagaz de seu filho
conseguiu adentrar-lhe o coração.
Então ela subiu de volta ao quarto,
acompanhada pelas suas aias,
e chorou ao lembrar-se de Odisseu,
seu esposo querido, até o momento

que Atena de olhos glaucos derramou
em suas pálpebras o doce sono.
Enquanto isso, o divino porqueiro
trouxe de volta o arco recurvado,
e nesse instante os pretendentes todos
gritaram contra ele no salão.
Desta maneira então alguém dizia,
algum desses rapazes arrogantes:
“Porqueiro lamentável, para onde
estás levando o arco recurvado?
Enlouqueceste? Logo mais, os cães
velozes hão de devorar-te inteiro
junto daqueles porcos que tu mesmo
alimentaste, se de fato Apolo
puder interceder em nosso nome
junto dos outros deuses imortais!”.
Assim falavam, e ele, nesse instante,
pôs o arco de volta no lugar,
amedrontado pela multidão
que gritava com ele no palácio.
Porém Telêmaco, do lado oposto,
falou alto e lhe fez uma ameaça:
“Paizinho, vai em frente e leva o arco.
Não poderás obedecer a todos.
Mesmo eu sendo mais novo, cuida bem
que eu não te acosse pelo campo afora,
arremessando pedras contra ti.
Sou superior em força e violência.
Quem dera ser mais forte do que todos
que estão presentes hoje no palácio!
Se eu fosse superior aos pretendentes,
em minha força e no poder dos braços,
bem depressa e de modo abominável
eu mandaria todos para longe,
expulsaria todos do palácio,
visto que estão planejando maldades”.

Assim falou. No entanto, todos eles
apenas riram dele com doçura,
os pretendentes, e por fim deixaram
de lado todo o ríspido rancor
contra Telêmaco. O porqueiro então
levou o arco através do palácio
e, chegando do lado de Odisseu
experiente, entregou-o para ele.
Em seguida, chamando-a em voz alta,
disse o seguinte à sua ama Euricleia:
"Telêmaco tem ordens para ti,
Euricleia de engenho cuidadoso:
tranca bem o salão, fechando os trincos
das portas firmemente bem-montadas.
Se alguma por acaso ouvir um grito,
um gemido ou um tombo ali de dentro,
de algum dos homens no interior da sala,
ela não deve de maneira alguma
adentrar o recinto, e sim ficar
em silêncio fazendo os seus trabalhos".
Assim falou, e ela já não tinha
palavras que voassem em resposta.
Foi de pronto tratando de trancar
as portas do salão bem-construído.
Por sua vez, Filécio, em silêncio,
foi veloz para fora do palácio
e colocou a trava nos portões
do pátio bem-cingido pelos muros.
Sob o pórtico, havia um grande cabo
de nau recurva, feito de papiro.
Com esse cabo, ele amarrou a trava
dos portões. Em seguida, retornou
e foi tomar assento sobre o banco
de onde há pouco se havia levantado,
olhando bem nos olhos de Odisseu,
que manejava o arco em suas mãos

e o virava de todas as maneiras,
testando a rigidez do material.
Temia que tivesse apodrecido
enquanto seu senhor estava ausente.
Ao verem semelhante situação,
desta forma falavam uns aos outros:
"Esse aí certamente é entusiasta
dos arcos, e os conhece muito bem –
talvez até possua um arco ou dois
desse tipo jazendo em sua casa;
no mínimo, tem planos de fazer
um arco para si –, pela maneira
com que o maneja em suas próprias mãos,
um andarilho bem-versado em males".
Por sua vez, então alguém dizia,
algum desses rapazes arrogantes:
"Tomara que ele encontre no futuro
uma prosperidade tão ingente
quanto as chances que tem neste momento
de realmente encordoar o arco!".
Assim falavam entre os pretendentes.
Mas Odisseu de muitíssima astúcia,
tão logo terminou de examinar
o grande arco em sua completude,
tal como quando um homem sabedor
dos assuntos de lira e de canção
estica a corda com facilidade
junto à nova tarraxa de uma lira,
a corda feita de tripa de ovelha
entrelaçada, e a tensiona bem –
assim também, sem fazer muito esforço,
Odisseu envergou o grande arco.
Então tomou-o com a mão direita
e retesou a corda para um teste –
ressoou belamente em suas mãos,
tão belo quanto o canto de um pardal.

Um sofrimento enorme sobreveio
aos pretendentes. Empalideceram
todos os rostos. Zeus então soou
bem alto o seu trovão, como um sinal.
Alegrou-se com isso nesse instante
o divino Odisseu de tantas lutas,
percebendo o portento que o nascido
de Crono de pensar recurvo deu-lhe.
Então pegou um projétil veloz
que jazia do lado de uma mesa,
exposto. Todos os demais projéteis
ainda se encontravam encerrados
no carcás – mas os jovens dos aqueus
muito em breve haveriam de prová-los.
Colocou-o bem rente à empunhadura
e então puxou a ponta junto à corda.
Dali mesmo, do banco em que se achava
sentado, disparou então a flecha,
tendo mirado reto à sua frente.
De todos os machados, não deixou
de atravessar nem um aro sequer.
Passou por eles todos o projétil
com sua ponta pesada de bronze.
Para Telêmaco ele então falou:
"Telêmaco, tu vês que o estrangeiro
sentado em teu palácio não te causa
desonra: não errei em nada o alvo
nem precisei fazer um grande esforço
para envergar o arco. Na verdade,
a minha força permanece intacta,
ao contrário do que esses pretendentes
alardearam quando me ofendiam.
Porém agora já chegou a hora
de preparar a janta dos aqueus
enquanto ainda há luz do sol. Depois,
poderemos então nos entreter

com o deleite do canto e da lira,
coroação para qualquer banquete".
Falou e fez sinal de sobrancelha.
Então Telêmaco, o querido filho
do divino Odisseu, foi de imediato
armar-se com espada pontiaguda,
cingida aos ombros, e com lança em mãos.
Em seguida, voltou ao lado dele,
junto do trono, e ali ficou parado
com seu elmo de bronze reluzente.

Canto XXII

Eis que Odisseu de muitíssima astúcia
nesse instante despiu-se dos andrajos
e avançou para as portas do salão.
Foi levando consigo tanto o arco
quanto a aljava repleta de projéteis.
Então verteu diante de seus pés,
ali mesmo onde estava, as ágeis flechas,
e falou o seguinte aos pretendentes:
“Atentai que de fato este certame
inviolável foi levado a termo.
Agora um novo alvo se apresenta,
que até hoje ninguém pôde atingir.
Mas quero ver se consigo alcançá-lo
e se Apolo me atende a minha prece!”.
Assim falou e preparou a mira
de um projétil amargo contra Antínoo.
Nesse momento, ele se achava prestes
a levantar um belíssimo cálice,
de alças duplas, lavrado todo em ouro.
Já o tinha seguro em suas mãos
para beber do vinho. Morticínio
não era algo com que preocupasse
o coração. De fato, quem creria
que, no meio dos homens no banquete,
alguém sozinho em meio a tantos outros,
mesmo que fosse alguém de grande força,
conseguiria produzir-lhe assim
a morte vil e suas Queres negras?
Porém foi justo na garganta dele
que Odisseu fez a mira e disparou.

A flecha pontiaguda atravessou
completamente o seu tenro pescoço,
inclinando seu corpo para o lado
e derrubando o cálice das mãos
ao atingi-lo. Prontamente um jato
de espesso sangue humano se aspergiu
desde suas narinas. De imediato,
chutou a mesa longe com os pés
conforme desabou, levando junto
a comida, que se verteu ao chão.
Tanto o pão quanto as carnes bem-assadas
se perderam. Ergueu-se um alvoroço
em meio aos pretendentes no salão
conforme viram um homem ser morto.
De pronto levantaram-se dos tronos
em grande confusão pelo palácio,
olhando intensamente a cada canto
das paredes bem-feitas do salão.
Porém não encontraram nem escudo
nem lança poderosa nos suportes.
Então repreenderam Odisseu
com palavras repletas de furor:
"Estrangeiro, disparas contra os homens
covardemente! Já não poderás
participar de mais nenhum certame!
Estás diante do abismo da morte!
Esse homem que acabaste de matar
era de longe o mais superior
dentre todos os jovens itacenses!
Por isso, hás de ser pasto dos abutres!".
Coisas assim diziam todos eles,
pois não imaginavam que teria
tirado a vida dele por querer.
Aqueles tolos não se deram conta
de que por cima de suas cabeças
já lhes sobrepairava a destruição.

Mirando-os com severo sobrecenho,
disse Odisseu de muitíssima astúcia:
“Bando de cães! Dizíeis que jamais
eu poderia retornar à casa
de volta lá do reino dos troianos!
Então arruinastes meu palácio,
deitastes junto de minhas escravas
usando de violência e coerção,
e cortejastes a minha mulher
enquanto eu mesmo ainda estava vivo,
sem demonstrar nenhum temor aos deuses,
àqueles que detêm o vasto céu,
nem à revolta dos seres humanos
que haverão de existir depois de nós!
Mas sobre todas as vossas cabeças
agora sobrepaira a destruição!”.
Assim falou, e todos eles foram
tomados pelo pálido terror.
Olhavam ao redor, buscando um modo
de se salvarem do abismo da morte.
Somente Eurímaco, nesse momento,
disse-lhe então o seguinte em resposta:
“Se tu fores de fato o itacense
Odisseu que voltaste finalmente,
terás falado tudo com justiça
quanto ao que os jovens acaios fizeram –
muitos feitos de pura petulância
neste salão, e muitos pelos campos.
Mas no momento já se encontra morto
o culpado por todas essas coisas –
Antínoo. Sim, foi ele realmente
que fez com que esses feitos ocorressem,
nem tanto porque acaso precisasse
ou quisesse de fato se casar,
mas sim pensando apenas noutras coisas,
que o nascido de Crono não cumpriu:

a fim de que reinasse sobre o povo
na cidadela de Ítaca bem-feita
ele próprio, tentou assassinar
o teu filho, montando uma emboscada.
Agora que ele já foi golpeado
pela moira, demonstra piedade
por teu povo! De nossa parte, iremos
fazer benfeitorias pelo reino,
na mesma quantidade em que bebemos
e comemos aqui no teu palácio,
e ainda pagaremos para ti
compensação de vinte vacas cada,
e também te daremos ouro e bronze
até que sintas que o teu coração
se abrandou. Antes disso ninguém pode
revoltar-se por tu estares bravo".
Mirando-o com severo sobrecenho,
disse Odisseu de muitíssima astúcia:
"Eurímaco, nem mesmo se me désseis
o patrimônio todo em desagravo,
todos os bens e posses que tiverdes,
juntando mais tesouros de outras partes,
nem assim eu faria as minhas mãos
se refrearem do ímpeto homicida
antes que cada um dos pretendentes
pagasse pelas suas transgressões.
Agora à vossa frente apenas resta
uma única escolha: entre lutar
e fugir — se de fato alguém consegue
evadir-se da morte e de suas Queres.
Mas não creio que alguém conseguirá
fugir agora do abismo da morte!".
Assim falou. De imediato os joelhos
e o coração do outro se lassaram.
Entre eles, Eurímaco em seguida
começou a falar mais uma vez:

"Meus amigos, esse homem não irá
conter as suas mãos irresistíveis,
e, como tem consigo não apenas
o arco bem-feito mas também a aljava,
ficará disparando as suas flechas
junto às portas de entrada do salão
até que todos nós tombemos mortos.
Lembremos do desejo de lutar!
Tirai vossas espadas das bainhas
e virai essas mesas como escudos
contra os projéteis de rápida morte!
Partamos todos para cima dele
juntos, que assim talvez nós consigamos
afastá-lo das portas do salão,
e com isso voltar para a cidade
e fazer um chamado por ajuda!
Então não tardará que esse guerreiro
tenha atirado sua última flecha!".
Depois de ter falado dessa forma,
desembainhou a espada pontiaguda,
toda feita de bronze, duplamente
afiada, e partiu para enfrentá-lo
irrompendo num grito horripilante.
Ao mesmo tempo, o divino Odisseu
atirou uma flecha contra ele
e o atingiu abaixo do mamilo.
O rápido projétil se enfincou
em cheio no seu fígado. Da mão,
a sua espada se soltou ao solo,
e ele curvou-se à frente e desabou
por cima de uma mesa de banquete.
A comida verteu-se no assoalho
junto com uma taça de asas duplas,
e ele foi de cabeça contra o solo,
agonizando desde o coração.
Ao desabar, seus pés chutaram longe

um trono que se achava ali por perto,
e seus olhos cobriram-se de névoa.
Foi Anfínomo então quem avançou
contra o gloriosíssimo Odisseu,
investindo direto contra ele.
Sacara sua espada pontiaguda
esperando espantá-lo dos umbrais.
Todavia Telêmaco adiantou-se
e o atingiu em cheio bem nas costas
com uma lança de ponta de bronze,
na porção mediana das espáduas,
que atravessou seu peito por inteiro.
Desabou com um baque sobre o solo,
batendo o rosto inteiro ao ir ao chão.
Telêmaco afastou-se bem ligeiro,
deixando a lança de sombra comprida
ali mesmo em Anfínomo, onde estava.
Tinha receio que algum dos aqueus
saltasse sobre ele ou o atingisse
com uma espada conforme estivesse
ocupado, por cima do cadáver,
tirando a lança de sombra comprida.
Afastou-se correndo e foi depressa
para junto de seu querido pai.
Chegando perto de onde se encontrava,
disse as seguintes palavras aladas:
"Meu pai, eu vou tratar agora mesmo
de trazer-te um escudo, duas lanças
e um bom elmo forjado todo em bronze,
que se ajuste dos lados do teu rosto.
Também trarei o mesmo para armar-me,
bem como para armar o porcariço
e o boiadeiro. Afinal de contas,
é sempre bem melhor estar armado".
Por sua vez, respondendo o seguinte,
disse Odisseu de muitíssima astúcia:

"Corre buscar enquanto ainda tenho
flecha o bastante para afugentá-los!
Receio que consigam me tirar
destas portas, pois sou apenas um!".
Assim falou. Telêmaco de pronto
obedeceu ao seu querido pai.
Correu até o quarto onde jaziam
as suas armaduras gloriosas.
Do estoque, ele tratou de recolher
quatro grandes escudos, oito lanças
e quatro elmos forjados em bronze,
encimados com crinas de cavalo.
Retornou carregando e foi depressa
para junto de seu querido pai.
Ele próprio, primeiro do que tudo,
vestiu as brônzeas armas sobre o corpo.
Assim também, depois, os dois escravos
cobriram-se de belas armaduras.
Firmaram-se ao redor do experiente
Odisseu de intrincadas artimanhas.
Mas ele próprio, enquanto ainda tinha
flecha o bastante para afungentá-los,
seguiu fazendo mira e disparando
nos pretendentes, num de cada vez,
no salão principal de seu palácio,
e eles iam caindo uns sobre os outros.
Depois disso, tão logo terminaram
os projéteis do rei que os disparava,
ele deixou o arco reclinado
na guarnição da porta do salão
bem-construído, próximo à parede
da resplendente entrada principal.
Em seguida ajustou, junto dos ombros,
o escudo feito com quatro camadas.
Sobre a forte cabeça, colocou
um elmo de belíssimo lavor,

com crina de cavalo que pendia
terrível de se ver ao seu pescoço.
Então tomou a valorosa lança,
que culminava em bronze pontiagudo.
Existia uma porta lateral
na parede bem-feita, mais à frente,
num ponto superior, junto aos umbrais
do salão de magnífica feitura.
O caminho levava a uma passagem,
fechada em portas duplas bem-montadas.
Odisseu fez sinal e deu comando
ao divino porqueiro que ficasse
por perto dessa entrada e a guardasse,
onde a luta seria de um em um.
Em meio a eles então conclamou
Agelau e falou-lhes o seguinte:
"Meus amigos, ninguém irá de fato
subir por essa entrada lateral
e gritar um aviso para o povo,
a fim de que um auxílio venha logo?
Então não tardará que esse guerreiro
tenha atirado sua última flecha!".
Por sua vez, o cabreiro Melântio
lhe proferiu o seguinte em resposta:
"Mas não existe maneira, Agelau,
ó nutrido por Zeus! As belas portas
do pátio estão terrivelmente perto,
e a entrada da passagem é penosa:
um homem é capaz de defendê-la,
barrando todos, se for corajoso.
Em vez disso, vejamos se consigo
ir buscar armaduras para vós
ali no quarto. Creio que lá dentro –
e em nenhuma outra parte – estão guardadas
as armas e armaduras que Odisseu
e seu filho brilhante sequestraram".

Depois de ter falado dessa forma,
o cabreiro Melântio foi subindo
a escadaria do salão de casa,
em direção ao quarto de Odisseu.
Do estoque, ele tratou de recolher
uma dúzia de escudos e de lanças,
também de elmos forjados em bronze,
encimados com crinas de cavalo.
Retornou carregando e foi depressa
entregá-los aos jovens pretendentes.
Lassaram-se os joelhos de Odisseu
tanto quanto seu caro coração
nesse momento, conforme notou
que estavam se cobrindo de armaduras
e que dispunham de lanças compridas.
Pareceu-lhe um trabalho muito grande.
Para Telêmaco ele prontamente
disse as seguintes palavras aladas:
"Telêmaco, decerto existe alguém –
ou uma das mulheres do palácio
ou o próprio Melântio – preparando
uma guerra terrível contra nós!".
Por sua vez, Telêmaco, sagaz,
lhe proferiu o seguinte em resposta:
"Meu pai, eu mesmo sou o responsável
por esse erro. Não há mais ninguém
a quem devas culpar. Eu me esqueci
de trancar com cuidado novamente
as portas bem-montadas do recinto.
O sentinela deles foi melhor.
Mas agora vai lá, divino Eumeu,
trancar de novo as portas do recinto
e checa se foi uma das mulheres
a responsável por trazer as armas
ou se foi obra do filho de Dólio,
Melântio, como penso que isso foi".

Eles diziam coisas desse tipo,
falando abertamente um com o outro.
Nesse entrementes, o pastor de cabras
Melântio foi de novo para o quarto,
para buscar mais armaduras belas.
O divino porqueiro o percebeu.
Então de pronto falou o seguinte
para Odisseu, que se achava por perto:
"Divina estirpe, filho de Laertes,
Odisseu de engenhosos artifícios,
ali está o homem sorrateiro,
o próprio que pensávamos que fosse!
Está indo de novo para o quarto.
Diz para mim, de maneira infalível,
se devo eu mesmo lhe tirar a vida,
caso consiga vencê-lo em combate,
ou se devo trazê-lo para ti,
para que pague pelas transgressões
inúmeras que teve, quantas foram
as que ele planejou no teu palácio".
Por sua vez, respondendo o seguinte,
disse Odisseu de muitíssima astúcia:
"Sim, ficarei com Telêmaco aqui
cuidando que os ilustres pretendentes
não consigam sair deste salão,
por mais que estejam muito impetuosos.
Quanto a vós dois, deveis atar os pés
e os braços desse homem desde cima,
e arremessá-lo dentro do recinto,
amarrado de costas numa prancha.
Usando de uma corda bem-trançada,
deveis também içá-lo em meio ao ar
e erguê-lo até que esteja já bem perto
das vigas do telhado do palácio.
Dessa maneira, vai manter-se vivo,
mas passará por dores bem difíceis".

Assim falou. Os dois homens, de pronto,
ouviram e acataram seus comandos.
Então foram depressa até o recinto,
sem que qualquer dos outros o notasse.
Ele já se encontrava no interior
do quarto, procurando pelas armas.
Os dois pararam junto dos umbrais,
aguardando por ele em emboscada.
Pouco depois, quando o pastor de cabras
Melântio pôs os pés no vão da porta,
ele vinha trazendo, num dos braços,
um belo elmo dotado de chifres;
noutro braço, trazia um velho escudo,
bastante largo, ornamentado em ouro –
o próprio escudo que o herói Laertes
carregava em batalha quando jovem;
desde então, só jazia ali, sem uso,
com as costuras soltas na correia.
De pronto os dois saltaram contra ele,
puxaram-no de volta para dentro
pelos cabelos, e o arremessaram
de coração doído contra o chão.
Amarraram seus pés e suas mãos
com elos de doer o coração.
Trataram de torcer-lhe bem os membros,
conforme tinha sido comandado
a eles pelo filho de Laertes,
o divino Odisseu de tantas lutas.
Usando de uma corda bem-trançada,
içaram-no, suspenso em meio ao ar,
e o ergueram até chegar bem perto
das vigas do telhado do palácio.
Então, num tom de grande zombaria,
porqueiro Eumeu, tu disseste o seguinte:
“Agora poderás ficar de guarda
aí, Melântio, a madrugada inteira,

reclinado num leito bem macio,
exatamente como te convém.
Quando a que nasce cedo ressurgir
de junto das correntes de Oceano,
com seu trono dourado, não terás
como perdê-la, para conduzires
as tuas cabras para os pretendentes
fazerem seu banquete no palácio!”.
Dessa maneira, foi deixado ali,
amarrado em cadeias destrutivas.
Os dois então vestiram armaduras
e fecharam a porta reluzente.
Depois voltaram para o experiente
Odisseu de intrincadas artimanhas.
Junto dele, firmaram bem os pés,
com fôlego de fúria. Junto às portas,
eram somente quatro, enquanto dentro
do salão eram muitos e valentes.
Para próximo deles, nesse instante,
a nascida de Zeus – Atena – veio,
tendo assumido a forma de Mentor,
tanto no corpo quanto em sua voz.
Odisseu alegrou-se quando a viu
e então lhe disse o seguinte discurso:
“Mentor, ó guardião contra a desgraça!
Lembra do teu querido companheiro,
que fez coisas gentis em teu favor!
Tu és da mesma geração que eu!”.
Assim falou, por mais que na verdade
imaginasse que ele fosse Atena.
Porém os pretendentes, do outro lado,
ergueram gritos dentro do salão.
O primeiro a dizer uma censura
foi Agelau, o filho de Damástor:
“Mentor, tu não permitas que Odisseu
te persuada, usando de palavras,

a lutar contra os jovens pretendentes,
a fim de protegê-lo da desgraça,
pois nesse caso eu vou dizer a ti
o que acredito que irá se cumprir:
assim que nós tivermos terminado
de matar esses homens, pai e filho,
também tu serás morto junto deles,
por conta das ações que agora mesmo
intencionas fazer neste salão.
Tu pagarás com a tua cabeça!
Depois que já tivermos extirpado
as vossas vidas junto ao fio do bronze,
tomaremos também as vossas posses,
as de dentro e as de fora do palácio,
e as juntaremos com as de Odisseu.
Nós não permitiremos que teus filhos
continuem morando no palácio,
tampouco deixaremos tuas filhas
e tua esposa terem qualquer parte
na vida pública desta cidade".
Assim falou, e Atena enfureceu-se
enormemente desde o coração.
Fez censuras então contra Odisseu,
usando de palavras furiosas:
"Já não te resta um ímpeto tenaz,
Odisseu, nem aquela valentia
que tinhas ao lutar em prol de Helena
de alvos braços, nascida de bom pai!
Lutaste nove anos, sem parar,
enfrentando os exércitos troianos
e matando muitíssimos guerreiros
ao longo de combates pavorosos,
e pelo teu conselho foi tomada
a priâmea cidade de amplas vias.
Como é possível que agora, ao voltar
ao palácio e às tuas propriedades,

fiques aí te lamentando todo
ao ter de fazer frente aos pretendentes?
Vem para cá, meu caro! Firma os pés
ao meu lado e contempla o meu trabalho!
Assim verás que tipo de guerreiro
é Mentor, o que de Álcimo nasceu,
ao enfrentar os homens inimigos,
retribuindo as tuas gentilezas!”.
Assim falou, mas não cedeu de pronto
a virada na luta e a vitória.
Em vez disso, primeiro quis fazer
um teste de coragem e de força –
tanto as do próprio herói, as de Odisseu,
quanto as de seu rebento glorioso.
Ela própria saltou sobre uma viga
do salão rodeado de fumaça
e se sentou ali, próximo ao teto,
tendo se disfarçado de andorinha.
Agelau, o nascido de Damástor,
incitava ao combate os pretendentes,
e assim também Eurínomo o fazia,
e Demoptólemo e Anfimedonte,
e Pisandro, o nascido de Políctor,
e Políbo, o guerreiro experiente,
pois eram os que mais se distinguiam
em excelência em meio aos pretendentes,
dentre quantos ainda estavam vivos
e seguiam lutando por suas vidas.
Outros, o arco e as flechas constantes
já tinham dominado a essa altura.
Em meio a eles então conclamou
Agelau e falou-lhes o seguinte:
“Meus amigos, esse homem não irá
conter as suas mãos irresistíveis.
Mas vede que Mentor já foi embora,
tendo feito bravatas sem sentido.

Agora estão sozinhos na defesa
das portas principais deste salão.
Então vamos! Jogai ao mesmo tempo
as vossas longas lanças contra eles!
Vamos! Jogai a lança seis de vós
primeiro do que todos, e que Zeus
conceda que Odisseu seja atingido,
para a glória daquele que o matar!
Os outros não darão muito trabalho
uma vez que ele tenha sucumbido”.
Assim falou, e todos nesse instante
arremessaram como ele ordenou,
com grande ímpeto. Porém Atena
frustrou os arremessos deles todos.
Um deles acertou com sua lança
um dos belos pilares junto à entrada
do salão. Outro deles acertou
sua lança na porta bem-montada.
E um terceiro jogou contra a parede
o seu freixo pesado pelo bronze.
Depois de se esquivarem do arremesso
de lanças feito pelos pretendentes,
principiou a falar entre eles
o divino Odisseu de tantas lutas:
“Meus amigos, agora eu vos diria
que é chegada também a nossa vez
de arremessar as lanças contra a turba
de pretendentes, esses que desejam
nos despojar de nossas armaduras,
além de todo o mal que já causaram!”.
Assim falou, e todos nesse instante
arremessaram lanças pontiagudas,
fazendo mira à frente. Derrubou
Demoptólemo a lança de Odisseu;
Euríades, por sua vez, foi morto
por Telêmaco; Elato sucumbiu

ao tiro do porqueiro; e enfim Pisandro
foi derrubado pelo boiadeiro.
Todos esses caíram nesse instante,
fincando os dentes contra o vasto chão.
Mas eis que os pretendentes recuaram
mais fundo para dentro do salão,
e com lanças tiradas dos defuntos
então voltaram para um novo ataque.
Mais uma vez os jovens pretendentes
arremessaram lanças pontiagudas
com grande ímpeto. Porém Atena
frustrou os arremessos deles todos.
Um deles acertou com sua lança
um dos belos pilares junto à entrada
do salão. Outro deles acertou
sua lança na porta bem-montada.
E um terceiro jogou contra a parede
o seu freixo pesado pelo bronze.
Anfimedonte acabou atingindo
Telêmaco no braço, junto ao pulso,
mas de raspão — o bronze tão somente
riscou a superfície de sua pele.
Também Ctesipo logrou resvalar
o ombro de Eumeu com tiro de raspão
de sua longa lança sobre o escudo —
passou por cima dele e foi ao solo.
Então aqueles junto do experiente
Odisseu de intrincadas artimanhas,
mirando a multidão dos pretendentes,
arremessaram lanças pontiagudas.
Odisseu eversor de cidadelas
então logrou matar Euridamante;
Telêmaco abateu Anfimedonte;
o porcariço a Pólibo deu fim;
e o boiadeiro, tocador de bois,
por sua vez, deu cabo de Ctesipo,

com um tiro que o atingiu no peito,
e gabou-se do feito ao lhe dizer:
“Filho de Politerses, amador
de zombarias, não se deve nunca
ceder completamente à insensatez
e dizer arrogâncias. É melhor
dirigir o discurso para os deuses,
pois eles são mais fortes do que nós.
Eis um presente de hospitalidade
em troca por aquele pé que deste
para Odisseu semelho aos próprios deuses
quando chegou vagando a este palácio!”.
Assim falou o tocador de bois
de chifres recurvados. Odisseu
em seguida feriu com lança longa,
bem de perto, o nascido de Damástor.
Telêmaco, por sua vez, feriu
Leócrito, o nascido de Evenor,
com a lança no meio do seu flanco.
O bronze atravessou-o por completo.
Desabou de imediato para a frente,
batendo o rosto inteiro ao ir ao chão.
Nesse momento Atena soergueu
a égide arrasadora de mortais
bem alto, junto ao teto do palácio,
apavorando o coração de todos.
Os pretendentes se desesperaram
no salão, feito bois encurralados
que a mosca varejeira, cintilante,
leva à loucura, de tanto picá-los,
sempre que vem de novo a primavera,
quando os dias se tornam mais compridos.
À semelhança de aves de rapina,
de garras falciformes, bicos curvos,
que, descendo do topo das montanhas,
avançam contra pássaros menores

que vivem circulando pelos plainos
por medo de se aproximar das nuvens,
mas mesmo assim as aves carniceiras
avançam e os destroem, sem que possam
achar defesa nem escapatória,
e os homens rejubilam-se com vê-las –
assim também os quatro perseguiam
os pretendentes dentro do palácio
e os abatiam um depois do outro.
Pavoroso gemido se elevava
das cabeças ao serem golpeadas,
e o piso todo se cobriu de sangue.
Eis então que Leodes avançou
e agarrou-se aos joelhos de Odisseu.
Dirigindo-se a ele, suplicante,
disse as seguintes palavras aladas:
"Suplico-te, Odisseu! Tem piedade
e poupa quem se põe a teus joelhos!
Eu te juro que nunca proferi
nada às mulheres dentro do salão!
Não falei nem agi com petulância
contra nenhuma delas! Na verdade,
eu tentava parar os pretendentes
quando faziam coisas desse tipo!
Mas eles não me ouviam nem continham
as próprias mãos de praticar o mal.
Por causa de sua própria petulância
pereceram de forma vergonhosa.
Mas eu, que só fazia os sacrifícios
em meio a eles, hei de perecer
sem culpa alguma, e sem ter gratidão
pelas benfeitorias que lhes fiz!".
Mirando-o com severo sobrecenho,
disse Odisseu de muitíssima astúcia:
"Se alegas ser o homen responsável
por fazer sacrifícios para eles,

então decerto deves ter rezado
frequentemente dentro do salão,
pedindo aos deuses para o doce dia
do meu retorno não chegar tão cedo,
e para a minha esposa acompanhar-te
de volta à tua casa e dar-te filhos.
Por isso, tu também não deverás
escapar de uma morte dolorosa”.
Depois de ter falado dessa forma,
tomou em sua mão robusta a espada
que jazia por perto, aquela mesma
derrubada no chão por Agelau
ao ser morto. Com tal espada então
ele o feriu no meio do pescoço.
Perderam-se no sangue e na poeira
as últimas palavras que ele disse.
Por sua vez, o filho de Terpeu
buscava abrigo das Queres escuras,
o aedo Fêmio, que entre os pretendentes
era forçado a partilhar seu canto.
Estava segurando em suas mãos
a lira tetracorde, de voz clara,
parado junto à porta lateral.
Seu coração se dividia em dois,
sem saber se saía do salão
para prostrar-se como suplicante
junto ao altar bem-feito de Zeus grande,
onde frequentemente no passado
Laertes e Odisseu tinham queimado
muitas coxas de boi em sacrifício,
ou se avançava para se agarrar
em súplica aos joelhos de Odisseu.
Considerando a questão dessa forma,
pareceu-lhe por fim mais vantajoso
se agarrar suplicante nos joelhos
de Odisseu, o nascido de Laertes.

Então nesse momento ele largou
sua côncova lira sobre o chão,
entre um trono de cravos prateados
e uma bela cratera de mistura.
Em seguida avançou e se agarrou
em súplica aos joelhos de Odisseu.
Dirigindo-se a ele, suplicante,
disse as seguintes palavras aladas:
"Suplico-te, Odisseu! Tem piedade
e poupa quem se põe a teus joelhos!
Do contrário, tu mesmo acabarás
sofrendo no futuro, se matares
um aedo, que canta não somente
para os mortais mas também para os deuses.
Aprendi a cantar por conta própria.
Dentro do meu coração, quem plantou
toda sorte de cantos foi um deus.
Eu poderia cantar para ti
tal como para um deus. Então não fiques
tão desejoso de me degolar!
Mesmo Telêmaco, teu filho amado,
poderia dizer-te a mesma coisa:
não foi porque quisesse ou mendigasse
que eu acabei chegando ao teu palácio
para cantar em meio aos pretendentes
ao final dos banquetes que faziam –
por serem tantos e mais numerosos,
obrigaram-me a vir até aqui".
Assim falou, e eis que a força sagrada
de Telêmaco ouviu o que ele disse.
De imediato falou para seu pai,
que se encontrava perto de onde estava:
"Espera, pai! Não firas com o bronze
de forma alguma esse homem inocente!
Também o arauto chamado Medonte
proponho que poupemos. Ele sempre

cuidou de mim dentro de nossa casa,
desde eu era muito pequenino.
Tomara que não tenha sido morto
nem por Filécio nem pelo porqueiro,
nem tenha te encontrado enquanto tu
tocavas o terror pelo palácio".
Assim falou, e Medonte o ouviu,
conhecedor de desígnios prudentes.
Ele estava escondido sob um trono,
e tinha se coberto com um couro
de boi recém-cortado, na esperança
de proteger-se das Queres escuras.
Logo saltou de debaixo do trono,
descobrindo-se rápido do couro.
Em seguida avançou e se agarrou
a Telêmaco em torno dos joelhos.
Dirigindo-se a ele, suplicante,
disse as seguintes palavras aladas:
"Meu amigo querido, estou aqui!
Pede para teu pai que se contenha
e não use de sua enorme força
para ferir-me com bronze afiado,
irado como está contra os rapazes
pretendentes, que lhe dilapidaram
as posses no salão de seu palácio,
e tolamente te desmereceram!".
Sorrindo para reassegurá-lo,
disse Odisseu de muitíssima astúcia:
"Podes ficar tranquilo e ter coragem,
pois tu já foste salvo e resgatado.
Assim tu saberás no coração –
e poderás contar a todo mundo –
o quanto é bem melhor fazer o bem
a ser um praticante de maldades.
Então podeis sair deste salão
e sentar-vos lá fora do palácio,

longe do morticínio, no jardim,
tu e o aedo de sonora voz.
Assim eu poderei seguir fazendo
tudo que é necessário no palácio".
Assim falou, e logo os dois partiram
para o exterior do salão do palácio.
Adotaram postura suplicante
bem em frente ao altar do grande Zeus,
e ficaram olhando a toda parte,
na expectativa de mais morticínio.
Odisseu vasculhava o seu palácio
para ver se inda havia algum varão
escondido com vida nalgum canto,
tentando se evadir das Queres negras.
Mas logo percebeu que estavam todos
estirados no sangue e na poeira
os muitos homens que ele derrubara.
Feito peixes que os pescadores jogam
numa côncava praia, ao retirá-los
das profundezas do cinzento mar
com uma rede de muitas amarras,
e todos eles nesse instante ficam
com saudade das ondas do alto-mar,
jazendo amontoados nas areias,
enquanto o Sol, brilhando sobre eles,
vai subtraindo a vida que lhes resta —
assim também os jovens pretendentes
jaziam empilhados uns nos outros.
Para Telêmaco, nesse momento,
disse Odisseu de muitíssima astúcia:
"Vai, Telêmaco, e trata de chamar
para mim Euricleia, a velha ama,
para que eu diga a ela tudo aquilo
que o coração anseia que lhe diga".
Assim falou. Telêmaco de pronto
obedeceu ao seu querido pai.

Batendo à porta do salão de casa,
disse o seguinte à sua ama Euricleia:
"Vem para cá depressa, ó anciã
nascida em priscas eras, tu que és
a vigia de todas as escravas
que vivem nos salões deste palácio!
Vem para cá! Meu pai é quem está
te chamando. Tem algo a te dizer".
Assim falou, e ela já não tinha
palavras que voassem em resposta.
Tratou logo de abrir as grandes portas
do palácio de bela construção,
e chegou até ele. Depois disso,
Telêmaco a guiou, seguindo em frente.
Logo em seguida encontrou Odisseu
junto aos cadáveres dos chacinados.
Estava todo manchado de sangue
e morticínio, feito algum leão
que se afasta do pasto onde matou
e devorou um boi agreste inteiro,
e sobre toda parte de seu peito,
e também nas bochechas, dos dois lados,
fica todo encharcado pelo sangue,
um semblante terrível de se olhar —
assim também Odisseu se encontrava
respingado nas pernas e nos braços.
Quando ela viu os corpos empilhados
e o sangue se espalhando em toda parte,
já estava prestes a dar aleluia,
pois contemplava um feito muito grande.
Mas Odisseu de imediato a deteve
e impediu o seu ímpeto de grito.
Dirigindo-se a ela desta forma,
disse as seguintes palavras aladas:
"Restringe ao coração essa alegria,
anciã, e não grites aleluia.

Não há nada de pio em se ufanar
sobre os corpos daqueles que morreram.
Quanto a estes, a moira dos divinos
e seus feitos perversos os domaram,
pois eles nunca tiveram respeito
por nenhum dos humanos sobre a terra,
nem pelos maus tampouco pelos bons,
a quem quer que chegasse junto deles.
Foi pela sua própria petulância
que tiveram um fim tão vergonhoso.
Agora vamos! Conta para mim
acerca das mulheres do palácio,
quais delas são as que me desonraram
e quais são inocentes nesses crimes".
Disse-lhe então o seguinte em resposta
a sua ama querida Euricleia:
"Pois bem, filhinho. Vou te relatar
toda a verdade do começo ao fim.
São cinquenta as mulheres que tu tens
no interior dos salões do teu palácio,
escravas para quem nós ensinamos
os trabalhos que devem realizar:
o modo certo de cardar a lã
e como suportar a escravidão.
Delas, ao todo doze caminharam
pelas veredas da sem-vergonhice –
a Penélope e a mim já não prestavam
honra nenhuma nem nos respeitavam.
Telêmaco fazia pouco tempo
que havia se criado, e sua mãe
nunca deixava que desse comandos
às mulheres escravas do palácio.
Agora vamos! Deixa-me subir
ao reluzente quarto superior,
para que eu conte tudo à tua esposa,
que algum dos deuses fez adormecer".

Por sua vez, respondendo o seguinte,
disse Odisseu de muitíssima astúcia:
“Tu ainda não deves acordá-la.
Em vez disso, convoca para cá
aquelas doze mulheres escravas
que planejaram coisas vergonhosas”.
Assim falou, e a velha foi andando
através do salão e para fora,
para dar a mensagem às mulheres
e ordenar que atendessem ao chamado.
Por sua vez, ele próprio chamou
Telêmaco, o porqueiro e o boiadeiro.
Em seguida, depois de convocá-los,
disse as seguintes palavras aladas:
“Começai a trazer agora os mortos,
e mandai que as mulheres vos ajudem.
Em seguida deveis limpar as mesas
e também as belíssimas cadeiras
com tanta água quanto for preciso
e com esponjas bastante porosas.
Quando depois tiverdes já deixado
todo o palácio inteiramente em ordem,
vós deveis reunir as doze servas
no exterior do salão bem-construído,
no meio do caminho entre a rotunda
e os belos muros em que finda o pátio.
Ali deveis descer vossas espadas
contra elas, até que estejam todas
privadas de seu sopro de existência
e tenham se esquecido de Afrodite,
que elas levaram sob os pretendentes
ao se juntar com eles em segredo”.
Assim falou. Em seguida, vieram
as mulheres em bando, todas juntas,
lamentando de forma pavorosa,
vertendo lágrimas muito sentidas.

Primeiramente, levaram os corpos
dos mortos para fora do salão
e em direção ao pórtico de entrada
do pátio com seus muros bem-erguidos,
e ali os empilharam uns nos outros.
Foi o próprio Odisseu quem deu comandos
para que procedessem dessa forma,
e assim fizeram, por necessidade.
Ao terminarem de limpar as mesas
e também as belíssimas cadeiras
com tanta água quanto foi preciso
e com esponjas bastante porosas,
Telêmaco, o porqueiro e o boiadeiro,
usando pás para raspar o sangue,
então trataram de limpar o solo
do palácio de bela-construção,
e as escravas de casa carregavam
a sujeira raspada para fora.
Quando em seguida já tinham deixado
todo o palácio inteiramente em ordem,
trataram de juntar as doze servas
no exterior do salão bem-construído,
no meio do caminho entre a rotunda
e os belos muros em que finda o pátio.
Puseram todas juntas em um canto,
de onde não haveria escapatória.
Entre eles, Telêmaco, sagaz,
foi quem principiou a discursar:
"Eu não tenho intenção de oferecer
morte limpa e honrosa a essas mulheres
que, sobre minha cabeça e também
na cabeça de minha mãe, verteram
tantas injúrias e difamações
ao se deitarem com os pretendentes!".
Assim falou e foi logo foi buscar
um cabo de navio de proa escura.

Primeiro então prendeu-o num pilar
e o laçou pelo entorno da rotunda.
Em seguida, tratou de içá-lo ao alto,
para que os pés não tocassem no chão.
À semelhança de quando andorinhas
ou mesmo tordos de asas bem compridas
acabam pegos em uma armadilha,
que tinha sido posta num arbusto,
quando entravam de volta para o ninho,
e um leito abominável os recebe —
assim também se achavam as cabeças
em fileira, e em torno do pescoço
de todas elas se encontrava um laço,
para uma morte das mais lamentáveis.
Debateram-se um pouco com os pés
por falta de ar, mas não por muito tempo.
Logo em seguida trouxeram Melântio
pela porta de casa e para o pátio.
Então cortaram fora o seu nariz
e as orelhas com bronze impiedoso,
e as vergonhas também as deceparam
e as deram de comida para os cães,
e as mãos e os pés também cortaram fora
com coração repleto de furor.
Depois disso, trataram de lavar
as suas próprias mãos e os próprios pés
e foram para a casa de Odisseu,
pois o trabalho estava terminado,
e ele próprio então disse desta forma
à sua ama querida Euricleia:
“Traz enxofre, anciã, que remedia
desgraças, e traz fogo para mim,
para que fumeguemos o salão.
Depois vai a Penélope e lhe diz
que desça de seu quarto para cá,
acompanhada pelas atendentes.

Dá comando também para as escravas
de toda a casa virem para cá”.
Disse-lhe então o seguinte em resposta
a sua ama querida Euricleia:
“É bem verdade. Tudo o que disseste,
filho, foi consonante com a moira.
Mas além disso deixa eu te vestir
com uma túnica e com uma capa
para tu não ficares desse jeito,
cobrindo os ombros largos com andrajos
parado no salão de teu palácio.
Causarias revolta em quem te visse”.
Por sua vez, respondendo o seguinte,
disse Odisseu de muitíssima astúcia:
“Antes de tudo é preciso acender
o fogareiro no salão de casa”.
Assim falou e não foi ignorado
por sua ama querida, Euricleia,
que prontamente tratou de buscar
fogo e enxofre. Em seguida, Odisseu
cuidou de fumegar completamente
o salão principal, a casa e o pátio.
E a velha foi ao quarto superior
da belíssima casa de Odisseu,
a fim de dar mensagem às mulheres
e chamá-las de volta para o pátio.
Elas logo saíram do palácio,
levando archotes acesos nas mãos.
Então de pronto foram abraçar
Odisseu e lhe dar as boas-vindas,
e o beijaram de forma afetuosa
sobre sua cabeça e nos seus ombros,
e tomavam nas mãos as suas mãos.
E ele, por sua vez, ficou tomado
por um doce desejo pelo choro —
seu coração reconhecia-as todas.

Canto XXIII

A velha novamente retornou
ao quarto superior, extasiada,
a fim de dar notícia à sua mestra
que seu amado esposo estava em casa.
Os joelhos dobravam-se velozes
e os pés trilhavam rápido o caminho.
Pôs-se parada acima de seu rosto
e então lhe disse o seguinte discurso:
"Levanta-te, Penélope, filhinha
querida, para que tu mesma vejas
com teus olhos aquilo que desejas
todos os dias sempre tão saudosa!
Odisseu conseguiu chegar em casa,
mesmo tendo passado tanto tempo!
Acabou de matar os pretendentes
arrogantes, que dentro do palácio
nos causavam problemas, devoravam
tudo e hostilizavam o teu filho!".
Disse-lhe então o seguinte em resposta
Penélope de engenho cuidadoso:
"Minha cara mãezinha, com certeza
os deuses te inspiraram a loucura,
eles que têm poder de transformar
até o mais sensato em insensato,
e de fazer alguém de mente fraca
encontrar o caminho da prudência.
Decerto solaparam teu juízo,
que anteriormente sempre foi correto.
Por que razão tu vens zombar de mim,
que tenho tanta dor no coração,

e dizer essas coisas sem sentido?
Tu me acordaste de um sonho tão doce,
que tinha me prendido nos seus braços
e me coberto as pálpebras queridas!
Fazia tanto tempo que não tinha
um sonho assim, desde quando Odisseu
foi embora à procura de Destroia,
nome que nem se deve repetir.
Agora vai-te! Desce prontamente
para o salão principal do palácio.
Eu te garanto: se tivesse sido
outra qualquer dentre as minhas mulheres
a vir-me dar uma notícia dessas
e me acordar do sonho em que me achava,
eu a teria mandado descer
de imediato, de modo abominável,
de volta para a sala do palácio.
Apenas a velhice te salvou".
Disse-lhe então o seguinte em resposta
a sua ama querida Euricleia:
"Eu não zombo de ti, minha filhinha
querida! O que te digo é verdadeiro!
Odisseu conseguiu chegar em casa,
exatamente como te anuncio!
É o estrangeiro que todos estavam
desonrando na sala do palácio!
Inclusive, Telêmaco sabia
disso tudo já faz bastante tempo,
mas foi prudente e não deixou ninguém
saber dos pensamentos de seu pai,
para que se vingasse da violência
daqueles homens de enorme arrogância!".
Assim falou. Repleta de alegria,
ela de pronto saltou de seu leito
e abraçou-se na velha, derramando
já das pálpebras lágrimas sentidas.

Dirigindo-se a ela desta forma,
disse as seguintes palavras aladas:
"Agora vamos, mãezinha querida,
e me relata tudo com verdade!
Se ele de fato está de volta em casa,
exatamente como me anuncias,
de que maneira foi que pôs as mãos
naqueles pretendentes sem-vergonha
sendo apenas um só enquanto eles
estavam sempre em bandos ali dentro?".
Disse-lhe então o seguinte em resposta
a sua ama querida Euricleia:
"Não vi nem perguntei como é que foi.
Eu só ouvi os gritos e gemidos
daqueles que morriam. Nós, mulheres,
nos sentamos num canto mais ao fundo
de nosso tálamo bem-construído,
e as portas bem-montadas nos guardaram
até quando Telêmaco, teu filho,
me chamou lá de dentro do salão.
Foi o pai dele quem solicitou
que me chamasse para ter consigo.
Logo em seguida encontrei Odisseu
junto aos cadáveres dos chacinados.
Estava em pé, enquanto ao seu redor
os mortos ocupavam todo o chão,
empilhados a esmo, uns sobre os outros.
Teu coração teria se alegrado
em vê-lo todo manchado de sangue
e morticínio, feito algum leão.
No momento, estão todos agrupados
em frente às portas de entrada, no pátio,
e ele próprio se empenha em fumegar
o seu palácio de enorme beleza,
mantendo acesa uma grande fogueira.
Foi ele quem mandou que te chamasse.

Agora vem comigo, para pormos
de volta no caminho da alegria
o coração querido de nós duas,
pois já sofreste tristezas demais.
Agora finalmente se cumpriu
o desejo mantido há tanto tempo:
ele chegou em casa são e salvo,
e encontrou tanto a ti quanto ao menino
no salão principal deste palácio.
E aqueles que lhe haviam feito mal,
os pretendentes, já tiveram todos
de pagar por seus crimes no palácio".
Disse-lhe então o seguinte em resposta
Penélope de engenho cuidadoso:
"Minha cara mãezinha, tu não deves
cantar vitória ainda, extasiada.
Tu sabes muito bem que ele seria
bem-vindo no salão deste palácio
por todos, mas por mim especialmente
e pelo filho que tivemos juntos.
Mas essa história que tu me contaste
não é de forma alguma verdadeira.
Decerto foi algum dos imortais
que matou os ilustres pretendentes,
agastado por causa da insolência
que dói no coração, e dos maus feitos,
pois eles nunca tiveram respeito
por nenhum dos humanos sobre a terra,
nem pelos maus tampouco pelos bons,
a quem quer que chegasse junto deles.
Foi pela sua própria petulância
que sofreram o mal. Mas Odisseu
se perdeu no retorno à terra acaia,
muito longe daqui, e pereceu".
Disse-lhe então o seguinte em resposta
a sua ama querida Euricleia:

"Minha filhinha, que palavra é essa
que te escapou pelo encerro dos dentes?
Mesmo com teu esposo estando em casa,
junto à lareira, insistes em dizer
que ele jamais conseguirá voltar?
Então teu coração não é fiel.
Mas não importa. Tenho outro sinal
muito evidente para te dizer:
a própria cicatriz que um javali
de presas brancas certa vez lhe fez.
Quando lavava os pés, eu a notei.
Queria ter contado para ti
de imediato, mas antes que pudesse
ele tapou-me a boca com as mãos
e não deixou que eu lhe dissesse nada,
graças a seu juízo muito esperto.
Agora vamos! Dou de garantia
a minha própria vida para ti.
Se eu estiver te enganando, me mata
com uma morte das mais lamentáveis".
Disse-lhe então o seguinte em resposta
Penélope de engenho cuidadoso:
"Minha cara mãezinha, é bem difícil
para ti compreender corretamente
os desígnios dos deuses sempre vivos,
por mais que sejas mesmo muito esperta.
De toda forma, nós podemos ir
até meu filho, pois eu quero ver
os jovens pretendentes todos mortos,
e descobrir quem foi que os chacinou".
Tendo falado asism, ela desceu
do quarto superior. Seu coração
ponderava bastante se devia
questionar à distância o caro esposo
ou se devia pôr-se ao lado dele,
beijar-lhe o rosto e segurar-lhe as mãos.

Depois que ela já tinha atravessado
a soleira de pedra, nos umbrais,
sentou-se bem em frente de Odisseu,
iluminada pela luz do fogo,
junto à parede oposta, no salão.
Ele, por sua vez, sentou-se contra
uma grande coluna, cabisbaixo,
apenas esperando para ouvir
o que a forte consorte lhe diria
quando o mirasse com seus próprios olhos.
Mas ela fez silêncio prolongado,
com coração tomado pelo espanto,
e ficava alternando entre mirá-lo
diretamente, olhando-o bem no rosto,
e perder-se depois no estranhamento
pelos andrajos com que se cobria.
Então Telêmaco lhe fez censura,
chamando-a pelo nome ao lhe falar:
"Ó minha mãe, desnaturada mãe!
Teu coração não sabe ser gentil!
Por que razão tu ficas desse jeito
tão distante do pai, e não te sentas
ali do lado dele, de maneira
a interrogá-lo e lhe fazer perguntas?
Decerto não existe outra mulher
de coração assim tão resoluto,
a ponto de afastar-se de um guerreiro
que, depois de passar por tantos males
em duas décadas de longa ausência,
finalmente voltou à terra pátria.
Porém teu coração é sempre assim –
é mais inabalável do que pedra".
Disse-lhe então o seguinte em resposta
Penélope de engenho cuidadoso:
"Meu filhinho, é que dentro do meu peito
eu sinto o coração embasbacado.

Não consigo dizer uma palavra
a ele, nem fazer uma pergunta,
nem mesmo contemplar diretamente
seu rosto. Se de fato for verdade
que ele é Odisseu e que chegou
de volta à nossa casa, certamente
será possível nos reconhecermos
de outra maneira, pois entre nós dois
há sinais que somente nós sabemos,
secretos para todos os demais".
Assim falou. Sorriu ao escutá-lo
o divino Odisseu de tantas lutas.
Para Telêmaco ele prontamente
disse as seguintes palavras aladas:
"Calma, Telêmaco. Podes deixar
que tua mãe realize seus testes
comigo no salão deste palácio.
Ela logo verá melhor quem sou.
Agora estou coberto de sujeira,
vestido nestes péssimos andrajos.
Por causa disso, não me tem em conta
e não quer aceitar que sou quem sou.
Mas agora pensemos nalgum modo
de tudo acontecer para o melhor,
pois mesmo contra alguém que porventura
matou um homem só num povoado
é costume que venham muitos homens
para caçá-lo, em busca de vingança,
e ele se vê forçado a abandonar
os parentes e a terra de seus pais.
Nosso caso é mais grave, pois matamos
muitos homens, os mais superiores
dentre todos os jovens itacenses.
Temos de ponderar o que fazer".
Por sua vez, Telêmaco, sagaz,
lhe proferiu o seguinte em resposta:

"É melhor que tu mesmo penses nisso,
querido pai, pois dizem que tu tens
a melhor das astúcias dentre todos
os humanos, e que não há ninguém –
nenhum homem – que possa competir
contigo entre os humanos morituros.
Iremos te seguir impetuosos
para onde guiares, e não creio
que iremos carecer de valentia,
com tanta força que se faz presente".
Por sua vez, respondendo o seguinte,
disse Odisseu de muitíssima astúcia:
"Pois bem! Então, agora te direi
o que parece ser o mais correto.
Primeiramente tratai de lavar-vos
e vestir-vos com túnicas depois.
Então mandai as servas do palácio
se vestirem com boas vestimentas.
Que o aedo divino, na sequência,
segure a sua lira de voz clara
e seja o nosso guia para as danças
que acompanham o jogo e a brincadeira,
de tal maneira que, se alguém ouvisse,
diria que acontece um casamento,
alguém que caminhasse por aqui
ou que vivesse pela vizinhança.
Não deixeis que se espalhe na cidade
notícia alguma – nem qualquer boato –
da matança dos jovens pretendentes,
pelo menos não antes que cheguemos
em segurança na nossa fazenda
plena de bosques. Lá, depois devemos
considerar aquilo que o Olímpio
nos apontar como mais vantajoso".
Assim falou, e eles prontamente
deram ouvidos e lhe obedeceram.

Primeiramente foram se lavar
e vestir-se com túnicas depois,
e as mulheres vestiram-se também.
Logo em seguida, o aedo divino
tomou a côncava lira nas mãos
e colocou em todos o desejo
para escutar a doçura do canto
e se juntar à irreprochável dança.
No entorno deles, o grande palácio
ressoava no ritmo das passadas
à medida que os homens e as mulheres
de belas cintas seguiam brincando.
Desta maneira então alguém dizia,
ouvindo os sons que vinham do palácio:
“Não tenho dúvidas de que a rainha,
mulher tão cortejada, se casou.
Miserável! Não teve persistência
a ponto de manter a grande casa
de seu legítimo esposo segura
até que conseguisse retornar”.
Desta maneira então alguém dizia,
sem saber o que estava acontecendo.
Enquanto isso, dentro do palácio,
para Odisseu de grande coração
a aia Eurínome lhe preparou
um belo banho, ungiu-o com azeite,
vestiu-o numa túnica bonita
e afivelou por cima dela o manto.
Por cima da cabeça dele então
Atena derramou muita beleza,
e fez com que ficasse mais robusto
e maior de se ver. Desde a cabeça,
fez descerem em cachos os cabelos,
à semelhança da flor do jacinto.
Tal como quando um homem experiente
trabalha na mistura de ouro e prata,

um homem para quem Palas Atena
e Hefesto concederam conhecer
as técnicas de todas as espécies,
e ele perfaz trabalhos graciosos –
da mesma forma ela verteu-lhe graça
sobre sua cabeça e nos seus ombros.
Ergueu-se da banheira com a pele
semelhante à dos próprios imortais.
Sentou-se novamente sobre o trono
de onde há pouco se havia levantado,
o trono posto em frente à sua esposa,
e então lhe disse o seguinte discurso:
"Numinosa, de todas as mulheres,
nenhuma delas tem um coração
que tenha sido feito mais teimoso
do que o teu pelos deuses lá do Olimpo!
Decerto não existe outra mulher
de coração assim tão resoluto,
a ponto de afastar-se de um guerreiro
que, depois de passar por tantos males
em duas décadas de longa ausência,
finalmente voltou à terra pátria.
Agora vamos, mãezinha! Prepara
um leito para mim, para que eu tenha
onde dormir, pois já ficou bem claro
que essa mulher tem coração de ferro".
Disse-lhe então o seguinte em resposta
Penélope de engenho cuidadoso:
"Numinoso, não é por arrogância
nem porque esteja te menosprezando
que não me mostro mais impressionada.
É só porque sei bem como tu eras
quando partiste de Ítaca em viagem
a bordo do navio de longos remos.
Mas vai lá, sim, Euricleia! Prepara
um leito confortável para ele

fora do nosso tálamo bem-feito,
o próprio leito que ele construiu.
Arrasta-o para fora do recinto
e depois o prepara com esmero,
um leito com pelegos e lençóis,
e também com brilhantes cobertores".
Assim ela falou, fazendo teste
de seu esposo, mas logo Odisseu
disse o seguinte, bastante irritado
com sua esposa de mente zelosa:
"Mulher, a história que tu me contaste
é mesmo de cortar o coração.
Alguém moveu meu leito de lugar?
Seria uma tarefa bem difícil
mesmo a quem fosse muito experiente –
a não ser que viesse a divindade,
que o moveria com facilidade
para qualquer lugar que desejasse.
Mas entre os seres humanos mortais
não há vivente, mesmo muito jovem,
que pudesse movê-lo facilmente,
pois um grande sinal foi construído
no leito de feitura elaborada.
Fui eu, e mais ninguém, que o construí.
Uma oliveira de folhas compridas
crescera no terreno do palácio,
uma árvore madura e vicejante.
Tinha a mesma grossura de um pilar.
No entorno dela, então eu fui erguendo
as paredes de um quarto, até fechá-lo,
usando pedras muito bem-cortadas,
e em cima pus um belo de um telhado.
Completei-o, por fim, com portas duplas,
resistentes e muito bem-montadas.
Depois disso, cortei as longas folhas
que cresciam no entorno da oliveira.

Separei todo o tronco das raízes
e na sequência aplanei-o com bronze,
usando de cuidado e habilidade,
até deixá-lo reto junto ao prumo,
para torná-lo um dos postes da cama.
Depois furei-o todo com verruma.
A partir desse poste, fui moldando
a cama até que ela estivesse pronta,
e depois decorei-a com detalhes
usando de ouro e prata e de marfim.
E enfim, por cima, eu estiquei um couro
ornado com detalhes em vermelho.
Nessa feitura reside o sinal
que indico para ti. Porém não sei
se meu leito mantém-se ainda intacto,
mulher, ou se algum homem o moveu
do lugar onde fora construído,
cortando fora o tronco de oliveira".
Assim falou. De imediato os joelhos
e o coração da outra se lassaram.
Tinha reconhecido aquelas marcas
seguras que Odisseu lhe descrevera.
Vertendo lágrimas, partiu direto
para encontrá-lo, e enlaçou os braços
ao redor do pescoço de Odisseu
e beijou-lhe a cabeça e lhe falou:
"Não fiques bravo comigo, Odisseu.
Tu és, em todos os outros assuntos,
o mais sagaz dentre os seres humanos,
mas os deuses nos deram sofrimento.
Foi pela inveja deles que ficamos
tanto tempo afastados um do outro,
sem poder desfrutar da juventude
até chegar aos umbrais da velhice.
Mas eu te peço que não fiques bravo
nem revoltado comigo por isto,

por eu não ter te recebido bem
já na primeira vez em que te vi.
O fato é que eu mantinha o coração
sempre ansioso dentro do meu peito,
com enorme receio de que alguém
dentre os mortais viesse me enganar,
usando de palavras, pois são muitos
os que querem lucrar com planos vis.
Eu creio que nem mesmo a argiva Helena,
mulher gerada pelo próprio Zeus,
teria se juntado com um homem
estrangeiro num leito de paixão,
caso soubesse que, por causa disso,
os aguerridos filhos dos aqueus
acabariam numa expedição
e a trariam de volta à pátria amada.
Decertou foi um deus quem a levou
a cometer seus atos vergonhosos!
Antes disso, seu coração jamais
havia dado abrigo à lamentável
perdição, que também originou
um grande sofrimento para nós.
Mas agora já basta desse assunto.
Visto que tu descreveste sinais
muito evidentes sobre nosso leito,
que outro mortal nenhum jamais olhou –
detalhes conhecidos tão somente
por nós dois e por uma só das aias,
Actóris, atendente que meu pai
me concedeu na vinda para cá,
ela que sempre nos guardou as portas
duplas de nosso tálamo bem-feito –,
lograste convencer meu coração,
por mais que ele não saiba ser gentil".
Assim falou, incitando inda mais
o desejo de choro que ele tinha.

Então chorou enquanto se abraçava
à doce esposa, de mente zelosa.
Tal como quando a terra surge à vista,
visão bem-vinda para os nadadores
cujo navio bem-feito foi tomado
por alvo de Possêidon no alto-mar
e acabou naufragando sob o assalto
de fortes ventos e de vagalhões,
e os poucos que conseguem se salvar
do mar cinzento para o continente,
nadando, com a pele já coberta
por espessa camada de salsugem,
são gratos por chegar de volta à terra,
tendo logrado se evadir do mal —
nessa mesma medida foi bem-vinda
a visão dela para o seu esposo,
e ela, por sua vez, não desgrudava
os braços brancos do pescoço dele.
E teriam chorado até que enfim
surgisse a Aurora de dedos rosados,
se não tivesse tido uma outra ideia
Atena, divindade de olhos glaucos.
Fez que se detivesse a longa noite
em seu percurso, e não deixou a Aurora
com seu trono dourado atravessar
o Oceano, impedindo-a de jungir
os seus cavalos de patas velozes,
que trazem luz para os seres humanos,
conhecidos por Lampo e Faetonte,
corcéis que levam o carro da Aurora.
Nesse momento, à sua própria esposa,
disse Odisseu de muitíssima astúcia:
“Mulher, nós não chegamos totalmente
ao fim de todas essas provações.
Ainda há de existir no futuro
um trabalho maior que o mensurável,

muito longo e difícil, que terei
de concluir em sua integridade.
Foi essa a informação que recebi,
em profecia, da alma de Tirésias
naquele dia em que fiz a descida
ao interior do palácio de Hades,
procurando uma forma de retorno
para mim mesmo e para os companheiros.
Mas chega disso! Vamos para a cama,
mulher, a fim de que possamos logo
ser embalados pelo doce sono
e finalmente descansar um pouco".
Disse-lhe então o seguinte em resposta
Penélope de engenho cuidadoso:
"O leito estará pronto para ti
quando quer que teu coração deseje
aproveitar a doçura do sono,
agora que os divinos finalmente
te permitiram alcançar de novo
o palácio bem-feito e a terra pátria.
Mas já que percebeste e que algum deus
deixou teu coração ficar sabendo,
conta-me qual seria a provação.
Como de toda forma, cedo ou tarde,
eu ficarei sabendo, não será
pior ouvi-la agora de uma vez".
Por sua vez, respondendo o seguinte,
disse Odisseu de muitíssima astúcia:
"Numinosa, por que tu me pressionas
para contar-te tudo agora mesmo?
Que seja. Direi tudo de maneira
infalível e não esconderei.
Mas já te aviso que teu coração
não ficará feliz — e nem eu mesmo
fico feliz com isso —, pois terei
de visitar inúmeras cidades

dos humanos mortais, levando em mãos
um remo bem-polido de navio,
e viajar até que enfim encontre
homens que nada sabem sobre o mar,
que nem sequer possuem o costume
de temperar com sal a refeição.
Esses homens não têm conhecimento
sobre navios de facetas vermelhas
tampouco sobre remos bem-polidos,
que se abrem como as asas do navio.
Ele também me disse de um sinal
muito evidente. Não te esconderei.
Disse que, quando enfim me deparar
com outro viajante pela estrada
e ele achar que eu carrego alguma pá
para joeira em meu ombro brilhante,
nesse momento eu preciso enfincar
o remo bem-polido ali na terra
e então fazer um belo sacrifício
em homenagem ao senhor Possêidon,
abatendo um carneiro macho, um touro,
e um javali que se mistura a porcos.
Depois eu devo retornar à casa
e oferecer sagradas hecatombes
em honra às divindades imortais,
que têm domínio sobre o vasto céu,
a todas elas, uma após a outra.
Do mar, então, a morte me virá,
mas há de ser uma morte gentil
aquela que por fim me abaterá
quando eu já me encontrar muito puído
pela velhice. Ao meu redor, o povo
terá gozado de prosperidade.
Disse que tudo isso há de cumprir-se".
Disse-lhe então o seguinte em resposta
Penélope de engenho cuidadoso:

"Se os deuses vão te permitir chegar
à velhice, nem tudo está perdido.
Existe uma esperança de que irás
escapar das desgraças do presente".
Eles diziam coisas desse tipo,
falando abertamente um com o outro.
Enquanto isso, Eurínome e a aia
preparavam a cama para eles,
esticando cobertas bem macias,
iluminadas pela luz das tochas.
Em seguida, depois de terem feito
com rapidez o leito bem-montado,
a velha foi andando de retorno
à própria casa, para descansar,
e a aia Eurínome, por sua vez,
foi quem serviu de guia para eles,
a fim de encaminhá-los para o leito,
levando o archote aceso em suas mãos.
Depois de conduzi-los para o quarto,
retirou-se. Por sua vez, os dois
sentiram-se felizes em subir
de volta ao velho leito conjugal.
(Enquanto isso, no salão de casa,
Telêmaco, o porqueiro e o boiadeiro
pararam de mover os pés na dança
e pararam a dança das mulheres.
Eles próprios então se prepararam
para dormir pelo salão sombrio.)
Depois que os dois já tinham satisfeito
o desejo de amar-se amavelmente,
passaram ao deleite da conversa,
colocando um ao outro a par de tudo.
Ela, mulher divina entre as mulheres,
falou de quanto suportou em casa
assistindo às ações da multidão
destrutiva dos jovens pretendentes,

que seguiam matando muitos bois,
enquanto a cortejavam, e também
muitas gordas ovelhas, retirando
muito vinho de dentro dos barris.
Em seguida, Odisseu, divina estirpe,
contou-lhe sobre quanto sofrimento
ele havia causado aos outros homens
e sobre quanta miséria sofrera,
narrando toda a história para ela,
que ouvia com prazer. Não houve sono
a derramar-se sobre os olhos dela
enquanto não lhe relatasse tudo.
Falou primeiramente sobre como
venceu os cíconos, e como foi
em seguida a chegada à rica terra
daqueles homens que só comem lótus.
Depois falou do que o ciclope fez,
e de como logrou vingar-se dele
em nome de seus fortes companheiros
que ele comera sem piedade alguma.
E então falou de como foi à corte
de Éolo, que o recebeu com gentileza
e o ajudou. Porém não era ainda
destino retornar à pátria amada.
Em vez disso, acabou sendo tomado
por uma tempestade que o levou
de volta ao alto-mar, pleno de peixes,
entre pesados gemidos de dor.
Depois falou de como foi à terra
de Telépilo, rei dos lestrigões,
que destruíram todos os navios
e que também mataram um por um
seus companheiros de grevas bem-feitas,
só sobrando Odisseu na nau escura.
Relatou em seguida sobre Circe
dolosa, de engenhosos artifícios.

Depois falou de como descendeu
ao bolorento palácio de Hades,
a fim de consultar-se com a alma
do tebano Tirésias, o adivinho,
levando seu navio de muitos remos,
e como viu seus companheiros todos,
além da própria mãe, que o dera à luz
e que o criara desde bebezinho.
E então falou de como pôde ouvir
a voz avolumada das sirenas,
e como foi às Rochas Movediças,
passando entre Caríbdis pavorosa
e Cila, travessia que jamais
alguém fizera sem terríveis danos.
Depois falou do rebanho do Sol,
das vacas mortas por seus companheiros,
e de como o navio veloz foi alvo
de um relâmpago todo fumacento,
graças a Zeus que da altura troveja,
e como todos os seus companheiros
valorosos morreram igualmente,
mas ele se salvou das Queres más.
Contou de ter chegado à ilha Ogígia,
terra habitada por Calipso, a ninfa,
que o resgatou do mar e da ruína,
desejosa de tê-lo como esposo,
e dentro de sua côncava caverna
cuidava dele e sempre lhe dizia
que iria transformá-lo em imortal,
sem velhice, por todos os seus dias,
mas nunca conseguiu persuadir
o coração no interior do seu peito.
Depois falou de ter chegado à terra
dos feácios, passados muitos males,
e de como os feácios o estimaram
no coração como se fosse um deus,

e lhe deram escolta em seu navio
de volta para a amada terra pátria,
tendo lhe dado inúmeros presentes:
bronze, bastante ouro e vestimentas.
Esse foi o seu último relato,
quando por fim o sono adocicado,
que lassa os membros, saltou sobre ele,
livrando o coração de toda angústia.
Nesse momento, teve uma outra ideia
Atena, divindade de olhos glaucos.
Tão logo pareceu-lhe que Odisseu
já tinha satisfeito o coração
tanto de se deitar com sua esposa
quanto da própria doçura do sono,
desde Oceano fez que então partisse
a de trono dourado, matutina,
para levar a luz para os humanos.
Nesse momento, Odisseu despertou
e levantou-se do leito macio,
proferindo o seguinte para a esposa:
“Mulher, agora que já terminamos
ambos as incontáveis provações
por que passamos – tu chorando aqui
na expectativa pelo meu retorno
pleno de sofrimentos, e eu detido
pelas dores que Zeus e os outros deuses
usaram para me manter distante,
em meu desejo pela terra pátria –,
e agora que voltamos finalmente
ao nosso tálamo de tanto amor,
cuida das propriedades que me restam,
as que sobraram dentro do salão.
Quanto às ovelhas todas que mataram
aqueles pretendentes arrogantes,
eu mesmo irei buscar reparação
em grande número, por conta própria.

Os aqueus hão de dar-me outras ovelhas
até que os meus redis estejam cheios.
De minha parte, devo visitar
nossa fazenda repleta de bosques,
a fim de ver meu valoroso pai,
que tanto já sofreu com minha ausência.
Quanto a ti, eu te deixo esta instrução,
por mais conscienciosa que tu sejas,
pois quando o sol subir não tardará
em se espalhar depressa algum boato
a respeito dos jovens pretendentes,
que matei no salão deste palácio:
sobe de volta ao quarto superior,
acompanhada pelas tuas aias,
e espera ali sentada, sem olhar
nem perguntar por nada nem ninguém".
Assim falou, e ao redor das espáduas
vestiu as suas armas muito belas.
Depois chamou Telêmaco e deu ordens
para ele, o porqueiro e boiadeiro
irem todos buscar seus armamentos
guerreiros e vesti-los prontamente,
e eles não ignoraram seus comandos.
Trataram de vestir-se com o bronze,
e em seguida partiram porta afora.
Odisseu liderava a companhia.
A luz já se espalhava sobre a terra,
mas Atena cuidou para que a noite
os cobrisse em seu véu de escuridão,
e os guiou para longe da cidade.

Canto XXIV

Mas eis então que foi chegada a hora
de Hermes cilênio convocar as almas
falecidas dos jovens pretendentes.
Segurava nas mãos uma varinha
belíssima, forjada toda em ouro,
com que enfeitiça os olhos dos mortais
segundo seu desejo, tanto quanto
faz acordar quem dorme, quando o quer.
Movendo tal varinha, ele as guiava,
e elas, com grito agudo, iam seguindo.
À semelhança de quando morcegos,
dentro de uma caverna portentosa,
saem voando entre gritos agudos
quando um deles acaso se desgruda
da corrente que formam desde a rocha,
segurando um ao outro numa linha –
assim também as almas sibilavam,
seguindo seu comando. Ele as guiava,
Hermes, o desprovido de maldade,
pela extensão de trilhas bolorentas.
Cruzaram as correntes do Oceano
e a rocha branca, o Rochedo Leucádio.
Atravessaram os portões do Sol
e perpassaram o reino dos sonhos.
Em pouco tempo, já tinham chegado
ao Campo dos Asfódelos, local
habitado por almas do passado,
os fantasmas daqueles que se foram.
Foi ali, na campina, que encontraram
a alma de Aquiles, filho de Peleu,

a de Pátroclo, filho de Menécio,
e também a de Antíloco impecável,
além da alma de Ájax, o melhor
de todos na figura e na beleza
dentre todos os dânaos guerreiros
com a exceção do impecável Pelida.
Conforme as almas todas se juntaram
em torno do nascido de Peleu,
nesse momento, veio para perto
a alma do filho de Atreu, Agamêmnon,
repleta de tristeza. Muitas outras
também se aglomeravam junto dele,
aquelas que a seu lado pereceram
por triste fim no palácio de Egisto.
Dirigindo-se a ele por primeiro,
disse o seguinte a alma do Pelida:
"Filho de Atreu, pensávamos que tu,
em meio a todos os heróis guerreiros,
fosses sempre o mais caro dentre todos
por Zeus que se deleita com trovões,
uma vez que detinhas o domínio
sobre muitos guerreiros valorosos
no reino dos troianos, onde nós
acaios padecemos tantas dores.
Mas também a teu lado, prematura,
a moira destrutiva estava prestes
a se antepor, aquela que ninguém,
tendo nascido, tem como evitar.
Eu gostaria muito que tivesses
aproveitado as honras do teu cargo
e lá mesmo, no reino dos troianos,
tivesses encontrado teu destino.
Pelo menos assim os panaqueus
teriam feito teu sepultamento,
e haveria uma glória sobranceira
também para o teu filho no futuro.

Em vez disso, tu foste arrebatado
por uma morte das mais lamentáveis".
Por sua vez, respondendo o seguinte,
disse-lhe a alma do filho de Atreu:
"Afortunado filho de Peleu,
Aquiles semelhante aos próprios deuses,
tu que morreste em Troia, muito longe
de Argos, ao teu redor morreram tantos
guerreiros dos troianos e também
os melhores dos filhos dos aqueus,
lutando em torno de teu corpo morto,
enquanto em meio à nuvem de poeira
jazias grandioso em tua grandeza,
esquecido de que eras cavaleiro.
Teríamos seguido combatendo
o dia inteiro, sem jamais fazer
uma pausa na guerra, caso Zeus
não nos parasse com a tempestade.
Depois que te levamos para longe
da batalha e de volta às nossas naus,
tratamos de deitar-te sobre um leito.
Então limpamos tua bela pele
na água morna e te ungimos com azeite.
Ao teu redor os dânaos verteram
muitas lágrimas quentes e sentidas,
e cortaram as mechas dos cabelos.
De dentro do alto-mar, a tua mãe,
com as ninfas marinhas, imortais,
agitou-se tão logo ouviu notícia.
Um grito sobre-humano se elevou
pelo alto-mar, e todos os aqueus
foram arrebatados por tremor.
E teriam partido nesse instante,
subindo sobre os côncavos navios,
se não houvesse um homem sabedor
de muita coisa antiga ali presente –

Nestor, cujo conselho no passado
sempre nos parecera superior.
Com boas e prudentes intenções,
conclamou entre eles e lhes disse:
'Acalmai-vos, argivos! Não bateis
em retirada, jovens dos aqueus!
A mãe dele, de dentro do alto-mar,
com as ninfas marinhas, imortais,
está chegando agora para ver
o seu filho, que acaba de ser morto'.
Assim falou e fez passar o medo
nos acaios de grande coração.
Então juntaram-se no teu entorno
todas as filhas do ancião do mar,
e entoaram lamentos dos mais tristes
cobrindo-te com vestes ambrosinas.
Todas as nove Musas, em resposta,
entoaram um canto funerário,
um treno, em bela voz. Nesse momento,
não poderias ver argivo algum
que não chorasse, pois a própria Musa
de voz clara os movia para tanto.
Pela extensão de dezessete dias
e dezessete noites igualmente,
nós choramos por ti, tanto os eternos
deuses quanto os humanos morituros.
E no décimo oitavo dia, enfim,
nós te demos à pira funerária.
Ao teu redor, sacrificamos muitas
ovelhas gordas e tardonhas vacas.
Tu foste incinerado em vestimentas
de feitura divina, e recoberto
em muito azeite e dulcíssimo mel.
E foram muitos os heróis aqueus,
trajando suas armas e armaduras,
que se ajuntaram ao redor da pira,

tanto os soldados quanto os cavaleiros,
num turbilhão de vozes e estridores.
Quando a chama de Hefesto finalmente
terminou de te consumir inteiro,
a aurora já raiava. Então tratamos,
Aquiles, de juntar teus brancos ossos,
para guardá-los em vinho impermisto
coberto por azeite. Tua mãe
deu uma ânfora forjada em ouro,
que, segundo nos disse, tinha sido
presente de Dioniso, e um trabalho
do muito celebrado deus Hefesto.
É dentro dela que jazem agora,
brilhante Aquiles, os teus brancos ossos,
junto aos ossos daquele que morrera
antes — Pátroclo, filho de Menécio —,
mas não junto dos ossos pertencentes
a Antíloco, que tu valorizavas
mais que todos os outros companheiros
depois que Pátroclo havia morrido.
Sobre teus ossos foi então erguido
um enorme sepulcro, irrepreensível,
por esforço de todos nós, lanceiros
do exército sagrado dos argivos,
num promontório que se projetava
para a vasta extensão do Helesponto,
de modo que pudesse ser notado
de longe pelos homens no alto-mar,
por aqueles que existem hoje em dia
e pelos que mais tarde existirão.
Tua mãe em seguida foi buscar
prêmios belíssimos de junto aos deuses
e os colocou no meio da assembleia,
para a disputa entre a elite acaia.
Em outros tempos, tu participaste
dos jogos fúnebres de muitos homens,

todos eles heróis, sempre que algum
dos reis acontecia de morrer,
e então os jovens todos se vestiam
para a disputa com seus cinturões.
Mesmo assim, tu terias te espantado
enormemente desde o coração
ao contemplar os belíssimos prêmios
que a deusa trouxe para o teu certame,
a deusa Tétis de pés prateados,
pois eras muito amado pelos deuses.
Então nem mesmo quando pereceste
teu nome se perdeu. Perdurará
para sempre entre todos os humanos
a tua glória magnífica, Aquiles.
Mas qual consolação me restará,
tendo sobrevivido a tanta guerra?
Zeus planejou um tristíssimo fim
para quando eu chegasse de retorno:
ser morto por Egisto e pelas mãos
de minha própria esposa desgraçada".
Eles diziam coisas desse tipo,
falando abertamente um com o outro.
Enquanto isso, para perto deles
chegou o guia matador de Argos,
conduzindo consigo as almas todas
dos pretendentes que Odisseu matou.
Espantados, os dois se aproximaram
da multidão tão logo a perceberam.
A alma do filho de Atreu, Agamêmnon,
reconheceu de pronto nesse instante
a alma do celebrado Anfimedonte,
filho querido para Melaneu,
pois ele o recebera em sua casa,
em Ítaca, durante uma visita.
Dirigindo-se a ele por primeiro,
disse-lhe a alma do filho de Atreu:

"Anfimedonte, o que vos sucedeu
para entrardes na terra tenebrosa,
a vós todos, uns jovens tão distintos,
da mesma idade? Não se poderia
ter feito mais distinta seleção
dos melhores rapazes da cidade!
Por acaso tivestes os navios
vencidos pela força de Possêidon,
que vos mandou o sopro ininvejável
de borrascas e enormes vagalhões?
Ou foi o caso de homens implacáveis
vos terem feito mal em terra firme
porque abatestes bois de seu rebanho
e ovelhas de excelentes velocinos,
ou então porque estáveis guerreando
pela cidade e por suas mulheres?
Responde-me conforme te pergunto,
pois eu já fui teu hóspede estrangeiro.
Ou porventura tu não te recordas
de quando eu visitei o teu palácio,
com Menelau semelho aos próprios deuses,
na intenção de fazer com que Odisseu
fosse embora conosco para Ílion
a bordo dos navios de belos bancos?
Depois foi necessário um mês inteiro
para cruzarmos o vasto alto-mar,
tendo persuadido com esforço
Odisseu eversor de cidadelas".
Por sua vez, respondendo o seguinte,
a alma de Anfimedonte então lhe disse:
"Filho de Atreu, nobilíssimo rei,
soberano dos homens, Agamêmnon,
eu me lembro de todas essas coisas,
divina estirpe, assim como tu falas.
Sim, certamente eu direi para ti
tudo que pedes, com toda a verdade –

o desgracento fim que conduziu
à nossa morte, e como ele ocorreu.
O fato é que fazíamos cortejo
à esposa de Odisseu há tanto ausente,
mas ela não dizia nem que sim
nem que não para o tal do casamento.
Em vez disso, ficava planejando
Queres negras e morte para nós,
Eram outros os planos que ela tinha
no coração. Arquitetava um dolo.
Preparou uma trama de novelos
bastante longa dentro do palácio
e começou então a tecitura,
proclamando o seguinte para nós:
'Meus moços pretendentes, como agora
o divino Odisseu se encontra morto,
deveis apenas aguardar um pouco,
mesmo estando ansiosos que eu me case,
até que esteja pronto este tecido
e não se perca à toa o que já fiz.
É a mortalha para o herói Laertes,
para quando chegar enfim a hora
de ser levado pela triste moira
da morte, com seu longo sofrimento.
Que nenhuma mulher da região
se revolte comigo entre as acaias
por ver jazendo sem o seu sudário
alguém que conquistou tamanhas posses'.
Assim falou, logrando convencer
com isso os nossos corações viris.
Então ela passava o dia todo
tecendo a grande trama no tear,
e à noite desfazia o seu trabalho,
iluminada pela luz das tochas.
Seguiu com esse engodo por três anos
e dessa forma enganava os aqueus.

Mas, quando enfim chegou o quarto ano
e as estações mudaram novamente,
mês cedendo lugar a novo mês
até que os dias longos retornaram,
uma das moças, que sabia bem
sobre esse engodo, relatou-nos tudo.
Foi assim que pudemos surpreendê-la
enquanto desfazia a bela trama.
Com isso, foi forçada a terminá-la
a contragosto, por obrigação.
Quando por fim mostrou-nos a mortalha,
a grande trama que tinha tecido,
e tratou de lavá-la até brilhar
à semelhança da lua ou do sol,
nesse momento algum nume ruim
trouxe Odisseu – não se sabe nem de onde –
de volta até os limites da fazenda,
onde um porqueiro faz sua morada.
Algum tempo depois, foi até eles
o amado filho de Odisseu divino,
recém-chegado de uma expedição
a Pilos arenosa em nau escura.
Então os dois, depois de planejarem
terrível morte para os pretendentes,
dirigiram-se para a cidadela
muito famosa, sendo que Odisseu
seguia mais atrás, para que assim
Telêmaco chegasse à frente dele.
Foi o porqueiro quem o conduziu,
com a pele coberta por andrajos.
Ele adotara em tudo a semelhança
de um mendigo bem velho e miserável,
apoiado em bengala e revestido
de vestes lamentáveis sobre a pele.
E não houve ninguém – nenhum de nós –
que conseguisse então reconhecê-lo

quando de súbito ele apareceu,
nem aqueles que tinham mais idade.
Em vez disso, somente o insultamos
e desferimos golpes contra ele.
E o tempo todo ele ficou ali
suportando de tudo em seu palácio,
os insultos e os golpes que levava,
mantendo resoluto o coração.
Mas, quando enfim o sentido de Zeus,
o deus da égide de tempestade,
resolveu despertá-lo, com a ajuda
de Telêmaco, foram carregando
as belíssimas armas para um quarto,
e depois as fecharam ali dentro.
Em seguida, de forma muito astuta,
ele deu ordens para sua esposa
apresentar aos jovens pretendentes
o arco e o ferro cinza dos machados,
que a nós, os malfadados, serviriam
para o jogo — e o início da chacina.
E não houve ninguém — nenhum de nós —
que se provasse capaz de envergar
e encordoar aquele forte arco.
Faltava muita força para nós.
Mas, ao chegar a hora de Odisseu
colocar suas mãos no grande arco,
nesse momento todos nós gritamos
e usamos de palavras de censura
para que não se desse o arco a ele,
por mais que argumentasse em seu favor.
Mas bastou que Telêmaco lhe desse
palavras de incentivo e de anuência
para que a arma fosse até as mãos
do divino Odisseu de tantas lutas,
que facilmente encordoou o arco
e acertou uma flecha pelos aros.

Chegando junto ao limiar da porta,
passou a disparar velozes flechas,
olhando ameaçador a toda parte.
Disparou contra Antínoo basileu,
e depois contra os outros foi lançando
as flechas causadoras de gemidos,
mirando sempre reto à sua frente –
e nós, aos montes, íamos tombando.
A todos ficou claro nesse instante
que algum dos deuses os auxiliava,
pois corriam ao longo do palácio,
caçando-nos com toda a sua fúria,
e aos poucos iam nos matando todos.
Pavoroso gemido se elevava
das cabeças ao serem golpeadas,
e o piso todo se cobriu de sangue.
Foi assim que nós todos, Agamêmnon,
encontramos a morte, e mesmo agora
sem cuidado nenhum os nossos corpos
inda jazem na casa de Odisseu,
pois lá nos nossos lares os parentes
inda não sabem do que aconteceu,
eles que poderiam nos limpar
o sangue escuro desde os ferimentos
e nos deitar para chorar em volta,
conforme o prêmio que se deve aos mortos".
Por sua vez, respondendo o seguinte,
disse-lhe a alma do filho de Atreu:
"Afortunado filho de Laertes,
Odisseu de engenhosos artifícios,
conseguiste de fato uma consorte
possuidora de máxima excelência!
Foi tão nobre o juízo que habitou
o peito de Penélope impecável,
filha de Icário, quanto foi capaz
de recordar-se sempre de Odisseu,

seu legítimo esposo! Nunca irá
se dissipar a fama que ela tem
por tamanha excelência! Os imortais
hão de espalhar entre os homens terrestres
um canto gracioso para honrar
a glória de Penélope prudente!
Mas a filha de Tíndaro terá
outro destino: planejou maldades
e assassinou o legítimo esposo.
Um canto abominável restará
a seu respeito entre os seres humanos,
e será causa de muita vergonha
a todas as mulheres no futuro,
mesmo àquelas que forem benfeitoras".
Eles diziam coisas desse tipo,
falando abertamente um com o outro,
postos em frente ao palácio de Hades,
reino da morte oculto sob a terra.
Quanto aos outros, saindo da cidade,
rapidamente chegaram ao campo,
às lavouras bem-feitas de Laertes,
a fazenda belíssima que outrora
ele próprio, Laertes, conquistara
por meio de muitíssimo trabalho.
Era ali que ele tinha a sua casa,
cercada em toda parte por cabanas.
Dentro dessas cabanas era onde
comiam, descansavam e dormiam
os escravos que tinha em seu comando,
que lavravam as suas propriedades.
Ali também havia uma mulher
idosa, da Sicília, que cuidava
com bastante carinho do ancião
na fazenda, distante da cidade.
Chegando ali, Odisseu proferiu
o seguinte aos escravos e a seu filho:

"De vossa parte, agora vós deveis
ir para dentro da casa bem-feita
e de pronto fazer o sacrifício
de um suíno, o melhor que houver aqui.
Enquanto isso, irei, de minha parte,
fazer um teste do meu próprio pai,
para ver se ele irá reconhecer-me
assim que depuser a vista em mim,
ou se ele já não saberá quem sou,
tendo passado tanto tempo longe".
Tendo falado assim, ele entregou
as armas e armaduras aos escravos.
Eles partiram logo para dentro
da propriedade, ao passo que Odisseu
dirigiu-se ao pomar de muitos frutos,
a fim de averiguá-lo mais de perto.
Mas, entrando na grande plantação,
desta vez ele não achou nem Dólio
nem algum de seus filhos, nem qualquer
outro escravo, pois todos eles tinham
saído para coletar mais pedras
para compor o muro do pomar,
e o próprio velho era quem seguia
à frente deles, guiando o caminho.
Ele encontrou somente o próprio pai,
sozinho no pomar bem-construído,
cavocando no entorno de uma planta.
Vestia-se com túnica encardida,
remendada de forma improvisada,
e alguns pedaços de couro de boi
amarrados em torno das canelas,
como se fossem grevas maltrapilhas,
para evitar arranhões, e nas mãos
tinha luvas por causa dos espinhos.
Sobre a cabeça, ele trazia um couro
de bode enquanto cultivava a dor.

No momento em que dele apercebeu-se
o divino Odisseu de tantas lutas,
enfraquecido pela muita idade
e com o coração transido em dor,
teve de se esconder junto da sombra
de uma pereira e derramar seu pranto.
De pronto já se pôs a debater
na mente e no mais íntimo do peito
se deveria abraçar e beijar
o seu pai, e contar-lhe sobre tudo
por que passou até que conseguisse
alcançar novamente a terra pátria,
ou se não era mais conveniente
interrogá-lo primeiro e testá-lo.
Considerando a questão dessa forma,
pareceu-lhe por fim mais vantajoso
primeiramente lhe aplicar um teste
usando de palavras afiadas.
Pensando assim, o divino Odisseu
então se dirigiu direto a ele,
que nesse instante olhava para o chão,
cavocando no entorno de uma planta.
Quando já se encontrava ao lado dele,
disse o seguinte o seu filho brilhante:
"Ancião, tu de fato não pareces
carecer de nenhuma habilidade
no trato do jardim. Pelo contrário,
tu cuidas bem de tudo, e não há nada –
nem uma só plantinha, nem figueira,
nem videira, tampouco uma oliveira
ou mesmo uma pereira, nem lavoura –
que fique sem cuidado em teu jardim.
Mas uma coisa mais eu te direi,
e espero que não fiques ressentido:
por mais que não pareças carecer
de excelente cuidado, estás tomado

pela triste velhice, e te apresentas
de forma vergonhosa e lamentável.
Não é porque te ausentes do trabalho
que teu senhor não zela mais por ti,
e certamente não pareces ter
aparência semelha à de um escravo,
nem na forma tampouco na estatura.
Pareces ser um rei, um basileu.
És mais aparentado com alguém
que, depois de banhar-se e de comer,
vai dormir numa cama bem macia,
pois isso é o mais correto para os velhos.
Agora vamos! Conta para mim
e me relata tudo com verdade.
De quem em meio aos homens és escravo?
De quem é o pomar de que tu cuidas?
Anuncia a verdade dessas coisas
agora, a fim de que eu conheça bem
se foi de fato em Ítaca que enfim
eu aportei, conforme alguém me disse,
um homem com quem eu me deparei
enquanto caminhava até aqui –
sujeito desprovido de juízo,
pois não quis nem parar para escutar
as coisas que eu dizia para ele,
tampouco ofereceu uma resposta
acerca do meu hóspede estrangeiro,
se acaso é vivo e está na região,
ou se neste momento já é morto
e já se encontra no palácio de Hades.
Mas uma coisa mais eu te direi.
Então presta atenção agora e escuta.
Eu hospedei certa vez um guerreiro
lá na minha querida terra pátria,
um homem que chegou ao nosso povo,
sendo que eu nunca havia recebido

mortal nenhum de terras estrangeiras
e longínquas à porta do palácio.
Ele alegava ter nascido aqui,
em Ítaca, e me disse várias vezes
que seu pai tinha o nome de Laertes,
e que o pai dele se chamava Arcésio.
Eu mesmo então tratei de recebê-lo
com hospitalidade em nossa casa,
ofertando-lhe toda gentileza
da abundância que havia no palácio,
e dei presentes de hospitalidade,
do tipo que é devido que se dê:
foram sete os talentos de ouro puro,
bem-lavrados, que então lhe concedi;
também lhe concedi uma cratera
toda de prata, ornamentada em flores,
uma dúzia de mantos de uma dobra,
outras tantas cobertas e tapetes,
mais outras tantas capas reluzentes,
mais outras tantas túnicas também;
além disso, também lhe concedi
escolher as mulheres que quisesse,
quatro mulheres de bela aparência,
versadas em trabalhos impecáveis".
Disse-lhe então o seguinte em resposta,
vertendo lágrimas, seu velho pai:
"Estrangeiro, chegaste de verdade
à terra sobre a qual tu me perguntas,
mas ela está tomada por uns homens
petulantes, repletos de soberba.
Foram inúteis todos os presentes,
incontáveis, que deste para aquele.
Se ele estivesse vivo e se encontrasse
em Ítaca, no nosso povoado,
decerto te daria bons presentes
em retorno, ao se despedir de ti,

mas antes te receberia bem,
pois é costume a reciprocação.
Agora vamos! Conta para mim
e me relata tudo com verdade.
Quantos anos já faz exatamente
que recebeste em casa aquele homem,
teu hóspede estrangeiro miserável,
meu próprio filho, se algum dia o tive,
o malfadado? Certamente, longe
de quem ama e de sua terra pátria,
ou acabou morrendo no alto-mar,
comido pelos peixes, ou então
virou repasto de aves e de feras
em terra firme mesmo. Nem puderam
chorar por ele e lhe velar o corpo
sua mãe e seu pai, nós que o geramos.
Nem mesmo sua esposa de amplo dote,
Penélope prudente, teve a chance
de lamentar a sorte do marido
em seu esquife, como deveria,
depois de ter fechado os olhos dele,
conforme o prêmio que se deve aos mortos.
Anuncia a verdade dessas coisas
agora, a fim de que eu conheça bem.
Quem és e de que gente tu vieste?
De que cidade e de que genitores?
Onde se encontra agora o teu navio,
aquele que te trouxe para cá
junto de teus divinos companheiros?
Ou chegaste talvez na qualidade
de passageiro numa nau alheia,
que te deixou aqui e já partiu?".
Por sua vez, respondendo o seguinte,
disse Odisseu de muitíssima astúcia:
"Sim, certamente eu direi para ti
tudo que pedes, com toda a verdade.

Nasci e me criei em Alibante,
onde habito um palácio glorioso.
Sou filho de Afidante, basileu
filho, por sua vez, de Polipêmon.
Eu recebi um nome bem seleto:
Epérito. Mas eis que a divindade
me fez vir para cá e abandonar
a Sicília, por mais que eu não quisesse.
O meu navio está parado aqui,
mas no campo, afastado da cidade.
Quanto ao que me perguntas de Odisseu,
agora já se somam cinco anos
desde que visitou o meu palácio
e que partiu da minha terra pátria,
o malfadado. Mas havia auspícios
favoráveis das aves ao partir,
voando à destra. Nós nos alegramos
em lhe dizer adeus com tais presságios,
e ele próprio alegrou-se de partir.
No coração, eu tinha uma esperança
de me juntar a ele em amizade
e receber esplêndidos presentes".
Assim falou, e o velho foi envolto
por uma nuvem escura de dor.
Caindo de joelhos sobre o solo,
encheu as duas mãos no pó das cinzas
e o derramou sobre a própria cabeça,
envolvido no mais profundo choro.
O coração de Odisseu se agitou,
e ele sentiu um ímpeto cortante
subindo desde o peito até as narinas
ao contemplar o seu querido pai.
Tombou ao lado dele, dando beijos
e abraços na medida em que dizia:
"Sou eu, meu pai! Eu sou aquele mesmo
por quem há tanto tempo tu procuras!

Passadas duas décadas, agora
estou de volta à minha terra pátria.
Agora deves parar com o pranto
e com as lágrimas de desespero,
pois eu irei contar-te o que ocorreu,
mas é preciso que nos apressemos.
Eu chacinei os pretendentes todos
no salão principal de nossa casa,
em vigança por causa da insolência
que dói no coração, e dos maus feitos".
Por sua vez, Laertes em seguida
respondeu ao que disse e lhe falou:
"Se tu és mesmo meu filho Odisseu
e finalmente retornaste à casa,
apresenta um sinal mais evidente,
para que eu possa acreditar em ti".
Por sua vez, respondendo o seguinte,
disse Odisseu de muitíssima astúcia:
"Primeiro podes ver a cicatriz,
esta daqui, com os teus próprios olhos,
aquela que um suíno de alvas presas
certa vez me infligiu lá no Parnaso,
naquela ocasião em que tu mesmo
e minha veneranda mãe mandaram
que eu fosse visitar o caro pai
de minha mãe, Autólico, que tinha
prometido presentes para mim,
ao vir aqui, se um dia o visitasse.
Ou então também posso te contar
quais são, ao longo do pomar bem-feito,
as árvores que certa vez me deste,
quando eu te perguntava sobre tudo,
sendo apenas criança, e te seguia
pelo jardim inteiro. Enquanto isso,
tu ias me apontando para as plantas
e me dizendo o nome que elas tinham.

Naquele dia, tu me concedeste
treze pereiras e dez macieiras.
Outras quatro dezenas de figueiras
tu também prometeste para mim,
e mais cinco dezenas de videiras
que cresciam ao lado umas das outras –
lembro que ali, ao longo dos canteiros,
havia cachos de todos os tipos
a cada vez que as estações de Zeus
desabavam pesadas sobre elas".
Assim falou. De imediato os joelhos
e o coração do outro se lassaram,
reconhecendo que eram bem seguros
os sinais que Odisseu apresentara.
Ao redor de seu filho tão querido,
ele enlaçou os braços num abraço,
e o divino Odisseu de tantas lutas,
o segurou conforme desmaiava.
Em seguida, já tendo recobrado
o ânimo dentro de seu coração,
dirigindo-se a ele novamente,
proferiu o seguinte por resposta:
"Zeus pai! Então os deuses realmente
ainda existem lá no alto Olimpo,
se os pretendentes de fato pagaram
pela sua soberba petulância!
Porém agora tenho um medo horrível
no coração: de que rapidamente
todos os homens itacenses venham
correndo para cá, e chamem outros,
de todas as cidades cefalônias,
para virem também nos atacar".
Por sua vez, respondendo o seguinte,
disse Odisseu de muitíssima astúcia:
"Fica tranquilo agora. Não permitas
que isso te seja um peso ao coração.

Em vez disso, voltemos para casa,
para aquela ali perto do pomar.
Foi para lá que há pouco dispensei
Telêmaco, o porqueiro e o boiadeiro,
para irem à frente e prepararem
rapidamente a nossa refeição".
Depois de conversarem dessa forma,
dirigiram-se os dois à bela casa.
No momento seguinte, ao alcançarem
o palácio de bela construção,
encontraram os três já trabalhando –
Telêmaco, o porqueiro e o boiadeiro –,
cortando carne em grande quantidade
e misturando o vinho reluzente.
Enquanto os três faziam essas coisas,
a atendente de grande coração,
siciliana, no interior da casa
banhou e ungiu Laertes com azeite,
e em seguida o vestiu com bela capa.
Pondo-se perto dele, então Atena
fez com que os membros do pastor de povos
se tornassem maiores e mais fortes.
A deusa também fez com que ficasse
mais alto e mais robusto de se ver.
Depois disso, ele ergueu-se da banheira,
causando espanto em seu querido filho
no momento em que o viu dessa maneira,
assemelhado aos deuses imortais.
Dirigindo-se a ele desta forma,
disse as seguintes palavras aladas:
"Meu pai, tenho certeza de que foi
um dos deuses de eterna geração
que te tornou mais nobre de se ver
tanto na forma quanto na estatura!".
Por sua vez, Laertes, bem sagaz,
lhe proferiu o seguinte em resposta:

"Quem me dera se Zeus pai permitisse,
acompanhado de Atena e de Apolo,
ser como um dia fui, quando tomei
a cidade de Nérico, bem-feita,
promontório do próprio continente,
e reinei sobre os homens cefalônios!
Se pudesse ter sido dessa forma
ontem contigo no nosso palácio,
vestindo uma armadura nos meus ombros
e firmando meus pés para enfrentar
a multidão de jovens pretendentes,
os joelhos de muitos eu teria
lassado no salão de nossa casa,
para a alegria do teu coração".
Eles diziam coisas desse tipo,
falando abertamente um com o outro.
Quando findaram os preparativos
e terminaram de armar o banquete,
tomaram seus lugares, em fileiras,
pelos divãs e tronos do salão.
No momento em que já se achavam prestes
a provar do banquete, aproximou-se
deles o velho Dólio, e junto dele
vinham também os filhos do ancião,
já cansados de tanto trabalhar.
Vieram porque ouviram os chamados
de sua mãe, a velha siciliana,
que os criara e nutrira, e que cuidava
sempre com muito zelo do ancião
desde que foi tomado por velhice.
No momento em que viram Odisseu
e o contemplaram com seus corações,
foram tomados por completo espanto
na entrada do salão. Mas Odisseu,
usando de palavras agradáveis,
disse o seguinte a fim de convencê-los:

"Senta, ancião, e junta-te ao banquete.
Podes deixar de lado todo o espanto.
Mesmo estando por muito tempo afoitos
para dispor as mãos sobre a comida,
ficamos aguardando no salão,
sempre esperando pela vossa volta".
Assim falou, e Dólio prontamente
foi de braços abertos abraçá-lo,
e deu beijos no pulso de Odisseu,
segurando nas mãos a sua mão.
Dirigindo-se a ele desta forma,
disse as seguintes palavras aladas:
"Querido, retornaste para nós
que há tanto desejávamos rever-te!
Já tínhamos perdido as esperanças,
mas os deuses trouxeram-te de volta!
Sejas muito bem-vindo! Vida longa!
E que os deuses te deem prosperidade!
Anuncia a verdade dessas coisas
agora, a fim de que eu conheça bem:
por acaso Penélope prudente
já sabe disso tudo com clareza,
que tu estás de volta nesta terra,
ou devemos mandar um mensageiro?".
Por sua vez, respondendo o seguinte,
disse Odisseu de muitíssima astúcia:
"Não te preocupes, velho. Ela já sabe.
Qual a razão de te ocupares disso?".
Assim falou, e o outro foi de volta
sentar-se num dos tronos bem-polidos.
Assim também os rebentos de Dólio
glorioso chegaram ao redor
de Odisseu, desejando as boas-vindas
e tomando-lhe a mão em suas mãos.
Depois disso, sentaram-se alinhados
numa fileira, ao lado do pai Dólio.

Assim cuidavam dos preparativos
para o jantar no salão do palácio.
Enquanto isso, Rumor mensageiro
passou correndo por toda a cidade,
contando sobre como os pretendentes
tiveram Quere e morte miserável.
Assim que recebiam a notícia,
vinham correndo de todas as partes,
entre muitos gemidos e lamentos,
até o portão da casa de Odisseu.
Carregaram os mortos para longe
do palácio e depois os sepultaram.
Aqueles que provinham de outras partes,
que tinham vindo de outras cidadelas,
remeteram de volta para casa,
pondo-os a bordo de navios velozes.
Juntaram-se em seguida na assembleia
com coração pesado pela dor.
Quando já se encontravam reunidos
e organizados todos em conjunto,
entre eles ergueu-se então Eupites
e discursou a todos na assembleia,
pois tinha o coração tomado em dor
inesquecível por causa do filho,
Antínoo, que primeiro do que todos
o divino Odisseu tinha matado.
Vertendo lágrimas por causa dele,
conclamou entre eles e lhes disse:
"Amigos, foi um feito monstruoso
que aquele homem fez contra os aqueus!
Ele tinha levado muita gente
valorosa consigo em seus navios,
mas as côncavas naus ele perdeu
tanto quanto perdeu o próprio povo!
Depois de ter voltado para casa,
inda matou a elite cefalônia!

Então vamos, amigos, antes que ele
vá depressa, fugido, para Pilos
ou então para a Élide divina,
onde os homens epeios têm poder!
Vamos logo, ou então acabaremos
sem honra alguma para todo o sempre,
pois essas coisas causarão vergonha
às gerações vindouras, quando ouvirem,
caso não nos vinguemos pela morte
de nossos filhos e nossos irmãos!
Para o meu coração ao menos, sei
que não encontraria mais prazer
algum em estar vivo — era melhor
morrer logo e contar-me em meio aos mortos.
Então vamos depressa! Não deixemos
que consigam fugir de nosso alcance!".
Assim ele falou vertendo pranto,
e todos os aqueus sentiram pena.
Nesse momento, o aedo divino
e Medonte vieram para perto,
saídos do palácio de Odisseu,
visto que o sono os tinha libertado,
e pararam no meio na assembleia,
causando espanto em todos os presentes.
Entre eles, então falou Medonte,
conhecedor de desígnios prudentes:
"Dai-me ouvidos agora, cidadãos
itacenses! É claro que não foi
sem a ajuda dos deuses imortais
que Odisseu conseguiu fazer tais planos.
Eu mesmo posso vos dizer que vi
algum deus ambrosino, que ficava
sempre surgindo perto de Odisseu,
em tudo assemelhado com Mentor.
Esse deus imortal, num dado instante,
surgia bem diante de Odisseu

e então o encorajava. Noutro instante,
avançava qual raio no salão,
enlouquecendo os pretendentes todos.
Logo mais já tombavam uns nos outros".
Assim falou, e todos eles foram
tomados pelo pálido terror.
Em meio a eles, então conclamou
o venerando herói filho de Mástor,
Haliterses, pois ele tão somente
via as coisas passadas e as vindouras.
Com boas e prudentes intenções,
conclamou entre eles e lhes disse:
"Dai-me ouvidos agora, cidadãos
itacenses, naquilo que direi!
Foi por causa de vosso próprio mal,
amigos, que esses feitos ocorreram,
pois não obedecestes nem a mim
nem a Mentor, o pastor de guerreiros.
Não pusestes um fim na insanidade
que vossos próprios filhos cometiam
ao fazerem um feito monstruoso,
movidos por terrível petulância:
seguiam consumindo as propriedades
e causando desonra para a esposa
de um guerreiro excelente, que supunham
já não ter mais como tornar à casa.
Agora tudo seja como está.
Obedecei-me nisto que vos digo:
voltemos, antes que um de nós encontre
um mal que foi causado por si mesmo".
Assim falou, mas mais do que a metade
da multidão ergueu-se prontamente
com enorme alarido, e poucos outros
ficaram onde estavam, agrupados —
como o discurso não lhes agradou
o coração, eles então seguiram

o conselho de Eupites, e de pronto
foram atrás das armas e armaduras.
Quando todos haviam recoberto
os seus corpos com bronze lampejante,
reuniram-se todos novamente
em frente às portas da vasta cidade.
Eupites era quem seguia em frente
e os liderava em sua estupidez.
Ele achava que iria se vingar
pela morte do filho — mas estava
fadado a nunca mais tornar à casa,
e encontraria logo o seu destino.
Nesse momento, Atena se virou
a Zeus Cronida e lhe disse o seguinte:
“Pai de nós todos, nascido de Crono,
mais elevado de todos os mestres,
dá-me a resposta para o que pergunto:
o que escondes agora em teu sentido?
Irás mandá-los para a guerra vil
e para horríveis gritos de batalha,
ou farás com que surjam novamente
relações de amizade entre os dois lados?”.
Por sua vez, respondendo o seguinte,
disse-lhe Zeus que move a tempestade:
“Minha filhinha, por que me perguntas
e me inquires acerca dessas coisas?
Tu mesma não me deste a sugestão
de seguir esse plano no concílio,
e permitir que Odisseu retornasse
e se vingasse contra aqueles homens?
Podes agir conforme tu quiseres,
mas direi o que é mais apropriado:
considerando que Odisseu divino
conseguiu se vingar dos pretendentes,
após jura solene e sacrifícios,
que siga para sempre como rei;

de nossa parte, devemos fazer
com que eles tenham logo esquecimento
da morte dos irmãos e dos seus filhos;
que surja novamente uma amizade
entre eles, tal qual antigamente;
haja paz e riquezas abundantes!".
Falando assim, aumentou o desejo
já existente no peito de Atena.
Ela baixou dos píncaros do Olimpo,
veloz como o lampejo de um olhar.
Depois, quando já tinham saciado
a gana por comida doce à mente,
principiou a falar entre eles
o divino Odisseu de tantas lutas:
"Alguém trate de ver se porventura
não há gente chegando aqui por perto".
Assim falou, e um dos filhos de Dólio
foi logo averiguar, conforme as ordens,
mas estancou diante dos umbrais,
ao ver a multidão se aproximando.
Rapidamente tornando a Odisseu,
disse as seguintes palavras aladas:
"Já se encontram bem próximo daqui!
Peguemos prontamente as nossas armas!".
Assim falou, e todos acorreram
para vestir as armas e armaduras –
Odisseu e seus quatro acompanhantes,
e a meia dúzia de filhos de Dólio.
Junto deles, trataram de se armar
de igual maneira Laertes e Dólio.
Por mais que os dois já fossem bem grisalhos,
foram guerreiros por necessidade.
Quando todos haviam recoberto
os seus corpos com bronze lampejante,
abriram os portões e então saíram
com Odisseu à frente, liderando.

Para próximo deles, nesse instante,
a nascida de Zeus – Atena – veio,
tendo assumido a forma de Mentor,
tanto no corpo quanto em sua voz.
Alegrou-se de vê-la dessa forma,
o divino Odisseu de tantas lutas.
De pronto, nesse instante dirigiu-se
para Telêmaco, seu filho amado:
"Agora, ao avançares para a luta,
Telêmaco, tu já conseguirás
saber exatamente onde se encontram
os melhores guerreiros do inimigo.
Não envergonhes de maneira alguma
a estirpe de teus pais, que no passado
foram sempre os primeiros em coragem
e galhardia sobre toda a terra".
Por sua vez, Telêmaco, sagaz,
lhe proferiu o seguinte em resposta:
"Tu verás com clareza, se quiseres,
querido pai, que no que depender
deste meu coração não haverá
vergonha alguma para a tua estirpe".
Assim falou, Laertes alegrou-se
e logo disse o seguinte discurso:
"Mas que dia estupendo para mim,
queridos deuses! Eu me alegro muito!
Como é bom ver meu filho e meu netinho
discutindo por causa de virtude!".
Chegando perto dele, então Atena,
a deusa de olhos glaucos, proferiu-lhe:
"Filho de Arcésio, tu que dentre todos
és o meu companheiro mais querido,
entoa uma oração para Zeus pai
e para sua filha de olhos glaucos.
Depois empunha rápido e arremessa
a tua lança de sombra comprida!".

Assim falou, e logo lhe insuflou
um enorme furor Palas Atena.
Em seguida, depois de já ter feito
oração para a filha de Zeus grande,
ele empunhou depressa e arremessou
a sua lança de sombra comprida.
Ela atingiu Eupites bem em cheio,
atravessando seu elmo de bronze.
A defesa não foi suficiente,
e o bronze perpassou-a por completo.
O baque de seu corpo contra o solo
ecoou junto ao bronze da couraça.
Avançaram então contra a vanguarda
Odisseu e seu filho tão brilhante,
dando golpes de espada e estocando
com lanças afiadas nos dois gumes.
E teriam de fato aniquilado
todos eles, privando-os do retorno,
se então Atena, donzela de Zeus,
o deus da égide de tempestade,
não tivesse gritado a toda voz,
impedindo que as hostes avançassem:
"Itacenses, cessai agora mesmo
toda sanha por guerras aflitivas!
Separai-vos de pronto e resolvei
as diferenças sem perda de sangue!".
Assim falou Atena, e todos foram
tomados pelo pálido terror.
Então as armas saíram voando
das mãos dos combatentes assustados,
e desabaram todas sobre o solo,
tão logo a voz da deusa foi ouvida.
Já fugiam de volta à cidadela,
querendo retomar as suas vidas.
Então ergueu um grito pavoroso
o divino Odisseu de tantas lutas,

e avançou contra eles num rasante,
feito águia de voo sobranceiro.
Mas eis então que o nascido de Crono
arremessou um raio fumacento,
que caiu bem em frente à de olhos glaucos,
filha de um pai poderoso como é.
Nesse momento, então para Odisseu
disse Atena, deidade de olhos glaucos:
“Divina estirpe, filho de Laertes,
Odisseu de engenhosos artifícios,
detém-te! Para já com o conflito
da guerra duplamente destrutiva,
ou o Cronida, Zeus de ampla visão,
ainda vai se enfurecer contigo!”.
Assim falou Atena, e ele logo
obedeceu, de coração alegre.
Então a deusa fez com que jurassem
juramentos solenes uns aos outros.
Foi isso então que fez Palas Atena,
a donzela de Zeus tempestuoso,
tendo assumido a forma de Mentor
tanto no corpo quanto em sua voz.

Referências bibliográficas

ANTUNES, Leonardo. Como e por que traduzir Homero de novo? *In*: HOMERO. *A Ilíada de Homero em decassílabos duplos.* Porto Alegre: Zouk, 2022.

APOLÔNIO DE RODES. *Argonáuticas.* Tradução de Fernando Rodrigues Junior. São Paulo: Perspectiva, 2021.

ARISTÓTELES. *Poética.* Tradução de Eudoro de Sousa. Lisboa: Imprensa Nacional-Casa da Moeda, 1994.

BOTELHO, José Francisco. *Between strangeness and familiarity: recreating Chaucer's tales in modern Brazil.* Tese (Doutorado) – Universidade Federal do Rio Grande do Sul, Instituto de Letras, Programa de Pós-Graduação em Letras, Porto Alegre, Rio Grande do Sul, 2021.

CAMPOS, Haroldo de. *Deus e o Diabo no Fausto de Goethe.* São Paulo: Perspectiva, 1981.

DE JONG, Irene. *A Narratological Commentary on the Odyssey.* Cambridge: Cambridge University Press, 2001.

DUARTE, Adriane da Silva. *Cenas de Reconhecimento na Poesia Grega.* Campinas: Editora da Unicamp, 2012.

HALL, Jonathan. *A History of the Archaic Greek World (ca. 1200-479).* Oxford: Blackwell, 2007.

MAGALHÃES, C. Tradução e Transculturação: A Teoria Monstruosa de Haroldo de Campos. Cadernos De Tradução, 1(3), 139–156, 1998. Disponível em: <https://periodicos.ufsc.br/index.php/traducao/article/view/5384>.

MALTA, André. *A Astúcia de Ninguém: Ser e Não Ser na Odisseia.* Belo Horizonte: Impressões de Minas, 2018.

MARTIN, Richard. "Apresentação" (trad. José Rubens Siqueira) in HOMERO, *Odisseia.* Tradução de Christian Werner. São Paulo: Ubu, 2018.

MILTON, John. *Tradução: teoria e prática.* São Paulo: Martins Fontes, 1998.

RUTHERFORD, R. "The philosophy of the Odyssey", *Journal of Hellenic Studies* 106 (1986): 145-162.

SAÏD, Suzanne. *Homer and the Odyssey.* Translated by Ruth Webb. Oxford: Oxford University Press, 2011.

SEGAL, Charles. *Singers, Heroes, and Gods in the Odyssey.* Ithaca: Cornell University Press, 1994.

VERNANT, Jean-Pierre, e DÉTIENNE, Marcel. *Mêtis – As Astúcias da Inteligência.* Tradução de Filomena Hirata. São Paulo: Odysseus, 2008.

Sobre o tradutor

Leonardo Antunes (São Paulo, 1983) é poeta, tradutor e professor de língua e literatura grega na UFRGS. É autor de *Regressos* (Martelo, 2023), finalista do Prêmio Jabuti, *Casa dos Poetas* (Zouk, 2021), *Lícidas* (Zouk, 2019), e *João & Maria – Dúplice coroa de sonetos fúnebres* (Patuá, 2017), vencedor do prêmio Açorianos de livro do ano em 2018. Além da *Ilíada* e da *Odisseia*, também traduziu o *Édipo Tirano* de Sófocles (Todavia, 2018), os *Fragmentos Completos* de Anacreonte (Editora 34, 2022) e os *Hinos Homéricos*, constantes no volume *Hinos Antigos* (Madamu, 2024).

Tipos: Baskerville PT (português), Gentium Book Plus (grego) e Neue Haas Grotesk (capa)
Papéis: Chambril Avena 70 g/m² (miolo) e Couché Brilho 150 g/m² (capa)
Formato: 14,8 x 22 cm
Impressão: Lis Gráfica

MNĒMA